谨以此书献给

依然守望在关东林区的

“闯”族弟兄们

群众出版社
·北京·

邢德文 著

新闯关东

图书在版编目（CIP）数据
新闯关东／邢德文著．—北京：群众出版社，2019.10
ISBN 978－7－5014－6013－7
Ⅰ.①新… Ⅱ.①邢… Ⅲ.①长篇小说—中国—当代 Ⅳ.①I247.5
中国版本图书馆 CIP 数据核字（2019）第 205214 号

新闯关东
邢德文 著

出版发行：群众出版社
地　　址：北京市丰台区方庄芳星园三区 15 号楼
邮政编码：100078
经　　销：新华书店
印　　刷：天津盛辉印刷有限公司

版　　次：2019 年 10 月第 1 版
印　　次：2019 年 10 月第 1 次
印　　张：31.25
开　　本：787 毫米×1092 毫米　1/16
字　　数：500 千字

书　　号：ISBN 978－7－5014－6013－7
定　　价：89.00 元

网　　址：www.qzcbs.com
电子邮箱：qzcbs@sohu.com

营销中心电话：010－83903254
读者服务部电话（门市）：010－83903257
警官读者俱乐部电话（网购、邮购）：010－83903253
啄木鸟杂志社电话：010－83903494

序　言

自公元1644年多尔衮下令不准汉人越过山海关进入东北这块满族人的“龙兴”之地以来，关里的汉人为了生计不得不“闯关”进入东北，因而有了“闯关东”一说。在旧社会，山东有限的土地上聚集着几乎是全国各省中最多的人口，他们年复一年日复一日在贫困中苟延残喘，少数人不甘命运的安排，就凭着一股“闯”劲儿，他们挈妇将雏，以肩挑车载甚至靠沿路乞讨的方式辗转数千里来到关东这块地广人稀尚有生存空间和发展机会的白山黑水间谋生，成为原籍山东的关东人，这或许是“闯”字号人物资格最老的一代；新中国成立后，在二十世纪五十年代末六十年代初，东北的经济建设尤其是工业基础先于关里而苦于缺乏人力，国家号召关内特别是人力资源过剩的山东农村参与了史无前例的“支边”运动，人们陆续流入百业待兴的东北，他们在工、矿、铁路、农垦、林业等部门就工，不久即安家立业，由一个世世代代的山东农民当上了东北某个单位的工人(也有很多是在东北的农村谋生)，他们是“闯”族中的近代人；还有的是在三年自然灾害年代延续到“文革”间，个别不甘贫困的人零星地流落东北，找个地方落脚谋生，这些独立生存能力适应能力最强的人被称之为“盲流”，用今天的时髦语言就是所谓“漂族”，在东北三省城乡各个角落无不有他们的足迹和身影，我认为这一群体应当就是现代“闯”字号。有关资料载，在清军入关之初，关东的满洲人只剩下300万人，到1860年关里的闯族们的陆续进入，东北地区有了1800万人，人数增加了六倍之多；经过民国初期的离乱，山东、河南等地人民大量进入东北地区，到新中国成立前夕山东在东北的人口有了4700万之多！在东北三省，山东人闯关东人数超过世界许多国家的全国人口，为人类迁移史上所罕见！我从小还听说我们村的几个闯关东的人随着在东北的俄罗斯人穿过西伯利亚一直流落到遥远的圣彼得堡。

多少年来，山东至关东的这条“闯”路上的人络绎不绝。不论在何年何月何种方式从山东进入关东的，不论是这个庞大的群体以何种生存方式存活，他们经过岁月风浪的淘洗，通过命运、机遇和人为的奋斗的改变，这些人的社会地位、经济条件逐渐拉开了距离。成功者做高官当大款，大部分做了平民百姓，同乡之间有了阶层化分，说不定同时闯关东的老乡就成了雇佣关系。可是不管在哪一阶层，他们的共同点却是未因动荡与漂泊而耽误繁衍生息并以此稳定了局面站住了脚。他们还有一个最鲜明的共同点，那就是每个人都无法摆脱山东人与生俱来的生活习性、语言习惯以及关里人的其他诸多特征，因而这个群体的人一经接触就准确无误地引为同乡而一见如故。

切莫看轻了已变得不完全像山东人却也实在算不上是地道东北人的这些老乡，由于古老的中华民族看重和依恋的是世世代代居住过的故乡故土故人，与一生在游牧与迁徙的吉普赛人相反，人们对自身环境以外的地方充满陌生、神秘甚至恐惧感，大部分人不肯轻易背井离乡，有的人在饥荒年代宁在家中饿死也不肯外出谋生，只有为数不多的不甘贫困、敢于觊觎和窥视外部精彩的世界并具有披荆斩棘勇于创新精神的人，才会使自身命运丰富多彩、改变人生轨迹。这需要勇气和信心以及敢于吃螃蟹的胆量！是的，一棵生长多年的大树，一旦将其连根拔起迁挪于异地，无疑会伤害其根干枝叶，更别说水土的差异、气候的不同、地理环境的影响都足以令他历经九死一生的严峻考验！幸运的勉强活下来亦数年难以恢复原来根深叶茂的繁荣，还有的半死不活最后变态出现异常或畸形，但会有少数在生死考验中如同凤凰涅槃一样脱胎换骨获得新的生命力，展现出奇异的辉煌，比原来根更深叶更茂长成参天大树。最起码，凡能踏上关里至关东这条“闯”路融入这一庞大的群体的过程就是筛选优劣的过程，比旧时代的科举制度和现代的高考制度更严厉更残酷。他们在异地他乡吃苦耐劳敢于斗争敢于创新的抗争精神、坚忍不拔宁折不弯不达目的不罢休的意志，尤其是在外闯荡中同甘苦共患难的团队作风、耿直大气豪放等优秀品质，无不让人感喟！

在异地的挣扎求生中，成功也罢失败也罢发达也罢衰败也罢，每一个人的“闯”史无不充满了激情而值得讴歌与颂扬，每个人的故事皆不乏悲欢离合苦辣辛酸的动人情节，写出来都是一部可歌可泣的鸿篇巨制，演出来就是一部荡气回肠的电视连续剧。几十年后在生活安定衣食无忧的岁月，他们回首眺望由山东至关东的漫漫闯路，无不感慨万端唏嘘不已！由是，近几年的文坛、影坛的有识之士为此趋之若鹜，各种形式各种体裁的作品如同一阵强劲的风暴席卷全国，敞开的历史的大幕使不同年代的人以不同的眼光共同观赏体验百年前、数十年前那白山黑水间酣畅淋漓的故事。不同年龄的代沟拉开了人们思想观念的距离、文化距离、生存条件的距离，更拉开了生活感悟的距离，这些差别使人们从不同角度不同立场对曩昔往事所产生的浓厚兴趣及关注程度，连那些才高八斗的作者本人也是始料不及的。

笔者有幸曾经成为闯族大军中的一员，但与之迥异的却是与那些闯字号前辈、老前辈、更老的前辈的年代不同，我的年龄决定了我并非在旧时代流落关东者，亦非响应祖国号召加入了支边行列的近代闯字号人，也没有胆量和勇气流窜东北成为盲流。我是在中国历史进入新时期之后的一九七七年，在特殊的条件和背景下成为新一代的闯族进入长白山腹地的深山老林，作假证造伪证非法编制招工手续蒙混过关，进入伐大树抬大木的林业工人中，不久便钻进林业教师队伍，继而担任校长职务，一混就是十年。我把自己这个特别的人生阶段和这一特别的身份，命名曰“闯关东”

当代人。

当代人闯关东，已没有兵荒马乱烽火连天饿殍遍野流离失所的动人情节，没有国仇家恨提心吊胆生死未卜的悬念，没有反剥削反压迫献身革命壮怀激烈血流沙场战功卓著的光荣经历，可同样不乏由于人类无节制采伐破坏生态平衡产生恶果之后受到大自然的报复和惩罚——地表遭到破坏、山洪泛滥、水土流失、山体滑坡以及数百万亩大面积森林火灾的惨烈！从国家林业局到省林业厅、林业局的领导人，面对大灾难实施亡羊补牢却收效甚微的措施，心中无不产生“悔之晚矣”的感叹。继而生产停顿、工人下岗、企业解体，竟然发生历史性逆转，由闯关东改变为“闯山东”的令人哭笑不得的社会悲喜剧，给人类带来沉重的反思：不乏生命历程的生离死别、家破人亡、天灾人祸，不乏坎坷曲折中跌爬、艰难困苦中挣扎、惨痛中的哀鸣呼叫。令笔者刻骨铭心的是母亲的惨死和爱女的夭折，使我失去了生我者与我生者这两个我最亲爱的人，这诸多苦难给我的身心留下若干永远不能愈合的伤痕至今尚在流血不止，仍在消耗着我的生命；艰苦的岁月里也不乏男欢女爱海誓山盟、慷慨悲歌之士侠骨柔肠奇女，他们在异乡的苦难中幸福中，在人生大舞台上扮演着自己的角色。

与这些苦难并行的，是笔者在陌生的工作环境中发愤学习，由一个伐树工人被选派到林场学校当了教师，并在全局包括很多于“文革”前就取得师范学历的共四百多名教师第一次上岗文化考核中脱颖而出，获得第一名而崭露头角，当班主任所任班级的学习成绩在全局同年部二十多个班取得第一名，同时在权威性教育刊物发表论文多篇不断有新的突破，任校长后佳绩连连全校各项工作成绩在全局二十多个学校第一名，多次获市省乃至团中央教育部嘉奖而声誉鹊起，在自己所热爱的事业中展示了人生的辉煌；更难忘怀的是，在我身陷困境进入人生低谷的时候，闯族这个大家庭的老乡同事、组织和领导对我的关怀备至，患难弟兄拔刀相援红颜知己慷慨解囊，这些可贵的深情厚谊每每使我增强信心提高摆脱困境的勇气，使我从接踵而至的人生灾难的泥沼中挣脱出来，在那一段非常岁月中与他们结下终生难忘的情谊！四十多年之后的我与这些人以及我的学生飞鸿不断，在回到山东的三十年中我先后十六次踏上北去的列车，去朝拜我心中的这块圣地，使自己久在城市已被污染的灵魂得以净化和升华！

接连失去亲人的切肤之痛，妻子归咎于水土不服与气候环境不适所致；林业资源的枯竭给企业和工人生存条件带来的压力，使我们对这块曾一度令人神往的土地失去信心甚至产生后顾之忧和恐惧感，不得不做出明知不可为而无奈为之的人生抉择。像许多人一样，一九八七年，又挈妇将雏循原路回到故乡这座已在改革开放中初见成效的小城谋生，脱离了我酷爱的教育事业，进入我实在是心灵无所寄托身体无用武之地的商业行当，脱离最心爱的教育工作岗位使命运发生转折的抉择虽说无悔却不无遗憾！

所幸的是，经过惨痛教训的人类终于对大自然放下屠刀，使养育我们的地球得以苟延残喘、休养生息。大自然对人类是宽厚的，十几年封山育林、惨淡经营初见成效，山在变青水在变碧天在变蓝，人类又有了期望，林业死而复苏，并且已度过最艰难的时期。

本人闯关东的经历虽比老前辈们时间短、资格浅，而且那段历史距今亦已久远，可那非凡的十年给予我的激情非但丝毫未减反而与日俱增，每每在胸中冲撞折腾促我蠢蠢欲动，不自量力地急于寻找到一种发泄方式，妄图追随诸贤（而绝非赶时髦）以自己拙笨之笔一吐胸中块垒。无奈因早年过多的心力付出和身体的透支，进入中晚年的我已老态龙钟步履蹒跚头昏眼花齿摇发落，几乎是个半残废之身，执笔伏案或者对着电脑办公辄腰酸背痛，头晕之颈疼之臂酸之手麻之，种种折磨迫使自己屡屡收敛跃跃欲试的举动而辍笔作罢。

往事如烟，而那些关乎得失成败荣辱毁誉的故事撕扯心中如同酒醪在釜中发酵、沉浮，分子不断裂变、质量不断转化、结构不断重组，那酒醪中的淀粉被分离为糖继而成为酶再而成为酒液，年代愈久，析出的酒液愈醇愈烈愈厚重，不断冲破釜盖溢出阵阵酒香使我如痴如醉，此酒比白酒更烈比黄酒更浓比葡萄酒更美，是用人生百味和着血泪酿就！釜中美酒酿制恰到火候，我没有理由不端出来，祭奠身患绝症仍背井离乡随我去关东旋即在贫病交加中逝于白山黑水间的慈母和孤独地长眠于白雪青松下的爱女；我没有理由不将美酒敬献给始终与我患难与共相濡以沫无怨无悔的妻子；我没有理由不为自己干杯，希冀自己死后能顺利地寻觅到通向天国之路，找到在闯关东的岁月中我那没有享过一天福的母亲和没有过童年快乐的女儿，让我补一份未尽的孝敬之心和抚养照料之爱。以此酒和泪做墨写出此书，启示我的后代，应当尊重历史尊重苦难尊重与命运抗争向命运索取的精神，增强抵制小富即安、浅薄无知骄奢淫逸甚至嘲笑往昔的时髦病毒之能力。

第一章

公社革命委员会机关大院门口两侧的院墙上，用红油漆书写的毛主席语录已经斑驳陆离，但依稀还能看出，左边墙上写的是：领导我们事业的核心力量是中国共产党；右边是：指导我们思想的理论基础是马克思列宁主义。大门左侧挂着醒目的大红底子黄色仿宋字的木牌，上书山东省某县某人民公社革命委员会字样。虽说是“四人帮”已经退出历史舞台快一年了，但公社机关还是多年来的样子。

大院里很安静，除了树上的蝉叫声，各部门办公室几乎没有动静，大部分人还在午休没开始办公，公社革委会办公室的三排平房前散乱地放着车梁上缠着红红绿绿的塑料带子的几辆自行车。从大门外进来一个骑着自行车的农村少妇，急切地进入公社革委会办公室，她并没有一些普通的农村妇女进入机关的那种拘束和慌乱，没顾上对文书过多寒暄，对睡眼惺忪的革委会文书说：“宫文书，来麻烦你点事儿。”显然来者对文书并不陌生。宫文书很热情地说：“什么事，主任？”少妇被公社文书称为“主任”，是因她在娘家村革委会里干过妇女主任，经常来公社开会，公社机关的人大部分脸熟。

少妇说道：“宫文书，麻烦您给我丈夫子文开一个未婚证明，有重要事情要用这样的证明，请您帮忙！”

宫文书被这个意外请求弄得目瞪口呆，良久方半认真半开玩笑地说：“你要干什么？你不是开玩笑吧？我为你小两口办理登记结婚手续不到二年吧？又叫我出这么一个证明，莫非你男人在外面出轨有了相好，与你分手另立门户，还是你另攀高枝不和人家过了？是谁蹬了谁?”

文书疑惑并非偶然，这个被称作主任的女人与她对象子文来公社登记时他是帮了忙的，他印象很深。

“宫文书，是这样，子文的叔叔在东北要办退休了，他可以去顶替当工人，但人家东北的林业局规定已婚人员不能顶替接班，可是现在一个农民当工人机会难得。他已失去很多次机会，这回你帮帮忙吧。这证明拿到东北办完顶替招工手续也就没用了，万一出事我们自己兜着，没有你的责任，我们决不连累您，再说千里迢迢的隔着好几个省出不了什么事情。帮帮忙……”女人急切地说。

文书沉思一会儿为难地说：“我知道你家子文是个人才，我见过他在报纸上写的文章，在农村是可惜了他，这机会是不可错过——证明给你开，要谨慎使用，出了问题你们自己承担过错。看在你这妇女主任的分儿上，就违例欺骗东北的单位领导了，这可是违法的呀！你将来成了大工人家属，莫忘了我呀!”

“谢谢您，忘不了忘不了的。”女人感激地说。

文书用公社革委会公用信笺开出了子文的“未婚证明”，女人激动地接过来，只见上面写道：“兹证明我社李楼村社员子文同志未婚。”下边盖着鲜红的公社革委会公章。

拿到“未婚证明”后，子文的妻子很快告辞了文书往家奔。娘默默地坐在炕沿上，为子文打点好的行装散乱地放在炕上，突然的变故使全家人手足无措。叔叔的电报就放在炕上，电文是：“速持未婚证明和户口迁移手续来办理招工顶替事宜。”

如同一块大石头砸进平静的池塘激起水花四溅，打乱了一家人的生活秩序，这封短短的电报意义非同小可，它说明一个以挣工分为生的农民社员，按此办理就可以走进林业当上国家企业的正式工人了，户籍就可以由农业籍变为非农籍，这如同清朝时代汉人入了旗，足能改变一个人的命运和抬高一个人的社会地位和身份。

命运的改变还不仅仅是你自己，还可以影响到你的儿孙，永远不再去学大寨而去学大庆。尤其是对于上过几天学有点文化知识在农村无用武之地又不甘现状的人，就在这种痛苦与不幸中度过一生直到默默老死，现在突然出现了转机。

子文带上电报赶到村革委会，既慌乱又激动地与革委会主任汇报了眼前发生的事情，并向主任提出了马上要离开村小学民办教师队伍明天远去东北的请求，子文忐忑不安等待着村革委会主任的表态，他不止一次因村干部一句话丧失了好多次机会。主任沉思一阵，便点了点头，但没有急着说话。子文不敢催促主任表态，民办教师的位置来之不易，是许多回村的知识青年求之不得的，自己前年从生产队弄到这个位置已经费尽周折，可是目前这个机会更是令自己神往已久的、意义更是非同寻常的。子文望着主任的神色，心里怦怦直跳，好像在等待判决一样的不安。自己这几年在村里遭受的挫折和不公正待遇一想起来就让他心惊胆战。

好大一会儿主任才说："你去就去，村里的其他负责同志也不会提出反对，咱们村地少人多，你走了会腾出一个人的土地。但你目前这种情况到那里参加工作还存在很多障碍，并不是很有把握，如果你在东北参加不了工作，回来你就只能回到生产队劳动而不能再到学校教学了。你一走就得找上别人，如果那样你可别后悔。"

子文知道主任这番话绝对是真实的，但他毫不犹豫地表示决不后悔。他想主任的说法很现实，但不能因存在这样的顾虑再次失去了这样的机会，车到山前必有路，遇到什么变化就按什么情况对待，总会得到解决的。人生之路就是这样一个关口一个关口闯过来的。自己的这次行动也算是"闯关东"吧。

当他从村革委奔到学校与学生告别时已是放学时分，各班级正站队往校外走，有几个班级已走出校门。他走到自己所教班级教室门口意外地看到：全班同学一个不少整整齐齐地站成三排，静静地等待着他，看来他赴东北当工人的事已传到学校传到学生耳朵。他们自发地站在教室前等待着他的到来。他与这些朝夕相处的学生，从四年级到五年级，仅仅不足两年时间，就结下了深深的师生情谊。这些孩子大的十二三岁，小的十一岁，虽说穿着破烂，但此刻都紧绷着脸，很严肃地站在教室前十分安静，秩序好极了。子文站在队列前，从前排逐一看着他们充满稚气却不乏深情而依恋的神色，心中涌起一阵无法抑制的感动。多年的农村生活的磨难、多年脱离农村进入更好人生的强烈欲望，在瞬间变得模糊不清，矛盾和痛苦困扰着入世不深的年轻人。可现实却又使他清楚地意识到，不能犹豫，必须与学生告别。

他激动地说："同学们，明天我就要到很远的一个陌生的深山老林去工作了，我走后不论谁给你们当老师，不论你们到哪去上学，你们都要努力学习，做一个有知识、有学问、有出息的人。我们生在农村，只有读书、学好文化知识才会改变自己的命运，改变自己的贫穷落后的家乡。我去了东北不管干什么工作，会给你们来信的。我在那里会很想念你们，也希望你们不要忘记我，不要忘记在三千里之外的深山老林中有你们的老师时刻关注你们的学习和发展。等咱们再相见的时候，你们定会取得优异的成绩，到那时你们就长高了长大了……"

讲到这里，他突然流下了眼泪。学生从没有看到自己所敬仰的老师流泪，也发出了哭泣声，先是抽咽，后来便号啕大哭。班长走过来，手里拿着一方手绢。这手绢是班长的，她用红铅笔在上面描上了大字，全班的同学在上面都写上了自己的名字，意思是老师走到哪里也不要忘了他们。

子文接过手绢，看着上面鲜红的六个核桃大的字："老师一生平安"，下面是四十多个学生稚嫩的签名，子文双手托着手绢感到沉甸甸的，是那样厚重，在一刹那间产生出一丝后悔：农村再苦，但有这样一群可爱的孩子在身边，夫复何求！但他还是将这念头压下去，不让它再翻上来。四十多个孩子用这种方式无顾忌地发泄着依恋、伤感，使不大的校园充满悲伤的气氛。学生那一团啜泣聚集在一起真是惊心动魄，使那些正准备下班离校回家的老师都从办公室跑出来，他们为眼前的情景而吃惊。

在回家的路上，子文一直沉浸在感动之中，路两旁的一切都视而不见。到了自己家门前惊讶地看见，来本村接受贫下中农再教育的青岛知青户的年轻人全部站在这里等待着他，像迎接胜利凯旋的将军。

"子文老师，听说你要到东北工作，你真是好运气，我们下乡好几年等待回城都望眼欲穿了，您倒好，真是喜从天降啊。我，给你凑了三十斤粮票，还买了一个旅行包。可是你走了，在这个村子里我们再也找不到你这样志同道合有共同语言的朋友了。"知青小林子过来拉着他的手说。

子文百感交集，自从这一群青岛知青来到这个村子，这些青年人与本村的同龄人总是格格不入，保持着井水不犯河水的状态，唯有与自己像弟兄们一样亲密无间，子文与这些年轻人似乎有一种心灵的感应，没有桃园结拜，没有撮土为香，却有说不清道不明的心灵默契。多说没有用，子文逐一与大家握手拥抱拍肩膀，执手相对泪眼，然后进入院子拥进子文家低矮的房屋，大家拦住要烧开水的母亲，知青户长王连说："别的就顾不上说了，大家羡慕你的运气比我们好，我们从城里到这里下乡好几年还没有进城招工的希望，而你这个地道的农村人捷足先登了。你先去，家里的老母亲和夫人还有孩子，有我们大家，有什么事，嫂子打招呼没有话说。你还有千头万绪的事情我们帮不上忙，我们走了，到了那里给我们来信。"

子文说："感谢大家看得起我这个农村人，咱们友好相处这些年，现在我们分开了不必太伤感。天涯何处无芳草，我相信在任何地方，只要你诚信待人，总会找到朋友的。我把借你们的书还给你们，谢谢你们让我有机会读了这么多好书。"

傍晚，子文挎着篮子来到村外父亲的坟墓，踏着泛黄的秋草，面前低矮的一抔黄土静静地堆在不显眼的地方，盛年早逝的父亲已经在这里孤独地居住了十年。每次到了乡村祭奠亲人的日子，子文总是心情沉重，在这里伫立许久。自从失去亲爱的父亲，孤儿寡母的这十年，有多少委屈也都只在这里倾诉。他每次来到这里，总站在离着坟墓最近的地方，子文相信父亲地下会有感知，知道自己的到来，阴阳两界似乎遥不可及，但有时候又觉得近在咫尺。子文等烧纸燃尽的时候将眼泪擦干，对着坟墓朗声说道："父亲，我已经成家立业而且有了儿子，让你放心的是你的儿媳很贤惠，尤其对我娘很孝敬，对里对外都比我强。这次我要离家到东北我叔叔那里，寻求家庭的自强之梦，我相信会成功的，撇家舍业的代价一定会有回报。前几年因为母亲身体很差我不敢出去，现在你有了儿媳当家与母亲做伴，你会支持我去寻找自己的梦吧。等将来我会把您的坟墓修成全村最大的，我会给你竖立全村最好的墓碑。"

当他走出墓地，一抬头看到二姐在地头站立，暮色苍茫中显得更加憔悴不堪。

模糊的光线中，二姐惨笑了一下："你走你的，不用想很多事情，这都是命中注定的事，你也应当有你的前途，给你这个拿上。"说着将手里一个纸包一下子就放在子文的手里，扭转身子快步走了，等子文回过神来，二姐的身影已经渐行渐远，很快就消失在雾霭中。子文站在那里许久，他知道二姐的性格，如果追上去她会不高兴的。昏暗的光线中打开纸包，纸包里还套着一个小小纸包，子文打开小纸包，不由得呆住了：这是半个金戒指！这东西二姐早就给他看过，二姐说这是在她去济南的时候，当大学教授的妈妈送给她的，这是在旧社会的时候她与爸爸结婚的信物。子文第一次见到（也是有生以来第一次见到黄金）的时候还是完整的，可是怎么就成了半个呢？纸包里还有五十元钱和一些粮票，还有一张纸条："我把戒指用菜刀剁成两半，咱两个一人一半，也是一刀两断的意思。学会忘记曾经，珍惜你的妻儿，你是最优秀的，到哪里也会是好样的，你是结了婚的人，需要放弃的就必须放弃，聪明人要以前途为重。"子文痴痴地站在原地，学生的，知青们的，二姐的告别都让他刻骨铭心，终生难以忘怀。这个二姐……

在家门口，子文犹豫了一下，现在他必须放下刚才的杂乱心情，考虑对多病的母亲怎样安慰，减轻她的心理压力，这才是最费心思的。他知道自己的离开会给年老体衰的母亲带来什么，这件事对母亲来说会像泰山一样压得她难以承受啊。想起小时候在父亲去世后，东北的叔叔特意来接他们孤儿寡母到东北居住被娘拒绝的情景，这次老人家会同意吗？

令子文惊讶的是，一进家门就闻到炒菜的香气，妻子正在锅灶前忙着。昏暗的煤油灯下，堂屋的饭桌上摆着已经做好的饭菜，这无疑是自己家中最丰盛的饭食。娘已经坐在桌前，自己一岁的儿子挨着奶奶坐着，让子文意外的是，娘的脸上已经没有了那副悲戚和哀伤，而是喜气洋洋等待吃饭，这让子文马上放下心来。子文坐在娘的对面。娘说："子文，去村革委事情办得怎样？这次我想明白了，你到东北工作是件好事儿，十年前那一次娘没让你走，是因为你还小，会拖累你叔叔，现在你成人了，我知道这些年你在村里伸展不开很憋屈，出去闯荡一下，不管混成什么样，你也就死心塌地不再委屈难受了。"子文说："干什么工作我都会尽力的，不放心的就是您的身体不好。"娘开心地笑着说："现在和过去不一样了，有你的媳妇在家和我做伴，比你强多了，要不是有你媳妇，我还是像上次一样不让你走呢。"子文惊讶地想，娘很少说这样多的话，更很少这样的开朗。娘说道："只是出门在外不要再逞能，你太要强了，别的就不说了，你有事多和你叔叔商量，吃饭。"

子文没想到自己觉得最难做的工作那么容易解决了，老人家突然就这么开通了，心里轻松了很多，也明白了娘的良苦用心。

虽说这是第二次乘坐火车，但他还是很激动很兴奋，很惊讶前面的火车头这么有劲，那么大的烟囱，比生产队烤烟房的烟囱大多了，从车头到车尾比自己的村子从东头到西头还长。他想："这家伙的力量比起村里的东方红拖拉机可不知大多少倍，要是用这个大家伙耕地拉肥运庄稼可真是赶劲！"车厢内的设施更是目不暇接，给他带来很多惊奇，车上的座位真高级，比村里的学校老师办公室的座椅舒服多了。两节车厢中间还有厕所、洗脸的地方，都比自己家里甚至比学校里的还干净。旅客的座位靠车窗的地方还有个小桌子，放着旅客们的茶杯。村里的劳动力在地里拼命干活儿流下那么多汗水还没有人带着茶杯呢，渴了还不是到地头上端起罐子灌上一肚子凉水？

这些出门的人也真是会享福，现在并不是吃饭的时间，却有那么多人在吃东西，这些人乘坐火车究竟是为了出门还是为了吃东西？出门肯定是有事情的，还这么讲究。

看看火车上的人们，穿戴打扮都比自己阔绰多了，大约都是些干部吧？坐在车上，慢慢平静下来之后他不断审视自己：自己这寒酸样子，离开家乡到那么遥远的一个陌生的地方去干全然陌生的林业工作，自己能行么？随着列车单调的铿锵，他的思绪回到了从前。

自小子文就知道，他的一个叔在新中国成立前就独自闯关东，新中国成立后当了林业工人，再没回来过。邻居们也有在外工作的家人，他们有时回来，尤其是春节期间，来自南方、北方、城市、农场的当工人、当干部、当军官的人就来家探亲与家人过团圆年，这些本村出去在城里干上工作又回来的人语言行动衣着打扮与农村大不一样，他们的一举一动总透着一种"洋气"，还有些人操着听起来很不习惯的外地口音，也使子文特别的好奇甚至肃然起敬。在农村人看来，这些在外地工作的文明人肯定很有钱，他们见到家乡的孩子，便从衣袋中掏出稀罕的糖块儿给孩子们吃。他们的穿着、生活习惯也和农村人大不一样，早上起来，农民马上就下地劳动，这些在外面回来的人早上起来先是刷牙洗脸，把自己弄得干干净净，东邻的二叔叔回来带着二婶，早上起来洗漱完了，两个人还挽着胳膊在村子后面的路上散步。

子文很羡慕这些在外工作的人，更羡慕这些在外边工作的人过年过节就回到家乡探亲。但奇怪的是，他的叔叔在东北工作，却从没回来过，就连信也不见一封。他曾问过父亲，父亲含糊其辞说是爷爷奶奶没了就不愿意回来了。后来稍大点了，才听母亲说，叔没去东北前在老家的时候生计很艰难，不顾父亲的挽留劝阻，负气走的。叔去了东北后便不怎么与父亲通信，十几年之后，弟兄感情也就渐渐疏淡了。三年自然灾害，全家快饿死的时候，父亲这个半文盲亲笔给叔写了信，请求已当了林场场长的叔叔介绍父亲去东北当一名工人，解除全家三口的危难，叔也没有回信。从此，父亲和叔叔便再没联系。

子文心中很纳闷很遗憾，小学四年级的作文课上老师指导学生们写家信的时候，子文写的是《给东北叔叔的一封信》，他写得很认真，写出了对叔、婶、妹的想念和盼望见到这些亲人的心情。这篇作文受到老师的表扬，说是感情很投入，并拿到班上讲评，还叫子文念给全班同学听。课后老师鼓励他把这封信寄给叔婶。放学回家后，他从抽屉底翻找出他保存了好久的一个旧信封，那是叔叔早年的来信，按老师的教导把来信地址抄到用一分钱买来的信封上面第一行“收信人地址”右侧，在信封下方写上自己的也就是发信人地址，就投向村街供销社的代邮点。他很奇怪，把信放进那个小小的木箱子，自己写的信是怎样寄到千里之外的叔叔手里的呢？然后就是焦急的等待，十多天之后就开始失望，他想，叔叔连父亲的信都不回，怎么能给自己来信呢？

没想到过了二十来天，意外地收到叔的来信。虽然信封上收信人是父亲的名字，但叔在信上提到父亲的不多，倒是用大量篇幅表扬了子文。这件事使子文高兴了许久，并在班级中引以为荣，写信的兴趣大增，就不断给叔写信。终于，这个不懂事的孩子，给父亲和叔搭起了连接兄弟之情的桥梁，终于恢复了正常的亲情交流。这年夏天，叔打发婶子带着比子文小两岁的妹妹从东北回家乡探亲，在子文家住了几天。

1967 年冬天，正当英年的父亲患病在腊月二十七去世，子文正在中学读书，已会发电报了，他把噩耗电报发给叔，大年初四，离家十九年的叔叔第一次返回故乡，他是来接子文和他母亲的。叔叔说他动身前就与林场派出所和林场领导打了招呼，把子文母子接往东北，先和他们住在一起，让子文把中学读完，然后就可以下乡加入知青队，将来瞅机会慢慢调回林业局就工。母亲尚未从父亲去世的悲痛中解脱出来，她经过冷静思考做出了决定。她对叔说："你带子文去东北，好歹叫他念完中学下知青队，好歹给他找个工作，好歹给他成个家，我就不去拖累你和弟妹啦!"说着就哭了。

十五岁的子文心中很失望，但家庭的变故也使他迅速地懂事，他知道，母亲考虑的是母子俩不能同时去拖累叔一个人，再说寄人篱下也不是一种解决问题的办法。他心中明了，母亲还有一条理由没说出，那就是父亲去世不到十天，尸骨未寒，她不愿离开生活了几十年的老屋，尽管这几十年充满了辛酸，但这小小的三间土屋却是母亲生活的全部；她老人家尽管性情懦弱胆小，可自尊心强。她再苦也能忍，但决不愿去依附他人生存。她对子文说："你可以一个人随叔去完成学业找个工作，我一个人先在家，你以后有了工作挣了钱有个地方安了家我再去，你不用挂念我，我怎样也能对付着活。"

子文很矛盾，但他理解母亲，他对娘说："我很想随叔去东北，但既然娘不愿去，我不能把娘一人扔在家中，娘不去，我也不去。"说是说，但他心中多么盼望娘改变打算，母子俩去东北啊。但母亲不去的打算是坚决的，叫子文去也是真诚的，她确实希望儿子的人生有根本的改变。她也了解儿子不甘心在农村种一辈子地，像父亲一样劳累和贫穷一辈子还要被人欺负。母亲知道，儿子从小爱学习有文化有志气，只有参加了工作，才能脱离这种环境，凭自己的聪明智慧吃饭。但子文的态度也很坚决，只要母亲不去东北，他也决不撇下多病的母亲一人在家。他的决定使母亲很内疚，可她也实在舍不得子文离开她。终于，母子二人达成一致，不随叔去东北。

子文向叔正式表明了态度，对叔说："谢谢你对我们母子俩的安排，但我娘不去——你知道，她离开我是不能生活下去的，父亲撇下了我们，要了她半条命，剩下半条命不能叫我带走，我最了解我娘。叔，我太愿意有份工作啦，我也太愿意离开这个地方了，但我不能离开母亲。谢谢你和婶子，以后我会去东北看望你老人家的。”

叔叹息了一声，对娘和子文说：“临来我已对林场和派出所打了招呼，说把你们带去，你婶子也在家准备迎接你们去……嫂子，你知道我没儿子，我是把子文当儿子来看待、来安排的，我一人回去，怎么向林场等单位和同志们交代，怎么向家人交代？但是嫂子也有道理，我就不勉强了，明天我就回去了。”

第二天起早，子文送叔叔到村东头的公路上等待一天一趟的客车，子文看到车窗里的叔叔扭过脸去，他眼中也是充满了泪。这个倔强的闯关东多年的中年汉子，因自己来回万里奔波的计划落空，拉扯亲人的计划落空，自己的热情落空，伤感着自己无子的命运。闯关东十几年第一次回山东，却这样黯然神伤地离开故乡。

叔叔走后不久，念初三的子文辍学回乡生产劳动挣工分，在此期间，他时常给叔去信问候。在1971年，十九岁的子文瞒着生产队第一次外出打工，到羊口盐场干了一冬天牛马活，除了交生产队外，剩下的钱就是他有生以来第一笔也是最大的一笔收入，大约四十元。他便遏止不住萌发多年的心愿：到东北看看！看看曾一度关照过他的叔婶，看看东北那个只在《林海雪原》中领略过的神奇的地方。还有一种说不清道不明的潜意识，在催动着他踏上去东北的旅程。

母亲对子文说：“你天天下地干活又苦又累，还是只吃地瓜干，那么一点玉米面还不舍得掺，你正是长身体的时候，你挣了钱如果用来买粮食，添补着可以吃大半年。这点钱扔在路上多不值得？”母亲不愿意他去东北，她还盘算慢慢积下点钱，不一定哪一天儿子就需要谈婚论嫁的花费了。舅和姨夫也特地从外村赶来很权威地劝说子文，但子文很坚决，不就是出去看看嘛，又不是不回来了。于是，他第一次接近火车、踏上火车、乘坐火车辗转去了东北。火车到东北需换乘三次，每次都在车站等大半天，到目的地得三天三夜。

没什么行装，没有什么盘费，地地道道的农村小伙，地地道道的农村打扮，肩上的塑料编织袋里是生产队里自产的黄烟叶——叔叔那年来时曾夸赞过这种烟叶好抽，包袱里藏着在非常年代几乎销声匿迹的“文革”前出版的被称为“封资修”的几本书：《三国演义》、《聊斋》。

这次旅行是子文有生以来第一次，坐火车是第一次，出省也是第一次，此前他也仅仅是在为生产队外出办事在铁路旁老远见到过火车，看到巨龙般的列车风驰电掣行驶在铁轨上，除了被深深震撼，他很疑惑：那钢铁制成的列车在行进中怎么能弯曲自如的？为什么那火车不能把客人直接拉到目的地却还要换乘？

上车后，满满一车人全然陌生，他很奇怪，这些人怎么一上车就吃饭吃水果嗑瓜子喝茶水，还有几个人竟在靠窗小桌吃烧鸡喝啤酒。他从包袱里掏出《聊斋》看。车上无人好奇或惊讶这个年轻人旁若无人地读书，人们对文化，对知识，对什么名著已然陌生，这使他无端地有些失落。

到了东北，婶子热情接待。自1962年回家探亲以来，近十年没见到他，那个刚刚学会写信的十多岁的孩子长成近二十岁的小伙子，十年中他从小学念了初中，毕业后又回乡干了三年活，成为一个壮实的青年人，一个掌握各种农业技术活、工分全队第一的庄稼人。十年中，他已遍读那个年代那种环境中能弄到的所有书籍。子文的文化修养是农村孩子中少见的，婶子以赞赏的眼光打量着这个侄子。

婶子没有生过孩子，收养了妹妹，已经在去年从知青户招工。对于年轻人，婶子虽不知什么是素质更不懂所谓气质和修养，但是她很具体地感到了差别，侄子身上有一种很不一般的东西。在叔婶家的二十天中，他干活洒脱利落，不俗的谈吐，给这个当家做主的女人留下了良好的印象，从来就缺少人口、显得势单力薄的家庭陡然觉得硬朗了很多，婶子多次带着子文到林场机关大院、各位邻居家展示她萧条惨淡的门户里出现的能文能武的顶梁柱，这是货真价实的大小伙子！她不但给了子文往返路费，给他购了新装，还把叔的皮鞋、绒帽子给了他，甚至给了他一块连公社书记也不曾拥有的苏联手表！陡然间他本来不俗的气质更像是脱胎换骨一样焕然一新，他想，自己回到家乡足以使那些农村青年男女刮目相看！

二十天后当子文向叔叔婶子告别时，婶子做了一顿丰盛的饭菜并叫上几个闯关东的山东老乡一块儿吃饭为子文送行，婶子当众宣布：“子文的父亲去世的时候我们曾经打算让他来这里，因为他父亲刚刚去世，母亲生病无人照料，他母亲又不愿意拖累我们，当年就没有来。事已至此，再等几年子文的叔叔就到退休年龄了，将来就叫子文接班。”

不几天，子文在精神和物质上满载而归。虽说涉世未深的他在行前没有作出什么设计，还不能对这次东北之行所起的影响作出自我估计，也或许只是一种潜意识，并不存在明确的目的和野心，因此他觉得叔叔和婶子的决定真真是一个意外的收获！在返乡的路上，子文坐在火车上心情时而激动时而低沉，他掐着指头算计着：“我现在十九岁，叔是四十九岁，离退休的最小年龄五十五岁尚有六年。六年之后我就二十五岁啦，在农村这个年龄就要成家立业生养后代了，母亲早就盼望着娶儿媳抱孙子啦，婶子打算让我顶替叔叔参加工作，可是存在着这些阻碍矛盾，尤其是年龄等条件都是难题！我有这个机会么？”

早在1975年秋天，子文回村劳动已经八年，村革委决定安排子文到村校当民办教师，作为子文来说，人尽其才的安排影响了他的一生，注定了他从此由一个体力劳动者变为一个脑力劳动者，成为一个靠知识吃饭的文化人。在子文的人生旅途中，这是一个转折。子文当上民办教师工作得心应手，他教的五年级在半年之后就发生了惊人变化，事实证明子文天生就是个当教师的好材料，颇具一个教师的班级管理的凝聚力和驾驭群体的能力。他虽没有经过师范的专门培养和学习，但凭他日常那如饥似渴的求知欲望，对知识的浓厚兴趣与积累，尤其是对教育工作的热爱，使他在上任不久就有招有式，一个学年下来就轻车熟路完全具备小学班主任应具备的条件了。

不过，民办教师毕竟是民办，他仍旧挣的是工分，与那些即使教学水平很低的公办教师相比，同样是教学，收入仍是天壤之别！人的命运就是如此安排，你不服也得服！否则他就不会向往着脱离农村参加工作了。

当民办教师的第二年，也就是1976年，为满足多病的母亲盼儿媳盼孙子的愿望，子文像多数的农村同龄人一样结婚生子，母子二人的家庭结构有了新格局。又过一年，也就是前几天，叔叔的这封具有历史意义的电报使子文的人生之路发生重大转折。

第二章

告别了妻子、母亲，子文踏上了寻求工作寻求新生活寻求前途之路。在列车铿锵有力的行进节奏中，子文没有像以往那样沿途凭窗观赏风景，突来的变故使这个涉世未深的年轻人方寸已乱。

到了东北叔叔家里看到了林业局劳资部门转发的省林业厅劳资处的招工说明，规定的事项让子文大吃一惊，如同一盆凉水当头浇下。事情相当复杂，参加林业工作顶替接班的条件和要求有四项：

一、必须是退休人员直系儿女；二、未婚；三、林业局职工子女中的下乡知青必须在农村两年以上并有村革委会的同意；四、本省户口。

天哪，这四项都与子文的实际情况相悖，即使公社开的“未婚证明”能蒙混过关，剩下的三项，任是哪一项也足以把文化不多的叔叔和没有处世经验的子文难一个大跟头。子文的情绪一落千丈，这是他有生以来承受的最大打击，感到很绝望，沮丧到极点，实现理想是如此之难，看看林场子女那些够条件的青年们，自己哪一点比他们差！可林业厅、局的红头文件白纸黑字就如同木板上一颗颗钢钉一样拔不出碰不得，摆在面前的就是布满荆棘不可逾越的鸿沟！

婶子对叔叔说：“把一起闯关东的山东老乡们多叫上几个出出主意看看他们有什么好办法吧。这么多年来遇上多大的事情不都是山东弟兄们商量吗？”

叔叔不同意婶子的建议，他对婶子说：“你还嫌事情不够糟糕吗？本来子文接班就违反规定，这件事要保密，还能叫人来商议？”婶子此时反而比叔叔想得开，她说："明摆着办不成了，还保的哪份子密？这时候不用老乡啥时用？我去找他们来。"

当天晚上，林场的书记、工会主席、劳资科长等几个闯关东的山东老乡来到叔叔家召开关于子文接班的会议，这一会议的召开对于子文的命运有着深远的影响。叔叔把难题摆在老乡面前，没想到那林场书记哈哈大笑："这有啥难的？咱们一项项解决。子文带来的未婚证明屁用没有，证明上盖着山东老家公社革委会公章，这明明是告诉上级，子文不是本省户口嘛！干脆这样，先叫林业派出所开出一份假户口证明——所长不也是山东老乡吗？日期开在两年前，开出的户口落到附近农村知青点，然后马上转回来落到大哥这里。这是一举两得，一是满足了户口在本地的招工条件，二是满足了知青返城待业的条件；第二步，由大哥与侄子签订一份扶养协议，签订日期也是在十几年之前子文的父亲去世、大哥回家那年，以证明子文从小由叔叔抚养成人，就算是直系子女，这最后的招工条件也就满足了。下面我分一下工，我亲自找派出所。"他指着工会主席，"老王负责跑知青点，老郎你熟人多办法多，负责办理接班顶替手续，填写各种表格材料，遇到障碍，你能排除的立即排除。明知都是假的也只好这样办了，出了问题大不了我全兜着，不就当个出大力抬大木头的工人吗？大哥在林业局一辈子有功劳也有苦劳，让自己侄子顶替，也好老来有靠，免得给国家添麻烦。没啥大不了的，出了问题大不了不当这工人，也犯不了国法开除不了党籍吧？大家赶紧分头行动，三天以后还来这儿凑情况。"

在子文和叔叔看来泰山压顶般的难题，在林场书记的面前就像是《水浒传》智取生辰纲的分工一样，三下五除二就安排完毕，书记水平就是高，不愧是一把手。书记的工作作风令子文佩服得五体投地，林场书记比自己生产队的队长和村里的革委会主任有本事多了；但还是心中不无忧虑，当工人这样的大事，手续应该是很严肃的，怎么能弄虚作假呢？这是不是犯法呀？他心中忐忑却不敢随便乱问。

数日以后，招工所需的各种材料随本场十几个待招青年的材料一起被送到林业局劳资处。子文和叔叔焦急地等待着通知，一生忠厚老实的叔叔和刚刚踏上社会就碰了钉子的年轻人子文何曾经历过这样的大事啊。子文想到，在农村虽说日子艰难，可是父老乡亲的事情没有这样复杂，将来参加工作之后，工作环境也有这样复杂么？

大约在十多天后，林场劳资人员来到叔叔家，他脸色沉重地对叔叔说："有人揭发检举，说子文招工手续不符合规定，材料是做假作伪，局劳资处来电话说，其实他们也知道有虚假，可觉得大哥是新中国成立前参加工作的老干部，是林业战线的功臣，还是把招工材料报到了省里，谁知这举报人又把情况反映到省林业厅，林业厅已经取消了子文的招工名额并把材料扣在厅里。大哥你快找书记看他还有什么办法。我看这事就是那主管政工的人干的，大哥当年曾经因为他往家弄了木材处罚过他，他怀恨在心，我报材料叫他盖公章时他就再三发难，还是书记让他盖的，他很不情愿。"

意料之外的打击，使子文如同五雷轰顶，茫然无措，就连当过多年场长的叔也只有一遍遍叹气。林场书记喘着粗气走进来，他说他刚从局党委回来，他昨天在局里开会就知道子文招工被人举报之事，他当即找到局党委书记大吵一顿。局党委书记说："问题不是出在局里，而是出在林业厅，我也愿意照顾这样的老同志，过去也有好多就这样办理过，他属于特殊情况这我知道，你朝我吹胡子瞪眼的要态度有什么用，你总不能逼我到厅里去找厅长到林业部找部长吧？这样，你们再想办法，在我这里没有障碍，别的我管不了。"党委领导把话说到这样也算到头了。

书记对叔叔说："只有请求林业厅领导对大哥的特殊情况另作安排了，只要厅里把招工材料盖上章发回局里，就成功了。"

大家沉默起来，谁也拿不出好办法，子文很绝望。"难道最担心发生的事情果然就要发生吗？丢失了民办教师岗位可以回到生产队下地劳动，可是自己行前是在亲戚的关注和朋友们的羡慕中与他们告别的，撇家舍业千里迢迢来东北参加工作，就这样回去，怎向亲友们交代？见到学校的老师和自己的学生，他们问起来又怎样说？难道就说自己在东北作假作伪被人检举被赶回家来了吗？"屋里的空气就像凝固了一样让他喘不过气来，子文默默地坐在角落流下了痛苦的泪水。也许命中注定，自己一辈子别想跳出农门吧。

过了好久，叔叔叹了一口气，很为难地说："看来只有找他了。"

叔叔说的那个人就是他的表弟，也是子文的表叔，但只是听说，从没见过。叔叔的表弟六十年代初在故乡山东高中毕业，因家境困难上不起大学，又不愿在山东务农，只身来东北投奔叔叔。那时候在林业局就工还算容易，因为表弟读书的时候就是语文尖子，参加工作后不断在省报发表文章，被调入林业局宣传部做秘书，叔叔为他介绍了对象并在山东老乡们的主持下订了婚。不久，省组织部从报刊上发现表弟的文章很有思想见地，竟然将他调出林业系统进入省委组织部工作，谁料到他竟然瞒着叔叔与那个林业工人的女儿退了婚，当了陈世美。叔叔为此伤心生气，表弟几次来信也不回，这十多年几乎没有来往，据说表弟在省委组织部干上处长了。如今发生了这件事情，不知这个表弟能不能帮忙，人家地位这么高，还能不能认咱这门亲。

书记一拍桌子大声说："我还记得当年他在这里工作过，后来人走了渐渐忘记了，省里组织部的人做这点事情太小菜一碟——本来林业局订立的招工条件就不合理。"

叔叔说："我不想去省城找他的，他有个当年在林业局一起做秘书的好朋友就在温泉林业疗养院当院长，他们来往很多，这些年关于表弟的信息就是从他那里得知的，求他给写封信事情准成。"

书记高兴地说："林疗的院长我也认识，赶紧去找他写信，事不宜迟，子文你明天一早就乘火车去温泉林疗，当天就能赶回来。"

子文乘火车到温泉的途中，有一段很长的穿山隧道，火车入洞前广播员告知乘客关严车窗，子文很不情愿，他很想见识一下那长长的列车钻进巨大的山体深处穿行是怎样的壮观。当年日本人修这条铁路是为了掠夺东北的林业和煤矿资源，修这条穿山隧道还不知死了多少中国劳工呢。火车进洞了，火车运行的声音陡然增大若干倍，真是排山倒海之势，子文不由胆战心惊，呆呆地看着漆黑的车窗，想象着窗外是怎样的恐怖景象！几分钟后才看到远处出现一个亮点，瞬间火车就钻出了山洞，子文的感觉似乎是从地心钻出，他长长地舒了一口气。

山洞外铁路两侧是将山岩劈开形成的百丈悬崖，在黑暗中更是深浅莫测，子文惊叹不已，好大会儿两边才出现了长满灌木和蒿草荆棘的陡坡。

突然眼前一亮，铁路两边的地势陡然开阔，在这长白山腹地峰峦重叠之处现出一个盆地，更使他惊奇的是这人烟稀少森林茂密之地竟然如海市蜃楼般有一片现代化大楼拔地而起。子文听乘客们说，这里在五十年代因发现了优质的温泉，先后建立了林业疗养院、煤炭疗养院、农业银行疗养院等大型疗养中心，为此铁道部门才在此加设了温泉站，听火车上的乘客在议论，在这些疗养院住着的大都是矿产、林业等行业的职业病患者。

在林疗，子文找到院长，顺利办好了去省组织部找人的介绍信，当即返回，但回返的火车要等四个小时，子文心情郁闷，不愿在这三等小站等上半天，便贸然决定顺铁路沿线往回走。山中的铁路边沿没有人行道，只能踏铁轨枕木前行——一步一道枕木则步履跨度太小，一步两道则步履太大，只能一步一道加快频率赶路。一路上没有一个人影，离家的愁绪和近几天发生的一连串变故使这个涉世未深的年轻人心事重重，深山的原始森林山泉飞瀑鸟语花香，这些自然风光和奇异的山貌非但不能引起子文的兴趣，反而都成为增愁的因素。思乡、思母、思妻思子、思念学校和学生、思念好友的种种惆怅与当前参加工作遇到的波折交织在一起，使他焦急、恐慌，甚至后悔。他满腹心事，忧心忡忡。眼前的漫漫山路时起时伏，时直时弯，铁路顺着山势似无穷尽，在山谷中蜿蜒穿行，枕木一级一级看不到尽头。周围寂静无声，偶尔过来一列冒着黑烟喘着粗气爬山的运材火车引起山谷一阵喧闹，过后归于沉寂，只留下一团浓烟在山谷中飘散缭绕，最后与天上的云彩融为一体。八月的东北开始落凉，枯枝败叶凌乱地飘落在枕木间和铁轨两旁，铁路两旁的护坡上蒿草败落萧条，令人徒增一种悲伤和沉重。

前面又是一座山峰横在山谷，远远看见铁轨钻进了山洞，洞顶则是高耸入云的悬崖峭壁，仰望顶端令人目眩，一会儿走到近前向里张望，几十米外就黑洞洞的什么也看不见。他有点犹豫，不知是否能由此穿过山去，可又分明知道除此之外没有任何道路可行。洞口两侧是人工刀凿斧削的峭壁，心理上越发受到挤压。怀着复杂的心情和畏惧，子文平生第一次进入山洞，光线越来越暗，一会儿就黑暗得如坠入十八层地狱一样，洞顶端的一排灯神秘地眨着眼睛发着微光，更让人忐忑不安。

远处的出洞口仅仅是一个小小亮点，也不知还有多长，脚步也难以掌握枕木的距离，开始磕磕绊绊踉踉跄跄。胡思乱想中，突然对面响起火车的巨吼声，子文心惊肉跳，往后退根本来不及了！他不知是否自己还能活命，本能地从铁轨枕木上跨下，身体紧贴洞壁，又怕火车擦着他的身体将自己搓碎了，旋即仰在地上，等待九死一生的时刻。屏息等死的滋味如同被枪决的犯人跪在刑场等待行刑的口令、等待行刑枪手扣动扳机。火车在洞中的声音比洞外大若干倍，排山倒海的巨吼撕心裂肺，车头像一头巨兽径直朝着他冲过来压过来碾过来，那车灯巨大的光柱如虎眼如龙睛如利剑聚焦在他的身上……

没时间呼救，没时间挣扎，没时间呼爹喊娘，没有机会向谁哀号求告，他几乎想跳起来迎着车头冲过去更痛快。震耳欲聋中，子文麻木了，脑子一片空白，事过之后他想，那一瞬间的感受，一个人一生经受一次就足够！

山洞里的浓烟和灰尘，密度之大无法想象，呼吸十分困难。子文仰面朝上，看不到洞顶，将脸贴在冰凉的石壁上艰难地呼吸了几口便咳嗽起来。几秒后，巨大的隆隆声响渐渐远去，神志清醒过来，他从满是石子的地面上爬起来，踉踉跄跄走出那段剩余的山洞才知道，这是自己没经验的一场虚惊，山洞并不像自己想象的那样窄，道轨两旁就有窄窄的人行道，而且那山洞中每隔不远就有一处供行人和施工人员安全避险的小洞。

多少年后他每忆及这一幕便伤感不已，他曾经讲给别人听，人们的评论就是嘲笑他的无知，嘲笑他步行回途的愚蠢。其实他也知道只凭走枕木回到林业局是不可能的，而且前面相隔不远便是下一处车站。走这四十里山路，并非为省时省钱，就是减轻那种焦急和沮丧，排遣静处时的痛苦，驱除那种比疲劳更难熬的挫败感。长白山的铁路洞啊，后来他数次路过，不堪回首。事过若干年之后，当年的泪水真能渗到山石中化为碧血么?

子文踏上去省城的火车，这是他第一次去这个全国最早最大的汽车制造基地，行车时间全是在夜里，看不到车窗外面的景物，大部分旅客都在瞌睡，子文没有丝毫睡意，离家以来没有一件事情不让年轻的他的思想发生波动，自己在农村的不安分到底是对还是错？自从父亲早逝，自己不得不辍学回村挣工分养活自己也养活多病的母亲，在祖祖辈辈曾经洒过汗水的黄土地里一干就是八年。本村自己的同学们纷纷走上赤脚医生、供销合作社合同工人、公社农机站等岗位，而自己因为复杂的身世，这几年来失去的机会很多，先是县京剧团的录取通知被扣下，接着是烟草公司合同工录取的通知发到村革委会，村革委说他是地主的后代，不应当按照贫下中农子女对待等，吓得烟草公司的人急忙告辞。从生产队进入本村学校当民办老师也是费尽周折，若不是上级纠正了对自己的政治地位的错误认定，若不是自己在《大众日报》多次发表豆腐块文章，若不是自己编导的以计划生育内容为题材的吕剧小戏被县里调演获得奖励，这民办教师的位置还是轮不到自己，还是只能在生产队劳动。尽管自己后来有了称心的教学工作，在脱离繁重的体力劳动之后，从小就喜欢阅读的他有了大量读书的时间，先后阅读了青岛下乡知青户、那个青岛市图书馆长的儿子偷偷藏下带到乡下来的一大箱子世界名著和中国古典名著，知道外面的世界那么大，可是自己总在这样的生活圈子里，这是他最大的苦闷。他整天唉声叹气的，仿佛在遥远的地方有一种声音对他不停地发出诱惑性的召唤，而今等来的这次参加正式工作的机会，却还是一波三折。

火车到达这座陌生的大城市的时候是在半夜时分，离着上班还有很长一段时间，还要在这里等待天亮。经过这些日子的折腾，子文的慌乱无主的心情进入听天由命的状态，并且为自己的以后做了最坏打算。深夜时分，候车室里有很多座椅可以躺下休息，这些日子他始终在紧绷着神经，本来就经常失眠的毛病现在特别厉害。百无聊赖中，他更加想念家乡、想念妻子和儿子。

早上五点之后，太阳还没有出来，候车室和外面的广场就开始人声沸腾，广场上不断传来卖早点的小商贩的叫卖声。这些都与我们的子文没有关系，他不断看着候车室的大钟表，只等城里人上班的时间。他早就打听好了去省政府的路线，算计着如果省政府八点上班，他七点半离开这里就可以。至于吃早饭，他的计划就是等着办完事情之后再说，他现在不思饭食。

子文在山东生活二十几年，也没有见到过自己所在的省的政府，如今却要在异地他乡进入省政府了。

七点五十分到省府大门口，偌大的机关大门前很少有人出入，一打听才知道，省府的上班时间是八点半。唉，大机关就是不一样，在生产队天不亮就得下地干活，这些在省政府当干部的太阳老高还在家里没有来。

胡思乱想的时候，大门前的自行车开始鱼贯而入，偶尔还有小汽车进出。子文想，坐机关不用体力劳动还坐轿车，当官的可真会享受，还是当官好啊。看样子在这里上班的人恐怕比我们全村的男女老少还多，这么多的领导干部，可是自己要找的人是哪一位呢？他是骑着自行车呢还是坐轿车呢？

在传达室的小小窗口，他提出要去组织部找什么人的时候，传达室的人从小窗口探出头来先是对他上下打量，脸上一副很意外的神色，然后对他说："你让副部长出来领你进去吧，我没这个权力放你进去。"说着就缩回头而且还拉上了小窗口的玻璃。啊，这个表叔当上副部长了。

子文没想到自己远道而来，还见不到本人。没有办法，如果是在村里的革委会找人，在大门高喊一声里面的人就会听得见，可是这省政府从外面看来，确实比自己的村子大多了，任凭你声音多大，里面的人也是听不见的。

过了一会儿，他看见一个女人隔着传达室的窗户对里面的人喊道："我要找某某人，你给我打电话通知他出来一下。"

子文灵机一动："原来是这样的。"

尽管他对传达室的人产生了厌烦，但是要从门口进入还是离不了他，他只好忍气吞声地走到小小窗口敲了敲，那人隔着玻璃问道："不是让他来领你吗？"子文说："请你给他打个电话，就说是汤河林业局他的表哥来了。"

"谁是他表哥？你吗？你才多大？"

"当然不是我，我是他的表侄子，他表哥在旅馆住着，等他去接呢。"也不知是怎么的，情急之下自己竟然撒起谎来，说完心中忐忑不安，脸上一阵阵发烧。

这办法果然好使，传达员马上打了电话，从窗户伸出头来说，副部长马上就会出来的，你进屋里来等着吧。子文没有进去，他在想着自己急中生智带来的效果，还在想那人来了怎么解释自己冒充叔叔身份的行为。自己的行为不算光彩，却达到了目的。

不多时，一个一身深蓝色呢子服装、气宇不凡的中年男子快步走过来，传达员热情地指着门口的子文说："这是您的表侄子，他说和您表哥一起来的。"

中年人看着眼前陌生的年轻人迟疑地说："你是……"

子文急忙迎上去面红耳赤地说："我是关里来的，您不认识我，汤河林业局您的表哥是我叔，我也应当叫您表叔。叔叔让我来找您，我怕您有事出不来，我就——"

"哦，是这样。我知道在关里有这么一个表侄子，我离开关里的时候你还小，从来没见过面。我表哥表嫂好吗？表哥有什么事情让你来找我？"

子文说叔叔要退休了，让自己来顶替接班参加工作遇到阻碍，没办法只好来麻烦表叔您帮忙，还说："表叔，我第一次见您就让您办事给您添麻烦，本来就不好意思，也知道这件事情很难办，可是再没有其他办法了。我临来的时候在老家干民办老师，如果……如果我无法参加工作再回村里去，民办教师的工作就没有了，只好到生产队劳动，生产队收入那么低，我也不喜欢……"一向口齿伶俐的子文也不知自己的陈述是否条理明了，只觉得自己的声音磕磕绊绊很慌乱。

自己这么诉说着，多日的委屈也真的涌上心头，说着说着眼中含满泪水。

看着子文为难的样子，表叔竟然轻松地笑起来："我在办公室接到电话说表哥来找我，我当是多大事情，这好办，你把你的名字写给我，我给林业厅劳资处熟人打个招呼补上一张招工表，发给汤河林业局劳资部门就行了；林业局招工没有这么复杂，表哥为林业局贡献一辈子，让后辈顶替老来也好有个照料，这都是应该照顾的。我这两天会议很多，就不留你了，你快回去让我表哥放心，事情很快就能办好。"子文听他说的这样简单，语气还这样轻松，自己心存狐疑，就说："表叔，我住在旅馆等几天，事情有了结果，我再回去吧？"表叔说："这件事情真的没有那么难，你只管放心。我表哥那个倔强脾气从来没让我办点什么事，这么多年第一次找我，没说的。赶快回去，别让表哥表嫂牵挂这件事了，我一定会把事情办好，你就回去等着办理手续吧。"说着看看手表像是有事的样子，子文只好与他告别。

回到婶子家里，在度日如年的等待中，远在山东的妻子给他托运来他的铺盖，他在回信里没有向母亲和妻子告知招工受阻之事，只说是还在等待。让他想不到的是，铺盖里面，妻子为他包上了陪伴他多年的心爱的二胡。他在沉闷时在婶子家的小屋中常拉《江河水》之类的凄惨之音，以倾诉心中忧虑。他的音乐，在山沟林业住区文化生活荒芜的环境中竟吸引了邻居一些年轻人的好奇，可他并无心娱乐其中，不过是一种排遣和发泄而已。

他开始冷静下来审视自己这次来东北参加工作这一重大举动到底对自己人生转变起多大作用，甚至怀疑闯关东之举到底是幸运的开端还是痛苦之始。想到年迈的母亲会时时刻刻牵挂他，想到贤惠的妻和长着一对猫眼的十个月的儿子，日子贫苦一些，但是家庭还是很温暖的；如今即使排除了阻碍参加了工作，何时才能有条件与他们团聚一起，在东北何时有自己的家？家人的农村户口何年解决，没有了土地，自己微薄的工资能养得了他们吗？这一切都要从零做起。想到种种难处，便灰心丧气。如果不是因那民办教师位置已然失去，不是因为叔叔的好心和付出，不是因为自己做出的牺牲，不是老乡们的热情帮忙，他真想就打道回府，仍然过着他教书妻种地母看孙的平静日子。唉，就怨自己那一颗不安分的心！

事已至此，只能等待命运的安排。

林业厅的招工表终于下发到林业局劳资处里来，还直接指定了被招工人员——子文的姓名。为以免再节外生枝，林业局劳资部门秉承局领导的安排，办理手续几乎都是在秘密中进行。最后一关是体检，为了万无一失，还派担任林场革委副主任、也是当年闯关东来的老乡郎叔叔带子文去医院体检，郎叔叔在医院熟人多，可免遭意外。

子文参加工作的事有了着落，林场的人们对叔叔家庭人口的变化的新格局作出评估：一个人口不多的家庭突然多出一个小伙子，而且还是响当当的林业局正式职工，这样一来叔叔家里加上妹妹就有了三个工人，无论是经济收入还是社会地位，这个家庭都上了一个新台阶。这个家庭在本场格外引人关注起来，作为退休场长的侄子也有人开始打听，这年轻人到底在山东有没有结婚。有人记得前两年子文的婶子还对邻居说关里的侄子结婚了，还有人记得好似是去年婶子对人炫耀关里的侄子给她生了大孙子，可是如今来顶替招工又说子文没结婚，叔叔和婶子口径一致声称这个侄子是个未婚的小伙子。众人也怀疑是自己记错了或者是把别人家的事情记混了，子文的婚姻状况开始在林场模糊不清。林场同一批参加工作的一个姑娘的父母竟然托人来给子文介绍自己的女儿，愿意与家庭殷实的前场长结为秦晋之好，婶子为了掩盖事实真相不得不虚与应付，婶子对介绍人说道："侄子的婚事还得让老家他的亲娘说了算，虽说从小他过继给我们，当叔叔婶子的不可包办这婚姻大事，再说更得让侄子自己同意才行。我这侄子文武双全，眼光高着呢，当然你家的闺女也是个好孩子，这我们了解——这样，等让侄子给他娘写信征求一下意见再说，你们等信吧。"

半月之后林业局劳资处来了通知，子文的招工手续审查合格，一切办理完毕。子文终于成为林业企业的一名工人，从本质上脱离了世世代代务农的农村"籍"。

期盼多年的愿望经过如此周折经过如此努力终于实现，并未使他产生预期的庆幸，反而似乎背上一个包袱，此刻的子文有时还在怀疑，自己真的就这样成为工人，与世世代代的种地务农生涯永远分手了吗？同样的一个招工指标，那些具备招工条件的工人子女不管有多大本事，都可以名正言顺理直气壮地参加工作，而像他这样的人，参加工作怎么就这么难，费这样多的周折！他慢慢悟出了很多以前不懂的事情。他想，活着就应该在困难面前发挥自己的聪明才智，找到解决困境的出路。招工制度本来就有很多不完善甚至不合理的地方，难免将有能力有才干的人拒之门外，而所谓符合条件的很多人实在是平庸之辈，却可以堂而皇之走向工作岗位。自己不用亏心，只要好好干工作给社会作出贡献报效国家，现下的事情也就于心无愧了。

到林业局劳资处报到前，子文在哪里上班的问题有两种选择，一是随大部分这批参加工作的五十余人去林业资源较多的夹皮沟林场，二是留在叔叔退休的四平林场，因为在这里工作离叔叔近，可以经常得到叔叔的指点，更重要的是，本场有好几个老乡是场里的负责人，再说还有曾经在子文的招工中最有力的支持者林场的书记、工会主席等人，有这么几个人，对一个刚刚参加工作的人来说，先天条件可真是太好了。可是由于这次招工的周折，子文厌倦了叔叔所在的林场这曾令他心碎的人际环境，他也不愿在叔婶家给老人增加麻烦，他要迅速建立自己的家，养母养妻养子。他充满自信，参加工作的过程不过是得到工作机会的平台，而干好工作不必去依靠什么关系什么人，到一个陌生的新环境中去打开新局面，开创新天地，去为自己创造一个新的人生世界。就凭自己的年轻、体力、文化知识，凭自己多年的打工闯荡和生产队八年的生产劳动经历，两年的民办教师工作的艰苦、劳累的体验，去哪里工作都没问题！叔叔看他态度坚决，也就不再反对，年轻人嘛，就应该独自闯荡一番。

他带上从关里托运来的自己的铺盖卷儿和最简单的生活日用品，铺盖那是母亲和妻子亲手浆洗、亲手缝制的，有她们的温暖和关切，他拥卧在自己的行李中，如同贴近了母亲妻子和自己破烂的却又十分温馨的家；还有他心爱的二胡，在异境他乡的陌生人群中，暂且还没有自己的朋友和知心，唯有这把二胡能如同一个忠实的朋友，把心中忧愁思念，对亲人的挂牵和对自己未来的茫然倾注在琴弦，长歌当哭，长歌当言，有话语、有喟叹、有唏嘘、有哀鸣，在这种非常的岁月里，这把二胡无疑是他的最佳伴侣和最忠实的知心朋友。还有从本村小学带来的一沓子信纸、几个信封和一支钢笔，他可以给自己的亲人朋友学生不间断地写信，向这些亲爱的人们诉说自己的思乡之情和在陌生的环境中的孤独。

子文乘上局里的班车，随着这批新招收的工人驶向夹皮沟林场。

他很奇怪，这林场的名字竟然与小说《林海雪原》中常宝的家乡同名，这让他对即将投身工作的单位有了几分好奇和神秘。从林业局所在地到夹皮沟林场据说大约是二十五公里，山路蜿蜒、起伏不平，狭窄的沙子路沿山崖而凿，顺河而建，在山谷中盘旋穿行，比叔叔所在的林场山势险峻陡峭了许多。从林业局驻地出来不远，公路北面一座规模不小的学校引起子文浓浓的兴趣，车上紧挨着子文的一个新就工的青年对大家说："我们的母校到了！"

子文看到了学校的牌子：汤河林业局第二中学。他问车上喊叫的青年人："咱们局还有几处中学？林业局的规模真大呀，那第一中学在哪里？"青年人说："你对学校倒是很感兴趣。第一中学当然在好地方，在风光秀丽的黑熊沟，过了一中再往里还有大水库，那校舍、教室、教学设备，那操场，嗨，哪里都比二中强。"

"那是为什么？"

"二中学生全都是林业局下属的沟里林场的工人子女，一中嘛，那都是局机关、局直属单位子女，不用说学校，就是老师也不一样，'文革'

前来我局工作的几个大学生，在‘文革’时代都在林场劳动，‘文革’结束又全部调进一中，像样的老师都集中在一中。”

子文心里想：“山沟里的孩子在接受教育方面先天不足啊。”青年人说：“你怎么对学校这么感兴趣啊？”

子文说：“我曾经在上山下乡的村子当过一段时间教师。”他不敢说曾经在农村当过民办教师，他时刻警告自己不要把在招工中的真相说出来。

“那你还当个伐木工人干什么？”

子文说：“上山下乡期间在村子当教师，身份也是知青，咱这是招工啊。”车上的同伴中有人说道：“这还是个文化人。”大家听说子文当过教师，对他友善多了。刚才的话让子文心情复杂起来，多日来的期盼成为现实、就要奔向工作岗位的他开始思量，在老家的农村虽说是诸多不如意，但是有自己最心爱的职业，还有很多可爱的学生；自己也已经成家立业，爱人体贴温顺、性格开朗，对自己的婆婆孝敬有加，得到邻居和乡亲们的夸赞；一岁的儿子虎头虎脑十分惹人喜爱，每天放学下班回家，不管吃的是什么，总是热汤热饭一家人其乐融融。这在农村也算是让人羡慕的家庭了。可是到了林业局这深山老林，离家数千里，冬季马上就要来临，自己在山上抬木头，到底是比在家好还是更差？这种念头很快被自己否定。自从辍学回到农村，没有一天不期盼进入一种新的生活环境，自己读了那么多书，不满足在固定的生活秩序中年复一年日复一日过下去，甚至经常出现幻觉：有个遥远的地方在等待他的到来。那是怎样的地方，怎样的生活，他一概不知，但越是未知越发让年轻人心猿意马。今天如愿以偿了，还有什么心猿意马的！

第三章

离开人烟密集的地方，顺着公路前行，渐渐人烟稀少，一排高高的油罐耸立在离着公路不远的地方，子文想这很可能是林业局的油库，油库后面有一条小河从山沟流出，绕着油库半个圈。子文在农村就知道油库是重点防火单位，林业局的油库三面是河水，当初的设计人员可真会找地方。过了油库来到一处稍加平坦之处，大家欢呼起来："桦树甸子到啦，抓鸳鸯去啊！"

子文高兴地问："这里有鸳鸯？""这里能找到鸳鸯的，有鸳鸯说明这里生存环境好——司机司机，王老杆王老杆，快停下车，我们下去玩一会儿，抓两只鸳鸯。"看来这些林业局子女和开车司机很熟。

王老杆从驾驶室探出头来喊道："小冷，你抓你娘的头，不知道不准抓保护动物吗？再说耽误报到你负责！你这孩子比你爸爸还操蛋，你也没有差了种！""王老杆儿，你才最操蛋！"车上的年轻人嘴不饶人。子文探过身子往前看，驾驶室里的司机师傅是个细高个，隔着车窗玻璃就能看到坐在驾驶座上的高高的两只腿，膝盖几乎夹着汽车的方向盘。"王老杆儿"当然是姓王啦。

车上的人嘻哈哈，小冷朝着驾驶室顶棚砸了几拳。子文好奇地看着公路下面出现一片沼泽，水里长着一种水草，可能是年复一年地生长，那草根高出水面形成一个高高的草墩子。子文想起电影里演的工农红军过草地，就有这样的地方，这地方应当就是书本上所说的"湿地"。在车上不能到近前看看，有没有能让人陷进去的沼泽"泥潭"，等有机会一定好好看看这些奇特的地方，在山东老家的平原地区，是没有这样的湿地的。大自然太神奇了。

汽车开始在公路上爬坡，同伴们说，汽车爬到最高处就是我们林业局管辖地海拔最高处，地名叫老爷岭。

当汽车冒着黑烟爬到顶的时候，车上的人叫喊：“王老杆，我们要拉屎、撒尿!”

王老杆停下车出来，子文一看，这个司机师傅果然身材又细又长，这个绰号名副其实。

王老杆也走下公路，向灌木丛生的林子里走去。子文惊讶地看到，在灌木丛那边，有一大片密密麻麻的坟茔，有的坟茔被高高的杂草遮掩了，有的坟墓前面竖立着一片木牌，虽说木牌上的字看不清，准是记载着死者的名字，有几座新坟还没长草，高高的木棍顶端挂着长长的招魂幡随风摇曳。

小冷对子文说：“看到那些坟墓了没有？我的爷爷就长眠在那里几十年了。”子文说道：“这是不是林业局的公墓？死人这么多？”小冷说：“这林业局成立好几十年了，林业局全部人口好几万，人换了一茬又一茬，林业生产作业工伤、工亡，事故多了去了，死人还会少了？”小冷一边说一边褪下裤子将尿撒在汽车轮胎上，对车上车下的男男女女视若无睹，比起家乡生产队的社员还不在乎。子文听了小冷的述说，知道他是林业世家，难怪他知道林业局的事情这么多。

子文兴奋的心情蒙上一层厚厚的阴影久久不去。汽车开远了，拐弯后已看不见那片坟地，可子文眼前仍然不时浮现出排满山坡的那一片密密麻麻的坟茔。

随着汽车继续前行，“老爷岭”、“高丽房”、“夹皮沟”、“吊水壶”、“十八段”等一系列古怪名字形象地显示了这些所在的地理、地貌、环境，子文对这些听起来很奇特的地名增加了几分恐惧，也刺激了子文的斗志和猎奇心理。他端详着同车的这批到夹皮沟林场报到的将要成为他的同事的几十位年轻人，看他们在车里打情骂俏，听着他们粗野的语言，他不相信自己比他们差在哪里。自己在农村的时候，数不清有多少次出夫役，修黄河、建筑铁路、建设盐场，这些艰苦的劳动从没有落下他，有些经历真是九死一生，不死也脱层皮。林业局是国有企业，是要遵守国家制定的劳动规定的，会有多难？自己不敢说文武兼备，但不会在乎那些艰难困苦，是金子总会发光这句老掉牙的话还是对的。

经过一个多小时的山路盘旋，前面的一个两山夹峪的宽阔处，陡然出现一片房屋，啊，这就是他要为之奋斗开辟新天地的地方，一个与家乡相距一千八百公里而且与家乡大不相同的地方，这里的一切都陌生神秘，一切都新鲜奇异，心中的紧张兴奋和莫名的恐惧感顿时涌上心头。啊，夹皮沟林场，您在深山密林中形成的这个部落连地图上都难以搜寻，如今终于展现在子文的面前。自己将在这深山的神秘部落工作奋斗，不远的将来有了立足之地，等一年固定期一过，还会把家搬到这里，在这里拼搏、发展，终老一生，将来也会埋葬在老爷岭？

如同已到过的叔叔的林场一样，每个场都建在一个峡谷中的平坦之处，职工宿舍大都是当年建场时的简易木屋，几栋红砖房子，那是林场的机关也是林场的政治经济文化及生活服务中心；最显眼的大建筑物是职工俱乐部，房顶上树立着高高的木杆，顶端是四个大高音喇叭朝着林场各个方向，俱乐部里面除了大礼堂还有一些办公室。在电视机尚未进入林业工人家庭之时，人们在这里看电影、文艺节目，从这里汲取文化营养；那些劳累一天的工人会从这里得到莫大的精神享受，看一场电影，人们可以产生好多话题。很明显，尽管林场必须建立在深山沟，但这是国家企业，比起自己家乡的那个村子来，一切设施都先进得多，就连公社所在地也没有这样的一个大礼堂。

林场机关四周还有商店、粮店、场诊所、大伙房、电锯场等等，都分布在这块窄地上，零零散散，从十八段到五栋房，有一公里长，南北很窄，一条沙子公路东西贯通，听说沿着盘山公路继续前行是三道林场等更为深远偏僻的林场。

职工家属房是一栋栋木房，这是当年建厂时就地取材盖的，是林区住宅的显著标志。这种木房用粗大的木头做柱做梁，木柈做墙，劈木段劈成板瓦做房顶。这种房屋十分简陋，显然难以抵御严寒，全凭屋内那火墙、火炕里面熊熊燃烧的木柴抵御那严酷的冬季。

好的，既然命运对自己做了这样的安排，尽管将来的一切还都是未知，可是自己脱离了家乡来到白山黑水这块神奇的土地工作，自己的叔叔凭着一身力气不也混到场长吗？子文始终相信文化知识就是力量，而自己最崇尚文化知识也具备一些文化知识。

到场部人事部门报到后，子文和大家被安置在场部南侧一排平房中，这就是被东北工人习惯地称为“大房子”的单身职工宿舍。宿舍里面沿墙两排火炕，由墙外的墙洞里烧火，有专人干这一工作。房内原来就住着很多被当地人称为“跑腿子”的单身职工，现在与子文同一批接班参加工作的五十余人拥进来就全住满了。男宿舍与女宿舍由间壁隔开——无非是两排一公分厚的板条加白灰而已；炕很热，用以维持室内的温度，炕上密密地排满了工人的被褥。炕面上总放着些工人在山上干活被冰雪弄湿了的臭袜子、毡筒子、裹脚布，甚至湿透的鞋，不放在炕上就不干，放在室外就会冻成硬邦邦的冰，第二天你上山干活就得遭罪。热炕烘得这些东西满屋酸臭，如果不是这样，就不是林业工人的“大房子”！同来的年轻人开始骂骂咧咧：“早来的家伙们无疑都是一群猪，看把这宿舍弄成什么样子！也把我们当成一群猪吗？”

子文望着暖烘烘的火炕，从外面一进来就觉得舒服。他心里很满意这个集体宿舍，这里比当年在农村出夫役的时候，在海边建设盐场的时候住的低矮的草棚子好多了，最最起码没有海边那样潮湿，干一天累活儿躺在泥巴里不得病才怪哩。这些年轻人没有怎么吃苦，好啊，看看刚刚来东北的山东农村人是怎样吃苦的吧。

子文被指派住东间东头第二个位置，第一个是靠墙的小伙子管纯，是个早几年就工的油锯手，满族人，他贴墙而居，子文紧挨着放下自己的铺盖。

到晚间，大房子的工人陆续下班后，子文见到了同宿舍的全部同伴们，便知道自己的年龄明显偏大。这些人都是按照招工条件要求办理招工手续的，他们的父母就是这个林业局的退休职工，他们算得上是本地人了，操着好听的具有东北特点的普通话。唯有自己是从山东来的，自己的同伴们很快就给他这个新来的人起了一个代名“小山东”。他们对所有从山东来的带明显山东口音的年轻人都这么称呼。

当天晚上，子文正在迫不及待地给母亲和妻子写信，把这大致情况相告以免她们挂念和着急，有人在他肩膀重重地拍了一掌，他吓了一跳，抬头一看，一个年轻帅气的小伙子朝他微笑着说：“听说又来了个小山东，你哪里人？”子文对这个称呼并不习惯，听着好似是自己的绰号，就有点不舒服。小伙接着说：“我也是个小山东，只不过早来一年，哥们儿，我告诉你，凡是刚刚从山东来顶替接班的年轻人，这里人都称为小山东，并无恶意。”

小伙儿不过十七八岁的样子，明显比自己小好几岁，中等身材看着很结实也很帅气，却因早来一年，以一种倚老卖老的口气对子文说：“我刚来也是被人称作小山东，其实这些和你同时招工的林业职工子女们的父母或者祖父母也大都是山东人，都是闯关东嘛，他们这些第二代甚至第三代生在这里长在这里，在此上学又下乡期满招工的。我从济南历城来，叫阎斌，文武斌，爱看小说爱文学写作，在小工队开爬山虎——上山拖木头的一种机械，就是将山上采伐的原条木材用钢丝绳拖下来。你刚来，有什么事情找我好了。”说着拍了一下胸脯。

刚到新地方，除了在汽车上认识了小冷几个，还没有什么熟人，异乡遇到同乡同类人，还声称爱好文学，这就好。虽说年龄小一些，但子文把他引为参加工作后的第一个熟人。

子文有空闲总不断往家写信，他深深地挂念体衰多病的母亲、结婚两年的妻子，更想念可爱的儿子。他的书信不仅是对家人的一种情况通报，也是陌生环境的孤独中一种寄托和发泄，是对心理压抑最好的排解。山区交通不便，一封平信来回二十天，子文对母亲妻子尽可能报喜不报忧，即使在办理招工手续过程中，不管有多少压力，宁可自己扛着，也不告诉亲人们，他依然抱着乐观态度告诉家人，自己就要当国有企业工人啦。

在林场职工食堂吃饭凭饭票，每张玉米面大饼子票面值四分钱，买一个用半斤玉米面蒸成的大饼子，这是林业工人的主食，另外每月还有三斤细粮票和三两油。子文每顿吃一个大饼子和一份菜，菜有五分钱一份的土豆汤和一毛钱一份的白菜豆腐，他不能每顿都要一份五分或一角的菜，早上晚上尽量吃二分钱一份的咸菜，只是中午上山带饭才买一份五分钱的菜。一天下来，生活费仅两三角钱，每月不超过八元钱。他打听过，他们这批新工人的基本工资按照林业行业学徒工对待，工资为三十八元，在山上的作业工人还有十七元津贴，一共是五十五元钱。子文心中很满意，他知道在山东的一般行业的新职工就没有这津贴，基本工资也少好几元，在深山老林苦是苦点儿，累是累点儿，可是挣钱还不少啊。他计划着每月寄回家三十元，剩余二十五元钱，生活费大约用八元，在休息日还得去叔叔那里一两次，自己每个月总要积攒下几元钱的，说不定哪一天老家有了要紧的事情，也不能没有路费啊。

林场把这批同时参加工作的五十余名男女青年组成两个工队，一是以三十多名男青年组成的“五四”青年原木队，一是以二十多名女青年组成的“三八”妇女营林队，据说这些名称还是林场的团委书记建议林场领导命名的。男队由老资格的孔师傅担任队长，孔队长原先就在原木一队当副队长多年，是一个林业工作经验丰富的“老木把”；女队却是一个男性老工人当队长，并由刚招工的一位曾经担任过知青户长的女青年当副队长。而子文呢，林场没有把他安排在“五四”青年原木队，而是单独安排在林场原木一队，该队大都是四十岁左右的老工人组成。子文很庆幸得到如此安排，在青年队自己是年龄最大的，无疑会当做主力队员，在原木一队，自己无疑会受到老工人的指教和关照。

在正式上山以前，子文与新招工的这批年轻人照例先进行安全培训，并人手一份资料介绍汤河林业局的概况。既然是在这里奋斗终生，这种了解还是必要的。

培训班下发的资料没人怎么看，但是子文却看得认真，一面翻阅着手中的资料，一面听林厂技术人员照本宣科：

“大家听好了，我们林业局有着光荣的历史和优越的自然资源，而且有最发达的运输条件。

“汤河林业局位于吉林省东南部，地处江源县、红松县、敬宇县的交界处，始建于1958年，总经营面积9.7万公顷，有职工7868人，工程技术人员1068人，固定资产原值36165万元，净值19899万元。经过四十多年的建设发展，现已成为集木材生产、林产工业、多种经营于一体的大型森林工业企业。此地属于温带针阔叶混交林区，红松、白松、落叶松、水曲柳、黄菠萝、椴树、桦树、柞树、胡桃楸等经济价值很高的优质树木遍布林区，现已建成以各种木材剩余物为原料的加工制造厂，地板块、铅笔板、机制菜板、卫生筷子、雪条棒、木旋及小木制品畅销全国各地。

“我们这里的山上盛产人参、贝母、细辛、红景天、鹿茸等名贵药材，备受客户欢迎。蘑菇、香菇、黑木耳、梅花鹿、林蛙等野生动植物资源及铁矿石、石膏矿石、大理石等矿产资源得天独厚。目前，在区内已发现石膏矿、铁矿，还有大理石、花岗岩、玄武岩、紫砂陶土、原生金矿、铜矿、石英硅石矿等十余种矿种。其中石膏矿、金属镁、天然铁红厂已完成勘探工作，形成了开矿建厂的可研报告，石英硅石矿正在开采过程中，汤河林业局矿产资源的开发利用前景非常广阔。

“林业局下设共九个林场，总经营面积89906公顷，其中林业用地78515公顷，非林业用地12891公顷。在林业用地中，有林地75368公顷，灌木林855公顷，未成林造林地1657公顷，苗圃54公顷，无林地697公顷。活立木总蓄积733.7万立方米，其中幼龄林119.3万立方米，中龄林234.8万立方米，近熟林189.8万立方米，成熟林150.5万立方米，过熟林28万立方米，其他8.8万立方米。森林覆盖率为81.71%，主要树种为天然阔叶树。

“有职工医院和职工俱乐部，多所小学、初级中学和高级中学，政府办公大楼总面积4600平方米。

“与林业局相邻而设的汤河煤矿也称四千八煤矿，是地区矿务局的下属单位，有自己的行政大楼和下设的学校、医院以及公园等。这两个单位组成了汤河镇的主体部分。汤河镇是在汤河最早的行政单位，下设和平村、北沟村、淘金村等几个村。

“再说交通运输条件，东北的铁路在我们国家目前是密度最大的地方，当年日本在中国修建的铁路大多在东北占领区，在九一八事变后，为扩大军事侵略和经济掠夺，先后在东北修建新的地方铁路线约5700公里，主要有敦图铁路，朝开铁路，拉滨铁路，海克、泰克和北黑铁路，宁霍和霍黑铁路，长白、白温铁路，图佳铁路，虎林铁路，四西、梅辑和鸭大铁路，锦古、叶赤铁路，绥佳铁路，安奉铁路，抚顺铁路，牛庄等铁路线。七七事变以后，又改建和拆除了一些铁路，后又重新修建了通古铁路等。

“我局所在的浑白线自吉林省白山市（原浑江市）起，至白河站，全线长217公里，是东边道铁路的一部分。日本人当年修这条铁路的意图，就是掠夺东北的资源，铁路两旁全是煤矿、铁矿和森林，煤矿是优质煤，最著名的聚宝煤矿、砟子煤矿、四千八煤矿都是最好的工业用煤；铁路沿线一路向东有最著名的老牌三岔子林业局、汤河林业局、松江林业局、泉阳林业局、雾水河林业局、长白林业局等。”

大家听到这里开始不耐烦起来，有很多林业职工子女土生土长在此地，对这些觉得是老生常谈并不以为奇，但是子文初来乍到很想尽可能了解这些常识。

技术员敲敲桌子：“先别烦，下面讲一些与你的小命生死攸关的事情，你不听拉倒，出了事儿可别怨我没讲透彻。

“你们应当知道，林业生产，尤其是采伐工作属高危作业，林业系统每年都会发生大大小小的工伤事故若干起，有的人甚至丢了性命，林场职工的家属中寡妇的比例大大高于社会上的比例，很多因男人工亡自己拖家带口艰难生存。这些寡妇也给林业产业造成很多负担，这是一个难以克服的行业问题。统计资料表明，林业的工亡比率仅次于煤矿，我说这些不就是怕你将来的媳妇当寡妇吗？现在请林场的安全员给你们说说。”

林场安全员在讲课时说：“我国的林业作业安全性较差，在世界暂时属落后国家。世界上林业最发达的国家如巴西、德国、波兰、苏联，他们的工亡率比中国少几十倍上百倍。我不吓唬你们，既然林业工作是一个高危作业，安全教育每一个林业职工都要常抓不懈，林业局单设安全处，林场机关还设着安全科。如果你忽视了安全，就是忽视自己的生命，生命是最宝贵的东西。我给你们讲一个小故事，一个在深山独自作业的油锯手在伐树时被大树砸断了腿，巨大的树干就压在左腿上，腿上血流不止却又拔不出伤腿，眼看着鲜血顺着裤腿不断流出，看来是大血管断了。为争取活命时间和抢救机会，那伐木工趁着自己还有力气，竟将油锯的链条伸向自己的大腿猛加油门。油锯一阵刺耳的尖叫，将那卡在树下的断腿生生锯下。那油锯手用腰带和衣服把大腿横切面扎紧，全靠两只手往前爬，山坡上的树枝和蒿草上、爬过的地上留下很多血迹。他坚持着不让自己昏迷，他知道前面不远就可以爬到有人路过的地方。终于，他咬着牙慢慢爬到有人烟之处，得以保住了性命。这是个真实的故事，怎么样？震撼吧？”

听到这里子文心想，假若我遇此危难，我能吗？

接下来是林场的书记讲话。书记是个善于做报告的领导，没有讲话稿子，开口就是滔滔不绝，对林业局概况如数家珍，他还讲述建局以来向国家输送了上千万立方米优质木材，书记自豪地说："年轻人你们知道吗，我们伟大领袖毛主席在去年去世之后，党中央决定建设毛主席纪念堂，纪念堂建设总指挥部在全国考察选用木材，就选中了我们林业局的柞木和红松。我们组织特别小分队到山上一棵一棵精挑细选，保证用最好最优质的木材向毛主席他老人家敬献忠心！"

子文的感想倒是："这里到处都是宝，遍地是黄金啊。而且有山有水就有灵气，人杰地灵嘛。不怕没有用武之地！"子文开始喜欢上了这个工作岗位，为自己成为这个单位的一员而自豪。

几天之后，子文随着队长到仓库领取了冬季工作服、安全帽，就要正式上山工作了。天未亮，就要摸黑起床到食堂吃饭，同时将中午饭一起买上，带到山上吃。早饭后抱着饭盒急忙爬上一辆解放牌老式卡车，这就是工人的班车，无论零下三十五度的冬季还是大雨倾盆的夏季，一个工队一台车，几十人挤在车厢里，手把车厢上加焊的铁栏杆和铁链，人们穿着臃肿的棉大衣，戴着安全帽挤在车厢中像拉着一群土著民族。在上山的路上，工人们嘴里哈着热气，开着粗野的玩笑，朝着"三八"女队那辆汽车上指指点点，嘴里不三不四，还常常在拥挤的车厢里动手打闹。看着这些一年四季出大力的人，子文很奇怪他们有这样乐观的情绪，他自己没有被乐观的人们所感染，仰着脸目视远方的山峦，显得凝重而忧郁。

头戴柳条安全帽，身穿小帆布夹克式工作服，外面穿着帆布棉大衣，足穿厚厚的毡袜，毡袜外套齐膝的胶皮靴，这身劳动者服装使子文感到很神气——在农村劳动谁给发工作服呀？工人老大哥待遇就是比农民高啊。

他在往车上爬的时候，默默牢记这一具有纪念意义的日子，今天标志着他林业工人生涯的开始。

林业产业说起来就是生产木材的，但他听说林业局八千多职工，在山上采伐树木的一线工人不过两千五百人，仅仅占全部职工的百分之三十，这还不算人数更多的职工家属——哪个老工人不是五六个子女，七八口人啊！有人告诉他，关东这地方能养富人也能养穷人，一家吃饭的人口再多，到山上刨刨挖挖，什么贵重药材、木耳蘑菇、松子山核桃都可以换钱的，偷偷上山开小片荒可以种上点玉米高粱，这新开的土地肥着呢，几年不用施肥什么都长，当然这是政策不允许的。

子文随着大家乘班车沿着山谷的沙子路前行，初冬的东北山区已是霜雪满地，根据气象预报，凌晨最低温度已经到了零下二十度，刚入冬就比山东的三九天气温还低啊。山谷两侧的山上，阔叶林木叶落凋零，只剩锈铁般的枝条挂着冰霜，像鹰爪一样指向天空，在寒风中发出凄厉的哨音，偶有残叶尚摇曳挣扎不时发出微弱的瑟瑟呻吟；没有落叶的针叶树属松杉类，叶子上的厚厚积雪把树枝压得倒垂下来，忍气吞声地沉默在悬崖上，树顶上方几只乌鸦忍饥忍寒不时发出“啊——啊——”的惨叫；沙子路修在山腰，路上的积雪被压成厚厚的冰层，车辙碾压得深深的，冬天汽车行驶不得不在轮胎上挂上防滑链，行驶速度很慢；沿沟底的小河早已停止了淙淙歌唱，盖着厚厚的冰雪沿着山沟弯弯曲曲像一条死蛇。如果不是林业局的汽车路过，山沟的冬天万物肃杀、万籁俱寂，就像是在另一个星球上。

子文在农村生产队干活多年，从来没有戴过安全帽，队长告诫说在东北的森林工作这是必需的，也是在上山前队长必须检查的科目；林业的安全帽可以冬夏两用，安全帽上部是用柳条编制而成，夏天就这样戴在头上防备树上的枯枝掉下来砸在头上，或者在上山的时候被伸过来的树枝划着；柳条帽两侧耳部安着拉锁，冬天安上两只用长毛狗皮做的耳朵帽子防寒，现在已是冬天，子文戴上很不习惯，摸摸毛茸茸的两只耳朵，感觉似乎智取威虎山里的小炉匠那样滑稽可笑。队长说：“你别看这狗皮帽子不雅致，可你要不戴上它，上山这耳朵可就冻干了！再说安全帽也是为了生产作业的安全；这才是初冬，山上已是寒风凛冽积雪盈尺，三九寒天怎么受得了?”

车开到作业区的山下，工人们就纷纷踏着厚厚的雪，手把着在雪地上残存的荆棘、杂草、灌木丛和大大小小的山石寻路攀山，队长总跟在子文身后，嘴里不断嘱咐：“脚跟要稳，看准地方再下脚，小心磕倒，雪地下面不是尖尖的树拃子就是石头，崴着脚腕子可不是闹着玩的。”的确，这也太难行进了，上了不一会儿就喘粗气，嘴里喷着白白的雾气，两只手尽量抓住两旁的树枝和荆棘，干枯的蒿草也能拉一把。

大约半小时才到了半山腰的采伐场地。在子文看来，采伐场地就是城市产业工人的车间，也就是在农村的庄稼地里耕种劳作的地方。举目眺望，远处一座座山头披上洁白的衣服那么圣洁，子文禁不住喝彩起来：这里，自己工作的地方太美了，太壮丽了。这明明就是与自己家乡的庄稼地一样嘛。看，站在白雪上面的树木不就像农田里的庄稼一样吗？只不过比庄稼可是壮观多了；这地上厚厚的白雪不就是自己家乡的黄土地吗，可比黄土地漂亮多了，有诗意的庄稼地啊！“森林，我收割来了！”子文心中欢呼起来。

大家开始寻找枯木干柴放到昨天的火堆上，昨天燃烧的余烬里，埋着还燃烧着的木炭，很容易将木柴点燃，架上干木柴，一会儿熊熊大火就冲天而起了。这个火堆就是林业工人的大本营和生产基地的中心所在，子文望着数米高的火苗心里想，林业工人点燃的火堆大约是最大的篝火了，水桶一样的木头加上去，燃烧起来倒是颇有诗意的。

原木工队的人大部分是六十年代初期从山东来“支边”就工的，都是成熟老练的老伐木工，人员虽不算多，可是一个萝卜顶一个坑，个个精明能干。田队长是十分稳健的林业工人，听说还是省劳动模范，队长外还有一个政治指导员。工队下设油锯组、采伐组、桠子组、造材组等。油锯组由持有证书的油锯手和他的助手也是徒弟两人组成，负责将大树伐倒并等待打了枝丫后按照规定量材锯成木段；桠子组负责将伐倒的大树的枝丫用特制的大斧砍掉，使树干便于造材和装运；最重要的是成材组，全由精壮劳力组成，是工队的主力人员，负责把一段段木材用绳扣铁钩和粗粗的木杠抬到早已修好的冰沟道两侧，像鱼刺状依次排列，等到在元旦前后最寒冷的时候，这些木材便依次顺着修好的冰沟滑放下山。看着这些形状奇特的劳动工具，子文觉得林业与农业真是两个天地，这些工具和在田地里干活的镐头锄头镰刀形状迥异。科学技术就是生产力，有先进的工具才有劳动效率，他在农村生产队劳动，从一些资料中了解到中国的农业是世界上最落后的国家之一。他从学校的《参考消息》上看过一份报道，美国一个叫韩丁的人，他一个人就能种植中国的农村一个村子的土地。那么中国的林业生产在世界上算是先进呢还是落后呢？如果是很落后的，怎样才能跻身世界先进行列呢？

看子文体弱单薄，队长在班前会上对大家说：“这是刚分来的小山东，大家看，这么冷的天他第一天上山干活还带本书，看样子在老家也不是一个出大力气干重活儿的，倒像是个学生，你们看这细腰杆儿甭指望他抬木头，从山东刚来不会很久，无依无靠的可别给木头压伤啦——老盛，给他把板斧，打桠子吧！”“打桠子”，子文在安全教育课上已经知道，是打掉大树的枝桠，只留下树干。

队长的安排使队里刚来不久的两个年轻人很羡慕，年纪轻轻就应该抬大木、出大力！

子文心里明白，是自己单薄的身材替自己打了掩护，其实在农村从事生产劳动，经过十年的艰苦磨炼，自己样样能干！修黄河、挖水库、建盐场、筑铁路，这都是最出力气最繁重的体力劳动，一次都没落下他；至于学大寨战天斗地移山填海他都积极参加——这些活儿挣工分几乎是在地里干活的两倍！为了养活自己和母亲，他就要挣更多的工分！在多年艰苦的超强度的体力劳动中，看似单薄的他早就是钢铁一样的骨架和体魄，钢铁一样坚强的意志！就像二姐对他的评价：“看你的外表不像一个强壮的男子汉，其实你才是一个真正的男子汉。”还是二姐了解他。

只不过眼下刚刚走上岗位，一切都是陌生的，不能逞强。有本事早晚会有用武之地，到新地方尤其是刚刚接触新的行业，一切从零开始，千万不可逞能。

队长指定“桠子组”组长盛师傅担任子文的师傅，这个诙谐又风趣的“老木把”耐心细致地讲解并示范了打桠子的要求和技术要领，以及枝桠堆放要求与位置。原来打桠子并不是将树枝砍下来就完事，而是有严格的操作规范：树枝桠必须沿着树木主干用大斧头砍得平整光滑，这样才更加美观，不但木材等级高，而且在等到冬天有了冰雪原木滑放的时候，木头在冰沟运行没有阻力，能较准确地按照设计的轨道滑下山沟；打下的树枝必须按照要求在适当位置垛好，每个枝桠垛长两米宽一米半，还要按照山势以及设计要求排得成趟成行，如果在山下仰望，就像生产队收割庄稼之后在地里打成捆一样壮观。这样做的目的是来年栽树苗成趟成行的，对树苗成长、透光、通风、撒药等管理都有好处。

子文抡起板斧开始了参加林业工作的第一课。队长的估计是错误的，队长说自己是个书生不是干重活儿的料，让大家让着他、照料着他，倒是好。其实自己貌似文弱，但是在生产队八年的艰苦劳动，虽说没干过林业，农村的耕种管收储十八种技术活计他样样精通。实践告诉他，一个人在苦水里浸泡三年、在咸水里泡三年、在冷水中冰冻三年、在烈火中煅烧三年、大风大浪里漂泊三年，这个人就会炼成金刚不坏之身，在人生道路上一往无前；再说劳动的基本技能是融会贯通的，自信自己一定会干好这项工作。

他手持板斧，双脚在地上站稳，完全是一副老把式干活儿的架势，不像前些年那些刚从青岛来村里接受再教育的年轻人，下地干活不多，满手起泡叫苦连天，在庄稼地里干活，手中的营生没干多少，脚底下倒是踩坏了好多庄稼苗儿。不管干什么体力活儿，第一要领就是脚跟站稳，一旦乱了脚步就会一塌糊涂。那些知青们刚到村子里没几天，有的干脆歇了病假，还写信回家向父母诉苦不迭，让爸爸妈妈发电报过来谎称家里有事情，知青们就以此为借口手持电报向村革委请假。子文斧头落处，木片飞扬，斧头的落点做到稳、准、狠，他联想到当年在山上打石头钻炮眼抡大锤的要领就是稳、准、狠三个字，架势不稳不准，铁锤就能砸到掌钎人的手上，不狠铁锤没劲头就没有劳动效率。果然，子文的劳动架势和效率的确不像是一个新手，一招一式令资深的盛师傅赞叹不绝。

第四章

子文一边干一边想，这么大的斧头一个架势抡个不停，无疑是又苦又累，手臂付出力量太大。能否如锄头铲地那样左右换架势轮番使用体力呢？他先将右手持斧子后端、左手持前端的架势干上一阵，然后两手转换过来，随即转换脚步，身体同时改变方向，这样一来就等于两只胳膊轮换休息，嘿，这差不多能省一半力气！他心中自赞自叹道："在农村向老农民学到的本领在林业照样有用，劳动人民的智慧无所不在！"

组长盛师傅很快发现了子文干活的奥妙，看着这个身材单薄的新徒弟，同样是农民出身的他当然也会两个架势铲地，他马上模仿子文换架势抡开斧头，起初就如同用惯右手使筷子乍用左手一样别扭，但丰富的劳动经验和劳动技巧使他不到半天就习惯了，一旦掌握技巧比子文更加得心应手。盛师傅立即要求椏子组五名人员全部改良学习，他让子文示范给大家看，他在一旁指点。椏子组几名队员不屑地看着新来的小山东，看着看着就比划起来。大家经过两天的实习就基本像样子了，这样不但减轻了大家的劳动强度，还提高了劳动效率。不久，队长在林场场部生产调度会议上向林场主管领导和其他工队长通报并传授了这一劳动技术改良，所有山东老乡们大都有在农村干活的劳动经历，可以说一点就通，操作起来事半功倍，不久林场所属的原木一队、二队、五四青年队、机械化作业队（原条队）等各队椏子组都推广了新的劳动技能，效率的提高使工队都减少了打椏子人员，倒下来的人员充实到抬木头的滑放组，打椏子组同样完成任务。

子文初上岗位初试身手，使队长和师傅们刮目相看。

上午十点有半小时休息，工人们放下工具聚集在巨大的火堆旁抽烟喝水聊天，这个火堆，在工队开进这块林地的第一天就点燃起来，直至采伐工作彻底结束才熄灭，大约燃烧半年至一年，火堆下面火炭和灰烬厚厚一层，傍晚下班不用管它，第二天早上上班后扒开厚厚的白灰就露出通红的火炭，架上木头一会儿便大火熊熊。

火堆由专人管理，火堆上方吊着一口大铁锅可将冰雪化开烧水，还可热饭热菜，劳累的工人们又可以围上一圈乱侃一通，大家一边用火炭烧烤着带来的老玉米面做的大饼子窝头，嘴里夸奖着老婆粗粮细作的手艺，还有的在骂自己的拙老婆一辈子做饭不变样，摊上这个婆娘倒八辈子血霉了。直到大饼子烤出一层发黄硬脆的饹馇来，玉米的清香四溢，才趁热开吃，牙口好的就会咯嘣咯嘣发响，粗大的喉结上下游动，看着就香甜。子文发现这些工人师傅四十来岁正当旺年，却都程度不同地缺少牙齿，他问过组长盛师傅，盛师傅张开自己满口整齐的牙齿对子文说道："这都是因为冬天在山上干活的时候，山上的泉水早就冻结了，冰雪很深，挪动艰难，有时候离着火堆太远，工人们口渴了就抓起地上的雪，团成一个雪蛋吞下去解渴。在寒冷的冬天，这样最容易伤着牙齿，几年下来就那样了。我胃口不好不吃雪蛋，可总算有一口好牙齿。"

大家在热热闹闹休息的时候，子文的师傅在火堆的一旁对子文解说采伐的规程。师傅说，树木长在山上看起来随随便便，但是森林的采伐是有序的，采伐的前期准备工作虽然很繁琐，但是必需的，设计、采伐规划、图纸、勘察设计作业区包括修路、找好木材堆放地点、设计运材车辆的通道等，然后才可以上山采伐作业。大体的程序是伐木——打枝——造材，造材很有原则：量材定尺，根据质量和测量的要求，充分利用原条的全部长度，提高造材率，材尽其用。优材优造，劣材优造，应先造特殊材，后一般材；先造长材，后造短材；先造优材，后造劣材（优材不劣造，坏材不带好材），提高经济材出材率；在符合国家木材标准的前提下，按用材部门提出的要求进行造材。然后是集材：集材分为索道集材、拖拉机集材、人力集材、畜力集材、滑道集材。再是归楞：伐区归楞按使用动力不同，分为人力归楞和机械归楞两种。下一步就是装车：伐区装车与伐区归楞的作业性质相似，其作业方法和所用机械也一样，有架杆绞盘机、缆索起重机、汽车起重机、颚爪式装卸机等。在北方林区，要求采用机械进行装车。

专业人员对原木检尺与分级，这项工作由林场的专业人员实施职权，具体的操作按照国家规定来，原木检尺有专门的检尺员。原木长级：在直接使用的原木中，长级规定为不超过5m的，按0.2m进级，不足者舍去；超过5m的，按0.5m进级，不足者舍去；加工用原木长级规定按0.2m进级，不足者舍去。长级的公差为：直接使用原木，材长不超过5m的，允许公差为±3cm，材长超过5m的，允许公差为±10cm；加工用原木，材长不超过2.5m的，允许公差为±3cm，材长超过2.5m的，允许公差为±6cm；加工用原木的后备长度由各省（区、市）根据运输条件自行规定。

子文认真地听着，没想到采伐作业还有这么多学问，当好一名全能的林业工人还真是不简单呢。师傅手指着上午刚刚采伐倒地的大树继续介绍：

原木长级量测：如果原木的端面偏斜，则原木的实际长度以最小长度为准；原木端部有斧口砍痕时，如果减去斧口砍痕量得的断面短径不小于检尺径时，材长仍自端头量起；如小于检尺径，材长应扣除小于检尺径部分的长度；对弯曲原木，材长以其直线距离为准；原木端头有水眼，应扣除水眼至端头的长度。

原木径级：按产品标准的规定，原木直径按2cm进级，不足1cm舍去，满1cm的进级。

原木径级量测：原木径级是通过原木小头断面中心量得的最短直径，经进舍后的尺寸。检尺时尺杆要与树干轴线垂直，不得沿截面偏斜方向检量。量取的直径不包括树皮的厚度。

木材检尺员的另一项任务是原木分级，决定原木等级的主要因素是木材缺陷的数量、分布与发展程度。加工用原木分为1、2、3等，其他不分等。

伐后作业先是采伐迹地清理，根据迹地的林况、地况、采伐方式等条件，一般宜在采完一定面积后进行清理；将风倒木及该集未集的采伐木运出迹地；将伐木造材作业中的剩余物，如枝桠、梢木、截头等按要求集中归成一定规格小堆，堆积枝桠时宜避开小河、小溪径流；在水土容易流失的迹地宜横向堆放被清理物；长度 2m、小头直径 6cm 以上的木材宜全部运出利用；将灌木、藤条砍除，但有多种经营的、有利用价值的应予保留；用堆腐、带腐、散铺、火烧（病虫害严重的采伐迹地可用火烧法，其余迹地均不应使用）等方法恢复森林生态环境；将采伐放倒的枯立木、火烧木、病虫木以及在采伐作业中受到严重伤害的树木的可利用部分造材运出迹地。

楞场和装车场清理主要是拆除楞腿、架杆、支柱和爬杠，同木材一起运出；物品拆除时注意安全，不应将废弃物到处乱扔；要做的事情还很多，如整平场地，填平被堆集木所压的坑，整平车辙，维护好排水设施；清除障碍和杂草，使土地裸露；将树皮和采伐剩余物均匀分散到楞场和装车场；清除场地内的非生物降解材料和所有固体废物，包括油、燃料桶和钢丝绳；采伐剩余物和废材堆应与立木保持一定距离并不影响楞场、装车场的排水。

子文惊讶地看着师傅，没想到三百六十行，行行出状元。师傅讲解的事情比在林场培训的时候讲得更实际更明白，也更有指导意义。

师傅说："还没完呢。咱们在这里干活儿，你看，这火堆、简易房等设施称之为临时性生活区，这在下山前必须清理，还有集材道，被木材拖的一道道沟坎，这也要清理；这些工作做好了，来年就很容易栽树更新。还有一项是安全检查。通常由安全检查人员对伐区和伐木工人进一步确认相关安全保护措施是否落实。最后一项工作就是等待春天森林更新，按照规划，栽种新品种的树苗。"

子文对自己看似大老粗的师傅们崇拜起来。

中午吃饭后，子文在火堆旁用戴着手套的手拙笨地翻着手里的《宋词》专心读着，努力使自己沉浸在宋词的境界之中。今天早上在林场大院上班车前，收发室交给他一封信，这是这几天除了家信，他急切盼望的来信，这是他两次给二姐发信后，二姐的回信。他在上车前急匆匆打开信封取出信来，信纸上只有著名女词人李清照的一首《武陵春》：

"风住尘香花已尽，日晚倦梳头，物是人非事事休，欲语泪先流。闻说双溪春尚好，也拟泛轻舟，只恐双溪舴艋舟，载不动，许多愁。"

没有落款也没日期，再没有一个字，连书信的格式都不讲究。子文知道二姐的性格，多少年来她常常用一段诗词抒发自己的情怀，总是让子文越发浮想联翩。

二姐在自己的生活中具有他人无可替代的位置。她的父母在省城的最高学府都是资深的中文教授，新中国成立前二姐的父亲在北京上大学的时候，由家里的父母包办娶了比他大好几岁的富户人家的女儿，媳妇过门第二天他回到北京再也没有回来，把娶来的妻子完全忘记了一样。学业结束，他在省城教书又与大学的同学结婚，先后生下包括二姐在内的五个女儿。二姐出生的时候，也就是农村土地改革的年代，二姐的父亲将二姐从省城送回家乡与几乎没有在一起生活过的原配妻子做伴，从此大学教授的女儿成为一个地道的农村女孩子。比邻而居的子文说不清什么原因，从小特别愿意与二姐一起玩耍，就觉得二姐身上有和别的孩子截然不同的东西，让幼小的子文特别崇拜二姐。二姐也与子文特别投缘，有什么话两人总能说得来。二姐每年总会到省城看望父母，回来总是带回一些深浅程度不同的课本，也有别的书籍，还有她的姐姐妹妹读完不再使用的课本，以及父母用过的教科书。刚上小学的两个孩子总是好奇地翻阅着这些“很难”的书本，翻阅多了，读得多了好像渐渐似懂非懂。二姐随着家里的“地主婆”大妈妈生活艰难，很早就结束了学生时代，但让子文佩服得五体投地的是，二姐能背诵从省城拿回来的中学课本里选用的所有古典诗词。二姐最喜欢宋朝女词人李清照的词，她从省城带回一本《漱玉词》，几乎能背诵这个女人留给后人的全部辞章。二姐的好学也影响了子文，子文总结了自己退学之后在贫困的生活环境中不断增长的文化知识来自三个方面，一是自己的班主任、也是自己的恩师不间断地给自己提供退学后应该学的课本，二是村里那些青岛知青带来的大量书籍，最重要的就是二姐的影响。在农村艰辛的生活和精神痛苦的岁月里，二姐的关怀和帮助，伴自己度过了那段最难熬的岁月。后来两个人都长大了，都成为家中最主要的劳动力，都要挣工分养活自己养活母亲，而且随着年龄的增长，男女有别，不能再那样亲密无间。没几年，二姐的大妈妈做主将二姐嫁给离村子不远的远房亲戚家，以便照料这边的家庭。二姐出嫁前在手绢上手写了两句古诗：“还君明珠双泪垂，恨不相逢未嫁时。”送给了子文，又苦笑着对他说："你我青梅竹马，可到头来还是逃不脱命中注定四个字，就像我姊妹五个偏偏我在农村一样，也像你出身大户，弟兄四人中偏偏你改作他姓成为贫下中农子女，都是命运。面对命运的安排，我们，只好从了吧。"

在冰天雪地的长白山腹地，在离家乡一千八百公里的地方，子文摸摸贴身衣兜里那件二姐送给的半个纯金的指环——这是两个人友谊的信物，现在摸着这件物品却感到无比沉重。

中午时分，大家就围着火堆吃着自己带的饭食。吃完饭休息的时候，大部分人开始胡说乱侃，队长在火堆旁眯着眼睛打盹，子文看了一阵书，发现火堆四周的雪被火堆烤化了，地上有很多工人们用坏了扔掉的白线手套，这种白线手套经不住树枝荆棘的破坏，用不了几天就很多破洞，工人们随手就扔地下，只有少数心灵手巧也很注意节俭的婆娘才会仔细将手套缝补让男人继续用。子文突发奇想：早上每个职工都用饭盒带着中午的饭，这样寒冷的天气，拿着像冰块一样的铝饭盒很冻手，工人们大都是将饭盒抱着上班车。这些白线手套虽说被树枝刮破，但是手背上的白线还是很结实，他从地上捡了几副比较好的，坐在火堆旁从手套上抽线，一团团整理好然后用两股线搓成麻线，用小刀把一段树枝削成形状像织布梭子一样的东西，将线团上在梭子上，将一段麻线拴在小树上适当的高度。只见子文两手一阵运动，不到十分钟，竟然织出一个白生生的网兜！大家好奇地问这是干什么，子文笑盈盈地将自己的饭盒装在网兜里，不大不小恰好。年轻的惊呼起来："废旧利用！这才是废旧利用。"组长说："子文，你这家伙还不简单，还是个多面手，文武都行啊。"子文笑道："织一件网兜也算是不简单，世界上不都成了不简单的人了么？还有更简单的事情吗？"队长说："大家夸你，你还骄傲了。这样吧，你在休息时间就织网兜，织出来挂在树上，谁要自己拿。"子文虽说嫌麻烦，但也很自豪，在农村积累下的劳动技能没有白瞎。

"能他人所不能，在农村如此，在林业同样应当如此。"子文想。

傍晚太阳落山时分，班车已等在山下了，工人们撂下手里的工具拖着疲惫的身躯迤逦下山，工具放在山上只管放心，不会有人拿走——这深山老林里大白天还人迹罕见，何况是寒风刺骨的夜晚？别说这些工具不值钱，自己拿回家也没有什么大用场，就是再贵重，也无人在夜晚冒着零下三十度来山顶送死！

回到山下，就像来时一样爬到解放车后车厢回家。也有一部分工人不乘车回家，他们在下山时总会从山上用钢丝绳拖下一块找好的干木头，在山下用锯截成几段，装在自己带来的木爬犁上，沿着运材道慢慢拖回家，放到自己家的木柴垛旁。等这些人拖着木柴回到家中，乘班车回家的人早就吃过晚饭了。

子文每每为这些拖家带口的老工人的劳累而感叹。在山上辛辛苦苦工作一天，下班时还要带上木柴拖回家。男人哪，一旦有了家口，你就有了永远不可推卸的责任，而你这种责任心的多少或者轻重，恰恰就是衡量你是不是一个好男人的最基本的标准！没有责任心的男人就不是一个好男人，甚至说他压根就不是什么好人，或者可以说他不是个人——最起码，不是一个合格的人！

季节的推移使天气进一步降温，到了最寒冷的季节，人在室外呼吸就喷出一道热气，热气马上凝成水珠沾在嘴巴周围和眉毛上，结成白白的一层冰霜，就像是个圣诞老人。天气预报报道，今天最低温度零下三十四度，火堆的火苗矮了一大截，添上大量的干木柴，只见火堆的火苗发出蔚蓝的颜色。组长告诉他："零下三十几度的天气就出现这样的现象，因为气温太低，火苗发出的热量会在瞬间被四周的低温吸收，火苗就低了，也弱了。"子文也感觉得到，自己的呼吸很困难，似乎是肺部出了毛病，这在原来是没有过的。组长说："戴上口罩就能解决这个问题，这不是身体有问题——还是气温过低的缘故。当冷空气进入呼吸道，气流达到肺部的时候，身体的温度使吸进去的冷气温度迅速上升到肺部适应的程度，可是现在这样的低气温超出了身体的调整能力，冷空气进入肺部还是很凉的，就会出现不良反应——遭罪啊！你在家做民办教师好好的，来这里受这份洋罪是何苦嘛。"

子文苦笑着："我的家庭和我的命运还有我的性格需要我吃苦受罪，我也甘愿吃苦受罪。师傅你想，当民办教师每月五元钱，在这里刚参加工作，收入就是民办教师的十多倍！而我的母亲常年有病都不舍得花钱到医院看病，参加了工作现在就不愁解决这些问题，还有其他拖累也让我甘愿受罪受累。活着就得认命，认了，就没有后悔和不平。”

另一层意思子文不想说，那就是一个男人应具有让家人活得更好的责任！自己经过多年的拼搏，受苦能做到的，就不可以逃避痛苦。

子文嘴上这样说，其实今天早上下了汽车，仰望白雪皑皑的山顶作业林班，他抱着长柄板斧耸肩缩手挤在师傅们中间往山上爬着的时候，不由心事重重，身边的这些人在苦寒的劳动环境中，就这样日复一日几十年，他们是怎样熬下来的呢？自己能熬下去吗？仔细想来，林业工人们选择了闯关东这条人生之路，本来就是艰难无比，但他们年轻的时候大约与自己抱着同样打算，最起码是让老婆孩子过上好一点的日子。长期的吃苦受累，也是因为心里有一个这样的信念支撑，才让他们日复一日熬下来。

中午吃饭和休息时间工人们的话题不外两个，就是说女人、说喝酒。

说女人先说自己的老婆再说别人的老婆，然后是过去的现在的听说的眼前的瞎编的真实的幻想的虚构的形形色色的婆娘，唯夸张之能事；说喝酒无非夸自己酒量大，别人不行，谁谁喝醉出洋相谁谁被老婆踹下床推出门撵出家……

有人在粗野直白地宣讲房事细节，语言无所顾忌；有人在吹嘘自己吃过的好东西，说得唾沫星子横飞，听起来都很过瘾很解馋。子文起初很看不起这些“低级”的话题，对此不屑一顾甚至很鄙视，认为这些工人不像城市工人，他们无文化，不文明，很无聊，后来想想自己这种观念无疑是错误的。他们的豪放率直的人格和他们津津有味的话题，在人烟罕至的森林里依然体现着既原始又最真实的人类的至情至性，在西方人的传说中，上帝不就是在伊甸园创造了人类吗？这茫茫林海比伊甸园更雄伟壮丽，这些豪情万丈的闯关东人，比之那些西装革履油头粉面假装斯文的人、更比个别满嘴马列主义一肚子升官发财思想的人强多了。在这人烟罕至的长白山腹地，冰天雪地的密林之中，山上没有文化场所没有办公室休息——休息连座位也没有，只能坐在树枝上。人类生活用电已有百多年历史，但作业区没有电，即使半导体收音机也没有信号，更何况这些苦人自小没有上学的机会和条件，他们心中只有与生俱来的欲望。如果你融入这一群体，你千万不能自视清高与之格格不入，否则你很快会成为孤家寡人！子文告诫自己，改变自己与适应他人是当务之急。

怀着这样的心情，在休息时子文时常一个人走出作业区进入林子里，他满脸忧郁，遥望家乡的方向，牵挂着母亲多病的身体，想念着拉扯孩子侍候婆婆还要下地干活挣工分的妻子，想念着聪明伶俐活泼可爱的儿子，他知道自己的亲人也无时不在挂念着自己。唉！至今自己在林场的身份还是“未婚”呢，最让他惶惑的是，别人叨叨不休地说着自己的老婆孩子，而自己思念妻儿的心思还得默默装在心里啊，这种日子何时才有个尽头！

上山几天，子文感觉到自己对新的环境的适应能力，也注意到同龄人们的行为和做派，他对自己在这一群体是否能站住脚有了足够的信心和把握。无论是体力劳动，还是将来万一抓住机会走进林场场部机关工作，自己应当是最出色的。唉，自己投机取巧被林业局招了工，按照规定是不合格的，可是看看那些符合条件的青年们，文不得武不得，三天两头请病假回家不回来，扣工资也不在话下，东北人说“泡蘑菇”，就是逃避劳动。这些已经成为成年人的年轻人，生活全靠父母的无私支持，可自己呢，却是为了养活一家老小才受这份煎熬的，人同样是活着，责任也是有轻有重。子文想，如果让他休息几天，他会拒绝的，他从没有在规定不休息的时间请假，他坚持出满勤，拿到自己全部的工资。

第一个月发下工资时他站在邮电所柜台前心情很激动，这是他当上工人的第一笔收入，山东的母亲妻子能每个月收到30元，对农村贫困户就是个大数额。他算计着尽可能多往家里寄，使他亲爱的母亲、妻子减轻负担，吃得好一点。他在给妻子的信中曾偏执地写道：“寄去的钱，全用于给母亲的生活补养。”年轻好胜的子文激动地想象着，今后当邮递员每个月将这几十元钱送到家里，村里的人会怎样评价这件非同寻常的事呢？亲爱的妻子来信说她就按子文的话，到集上为母亲买鸡买蛋，给婆婆和儿子吃，后来子文知道妻子自己却不舍得吃。

收入是比在农村改善了很多，但高山的寒冷、劳累、危险和痛苦的思绪，森林的大树被砍光之后一个个白森森的树桩圆圆地朝着天空，这一切无时不困扰着子文，使他对前途充满惶惑，刚刚脱离农村参加工作成为工人的热情和排除障碍参加工作的侥幸，并未维持多久。在家当民办老师的工作热情，与学生们的友谊，在家门口工作的方便，放学回家有母亲的慈祥和妻子的照料，还有长一对猫眼的儿子，比起在孤独寂寞的陌生环境中牵肠挂肚，这工作好在哪里呢?

这个作业区的树木质量不太好，品种杂乱，大小不等，听老工人说早上去十多年这样的林子是没有人采伐的，如今山上的木材越来越少，才又回来重新扫荡的。林业局今年的采伐计划和去年一样，三十万立方米，这个指标摊派到林场，夹皮沟林场担当了主角，分到较大份额，林场又将这个指标分摊到各个工队，子文所在的工队承担了最大份额两万立方米。能否完成，大家都觉得很难。

子文感慨地想："四人帮"退出历史舞台一年了，国家开始发展经济，但也存在很多偏差，国家建设以迅猛的态势飞速发展，亟须木材大量生产，落实到林业就要抓产量、单纯追求效益。目前对森林进行掠夺式毁灭性无序采伐，无疑是杀鸡取卵，是不顾子孙后代的行径，等看到严重后果，已经晚了。子文看过本省的报纸，这是全国最大的林业大省，直属林业部、林业厅管理的大型国营林业局就有十七个，光是林业职工就有十五万，每年生产木材八百多万立方米！报纸上，有识之士指出如此下去，用不了几年，我国领土上的木材资源就会枯竭，出现的不良后果难以估量。

是啊，一棵生长数百年的大树瞬间如同倒下的巨人一样横尸山坡上，巨大的锯口磨盘一样大，白森森的一块，如同骨头被折断一样令人触目惊心，那大树倒地的声音如同霹雳声响在山谷中回荡，真像一个巨人面临世界末日的呐喊呼救声。子文猜想着这个地球在太古时代的某一天，陆地上的恐龙们在最后灭亡时刻的惨叫声就是这样的凄厉。油锯轰鸣，人们在树底下以每二十分钟割倒一棵直径超过半米的大树的速度操作，将要被伐倒的大树上的松鼠、鸟类惊惶失措，吱吱乱叫，那种惨景叫人目不忍睹。数十米的高大树木重重倒在山坡上，碗口粗的枝桠被摔断，树冠摔得粉碎，树上的松鼠常常是甩出肠子在地上痉挛着扭曲着死去。

我们人类啊，太自私、太狠毒、太贪婪，顾不上将来，也顾不上子孙后代。难怪屡屡受到山洪冲刷、山体滑坡、山石粉化沙漠化、烈火焚烧、沙尘风暴的袭击——大自然的报复，真真的自取其咎！大自然的惩罚和报复谁也抵挡不住，人定胜天？吹牛吧，那才是幻想，是现代的迷信！

子文告诫自己：参加工作之初，担心自己从农村来满身土气怕人笑话，可这是林业，不是城市的工厂，人们生活的环境和城市相比差距是太大了，自己必须努力尽快融入这个群体。但是仅仅告诫就行吗？不久，在林班作业时发生了意想不到的事件。

徐师傅是一名油锯手，外号“犟种”，这人的性情也非同一般，子文曾经在第一天上班就领略过，队长给他一一介绍工队的成员，介绍到犟种的时候，队长说：“这位姓徐，双立人徐。”

子文说：“徐师傅好！”

徐师傅脸色不悦：“不好还能上班吗？”

子文愕然良久回不过神来。

另一位许师傅外号“犟断筋”，子文也有所领略，就在今天早上在场部上车的时候和他一起往车上爬，子文礼貌地说道：“许师傅吃了饭啦？”

许师傅也同样一脸不屑地说：“现在几点了还没吃饭？不吃饭就上班扛得住吗？”

子文就像吃了一口干燥食品被噎得够呛。这些闯关东的老前辈们怎么会这样呢？

这二人棋逢对手，不是冤家不碰头，二人生性爱抬杠，时常为些无所谓的小事拔犟眼儿。二人针锋相对的抬杠成为工队中的精彩节目，别人干脆无所置喙，只有听的份。

吃饭享受美味，但是该大便就要大便，必须的。不管你穷得叮当响还是富得流油，每天进之上口则为“食”，出之下口则为“屎”，再好的饭食一旦从自己的肚皮中出来，不管自己还是他人闻之莫不掩鼻厌之恶之。人们在尴尬之中常用的一句话说“像吃了屎一样”。吃屎大约比受刑还难吧？

适逢二师傅的“犟”脾气大发，便上演了一幕最精彩的悲喜剧——吃屎。

事情的发生是这样的。这天，徐师傅放倒一棵大树，树洞中有一大堆虫蛹，他用安全帽装起来放在自己的衣服旁边。许师傅诧异地说：“你收些虫子做什么？”徐师傅说：“拿回家用油炸着吃，比茧蛹好吃多了。”

许师傅惊讶：“虫子怎能吃？再说要是有毒怎么办？”

徐师傅说：“用油炸透了、炸脆了、酥了还有个不能吃？什么东西在高温之下还会存在毒性？我家吃过多次了，你不敢吃是没有这口福。”

许师傅说："油炸酥了也不能吃，那是虫子！可不能乱吃。"

徐师傅说："不用说虫子，只要用油炸了，就是草、树叶子也能吃，就是屎炸脆了酥了还不是和麻花一样？"

许师傅说："这可是你说的，不要忘了。"

第二天中午大伙围火堆吃饭时，许师傅对围在火堆周围的同事们庄重地宣布："先别着急吃饭，我有重大事情。"说完从背篼中竟取出一只小铝锅和一瓶每人每月仅供三两的豆油，"大家看着，我把这个月全家六口人的供应油拿来了。因为老徐说用油炸过的东西总是好吃的，他说把屎炸得酥脆也同样像麻花一样能吃。今天咱请老徐吃油炸麻花。如果他不吃，那就不是'犟种'，他得赔我五斤油，'犟种'二字倒写！"

大家听到这里说："如果他吃了呢？"许师傅说："如果他吃了这特殊的油炸麻花，从此我就服他了。如果我输了，今晚下班全队人员都到我家，我请客。我煮一个猪头打一塑料桶白酒，怎么样？"

大家欢呼起来，一致赞成。许师傅又道："老徐，你话已出口不能草鸡不能反悔！你说，你是吃我拉的，还是吃你自己拉的——我可从昨晚憋到现在，能拉一小锅的。"徐师傅脸面红赤，脖子青筋暴涨，"犟种"的荣誉受到了极限挑战，片刻他咬了牙，低沉又坚定地说："吃我自己的。"许师傅说："好，我答应你，算照顾你了，但要靠自觉、靠良心，可不要拉一点点充数白瞎了我这一瓶油啊。"

只见徐师傅靠近火堆，当众徐徐褪下裤子，就地蹲下憋了许久，终于拉出一块指头大的干燥屎头，用树皮托着问许师傅和大家："就这些，这些行吗？"

许师傅面有难色，大家相劝说："不少了，有那么一点就算事儿，也行也行！"许师傅看在大家的脸面上方点头默认。

说话间，支在火炭上的小铝锅的油早已翻滚飘出诱人的香味，这时如果把自己的玉米大饼子放到油锅里面，片刻也能变得香酥可口，或是从锅里滔出一点淋在没有油的菜中也会大增食欲。可贵的豆油啊，你那诱人的香味顷刻间将不再引我们欲滴的馋涎。精彩无比、世所罕见的吃屎表演冲淡了我们的饥肠辘辘，我们都注视着两个"犟爷"的举动。

徐师傅托起放着自己拉出的屎的树皮，环视大家，大家点头认可，然

后将其炸肉丸子一样投进油锅!、

油锅里腾起一种油香与屎臭混合的气雾，继而热油剧烈翻滚，吱吱作响，旋即稍平，一会儿那指头大的东西便浮了上来，随着炽热的豆油上下翻滚。

看徐师傅，脸色凝重而严肃，一场前所未有的极限考验，威胁着自尊自信自强的“犟种”的声誉；许师傅一脸亢奋，眼睛不时瞟向徐师傅，等待他告饶认输抑或英雄到底。

锅里动静小下来，那种特殊味道已微乎其微，锅里开始冒起焦煳的油烟，许师傅厉声问：“行了么?”徐师傅用树枝捞起来，仔细察看一番，用树枝按了按，口气软软地说：“再炸一会儿，不透。”许师傅大度地一摆手：“依你，再炸五分钟。”

又待一会儿，油烟已很浓，那东西已变成黑色，徐师傅再一次捞起，已是分量轻轻的、质地硬硬的、形态干干的。他神态庄严，似乎是祭天仪式的主持人，认真地用嘴吹着晾在树皮上托着的这人间绝无仅有的食品，看看不太热了，用手一掰，清脆一声响，那东西已断，断头处大家看到，经过肠胃功能运动产生的食物已基本成了炭状。

许师傅下令：“犟种，还等待何时?放进嘴里!”

全工队的二十多个人鼓起掌来，只见徐师傅将那东西一下全放进大嘴中“咯吱咯吱咯吱”，拳头大的喉结上下急速地大幅度移动，人们喝起彩来，顷刻间，只见徐师傅脖子一梗，已是咽了下去，从人体下面出来的东西在短时间第二次进入肠胃，进入新的轮回。

大家掌声未绝，面色凝重的徐师傅弯下身子拎起许师傅的油锅的耳朵，连油带锅奋力一扔，只听得咣啷啷的声音渐渐消失在百丈悬崖之下。徐师傅旋即蹲在地上背转过身去不看大家，也不再说话。

许师傅拱手弯腰对徐师傅，又转身对大伙，对田队长说：“徐大哥是我哥，今后我称他为‘犟老大’，我嘛，屈居老二。我的水平望尘莫及，我输了就必须兑现承诺。这样，兄弟们今晚下班后直接到我家，我煮一只猪头，还有一塑料桶苞米老烧。”

第五章

在山上干活的工人在十一点半午休，也是吃午饭的时候，这是在山上一天劳作中的黄金时间，大家在巨大的火堆周围，身子前边被火堆烤得受不了，后背却阵阵发冷。干一上午活，内衣已被汗水湿透，零下三十度的气温使内衣迅速变冷，就转过身来烤后背。烤后背很危险，有时贪顾暖和，内里还凉着，外边棉衣烤糊了还不知道。

“伙计们，开始发本月工资喽。”

队长从盛饭盒的布兜里拿出一捆人民币。大家迅速围了上来。队长拿出一张工资发放表，在火堆跟前，队员们按照表上的顺序逐一签字画押，沾着口水数钱。

在工队，子文是工龄最短、工资最低的，每月三十八元加上十七元森补，就是五十五元。七级工孙大山师傅工资最高，他在“文革”之前三十岁的年龄就定为七级工人，十多年来在夹皮沟林场只有为数不多的人有如此待遇，他的每月工资是九十九元八角。每张面值一元、一百张一捆打着银行印记的钞票放在手里沉甸甸的很诱人，孙师傅不愿意队长将这一捆拆开，为此，每次发工资他总说：“国家真是不嫌麻烦，工资级别就差这两角钱？给一百元多省事？”每次发工资他便自带两角钱交给发工资的队长，取回未拆银行封记的一整捆钞票，他用左手持钞票一端，像使唤一块木板一样使劲地打在右手的手心上叭叭作响，宣告着自己一个月凭汗水和牛马之力挣来的劳动成果。他为这七级工第一高的工资很自豪，这钱来得干净、纯洁、高尚，凭着他的干劲和劳动经验，这个七级工当之无愧！而且这样高的级别全是自己凭力气挣来的。这非但是他与妻和三儿二女七口之家一个月的保障，也是对他的人生价值的肯定！子文也深深崇敬着这些多子女的前辈们：一个男人养活七八口人太不简单了，让全家能吃饱饭、有房子住、子女都能上学，这样的男人才是自己的榜样。

孙师傅用钱打着手心转过身对子文说："小伙子，你孙叔我这七级工，抬大木很少遇到对手，要不是文革这些年工资没有动弹，你孙叔叔我恐怕早就不是七级，或许就到了最高的级别八级啦！"他用钱拍拍粗壮的腰杆，又拍拍子文的腰杆说，"你看你这小腰杆儿，本来就应当坐在办公室要笔杆子，你却拿起大斧头、抬木头杠子，你呀，不是抬大木头的材料。俗话说得好，女怕嫁错郎，男怕选错行，说的就是你。如果你干一个文差事一定不赖，可是你偏偏来到林业上山抬木头，屈才了不说你还干不了，你这腰杆儿、你这身板儿，甭说七级工，就是五级都很难——挣不上这一捆了。"

子文看着孙师傅手里像木板一样整齐的东西，看着孙师傅粗壮的车轴身材，深深地相信孙师傅的话，他的腰真真的没有孙师傅的大腿粗，很可能干到退休也评不上一个七级工，可能一辈子也别想每个月挣到不拆封的一捆钱。子文真诚地点点头，很服气地把孙师傅的话牢牢记在心中："我今生一月挣不到一百元，怎样能更好地改变和提高年迈的母亲、老婆孩子的生活水平呢！"或许孙师傅讲完这番话讲过就遗忘了，但给子文留下的是深刻的思考：要进一步改变自己，就得更好地发挥自己的优势。当年自己在生产队，一开始队长只给七分工分，和女劳力一样多，根本无法与那些五大三粗的壮汉们相比。后来凭着自己勤奋学习和钻研，在短短不到两年内，自己掌握了农业生产中所有的高端技术活儿——播种、育苗、烤烟、场院的庄稼脱粒扬场，这都是那些壮汉们不一定能做到的。结果自己不仅拿到最高劳动力工分，二十岁就当上生产队长，那些壮汉们全都在他的指挥下耕作，粮食产量也比别的生产队有了明显提高，拉开差距，成为学大寨的先进生产队，照此下去不愁混不出个名堂——大寨的支部书记陈永贵全凭着自己的才干，也是进了中央成为国家领导人的。只是自己始终酷爱读书，才抓住机会进入学校当了民办教师。如今在林业，自己还有这样的机遇吗？

工人们大都健谈，就连抬木头这样的累活也说个不停，队长有时候要讲讲本日生产中存在的问题都插不上嘴。大家粗声大气海阔天空乱侃，被人誉为“万事通”简称“老万”的宋军专门说女人，总说得有声有色特别过瘾，而且花样翻新从不重复，连外国的一切男女事情都一清二楚，也不知是他信口胡编还是知识渊博；还有老庄师傅天文地理历史政治都说得头头是道有枝有叶的。子文惊讶地想，这民间照样是藏龙卧虎，其中就有很多乡土文学家，他们创作故事的才能和语言表达能力简直就是天生的。他早就读过文学史书，劳动人民就是文字的创造发明者，很多神话传说就是来自民间，如果这样的天才有机会进入大学中文系或者作家进修班系统学习，就会出现一个天才作家，人间有多少天才得不到正常发挥就默默终老一生。

桠子组组长肖师傅在小时候曾经读过几年私塾，又爱看一些“闲书”，算是个文化人儿，总说些天南地北轶事奇闻、民间故事、支离破碎的古典文学片段、京剧评剧地方戏，杂七杂八，是一个杂学家；大老范师傅总是山珍海味名烟好酒每每使听众一口口咽着口水；李师傅总是牢骚满腹一副怀才不遇的样子，听别人在讲话他总是睨视着眼睛冷笑不止，好像别人都说的不对，都不值一辩。还有的就是永恒不朽的话题，说男男女女，说少女说中年妇女甚至说老年女人，说寡妇说鳏夫说有妇之夫说偷情说恋情说强奸说顺奸说通奸，说俊女人也不放过丑女人。

原木队里最年轻但是参加工作已经好几年了的徐有礼，看着不紧不慢在述说聊斋故事的盛师傅，趴在子文耳朵边说道：“告诉你，别看你师傅像个掏炭鬼，他的老婆可是林场家属中的美人，听说是他闯关东当上工人之后回老家说媳妇，看好了村里一个地主的女儿，他想反正是带到东北来过日子，管她是地主还是贫农，长得这么漂亮，再说来到东北都是家属嘛，就坚决果断地与这个漂亮女人结婚并带到东北来了。果然这女人养的女儿更是个美人坯子，现还在中学读书，人们都说她长得像电影明星，等你见了可以大饱眼福的。”年轻的子文默默地记住自己师傅家里有一个美丽的女儿，她有多美呢？以后总会见到的吧。真的是深山沟里出凤凰了。这时候见肖师傅唾沫横飞地转变了话题，他在说京剧：“我告诉大家，若要看《铁弓缘》、若要听《二进宫》、若要学《拾玉镯》，这几出戏，唱念做打都有了……”

工队里的年轻人与年轻人之间容易沟通，这徐有礼幼年失父丧母，虽然家境贫寒，自己身体不好，可他生性活泼幽默，很快和子文熟悉起来，子文很快喜欢上这个从小失去父母自己还拉扯着三个弟弟妹妹和自己的孩子的年轻人。徐有礼上班也像那几个大龄工人一样，总将木爬犁装上班车带到作业区，下班时装上木柴弄回家。带爬犁上作业区本是林场所不允许的，但因其家庭状况，无人与之计较。十八段离着林场不远，子文下班后常常不上班车，就和徐有礼共同拖着爬犁回家。路上有人看到子文帮着拉爬犁就和徐有礼打招呼说："有帮手啦?"徐有礼就说："这不，子文给我拉帮套呢!"人们听了呵呵大笑。

东北说"拉帮套"，其原意是套在驾辕牲口旁边起辅助作用的牲口，也叫拉边套。有的地区引申为家中男人养不起家口由另一个男人做帮手同时共享一个女人的意思，但徐有礼只知道本义却不知含义和引申义。

子文笑不出来，他总默默地与同伴一道将木柴拖回家，宁肯比乘班车的伙伴们晚回家好多时间。他帮着徐有礼卸下木柴，有时到屋里坐坐，这是贫寒之家，全家五口人团团围着炕桌吃饭，饭桌中间往往就是一盆土豆或者没有油水的大白菜，可在子文看来，有这么一个家就比吃食堂住大房子强多了。他思念自己的家，将来自己的家搬来了，也会每天拉着装满木头的雪爬犁，让老婆孩子老母亲享受温暖。

这天阎斌一脸兴奋的神色来找他："子文，告诉你一件天大的消息，国家恢复高考了！现在开始报名，汤河镇的新华书店来了大量高考复习材料，听说买复习材料的人排队呢。十二月份就正式考试了，子文，你来林场这些日子，我们在一起的时候我感觉得到，你的功课底子那么好，你天生就是个读书的材料，不是抬木头的，你去报名吧。"

子文愣了一会儿神说道："我们国家的考试时间历来是在夏天，这马上就进入年末了，怎么可能?"

阎斌说："我这消息是听咱们工会干部说的，报名的名单要报到林业局教育处，现在已经开始了，就这几天，不信你打听一下工会主席。这考试时间我不太懂，可能是国家急需人才，等不得明年夏天了吧!"

子文心跳突然加快，这个意外的消息让他心潮澎湃。他觉得自己有实力参加高考。虽说自己初中学历，但是在生产队劳动和在学校教书的两年中，自己的恩师每年都给自己留下一套高中课本，自己在这十多年中虽说不像在学校学得那么系统，可是这些年学校的教学状况子文心里最清楚。当年在农村劳动，推荐上学的年代，自己根本不敢存这份奢望——就是推荐上自己，能上得起学吗？谁给老娘挣工分呢？可是如今自己脱离了原来的生活环境，有了自己应有的社会地位，怎能轻易放过这次机会！

他向队长请假说自己感冒了，要到林场卫生所开药晚点上班，等大家上了班车走了，他来到工会主席的办公室打听此事。工会主席说："是开始报名了，但你是在职职工了，报名高考要取得林场领导同意才行，因为，在职职工参加高考如果被录取，那是带工资上学的——当然，也同样是哪来哪去的原则，等毕业之后还回到原单位工作。要报名，我给记下名字一起报林场审批吧。"

子文从工会出来，又是激动又是高兴，想不到在职职工还能带工资上学！如果还是在农村，自己这样的家庭就是高考被录取也没条件上学，还要劳动挣工分养活家口啊，当了工人待遇就是不一样。工会主席说的不会有假，带工资上学就更消除了自己上学的后顾之忧！好啊！当工人真好！反正今天请假了，干脆不上班了，去汤河镇购买复习材料，自己还有些钱。

他立刻给山东的妻子写信告诉她这个好消息，当然他也知道如果自己高考成功，就会面临这样的局面：自己上学了，就要延长将全家迁到东北的日程，等到自己毕业后回到林业局或者什么单位才能从山东把家迁到东北来，只不过你的身份改变了，你将成为国家干部；如果自己真上了大学，母亲和妻子继续留在山东农村，妻子依然继续负担全部的地里的活儿，还要照料老人和孩子，这就是说还要多受几年的劳累。

进入冬天最寒冷的季节，采伐工作结束，子文也结束了打桠子的工作，桠子组全部并入成材组。这是林业生产的旺季，一年的木材产量要在最寒冷的冬季完成百分之七十——木材堆在山上再多，不经过检尺也就是没有确定立方米数量，这就不能算是木材产量，全凭在最后一个月将木材滑放到山下的"木楞"场地，检尺小组的人过来检尺，并用一特制的刚锤子使劲一砸，钢锤顶端的数字符号深深在木材顶端留下标志，象征着这段木材已经成为成品入库了，有了这个数字才算是工队完成的产量。

木材滑放正当其时，早在秋天时就已修好的冰沟道已积满了雪。工人们将切割好的圆木抬至沟里用铁丝绳往下拖，用木杠橇着木材后端，反复几次，雪压成冰，木头便顺沟滑至山下运材的场地。检尺后按长短型号堆放，叫“抓楞”或者是“归楞”，以便运材装车。木材滑放的场面十分壮观，工人抬木头喊号子声音高亢嘹亮，在山谷中回响不已，伐木号子就是最具行业特点的劳动号子，也是一种林业作业的劳动文化。

一截木头按照木材长度粗细体积大小分量轻重决定劳动力分配，有的木段需要两杠四人抬，有的三杠六人抬，有的四杠八人抬。领杠人如呐喊如呼救如歌如唱悲壮苍凉，大家按着劳动节奏齐声呼应，肩膀上的重压使喊号子的声音如呻吟如叹息如泣如诉哀婉而慷慨，号子声声在山谷回荡，抬杠人按号子的节奏步伐一致，当大木被抬到冰沟顺沟滑下时，十分惊心动魄，只听放木人大喊一声：“下去了!”下边的人便顺着冰沟道注视着上方并找隐蔽之处躲闪开，以防被木头撞伤，那是非死即伤的关口。林业工伤事故十有八九就发生在木材滑放的时候。

有时那冰沟道过滑或线路设计太直还可能因为山坡太陡，滑放的木材进入轨道滑动起来产生惯力越跑越快，滑到半山腰会脱离冰轨飘飞在空中，直冲着对面山岩箭一样飞去，那饱含水分的、径粗一米、长四五米重量达数吨的木材在零下三十几度的气温中，实际已成为一根巨大的冰棒，木质变得异常硬脆，被截成段后更脆，撞到对面山崖上的情景会使你目瞪口呆：只见那木头如箭般穿越山谷，撞到对面山上一声巨响，木头化为无数细小的木条，粗者如筷，细者如丝，在空中齐齐散开，那散开的情形蔚为壮观而又触目惊心，非人力所能形成，然后如雨般落在山下成为一座木条垛，是什么手工和机械也难以垛成的碎柴。

半月过去，队长屈指一算，木材滑放仅仅完成计划的一半，剩下的一半大木头全是大家伙，凌乱地倒在雪地里，而且所在位置离着冰沟道距离还远，道路崎岖积雪更深地形更复杂。队长掐着指头数算着心里焦急，看来只好调整劳力提高生产效率啦。

这天早上刚到山上，大家围着火堆等待队长安排劳动力搭配，只见队长从怀里掏出一只特大的饭盒，刚刚打开就闻到一股香味，原来队长带了满满一饭盒水饺！大家惊呼起来，有人向饭盒伸手就抓，队长挡住饭盒说："今天谁也别想好事儿，放下，没你们的份！老刘，老孙，你们两个一个是七级工一个是六级工，级别高的人才有高待遇。我用棉衣揣着还不算凉，吃完再说话，这是你嫂子一大早起来给你俩做的，连我都没吃几个。"两个被点了名的家伙面面相觑："队长这是黄鼠狼给小鸡拜年不怀好意，我俩又得豁上命干活啦。没问题，不吃饭都没问题，不就是几块大木头吗？我俩第一杠！这七级六级工人的工资不是白拿的。"

原来，抬木头的时候，木头的粗头在前小头在后，抬大个儿木头要六个人或者八个人，六人就是三副杠子，八个人就是四副杠子，最重要的就是走在前头的第一杠，也是抬着木材领头的。领头杠抬粗头出力最大，还负责喊着号子，还要掌握方向，起着导航作用。领头杠往往要由体力最棒、劳动经验最丰富的人担当。

虽说是刚刚吃过早饭不一会儿，但是一饭盒水饺还是风卷残云，说是给这两个人吃的，可还是被伙计们伸手抓走不少，有人意犹未尽地说道："什么馅儿？还没有尝出咸淡就没有了，队长太抠门儿，下次你用水桶往这里拿！"

大家还在擦嘴，队长指着远处埋在雪堆里的一片木材说："老孙、老刘，看见了吗？你俩说今天是用四副杠子八人抬还是……"

"操，谁让我们嘴馋吃你的水饺了，还问什么？就那点木头还用八人抬？六人足够了，多出的两个人加上几根杠子，产量就加快了不是？你从家里拿来嫂子包的水饺给我们吃，不就是要这个结果吗？还转弯抹角地吃什么水饺！"老刘总是嘟嘟囔囔，牢骚满腹，好话到他嘴里就变味儿了。

好，这样的组合就能倒下几个人来组成另一个抬木头的小组，等于提高劳动效率五分之一，一天就能多放下山十几立方米木材，半月下来，这滑放任务就能轻松完成！

队长按照两个人一副杠子组合，数算着能组成几副杠子，最后剩下队长和子文两个，队长迟疑而为难地说："子文，眼看着木材滑放任务完不成，大家都要'上杠儿'，你看这样，剩下咱俩，咱对付着凑一副杠，你腰杆太细，也没经验，和别人抬一根杠子我也不放心，我让你一肩，一肩，知道吗？就是你那面杠子长一些，肩上的分量轻，我这面短一些分量重，咱两个在最后头，也就是木材的最小头，行不行？实在不行就算了。千万别压着腰，落下毛病可不是闹着玩的，我听说你报名参加高考，可别落下什么毛病耽误了前途不打紧，连媳妇也难说了。”

子文说：“试试看吧，您多出力啦。”他心里想的是，没当民办教师以前，在生产队参加修建水库的时候，自己也抬着数百斤重的大土筐，爬上几十米高的大坝，也被人称之为“铁肩膀”的。今天试试怎样，只是这一暴露从今往后就成为主力队员了，可是眼前队长这样为难，再继续假装斯文实在是说不过去。

艰苦的劳动开始了，子文还是低估了抬木头的劳动强度。太低的气温本来就不利于体能的发挥，山上高低不平还被厚厚的积雪覆盖，一不小心，一步走不稳，一步随不上大家的节奏就会摔倒在地，有时还会将腿部或者腰部扭伤。

抬木头的木杠子两头细当中粗，中间一道槽沟上拴着粗粗的尼龙绳，绳子下端就是用精钢特制的锐利的钩子，两个人一头一个将杠子搭在肩上，一手把持着杠子头别滑下肩膀，一手持铁钩，两人弯下腰分站两旁同时往横放着的木头上一挂，同一时间起身向上一站，铁钩自然深深穿进木头，领头杠的喊开号子：“起——”六个人三条杠子同时用力，巨大的木头从雪地里抬出来——

“大家齐努力呀——”大家附和：“嚎嚎——”

“腰杆挺得直呀——”“嚎嚎——”

“眼睛向前看哪——”“嚎嚎——”

“小心腰和腿啊——”“嚎嚎——”

子文早就听过师傅们喊过这些号子，但自己在桠子组没喊过，他不知道大伙儿在应声附和的“嚎嚎——”的发音，抑或是“好好”？还是“号号”？在他听来必定是“嚎嚎”——嚎叫的嚎。重压之下发出的呼喊、呻吟，听起来总是那样苍凉……

队长尽力将肩上的木杠靠近最接近中间，几乎迈不开脚步，子文小心翼翼试探着亦步亦趋，肩上的分量可真是不轻，最主要是脚底下要稳，不要打滑，一个人倒地全盘皆输，从头另来。

一块木头终于抬到冰沟道边缘放好，过来一人用撬杠从后头一掀，木头进入沟道，六个人迅速摘铁钩，木头滑到几百米的山下集材场地去了。接连几块木头下山，子文暗暗庆幸自己总算挺过来了，但是队长开始脚步踉跄，有几次差点滑倒，额头上的狗皮帽子下面渗出汗水。

子文说："队长，你把绳扣往我这边挪挪，你太吃力了。"

队长迟疑一下："你行吗？"看来队长的确是吃不消了，他让了子文一肩膀，他肩上的分量实际比领头杠的还大。

"试试吧。"子文说。"那就稍微挪过一点。"

队长把绳扣向子文这边靠过几公分，子文说："再靠过一点，我还比你年轻很多呢。"说着自己动手把绳扣向自己这边靠过一段距离。

大家弯腰用铁钩抓住木头就要喊号子起腰的时候，队长再一次问："子文，这样你行吗？你慢慢起腰身，不行你就大声喊，我们放下你再抽出肩膀，别硬撑。"

"起——"在最前头领杠的七级工孙师傅一声呼喝。

子文不敢怠慢，全神贯注记住要领，脚底站稳、挺直腰杆、看着前方、注意脚底下、迈步有数、听号子指挥……队长弯下腰还又对子文再次嘱咐："左手抓紧绳扣别松开，这样以免滑倒在地伤了腰腿。"

子文用右肩，队长用左肩两两相对。随着号子开始用力，子文的肩膀受到空前的压力，脚底下的冰雪开始打滑，弯腰，右手举到肩上攥紧杠子末端，左手把着挂在铁钩上的绳子，挺直腰往上起，他努力克服着两条腿不发抖、不打滑。这块木头太重了，尽管队长负担着大部分重量，子文眼前还是冒起金星。他咬紧牙关心里叮嘱自己：挺住，一定要挺住，站直了！

开始迈出第一步，号子响起——

"大家齐努力呀——"大家附和："嚎嚎——"

"这是个大家伙呀——""嚎——嚎——"

"谁也别草鸡呀——""嚎——嚎——"

"别当王八蛋呀——""你才是王八蛋呀——"大家按着节奏，可是有人换了词儿。子文全神贯注不敢笑出声来也不敢分神。

……

一共二十来步远，总算是稳稳地抬到冰沟边沿，孙师傅喊道："前头先落地呀——”有人应声喊道：“后面别草鸡啊——”

队长喊道：“后头先落地吧，子文站稳，腿下蹲，别弯腰，好。”

老孙对队长说：“后头先着地？你沾了子文的光了。”子文很感激地看着队长。

把木头放下冰沟，队长一面打量着子文，用手摸摸子文的腰部对大家说：“这细腰杆挺硬实呀，像个干活的样子，人不可貌相，行呀。”

木头冲到几百米的山下，有一伙人专管“抓楞”，也就是将下来的木头按照长短等级分别垛成木垛，以便运材车装运到木材场。装车前检尺员来进行检方和定级后砸上特制的钢印，这些木材便成了林业企业的被检验合格的正式产品，谁也不能乱动了。子文每每在下山后路过这些木楞堆，越看越像陈横的尸体，他不由联想到他阅读《史记》时读到秦将白起曾经一次坑埋赵国士卒四十万的历史悲剧。肖师傅告诉他说：“大树被割倒以后总会发出松树的特殊臭味，与活树发出的清香大不一样。”子文不由自主地感叹：“它们无言地堆放在一起，我闻着是一种血腥、一种尸臭。”肖师傅惊愕地望着他半天没说话。

子文对这份工作愈加产生无限的惶惑。

工队里工伤人员不断增多，队长在班前会上再三强调安全第一，不能掉以轻心。原木工队的山东老乡李公社虽说年龄不大，却是个能熟练操作油锯的伐木工人，他良好的技术使他在本工队成为一个主力队员，他能在各种山势和地形的树林子里独立操作。山场里的采伐接近尾声，没什么像样子的木材，粗算起来离着完成采伐任务还有好大差距。李公社看准了山包背坡的几棵挺拔的白松，但是因为山坡陡峭，大树长在山石夹缝里，树底下几乎没有落脚的地方，采伐作业十分困难。他凭着自己娴熟的技术和丰富的采伐经验，决心拿下这些木材，队长嘱咐了一番，李公社与助手背起油锯去了山背坡。

李公社对着几棵白松打量了一番，果然是树干高大挺拔，是目下山上不多见的上等木材，下部直径足有一米多。这样的大树应当让它顺山倒，也就是顺着上山方向倚着山坡倒下，这样不会损伤木材，如果木材顺山势向下倒，会因为角度太大而将树干摔断。从工作技艺上说，这么大的树，上下锯口应当拉大距离，否则大树容易倒地劈开成为两半。李公社熟练地发动油锯，这种小型汽油机没有消音设备，声响如同飞机的发动机一样特别大，随着一阵青烟，发动机震耳欲聋，回荡在山谷。链条飞速旋转，从大树的顺坡方向下锯横切了一道足有七八十公分深的锯缝，顺着锯缝锯末子横飞，割到一定的深度，然后根据操作规程向下移动八公分再来一道与之平行的锯口，最后用大斧子楔进上面的锯缝里使劲一别，一片磨盘大的半圆形木片从两道锯缝中取出来。这道缺口称之为下锯口。

现在大树下部顺山坡一面就出现了厚度八公分、深度八十公分的悬空的缺口，这时再在大树的完整的一面比缺口高出十公分左右再来一锯——高出的这面锯口出现的半个树桩会高出八公分，这道锯口称之为上锯口，两边的锯口不一样齐，它的作用是在大树倒地的时候树干被不平整的锯口挡住，只能朝着矮一些的茬口方向到下。树干向山坡下面滑下去的方向有利于按照设计弄到冰沟道上来；如果不是这样，而由着大树任意方向倒下，树干就无法弄到冰沟道里放到山下，甚至不得不放弃，形成资源浪费。如此操作的结果是：大树朝着缺口一面——也就是山坡的方向倾斜，瞬间倒在地上。这种采伐工艺主要适用于山坡陡峭的地段，就像今天这个山背坡。子文想，这些劳动经验全都是来自劳动实践之中，充满了劳动人民的智慧，这一切都不是坐在实验室里可以解决的问题。谁说这些满口粗话的“老木把”没有水平，缺乏智慧？在崎岖不平的山坡上，身躯微小的人能指挥一棵重量达数吨的参天大树，让它向着哪个方向倒下去，大树就要向着哪个方向倒下！劳动人民从来就不缺乏聪明智慧！

此刻的李公社就是在聚精会神地按照劳动操作规程在实施自己的职责。上锯口眼看割到与下锯口相交的地方，也就是大树随时就会倒下的时刻，意外发生了——后来分析原因是下锯口割得深了一些，木片也厚了一些，下锯口形成的空间太大，上锯口没等怎么割，再加上气温太低，木材太脆，大树在李公社预料的时间前顺山坡迅速倒下去。也因为上锯口这面留得太小，树桩上的茬口顶不住大树倒下后座的力量，加上山坡陡峭，树干倒下的同时向下方滑下几米远，李公社还没有反应过来，足有碾盘大的树木横切面、超过四吨重的树干的末端顶在他的腹部，他还来不及发出尖叫，身子就飞上半空然后重重摔在树干上，扭曲的身子再度从树干上摔在崎岖不平的地面上。

当大家听到大树倒地声和李公社助手的尖叫声，向李公社所在的方向望去的时候，并没有看到李公社，在大树倒地的时刻，按说他应当端着油锯站在树桩一侧的，凭直觉队长有一种不祥的预感，他大声喊叫："公社，公社！"

无人应声，助手愣愣地站在树桩一旁已经吓呆了。队长说声："坏了！"扔下手里的工具一跃而起，在雪地里连跌带爬，嘴里喊着李公社的名字奔过去，大家也随后赶过来。只见李公社扭曲着身子躺在崎岖不平的乱石头上，石头缝隙里长满了荆棘灌木，他身子微微发颤，嘴里不断冒出鲜血，面色苍白，已经奄奄一息。队长抱起公社，鲜血从公社的衣服底下不断流出来，掀开公社的棉衣，人们大吃一惊：公社的肚子被撕开一道大口子，肠子露出一大截。

大家手忙脚乱，捡几根树枝，腿上打着裹腿的解下裹腿布绑成担架，队长脱下大衣铺在上面。只见李公社紧闭着眼睛已经昏迷，这时候队长有无比的权威，大家也比任何时候都服从队长的吩咐，队长指挥大家轮换着抬着担架下山。山势很陡，道路崎岖，脚底下冰雪一步一滑，后头的人努力将身子放低把担架握在手里，前面的人努力挺着身子，将担架放在肩膀上。他们小心翼翼艰难前行，在行进中谁也不能绊倒，以防李公社再度受到伤害。

此时此刻大家无疑是最团结的一个整体，无论是与李公社关系密切的还是关系一般的，甚至对李公社有成见的，都没有了任何私心杂念和恩恩怨怨，大家心里只是想着同一件事情，抢时间救人，不能有任何懈怠！

山下的工人班车迅速开过来，队长吩咐大家："撤掉我和子文一副杠，现在只有我两个随着车去医院，大家该怎样干还怎样干，不能误了完成任务！"大家没再争，伐木场地就是战场，伤员下了火线大家照样战斗而且绝对服从命令。没有多话，返身上山继续作业。只是气氛凝重了很多，没有人大声说话，更无人吵吵闹闹的，大嗓门突然消失了，粗野的语言没有了，队长走了不用有人指挥，大家配合得特别默契，劳动效率只会比日常更高。

局职工医院做了紧急抢救，林场组织了自愿献血的十几个人，并安排两台专车，一台送伤者和守护人员，一台送献血的人员。送到医院，其中有三名工人血型恰好，先为李公社输血一千毫升。林场场长带着李公社的妻子和儿子乘着吉普赶到职工医院，在妻子和儿子的喊叫声中，李公社略有清醒，微微睁开眼睛，看看妻子看看儿子，嘴里说出最后一句话算是遗嘱："不要让儿子再当伐木工人，不能再伐树……"

李公社受伤过重，内脏积满淤血抢救无效死亡。林场用十八公分厚的红松木板连夜为死者做了一副棺材，这样厚重的棺材要不是在东北的林业局工作，恐怕是地位再高的人也难以企及。挣得一副好棺材，这还是林业职工常常为之自豪的事情。

在本地区海拔最高的老岭前坡那片埋葬着数不清的林业工人的墓地上，在零下三十五度的冰天雪地里，林场派去的工人用尖镐使出最大力气抡下去，也只能在冰地面上砸出一个白点，要挖出一个墓穴谈何容易！场长下令：在地面打出炮眼，用梯恩梯炸药炸出大坑，再修成墓穴。解放牌大卡车拉着一吨多重的红松木棺材，在墓地上的积雪中压出一道深深的车辙，用吊装木材的林业机械将棺材吊放进墓穴，冻土堆成了坟墓——到春天这一抔冻土还会化掉、坍塌，坟墓还要重修。墓前一块厚厚的楸木板作为李公社的墓碑，林场工会主席写了碑文，正面是"李公社之墓（1950—1977）"，背面写的是"李公社，山东寿光人，1970 年由山东到林业局参加工作，森林采伐工，五级技术工人，于 1977 年冬在森林作业区因公死亡"。

之后接连几天，在李公社出事的地方，李公社的媳妇带着孩子，趴在那一棵锯倒的大树上哭得死去活来，孩子在一旁冻得浑身发抖，队长连连叹息，这个钢铁一样的男人在寒风里眼睛饱含着浑浊的泪水将公社的孩子抱到火堆前。老岭墓地边缘那一堆冰雪土块垒起的坟墓上，插着高高的树条，木条的顶端拴着用黄表纸做的招魂幡，在凛冽的北风中，纸做的飘带不断被寒风撕碎，飘飘摇摇落在树梢上；一堆黑黑的纸灰随风起舞，如同黑色的蝴蝶，如同神秘的鬼魅，在白雪皑皑的山谷中特别扎眼，让人心悸。山顶树梢上面盘旋着一群乌鸦，在缺乏吃食的寒冬，寒鸦们发出"哇——哇——"的呼叫，这不祥的声音、不祥的颜色、不祥的形象让人头皮发麻、心情沉重。

第六章

子文又想起上班之前，林场书记亲临安全教育会场讲话时不无得意地讲："我们林业局自 1958 年建局，已经为国家生产了近一千万立方木材，能装二十万个车皮！这些车皮连接起来足有三千公里长！这些木材单根连接能围绕地球好几圈！"此刻子文想，在能围绕地球好几圈的这些木材里面，有多少个李公社这样的尸体也掺杂其间铺在这一条木材组成的"赤道"上。

子文每每想到林场书记自豪的神情，心里就沉甸甸的有种说不出的情绪，在很长的时间里眼前不时出现幻觉：李公社扭曲的身子、肚子里流出来的肠子、公社媳妇和孩子在寒风中的哭泣，还有围绕地球好多圈的木材，山上光秃秃的采伐林地。

接下来的日子里，工队干活缺少了大家粗鲁的喊叫和打闹，干起活来悄然无声，抬着木头喊号子也是有气无力的，可是并没因此降低了劳动进度，似乎是把喊叫的力气都化作效率了。

原木队在月底前几天完成了本年度采伐任务，大家松了一口气，生产进度和劳动强度松弛了很多。队长不再安排子文"上杠"抬大木这种危险而且劳累的工作，而是叫他仍然清理冰沟。由于木头滑放时不断擦帮，使冰土雪块擦到冰沟里产生阻力，木头滑放受阻，就需有人及时清除。这是在滑放木材中最轻快的活，队长叫子文干这活，一是怕子文抬木头缺乏经验伤了腰，二是为了安全。队长安排两条冰沟轮换使用，子文就在暂且不用的冰沟清除冰土积雪，等那边滑放结束来这边滑放时，他再去那面清理。两副工具都要带全，一把超大的专用木板锨，将积雪戳到冰沟两旁，再用大扫帚将残余的冰雪打扫干净，露出冰沟底部坚硬的冰，又滑又亮，只有这样木材才能滑放顺利，劳动效率当然高。

这活儿虽然轻快，但子文却陷入了一种极端的寂寞。两条冰沟道相隔一百多米，山石冰雪和树木的阻隔把两条不远的冰沟道弄成似乎是两个世界，除了远处传来的抬木头的号子，什么人也看不见什么声音也听不着。他独自一人持大木锨，从冰沟中往外铲除冰雪土块。山谷的寒冬中，山风吹过树梢，发出尖锐凄厉的叫声，那声音只有这种大自然环境中才有，是任何乐器和模仿所不具备的。除此就是死寂，如同自己远离了人类社会，来到另外的空间。环境迅速转换和工作的不适应时时对子文产生巨大的压抑，而最痛苦的便是想家、思乡，这种情绪充斥着每时每刻，这个一向活泼的年轻人沉默起来。

他头戴狗皮安全帽，不像威虎山的杨子荣，也不像小炉匠，长长的狗毛护住耳朵脖子和脸腮，他很讨厌这种打扮，心中很悲哀。这种形象不但难看，而且全副武装包头包脸，嘴里哈出的气很快就在毛茸茸的帽子耳朵上结霜，连露着的头发、眉毛上也是挂霜的，这个形象，不到近前细瞅，根本分不出谁是谁。头上的狗皮帽子使他涌上一些怪念头，人们畏寒，就杀死动物取其皮毛御寒，人类为了满足自己的需要砍大树搞建设，动物和植物都由人类随意虐杀，谁去同情、保护和救助它们？古老的地球在运转中，自然会形成自己的运动法则，人类破坏这种法则就是在给自己制造灾难，得到的便是上天的报复，自然法则的报复！

他把高考复习材料带到了山上，先使劲干上一阵，不一会儿身体开始暖和，干到一定进度，就把木板锨横担在冰沟上，坐在上面看书。干活一停下来，在很短时间内，身体的热量散发殆尽，骤然冷得打哆嗦，他裹紧棉衣瑟缩着肩膀，使劲拉拉狗皮帽子，用戴着棉手套的手，拙笨地翻着书页一页一页读下去。后来他还在冰沟道里用铅笔写过学习笔记。

在长白山腹地深处的密林里，有这么几条冰川割切了白雪皑皑的山峰，冰道时坡时陡，冰川道里面蠕动着一个如黑点一样渺小的人影，那就是子文拖着大木锨扬起冰土雪块的形象。在大山的雪地上，显得那样的卑微、渺小、形只影单。寂寞中，他便利用干活干得身体发热的时候看书。

在零下三十几度的严寒中，他把自己的工作岗位当书房，有很多时候他走出冰沟站在山包上遥望着家乡的方向，回忆故乡、思念家人，痛苦地想念着他的学生们和学校里他的那间办公室。在零下三十几度的冰天雪地中读书，也许这是世界上温度最低的书房吧，子文心想："古人说的十年寒窗之'寒'有此寒乎？苦读有此苦乎？刻苦之'刻'有此深乎？"最不方便的是，在这严寒中只能看书，不能演算做题，动手做的功课只能留在晚上回到宿舍，而且是在几十个人的吵吵闹闹中趴在被褥上做习题。

在长白山的严冬里，子文心中的思绪一刻未停。寒冷使他缩头缩肩抵御着寒冷，令子文惊奇的是，在这种死寂和严寒中，不乏生灵的存在。身边白雪皑皑的地面上，触手可及的一棵棵大树，有阔叶林、针叶林，有乔木有灌木，还有一些叫不出名字的荆棘和蒿草，这些不同科目不同品种不同名称不同形状不同特点的植物组成山体的植被。就如同人类不同肤色不同民族不同区域不同生活习惯不同民族传统不同语言一样，平等地生长在大自然间，它们都有生存的权利，你怎能认为它是无知的？它们比人类更耐苦耐寒耐难耐艰，它们比人类更顽强更长寿，它们的阅历并不比人少，它们有血、有肉、有骨，也肯定有思想、有灵魂。

子文面对它们，默默注视和思考，总感到有一种心心相印。他抚摸或拥抱着那些大树，向它们发出心底的呼唤，并能听到它们发出的回应。山风刮来，森林发出的呼啸声，就是它们的大合唱，低沉的松涛就是它们深深的叹息啊！在深山中子文开始了与它们交友、思想交流和对话，对它们产生了深深的爱，对那些被砍伐的大树寄予无限同情！爱护和敬畏大自然的人生观念，就在那严寒冬季中迅速地建立起来并伴随他的一生。在冰雪连天的环境里，冰冷的手拙笨地将自己学习的感知用提要方式粗略地记录下来，戴着棉手套的手，字迹歪歪斜斜不成样子，但这是在真实的环境里体现着最真实的刻苦攻读。

至于那些林间小鸟、小虫、小动物，它们常年未见到人，没经受干扰，因此显得比日常所见的动物更不怎么怕人。在冰天雪地中小鸟觅食十分艰难，子文惊异于它们的耐寒能力，小小的身躯、薄薄的羽毛，如何承受这种气候？像铁丝一样细细的裸露着的小爪子怎能扒开深深的冰雪找到埋在枯叶里的草种子？怎样在寒风肆虐的树梢上找到风干残存的树种子？

但它们为生存的延续，在零下几十度的山中，不懈地劳作，弱小的生灵刻苦的精神并不比自己差。

可恶的还是人类，人们不顾地球的承受能力不顾人类的共同利益不顾子孙后代的利益丧心病狂地掠夺破坏人类和一切生物的家园！子文在深山中的寂寞单调的劳作中，与它们同感，他像唤家畜一样嘴里发出声音挑逗它们，这些可爱的小生灵和他这个不速之客开始了交流。在那冰天雪地中，子文找到了能给自己一丝丝慰藉的伴侣。

从不缺勤的队长最近几天没有上山。这个钢铁一样的汉子怎么了？到哪里去了？是因为完成了本年度的采伐任务放松自己的工作了？

队长坐在远离他的部下和林场五十里之外的林业局劳资处里。

进屋后他摘下狗皮帽子，屋里暖气很足，骤然从室外进来，室内外巨大的温差刺激了他的鼻腔，不由自主地大声打着喷嚏，唾沫星子溅到处长的写字台上。他掏出烟袋装上自己种的旱烟叶，在衣冠楚楚的劳资处长对面猛烈地吸着旱烟袋，一口吸进去再吐出来，烟袋锅里的烟叶就成为灰烬。上海知青出身的处长厌恶的表情制止不了队长接二连三地装烟袋。队长不动声色，最后嘴里冒出的还是昨天的话："你不用烦，昨天和你讲得很明白，你劳资处不破例给工亡的李公社的女人办理顶替接班手续，我就不走，就是走了也还来。这大冷的天气，这次就不想来回折腾了，你看我带着大饼子足够吃几天的，带的旱烟叶还有一塑料袋，足够在你的办公室里住一个礼拜、抽一个礼拜。"

"队长，与你说你还就不信，林业局没这样的先例，只能等李公社的儿子够年龄之后办理顶替接班手续，妻子不可以办理。要不你去找局长，我说了不算。"从来就反对抽烟的处长气急败坏，用手掌扇着飘在眼前的烟雾。

"我哪有资格去找局长？要找你去找，该找局长的是你，我就在这里等着。政策是死的，人是活的，公社的老婆孩子也要活，特事特办，我估量这件事你是能办到的。我不逼你，等着就行，今年的木材生产任务已经完成，我不急着回林场。如果办了，公社的老婆孩子就能活下去，不办，你让他娘儿俩怎么活？他儿子接班招工的年龄还有十多年，母子早就饿死了，这十多年让她娘儿俩到你家吃饭，你养活？”队长又装上一袋烟，点上火。

到了快下班的时候，处长不耐烦地说：“全局每年工亡都会有，都像你说的这样办就乱套了。到点下班了，办公室锁门，你先出去。”

队长说：“到哪里去？在大街上冻死我？大街上站着不干活儿，比山上还冷呢。我又不偷你们办公室的东西，你走你的，我看着门你放心好了。”“这办公室下班是不留人的，你不走保卫科也会把你赶出去的，我要锁门。”处长用手势示意队长往外走。

出了局办公大楼，处长推上自行车还没有骑上去，跟在自行车后面的队长坐上了后座！车子一晃差点倒在地上。

“这还黏上了怎么的！路上都是冰，我这车子能带上你吗，再说你这身子这么重还不把这破车子压塌啦？下去。”处长有些气急败坏的样子。

队长下来，手把着后车座不松手，亦步亦趋，相随着处长到了家门口。处长一只手刚推开门，队长一闪身先进去了。处长愕然：“你……”

队长很不好意地说：“听说处长夫人也是上海人，我想到你家做客人，吃吃上海人做的饭。”

全局的人都知道，劳资处长夫人有洁癖，一般不容许外人到她家的，更讨厌东北人不讲究，更何况刚刚从山上下来的“老木把”？那工作服棉大衣上沾满了松树油，那羊毛毡袜子、缺了毛的狗皮帽子穿戴了一冬天，脏乎乎的，那味道……

处长闻言大惊失色：“你到我家做什么？你说的事情不管成不成都是公务，办不成事是不符合条件，凭什么到我家，我们不是朋友也不是亲戚，你这……”

劳资处长对这个省劳动模范有所了解，看来今天遇到麻烦，甩不掉了。

处长说：“这件事你看得太简单，也太感情用事，什么事情都得有个规定，你说的事情，不应当你出面办理，最起码要林场领导班子研究决定，然后安排管劳资的人，带着相关手续来劳资处，可你倒好……这样，我也不进屋了，前面有个朝鲜人开的面馆，冷面做得很好，我请客。吃完饭我给你林场的场长打电话，最好让他来找局长打个招呼。我已经知道这件事了，只要局领导点头，我这里第一时间安排专人办理，还不行吗?”

队长说：“如果你早这样说，那今中午两碗朝鲜冷面我打发钱。”

处长说：“你不去我家了，事情我该怎么办还怎么办，也不用你请我吃面条的。不如这样，你走你的，我估计林场出面找局长办理十有八九可以的，林业系统工作是苦点，正因如此林业局历来在就业、招工问题上很宽容的。当年你们从山东来的时候，从办理手续到上班就是两天的事儿，现在复杂一些。老田，今后你不要采取这样让人讨厌的方式，像个无赖。”

队长呵呵笑道：“如果今天我不来，如果今天你看我不像个无赖，公社老婆的事情猴年马月也没指望，按照规定等公社的孩子顶替接班，政策哪有变化快?这娘儿两个怎么办?还不是照样请领导想办法?那公社临死还嘱咐不让儿子伐树了，眼看山上的树等不到下一代了，先顾当前吧。”

晚饭后的大房子里很热闹，四五十个年轻人在山上各自的工队劳累一天，一旦下班到大房子凑了堆，就忘记了疲劳，大房子里人声鼎沸震耳欲聋，说笑打闹甚至拳来脚往；如果有数人在炕上弄一瓶烧酒一饭盒土豆丝或是大豆腐炖白菜，那就更不可开交，猜拳行令吼声如雷面红耳赤顿足捶胸；打扑克的你争我夺连偷带抢瞎捣鬼要无赖，赢了的得意忘形输了的脸面上粘纸条如无常之鬼；坐在当屋地洗衣服的、趴炕沿写家信的、在炕上铺被褥的、骂人的歌唱的，混合成一种特殊气氛，那就是大房子的气氛。大房子的夜晚，野性十足东北味十足林业味道十足，如交响乐如杂货铺如老鸹窝马蜂窝如戏台文武场，如人生大舞台的缩影。

站在窗外，也能听到与众不同的画外音，那就是子文拉二胡吹笛子的声音。思念家乡思念亲人的忧郁，从二胡的琴筒里如流如泻，如泣如诉。《江河水》《病中吟》《二泉映月》常常止住大房子的喧闹——知识和技能永远受人敬重，粗野豪放的关东小伙也莫不如此。渐渐子文成为大房子里的名人、文化人。有时候，子文学习累了也到工会俱乐部娱乐室，他如鱼得水大显神通地吹拉弹唱一番，好多青年男女都开始接近刚来的小山东。

经过几个月的努力，整个夹皮沟林场的采伐任务完成，木头该向山下滑放的已经放完，枝桠按设计垛得成排成行，只待明年栽树。明天就要检验场地，如果合格，就要转移林板，去采伐另一处山林。队长对子文说：

“林场技术员来验收，一冬天大家都这么辛苦，如果验收不合格真对不住大家。现在也实行工资加奖金了，我们应当让大家拿点奖金，老婆孩子过个好年。想多拿奖金，除了木头的产量上去，还有林板的面积。你是文化人，干活也不差，你帮大家想想有什么办法多拿钱。木材产量难一些，那是检尺员一尺一尺量出来的，关键是林板面积，你脑袋好使，看有什么办法……”

子文沉思一会儿，吞吞吐吐地说：“办法好像有点儿，但不知道用在这里合适不。”队长急忙说：“什么办法你快说，出了问题都算我的。”

子文说道：“这是我在农村劳动的时候，别人想的鬼点子。当年我们按照政府的指派，冬天农闲的时候到海边出夫役建设盐场，主要的劳动就是挖盐池或者卤库。这卤库很大，每一个卤库就像陆地上的湖泊一样，不比咱的林板面积小，盐场的施工员在给农民验收土方多少的时候，我们就会这样做……这样我们挖的土方会大大增加，挣钱也多了。”

队长听子文说罢哈哈大笑，用力拍子文一巴掌：“好主意，我就知道你小子心眼儿多有道道，这与咱们验收林板完全一样嘛。好，全队的奖金就看你的神通啦!”

第二天一大早，子文在场院看到，队长正在拽着王技术员的胳膊往车上拉，技术员一边挣脱队长的拉扯，一边嘟囔：“今天确实不能上山检验林板，我接到通知必须去局里办事，你们原木工队的事情明天一准去!”队长一把揪住技术员的耳朵说：“操你娘的，你敢不去，我就让几个伙计把你弄到山上扒光屁股把那个玩意儿冻成冰棍儿!”队长前面拉扯，后面的几个工人推着把王技术员弄上车，技术员还在不停地往车下挣扎，车已经开了。

上山之后王技术员催促着验收工地林板，在测量面积的时候技术员将百米绳的一头递到队长手里，与队长说：“你可别捣鬼，你站在这里别动，我拉着绳子向前走。我对你这家伙信不着的。”队长呵呵大笑：“你狗日的，信不着老子，老子今天还不伺候你，那你看这个刚刚从山东来上山没几天的小青年儿怎样?”说罢，不等王技术员首肯，就将绳子递到子文手里。

子文拉着绳子向林板的另一边走去，当离开技术员三十米左右距离的时候，子文不时被一些残存的灌木和蒿草遮挡住。他按照早先想好的办法，握着绳子的手五指并用，百米绳一寸一寸进入他的衣袖里，走到林板尽头的时候还又朝前走了两步，技术员在远处高声喊叫：“到了哪里了你还朝前走？倒回几步！”

遥见队长又在推搡着技术员，两个人对着子文大声喊道：“好了，回来吧。”子文心中暗笑，队长请他捣鬼作弊，绳子握进袖子里最少也有七八米吧，再量长度加上一截，几百平方米就多出来了。队长让自己这样弄虚作假扩大生产面积，欺骗了国家又是为了什么呢？这技术员也是水平不怎么样，大白天让工队弄虚作假。

中午时分，围着火堆吃饭的时间又到了，王技术员没有班车回去，只好在山上住下，嘴里抱怨今天不能到局里要挨训的。队长早上从自己家里带上一大号铝饭盒大米，早就在火堆上焖好了米饭，另一只饭盒带着老伴做的炒酸菜，不过队长在装饭盒的时候又从油罐子里挖上一羹匙猪大油。子文看见，队长从树上摘下自己的挎包，抽出一把自己种的旱烟塞进技术员盛着百米绳的工具包里。技术员掏出工具包里的一张表格，仔细地填写上今天验收面积数和验收结果，并填写了合格证。子文心里暗暗得意，自己比起老工人来干工作不是很多，但今天的效果不是能干多少活就能达到的。

午饭后，大家围着火堆眯着眼休息，有人开始打盹，子文没有复习高考资料，他打开苏联作家车尔尼雪夫斯基的小说《怎么办》看了起来。技术员惊奇地说：“在林场听说才来的小山东有文化水儿，果然。还读外国书，我在林业技校图书馆见过这本书，也听技校的语文老师谈论过，只是没读过。”

子文指着刚刚采伐结束已验收合格的林板问技术员：“我不太明白，山上的这片林子树木大小不一、品种不一，可一旦被列入采伐计划，怎么全都像推头发一样推得光秃秃的，一大半不成材的树木被同时杀掉，不可惜吗？长得那么大得多少年啊？再说山上的植被也完全裸露，是很严重的破坏吧？”

技术员上下打量子文一番，手指着子文，转脸朝着队长说：“啊，这家伙不简单，刚上山就看出林业局生产环节上的最大弊端。”

技术员对子文说："是啊，我们的设计部门不是不懂这种掠夺式采伐的极大危害，可是一来国家建设急需木材，二来我们的技术设备、资金、采伐技术的先进程度都统统离林业发达国家差距太大。你爱学，我讲给你听，林木采伐是有严格的科学性章程的，就采伐方式来说，根据山林的品种、树龄大小、采伐条件等限制，分为限伐、禁伐、皆伐、主伐、择伐、渐伐、间伐等，像这片森林应当采用间伐或者择伐。但我们办不到，全部采用皆伐，也就是你说的将整座山推光头！"技术员从兜里掏出一卷材料对子文说，"这是开会刚发下的，介绍世界林业发达地区的森林采伐，你知道吗？在芬兰、德国、苏联，大都采取择伐。像我们这一个工队二十多人，每天累得贼死贼死的，又脏又苦，每年生产木材八千立方米到一万立方米，每人每年完成的木材不过五十多立方米。可是人家林业发达的国家，三个人一组，配上一架直升机，根据图纸的标记，开上直升机从天空直奔要采伐的那棵树，用吊篮将两个人放到树梢，放下钢丝绳将树干套紧吊住，再将这两个人放到地面，用先进的螺旋打叉机械将大树的枝桠从树根到树梢，旋转几圈就成了光溜溜的独杆儿。两个操作人员最后将大树沿地面割断，飞机把钢丝绳收紧，吊起木头直奔储木场。这种作业方式损坏不了其他树木，大树没有了，附近的半大树很快就能长大成材，更重要的是山体、植被完好无损。哪像咱们……告诉你，人家三个人的作业组一年的采伐量是五千立方米，一个人完成一千五百立方米以上，是咱们人均产量的多少倍！就不说对森林保护、对山体的保护这些算不出的效益啦，再说人家很少发生人身伤亡，不像我们这儿……"技术员发出叹息。

子文阴沉着脸说："我们在杀鸡取卵。"

高山的寒冷、劳累、危险和痛苦的思绪，森林的大树被砍光之后一个个树桩圆圆地朝着天空的景象，这一切无时不困扰着子文，使他对前途充满惶惑。

尽管如此，他也不能放弃工作，他要改变自己的工作条件与环境，他看到了这些老木把们的文化素质与思想水平与自己的差距。先是多年的农村生产队长工作，后来的几年民办教师的经历，他知道自己追求知识学问的优势，就是在生产队下地干活，自己凭着对知识的钻研改革了生产队的烤烟技术、改革了地瓜育苗热床技术，二十岁就当上了生产队长——全村十二个生产队中最年轻、技术最全面的队长，只是自己愿意选择教书才进入民办教师队伍的。他对于林场的党政机关人员、工会妇女组织、团总支人员和众多专业部门的人员已经有了大致的了解，下班空余时间做了观察和考察，尤其对于这些部门在林场机关大院所做的板报画廊做了研究，他们的文字水平平平，与自己差距很大，山沟的整体文化的确不敢恭维。

向林场领导毛遂自荐吗？太可笑了，自己做不来的，他读过很多历史名人传记，自己宁可等待时机——诸葛亮还要刘备三顾茅庐呢。他立志尽早脱离自己的岗位，改变自己的工作环境，年轻的他为了早一步使人们了解他，就要时不时露一手。

每个月初，场部大院子里更新着党办、工会、共青团、妇女、计划生育等所有部门的报表，各自刊出自己部门的相关内容。工人们下班后急着往家奔，很少有人驻足观看这些东西，但子文下班之后总爱站在这些板报前流连忘返，先是指手画脚然后再评头品足继而就是吹毛求疵，他从头到尾仔细阅读，连张贴的红头文件他也不肯放过，见到有人路过，他就指指点点地说：“文件的顶端空白留的空间小了，应当再靠下半公分，两侧的空白太宽，不符合红头文件规范和格式……”他以一个语文教师和文学爱好者的文字功底指出，板报上错字太多应当扣分，标点运用不当应予改正，行文和格式都有错误，句子段落篇章结构思想内容写作特点文字风格更是不成章法，总之是不耐其看，一钱不值。

他毫无顾忌的狂妄行为马上引起了这些部门主管者的不满。子文心里也清楚自己的行为导致的后果，但他要的就是这种被关注的效果，世界上的事情就是这样，明知不可为而为之。莫管他人是褒还是贬，知识学问是个硬指标，对的就是对的，错的对不了，凭着嘴硬白搭。至于自身的是非成败、荣辱毁誉，在目前状态下且不管他。子文开始往工会共青团妇联各个团体主办的板报画廊投递文学作品，还故意翻故纸堆，弄些半文半白的东西显示自己的水平。子文也知道自己本身就是个矛盾体：一方面千方百计标榜自己的文化知识，发泄怀才不遇的苦闷；另一方面向局里的有线广播、报纸频频投稿。林业局开始关注这个刚刚走上工作岗位的“小山东”。

第七章

1977年12月底，西伯利亚的寒流不断扑向东南方向的长白山脉，气温几乎天天都在零下三十度左右，寒流一次比一次来得厉害，最冷的一天气温降至零下三十六度！一个刚从山东到东北就进入冰天雪地中工作的人真真够呛，每天天不亮即起，从大房子钻出来到食堂吃上一个玉米面大饼子再买上一个带着当午饭。极端寒冷考验着子文年轻的身体和意志，他咬牙挺着。这个温度使他再不能在山上继续复习功课了。显然，脱离了农村当上了林业工人，实际却比原来更苦更难更受煎熬。但当了工人的荣誉感成就感和经济收入成为支撑着年轻人的精神力量，与在农村二十几年的苦闷绝望相比，自己总算有了希望，毕竟是在人生之路上登上了一个新台阶。这种希望鼓舞着他，忍受了严寒，忍受了艰苦，忍受了各种不适应。

林场团委书记王刚这几天随原木工队上山蹲点，他奉命为历年的省劳动模范、原木第一工队田队长组织先进事迹材料。团书记按照与工人们同吃同住同劳动的原则，是认认真真下到基层与工人打成一片的，他特意到仓库领了大衣、狗皮耳朵安全帽，像队里的工人一样自带饭盒，早起与工人一同坐车到达采伐工地的山下，然后与工人艰难地爬上山到林板，和工人们一起采伐，中午就和工人们围着火堆吃饭。他正当年轻力壮血气方刚之时，干活儿也不含糊，最后这一点也正是老工人们最欣赏之处。子文偷偷对阎斌说："团书记像专业作家一样体验生活啦，体验也就是体验，可我认为，体验怎能比得上亲身经历？"

阎斌撇撇嘴说了两个成语："装腔作势、装模作样。"子文说："不能这么说，谁不想在年轻的时候建功立业呢？他说要在咱们工队住一个礼拜，这哪能比得上在机关坐着舒服？我相信他是认真的，不能贬低了他，没有两下子怎能当上团书记。你没明白我的意思，我的意思是，体验不如经验，他在工队一个礼拜，而我们天天和队长在一起上下班、一起劳动、一起吃饭，天天看到队长以身作则，看到队长指挥生产调度有方。”

两天之后的一大早，林场机关人员刚上班，子文没有抢着上班车，他对队长说：“我到办公室拿我的一封家信，一会儿就来。”他捏着一沓子信纸走进林场党委办公室，把信纸放在党办主任桌子上：“这是我们队长的先进事迹材料，都是我亲眼所见、亲身体会、亲身经历，事迹很真实也很感人。”说毕他在党办主任疑惑的目光下快步走出去，他还要赶上停在大院的班车随大家上班。

上山后团书记在火堆旁凝神构思，不时在本子上排列写作提纲，他紧紧靠着火堆，否则他的手指就会被冻得不能写字。在工作中团书记的神色很严肃，颇有领导的架势，可能这就是成大气候的姿态吧。子文向火堆那面看了一眼，默默拎起大木锹去清理冰沟。他略有忐忑不安：“团书记在精心组织材料，与工人同吃同住同劳动，数日心血难道要毁于一旦？抑或是自己枉费心机写出来的材料，党办主任会不屑一顾随手就扔进废纸篓？想来有一点悔不当初。自己这样做是否不太体面，甚至算得上卑鄙？这种行为对团委书记是否不太公平？可当年自己辍学后在生产队劳动，若不是自己多次给《大众日报》投稿，把生产队长的事迹写成文章在报纸上发表，怎么能当上民办教师呢？事情明摆着，本来自己不是抬木头的材料，偏得抬木头？机关各部门那些人浮于事的人员都比自己更适合坐在办公桌前？也许自己抢先交给党办劳模材料这件事本身不算光彩，那么因人才选拔机制存在的弊端所埋没的人才，谁又为他们负责呢？”

子文挥动铁锹铲着厚厚的冰雪，深深地叹了一口气，寒冷的空气立刻出现一溜长长的雾，哦，今天又是个零下三十几度，好冷啊。山东老家的母亲妻儿生上火炉子了吗？自己在外面挣钱了，他们还舍不得烧煤吗？再写信的时候一定嘱咐母亲，不用那么节约，把屋里烧得暖暖的。

午饭后，林场调度室里的一个年轻司机爬上山来，通知团书记和子文两个人马上回林场。团书记诧异地看了子文一眼，他很疑惑林场领导怎么让不是同一个群体的两个人同时下山呢？他没招呼子文相伴，自己起身走了。子文向队长打了招呼，随后从另一条小路也同时下山。他心跳很快，他心里明白林场为何让他和团书记同时下山，但不知此去是凶是吉，是希望的开端还是绝望的开始。场部的吉普车就停在运材路上，团书记兀自拉开车门钻进车里，并没让子文上车的意思，子文立在路边并不向车里张望，似乎就没有上车的打算。

那司机打开后车门冲着子文喊道："发什么呆？赶紧！"

子文问道："你是请我上车吗？"

司机不耐烦地说："我请你？是党办主任找你，拿什么架子？快上来！"

王刚和司机谈笑生风，子文闷头坐着忐忑不安，揣测等待自己的是什么结局，他设想了几种可能：一是党办对自己越俎代庖的行为给以批评，自己受到王刚的讥笑，在林场传为笑话；二是让王刚采用自己写的材料中的部分事实，不用再在山上蹲点挨冻了，这倒为他人作嫁衣裳，给王刚省事了；三是，或许，或许，或许直接将自己写的这份材料上报省林业厅，不劳王刚费神了，这样一来自己就与团书记结下怨恨，今后将难以面对了。第一种设想对自己不公，但最后一个设想几乎不可能，不过是自己一厢情愿罢了；最大的可能是第二种设想，让王刚采用部分事实，自己为他人作了嫁衣，这就不错了。

子文望着坐在司机身旁的团书记突然感到很好笑："电影上，首长总坐在后面，可林场的官儿总抢先坐在前头，这是为什么呢？为了让车下面的人看到自己荣耀地坐在小车上那份得意吗？庸俗！"

吉普在党办停下，子文下车后没有紧随团书记进屋，他站在办公室外面打定主意，不管是哪种结果，没人叫他，他不打算进去。

狐疑中，党办主任在屋里大喊："你个小山东进屋还得请吗，有点文化的人事儿真多！"子文进屋看到团书记早坐在党办主任的座位上，身子朝后仰着大大咧咧，显示着老机关人员的派头和资格。子文还没坐下，主任从办公桌上拿起文件夹瞪着眼睛用很奇怪的腔调对子文说道："你的，原来什么的干活？你的说。"

子文吃了一惊，心想这林场有满族人蒙古族人朝鲜族人，怎么还来了日本人？心里这么想着，他嘴里也像电影里的日本人似的：“大大的农民的干活，你的什么意思的干活？”

主任反而被子文的应对弄得不知所措，迟疑地说：“你们那里的农民大大的厉害。小王，”他把子文写的材料递给团书记，“这个农民小山东，替你干活儿的大大的好！”接着又换了语气和腔调对王刚说，“省了你的事啦，党委会上午通过了子文写的劳模材料直接上报，还建议发在省报纸上。你看看，文采飞扬！文笔和题材有些似乎不太像上报劳模材料，倒是像一篇水平很高的报告文学，成语罗列排比夸张多了些，可是很真实、很感人，材料组织篇章结构布局都好——小山东你天天上山干活儿，啥时写的？”

子文看着团书记一副不屑的神情，故作姿态地说：“写这点东西还用装模作样脱产不上班吗？又不是长篇小说——昨晚蹲在厕所的时候想了想做了构思，回到大房子就趴在炕沿上，写了十五分钟……”

子文话音未落，只听“砰”的一声响，团书记摔门悻悻而去。

子文望着办公室的门，听着王刚远去的脚步不知所措地问党办主任：“我呢？”“走吧。”主任说。

子文没摔门，也走了。

主任盯着门看了一会儿摇摇头：“后生可畏，但是太年轻、张狂。这两个东西一个熊样儿。”

这天傍晚，精疲力尽的工人们收工下山，子文跟在大家身后。下山的路又陡又滑，在下一个陡坎时，坎下有一棵小树，子文想滑下陡坎后抓住小树止住脚步以免滑倒，谁知那是一株腐朽不堪一触即断的枯树，子文扶了个空，重重摔下山坡，几个翻滚才抓住雪地里的一段树枝。他觉得尾骨钻心地痛，翻身往上爬了几次，再也爬不起来了。队长和工友们把子文背下山，林场连夜派车将子文送往局职工医院，拍片检查结果是尾骨骨折、软组织损伤，需住院治疗、趴卧休息两周。

子文拒绝住院，随车回到了大房子，遵照医嘱每天只能趴在火炕上，这种姿势很累，但看书不方便才是他最大的痛苦，他不知怎样打发这两周无聊的时间。他趴在炕上，胸前垫上枕头，又开始给家中写信。他写出信来不一定发出去，而是先放在褥子底下，有时写好几天才装在一个信封中发给家中，每封信都是长长的好几页信纸。当然，他在信中绝口不提受伤的事，他知道母亲心小，会惊慌失措的。

工人上班后大房子静悄悄，他害怕这种寂寞，尤其是每当周日大房子的年轻人兴致勃勃回到附近的家，去享受亲人的关怀，吃上父母做的热饭，去“补偿”一星期中的种种单身的艰苦，然后带上点好饭食从家中回来，带着回家的温暖和欢乐回来。他们一周一周真好熬，但子文不能，每到休息日他和阎斌还有另一个小山东赵增令，再就是那个崔高丽，这四个人没有那份周日回家的奢侈。子文偶然到六十里外的叔家，得乘车到局所在地，再一步一滑走冰道十五里。但那不是他的家，那里缺少家的踏实和温馨，更是没有慈爱的母亲和妻子儿子的地方。这种痛苦，超过了严寒，超过了劳累，超过了艰苦、陌生和各种不适应。子文知道自己离家走了，生产队的重活唯有妻子干。生产队长，那是个自己受着老婆的虐待同样也虐待着社员们的粗人，动不动训斥别人，就如同他老婆收拾他一样不客气。子文总想着儿子还很小，娘一辈子是病身子，最要命的是她对子文的挂心。他来东北工作，这是从小离开母亲时间最长路程最远的一次。子文知道母亲与自己感情有多深，他暗暗祈祷神灵保佑他的母亲在这一非常时期平平安安别生病，老人家一生多病多灾，他不在身边母亲一定很痛苦。子文决心在工作满一年转正后立即把家搬来，生活再苦再难，只要全家人亲亲爱爱在一起比什么都好。子文趴在炕上唯一能做的就是复习功课，再就是给亲人写信，写给母亲妻子、写给同学朋友。

在子文刚刚能下地扶着墙走路的这天晚上，小山东阎斌接到林场通知参加青年团组织的赛诗会，这种文化形式还是“文革”时流传下来的，此举曾使小勒庄的农民都成为堪与李杜比肩的诗人。子文也很想感受一下闭塞的林区群体的诗才，但是王刚没有给自己下通知参加赛诗会，就作为旁观者作为普通观众去看看。阎斌搀着他进入职工俱乐部赛诗会场里。林业工人中的青年团员们济济一堂，这些青年人无疑都是林场的英俊小伙和漂亮的姑娘，舞台上方挂着横幅大字：“夹皮沟林场纪念周总理逝世一周年赛诗会”。子文想，还没过元旦呢，早了。

阎斌拉着子文坐在前排——这地方应当是林场领导们的坐席，在座的就有场长、书记、工会主席、各部门头头等，这两个迟到的青年目中无人的举动引起在场青年男女们的窃窃私语和指指点点。

自命文采不凡的团总支书记，也是这台赛诗会的倡导者主办者王刚对这两个人表示出厌恶和不屑一顾。他满怀自信、气宇轩昂地第一个健步上台朗诵他的大作，但见这个被林场所有青年团员倍加崇拜的年轻干部神采飞扬地站在台上俯视着他的粉丝们，很有些毛主席站在天安门城楼接见百万红卫兵的气度。他环视台下，清清嗓子，朗声说道："再过几天就是人民的好总理逝世一周年纪念日，我感怀心中的伟人，诗兴大发，作诗一首，请大家欣赏。"

"我，翻开今天的日历，
知道这是一个不平凡的日子
因为，去年的今天
失去了，人民最敬爱的好总理!"

随着最后语句的结束，团书记很有派头地将大手向前一挥，定格了自己的形象，听众报以热烈掌声。阎斌的嘴巴撇到耳朵，一副不屑的神态。"总理他老人家去世一周年纪念日还没到，今天就把日历提前翻开了……"

子文大失所望，团书记的作品简直——这还算是诗吗?

他举起手有些夸张地大声喊道："太精彩了！哎，本人不才，可斗胆对书记的大作即席和诗一首吗?"

女报幕员很意外，不知所措地望着团书记，团书记不满地问："你接到开会的通知了么?大约没有你什么事情吧?哎呀，既然来了，大家欢迎即席赋诗的天才啊!"

团书记一声"哎呀"，子文觉得别有味道，听来很不舒服。团书记显然是小肚鸡肠有些报复的意味，他可能不相信自己能应对出什么诗来。但转念一想，他这态度倒好，自己就不用和他客气啦。

子文听阎斌说过，帅气的团书记是本场第一才子，今天的朗诵使子文摸清了这一林场的整体文化水平，自己心里更张狂了许多，他有多年上台演出文娱节目和课堂教学的功底，上台不怯场。他瘸着腿双手按着腰费力地上了舞台，他穿着在山上干活弄得不成样子的一身工作服，只是没戴狗皮安全帽罢了。他从主持人手里接过话筒站在了台上，沉思有顷，待大家的惊讶和议论结束沉静下来，他以自己特有的山东故乡浓重的地方口音念道：

“我，还没有翻开这天的日历
早就知道，这是个不平凡的日子
因为，我心中时刻怀念着
全国人民敬爱的好总理！”

会场一片寂静，大部分人脸上显现出怪异的表情，有的人窃窃私语，数秒钟后终于爆发出暴风骤雨般的掌声和喝彩声。

阎斌忘乎所以地喊叫起来：“太精彩了！文哥了不起，小山东了不起，统统的，毙了毙了的。”

只见坐在右边的一个十五六岁的姑娘径直来到刚刚走下台来的子文面前：“大哥哥你真棒！我认得你是我爸爸的徒弟，我爸回家常夸你有学问、有才华，还很能干活，文武双全！可惜我的手里没有鲜花，我真想给你献上一束鲜艳的花。”说着摘下自己脖子上鲜艳的围巾挂在子文的脖子上。

阎斌对子文说：“子文，这是你师傅的千金。”

有几个年轻人嘻嘻哈哈地对姑娘说：“晓玫这声大哥叫得真亲！认大哥也太快了吧。”

晓玫自豪地对四周的伙伴喊道：“他真是我大哥呀，他是我爸爸新收的徒弟，爸爸回家经常说起他。你不服，你也即席和诗一首让大家欣赏欣赏！”

子文没想到面前的姑娘就是师傅的女儿。只见姑娘细细长长的眉毛直插鬓间，下面一对丹凤眼，眼睛清秀如水、清纯如水，亭亭玉立的身材、优雅而文静的姿态，子文心中想吟咏一句“师傅有女初长成啊”！他想说“小妹妹，不，晓玫，你应当叫小美，因为你真美”。可是他不能这么冒失。接下去的赛诗会，子文和阎斌就退场了。

回到大房子阎斌一进门就手舞足蹈绘声绘色宣讲，夸张地述说他们在赛诗会上杰出的表现，尤其是子文的即席和诗把团总支书记弄得下不了台，在众多粉丝面前丢人现眼的情景。子文非但没认识到自己的行为是不可取的，而且不无小小的得意。

赛诗会上全场的观众就是最好的最快的新闻媒体，在第二天上班后各工队各部门无不在议论着昨晚赛诗会上产生的新闻和小山东挑战林场第一才子的精彩。子文对得意洋洋的阎斌说："这还算不上一块敲门砖，在这深山老林里，这么大的林业局要出人头地容易吗？你就必须得脱颖而出——像锥子一样从紧紧裹着的口袋钻出来。可是我们山东人人微言轻啊。"子文重重地拍着同乡的肩膀，阎斌闭上了嘴巴。

小小的得意很快过去，难以抵御的精神空虚和低沉的心情无时无刻不在折磨着他，想得最多的是母亲、妻子，令人难以忍耐的是这种思念还必须十分含蓄和隐讳。临来上班前婶子叮咛过，到了单位千万别说结了婚有妻有子，林场知道了可就糟了。子文只好将这些情思写在给母亲和妻子的信上，他写的每封信，写得都很认真篇幅很长，在大房子没有书桌，他只能趴在炕上垫着枕头写信，那些时常能回家不用写信的人看到的是一个勤于动笔的文化人形象。

大房子里有两个人始终不参与大家的热闹，其中一个总在自己的铺上写东西，阎斌告诉子文："炕角写字的人是林场子女学校的老师，叫邹期宁，此人又在给党中央写他的建国方针大计——这简直就是个神经病；紧挨邹老师的那个阴沉脸姓崔，大家叫他崔高丽，是个朝鲜的孤儿，他是混进回国的志愿军队伍来到咱们这儿的，上级没有按照规定遣返他回去，把他安排到林业局工作。二十多年了，至今还说不好汉语，整天不怎么说话，四十多岁了至今还是一个单身汉，他脾气挺怪——甭理他。"

子文说，崔高丽他认得，就在他工队，人倒很能干，在这里没有他的任何亲人，孤单单的一个人在异国他乡，也怪可怜啊！

子文的铺盖右边靠墙而居的是年轻的油锯手管纯，他所靠的间壁墙，实际是用一厘米厚的板条钉的，抹了一层白灰，墙的厚度不足两厘米，墙那边是女宿舍。管纯告诉子文，女宿舍紧靠墙边睡觉的是林场学校的体育教师韩桂，管纯不止一次在晚上睡觉的时候对大家说："我挨着女宿舍的美女不过两厘米，只是这一堵木板墙把我俩隔开了。"子文也见过这女子，很引人瞩目，长得丰满健壮，性情粗野，还喜欢与男子摔跤，参与过斗殴打架，她面庞很漂亮俊美却没女人气；她的身边紧挨着的是朝鲜族姑娘小金，小金长得小巧玲珑，柔情似水，具有朝鲜族女子特有的温柔。

小金每晚躺在铺上唱歌，唱中文歌曲也有朝鲜文歌曲，她的歌声就像她的人一样十分优美动听，隔壁男工人这边听得真切，每晚作为一种节目免费收听很开心。烦恼的是，那边韩桂靠墙仰卧在炕上，听小金唱歌时就用脚有力地拍墙击节，那木板条钉的薄壁便啪啪抖动。这边管纯就十分厌烦，终于有一天他在山上干活时，把一段粗粗的钢筋在磨斧子的石头上磨尖，他要用特殊的手段解决睡觉前隔壁对他的干扰。

这晚躺下不久，那边女生宿舍歌声响起，韩桂又在为小金击节伴奏，管纯对准韩桂拍击的地方从这边猛地一锥钻去，只听那边尖叫一声，哭喊呼叫乱成一团，接着听见院子里很多人说话。管纯趴在窗户玻璃上朝外瞅，只见韩桂被几个女的搀扶着向场部卫生所走去。女宿舍的舍长不管这些男人是否睡下，推门径直进来厉声责问："谁干的？有种的站出来！"管纯这才离开窗户回转身来，他知道无法抵赖："是我干的。"

不一会儿，团委书记王刚，还有林场派出所的警察来到男宿舍调查，第一个被询问的就是子文。团书记认为管纯的行为就是子文出的歪点子，没等子文分辩，管纯声称由他承担全部责任，这件事与任何人无关，尤其与子文无关。他讥笑书记不做调查专拣软柿子捏的官僚主义作风，甚至还怀着成见泄私愤。团书记不与管纯纠缠，他与民警商量，警察认为没有事实依据，子文是否参与策划没法定论。子文不干："书记你必须澄清此事，要不我今天晚上就住在林场党委里，冻死活该了。"

派出所警察笑了："小伙子不要得理不饶人，接受警察询问是每一个公民的义务，这样，听我的，这件事就算了。"子文回头盯了团书记一眼，与书记自此就越发生分了。

韩桂伤好从医院回来，扬言找社会上的朋友收拾管纯，冤家路窄，二人不时对骂，在食堂相遇还差点动手抡了饭碗，后来经场方相关部门多次谈话做工作，并把劝说二人和解的任务下到男女宿舍。两个舍长经过反复协商，分别对打架的两个当事人做了耐心细致的思想工作，子文也受舍长委托对管纯做了工作，最后双方同意和解，双方的舍长约定晚饭后某点某分到大房子南边"技术沟"的大松树下见面，相互赔情致歉。

这天晚上到了约定的时间，大房子的男女都聚在大房子南窗下遥望这龙虎和谈的一幕。在沉沉暮霭中，果然见二人先后到了技术沟那棵大树下，大家都很紧张，阎斌嚷嚷道："韩的泼辣和管的威猛不说举世无双，起码在咱们林场是当之无愧的两位顶尖高手啊，针尖对麦芒，有戏！请看龙虎争霸。"子文躺在被褥上说："应当说是龙凤争霸。"阎斌说："那个女人还是凤凰？那是母老虎呀。"

遥见二人在大树下相对而立、喁喁私语良久，竟无出手的迹象。大家心情方放松下来，但这种放松并未持久，继而开始疑惑这一对冤家怎么不动手呢？莫非……天迅速黑下来，大树下相对而立的男女渐渐模糊不清，接着树林和技术沟都被笼罩在黑暗中。大家等待不得，干了一天的活，有的人早早就睡进被窝，一会儿其他人也相继睡下了，直到大家熟睡，管纯方悄悄回来脱衣躺下。子文在朦胧中觉得，往常背油锯干了一天重活睡得像死猪一样的小管却翻来覆去夜不成寐了。

子文心中明白事情起了转折，隔着被窝捅了管纯一下，他问小管："两国会谈成果如何？打了骂了还是亲了爱了？胜了败了还是输了赢了？"小管吞吞吐吐起来，子文追问："是不是化敌为友然后又……"小管喘着粗气不吱声了。子文隔被子蹬了小管一脚，小管翻身坐起，黑暗中低声唤道："文哥，文哥……你帮我一下。"

"说。"

"看情形那小韩要跟我好，还欠着一把火烧烧她，要是你替我写封情书给她，这事就成了，你知道我肚子里没水儿，想来想去只有你肯定能行。"

子文说："这也可以帮忙的？"

"你得帮，文哥。大房子里的人都说你文化水多、有水平，文哥……"

小管的请求触发了子文的思乡情绪，受伤后整天躺在炕上，他正思家心切而无处发泄，同时也为了显示一下自己的文化水平，竟答应了这份差事。反正受伤的腰还没好，暂时还不能上班，闲着也是闲着，第二天上午大家上班后，他便趴在炕上抽空完成了长达五页的热情洋溢的情书交与小管。小管展开信看着，信上写的是：

"……君美丽的容貌、健美的身姿、豪爽泼辣的性格、侠骨柔肠的风采无不令我怦然心动，我所喜欢的一个优秀女人所具有的品质系君之一身；我惊异，在这深山老林中的一个小小林场，竟有一个如此出类拔萃的精英女人，一个女人堆里的男人，一个令男人迷恋和神往的美女，这无疑是苍天对我的恩赐和金玉良缘级别的安排。我与君的交往，必将在整个林业局系统传为佳话，我们必定会成为最最令人羡慕的一对神仙伴侣……”

信尾还附一首诗：

“你是深山蒿草荆棘中的一朵奇葩，
你是茫茫林海中的一株婷婷白桦，
你让冰天雪地变成春风荡漾的伊甸园，
伊甸园里，我是亚当、你是夏娃。”

小管欣喜地拍了子文几巴掌，问道：“这亚当和夏娃是什么人？哪个是男的哪个是女的？都是你的朋友吗？”子文苦笑着告诉管纯：“你去问韩桂，她认识这两个人。”

管纯当天晚上就把信交给了韩桂。不等两天，小管激动万分地将韩桂的回信拿给子文看，韩桂信中说道：

“我原来以为你管纯是一个四肢发达而无文化修养的粗小伙子，看了你写的信我这才知道，你还是一个有文化懂感情精神世界如此美好的文武全才的白马王子，你太出色了，你太优秀了！我爱你，咱林场竟有你这样的人才，我真幸运遇到你，这是上天的安排，给我的福分，你征服了我。我们必须珍惜上天的恩赐，不要辜负这段最美好的姻缘……”

小管翻来覆去将韩桂的信看了好几遍，这个五大三粗的人笨嘴笨腮的不知怎样感激，只有反反复复对子文说：“文哥，文哥……你是我哥。”

管韩迅速进入热恋，二人出双入对形影难分，几乎天天在晚饭后到技术沟老地方约会。同宿舍的男青年们都羡慕不已，说是“不打不成交，咱们也找个女的打上一架才好”。

子文心想：“关键是，你们怎会想到找我写这么一封求爱信呢？”

晚上，林场的高音喇叭反复播送一个通知：“职工李源在山上作业区伐树，受伤后流血太多，在林业局职工医院抢救。林场党委号召年轻人，尤其是大房子里的单身职工，积极到医院给病人输血。林场的汽车现在就停在工会门口，全厂职工及家属听到广播后自动到工会门口集合，然后去局职工医院验血。”

午夜，小管和其他验血合格的同伴们，每人给李源输血300cc。回来后天快放亮，管纯回到大房子倒头就睡，早上没按时起炕。韩桂在食堂买上早饭来找小管，见状十分心疼，情急中把管纯的头摇晃几下，大声骂：“管纯你不是个东西!”说着她转身出去，等大家准备上班的时候，韩桂用饭盒蒸了米饭，购了面包香肠，竟然还有几个熟鸡蛋。她把这些很难弄到的饭食放在小管炕沿上，抬脚蹬着炕沿手指着躺在炕上的管纯骂道：“你这混蛋，输血这样的事你也抢着干，还敢自己做主也不与我商议……先吃饭再算账，我先到学校，上完一节课我就回来，你要是吃不完这些东西，你等着!”

管纯被收拾得狗血淋头，用被子捂着嘴讪笑。子文在一边却是不敢笑，心中忐忑不安，害怕代写情书的事一旦暴露，他哪抵得住这个女汉子之泼?

爱情之火烧得愈烈，也就烧得越快，迅速化为灰烬。纸包不住火，好景不长，小管那粗鲁的语言行为和知识贫乏的窘态时时在韩桂面前露馅，与子文写的情书中的温情脉脉、文采洋溢大相径庭。文化的修养最难装假，即使相貌出众的明星在表演时，对众多角色可以表演得惟妙惟肖，也难免因错别字连连，念不成句，读不成文而大出洋相，况管纯这种从不会掩饰自己的率直之人?韩桂渐生疑窦。

终于，韩桂在十拿九稳确信此信断非管纯的水平后，在一次聚餐时，韩频频给管纯劝酒，当管纯醉眼惺忪心思朦胧之际，韩桂软硬兼施，小管终于说了实话，抖出实情。

韩女一拳打在小管脸上：“日你管纯八辈的祖宗，你是个无耻的大骗子大流氓，你癞蛤蟆想吃天鹅肉，你尿泡尿照照你这份德性!”她一边骂一边从腰里掏出水果刀照小管劈脸刺来，小管歪头躲开一溜歪斜落荒而逃。

小管回到宿舍脸色灰灰，扑在炕上片刻旋即跃起，出去买回一瓶酒顷刻灌进肚中，醉态中，咕咕哝哝，躺在炕上闭着眼睛又讪讪地呼唤子文：“文哥，文哥，文哥啊……”子文情知露馅，怒斥其嘴浅败事，但已无法挽回。恐惧涌上心头，他不知那个女魔头将怎样整治自己。

小管又恢复了原先那副邋遢状态，几乎天天喝酒无人敢管，上班吊儿郎当，完全是一副破罐子破摔的样子。最丧气的是子文，在很久的一段时间里，他每遇到韩桂那倒竖的柳眉和圆睁的凤眼、身穿运动服足蹬球鞋的矫健身影就心惊胆战，唯恐因代人捉刀求爱之事受到韩桂的报复，大老远看到韩女的影子就如遇土匪强寇而惶惶避之。

终于一天，冤家路窄，子文去林场大院卫生所贴膏药的时候，在卫生所前面与韩桂撞个正着，想绕路已是躲闪不及，只好硬着头皮低头假装不见，擦肩而过以后子文刚刚松一口气，心中想道：“她可能不计较了。”

只听背后厉声喊道：“子文你站下！有话问你。”

子文硬着头皮站下，等待狗血淋头的辱骂，他忐忑不安地想：“这泼女子能不能打我？她要动粗我就向林场派出所跑，她总不能当警察的面打我吧。”

韩桂站在子文面前一时没说话，上下打量一番才说：“看你小山东这副农民相，一口难听的山东话，没想到你还很多情，你还很热情！你乐于助人，你简直就是个活雷锋——当然我不全怪你，这都是管纯这个混蛋作的孽，我不会把账都算在你头上……我就不明白，你一个未婚的农村光棍儿，怎么这样多情这样叫人着迷？你懂得这么多，是个天才的多情种子吧？”

子文嗫嚅：“那封信，不是我的原创，是小管的再三请求，我又推不掉，就从小说上抄写了那段文字，对不起。”

韩桂笑了：“你和小管这王八蛋合伙儿欺负了我，但我不怪你。现在你还继续欺负我，我再不济也当老师好几年了，就算是个体育老师也是个老师吧，我问你，你从哪本小说上抄的？什么小说上有诗句说什么奇葩还有白桦？你敢做不敢当算什么男人？你也别害怕，我上学的时候没学好功课，倒是特别崇拜文化人，来，咱们交个朋友吧！”说着就伸出了自己的手。

子文犹豫着不知这手该握不该握，只见韩桂用穿着白球鞋的大脚使劲一踢，一块石头飞出老远，然后又说："我是个粗人，但喜欢内心世界丰富、有文化知识的成熟的男人，你写的信很动人，感谢你给了我片刻的感动，也留下一个虚假的美好时刻。即使是受骗，也是美好的，这足够了。唉，我今后还不知能不能再看到这样的信呢！你还算诚实，人还不错，只是和你这人打交道很不痛快！今天我还有事，改日有时间再找你。"

望着韩桂远去的矫健身影，子文长长地舒了一口气，双手捂着腰走回大房子，心情难以言状。

第八章

子文伤痛渐愈，再有两天就可以上班了。他找出在山上受伤时被刮破的棉裤，整个裤裆豁了一道大口子，他到女宿舍借了针线，坐在炕上一针一线拙笨地缝补起来，反正在宿舍无聊闲得发闷，有的是工夫，慢慢总会缝好的。还没缝几针，突然门一开，进来一个身穿小帆布夹克式工作服、戴着狗皮帽子、口叼烟卷的人，来人摘下帽子，露出一张男性十足却实在是一张女人的脸。子文认出她是林场后勤科的工人，她叫江霞，大家都称她江大侠。这人是专门给大房子的单身工人烧炕的，这项工作包括把大木头劈成木柈，是一般女工干不了的活儿。子文说："大姐上班啦?"

江霞看着子文手里的棉裤哈哈大笑，一把拿过攥在自己手里对子文说："这也是你干的活？你这是缝了些什么呀，还不照样透风，冻坏了那玩意你还指望什么？你看你，这针不是针线不是线，穿着不丢人？你还想说媳妇？我拿回家给你缝好，傍晚你去我家拿回来。我家就在林场粮店后边第一个门——你这孩子，缝衣服时要把衣服翻过来从里面缝。"

江霞嘴里说着，动手将棉裤翻过来，子文急忙要拿回棉裤："裤裆很脏，天天干活出汗……"

江霞笑了："小伙儿还抹不开脸，你还是个原装小伙吧，你裤裆里有什么我还不知道?"说完不由子文分说夹起棉裤就一阵风走了。子文愕然地望着窗外江霞的背影，觉得这个女人真是泼辣，和生人第一次接触就开这样的玩笑说这样的话，还这样热心帮助别人。

过两天就得上班了，上山必须穿那棉裤。傍晚时分，子文计算着工人们下班之前去江霞家把棉裤取回来，他穿上毛裤秋裤慢慢走出大房子，这是受伤以来第二次走出大房子，去赛诗会是阎斌扶着自己，现在腰腿的状况比那天好多了，出来走了几步，更觉得情况比想象的好得多，过两天上班吧。

江霞的家是林场最早一批工人宿舍之一，颇具林业工人居住的特点。房子是全木材结构，原木搭起房架，木柈垛成墙壁，木瓦房顶，院子大门开着，进入房门，屋内当中一间是灶坑锅台火墙酸菜缸，东西两间两盘大炕，既可睡觉又能取暖。子文问："家中有人没有?"

就听东间屋里江霞喊道："这边这边，快进来。"子文说："大姐，我来取棉裤，不进屋里了。"江霞从里间出来，她像多数林业家属一样，下班回家进到屋里就脱去外衣，只穿了色彩鲜艳的毛衣毛裤，这样的穿戴使江霞增加了几分女人味，而且竟然有了几分妩媚。她拉了子文一把说："你这孩子没礼貌，姐给你干了活儿缝了裤，你连屋也不进拿上就走? 快进屋暖和暖和，感谢感谢大姐!"

江霞很有力地把子文连推带拉让进东间屋里，又说："来了关东这地方，进了门不上炕那是不实在，快脱鞋快脱鞋！这么冷的天气没穿棉裤真能把腿冻坏了，大房子的跑腿子啊，没家真苦啊!"

里间屋真暖和，炕上一张矮腿饭桌，桌上一大盘瓜子一把茶壶和茶碗。啊，这就是一个工人应有的家啊，自己何时才能有这样一个家呀！久违的家的味道!

子文没再推让，就脱了鞋上了炕，炕烧得真热，坐上去真舒坦。江霞说："你先吃瓜子，我去烧水，来了家连杯水也不喝怎么行? 在我家就得听我的，不听不行，不用说是你，就是队长、林场的场长来到我家也得听我的。"说着，麻利地走到外间去了。

子文嗑着刚出锅的瓜子，虽说有点不好意思，但他此刻确实很留恋这家味十足的地方，不愿马上离开。一会儿他听到外间刀板锅铲响动的声音，急忙下地穿鞋到外间说："姐，你给我拿上棉裤我回大房子。"江霞说："棉裤还没缝，晚饭后才能有工夫缝，吃完饭一会儿就成，这点活儿很快就好，等着。"

子文忙说："那我晚饭后再来拿。"

江霞生气地说：“你真不像个闯关东的老乡样子，跟你说，我男人在山东老家和你是一个县的老乡，都打听好了，在老家相距不过十里八里，我也是跟你邻县的老乡。你认不认老乡？闯关东的人都知道，老乡见老乡，两眼泪汪汪，这话就是说的闯关东的人见到老乡的情景，你不用和姐虚套。要走，棉裤你拿上叫别人缝去，你可真是！快回到炕上给我稳稳坐着，别惹大姐发火！”

子文很无奈，心想：“碰上这么实在这么爽快的人，事到如此只好服从啦，以后不能随便到工人家里了。”

从外间屋里钻进一阵阵菜油葱花儿爆锅的香味，子文总在职工食堂吃大饼子和缺油少盐的土豆汤，闻着家庭饭菜的味道，口里也咽起唾沫来。不一会儿一小盆小鸡炖蘑菇，一盆猪大油酸菜端上炕桌，塑料筐里是黄灿灿的玉米面烙的锅贴，小碟盛着豆瓣酱和两段大葱，大海碗里是热腾腾稠糊糊的小米粥。这是一桌标准的东北工人家庭饭，久违了，温暖的家！

饭后子文又着急回大房子，江霞笑着说：“你还没留饭钱，一放饭碗就走？哪有这种道理？棉裤也还没缝完，你干什么来了？坐在炕头热乎地方烙烙你的屁股，我干活。”

她出去关上门又回屋关上门拉上窗帘，转身坐在炕沿上，看着子文不自在的样子，轻轻叹息一下，幽幽地问：“想家吗？”子文点点头。又问：“在家有媳妇吗？”“没……”“这么大的小伙子，听人说还很有文化，怎不快找个女人？跟大姐说，想不想女人？”

“……”

“念书的人还不如大老粗说话痛快，大姐给你开开窍。你听着，闯关东这么苦，独身在外事事难，跑腿子跑腿子，没有女人没有家就拴不住跑腿子的腿。当年我十五岁随支边人员从山东来到关东当了工人，那时女工很少，这些长期单身在外的男人们见到女人哪个不像馋猫一样，有的男人在林子里遇上女人就眼光发绿二话不说像狼一样把女人放倒干那事儿。我在十七岁那年就在林子里被师兄按倒把我给弄了，事后他爬起来跪在地下给我磕头，鼻涕一把泪一把，用巴掌抽自己的脸，求我用树条子打他，央求我不要告诉单位领导。可我还是到场里告了他，他被开除出场，他走的时候连工作服也脱下不要，背着小小行李卷边擦眼泪边走，一步三回头，那个痛苦难过的样子永远记在我心里抹不掉。师傅告诉我，他被师傅狠狠打了一顿，师傅也到林场党委为他讲情，可他对师傅说他是犯了法，他害了人是该判刑的，没逮他法办他就算宽大处理了。他还说他对不起我，就是林场把事情压下不开除他，他也一定要走。他走以后，我慢慢缓过劲来不再恨他，又渐渐后悔不该告他，男人嘛……”说到这里江霞伤感起来。

窗外，远处森林里的松涛呼啸声隐隐作响，像叹息又像呻吟，墙上的挂钟滴滴答答声音特别大。屋里沉静下来，两个人似乎没有了话说。

片刻后，子文打破沉默说：“这个男人是个混蛋，就应判他的刑！大姐，天不早了，我真该回大房子啦，”

子文说着从炕上要下地，被江霞站在炕沿前挡住：“天这么晚你还能回去？你回去怎么说？你在这里无亲无故的，对大家说到哪里去了？倒不如在这里住一晚，明天都上班以后你再回大房子多好？你不用怕不用多想，屁事也没有。哎，我男人在山上看作业区不回来，孩子在局直属小学上学就在我妹妹家寄住，我一人在家没人做伴说话，我已经关了大门啦，你还走什么?”

她两手攀住子文的肩膀，把子文逼回到炕上，顺手拉上了灯。子文惊慌失措又要挣扎下炕，江霞说：“我还能吃了你？你不识好歹，拉灯是我不愿别人来串门，你还认为……你气死我了。别大声，邻居听见，我倒不怕，可你这小伙子……”

子文坐在炕沿上喘着粗气，心惊肉跳慌乱无主，被江霞有力的双手按倒在炕头的枕头上。他心想，自己也看过很多书，哪有这样男欢女爱的情节？可不是这强女人淫性大发要强奸我吧，怎么办?

黑暗中女人紧挨子文躺下，一只手揽住子文的脖子，另一只手搭在子文的胸膛上，子文闻到她嘴里淡淡的烟草的气息。他像一只将被屠宰的羔羊一样无奈，静静地等待这女人怎样收拾自己，心中慢慢平静下来。他想江霞一定是把自己当作一个没见过世面没见过女人的人啦，她还不知道自己结了婚有了亲爱的妻子和可爱的孩子，更不知道自己在农村在学校一直在各种演出团体多年，各种男女交往的经历也很多。此刻他盘算着应付的办法，他相信江霞并不是什么坏人，也不能就真正强奸了他。

黑暗中，江霞说：“今晚我叫你在这里住下睡觉，就是因为你是文化人又是跑腿子，你一定想女人。我就是个成熟女人，别的女人有的我都有，想要就成，不要咱，咱也不勉强，就想找你这文化人做个伴说说话。我白天在大房子给你们烧炕，听大房子的人说你很有本事，一封信就替小管拿下了韩桂老师，这是多大能耐！拿下女人的不是你写的字你写的信有多好，是你懂世事、懂女人、还懂得女人的心思，你比起其他抬木头的工人是太不一样了。你先说说你是怎样写的信，念的什么咒语，一下子就把个女人给拿下了？你说完了我今晚就要跟你说，说说多年来我和男人们的事，盖上被好好听。”子文沉默无言，江霞说，“你不好意思说，那我先说吧。”

“自从强奸我的那个人走后，林场的男人们一见到我更是饿狼一样恨不得把我吃下去，后来有几个人就因为想女人放弃了工作跑了，有人发了工资不舍得吃不舍得穿去镇上找半掩门子，被人家设圈套捉了奸，扒了光腚差点冻死。有一天，我在森林干活时，又有一个在山东有媳妇的工人把我摁倒在厚厚的树叶上，我没再反抗，过后他发了工资要给我，我骂了他，有钱你不管你老婆孩子你还算个男人？我是妓女吗？

“从那以后，我又跟好多男人干过那事儿，我不图钱、不求人家办什么事，更不破坏别人的家，那些有家的男人凡是老婆在身边，只想占我便宜图个痛快的男人，那是没门儿。我只跟跑腿子和光棍，给他们解决问题，别人怎样说我骂我，我不管。可我知道，有的男人就因贪恋我打消了跑回山东老家的念头，有的男人和我好了，也不再去找半掩门子。

“也许是老天爷报应，我结婚后才知道，我的男人有病不能干男女的那事。他人很好，又很老实能干，我也不和他离婚，我的两个孩子也不知是哪一个男人的，就过了这些年。有的人议论我，笑话我，那些刚刚从我身上爬起来的男人也看不起我。我就是不明白，我很坏吗？你这个文化人说说，你一定说实话，说说呀！”

子文实在不知怎样回答这个难题，他发出一声深深的叹息。

江霞听不到子文说话，就用压在子文身上的胳膊推他，突然那只手隔着子文的裤子抓住了他裤裆里的东西，动作熟练准确，抓得牢牢的紧紧的。子文一时意乱神迷四肢酥麻失去了反抗也没了挣扎。

江霞翻转身子压在子文身上轻声问：“你要不要？跟你说，你别以为我比你大几岁就怎样怎样，那小姑娘是嫩点儿，可她懂什么，什么招数儿也没有，你试试姐姐我你就知道啦，尝到姐的滋味你就再也不想别的女人啦，你不会姐姐教你……”

江霞边说，很快脱光了衣服，替子文解开了腰带，旋即把赤裸裸的那副成熟的身子完全贴在子文身上。柳下惠坐怀不乱，仅仅是女人坐怀里而已，倘若柳下惠被这样的女人压在身子底下又如何？

陡然，母亲的慈祥面容与牵挂儿子远行的憔悴忧郁神态，老人家领子文讨饭路上她自己饿昏把饭留给子文的情景，当年妻子不顾家庭的反对下嫁子文的坚决，子文到关东后全凭妻子拉扯孩子伺候母亲下地劳动的艰辛，可爱的儿子那一对猫眼睛，如电影镜头，纷至沓来聚集心头！

亢奋的江霞分明听到，身子底下一声长长的、哀哀的叹息：“大姐，我是有了老婆有了儿子的人……”，

江霞像是被狼撕咬后绝望地呻吟：“你这才说……”

霎时间，大地归于沉寂，时间陷入停顿。

“实在对不起啊，江大姐。其实你并不缺这个，你是为我好这我知道，谢谢你。”子文边穿衣服边说。

“好兄弟，你真了不起，只有你懂我，有你这句话，比做成那件事还痛快，我真知足了！你不是没结婚吗？还有妻子儿子？”

此时还隐瞒什么？子文只好把事情和盘托出。

江霞说：“你是好样的，是咱们林场第一男人！你没看不起我，我还是第一个知道你的底细的人，我把你引到家，没做成什么事，但我满足，更敬重你，我没看错你。”

子文告辞下炕，临出门口觉得歉然，想再回过身来抱一下女人，女人轻轻推开了他。身后的木门悄然阖上。

崔高丽生病好几天没上班，这天下班后，队长到大房子看望他，崔高丽躲在一年四季支着的蚊帐里躺着，队长放下手里的罐头俯下身子问：“老崔，你好些了吧？”蚊帐里没回话，但能听到崔高丽突然喘起粗气来。队长又问：“老崔，你好些了吧？”崔高丽一把豁开蚊帐探出身子，用生硬的汉语说：“好些了好些了，好些了能不上班吗，好像我装病不上班！”

队长愣了片刻，生气地说：“老崔你这是什么话？好心来看你，你听不懂人话还是不懂中国话?”队长又好气又好笑，摇摇头转身走了。崔高丽又钻进蚊帐，朦胧中子文看到他坐在里面低头不知干什么。阎斌在炕沿坐着嗤嗤地笑着朝子文招手，诡秘地说：“崔高丽在被窝里数钱，装罐头瓶。”

子文奇怪地问：“他这是干什么?”阎斌说：“崔高丽语言不通脾气古怪少与人交往，与社会绝缘了。他不接受任何新事物，就连国家的银行他也不相信。按照志愿军待遇他工资高于一般人，可他不存银行，就把钱装进罐头瓶里，再用塑料袋包扎严实埋在山沟里只有他自己知道的地方。高丽很抠门，自己也不舍得花钱，生活很艰苦，肯定攒下不少的钱！大房子的人常吓唬他，说要盯他的梢看他把钱藏在哪里，起他的钱库。他怕得要命，总是在后半夜偷偷起来上山藏钱。这家伙!”

子文叹道：“崔高丽孤身一人，也怪可怜，四十多岁的人在异国他乡举目无亲，不攒一点钱，老了怎么办?”

阎斌说：“崔高丽思维简单，他总认为他是一个处男，有钱总能找到一个黄花大闺女！给他介绍咱林场的寡妇他还不干。”

子文说：“怪不得他天天穿得红红绿绿很怪异，可怜的人！这样的人咱们别和他一般见识。”

本年度调工资的文件传达到每个工队，调资名额的比例仅仅百分之三十，人们一下子敏感起来，在山上工作打打闹闹说说笑笑的现象突然不见了，大家默默地干活，分外卖力，彼此说话也客客气气显得很别扭很不习惯。只有子文工龄不到一年尚未转正，不在调资范围，他该怎样还怎样，看到老工人为调工资弄得如此尴尬，倒庆幸起来。经职工酝酿，推选的名单报到以林场书记和工会主席为正副组长的调资临时领导小组，再经职代会表决通过，基本确定了百分之三十的名单。调上的人不敢表示高兴，没调上工资的却是理直气壮趾高气扬地发牢骚说怪话公开不干活消极怠工，崔高丽生硬地说：“涨上工资的人大大的能干活的有，抬大木头，咱的不行，我的，只能干点轻活。”说着扔下抬木头的木杠坐在枝桠堆上，用报纸卷起一根粗大的烟卷兀自抽着，谁也不理。队长考虑到少数民族政策，对高丽总是宽容的，一则队长是省劳动模范，自己被上级指名调了工资，二则他现在只要管理那些怠工的人，那些人只用一句话就顶回来，他们说：“你安排调上工资的人干吧。”队长面对跟随自己多年的老工人们，自己涨了工资好像心中有愧，不想多管，唯有自己拼命干活，多年在工人中建立的威信和共同劳动中建立的友谊受到严重的挑战。他的亲密战友谭标与他同时参加工作，家中五个孩子全凭谭标一个人那点工资，这次没调上工资，竟然在山上把脸埋在安全帽里放声大哭。队长望望大家很无奈，他拍拍谭标的肩膀说：“老谭别这样，我去找林场领导，把我的名额让给你。”他立马就去场里了。一会儿书记的吉普车把队长送回到山下，同车来的工会主席陪队长爬上山，主席对谭标说：“你们队长是省劳模不参加评比，队长的指标是上级戴帽下来的，没有占用林场的指标，谭标你代替不了队长的名额。再说，我们林场的调资名单迟迟没定下来，报上去的时候其他单位都报上了。劳资处一个劲儿催咱们林场，接到咱场的调资名单接着派专人去省林业厅了，现在什么都晚了，你等下一次再说。”

谭标大怒，把木杠一扔，随主席的车去了林场党委。书记不在，他找到书记家，也只有书记的老妈一人在家，谭标一进门就躺在了炕上，声称不再回家，就吃在这里住在这里。书记老妈吓得去了小儿子家，书记的弟弟木海噔噔跑到哥哥家，像老鹰抓小鸡似的提着老谭扔到大门外的雪堆里，把门一锁扬长而去。木海刚走，书记夫人来家开门，谭标又尾随进去赖着不走。要不是书记回家拦着，书记夫人就要报派出所了。

隔日林场休息，林场派车到局里办事，像往常一样拉满了搭便乘去镇集上购东西的林场职工家属，大家包着头捂着脸穿着臃肿的棉大衣挤在车上。这是多年的惯例，林业工人在深山居住很不方便，连最基本的生活用品都难买到啊。在场部大院大家争先恐后上车时，司机木海看到，谭标背着背筐也上了车。

到镇上要走盘山路六十里，上山一半下山一半。厚厚的冰雪被车碾压得闪闪发光，公路上的车辙像两条平行的玉带盘绕山腰，车轮装着防滑链慢慢前行，唉，今天又是一个冷天气，足有零下三十度！

终于，车爬上了山顶，路程走了一半。车在山顶停下了，司机木海从驾驶室下来，当着一车男女老少褪下裤子往雪地里尿了一泡尿，尿液洒在雪地上黄黄的鲜鲜的，在雪地上留下一个深深的坑。木海提上裤子，绕到车尾对着车上的人喊道：“谭标在哪里？”“在这里。”谭标在人群里应道。

木海一改常态，以少见的和颜悦色对谭标说：“老谭你下来，天太冷，你来驾驶室坐，我有话对你说。”

谭标迟疑地说：“我不嫌冷，在后边挤着就行。”

木海脸色突变，厉声说道：“你别不识抬举，下来！”谭标只好笨拙地从车上爬下来站在车尾，肩上背着背筐、手中提着爬犁，迟迟不到驾驶室里去，站在雪地上不知所措。突然，木海一把把谭标推到路边下坡的雪堆里，迅速拉开车门上车猛踩油门，汽车顺下山之势疾驶而去，车轮防滑链下冰雪横飞，把谭标扔在山顶的冰天雪地之中。前行三十里到局所在地的集镇上，后退也是三十里回到林场，山顶的风真大，树梢发出只有高山林海才会有的哨音尖叫，谭标立在冰雪中犹豫了好久，他毅然选择了前行！他从肩上卸下背筐装在爬犁上，拖着爬犁向着局所在地的集镇行进。

下午，购物的人们在木海规定好的三点钟到局办公大楼前面的广场等他的车，人们购置了很多过春节的物品满载而归，车上比来时更拥挤。车开到上坡路，车行速度很慢，前行不到十里路，汽车吼叫着开始爬陡坡，车轮带着防滑链沿着深深的冰沟碾压着冰雪“嘎吱嘎吱”地响着。林区的冬天是考验司机的季节，更是站在车厢里的人遭罪的时候，可是在山里就这交通条件，出山一次很不容易。

驾驶室里的木海和车上的人们突然看见，前方的冰雪道上，有一个人拖着爬犁慢慢走着，爬犁上放着背筐，汽车赶到跟前一看，这不是上午被木海遗弃在半路上的谭标吗？

汽车鸣笛，谭标就像一个聋子似的没有反应，继续以自己原有的速度和步伐前行。车上的人明白，这是谭标又在发“彪”，人们拍打着驾驶室的顶棚，劝木海拉上他，要不这家伙不会闪开道的，再说他到家就冻坏了累坏了。木海没有停车拉人的意思，鸣着车喇叭示意谭标闪开路，谭标置若罔闻，头也不回只管拖着爬犁向前走，好像行进速度更慢了。汽车只能随在他身后，如此僵持半小时，车上的人骂起来，也不知是骂谭标还是骂开车的。木海将车停下，下车来暴跳如雷，大声怒骂着赶上谭标，又将谭标推到路旁深深的雪堆里。可这次谭标不是在车尾，而是在车头前面，木海把谭标推在雪地上，自己刚刚上车尚未启动，大家看到，谭标已从雪堆爬到公路上，趴在两条车辙中间一动也不动。木海又下车照着谭标踢了两脚，踢得谭标在冰雪地里滚动。车上下来几个男的拉开了木海，谭标躺在冰道上对大家说：“木海你狗日的今天打不死我，就别想叫我让路。你拉不拉我，是你说了算，可让不让路就是我说了算！你是个东北人，你知道老子是从山东闯关东来的，闯关东的山东爷们儿害怕你？”说着又平躺在冰沟里了。大家纷纷上来劝说谭标，他索性闭上眼睛不说话。有几个与谭标说得上话的人就蹲在地下做谭标的工作，大家说：“老谭你不为这个还要顾那个，我们大家都在车上走不了冻坏了，你这不是和大家过不去吗？我们大家没得罪你吧？天这样冷，你快上车咱们一块走。”大家抬起老谭，老谭破口大骂挣扎着不肯上车，嘴里说：“让路行，看大家面子。叫木海向我赔礼道歉，我坐在驾驶室里。”大家急忙对木海说，看大家面子，以后再说，先回家要紧。木海愤愤朝汽车后厢一摆手：“把他抬上后车厢。”

子文养病期间队长来看过几次。韩桂每天早上工人上班后也过来坐坐，她告诉子文，她在学校教体育课，早上第一节课没她的事。她有时来还拿着东西，一般都是好吃的，她站在炕前习惯一只手叉腰，穿着白色球鞋的大脚蹬着炕沿以命令的口气说：“我看着你，必须给我吃完！”

子文苦笑说：“我都吃过早饭啦，这么多东西怎能吃得完？韩老师，感谢你的关心和照料，可你以后不要来送东西了好吗？我和管纯挨着，让他看见不大好吧？”

韩桂告诉子文：“我不在乎管纯怎么样，前一段时间的交往，我没有欺骗他，是他欺骗了我，我没有必要躲避他。我家就在镇上的局机关宿舍里，经常回家带回吃的，家里父母也托班车往林场捎些饭菜，我不缺吃的，你只管吃，吃完还有。我们都离家近，有人关心有人疼，苦就苦了你们这些家在外地的跑腿子。你年龄不小啦，有个家就好了。我问你，你……你在山东有媳妇了吗？”子文看着韩桂的一脸关切，心想：“韩桂有时说话也很温柔的嘛。”

子文矢口否认：“没有没有，幸亏没有，要有媳妇就接不上班当不上这工人啦！”韩桂看着子文的脸，眼睛又射出英气逼人的光芒，她定定地盯着子文好久不说话，那目光像锥子一样射住子文使他无法躲避，心里突突地跳着，预感到要出什么事情。

韩桂伸出手来按住子文的肩头，她一字一句地说："你听着，我知道了你替别人给我写信之后，我没恨你，因为我反复读了若干遍，越读越觉得这封信的内容发自你的心里，好像就是你专门写给我的。我是说，你专门写给我的，明白吗？是不是？"子文大吃一惊，急忙说："是管纯他……"

韩桂打断子文的话说："不要再提那姓管的，我就认定是你给我写了这封让我动心的信，你替别人写信怎么就会写得那样动人？你心中没有爱，就写不出来，不是吗？你干了这事你得负责，你害了我，我就赖上你了，你说怎么办？"

子文听到这里，急得差一点就把自己有妻有子早已成家的事说出来，可他还是忍住没说。女人说："你继续听着，我从小顽皮不爱学习，长成这么一个四肢发达却缺少文化的人，长大了后悔也改不了了，我决心找一个有知识有文化、感情丰富、有修养、有素质、深沉稳健的人管住我，改造我。我家庭条件还不错，我自己认为长得还不算丑，我一定能找到自己理想的爱人，现在我朦朦胧胧觉得自己面前有了一个轮廓。这个轮廓虽说不太清晰，但我认定这正是我最想要的，我很在乎目前的感觉。"

子文诚恳地说："谢谢你的看重，我也明白你的意思。但我不是你理想的人选。天涯何处无芳草，你会找到也能找到你心中的白马王子的。"韩桂说："这是可遇而不可求的，事实证明我找不到的却是遇到了，我要珍惜！"说完，摔门一阵风似的走了。

第九章

山东，子文家乡的县人民医院里，子文的妻子被大夫叫到办公室，大夫神色凝重地对她说：“老人是你母亲？检验结果很明显，老人患肺癌已到中期，老人体质又太弱，还多次做过其他手术，现在不宜再手术治疗，住院治疗也是维持，效果不会太理想。好在患病部位没有继续恶化，还能维持相当一段时间。”大夫的话刚刚说到这里，妻子着急地说：“这怎么可能，再查查看看吧？”大夫认真地说：“病情很典型很明确，错是错不了的，最好住院维持治疗，住院困难可以不住，回家休养也行，可以多开点药。”

子文相信什么是心灵感应，也相信人与人之间的息息相通，二十多年的母子相依同甘共苦，尤其是母亲对他倾注的全部心血，使他似乎具有这种遥遥相感相通的能力。在数千里之外寒冷的高山密林里，子文独自在冰沟干活，脑子里满是对母亲的担忧，为此他整日郁郁寡欢心事重重。敬爱的母亲，多灾多难的母亲，你一生经受了多少苦难，你什么时候能过上幸福的日子啊！这几天子文想起母亲，就心惊肉跳，似乎家里出事了一样，他暗暗祈祷但愿这是杞人忧天。

他对母亲的担心不幸成为事实。正是母亲在家思儿过度加快了病情的发展，妻子不敢隐瞒，写信告诉子文。子文在山上干活时接到从林场机关捎来的家信，在冰天雪地里他手捧妻子写的信，痛苦悲伤无法排解，凛冽的北风吹着裸露的手、吹着他满是泪水的脸，他觉得连神经都冻僵了、麻木了。他遥望家乡的方向失声痛哭，恨恨地诅咒老天的不公。母亲一生是那么善良忠厚乐于助人，为全村人所称道，为何有如此多的苦和难，有那么多病痛折磨她。苍天哪，你给人降灾难的时候也是欺软怕硬、欺善怕恶吗？世道变了你也变了么？在白雪冰冻的山顶上，子文挥动手中的大铁锹仰天大骂："老天爷呀，我日你娘！"

他开始悔恨自己远走他乡，离开了母亲，得到了这份工作却害了敬爱的母亲、拖累了老婆孩子。

子文决定舍弃高考前的复习，也放弃高考，立马回山东看望母亲。他向队长请了假，队长当着大家的面说："小伙子刚上班不到五个月，要说按规定还没到转正期，是不能请探亲假的，只能按照事假办理。可是他的情况大家是知道的，不管林场批不批，但我这里就算批准了，我先给你划考勤，场里不让的时候再说。但我这里只可以批准三天以内的假，回山东不知道多少天，你还得去找林场书记和场长说一下。"

子文满怀感激回到林场，他没进大房子，直接去林场书记家请假。进门之后看到书记夫人在饭桌前捧着一本书在专心阅读，子文进来都没抬头。子文知道这女人是林场的财务科长，会计业务在整个林业系统闻名，是林场的实权派。子文礼貌地说："刘科长您好！"

刘科长将视线从书本上移开，抬头摘下眼镜问："你有事？"

书记听到有人进来，扎着围裙从厨房出来，看到子文就说："你怎么来了，有什么事吗？"

子文还没说话就哭出声来，书记说："在林场办公室开会听别人说你母亲患上严重的病了，大家还议论来着。你是为这件事来的？"

子文说出自己要请假回家的打算。书记为难地说："这情况请假回家看看老人倒可以，只是你参加工作时间太短，不能享受探亲假待遇。"

书记的夫人把书本放到膝盖上说："如果非要回去，那只好请事假，事假不划考勤、不报销路费，这和探亲假待遇大不相同，而且规定很严格。"财务科长一面说着，一面又戴上眼镜，从镜片上方看着子文。子文泪眼蒙眬中，看到饭桌上放着的书是一本"文革"前出版的《红楼梦》，他小时候读的就是这样的版本，他立刻有了主意："刘科长，您这本《红楼梦》是文革前人民出版社的版本，书开头的序言是中国科学院文学研究所所长何其芳写的，我认为这是红学家最权威的论述。这样的版本，经过十年动乱，可是很难见到的。不像现在的出版社粗制滥造甚至错字连篇，前言还带有极‘左’的味道，书本装订更差，不等看完就开胶了。”

刘会计摘下眼镜惊讶地问道：“你还这么博学？你没翻开这本书，就能看出书的版本？你说的这些可不是一般人能说上来的，起码咱们林场还没有这样的人才啊。你原来在山东老家干什么工作来的？怎么来东北抬木头了？”

子文说：“我初中肄业。辍学后一直在家务农，在生产队干活。我没有什么文化，只是喜欢读书，前几年在田间地头看点书，村里的驻点干部来了还要藏起来的。”

书记夫人站起身来，仔细端详着面前的小山东，好像是看见了一个外星人一样稀奇。她小声对书记说：“这小伙儿再有半年才转正，那时候才可以享受探亲待遇，但他工资这么低，再摊上母亲生这么重的病，真是够呛。我看这样，等他从山东回来，先按探亲假待遇给他发着工资、核销差旅费，等半年后他转正了再入账处理，那时候就有探亲待遇了嘛。”

书记笑着说：“你掌着财权，带头违反制度，看你以后怎样监督我！”书记又对子文说，“你们队长说你工作表现很好，改革了打桠子的劳动操作规程、提高了工作效率，还有你给你队长写的劳模材料我看过，很有水平嘛。你现在有困难，林场应该照顾，下午你先到林场财务科预支一个月工资，预借往返路费，从山东回来再说。”

子文满怀感激地向书记夫妇告辞，刘科长拍着子文的肩膀说：“你现在有事情先忙着，等这些事情处理完了，你可以来我家，我们探讨《红楼梦》啊。”

子文坐在驰往山东的火车上，突发的变故使他手忙脚乱，上车后慢慢平静下来，凭窗而坐，但无心欣赏沿途的风光，他的头深深埋下来，两只手捧着脸，伏在车窗边的小桌子上。母亲的病情撕咬着这个年轻人的心，他痛苦地陷入沉思之中。

子文从小就知道，自己并非母亲的亲生儿子，老人家体弱多病没有生养，从李家抱养了他。他在李家是四兄弟之中的老三，一下子成为邢家的独生子，同时也从一个大地主、大家族的后代变成一个贫下中农子女，从没落公子哥成为一个在村里独门独户独姓又是独子的末等人家的儿子。慈爱的养母虽然家贫，可她把子文视作掌上明珠，她的喜悦、满足、期望全部倾注在子文身上。他被抱到邢家的时候才出生半月，母亲没有奶汁喂养他，便抱着他向村里的哺乳期女人讨要。这些女人们对母亲善良友好，对子文也很同情，纷纷解怀，从有限的奶水中匀出一些哺给子文。这宝贵的奶水给了子文，无疑是从自己孩子口中夺食。子文懂事以后常想，这些奶水比血更珍贵、比肉更难舍，这些人不图恩不图报，就是因为母亲日常乐于助人的结果啊。当然这种哺育是远远不够的，大部分还得母亲喂养，那时光岁月艰难，没有什么名目繁多的代乳品和保健品，白面就是奢侈之物，用点白糖也要托人买。母亲就是用这两种东西喂养嗷嗷待哺的十五天的婴儿，喂养办法是将面食与白糖嚼成糊状嘴对嘴哺之，她用自己的唾液和牙齿使这两种食品变成代乳品，帮助子文的胃消化了婴儿难以消化的东西。

子文小时多灾多难，使母亲倍加煎熬和担心害怕。子文刚刚会爬的时候，弄倒了刚刚磨好竖在墙上的一扇用来切割饲料的铡刀，铡刀在子文的背上劈了一道大口子，几乎要了他的小命，一个多月他不能仰着躺，母亲夜以继日用自己弱细的胳膊托着趴在胳膊上的子文，直至伤好。子文两岁时，母亲刚刚把一盆面条端在饭桌上又转身去拿碗筷，子文在地上爬着伸手够桌上的面条，把盆弄翻正扣在自己细嫩的身上，后背的皮肉几乎全部脱落。这一灭顶之灾落在子文头上，也落在母亲头上。母亲依然是用她细弱的双臂昼夜托着像剥了皮的猫一样的子文，使子文的后背朝上，减少疼痛。医院不愿收留这个生命垂危的孩子，母亲不放弃最后的希望，到处求医。后来在别人的指点下，到几十里外的一个偏僻村庄，找到一个反革命分子。此人在新中国成立前曾在东北深山种大烟，在长白山腹地的老林里窝藏过一个被解放军追剿的土匪，土匪为报答救命之恩，把治疗烫伤的家传秘方传授与他。事发后他被判刑。在监狱服刑期间，东海舰队一艘舰艇起火烧伤多名官兵，海军医院束手无策，只好把这个反革命分子弄到部队医院，他为这批官兵治好了烧伤，被提前释放发回原籍改造。此人出狱后拒绝为人医治，谁也求不动他。母亲双手托着子文，找到这个奇人村里，她长跪不起，泪流满面，哀哀地哭泣两天两夜，最后支撑不住晕倒在地。在倒地的那一刻，她把奄奄一息的子文放在自己的胸膛上。那神秘的老人终于出手相救，奇迹般地从死神手中夺回了子文幼小的生命。

上苍长眼留下了子文，同时也留下了母亲。如果子文夭折了，母亲也会悲痛而亡。母亲不但养育了他，并以她柔弱的手加上坚定不移的信念，一次次夺回子文的生命，子文的命与母亲的命成为一体不能分割。三年自然灾害中，除了没有吃的，冬天少衣御寒，母亲解开棉衣用她最温暖的胸脯给子文以温暖，子文手冷了，母亲掀开衣襟把一双冰凉的小手揣进怀里，脚冻了，母亲将子文放在炕上，把一双小脚搂进怀中，将她有限的体温传给子文，晚上睡觉的时候，母亲拥着子文，子文的双手总不由自主伸向母亲动过大手术的残缺的乳房，在温暖中入睡。子文这种由母亲拥睡的习惯一直延续到八九岁。母亲是个矮小的女人，如今子文成了大人，母亲老了病了显得更加矮小。此刻，子文多么想来到母亲面前拥起老人家，把自己年轻的身体旺盛的火力传到她身上。

1960年，饥饿的灾难降临在每个人头上，村里的食堂每顿饭只供应子文全家三口人一个菜团子。母亲把菜团的一半分给作为主要劳动力的父亲，其余的一半，掰成一大一小，把大的给正在长身体的子文，小的留给自己。母亲说："我不下地干活，也不再长身体了，用不着吃那么多。你们吃吧，我在家怎么都好说。"

维系生命的菜团啊，母亲！用什么山珍海味才能抵得上这份恩情啊！

这年春夏之交，食堂解体学校停课，村里饿死的人越来越多，活着的人已顾不上埋葬死了的。父母决定，留父亲在家，母亲带子文到南面的邻县去讨饭。邻县是山区，地广人稀，山上的草根树皮还能找到一些，比起本县来，还可能有点活路。从本县到邻县山区百余里路上，三三两两的讨饭人络绎不绝，偶尔遇到饿殍，人们见怪不怪不再惊奇，不知何时自己也可能横尸异乡的路边啊。与子文母子同行的，是二姨全家还有姥姥。姨夫推着车子，车上推着姥姥和最小的表妹，其余的随车迤逦前行。饥饿严重摧残了人们的身体，子文常常落在后面，母亲便蹲下身叫子文伏在她瘦骨嶙峋的背上踉踉跄跄前行……

开往山东故乡的火车上，子文的思绪时时被打断，他抹去眼角的泪水，痛苦地想："母亲啊，你瘦弱的身躯为我付出得太多太多啊，可在你最需要我的时候我却远去异乡！事到如今，我只有尽快将全家搬在一处，穷也好富也好，只要全家在一起就有幸福就有快乐。今后只要您活着，我一定背着你老人家，出来晒太阳、赶集、走亲戚，背你看山看水看亲人……”

子文在离家数月之后，终于到家了，他没有因参加工作成为了工人，就有衣锦还乡的荣誉感，当他摸黑回到十分熟悉的家门前，一种负罪感涌上心头，他怯怯地喊道：“娘，我回来啦。”

在屋里头的母亲好像正在期待着子文的呼叫，立刻就一边答应着一边磕磕绊绊从屋里往外走，嘴里不断说：“来了来了!”夜色朦胧中，母亲似乎更矮小、更瘦弱、更苍老。子文疾步向前，抱住比自己矮许多的母亲那瘦瘦的双肩。数月的时光，是有生以来母子最长的分离，这短短数月发生了那么多事情：自己受尽挫折当了工人，而母亲对自己思念成疾……子文感慨万端，似乎回到了童年，一种委屈涌上心头，他伏在母亲肩上哽咽起来：“娘，你好吗，儿子想你……”没想到一生柔弱善感的母亲此时反而坦然许多坚强许多，她摸着子文的脸说：“来家了，咱们都高兴，都高兴，我很好，我没事。只苦了你媳妇，她天天照料孩子，下地干活，还要带我看病，却和我吃两样饭。”煤油灯下，妻子和儿子站在母亲身边还没顾上说话，只是目不转睛地看着风尘仆仆的子文。

母亲的状况比子文想象的好许多，母亲常年多病多灾苦难不断，使他时时产生过分的害怕和担心，看到母亲欣喜的样子，子文慢慢平静下来。

夏天离家时儿子十个月，这次回来，已是满地乱跑，但是，两只猫眼睛不断闪烁着，对爸爸很陌生了。

“啊，我的家，我的家人，我的一切。”子文又一次涌上了泪水，他激动地放开母亲又抱起儿子。

啊，1977 年，难忘的一年，这年的冬天实在是最冷的冬天，冷到骨头，冷到心中，在他年轻的心中结成一个冰疙瘩，永远难以化解。

随着子文抵家，母亲如同吃了神方妙药一般，精神好了很多。全家四口人围在一起，子文向他们谈着这几个月参加工作的过程，每每使他们唏嘘不已。母亲再次说：“这几个月来你媳妇最辛苦劳累，她要干活挣分，要喂猪、出圈，要伺候孩子，最辛苦操劳的是给我看病。她托别人看管着不到周岁的孩子，用自行车驮我去县城医院求医问药，起早贪黑真不容易。子文在自己屋里深情地对妻子说："今年冬天，我在东北受了考验，你和咱娘、咱们的儿子都受了苦累，而且母亲生病的原因，也大都为我的离家，使她揪肠挂肚。为了我能得到这份工作，全家人都受了苦，事情到了这个地步，只有早一天搬家到东北，在一起过日子，心里才踏实。"妻子说："那地方真的比家里好吗？去东北生活，我娘家的父母兄弟姊妹就难见到了。"子文说："我想，这工人既然当上了，就得干下去，等明年我转正以后，咱把家迁到东北，奋斗几年，等你和咱娘、孩子都混上农转非户口，咱们再设法调回老家工作，就像咱村那些在城里工作的人家一样了，好吗？"妻子道："那当然好，可是太难啦，你去当工人都这么费事，听说家属农转非可不那么容易，将来回老家工作还要办理调转手续，还要在城里安家，想想就像做梦一样。"子文满怀信心地说："走一步看一步吧，难是难，可我在当工人这件事情上，也悟出一个道理，事在人为！我们还年轻，慢慢来，我们只要不放弃追求，总会有办法。"

妻子叹了一口气："只是咱娘的病……"子文心中一沉，也深深叹了一口气。

早春时节，料峭的寒风仍在树梢啾啾作响，长白山的春意是从厚厚的积雪下面悄然开始的。山南坡向阳处的地表，积雪开始变软、疏松，慢慢的，一滴水珠浸在土中，一滴又一滴，冰冻的土壤也慢慢变软疏松，后来，涓涓细流从冰雪底下蜿蜒流出，与别的水流合在一起，顺山而下，叮叮咚咚，就在厚厚的冻土层上面或者下面形成小溪。雪水浸润的土壤里，种子从沉睡中苏醒，然后膨胀，在经历了漫长的冬天之后，耐不住早春的召唤偷偷地发出嫩芽。当山后坡依然冰雪覆盖的时候，前坡的地皮向阳处绿生生的鸡肠菜已伸出叶片。仔细地采摘，大半天才得到一小把。不要嫌少，就这小小一把带回家，无需放佐料，只用两颗鸡子一瓢清水，就能做成美味无比的一盆汤。在仅靠窖藏的白菜萝卜土豆老三样度过漫长的冬天之后，有了如此新鲜的山野菜做的汤，你一准喝得大汗淋漓、荡气回肠，你一边擦着头上的汗一边说："真鲜！"

须晴日，如果举目远眺会惊奇地发现，高山绝顶之上有一片神奇而瑰丽的彩云缥缈空中，如烟如雾、似云似霞、如梦如幻、如锦如画，绝对是人间少有的奇观。那是大家称之为“映山红”、朝鲜人称之为“金达莱”并把它奉为国花的杜鹃科植物。这种花不贪图肥沃的土壤和甘甜的泉水，不委屈于形形色色的大树下，更不用人类的管理和照料，也不喜文人墨客痴男怨女的赏玩，它选择绝顶石缝，扎根其间，顶寒风应烈日、耐贫瘠抗干旱，仰望日月星辰、汲取来自大自然的精华，养成钢筋铁骨般的枝干、俏丽的枝条、侠骨柔情的品质。她卓尔不群、凌空傲然的无畏形象，在春寒料峭的季节绽放出生命的异彩和光华！它无心争奇斗艳，可它最早感知春天的信息，报告春天的到来。人们只能仰望这山巅的精灵，却难以攀折据为己有。也曾有人冒险攀登悬崖绝顶将它移到自己的家园，可无一不以失败而告终——它不能成活。

啊，公元1978年的春天，提前来到长白山的林海雪原。

就在春节后子文返回东北上班没几天，上学的孩子们在度过漫长的寒假刚刚开学的时候，子文接到通知，到本场子女学校教学。子文很高兴，林场的决定使他感到意外之喜，仔细想来也在意料之中，数月的努力和经意的表现，他已经有了预感。深山老林人才缺乏，林业子女教育状况的落后也成为广大干部职工们深深的忧虑，林场没有理由继续把他这个抬木头两个不如一个，而文化知识方面却崭露头角的家伙留在山上。这种企业学校的教师任免，林场便有决定权，从劳资管理规范上讲，叫“以工代干”或“代教”，并非国家公派教师，其工资地位都如林场工人一样。站在企业领导的角度看，这些在林业“二线”工作的人还真不如在山上作业的“一线”工人更受到重视和关注，入党提干调资的机会也少得多。但子文所追求的并非是地位和待遇，子文并非惧怕体力劳动逃避体力劳动，他梦寐以求到学校工作是因为他热爱这份崇高的职业，文化教育的氛围吸引着他，重要的是他对学校、对讲台、对文化知识的追求，对学校对学生拥有的那份情愫和对校园环境的那份酷爱。

调转通知是林场劳资科杜科长来原木工队下达的：“夹皮沟林场学校音乐教师因生孩子难产，身体损害较大暂不能上班，学校决定从工人中选拔一名临时代课者，等音乐教师上班后再退回原单位。”虽说是“代课”，还强调了“临时”，可子文决不放过这个机会。他相信通过自己的努力，会牢牢把住这个大门不被赶出来，自己会成为长期的、固定的、永远的、正式的教师中的一员。

当子文被叫到校长室时，大部分教师也在。头发花白的老校长穿着二十多年前在朝鲜战场上发的军大衣，一副不苟言笑的面孔。

校长看了子文好大一会儿，才口开说：“听大房子的人说你会简谱？”子文毫不含糊地回答说：“会。”

“什么时候学的简谱，跟谁学的，在哪学的？”

子文听到这些问话很不舒服，但还是规规矩矩回答：“我十岁的时候在农村会的，没跟谁学——农村极少有人会这个，只是我觉得会这个很方便，不知怎么的就会了。”

“熟不熟练，能唱新歌么？”

“不用试唱，没见过的新歌曲，一只眼看歌谱一只眼看歌词，就能直接唱出歌，或者直接用乐器演奏出来。”

“唔，唱唱这个。”校长从桌子上拿起一份今天新来的歌曲杂志，指着封底一首刚发表的新歌，叫子文试唱。这是一首校园歌曲，曲谱结构很简单，子文接过歌本，随手放在并非正对自己的位置上，用眼睛一扫说道：“哦，四二节拍，进行曲速度，这个简单。”他轻松地唱完了这首歌。

校长无语，表示出一种含蓄和沉默，也或许就是默许。校长又问：“听说你在大房子里自称带弦的会拉、带眼儿的会吹，你会脚踏风琴吗？”

子文吃了一惊，暗自思忖：“在农村无非学个笛子二胡这些结构比较简单而廉价的民族乐器，像脚踏风琴这种键盘形式的贵重教学器材，只有在公社高小和中学里见过，也只是上音乐课时被学生抬到教室，然后由班长及值日生守护不准乱动，只有上课的音乐老师才有资格使用，下课后立即就被抬走的。这种庞大又神奇之物，岂是我辈有幸染指的？而今只有硬冲过去，不能失败。否则面前这位面相威严的人一句话就会把自己打发回原木工队去，不能认输！”

刹那间，子文撒了一个大谎：“会。”

因为简谱的顺利过关，子文意识到校长不可能再安排人把风琴抬来。子文心中想：“只要我进入这个校门，我会为这个谎话负责的，我会以自己的聪明和勤奋在极短时间内弥补，把自己的能力补足，把缺陷补足，更把人格补足。”

子文熟练的唱谱能力和别人对他在大房子里“吹拉弹唱”的评说，这两点帮他在校长面前面试合格，弹风琴的考察，被子文轻松躲过。

校长是个自负的人，虽说见不得别人更自负，但他更看不上畏畏缩缩的奴才相，子文的傲气带来的小小不快被爱才之心所替代。

校长仍不动声色：“你是从山东来的，你叫子文?”子文点点头，校长又说，“今天礼拜五就算了，明天你回工队交代工作，洗洗衣服，整理一些自己的事情。后天周日休息，大后天周一按点来上课，课程表在墙上贴着，自己看。”说完，仰面靠在椅子背上闭上眼睛不再说话。劳资科的人拉起子文就走，出了学校子文仰天长舒一口气，天上的太阳特别明艳，天空特别蓝。

校长安排子文在下周一上班，在时间空间上无疑是一个大好时机。当天晚上子文又到学校去了，对看门值更的校工徐师傅说：“徐叔叔，我是新来的音乐教师，我想看看咱们学校的风琴和我在山东用过的是不是一样，熟悉一下，抬了一冬天的木头，有些手生了。”徐师傅是个好说话的老头，领子文打开了放风琴的教室就回传达室去了。子文坐在这个大家伙前有些慌乱，他用圆珠笔在琴键上写上1234567等音节，开始了很不规范的学习。他心中算计着，周五练习一晚上，周六再练习一晚，周日再练它一天加上半夜，这几次突击学习之后，周一大约可以把风琴抬到教室。

子文在上头几节音乐课时，提前把歌曲写在小黑板上，手持教鞭，以口讲口唱教学为主。在农村下地干活时，他多次奉命在地头教社员们唱革命歌曲，就是把小黑板挂在树上这样教唱。他给这些学生以原始的办法教课，教学的效果并不坏，一支歌曲一节课也同样学会了。他偶尔也坐下弹弹音符音阶和简单旋律装装样子，没有任何音乐基础的学生听不出来。子文自己依然每天晚上在学校突击练习，一周应付过去之后，这滥竽充数的教学方法尚未传到校长耳朵里，就在第二周，子文的脚踏风琴就弹得像回事了。但他没因此而放松练习。子文有那么多年的演奏其他乐器的基础，音乐理论和乐理知识也帮助了他，应付教学，没有多难。为了掩盖自己脚踏风琴的低水平演奏，他把自己得心应手的二胡、笛子拿到课堂为学生演奏，没有想到歪打正着，受到学生们的热烈欢迎，悠扬的胡琴拉出了深山老林的美景，欢快的竹笛吹出了日夜歌唱的山涧泉水，更大大丰富了音乐课堂。满脸严肃的老校长每每路过教室门口，时常露出罕见的微笑。

一天，校长对子文说："音乐课堂搞得还行，原来的音乐教师快上班啦，我去与林场打交道，你暂时不要回工队了，行不行？我知道有的年轻人不愿意在学校工作，当这孩子王没出息。在学校工作可能埋没人才，也可能发现人才，那就看个人的发挥了。"

子文脸色平静地回答说："看看再说吧。"他掩盖着心中的喜悦。他自负地估计，那个因为难产不能上课的音乐老师，水平能高到哪里去？

不久，子文的老领导工队长领着孩子来大房子找到子文说："孩子想拜你为师，跟你学习拉二胡，你如愿意，每天晚上你到我家教他，晚饭就在我家吃，行不行？"子文痛快地说："我愿意收这个徒弟，不用吃晚饭，在食堂吃了饭就到你家去。"队长说："你跟我干了半年活儿，一点不实在，哪像闯关东的人！"

队长走后，子文突然想："教一个是教，教一批也是教，何不统计一下，办个学习班呢？学校的教室是现成的，晚上也空闲着不用。"第二天子文把自己的打算和老校长一汇报，校长笑容满面地说："你可以用学校的教室，愿意用哪一间就用哪一间。在山区，在林业局几十所学校，这是先例，独树一帜、别开生面嘛。"

子文当上了林场学校的教师，教音乐课；晚上，学校的教室里亮起电灯，十几名学生学习二胡，学校的夜晚空前热闹起来。后来几个待业青年也参加进来，这些青年平时一副吊儿啷当的样子，但是自从来学校学习二胡，比平时规矩了很多，对子文也是恭恭敬敬，子文的交往范围扩大了很多，子文在林场的地位迅速提高，他也因此深深地喜欢着学校。这学校虽小，可是美丽的校园得天独厚，堪与任何名牌大学媲美。长白山脉腹地的林场学校四周群山环绕、森林覆盖，在林场最宽阔的地方盖着几排红砖红瓦的教室，当中间就是绿草覆盖的操场。一条小河环绕学校的三面，这是一条发源自本林业局境内桦树甸子的山泉，真正天然的矿泉水顺山谷而下，沿途的山泉汇集成河流，沿学校西面北流旋即东折又向南，一直流向汤河，然后流进松花江。

学校因这些山水而更美，更令子文终身依恋。子文庆幸地想："在这样一个理想的地方从事一份自己理想的职业，我真是太幸运了。"

第十章

这天，子文放学回大房子，刚走到一号桥头，听见有人喊他，回头一看是韩桂，子文不得不停下脚步等她。韩桂一脸少见的忧郁，像一个受了欺负的孩子，她走到子文近前，幽幽地说："文哥，家里的人给我介绍了对象，是商校毕业，在仙人桥国家储备库当主任，人我已经见过了，相貌可以，可就是很浅薄，我就是没感觉，你说这……"子文高兴地说："祝贺你呀，好消息，人家年纪轻轻就走上领导岗位，自然是前途无限，处处看，希望你找到如意郎君，不不，是白马王子!"韩桂说："你就是怕我嫁不出去怎的？嫁不出去，也赖不着你呀。"

没几天韩桂两眼通红来找子文，约子文到学校后面的小河边，说有个重要事情与子文商量。自从子文来学校工作，在韩桂面前尽量装得一副坦然。两人沿着小河边的石子路慢慢地走向后沟，子文说："是什么能人把韩大侠欺负了？可真是天胆!"韩桂突然柳眉倒竖，现出英雄本色，跺着脚破口大骂："是你的好朋友狗日的管纯，不是人玩意！丧尽天良的东西，不得好死!"子文说："先别骂人，快说说怎么回事，他真的欺负了你，或者他把你怎么样了，我收拾他!"韩桂推了子文一下，差一点把子文推到河里，嘴里不满地说："你想到哪里去了，你就巴不得我和别人怎样了，我白拿你当大哥了，不说了。"子文拉住韩桂的手说："我可经不住你推，我掉在水里淹死也得拉着你。"韩桂说："你掉进河里拉我当个垫背的，活的咱没缘分，死的也行。"子文说："怎么能叫垫背？明明是垫底嘛!"韩桂沉下脸来："我心里烦得要命，你还拿我开心，我给你说说姓管的干的缺德事儿。”

原来，小韩由别人介绍与仙人桥的储备库主任认识以后，二人的交往进行得还算顺利，谁知这件事被小管知道了，虽然小管和小韩的事已经过去了几个月，小管已经死了心，可是当听到小韩与别人搞对象，他心里又发起毛来。这天小管得到可靠消息，小韩又要去仙人桥会朋友，小韩从火车这节车厢上了车，小管紧跟着上了另一节车厢。到仙人桥下车后，小管盯梢尾随在小韩后面，一路走到储备库主任的家门口。眼看小韩进门，小管就在门口死等，一直等到吃午饭以后，才看见一个颇有几分派头的年轻人送小韩出门。那人向小韩招招手跟小韩道别，小韩转身很快就走远了。

小管敲开主任家的门，主任开门一看，不认识，就问道：“同志，你找谁?”小管说：“找的就是你！先进屋再说，”

主任诧异地把小管让进屋里，叫小管坐下，小管不坐。他站在主任的对面，直盯着主任的眼睛说：“哥们儿，和你说明白，韩桂是我的女朋友，我俩已经相处好几年，该做的事情全都做了，你算老几，你就敢插一腿！你不要命了？就是这话，你看着办。”说完扭头就走了。

主任急忙告知介绍人，坚决辞掉了这门亲事。主任对媒人说：“这女子过去怎样我可以不计较，可现在进了门就是灾难啊，谢谢你费心了。”这件事情就结束了。

子文听罢小韩的话，十分气愤地说：“这小管也太过分了，我找他！不过，储备库主任家的事情是不可能挽回了，你也别生气啦，这么好的大姑娘还愁找不到更好的?”小韩恨恨地说：“那个人，算了就算了，我就是恨小管，我和他没完，早晚教训他。”小韩的话停了一停，讷讷地说道，“文哥……”小韩低下头，一脚把一块大石头蹬下小河里，河里荡起一阵涟漪。韩桂嘴里嗫嚅着，“文哥，世上有完全一样的两个人吗？比如说，还有没有和你一样的另一个人？比如说你有个双胞胎兄弟？比如说可以复制?”子文笑了：“双胞胎也不过是相近罢了，哪有完全一样的？那还不麻烦大了？认错了怎么办？复制也不是正品，没有法律效力。”

小韩又要抓子文的肩膀，子文一边躲开一边说：“要是你把我当成别人，把别人当成我，我就失去你这个东北妹子了不是?”小韩到底抓住了子文的肩膀，子文动弹不得，面对着面，眼睛对着眼睛，彼此直视着。子文突然发现，小韩的丹凤眼略带原始的粗野却不乏动人的女性的妖娆和妩媚，不由得心旌摇荡，眼神也迷离起来。

刹那间，韩桂读懂了子文眼里的内容，情不自禁地抱住子文。子文赶紧把她推开："我给你介绍一个男朋友，好吗？一个很不错的男人。"小韩说："你又胡说。"

"我没胡说。你看阎斌这人怎样？我看是不错，小伙子也是一表人才很帅气，而且他不像小管那样粗鲁，他爱学习爱读书，看了那么多小说，内心世界很丰富，也有思想。"小韩说："你这是想方设法把我推销出去吗？那小阎年龄比我还小，小毛孩儿一个。"

子文说："你别急，你和他处处看就知道了。"小韩说："他有你好吗？"子文笑了："每个人都有长处都有短处，选择恋人也是因人而异。"

子文给学生上课不是用东北普通话，依然保留山东家乡话的发音习惯。"小山东"的称号从原木工队沿袭到学校，在学校不会普通话是个很大的缺陷，为此很受几个教师同事的看不起。学校的好多教师也是山东籍贯，有的是自己支边来的，年轻的几个则是闯关东人的第二代，已经变得不大像山东人，大都没了山东口音。

暑假前，子文找校长说："我不愿意继续当音乐教师，我在山东是教主课并且做班主任的，也看了不少关于课堂教学和班级管理方面的书籍，在新学期，你还是给我一个班，让我做班主任，我保证不会叫你失望的。"

校长有些不满意地说："你现在不太具备教主课当班主任的条件，首先，山东话与普通话差距太大，把学生也教成山东话怎么办？其次，你的语文数学的水平、教学经验和班级管理等能力学校还不了解……"子文说："音乐仅仅是我的业余爱好，我所擅长的是语文数学，我相信我做班主任教主课更合适。"校长沉思好一会儿说："这样吧，今年小学升初中，学额有限，大约有三分之一的学生会留级，小学毕业班的三个班的学生正好能编成一个复读班，我就把这个班交给你，怎样？"

子文为难地说："复读班学生年龄大难管理，学习能力也肯定不行，恐怕是费劲不讨好。反过来，如果复读班取得好成绩，大家会认为，复读学生多学了一年，取得好成绩理所当然嘛。"

校长说：“说得好，问题看得很准，这已经证明了你的教学经验和教学水平。就因你这番话，这复读班的班主任就是你的了。至于你的顾虑，话都说到前头了，这样，复读班取得好成绩算你的功劳，成绩上不去，就是因为复读生能力差，这个我说话。只是你要尽力而为，争取复读生发挥优势，取得让大家感到意外的效果。音乐课还是等原来的老师吧，新学期开学她就能来上班了。就这么定了。”

校长一番话，子文放下心来，他相信自己有这能力和干劲，不会辜负家长们的期望和校长的信任。

原来的音乐教师身体康复，很快就要上班了，当上复读班的班主任，这样的安排也有利于子文继续任教，暂不回原木工队。子文很感激这个老气横秋的校长对自己的栽培和重用。

每天早上林场大院里工人的班车陆续开走后，离学校上班还得等一会儿，这时大房子里经常只剩子文一个人。这天他发现火炕另一端的小于没随工队上班，子文没有在意，当他上厕所回来时惊讶地看到，小于正从管纯的衣柜里往外掏小管新买的皮鞋，听到门响，小于惊慌失措地把鞋塞进自己的被褥底下，神色很不自然地对子文说：“你还没上班？我……感冒了，晚走一会儿……”子文也有点心慌，不知自己说了什么，戴上帽子往学校走去。晚上下班后，小管脱下靴子毡袜子，在衣柜里找皮鞋找不到，这个毛张飞竟然连夜向林场派出所报案了。姓马的公安员当即来大房子侦查，重点嫌疑人是今天独自在大房子呆过的人。子文每天早上上班比上山的工人们晚，中午又是单独在大房子吃饭，被列为第一嫌疑人传到派出所接受询问。子文很生气，为了解脱自己，他只好把自己看到的一切报告了派出所。马公安当即到大房子把手伸进小于的被褥，翻出了小管的皮鞋。小于被带到派出所，令子文想不到的是，不大一会儿，公安员又来传讯他，马公安说：“据调查，小管的皮鞋是你放进小于被褥里的，是你陷害小于。”子文气愤地说：“我凭什么陷害别人？你们有什么证据说我陷害？”

马公安说：“工人上班一起走，只有你有作案机会。”子文说：“我这样做，是什么动机？单独在大房子就一定有作案机会吗？我为什么要陷害别人呢？小于早上也同样在大房子里没走……”马公安说：“小于不会将赃物放在自己被褥里自找麻烦。”子文气愤地说：“小管的脚穿43号鞋，我只穿40号，小于的脚我看差不多也是43号，同样有犯罪嫌疑，小管的鞋对谁更有用处呢？”马公安想了想说：“这是一个无头案子，皮鞋找到了，不管是谁，算是作案未遂吧，本案到此结案，你先回去。”子文说：“作案未遂？错了！偷盗已成事实，性质就是犯罪了。你们应当有能力查清事实。”马公安拍着桌子说：“怎样办案子，还用你个小山东教我？你先回去吧。”子文一边走一边想：“这公安员是什么破水平，好人坏人都分不清，见义勇为、做好事的还受气！”

第二天早上，大房子里照例上山的工人先走了，子文洗完衣服刚要去学校，小于把他拦在门口：“你个小山东，刚刚来到东北就这么坏，你欠揍啦咋地！”子文分辩道：“谁干了坏事谁清楚，你做了还不敢承认，算什么东西！”小于把子文推到里间，狠狠地说：“你不就是有点文化坏水吗？大房子盛不开你啦，我看不惯你也不是一天两天了，今天就教你把肚子里的文化水儿吐出来！”话音未落，朝子文当胸一拳，打得子文满眼金星。子文用膝盖顶了一下小于的裆部，小于躲过，从衣柜上摸起茶杯朝子文头上砸去。危急时刻，大房子门口一声大喝：“住手！小于子你个混蛋玩意儿！”随着喊声，韩桂闪身进门一把揪住小于的头发朝后一扯，小于趔趄一下坐在炕沿上。他对韩桂说：“没你的事，你管什么闲事，这小山东……哎呀，你先松手听我说。”韩桂道：“文哥的事比我的事重要多了，你当我不知道你是个什么东西吗？你在集体户那些见不得人的事别人不知道我还不知道？你是狗改不了吃屎。自己手不老实罢了还给老实人栽赃，什么玩意！你再敢欺负文哥，小心狗命，滚！”小于转身向外走，嘴里嘟囔着：“小山东是你姓韩的什么人，他还帮着管大炮写信骗你，你还护着他。”小韩指着小于的后背说道：“文哥是我什么人你管不着，他帮谁骗我我乐意，你怎么想都行！就不准你欺负人，听清楚啦！”小于悻悻而去。

韩桂两手扶着子文的肩膀，痴痴地看着子文的眼睛说：“文哥，你谁也不用怕，我永远不允许任何人欺负你。”

林业局教育处为提高教师们的课堂教学水平，请本局几个权威教师给学生讲课，叫年轻的教师尤其是“以工代干”的代课教师观摩听课，谓之

“教研”，子文等几个人随校长到林业局第一中学参加这一教研活动。主讲人是“文革”前的上海华东师大中文系毕业生、在教育界已成名的语文教师，由于家庭出身资本家，在“文革”初期就从南方一所重点中学发配到长白山地区来了。这次他奉命做语文教学示范课，讲的是初中课本上从柳青著名文学作品《创业史》中节选的《梁生宝买稻种》，该课文刻画了主人公梁生宝在农业合作化之初为创业俭朴节约、为合作社买稻种自己不舍得花合作社的钱的集体主义精神。课文突出了梁生宝为集体购买稻种时，在途中吃午饭时精打细算的细节，行文手段就是：“细节描写”。文中说道：“梁生宝用五分钱买了一碗汤面，又喝了两碗面汤，吃了他妈为他烙的馍。”这一段细节在讲课时首先要弄明白，行文中用了“汤面”和“面汤”两个组合，字面几乎一样而顺序不一样，其表述内容更是不一样。原来，陕北人把面条叫做“汤面”，而煮面条的汤叫“面汤”，为此我们不难理解，梁生宝花那五分钱买一碗不充饥的汤面不是目的，他的意图是，只有买上面条才有资格喝人家免费的面条汤，冬天有了这么两碗热汤，才能吃“他妈给他烙的馍”（妈妈烙的馍，肯定是凉的）。那面条梁生宝用来充饥是远远不够的，他的目的就是喝到滚热的面汤。这样讲，人物形象就突出了。

可主讲老师是上海人，他就不大吃白面，而喜吃米饭，又缺乏这种生活常识，因而忽略了这一细节描写，连面汤和汤面的含义也混为一谈，含糊其辞，使整篇课文无出奇之处，梁生宝这个人物形象黯然失色！

在场听课的三十多个语文教师对此毫无察觉，以崇拜无限的心情如听天籁，如食美馔，在讲评时人人发言谀词不断，不外乎：“××老师深入浅出，通俗易懂”，什么“知识性趣味性相结合”云云。诚然这位主讲老师驾驭课堂驾驭知识的能力和丰富的授课经验值得学习，但这篇课文的骨头却没拿出来，人物形象的棱角未显示出来，导致这次教研课并不出色。

子文坐在最后排，越听越忍不住，在若干人大同小异的发言之后，他悄声问校长：“这种活动是否允许听课人提出批评和异议？”校长盯着子文看了片刻，他不打算制止子文的挑战行为，但又不敢肯定子文的能力。他沉思一会儿说：“你拿准，那是整个一中语文教研组集体备课，多次修改、试讲之后，又通过教育处审查再修改后的成果，是集体知识和集体水平的体现，非同小可，一中教研组长曹老师自视甚高，不是吃素的。”

子文心中忐忑不安，终于按捺不住，毅然举起手，获准发言后，略有点心慌意乱地站起来。全场的目光齐集他身上，其中的含义自然是：“这是什么人，能说个什么，有何高见?”

可怜的子文是第一次面对强手如林的阵势，在场的听众都是权威内行，他的发言状态差极了，言不由衷、词不达意，再加上浓重的山东口音，使发言大打折扣。尽管期望表达的内容大致能说明白，观点也很明确，无奈“人微言轻”的陋习作祟，知识界也不例外。首先是那一中语文教研组长即林业局教育界语文泰斗曹老师站起来对子文反驳和抨击，他以嘲笑的口吻和语气，指责子文的山东口音，他不屑地说：“作为一个语文教师，连最基本的最起码的应掌握的普通话都不会讲，这就是最大的误人子弟、最大的不称职，阐述的观点就像课文里的什么面汤、什么汤面一样糊涂，这个发言本身就是一碗面糊糊。我们有理由怀疑，这是不是哗众取宠、别有用心、贬低他人抬高自己的行为。”然后又有一中语文教研组几个参与教研的老师对子文逐一反驳，有一个教师甚至说：“今天的语文教研活动如此重要，希望发起活动的组织部门，今后对来听课的教师应予以考察筛选，并予以资格认定，不能滥竽充数、鱼龙混杂。”

对这一强大阵容的攻击，子文狼狈不堪。此后他刻意锻炼，终使自己的语言表述能力、演讲能力、答辩水平为大家推崇，每每回忆起那一刻，当时的挫折便成为他后来提高辩论能力的动力之始。这场教研活动以会议主持人和稀泥的发言而结束。他强调：“学术之争应允许有不同意见，甚至有错误意见，通过争论以共同提高，其实这位新教师的发言也有自己的见地。”

子文心中不服，但也确实没有战斗力、没有实力和经验与之抗衡。可是子文的发言所阐述的观点也引起了部分老师的重视，尤其是这次观摩教学主办单位林业局教育处的一名学术权威，他指出：子文的发言有新意、有特点、值得关注、有重要的参考价值，尤其是对汤面和面汤的定义，值得查阅有关资料落实。

子文的校长在发言中只说了一句话：“第一个吃螃蟹的人，难道不值得鼓励吗?”

回到学校，子文越发觉得这一次学术之争不是自己的失败和错误，他对校长说：“我坚信自己的观点是正确的，争不过是因为在场的多数人不愿意多此一举还得罪人，我自己势单力薄、人微言轻，缺乏经验和临场发挥的能力，可我不服输。”

当天晚上，子文写了一篇“课堂实录”，题目是：

课文讲读不要忽略人物形象的细节描写

——《梁生宝买稻种》的细节教学

该文写道：“初中语文课本从名著中选了《梁生宝买稻种》这篇课文，其教学目的和教学重点很明确，就是使学生了解在行文中什么是细节描写，细节描写对刻画人物形象所起的效果；培养学生在写作中学会应用细节描写的写作手段。本篇课文在讲读教学环节，如果要讲好细节，必须向学生讲明两个重点词语‘汤面’和‘面汤’的区别，可以起到事半功倍、画龙点睛的效果。有的教师一旦忽略这一点，就是一堂失败的教学，会使人物形象黯然失色……”

文章写好，他想投递到林业局教育处主办的内部发行的不定期刊物《林业教育通讯》发表，校长想了想说：“子文，你的观点确实有把握？”子文肯定地点点头。校长又说：“《教育通讯》还是本局教育界权威们把持的阵地，还是那些人说了算。我看你还不如把文章投给吉林省教育厅主办的本省最高教学刊物《吉林教育》，不能发表就算了，如果能发表，其权威性是林业教育刊物不能比的，你的观点就很难驳倒啦，就是咱局的权威们，也几乎无人在这个省级刊物上发表过教育学术性文章。你可以赌一下。”

半月之后，子文接到《吉林教育》编辑部发来的一个大信封。当子文从邮递员手里接过这个沉甸甸的邮件时，心脏的跳动加快，自己都能听见突突的声响。他抑制着内心的慌乱打开信封，本月的《吉林教育》绿色封面呈现在眼前。子文心情很激动，他从目录中找到自己文章所在的第 24 页，看看自己的钢笔字变成了铅字，翻书的手有些发抖。几年前在农村他曾经在省报发表过小豆腐块文章，也在本县的春节文艺汇演中编写过计划生育题材的小剧本，但那些都没有非议和争论。唯独这次是自己有生以来的第一次学术之争，而且是以自己卑微的身份与权威们的争论。在农村发表自己的东西之后并未改变自己在生产劳动中的身份地位，但这篇文章的发表无疑是自己在走向教育岗位后的开门红，向林业局教育界宣告自己虽是来自农村，但是做学问并不差，做一个林业战线的教师应当是合格的。

他有点洋洋得意，急忙跑到林场机关办公室的电话机跟前，先给林业局教育处挂电话："是教育处吗，我是夹皮沟林场学校的教师，我在本月这一期《吉林教育》杂志第24页发表了一篇文章，请各位领导看看。"然后又给林业局第一中学语文教研组打电话："是一中语文教研组吗？你们收到本月的《吉林教育》没有？收到啦？你们的组长曹老师和张齐老师在不在？上课去了？请转告他们，下课之后查阅，请翻开第24页，建议你们语文组全体教师集体学习讨论这篇文章。"

对方没等子文说完，就对子文说："你是什么人，你有什么权力要求我们组织学习讨论？你太狂妄啦。"子文那种兴冲冲的劲头一下子减去大半，他心想："他们还是不服吗？"

回到学校，校长高兴地对子文说："你赌赢了。你为自己在教育界挣到一张响当当的合格证书，为自己奠定了基础，打下一块站稳脚跟的平台，这是加入教师队伍之后的一个开门红。但是，你还不是权威人物，这仅仅是向权威迈出的第一步。"

晚饭后韩桂来子文宿舍把他招呼出去，在林场俱乐部后面，对子文说："文哥，我和阎斌谈不下去啦，你赶紧告诉他不要再找我了。"

子文疑惑地说："不是谈得很好吗？怎么又……"

"拉倒吧，文哥你听着，我和他第一次见面是周日，别人都回家了，我们在大房子一块吃饭。他倒很热情，还弄了几个菜一瓶酒，吃完饭那小阎乘着酒性开了话匣子，向我对天发誓又是海枯石烂又是非我不娶，虽说在一个大房子住着，可这是第一次单独约会，听着怪吓人的。"

子文笑着说："比起支支吾吾转弯抹角的强多了。"韩桂苦笑着说："还有更吓人的话。第二次见面是在后沟小河沿，他问我是不是真心爱他，他说，'假若我在某一天犯了罪判了刑坐了牢，你怎么办？'我大吃一惊，我说你是怎么了？他说没怎么，就是假若。"

子文哈哈大笑："他这是考验你一把，你没经得起考验啊！"

韩桂说：“更严峻的考验还在后头。又一次见面，他又这样考验我，说‘假若在结婚后有这么一天，我患了癌症，你怎么办’。我很生气，我说阎斌你是怎么回事，人这一生可能遇到很多不幸和灾难，遇到什么事情就解决什么事情，到了那种地步自然会尽全力解决。但是咱俩的关系八字没有一撇，你怎能这样？他说书上都是这样描写的，你就是经不起考验。文哥，谈恋爱就是这样考验人吗？算了，我再也不接受这样的考验了，你对他说明白。”

子文感叹：“天下本来就是先有非常之人才有非常之事，你俩都是非常之人啊。”韩桂生气地又要抓子文的肩膀，子文拔腿想跑却还没躲开，韩桂说：“我不想要非常之人，就要个平常的。”子文仰天长长叹一口气，沉默着不再说话。

当教师之后，子文迎来了第一个暑假。在山东的母亲、妻子时刻牵动着子文的心，尤其是母亲的病是子文最大的担忧。教师的岗位给他提高了很大的工作热情，随着季节的变化，学校越来越美，上山的劳累和寒冷已然消失，自己对东北的自然环境和人际环境不再陌生，自己的学生和学生家长都很尊重他，自己原来在工队的师傅们，也因子女成为他的学生，不再称呼他“小山东”而是改称“老师”，这些转变，使子文心里很高兴。他对未来充满了信心。他不能放弃工作回山东伺候亲爱的母亲，只有把家搬来才能两顾，而且他也知道母亲在自己身边才最为安心。自己参加工作的试用期即将结束，等放暑假后就可以搬家。他打听过，林场眼下有好多人等房子住，有的已经等了好几年了。他把这个难题与在林场工会任干事的好朋友商议：“我刚来林场，不了解情况，您能不能帮帮忙给我们借个住处呢？我母亲患重病需要我的照料，我没有其他兄弟姐妹，母亲必须和我住在一起。”

魏干事痛快地说：“我马上给你问一下，林场有个从山东随丈夫来东北的人，丈夫年纪轻轻就在伐树时发生工伤去世了，女人自己养着三女一男，住三间房子，她曾倒出两间给场里刚结了婚的刘黑子、张聋子先后住过，据说那聋子刚搬走。但是，听人说聋子和房东相处不太好，不知人家还愿不愿出借。”

没想到魏干事第二天就告诉子文：“事情办好了，还是那一家，也是你的学生家长，人家一听是你一家来住，很痛快就答应了这件事，愿意把西间让出来给你们住。西间有一盘大炕，你们一家四口挤在一起凑合先住着，林场有了房子我们一起想办法。”

子文感激地说：“这个房东可真好啊，自己房子也很小，还一次次让给别人住，我们一定和人家好好相处。魏干事，真的太感谢你了，没想到我来这里遇上这么多热心人。”

第十一章

在参加工作之后不足一年时间，子文第二次返回自己的家乡，故乡和家人像一块巨大的磁石使在外的游子永远向往。全家迁往东北，是年轻的子文参加工作后的重大举措。一家四口人老的老小的小，数千里迁移真不是小事情。迁家，在咱们中华民族的传统生活方式之中就算大事，有许多人可能一生没搬过家，尤其是农村，人们故土难离，总愿厮守甚至死守自己“祖传”的宅基不舍离开。他们被一种信念固执地支撑着，认为祖先世世代代居住过的地方才是自己唯一的栖身之地，今生就应生于斯死于斯。这种固执保守的结果也往往使他们终生孤陋寡闻、眼界短浅、思想狭隘、行为保守。

在子文实施的迁家计划中，首要的问题就是自己的家怎样处理。依众位亲友特别是姨夫和舅等长辈以及本村的老人们的意思，家还是要留下不能卖掉。对此子文独持异议，他心中明白，母亲身患绝症，恐怕是难以返回家乡，而自己，就是有朝一日再返回家乡工作，也不可能再回到这个家里来住，无人居住的宅舍不能及时维修，很快就会成为断壁残垣。迁家需要钱，到东北安家需要钱，母亲治病更需要钱，除了子文有户口，母亲妻子儿子都没有口粮，同样需要买粮票填补，用钱的地方太多。思忖再三，子文决定把房子卖掉！即使将来有回乡的那一天，也得是衣锦还乡之日，也不会再住这个家了。在同乡的说合下，将房子卖给了后邻，也是子文家的世交。

这个由父亲亲手创建的家，连同院内的树和西墙外的几棵树卖得九百元。房子宅院是否卖掉，母亲没有发表任何意见，她对儿子的决定都表示同意，母亲明白事理，儿子大了，自有主张，她也信任自己的儿子办事不会有错。

破烂家什基本分送亲友，尤其是来帮着子文处理房子的亲友，谁看好什么顺便拿上就是。子文与妻子结婚新做的家具也分送给亲戚，这些嫁妆在子文结婚的时候都是村里同辈人之中的一流嫁妆，曾引起多少对新婚夫妇和未婚青年男女的羡慕。伴子文八年生产队劳动生涯的手推车子及其他工具都送了邻居，许多破烂听之任之，谁有用谁拿走。

处理家当的日子里，母亲很少说话，她默默地接受亲友的道别。如今儿子便是她的唯一，儿子的决定她只有服从，否则自己便成了儿子的阻碍。在众亲友们的不同意见中，她用沉默来支持了儿子。亲爱的母亲在这个简陋之家生活了三四十年，除了离家到潍坊看过病，一生中就是往返于娘家与婆家的十里途中，没出过什么门。在这个家里，她度过了大半生，这里有她青年时代和中年时代的艰苦岁月，这里有着她大半辈子的苦辣辛酸。在风烛残年，她要告别亲人告别邻居到一处全然陌生的地方过全然不同的生活，还要与已故十多年的丈夫告别……

这就是一个普通的农村女人能做出的最大牺牲！

离家前最后一个晚上，子文让媳妇和孩子到东间房里睡，自己陪母亲睡在母亲的土炕上。这盘土炕子文从小就睡，直到辍学回乡劳动才和母亲分开睡觉。这一夜，娘儿俩整夜说话，娘说：“咱们这一去，我还能不能回来就难说了，这把老骨头就扔在东北啦，临行前你到你父亲坟上说一声，告诉他我走了。哦，我今天已经托你舅舅在每年清明节给他填土烧纸。”

子文难过地说：“娘，这都是因为我。我是这样打算的，我们住在一起，我能安心工作也能照料你，也免得你想念我。你一定要好好保重自己，让自己健康长寿，等你百年之后，我一定想法把你迁回老家与父亲做伴。也许，我能想办法调回山东工作，咱们很快就能再迁回来。”母亲哭了，她抽泣着说：“人死了就是死了，哪里也是一堆黄土，你不用费事，那要花很多钱。你拉家带口很艰难，能省点心就省点心吧，你也是太要强，是个操心命啊！”

夜深了，母亲已经劳累，翻过身去不再说话，子文浮想联翩，往事一幕幕浮上心头……

此刻的子文心情也很矛盾，年迈多病的母亲离开故乡，是对还是错？在自己家里，生活再苦再难，还有众多亲人、邻里，在异乡举目无亲，母亲能适应吗？她一生善良忠厚，乐于助人，村人称颂。多年来，家门口有一架公用石碾，乡亲们都用来碾碎树皮、糠菜树叶，推碾子的女人们大多带着孩子，母亲则成为这些孩子理所当然的义务保姆，推碾子的女人们把孩子送进了家，母亲从干粮筐中摸出干粮塞给孩子吃，于是下次这些孩子一来就跑到子文家不走，母亲还是摸干粮。久之，带孩子推碾的女人干脆将孩子送至门口，将孩子推进去，不用进门嘱托径直去推碾，孩子径直进屋还是吃干粮。那些女人干完活并不到子文家领孩子顺便道谢，而是隔墙大喊孩子的小名："回家啦！"孩子听见母亲的呼唤应声而去。对此，母亲从不计较，仍乐此不疲。全家计划内的干粮少了，母亲就从自己肚子里省，她只知道自己吃屈，这是解决问题的最好办法。

东厢房屋里支着一盘煎饼鏊子，村人都随意使用，这种活计必须两人操作，一人烧火一人烙饼，但是人们渐渐只去一个人，因为他们知道母亲会主动去替补烧火工。久之，母亲竟成为理所当然的义务工。有时帮人烧火烧到中午，他们家人替换轮流吃饭时，到子文家院子拔葱拔蒜佐餐吃着刚刚烙出的煎饼，母亲却埋头烧火吃不到饭，没人能想起烧火的义务工，天长日久人们习以为常。

人们似乎忘记了母亲也应该吃饭。

子文渐渐长大以后，时常为之不平、为之气愤、心疼娘的付出，阻止娘的行为。对此老人家只是淡然一笑。每次帮助了别人，回到屋里她拖着疲惫的身体常常躺在床上起不来，呻吟不止，子文就要为母亲按摩。当子文对娘的淡然无奈、对那些人不满又不能劝阻娘的行为时，他便背着老人家找那些他认为"不自觉"的人，子文对人家强调娘的病身子，强调娘的劳累，强调娘自己家还有许多事情。子文的举动有明显的效果，可是，当母亲察觉到乡亲开始自觉不给她添这些麻烦时，她反而不安起来，她猜度是自己儿子心疼她去找了人家，难免责怪儿子。

这种情形持续了好多年，子文时常愤愤不已。

后来母亲在东北去世，子文将母亲的遗体迁回故乡与父亲合葬时，这个在村中单门独姓的人家，这个在村子里最平凡的女人的丧事上，竟然万人空巷，在村子南面的公墓地里，村人挤得水泄不通，这是全村任何德高望重的名门望族所没有的哀荣。直到此时，刚过而立之年的子文突然醒悟：人人心中都有杆秤，秤杆刻度的精准不差分毫，秤砣的分量就是你日常付出的积累。

望着黑压压来吊唁的人，子文和妻子都未料到，当年那些子文误以为不自觉的人，是自觉地来参加母亲的丧事的。这，就是母亲的人格魅力的体现——这是后话。

母亲成为寡妇时年仅四十二岁，如今她把对丈夫的那份情感、依靠、信任、希望、寄托全然转移给了子文。嫁前从父母、嫁后从夫、夫死从子的格言在她心中扎了根。母子相依为命的生存中，随着子文年龄的增大，保护母亲的意识与日俱增。当时东邻大叔家大婶刚去世，大叔也是村里数一数二的好人，有人给大叔介绍一个女人，此人与母亲在娘家一个村，来向母亲打听大叔的状况，母亲称赞大叔的为人，那女人竟然说："他那么好，你这么了解他，你们还是近邻，你也是守寡，怎么不嫁了他？"

子文在旁闻言大怒，就要发作，母亲却制止了子文。母亲无原则的善良或许不值得提倡，但对涉世未深的子文的良好影响成为子文享用不尽的财富。

子文在刚刚解放的年代生于本村豪门，生身父母本来已经有了几个孩子，由于处在土改年代，这个大家庭受到巨大冲击，家族的成员风流云散。生身父母以为，此时生下的孩子前途未卜，就把他送与这个家族当年的雇工夫妇抚养，生父母旋即发配新疆。

子文这种身世在宗族观念极为讲究的农村很受歧视，子文经常被人取笑、羞辱，也成为子文一处敏感的神经。母亲因不生育而抱愧，却有人偏偏爱往别人的痛处撒盐，对子文的来历向母亲问三问四，以冷嘲热讽为快事。母亲只有忍气吞声、赔着笑脸，乞求人家别将此事让子文知道。随着子文渐渐长大，母子情感深厚，她的提心吊胆渐渐消失。子文与母亲截然相反的叛逆个性也逐渐形成，每逢遇到这种无聊之人的无聊取笑，子文也有了专用语言："谁说这个，我操谁的亲娘！"

子文的叛逆性格和刚强的作风，就是为了维护母子的自尊，才走向另一极端的。

啊，母亲，你的善良、忍让背后的痛苦和泪水，滋长了儿子的刚毅、果断、强硬和无畏！

母亲生于忧患，苦难时时困扰着她的一生。子文小时候听母亲说过，她自小先天不足，身材矮小还发育不良，在六岁以前不会走路，不到十岁就投入劳动。她姊妹众多，在贫穷大家庭里是可有可无不被人重视的孩子，这种生活环境养成了她忍辱负重的性格。她不到十八岁嫁给了大她六岁的父亲。与母亲相反，父亲是个彪形大汉，是村里第一号壮丁，但是父亲由于在村里是单姓独丁，在宗族观念盛行的农村，社会地位很低。父亲娶妻的最大愿望就是多生子女，扩大门户，但命运弄人，却偏偏娶了发育不良不能生养的女人。那年代不兴离婚，于是两人常发生口角，母亲心怀惭愧只有忍气吞声，除了忍受父亲的责难，还经常受到社会上的嘲笑。父亲求子心切，与本村一个女子私通，父亲被那家人的弟兄们打了一顿，那家人也匆匆将女儿嫁了出去。那女子很快在婆家生下了孩子，痴心的母亲出于没有生养的内疚，竟然到那女子婆家长跪不起，请求收养那个孩子，被人家一顿羞辱赶出家门。后来，当子文来到这个家庭，母亲对子文的钟爱无以复加，子文就是她的生命，为把子文养大，她付出了她的全部。

母亲生来就是伴着贫穷、疾病、灾难、惊吓过日子。1961 年，村里搞阶级斗争，找不到揪斗对象，就想到了势单力薄的父亲。村人给父亲罗织罪名，把他拉到学校进行批斗，要他坦白："麦子播种为何播密了？""饲养室的黄牛怎么那么瘦？喂牛的饲料是不是被贪污了？"父亲被人推来搡去、脸色苍白、张口结舌无法回答这些问题。母亲被迫参加批斗会，看到父亲受到屈辱，她昏倒在会场，许久才缓过气来。那时母亲刚刚动过大手术，飞来的灾难使她惊吓成疾一病不起。后来对父亲的批斗升级，贫协的人公报私仇，在三九天把父亲扒光衣服赶到村革委院子里冻了半宿。

1968 年，子文十六岁，因父亲去世辍学回乡务农，挣工分养活自己和母亲。村中两大派系的斗争如火如荼，自小聪明又善于写作的子文被造反派看中，拉他加入红卫兵组织，专写大字报印传单组织对立派的黑材料。

子文哪一派也得罪不起，拒绝参加造反组织，结果是激起了造反派的仇视，造反派以子文出生于大官僚买办地主之家为由，将子文列入地主富农子女行列，参加改造学习。这无疑是子文的灭顶之灾，足以毁掉一个人的一生！为子文抱不平的人敢怒而不敢言，母亲无力保护心爱的儿子，眼睁睁看着儿子被人一次次叫到学习班接受改造，母亲到革委会去哭求哀告，毫无结果。

每天晚上，无论子文在学习班待多久，母亲就在门口待多久，她必须知道儿子受了多少委屈多少为难。深夜，娘儿俩相互搀扶着回家，娘拿出一个鸡蛋用开水煮给子文吃，子文用筷子把鸡蛋叉开让母亲吃，她不吃。老人家没文化，不会说多少安慰的话，一个鸡蛋和在黑暗中的等待，就是对儿子的安慰和爱护。为丈夫担心，为儿子害怕，她要面对这么多担忧和恐惧，唯有咬牙支撑。

人的生命本来脆弱，可她受的痛苦却比许多人加起来还要多。病魔欺良怕恶，对母亲频频光顾，她在二十来岁就摘除了乳房。子文记事起，常常摸着母亲残缺的乳房睡、取暖、寻求温暖、寻求安全、寻求安慰、寻求依附。三年自然灾害期间，母亲又患子宫肌瘤摘除了子宫，饥饿使人们顾不上同情和照料，病死和饿死已经相差无几，人们对不幸和灾难已经麻木。母亲在炕上苟延残喘，父亲用手推车一边放上一块土坯，另一边铺上褥子，将母亲放上去，用绳子拦住，以防她掉下来。

父亲在晚饭后推母亲上路，七十里路要走整整一宿。八岁的子文提着灯笼送父亲的车子去胡同口，借着微弱的灯光，看见母亲散乱的头发从车子上耷拉下来，随着车子在土路上颠簸，母亲的头在车子上起起伏伏却看不清她的脸。

子文一人回到黑暗的屋子，幼小的心已被家庭各种变故摧残，只有无助地哭泣。四十天后，向亲友们借的钱用完了，父亲不顾医院的劝阻，又把母亲推回来。子文在胡同口等了大半天，母亲天黑才到家，还是只看到母亲躺在车子上，盖着棉衣，仍然是耷拉着一团乱发一动也不动。父亲把她托起放在炕上，她如同死去一样无声无息。子文趴在娘的身上哭喊："娘，娘……"娘的手动了动，想抚摸子文的脸却力不从心。

刚刚做了大手术的母亲在养病期间依然吃糠菜团子，童年的子文会筛糠会淘洗野菜和树叶，会用极少的粮食把糠菜做成菜团子。子文一边干这些事情，一边恨得咬牙、跺脚，恨谁、恨什么，却弄不懂，只是对母亲的悲惨境遇愤愤不平。由于得不到调养，母亲在手术后一年多才能起炕下地活动，长期忍受病痛和饥饿，她元气大伤，这次患肺癌与以前的病根有着莫大关系。

1967 年，父亲在忍受多年的委屈和打击之后患了胃癌，母亲拖着虚弱的身子，向老天爷祷告半夜，悲痛凄凉。父亲是全家的顶梁柱，他死了，谁养家谁挣工分？

大年前夕的腊月二十七，父亲在极度痛苦中惨死，在父亲咽气的一刹那，子文突然冲到院子，手指青天，撕心裂肺地破口大骂："老天爷，我操你亲娘！"

从此，子文不信神不信鬼不相信任何偶像。

往事如同噩梦一般使子文陷入痛苦的渊薮，他情不自禁地长叹："啊，苦难无边的母亲！"

天蒙蒙发亮，子文在娘的土炕上一夜未眠。

迁家去东北带走的家当很简单，全部装在东邻大叔的马车上，还拉上子文一家四口人。拂晓前的沉沉夜幕，只有几个亲友送别，举手告别依依难舍，只听得马车辚辚，向着火车站所在地昌乐城进发。出了村南门西侧，便是父亲的坟茔，母亲在车上欠起身子，在黑暗中往西看了看，村公墓黑黝黝一片，分不清哪里是父亲的长眠之处。母亲什么也没说，可子文从她轻轻的喟叹中听出老人家对家乡、对亲人的无限眷恋。敏感的子文伸手抚摸着她，给她以关怀和体贴，心中充满愧疚。看着母亲平静地在马车厢中躺下了，子文睁大眼睛仰望星空："为了自己能脱离农村得到一份工作，让年老多病的娘随我颠沛流离。我何时再带母亲和家人返回故乡啊！"

几天后，子文全家四口人到了长白山腹地的汤河林业局夹皮沟林场，借住刘婶家北屋的西间。刘婶一家住东间，两家共用一个明间房，明间里一家一个大锅灶，刘婶指定了院子里的木柴堆，她嘱咐子文的媳妇："在东北晚上必须要烧炕，否则腰腿要落下病，木柴你只管烧。院子里种的青菜吃什么自己拔，不用客气，咱两家同住一间房，就是一家人。"

正是闯关东老乡的无私援助，使初来乍到的子文一家迅速进入正常生活轨道，子文家与房东两家建立了深厚的友谊。

子文全家迁来使夹皮沟林场许多人吃惊：小山东原来已成家，除了母亲还有一个算得上耐看的妻子和一个虎头虎脑的儿子——他不是未婚吗？

新学期开学，子文走马上任当上了班主任。这个班是上学期考初中各班的落榜生组成的复读班，功课基础差，学生年龄偏大，男生调皮，女生思想复杂。一般老师不愿意接受这样的安排，子文认为，这样的班级，才会显示班主任的教育和管理水平，他相信通过自己的努力，能把这个班级带好。化腐朽为神奇才是本事，他想。

四个月之后，林场的两栋职工家属房盖起，这是自建林场以来为职工建的第一批红砖红瓦房，子文一家分到了三间，终于有了自己的家。到东北后的迁家、安家彻底完成。

在从刘家往新家迁移时，最大的工程就是在新房子里打一盘火炕，在这个高寒山区，住房里没有一盘火炕是绝对不行的，而且火炕是否好烧，也是至关重要的。这是一项技术活，并不是凭力气就可以干好的，因此，林场里会盘炕的几个能工巧匠就被大家所尊重。

子文去林场后勤处请来本场著名的“炕神仙”，炕神仙身材矮小，但精神十足，他在屋里很权威地转了一圈，神气活现地说：“家里如果有一盘好烧的火炕，不但烧柴少，还热得快，更重要的是热得匀，这样才炕热屋温，住着舒服。打炕是技术活，有的人一辈子也学不会打炕，这里边玄妙无穷！”

子文也听说过在后勤打炕的人都属于技术人员，他们虽然是林场后勤工人，到各家盘炕也是林场后勤部门公派，但有了惯例，为哪家打炕，就得由主家管酒管饭，心安理得地享受着这份权威技术挣来的特殊待遇。炕神仙又拉着长腔对子文说：“盘炕这件活一天就能完成，可是已经有好几家排上了队，我回后勤先到后勤队长那里给你挂上号，然后派工，大约得排在十天以后吧。”

天气已迅速冷下来，地上已封了冻，连盘炕用的泥都不好取了，越晚困难越多，炕神仙说十天之后才能轮到自己家，那该有多么不方便。

炕神仙走了，子文心中不服气，他对母亲和妻子说：“人类已造出原子弹，难道一个有知识学问有干劲有劳动实践经验的年轻人，还不如一个文盲粗人？这点土活还非得仰仗于人依赖于人？在老家农村咱什么活没干过？连一盘火炕都盘不出么？既然来东北安家，事事都要求人怎么能行。”

他白天要上课，而且他还担心万一失败了丢不起那人。他决定把劳动的时间放在晚上，要敢于吃螃蟹，他有这个自信。

晚饭后关上门，凭着几年前在农村生产队跟人打过地瓜育苗温床的劳动实践和烤烟房烘烤系统一类农活的经验（这些工作可是比盘炕复杂多了），估计其基本原理大同小异。子文无师自通，他自己和泥、自己搬砖、用做饭的铲子做瓦刀；饿了吃几张煎饼，渴了喝点开水，累了坐在砖堆上休息一会儿。经过一夜奋战，盘出了标准的火炕：用柴少、热得快、热得匀。

子文有点得意忘形，到林场后勤处故意淡淡地说：“我来告诉一声，我家的火炕我自己打好了，很好烧，不用后勤的师傅们费心了。”

炕神仙不信。他虽说打了一辈子火炕，赢得了炕神仙的美名，可还是经常盘了拆、拆了盘，返工几次才成。一个小山东能有这么能耐？他微笑着说：“打成一盘炕并不难，不就是把一堆砖头摞起来？关键是炕要好烧、能热乎。就你自己糊弄着搞起来，能不能冒烟都难说。”子文认真地说：“我知道自己不行，就想请您去我家参观指导，不管能不能合格，我都请您喝酒。”炕神仙也很想看看这个自作聪明的年轻人的笑话，去了子文家。他趴在灶坑下瞅瞅，站在炕前用手摸摸，除了炕面抹的泥巴不太细致，炕的好烧好用节能效果几乎无可挑剔。他心存狐疑，同时感到了挑战和压力，仍然以居高临下的口气问子文：“我考考你，你干的这活是怎么个过程，怎么看着不按套路？”

子文从容地说：“我自作主张罢了，还会按什么套路？这很简单，先打围，并从当中间隔开几条烟道，在铺炕面石板时，留下烟道的最主要部位，放上玻璃片，在灶里点上木柴湿草，透过玻璃可以看到烟火的流向，堵塞之处扩大开口和烟道、抬高炕面角度；如果烟火集中在一处，影响别的烟道流通，则堵上一部分空隙形成阻碍，让烟道分流，隔着玻璃什么看不明白？当我认为基本达到效果时，就将炕面封严，上厚泥，架木柴烧。

在午夜十二点时点火，在天亮之前，经过五六个小时的木柴燃烧，炕面已半干。在大清早又上第二遍细泥，压平、出光，再用小火烧，以防炕面干裂漏烟。事实证明，这只是基本成功了，但还有改良空间，第二次再盘炕，我会做得更好。”

事实胜于雄辩，炕神仙喏喏点头，他改用请教的口吻问子文：“你怎么想到用玻璃观察烟火流向的呢?”子文说：“当年，在生产队烤烟叶的烤房墙上，就安着玻璃片，作用是观察是否有烟叶掉下来着火，防止引起火灾，效果很好。当我盘炕遇到实际困难的时候，突然想到玻璃是透明的。”

炕神仙恍然大悟：“就这么简单？那可太容易了，我还当是你有什么绝活儿。”

子文笑了：“许多绝活和祖传秘方，其实就是一层窗户纸，一戳就破。”

炕神仙带着几分沮丧走了。

子文对劳动的认识就是学知识用知识，善动脑、勤动手，别人能做到的，自己肯定能做到而且应比别人做得更好，别人做不到的，自己通过动脑动手也能做到。不迷信他人，不崇拜他人。世上三百六十行，只要你投入，你努力，你就会比别人强。

第十二章

十一月份，当祖国最南端地区还在收割最后一季水稻的时候，强劲的西北风已频频侵袭着长白山区，气温迅速降低，进入了严寒的冬季。山上已经有了深深的积雪，运材盘山路上，积雪被汽车轱辘压上深深的两条冰沟，平行伸向远方，运材车的后轮又套上了防滑链。林业职工宿舍院子里的厕所中，大便冻成冰疙瘩一层层积累，一直摞到木头踏板上，人们不得不用钢钎把堆成山状的冻大粪撬下来。有人夸张地说，在东北三九天拉屎要带着棍子，不然，拉出的屎迅速冻结，下头冻在地上，上头冻在屁股上，土地和屁股被已经结了冰的屎连成一块，就把你定在那了！想走？那好，你就得用棍子敲碎那冰疙瘩！如果是三九天气里在地上撒尿，等你提起裤子，尿液就成了一层黄灿灿的冰。在室外呼吸，每个人的嘴巴都在吞云吐雾，呼出的气体变成了小水珠，沾在胡子和头发上，像一个圣诞老人。哦！子文闯关东的第二个冬天又来到了。

母亲的病情总是在冬天发得作特别严重，在这个季节就要特别注意。好在如今搬了家住在一起，可以随时照料，子文安心上班，妻子在家伺候老人和孩子。

没想到，安定的状态中，发生了一件意想不到的事，打乱了他们一家刚刚平静下来的生活。

这天林场场部办公室的工作人员到学校送口信儿，说接到林业局电话，距东北万里之遥的生身父亲从新疆来东北看子文一家，如今就在林业局寻找来夹皮沟林场的车！

子文很意外，来到林场一问，所有车辆都不在家，去林业局的大客车明天才有，乘车去林业局没有指望。子文毫不犹豫地回家，骑上自行车沿着冰沟道奋力向五六十里之外的汤河林业局驻地奔去。在路上，子文想象着，从未谋面的生父是什么形象呢？生父母出身豪门，新中国成立前投笔从戎随军南下参加工作，但新中国成立后屡屡为家庭成分所拖累，子文生下没几天即送与自己家原来的长工收养。后来生父母就被打成右派分子，发配新疆了。在以后的非常岁月中，生身父母为避嫌疑，与子文没有任何形式的来往。现在他们从家乡族人信中得知，子文已举家迁往东北，父亲从祖国的西北边陲乘火车六天，辗转来到祖国的东北看望分别二十六年之久的儿子。

子文虽觉事出突然，但生身父亲不远万里来了，舐犊之心可鉴，不管自己心存什么芥蒂，也得把他接到家里。没有班车去局里，他没有犹豫，马上穿上厚棉衣，戴上在山上伐木时戴过的狗皮帽子，在冰天雪地中奋力蹬车前行。

一个多小时后行至半路，林场班车迎面而来，车上拉满了林场的家属，有人发现了迎面而来的子文，就在车上大声招呼司机停车。子文敏感地意识到，生父就在对面林场班车上。他下了自行车，车上的人从车厢后挡板把他的自行车装到车上，子文爬上车后，车上的人对子文说："文老师，你看是谁来了！哦，还挺像。"

子文看到人群中间站着一个陌生的中年人，应该就是自己从未见面的生身父亲——给了自己生命的人。生父头戴羊皮帽、身穿厚厚的羊皮袄，满脸皱纹显示着许多年来经受的风霜雪雨，深度近视镜后面的一双眼睛正在凝视自己。

刹那间，子文不知道该怎么称呼眼前这个人，叫爸爸，还是按故乡习惯叫爹爹，还是叫爷。

父亲看着近二十六年没见过面的儿子，没说话，在人群的拥挤中费劲地脱下自己身上的皮袄递给子文："天这么冷，你骑车子行路会冻坏的，穿上它。"子文急忙说："我不冷，你赶快穿上，东北这天气你可受不了。"车上的人感慨地议论："这真是亲爷们儿！"

汽车继续前行，车上的人们十分关注这对多年没见过面的父子，好奇地等待悲喜交加的戏剧场景。子文心中没有那么多感慨和激动，他的脑子很乱：这个人来了，怎么面对亲爱的娘，娘能不能误以为是自己把他叫来的呢？娘会怎样面对这个人呢？还有，婶子的性格脾气，肯定对这个人的出现反应强烈，还不知会说些什么。啊！这人来了，会给自己带来怎样的变化，对今后会有多少影响呢？父亲看子文沉默不语，一时也没有多说什么。

车上的人们有些失望，大家没看见期待中父子重逢的场面。

到家了，娘从屋里迎出来，脸上的笑容很僵硬，这与老人家平时亲切待人大不一样，娘的声音有些走调："大兄弟你来了，没和弟妹一起来？她好吧？孩子们都好？"生父急忙拉住娘的手说："都好都好，大嫂，我来看看你，感谢你这么多年来把子文给我们拉扯成人，付出那么多辛苦，真不容易。"娘听到生父的话，面容越发不自然，她佝偻着身子走进灶间，对子文媳妇说："我烧水，你去陪着说说话，把子文叫进来。"

子文来到灶间，看见母亲眼中含着泪水，他诧异地问母亲："娘，你这是怎么啦？"

娘说："他怎么说这话？你是我的儿子啊，听他说话好像是我替他把你养大的，还说来感谢我！这……"

子文大吃一惊，对生父的不满增加了许多。他搂住娘的肩膀说："娘，我当然是你的儿子，不是其他人的儿子，他说这话你不要多想，谁的儿子，一切还不是我说了算？"子文给娘擦眼泪，又拍拍娘的肩膀说，"我的娘，你就放心吧。"

娘说："你快出去陪他说话，别冷淡了他，大老远来了，唉……"

晚饭后，娘给生父拿出新被褥铺在炕头最暖和的地方，又把子文的被褥铺在旁边。子文见状，对娘说："我的铺盖别铺在这里，我还在那间和你睡一个炕上吧，爹一路劳累，他一个人好好睡觉休息。"

子文低着头不好意思正面观察爹的神色，半天的接触，他甚至觉得，父亲的形象并非像小时候在家乡听说的那样。他有点邋遢，表述能力很差，行为也比较随便，为人不算精明，作为书香门第大家庭出身的人，他的知识面和兴趣爱好不广泛。各个方面都不像村人传说的那样。子文想，可能村人们文化程度低，就把父亲看得了不起了，在子文看来，他倒真像个破落地主少爷没改造好的样子。

子文原来对生身父亲抱有几分敬畏，现在完全没有了。小时候子文曾想，生身父母都是知识分子，弟兄们都能受到良好教育，肯定比自己有学问，比自己优秀，自己连初中都没读完就辍学务农，比起那些弟兄们来，自己一定是很落后的。可如今看来，自己是一个小有成绩的教师，弟兄们都是农场工人而已，如果说自己原先曾经对生身父母产生过一丝抱怨，此刻已荡然无存。

子文当着娘的面，保持着与生父的距离，故意多陪娘说话，这种微妙的情绪，生父也感觉到了，他对子文说："你领我去你学校看看你的工作环境吧，回去也好跟你妈说说，跟你弟兄们说说。"

在子文办公室里，其他老师们都上课了，生父轻轻叹一口气对子文说："子文，二十多年以来，我被打成右派、关过牛棚、挨过批斗、接受过改造，不管是什么艰难困苦的岁月我都不放在心上，唯有你，我始终怀愧悔之心。你养父养母也没文化，你孤单一人在这一家，生活受尽磨难，这些事情我们都知道，可是总觉得鞭长莫及，你……怨恨我吗?"

子文说："不，你想错了。今生我最庆幸的事，就是你把我送给这一家做了儿子。"

生父疑惑地说："这是你的牢骚话吧?"

子文说："这是真心话。你无须后悔更无须惭愧，我庆幸的是，我在你家是弟兄四人中的老三，既得不到老大在家庭中的地位，也得不到老四那样的特别偏爱，可我跟了养母养父，就是他们的掌上明珠，是他们的唯一，在我们家我既有地位又有宠爱；虽说你家是书香门第，可我的三个弟兄从小在你家长大，如今都在农场做工，我养父母家不是书香门第，可我如今是国有企业职工，一名热心于自己职业的人民教师；你们是大地主官僚家庭，这些年你们全家受到那么多不公正对待，受了那么多屈辱，可我养父母是贫下中农，我受到的挫折要小得多。

"这些都不是最重要的。你也知道，养父母虽然穷，可他们是最最善良最最正直的人，他们忠厚善良的品质教育和影响了我，使我成为今天的我，一个自以为不算落伍于时代的青年。我想，我所具备的，我兄弟们不一定能具备。你不用为我的这些话伤心，时代造就了你们那一代人，也造就了我这一代人。跟谁长大固然重要，我跟养父养母，就是我的幸运，这毋庸置疑。希望你不要曲解我的话。”子文故意将“你们家，我们家”这些字眼说得特别明确。

生父脸色凝重地说：“你的话，我很意外、很吃惊，可也很欣慰、很放心；没想到你这样成熟，只是我不能确定，你这番话，是为了解脱我的愧悔，还是……”

子文说：“什么也不是，全是肺腑之言。”

“好，我放心啦。你很有思想，处世为人很老练，对生活认识很深刻，这是我原来料想不到的，这是我东北之行的最大收获。唉！可怜天下父母心哪。今后你要多多与我们联系，此外我别无所求。”生父有些沉重地说。

“我如今正处于人生之路的上坡路，上有身患绝症的母亲，下有老婆孩子，除我之外，他们都没有户口，明摆着，下一步日子依然艰难，我还难以面面俱到。我与娘感情深厚，她永远是我最爱的娘，这是任何亲情所不能替代的。”子文说完，眼中充满了泪水。

生父长长叹息，对子文说道：“你很有良心。我很快就回新疆，我们保持通信联系吧。在你娘百年之后，请你到新疆一行。你好好孝敬你的养母，也要记得在万里之外，还有一个给了你生命的娘。今天说这些话，使我对你有了全面了解和新的认识，你当上教师，幸亏你叔叔，明天我们一起去看看他们，表示我的谢意。”

子文说：“你又错了。你千万不能认为，是他们替你养大了我、培养了我，在养母和叔叔的心里，我就是养母的亲儿子、叔叔的亲侄子，无需任何人感谢。你去表示感谢，会弄巧成拙的。”

无论子文怎样说，生父坚持要看望叔婶，子文只好硬着头皮陪他去叔婶那里。

当他们父子二人冒着零下三十度的严寒乘车辗转百里，带着一身冷气来到叔婶家的时候，婶子疑惑地看着身穿皮大衣的不速之客，她问子文：“这是……”

子文说：“这是新疆我的生身父亲。”

婶子脸上僵了片刻，勃然大怒，用手指了指子文，又指了指生父恨恨说道：“好，很好。你们父子两人合计好了是吧？子文，你个没良心的东西，我们家把你拉扯成人，现在你翅膀硬了，你又要飞了，跟你亲爹去吧！你……”婶子又指着生父，“看到子文成人了你来领儿子啦？你真会擎现成的，你倒省心啦。那也好，你领他走！你们一家团聚去！”

生父嗫嚅地说：“嫂子误会，我是来感谢你们这些年为子文所做的一切，并不是要领他走。”

婶子更是怒火中烧，用手啪啪拍着桌子说道：“你来感的哪份子谢!？我们自己养自己的孩子，还用别人感谢？笑话！不用多讲，两条路：一条是你父子两个赶紧回新疆去，再也别来；一条是你自己哪里来哪里去，与子文一刀两断，子文从今你死了这份心!”

子文痛苦地对婶子说：“在我心里，养父母永远比生身父母分量重得多，我从来就没有回归本家的意思。我有了这份我最热爱的工作，我很珍惜，这都是您的恩情，跟生身父母没关系。婶子你想想，如果我有回归的意思，应该是在农村当农民最苦最累的时候，不应该是在今天做教师的时候啊。我有我的娘，有我的妻子、儿子，我怎能随生父去新疆呢？”子文说着，眼中含满了泪水。

婶子顿了一会儿，说：“反正，我心中别扭，你们赶紧走人。”

子文哭着对婶子说：“婶子，我从小缺少亲人，生父来东北也仅仅是认亲罢了。亲人越多越好，不是什么坏事，对吧？婶子。”

这时生父插言说：“嫂子，亲人和亲情还怕多吗？”

生父话音未落，一直沉默无语的叔叔豁地站起来，一手推着子文一手推着生父，厉声喝道：“给我滚，滚出去!”不由分说，把父子二人推出大门。

父子两人无言以对，只好饿着肚子狼狈回到子文家。

子文心情沉重，他知道，父亲的到来，给自己与叔婶造成了较大的嫌隙，这种影响会持续多年，难以弥补。但是受打击最大的是娘，娘对自己情深似海，小时候把自己当成心肝，自己长大以后，就把自己当成依靠，尤其是在养父去世之后，娘把自己当成唯一的寄托。如今，她突然见到儿子的生身父亲之后的紧张心态，不比婶子差，虽说她不会像婶子那样发作，但在心中的反应却如大祸临头，觉得真是有人要来领走自己的儿子了。

子文生父的到来使她产生了巨大恐惧，子文没有太多机会和时间去安慰她，但是他想用自己的实际行为和温暖使娘坚信，母子多年建立起来的坚定情感是第一位的，打消她的顾虑。

使子文始料不及的是，这种恐惧煎熬着她那颗千疮百孔、不堪一击的心，她的病情在这种煎熬中进一步恶化。子文与生父从叔叔家狼狈回来的当天晚上，娘的病情加剧，咳嗽剧烈，可怜的母亲咳得喉咙沙哑，寝食俱废，伏在被子上剧烈地一声接一声地喘不上气，连呻吟都费劲，痛苦极了，短短的身躯时时弓起来抖动不已。子文抱着娘，叫妻子到林场求救，想用林场里的车送她到六十里外的林业局职工医院。一会儿，妻子从林场回来说，林场的汽车早去了局里，今晚不能回来。

慌乱中邻居们闻讯陆续到来，工会主席和学校的赵主任也来了，大家都没法找到一辆汽车。

江霞一直在炕上抱着母亲，不断给母亲捶背、捋这儿搓那儿，听说子文妻子没找到车，江霞放下母亲说：“半夜三更，到哪里找车去？这事只有去找李岚，看看有没有办法。”说罢一阵风似的走了。

不一会儿，随江霞进来一个女人，尽管她身穿厚厚的棉衣，围巾围着头，但掩盖不住她那窈窕的身材和娇美的容貌。她说：“快用被子把大婶包起来上车。”子文感激地说：“真是感谢您，哪里的车？”李岚说：“这不重要，赶快行动吧。”江霞马上动手很麻利地把母亲包好，李岚对众邻居说：“子文老师、江霞还有我，咱三个人陪大娘去医院，别人先回家，有事再说。”子文说：“你为我找车，已经帮了大忙，李岚姐，你就别去医院了。”李岚说：“这不是推让的时候，到医院你也没熟人，我去方便。”

江霞对子文笑着说：“你别客气了，李岚出马，什么困难都好办。”李岚说：“你别替我吹牛了，子文的媳妇——对不起，还不知名字，你看好孩子，照顾好新疆来的客人，我们先去，你不用挂心。”

令子文吃惊的是，等江霞抱着母亲，子文提着简单的行李摸黑出来，看到自己家门前停着的竟是一辆公安局的警车！他吃惊地问李岚：“哪来的警车？你真能耐。”江霞在黑暗中用胳膊肘拐了子文一下，子文闭上了嘴。

在腊月二十三零下三十度的天气中，子文如抱儿童一样抱上用被子包着的可怜的母亲，一步步爬上医院三楼。这时子文突然想起，在慌乱中，自己竟然没带一分钱！他急得红了脸，手足无措。江霞说：“你别着急，有你李岚姐在场，你只管放心，她是什么人？”李岚一边从挎包里掏钱一边说：“你少说几句吧，叫子文老师笑话。”说着就往一楼交款处走了。

住院手续很快办完，深夜里，李岚在护士站拨通院长家电话，不一会儿，院长和几个本院最知名的大夫陆续来到，院长笑容满面地对李岚说：“李岚女士电话通知一到，本人是招之即来、来之能战哪，患者是你什么人？”李岚嗔怒地说：“深更半夜地冻天寒来送病号，你还问关系？”院长说：“那是那是，你是热心人嘛。各位，马上到急诊室干活。”

李岚站在病房门口招手示意子文出来一下，她悄声对子文说：“子文老师，我这里还剩下这些钱，先给你留下用着，这张纸条上记着我家的电话号码，有事你可以给我打电话。”

子文一时没有反应过来，机械地接过钱和纸条不知说什么才好。心里只是在想，林场里才会有电话，就连学校里还没条件安装电话，这个李岚家却……

医院对母亲进行相应处理后，在下半夜送到病房。李岚和江霞嘱咐一下，告辞出门。江霞出门后，说忘记拿上挎包，又回到病房，对子文小声说，李岚在局里各部门没有叫不开的门，很热心，可你别乱问，一切等老人出院后再说。江霞说完一阵风走了，子文一肚子感激话还没来得及说。

病房里只剩子文和母亲，子文也渐渐平静下来。母亲一路颠簸和寒冷，加上在急诊室脱衣检验，瘦弱的身体直发抖。子文把另一张病床的棉被又加在上面，还是不行。子文知道，母亲的身体已经极端虚弱，浑身没有火力，盖的棉被再多也一时难以奏效。

子文想了想，他脱下棉衣，只穿一身内衣，掀开母亲的被子，钻进母亲的被窝，紧贴着母亲躺下，用自己的胳膊，像搂着自己的孩子一样抱着母亲瘦弱的身体，用自己年轻的热量温暖着母亲。

母亲在儿子怀中，很快就停止了抖动，体温渐渐升高，吊针打了一半，咳嗽也好了许多。子文知道，她默默地忍受着病痛，尽量不给别人添麻烦，她一生中有大半生就是在忍受病痛中挨过的，不知受了多少折磨，那么多劳累，那么多辛酸，那么多屈辱，这一切集于一处便集结成巨大的顽症，今天的病根早就种下了。这，或许就是命中注定的吧？

子文看到母亲的状况有所好转，渐渐平静下来。劳累一晚上，子文毫无睡意，他对娘说：“娘，我知道你的心事。新疆这个人来了，你不必担心害怕，没人能抢走你的儿子。我都成大人了，什么事情该做什么事情不该做，我心中自有主张。我都和你说明白了，一切的一切还不是我自己说了算？只要是我拿定主意，谁能改变呢？如果我有别的想法，还用等到今天吗？”子文在病房暗淡的灯光下，眼睛射出坚定的光亮，他看着娘的眼睛，娘的表情是欣慰的。他说：“娘，其实这个人来东北不只是来看我，也是来看你的。你想想自己的骨肉这么多年没见，要是换上你也会牵挂想念的啊！他来了最多就是多了一门亲戚，多了一家亲人，亲人越多越好嘛，有什么可担心的呢？只是他没打个招呼，来得太突然了。”

娘说：“他来你事先不知道吗？他怎么知道咱在这地方呢？”

子文笑着，把娘凌乱的头发向后捋了捋，说：“你当他是什么人，他是个文化人，也是一个见过世面经过许多事情的人。我问过他，他说是从咱山东老家他的一个侄子的信中得知咱家的情况的。我与他没任何联系。就是有联系又能怎样？娘，你就放心吧，他们在新疆也不容易，生计也很艰难，只是思儿心切罢了。他刚刚被平反放出监狱，就冒着寒冷，万里迢迢，从中国的最西北来到东北，他怀着寻子的愿望，没与儿子我有多少沟通，还遭到婶子的误解，弄得很尴尬；你的病情突然恶化，也肯定与他的到来有直接关系，虽然你没说什么，可我知道你的心情，今天我这样说了，你只管安心养病，啥事也不会有的。”

娘渐渐睡了，子文怎么也想不通，都是一番亲情，都为一番亲情，怎么会弄成如此局面？问题的症结在哪里？自己能处理好这些事情吗？二十六岁的子文在母亲的病床前毫无睡意。

“子文，你睡一会儿吧，我好多了。”原来母亲并没睡着。“子文，你不要犯难犯愁，过几天咱就出院，咱不必在这里花钱，我这病你也不要太操劳，我一辈子就没好过，我也认命。你从小就伺候我，从很小你就会熬药、会做饭、会洗衣，还像一个大人一样带着我到处求医问药，你跟着我，没享着福，可受了不少罪。你生父来了，按说我应该高兴，可我心里慌慌的说不出的乱，这一急，就病成这样，唉……现在我听你的话，放心了，你也应该好好地待他，大老远来了不要冷淡了人家。”

子文说：“我也在想这件事情，我看事情的根源，还是你想得太多、太敏感。你生怕有人抢走你的儿子，你想想这怎么可能？从小是你把我养大，咱们过了那么多苦日子，如今我长大成人，有家有业，又有了工作，还一起来到东北安了家。现在是难，等你们都有了非农业户口，我增加了工资，咱慢慢会好起来，我有信心让你们过上好日子，你说，我怎么会被人抢走？”

娘的情绪明显好了许多，她说：“你说的都对，我也知道是这样的。可我……”子文推了娘一下说：“你把心放在肚子里就好啦!”娘翻了翻身对子文又说：“你生父来了，你光照顾我，你父子没好好说说话亲热亲热，我心里也觉得不是个事儿。我出院后，你好好陪陪她。”子文说：“你不用管那么多，好了不说这些，你快休息，天快亮了，一会儿还要打针吃药。”

不管人间有多少苦难，时光依然按照恒定的速度行进，再过几天就到春节了，母亲的病情似乎稳定了一些，咳嗽剧烈程度减轻，子文心中稍安，但他知道这不过是药物作用，母亲的饭量日少，身体消瘦，躺在病床上瑟缩着就像一个婴儿。

妻子来医院看望，在家里包好了饺子用饭盒盛着，六十里路程，到了医院饺子已经冻成冰疙瘩。子文到锅炉房把开水灌满饭盒，接着把水倒出，再灌满开水，接连烫了几遍，饺子才热乎。母亲只吃了几个，就再也咽不下去。妻子对子文说：“你那个爹在咱们家很郁闷，他刚来到这里谁也不认识，从婶子家回来就很沉默。看到咱们家守着那么多木头，屋里连起码的家具都没有，他就叫我借来了些简单的木匠工具，给我们家做家具，他在劳改时还学会了木匠活，他说做完家具就回新疆。”

子文沉默着没说什么，妻子牵挂着家里的儿子和远道而来的公公，午饭后给娘洗了几件替换衣服就匆匆忙忙去赶车回家。虽说娘住了医院，这年还是要过的，起码也还得包一顿团圆水饺吧。

除夕下午，医院的病号绝大多数都坚持着出了院回家与亲人团聚，医院萧条冷落，悲凉气氛包围着子文娘儿俩。到除夕傍晚，全院病号便仅剩子文母子和一个林业局常年以医院为家的精神病患者了。医院本来规模就小，放假后全院仅留一医一护，锅炉房也基本停止正常供暖，处于维护状态罢了。室内温度很快降下来，身体虚弱缺乏活动的母亲冻得发抖，盖被多了，她又受不了重压，翻身困难，子文只好采用老办法，与母亲贴身躺下，搂着她那瘦得皮包骨头的身体，唯其如此，她才不发抖。母亲感到很为难，子文安慰母亲说："娘，小时候你搂着我睡，一直到我十多岁，后来我上学上到高小在学校住宿，我还不习惯呢！现在你老了没有火力了，我年轻有火力，给你取暖有什么不好的呢！"

吃年夜饭的时刻到了，家家户户亮起了盏盏红灯笼，条件好的人家还挂起像糖葫芦一样的串灯。鞭炮不时响起，街上有孩子们的奔跑和欢笑声。子文唯有将娘的被子裹紧，身体与她贴紧让她得到少许温暖。不知是不是母子相处多年的默契，他们都避免提"过年"二字，就像外面的热闹与他们没有关系，外面的声音根本就没听见。娘对自己的生死已很了然，尽管子文不会轻易说到"死"字，她自己倒不避讳。她在喘息中，轻轻地悠悠地断断续续对子文提出了她的要求："子文，我这病我心里有数，治也是治不好，一过了年咱就出院，不花这钱了，回家一样。我死后不要花什么钱，要省点。咱刚刚安家，我又住院，这已经很拖累你了，越是过苦日子越要好好关心媳妇和孩子。等熬过这几年，慢慢就会好起来的。"

子文听了母亲的话，知道母亲什么都想得很透彻，他对母亲说："娘，你不会有事的，你安心养病，医院会有办法的。娘，我早就对你说过，不管多少年后，等你去世，我一定将你迁回山东与父亲团聚，不会使你两位老人家居住两处。"母亲说："千万不要这样，哪里黄土不埋人，死了死了，死了就了了，你年纪轻轻，先要让全家过好日子，不要找上那么多麻烦。你看你媳妇，自进咱家门就没过一天安稳日子，还跟你跑到这么老远闯了关东，人家可是第一次离家，在家里亲姊热妹一大群，那是多大一家人啊，来了咱们家却孤孤单单的。都是我拖累了你们。"子文坚决地说："我不迷信，但是让你和父亲孤零零的，我不会安心，你和父亲受了一辈子苦，死了还分居两地，我怎能忍心。人活着不过百年，死了才是永远的事情。"母亲说："你看我还没死，咱们就说些死了以后的事干啥！今天还是过年的喜庆日子，也不知道你媳妇和孩子怎样过年。你那个爹来咱家，碰上过年，不但你们父子不能团圆，他们三个在家也过不好，唉，都怨我。"

半夜，窗外爆竹声彻天彻地，街上拜年的欢声笑语不断传进病室内。子文没有一丝睡意，他不知从万里之外来的生父与妻子儿子春节过得怎样，他们春节快乐么？啊，苦难何时离我们远去？

上午九点，妻子和生父以及儿子又从林场来到病房。他们是冒着零下三十多度的气温，挤在一辆解放车后厢中来的。子文为儿子脱下棉衣，心痛亲人们在天寒地冻的天气来医院，可同时也十分宽慰，亲人的团聚就是家庭最大的幸福。自从与生父看望叔叔婶子回来以后，生父变得沉默起来，母亲离家来住院时，慌乱中父子连道别也没来得及。此刻，生父依然默默站在一旁，看着子文抱着孩子亲亲热热，看着儿媳妇温柔敦厚、善解人意。她以她的善良之心去理解世事、理解家庭、理解眼前发生的烦难。是的，自打进入这个家庭以来，她以她的柔韧和耐心，以自己的勤劳，做好自己能做的事，分担亲人们的痛苦。她总是在子文最困难最需要的时候给子文以关心和鼓励，使丈夫重新鼓起勇气，坚持下去战胜困难，她坚信丈夫是一个有责任心、有能力、有抱负、有理想的男子汉，跟定他，做好自己的配角，早晚有一天会改变目前的一切。

子文放开儿子，解开他棉衣外面为了防寒缠绕的绳带，差点流下泪。母亲从被窝里把瘦骨嶙峋的手伸向孙子冻得发紫的脸，眼中闪过一星光亮。妻子打开用小棉被包起的包裹，取出饭盒，这是春节的团圆饺子，也是全家的年饭。子文把饺子用开水烫好，拉过一只小凳，让生父坐在母亲对面床上，全家人一起过这个刻骨铭心的春节！

第十三章

过午时分，母亲打完吊针就睡着了。生父与子文来到病房外走廊里，春节停止供暖之后，走廊里的温度比室外高不了多少。父子坐在连椅上，不知怎样进行这次艰难的谈话。生父点上一根烟，吸了几口说：“我从劳改队出来接到平反通知之后，第一件事，先来东北看你，没想到事事都出乎意料。看到你的成长、你的家庭，特别是我的孙子，我为你高兴。可看到你目前的处境我很难过很担心。你娘重病，你精心照料吧。这次见到你，我就放心了，比我想象的要棒得多，你好自为之。将来在你娘百年之后，希望你能赴新疆一聚，见见你的生身母亲，见见你的弟兄们。今天下午，我就从这里上路回新疆。”子文急切地说：“你万里赴吉，仅相处几天，就……”生父一声叹息，站起身说：“谋事在人成事在天，果然如此。你就不要送我了，好好伺候你娘吧。我给你做了一个饭橱，一个衣柜，做得不好，劳改队水平。”

子文陡然伤感起来，不知说什么才好，此时他甚至后悔自己几乎没有怎么和生身父亲亲亲热热相处过。他擦了擦流下的泪水，跟着生父回到病房，生父看着母亲已经睡了，示意不要叫醒她，提起简单的行李出了门。子文送他至病房门口，却担心母亲醒来，便与他分手，眼看生父一步一步走向医院病房并不算长的走廊，在走廊尽头拐弯处摘下眼镜又戴上……子文呆呆地站在病房门口，深深叹了一口气，想到生父万里迢迢来到东北，本想与自己、与娘交流一下这三十多年各自的人生经历，可没想到是这个结果……来了几天，他连最想知道的儿子的成长过程都一无所知。

子文在为生父叹息的时候，生父在遗憾之中却有着意外的欣慰：儿子不但从年龄的概念上是长大了，成熟了，而且那么优秀、那么坚强，有一个男子汉应有的素质，但他又有些疑惑：“儿子的父母大字不识几个，儿子本身也没念几年书，他哪来的这些知识学问，哪来的这些智慧和优良品质呢?”这些疑惑虽然没有找到答案，可是他觉得不虚此行。

出了正月，母亲坚决要求出院回家，她对自己的病情已十分了然，她看到子文在医院的艰辛，也想到治疗费的拮据，更想到儿媳与孙子在家的不便，她不顾医生的劝说和子文的请求，拒绝治疗，后来医生终于同意母亲出院回家。李岚在前几天刚刚来医院续交了治疗费，出院结算尚有剩余。子文拿着钱想先还李岚一部分，他感激这个与他从没打过交道的漂亮女人，可李岚不要，她说：“你正需要用钱，你母亲回家还得给她增加营养。我正想着再给你准备点呢。不用客气，你有了钱再还我。”子文感激得不知说什么才好。

在江霞过来的时候，子文向她说起李岚借钱的事，江霞神秘地笑笑，说：“她是个热心肠，你先不用还她，真的不急，你急着还她，她会不高兴的。你只要领她的情，给她个面子，比说什么都好。子文兄弟，李岚对我说过，她最敬佩的就是你了，现在你家庭出的事情多，她就是想帮助你。再说李岚的条件比我们都好，我倒是想帮助你，可也得帮得上啊。”

子文心想：“我与她素无深交，她却这样热心帮助，我什么时候才有钱还她呢!”

子文同出院回家的母亲睡在西间炕上，已怀孕数月的妻子带着两岁半的儿子住在东间炕上，子文白天要到学校上班，他已经快两个月没到学校上课了，心中很着急。上个月，校长打发人把他的工资全部送到医院，子文很感激校长和林场领导的照顾，没有因为他的事假而扣发工资。更令他想不到的是，工会干事送来家庭特困救济费，干事对子文说：“这些救济金是林场工会特别申请了局工会，直接由局工会批下来的大额救济金。这种救济金通常只在春节发放，发放对象主要针对工亡家属，对你家这次是破例。”子文感激地说：“谢谢工会的领导，真不知怎样表达了。”

俗话说“祸不单行”，此话果不幸而言中。怀孕数月的妻子在这种倍加艰熬的日子里，又要照料儿子，又要在白天伺候母亲，还得拖着沉重的身子做家务，负担并不比子文轻多少，加上家庭变故的精神压力、初离故土的思乡之情，此地又难以与他人沟通，心中着急上火，身体消耗很大，孕期里突发高烧，吃药打针不退，至高烧四十度时已陷入昏睡。场卫生所告知：“高烧不退会祸及腹内婴儿，必须到林业局职工医院住院治疗。”接连的麻烦使子文心慌意乱，母亲已经使他照应不过来，已经有身孕的妻子又生疾病，可真是束手无策了。幸亏邻居大娘婶子闻讯赶来，都积极表态说保证照顾好子文的母亲和孩子，让子文赶紧与妻子去局职工医院。东邻王大娘说：“文老师你只管先陪你媳妇去医院，别耽误事。你娘这里由我来料理几天，你尽管放心。你把你娘什么时候打针吃药、什么时候吃饭这些事交代给我好了。我保证把炕烧热，你娘和你孩子的饭，我在我家做好拿来这里吃就行了。”

子文感动地说：“王大娘，你伺候我娘几天，就给你添上很多麻烦，再在你家做饭，那真是……”王大娘说：“过日子，谁家没经过三灾六难？现在我在家没多少事，做饭嘛，我们自己家也要做的，你妈和一个小孩子能吃多少呢？不用跟大娘客气，快收拾去医院。”

林场工会主席带来五百元钱，他说：“这是我们几个人以个人名义在林场财务科借的，发放工资先扣我们的，这钱你先用着，不用急着还，更不用急着还我的。我老婆的工资比我高，她一个人挣的给全家吃没问题。”子文说：“你为我先借来，已经救了燃眉之急，我就很过意不去了，再扣你的工资怎么行啊？”主席笑着说：“我们家是双职工，怎么也够维持生活的，你就赶紧拿上，别再耽误了。”

主席急忙走了。学校的几个老师先后来过几个，他们转达了校长的工作安排，子文班级的事务由管理教务的赵老师代管，课程也做了相应调整。子文感激地对老师们说：“谢谢校长，谢谢各位老师，我给大家添了这么多麻烦，真是对不住大家。”

子文搀着妻子刚出门，一眼看见李岚和江霞两位丽人双双站在门口，身后停着一辆满载木材的拖拉机，正突突地冒着黑烟。李岚说：“正好家属副业大队的运材车要往火车站送木材，先把你俩拉到医院，等班车可是等不及，班车还早呢。”子文本想对李岚说：“上次母亲住院用的钱还没还清，现在又麻烦你怎么好意思?”话没出口，江霞推了子文一把，顺势拉着子文妻子的胳膊，把他们推上拖拉机驾驶楼。子文一边上车一边回头望着两位女人，怀着对邻居、对领导、对朋友和同事们的无限感动，点点头就上了车。他知道，说话多少已经不能表达感激之情了，还不如不说。

开车师傅子文也认识，他是山东老乡，还是邻县的，姓包，孩子就是子文的学生。包师傅对子文说:“你刚刚来到东北，就接二连三地碰上这些麻烦，真不容易。以后有事到局里找我，拖拉机是慢一些，可我几乎天天去送木材，不耽误事。”子文感激地说:“包叔，我来林场不久，没为大家做多少事情，甚至还不太熟悉，可大家为我做了那么多，我真不知怎样报答你们这些恩人啊!”

包师傅很健谈，他对子文说:“山东闯关东年代久远，今天的林业局几乎是山东人的天下。山东人千里迢迢，怎么站住脚坚持下来的?就是凭老乡们的相互帮助啊!先来的帮助后来的，有条件的帮助没条件的，后来的又帮助再后来的，一代一代就这样帮助下去，谁也不图回报，像接力棒一样。只有这样，闯关东才连绵不断。这一点，在山东老家体验还不深，来到关东才知道，再能的人也要大家的帮助。你如今有难处，也是临时的，以后你也要帮助别的人。一个人能耐大小不是最重要的，人品好，为人善良多做好事，这也同样是对大家对社会的帮助。你不要愁，慢慢就会好起来的。你心里时刻记得你是山东人，你身边都是老乡，你就一定会得到帮助，你也会积极帮助别人，永远不会孤独。”

子文连连点头，心中想:“我子文何德何能，得到大家如此厚待，自己何时才能回报呢?”

在医院，妻子经大夫诊断，确诊是肾盂肾炎，连用了四天青霉素，病情才得到控制。妻子在妊娠期注射如此大剂量的抗生素，给她以巨大伤害的同时也给腹中胎儿带来了致命的伤害。这几天中，子文着急着妻子也惦着母亲，相隔几十里山路不能分身，还挂念着不到三岁的儿子。命运多舛，由于大人的拖累，儿子在这几年中同样辛苦备尝，不时地感冒咳嗽，以至于形成习惯性扁桃腺发炎。在母亲与妻子同时重病时，他是怎样生活的?子文心乱如麻。妻子住院期间，林场不断来人带来家中的消息，知道母亲还算稳定、孩子还算健康，他心中稍稍安定。

林业局教育主管部门来通知并附有省教育厅文件：凡在教育岗位上的教师，都面临着“文革”结束后各行业专业人员的职务调整工作，所有工人队伍中从事教学工作的教师需进行文化“双补”，补知识，补学历。先期工作就是对教师文化摸底考试，这次考试成绩将计入个人工作档案，并对今后的工作岗位、资格、定级等一系列事宜都会产生深远影响。

校长传达完文件后强调：“这是相关每一个教师今后的工作以及前途和利益的大事，成败关键都掌握在你自己手中。我对大家很了解，我希望，我们都要提高信心。以工代教教师水平是差一些，但我们无须失去信心。我也是半路出家，从部队来企业又干了教育还当了校长，不也当了这么多年？局直属学校那几个所谓校长不也就那么回事儿？有啥？那些教师有多少是高水平？还总看不起咱们沟里的学校？这次是平等竞争，行不行看自己。命运掌握在自己手里了，看你能不能把握住。”

校长虽然故作轻松，可每个教师心中依然沉甸甸的，像压上一块石头。

“要参加考试?”子文很兴奋。自从当年辍学以来，十几年的艰苦劳动和艰难的生活中，考试这一显示个人实力的选拔形式对于他已经很陌生了。在自己现在的岗位上，考试是针对学生的，如今就要临到自己头上，他突然紧张起来。虽说自己喜欢看书学习，钻研知识，在教师队伍中感觉尚不落伍，有时还感到比之同行中那些“文革”之前师范毕业的中年教师有一定优势，可真正严肃地面对，还是心中无底。老师们发牢骚说怪话，发泄对考试的不满，子文对考试没有反感，也好，通过考试，一则是衡量一下这些年的努力，自己到底有几斤几两，二则促进一下自己的上进心。

子文在侍候母亲的漫长过程中，利用零碎的时间抓紧补习。自己有多少实力他心中没有底，也没有应付考试的经验，初中未毕业就辍学又干了近十年庄稼活，又经历了那么多波折，自己还有多少文化积淀呢？平日的田间地头劳动中不系统、无选择地看书，能有多少知识含量呢？在做教师不到一年中，又有多少新的收获呢？这次摸底考试，能不能成功留在教育岗位而不被淘汰呢？

理智告诉他，自己必须认真面对，要担起沉重的人生责任，自己抬不了木头，挣不到七级工，单薄的身体和消瘦的肩膀注定自己在林业中不能凭拼体力吃饭，母亲和老婆孩子需要他努力工作，使他们有安全感和依赖，自己没理由成为一个人生路途中的落伍者。母亲是人间一流善良的母亲，妻子是与自己患难与共无怨无悔的贤妻，儿子是漂亮可爱人见人夸的孩子，自己没理由使他们沦于更深的苦难。一定不能放松自己，不可以给自己一点懒惰的理由和偷懒的机会，得学会坚持，学会咬牙关。

已是三月份，教师的上岗考核迫在眉睫，教师们都紧张地临阵磨枪。韩桂信心不足，摆出破罐子破摔的架势，却故作轻松依然在操场上练习投篮。她明明知道，这次考试不分科目，只考文化课，她对子文说过，她不想在这里教学了，要调往局里她父母身边工作，弟弟在外地，父母需要她。最紧张的是那些希望考好但又不想下工夫的人，这些人正在押宝似的猜题，也有人用很小的纸片，写上蝇头小楷，无非是答案提示之类，却未必有用。

吕老师对大家说："我班里有个学生叫肖中为，他简直是有特异功能，可以看到前面五张桌子之内学生的答案，能看到左右三张桌子之内学生的答案，能看到后面两张桌子之内学生的答案……"老师们说："这真是神眼，是练出来的，还是你训出来的？你露两手大家开开眼。"吕老师说："这肖中为还有更神的，他用眼睛看着别人考试卷上的答案，同时用手在自己试卷上不停地写答案，该写哪里写哪里，不串行不错位，填空、选择都不错地方，你说服不服？"总之，这些教师把从自己学生那里学来的考试作弊手段和多年来对付学生的经验发挥得淋漓尽致，只有周期宁老师沉默着，对其他老师们考试前的情形不屑一顾，似乎考试与他无关。子文妻子出院后还很虚弱且肚子也越来越沉，白天子文下班回家尽量分担一点家务，只能把应付考试的准备工作放在夜晚，一天的时间在子文这里顶两天用。

三月底的一个周日，教师们到林业局第一中心小学考试，据说是由省教育厅教育处和地方教育局来人监督考试，考试规格之高是前所未有的。子文盼望自己这个半路出家也没受过什么正统教育的人能顺利过关。到了林业局第一小学，看到全局小学教师竟有四百二十个之多，来自十四所小学校的教师们第一次聚集一起，男女老少高矮胖瘦高雅文静粗俗形形色色，穿戴随便的入时的不一而足。在大操场上，大家半生不熟彼此打着招呼，并打量和揣测别人、揣测自己是比别人优还是劣。很多人嘴里说："这次考试你应该行，我不行，我肯定考得不如你。"心里却在想："我怎么也考得比你好，别人不了解你，我还不了解？绣花枕头一个，好看不顶用！"子文看见本校的吕老师正在低声下气地对中心小学的一个教师说："老同学啊，你是高材生嘛，正好咱们前后桌，你可帮帮我啊。"子文满脸憔悴瘦骨嶙峋衣冠不整一副农民的样子，在这群人中显得很不入流，除了本校同事并不认识几个人，心中突然有了自卑感。女教师大都刻意装扮，想在心理上占优势为自己壮胆，男教师们都穿得笔挺，虽显得不自然却也装出一些自信。子文惦记着家中的病人，心中很乱，直到进考场的铃声响了，才如同战士听到冲锋号一样，只有奋不顾身地向前冲啦！

他最后走进考场，故意绕向讲台位置，停住脚步望着对面一排排课桌，教师们已经对号入座等待监考人的到来。子文站在讲台上居高临下心中想："什么时候我能站在这个位置给你们授课，你们等着，会有那一天。"说大话确实能壮胆，心理上好像真有了底气。考下第一门，自己心中觉得尚无大错，答完试卷，子文却担心起来，这些试题难度不大，别人很可能比自己考得更好吧？出了考场，却看到几个漂亮入时的女教师惊慌失措地怨自己这道题忘了那道题大意了，遗憾沮丧溢于言表，失望的神情很夸张。考第二门时他看见，有几个年轻漂亮的教师没有入场，嘻嘻哈哈相约着去了商场，明显是放弃了。子文估计，大家并不像自己想象的那样比自己考得更好，因此心里安定下来，比第一场沉着了许多，思路也更清晰，状态也良好，总算应付完了这场考试。

四月初，校长去局教育处参加教师考试总结会议回来，进了办公室一脸严肃，大家等待校长公布考试成绩，忐忑不安地看着他的脸。他慢慢脱下外衣坐在桌前一言不发，这使大家心中很没底，思忖着自己肯定考砸了或大家都考得很差，既期待他带来的消息却又不敢问。校长突然宣布："全体教师听我宣布考试成绩！这次摸底考核全局所属学校有四百二十一名教师参加了考试，教育处对考试成绩个人总分排了名次。嗯……"他喝了一口水环视了大家一遍开始念成绩和名次，"××老师多少分，全局第123名……×××多少分第99名，还不错……"最后一个才念到子文，他威严地盯了子文片刻，"子文，197分，全局第一名。"

全体教师先是愕然，继而表情复杂起来，但多数人的表现还是高兴赞许和意外。唯有校长不动声色。子文的这一成绩他自己也很意外，这是继听课风波之后的又一次露脸吧。

“天不负我。本来想着能过关考核及格就行，没想到把大家估计过高把自己估计过低了，总算是在进入教师行业之初便初战告捷，为自己在教育界的立足打下了良好基础。”他心里想。

不久，林业局教育处给子文等老师们下发了盖有省教育厅专用印章的“教师岗位过关证书”，子文的证件上有编码，是第 0001 号。子文好奇地找到教育处的管理人员，要到一份全局教师考试成绩表，在表格上面，他用笔划出下面第二名成绩的老师叫李凤，第三名成绩为王茹，看来都是女的。他不认识这几个人，但是，他知道，这都是些优秀的人，肯定有很多长处值得自己学习。

1979 的春天姗姗来迟，山坡后面的积雪厚厚的像铠甲，阻挡着春天的气息。阔叶林枝头，叶苞上裹着冰碴，还没有生长的迹象。长白山腹地的人们，身上穿的还是冬天的棉衣。山川沟底的阳坡道上，地表温度开始上升。这是最令人讨厌的季节。一到中午，道路上的冰雪表面开始融化，冰水渗不到厚厚的冰土层里去，汽车压过、行人路过，就形成稀烂稀烂的泥水，脚一踩，泥水“吱”地一下射出老远，汽车碾压过来，泥水能使道路两边的树上挂满泥浆。汽车老远来了，人们惊慌失措择路而逃，唯恐避之不及，否则你的棉衣会被泥水溅得满满一身就像迷彩服一样。傍晚结冰，中午复如是，反反复复持续一月。木屋檐下，挂上了长长的冰溜，石钟乳一样壮观，进屋门要小心，否则冰溜掉下来就钻进你的脖领里面。

子文的母亲一天不如一天，皮肤干干的黑黑的紧裹在骨头上，像个木乃伊，眼睛深深陷下去，眼珠黯然无光，吃饭喝水的吞咽功能几乎丧失，说话声音微弱难辨。子文多次与母亲商量，再去住医院治疗，母亲坚决不去。她心里明白自己去日无多，不愿意再浪费钱财增加儿子的负担。

5 月 4 日上午，子文正在上课时，妻子突然来到学校神色慌张地说：“咱娘很不好了……”子文把课本一扔，顾不上给校长打招呼，拔腿跑回家。娘已在弥留中，子文扑到娘跟前大喊：“娘，娘……”娘的眼神暗淡，看了他一眼，嘴唇动了几下没有说出什么，鸡爪子一样的手颤抖着。子文急忙把自己的儿子推到娘的跟前，三岁的儿子此时像个小大人，两只小手拉着奶奶的手，口里喊着："奶奶，奶奶。"娘的嘴角动了动，面容似笑非笑，眼角流出一滴浑浊的泪水。子文对儿子说："儿子，你看清楚奶奶的面容，不要忘记，不能忘记！你记住，一定要永远记住，明白吗？记住没有？"这时母亲几乎没有了气息。子文推开儿子，他伏在娘的身上，把脸紧贴在娘的脸上，他知道今后娘再也听不到他说话了，对娘做出最后的承诺，叫娘放心而去才是最最必要的，他对着娘的耳朵说："娘，娘，你不要走，你等等，我还要和你说话呀！娘，我知道你不放心我们，我对你保证，咱家一定能走出这一步，我一定把你孙子培养成人才，一定给你儿媳找上一份好工作，我会使咱家过上好日子的。将来，我一定把你搬回家，让你与父亲做伴，好吗？"娘似懂非懂，嘴唇动了几下，头一歪就去了。

几分钟后，娘脸上半年多始终痛苦的表情慢慢退去，恢复了很久以前的那种安详和平静。子文大声哭喊，妻子儿子也哭喊，子文虽说早有思想准备，事到眼前，还是不能接受。自从父亲去世，母子相依为命十二年，母亲把他拉扯大。如今自己长大成人，还成了家，可是娘至死也没过上一天好生活，没有享着一天的福，至死也是受尽病痛折磨，娘，你苦啊！

子文泪如泉涌撕心裂肺地唤她，浑身像虚脱一样酥软无力。妻子哭着拿来早准备好的寿衣。不一会儿，闻讯而来的场领导、工会领导和邻居朋友同事全来帮着料理，林场派专人为母亲赶制了一副足有半吨重的红松木棺材，这是母亲丧事中唯一的豪华物品。子文对林场领导、同事、朋友从心里感激不尽，这是永久的恩情。

林场粮店的张叔叔来了，这是子文的学生家长，他把子文拉进里屋对子文说："文老师，你是知识分子，不知你信不信，大嫂子去世，你想不想给她找一处好风水墓地，为她着想也为后人着想；俗话说宁可信其有不可信其无，如果你信，我能给你请一个人。"子文说："张叔叔，那当然好啦！我娘的丧事这样简陋，能给她老人家找个好地方，也算一个安慰。这件事我事前没想到，还是您知道事情多，谢谢您，拜托您啦，叔。"子文急忙拿出一盒烟卷塞给张叔，张叔一会儿就领着一个姓徐的老者来了，此人留着罕见的长须，戴一副茶色眼镜，面目清癯，颇具几分仙风道骨。他把张叔和子文领到林场西边二公里叫做"高丽房"的地方，这里背靠山，前临河水，过了河就是两个山头，中间视野突然长远。徐师望着前方遥指说道：“东南边气正旺，此坟在这里稳靠北山凹处形如太师椅，脚下是河，水有生命活力，也象征财气，往南两座山川中间则通风通气象征官气，一条大路通向四方无所不至，此地是风、水、气、脉俱全。老夫早看中此地欲留下作为自己永居之处，听张老弟介绍，逝者母子并非亲生，由此情状可知子文孝心非同一般。做儿子的孝心可嘉，就将这块宝地献出，老夫敢断言，今后此门可出一名状元人物！”子文觉得这老者不俗，感激地说：“谢谢徐师，但愿今后全家平平安安就感激不尽啦！”

子文原先所在的原木工队队长，主动承担墓地挖掘任务。虽然已经开春，可冻土层比石头还坚硬，队长一声令下，动用钢钎打上炮眼，装上炸药，点燃引信，一声巨响，完成了任务。

在母亲死后第二天，相距六十里路的太平林场的婶子到了，子文心中感到又多了依靠，同时也很对这位长辈打怵。老人家在五月初的天气里，身着呢子大衣、狐狸皮领子，坐在炕上抽着烟卷，且一反常态说话很少，对前来帮忙和吊言者很冷淡。这种尴尬局面使子文很为难，他想打破这一局面。东邻赵婶过来料理事情，子文指着婶子对赵婶说：“这是我婶子！”然后又转身对婶子说，“这是东邻赵婶，她在我娘生病期间，不断地过来看望我娘，在住院期间，家务活都是赵婶帮着照料。”赵婶热情地说：“我们是邻居，帮忙都是应该的，嫂子你来了就好了，子文年纪轻轻拉家带口老的小的已经很不容易，如今娘又去世，真是难为他了。唉，子文还是个孩子啊。”婶子冷冷说道：“他不容易，有你们呢。”赵婶噎了一下，没再说下去。

作为子文家的长辈，婶子到底没有主动与邻居们寒暄，没有向他们对子文一家的日常照料表示谢意，而是居高临下不屑一顾。子文很失望也很不解。邻居王婶进门也是急忙向婶子热情招呼：“嫂子这么远来了，子文就有主张了，这么年轻遇上这种事，幸亏有您哪。”婶子没说话，慢慢抽出烟卷，拿出一只很亮的打火机“啪”的一声点着，喷出一口浓浓的烟雾。子文对婶子说：“这是王婶，在我娘住院期间，您侄媳也病了，您孙子全凭她一家照料，有时就在王婶家吃住……”婶子脸色大变，脸上的肌肉抽搐起来。王婶赶紧去厨房帮忙，心里疑疑惑惑的。后来厂长、工会主席等领导进来，子文再也不敢介绍了，只是讪讪地应付着，心中很无奈。子文很疑惑，不知为什么，自从自己接班当了工人，遇上安家，又遇上母亲病亡、妻子儿子接连生病，婶子为何从不过问，今天还采取这种态度呢？

第十四章

晚上，大部分邻居和亲朋相继告辞，婶子坐在炕上很少说话，子文坐在母亲灵前很孤单。当年父亲在山东老家去世，虽说同样无直系亲属，可是众多亲戚还不少，当时母亲还在，舅舅、姑姑、大姨二姨等都住下帮助母亲料理父亲的丧事，有事大多还是与母亲商量。如今是在东北，这些亲戚远隔数千里，不能赴丧，林场和学校领导的关怀、邻居和朋友们的热心帮忙是另外一回事，一切事情全靠自己和妻子拿主意。妻子拖着沉重的身子忙累一天，嗓子也哭哑了，坐在炕沿上对子文说："你也歇歇吧，不用犯愁。"子文悄声对妻子说："你多多注意别累坏了就行。你把咱们结婚时做的新被褥拿出来铺在炕头上，先让婶子她老人家休息。我再坐一会儿，想一想明天的事。"

婶子躺下以后，子文又坐在母亲灵前，他很内疚，母亲的老衣服太简陋，母亲的葬礼太简单，他觉得很是对不起母亲。

第三天，出殡的日子到了，屋里和院子里站满了等待帮忙的人，工会主席站在院子里对大家说："大家先别急着动手啊，我看还是成立一个治丧领导小组，有了一个临时组织，行动起来才有条理。这样，这组长就是我了，"主席掏出一个小本，宣布组阁成员，"一、抬棺材用壮劳力，管纯为首组织劳动力壮汉八人；二、林场汽车队排一辆大解放车运棺材，一辆拖拉机备用，包师傅负责调度；三、江霞领几个女人负责烧水做饭到职工食堂借饭桌凳子等；四、学校的赵老师，亲友们送的礼仪份子钱，我看这件事就由你代劳吧。"

管纯不耐烦了："主席别白话了，就说谁干什么就干，还一二三，你做报告呢?"话音没落，头上挨了一掌，回头看看，人们都绷着脸，无法判断是谁恶作剧。不过，主席这一安排，效率高了许多，一切都理顺了，子文紧张的心总算松弛下来。

起灵时刻，子文心如刀绞，与母亲从此阴阳两界，永不再见，他哭嚎着，头顶着棺材的前部，觉得他只与母亲隔着一层木板，距离并不遥远，他的话，母亲还能听得见。想想自己长大以后的这些年，和母亲说话少了，今后想说也是不可能了。巨大的悲痛又一次袭上心头，他声嘶力竭，疯狂地用头在棺材盖上一下一下地撞，管纯从背后抱住他，他挣扎着，很快嗓子哑了，泪流不出了，终于被管纯拖着，坐在地上呆呆地像一个白痴，只是无声地呜咽，失神的目光像一个盲者。

管纯为首的八个一等大汉，围在棺材四周，搭上手，管纯一声呼喝，棺材纹丝不动，小管对工会主席说："棺材板太厚，又是鲜木头，抬不起来，就是抬起来也装不上车，怎么办?"大家面面相觑，李岚对主席说："调吊车。"主席说："吊车都在山上作业，就是场长下令，今天也来不及了，耽误事，最好能借到林业局以外的吊车。哎，李岚，你一定是有主意了，就拜托您这个能人，别人谁也不行。"李岚打了主席一拳，转身走了。

林场附近公路站的吊车很快完成了吊装任务，当棺材被吊车吊起，将要放至挖好的墓坑，大家即将开始填土，子文跳下墓坑，又一次抱住棺材，大声喊道："娘，你暂时先住在这里，很快，我会把你送到关里老家，去找我父亲!"

一抔带着冰雪的黑土终于把繁华世间与未知的阴间分开，不管多么亲近，不管有多少恩怨，都会随着时间的流逝渐渐淡薄，唯有那份思念和留在心底的遗憾与日俱增，永远不能忘怀。母亲一生孤单，在人世间的夹缝中艰难存活，终于经不起贫困、疾病、惊吓、压抑，早早离开了痛苦的人间，也在子文心里留下永久的不能愈合的伤痕。广袤的长白山腹地一处人烟罕至的山谷入口，偶尔山风刮来，松涛声似沉重的叹息，黑松林上空，时有大乌鸦盘旋，发出啊啊的喊叫，子文很害怕听见这苍凉、凄惨的叹息和哀鸣。

母亲终于入土为安了，工会主席在职工食堂为大家安排了午饭，可是，人们从墓地回来大部分直接回家去了，子文和主席拦也拦不住。

心中的悲痛未去，但身心负担轻了许多。送走婶子之后，妻子对子文说："头发该剪了，衣服该换了。半年没脱过衣服睡觉，半年没有洗过澡了，脱下内衣我给你洗洗。"子文想也是，他把内衣一脱，一股怪味冲出来，子文很奇怪，平日怎么就没闻到这种味道呢？脱下内衣一看，里边那么多虱子和虫卵，妻子用开水一烫，里面漂了白花花一层。子文奇怪地说："什么时候就生出这些东西呢？身上也没觉着疼痒啊！"妻子叹口气，看着子文的身上苦笑说："你看你身上的灰垢，都粘在了内衣上，你用指甲一抠，一准抠下一团。几个月了，什么也顾不上，赶紧去林场的职工浴池好好洗洗。"

接着，妻子拿出一沓子钱递给子文："这是大家给咱娘凑的份子钱，一共是七百九十多块。"子文感叹说道："咱们刚来不到一年，与很多人还不太熟悉，大家对咱们真是照顾，辛辛苦苦帮忙一天，连饭也没吃就走了。咱心里不过意，这些恩情慢慢报答吧。唉，咱娘没去世的时候，有这些钱就好了，现在人没了，有了这钱……"

在子文的经验里，三岁的孩子是很难记住一个人的面容的，他决心叫自己的儿子永远记住奶奶的形象。他每天总会指着母亲的遗像问儿子："这是谁？"儿子刚刚离开亲爱的奶奶，心里还难过着，爸爸一问他，他就两手拿起奶奶的黑相框，许久沉默着，像个小大人。后来子文隔几天问一次，有一天儿子对爸爸说："我会一辈子记住奶奶的模样，忘不掉的。"

这天，子文收到一封婶子的来信，信中写着："子文你顶替接班，当了工人、当了教师，心里只记着别人的好却唯独没有我们，你林场的什么东邻居西邻居和领导都是好的，只有我们不好？他们这样好那样好，你怎么不接他们的班呢？你娘死了减轻了经济负担，往后你每月给我十元钱；还要向我和你叔赔情道歉，承认眼中无老人的错误，并在你场的广播喇叭里向全场广播你对我们的不孝。"

子文看完把信递给妻子，妻子看完叹了口气："老人糊涂啦，子文你每月工资 58 元，养着咱娘还有我和儿子三个没有户口的人，每月买粮票就得 30 元，孩子五六岁常年吃不到一块饼干和糖块，母亲住院的费用全凭用老家旧房卖出所得，现在我又怀着孩子，每月再拿出10元给她老人家……当然孝敬她也是咱的义务，但眼前这些困难又怎么过？咱娘生病借下的钱还不知啥时还……”子文坚决地说：“无论如何，婶子的要求，咱们坚决做到。生活是难，你看人家的孩子吃什么穿什么，咱的孩子一个月都吃不到一个鸡蛋。但是咱一定满足婶子的要求，每月给她十元钱，咱娘没了，家庭开支少了些，能挤出来的。已经是春天了，地里开始化冻，我打算，今后礼拜天，我去山上偷偷地开出一片地，种上玉米、土豆、蔬菜，能省下一部分粮食，少买粮票，钱就省下一点。我们买不起肉鱼鸡蛋，多买点菜籽油。只是你要生孩子，真委屈你啦！你也不要愁，‘面包会有的，牛奶会有的’。”

婶子信中还要求子文必须通过林场广播喇叭承认错误，他不知怎么做这件事，和工会主席商议，主席大笑：“这事好办，交给我处理好了。你回家等着吧，不用你管。”主席说完，竟然把子文推出办公室，随后就关了门。子文想，主席可能会给婶子的林场工会打电话，请那边的工会给婶子做做工作，绝不能上广播，可丢不起那个人！子文回到家中，大约半小时以后，林场中午下班时分，职工俱乐部房顶上四只大喇叭开始广播，先是一段《东方红》，接着是节目预告，然后是本场新闻：“下面播送的是我场学校老师子文同志和一篇广播稿，题目是‘我的检讨书’——亲爱的叔叔婶子，不孝的侄子向您老人家检讨如下：一，婶子来帮我料理母亲的丧事，我只说了对林场领导、邻居和同志们的感激话，没有对婶子表示感激，我做得很不对，今后我只说你们的恩情，不再提起其他人的关怀帮助；二是今后保证每个月孝敬老人十元钱，发下工资按时送去绝不耽误……”

子文在家听见工会主席竟然真的按照婶子的要求广播了，心中扑通扑通乱跳，急忙向工会跑去，人还没到，广播稿已经念完了。子文对端坐麦克风前的主席说：“主席，你这不是出我的洋相吗！你还真就这么播出去了？你叫我今后还怎么做人啊！”主席呵呵大笑说：“你看效果，看效果。贬义的内容，不一定是批评和指责。我认为，你的婶子做得过分了，我顺势把事情进一步推向极端，其结果就是物极必反，大家自有公论。”

果然，这篇广播稿马上引起全体职工和家属的关注，纷纷对婶子提出指责："子文的叔叔是离休干部，全家都挣钱，他们收入高出子文若干倍，要子文十元钱，一家就寸步难行，但十元钱在他婶子手中还不够她喂猫的呢!"子文听了大家的舆论很难过，可他无法辩解。

谁知此事还没完，主席还给婶子所在林场的工会打了电话，请他们转告婶子和叔叔，说子文在本林场公开检讨了对老人不孝的事情。此事迅速传遍了婶子所在的林场，老乡们纷纷指责婶子对侄子太过苛刻，婶子的表哥指责说："孝敬长辈是应该的，也得有条件，你侄子刚刚来关东，就遇到这么多的艰难，经济状况又这么紧张，当老人的也可以在这种时候拉扯拉扯他们嘛。"婶子对他表弟说："钱可以暂时不要，可是子文在他林场那么多人面前，不给我面子，他心里只有那些人，这个那个帮了一点忙就挂在嘴上，我对他那么大恩情他就忘了?"

表弟说："我的姐姐呀，你是糊涂了怎么的?子文是懂事的，他把你当自己的亲人、自己的老人，甚至在她母亲去世之后，把你当作唯一的亲人，他是拿你当他母亲一样了，对你的感情是实的，还能把接班顶替的事总挂在嘴上?那你成了子文的什么人了?他的邻居、领导、朋友们再好，子文也是拿他们当外人，就有必要感激人家，有必要挂在嘴上。依我看，子文做得很对，比你懂事多了。你说你多愚蠢，还叫他公开检讨，这可好，你的脸面自己先丢了，上哪里找回来?你这大年龄，虚的、实的都分不清!"

婶子很后悔，又一次叫子文去，子文心怯不好意思去，妻子就挺着沉重的身子去了四平林场。婶子对子文妻子说："子文这傻瓜，我写信不过是出出气，也不是真的就想怎样，他怎么就真的把自己家的事情乱公开，还真的就广播?这是丢他的人还是丢我的人?"子文妻子真诚地说："我和子文打算好了，无论多困难，无论债务多么压人，我们都每月给您十元钱孝敬您，这是应该的。我们会有办法解决困难。"

有一天，工会主席又向子文提到此事，子文说："大家是同情我，我理解大家的好意，但是一家一个天，好多事情大家不太了解，拜托主席转告大家，不要再提我老人这个那个，是我应该做而没做好，是我有过错。"主席点点头说："做人还真难。"

1979年暑假不期而至，进入夏天以来，每个周日子文就在后沟的山上开荒种地。子文戴上帽子、扎上裹腿，肩扛锄头镐头镰刀，背着筐，沿着山上的一条羊肠小道，爬上去，到了山梁，羊肠小道消失的地方，就是一片次生林。镐把粗的小树茂盛的枝叶郁郁葱葱，东北的夏天是短暂的，各种植物都抓紧时间生长，枝头挑着的嫩叶，一夜就能蹿出一大截，缠绕在树枝的藤萝，一天就盘上几圈。次生林阳光充足通风好，是植物种类最多的地带。子文用搞头刨开植被，把新树叶旧树叶和已经腐烂的树叶一层层扒开，下面是黑油油的腐殖土。子文将一片长满杂草的次生林土地开垦成菜地，他知道这是林业局所禁止的，但是，没有办法，子文夫妇再怎么精打细算，还是不能养活一家人。妻子将要临产，三岁的儿子和大人一样粗茶淡饭，比人家的孩子瘦多了，正是长身体的时候怎么能行？先不管这些，被发现了再说。反正林业工人家庭几乎每一家都在山上有小片地，有的甚至还不少。子文一边劳作，心里还想："书上说，旧社会有好多人偷偷在深山种植大烟获取暴利，就是这个样子吧。"

子文十分喜欢这片土地，他本来就是一个出色的庄稼人，对土地有着特殊的感情。把土豆切成小块，均匀地种在新开的土地里，十来天以后就发出茁壮的幼芽，半月以后，就长到几寸高。新开的黑土地特别适于种植土豆，产量高质量好，不用施肥不用浇水，只要把杂草锄净，就会长出圆圆的土豆。除了在山上秘密种植，子文家的前院后院一片碧绿，连前院的地窖上都种上了豌豆，蓝色的小花在碧绿的棵秧中绽开，水灵秀气。木杖子（篱笆）上爬满了扁豆，木板搭起的厕所顶上，红皮南瓜沉甸甸地隐蔽在肥大的叶片底下，菠菜已长得盖了地皮，可以拔着吃；鸡棚的前墙已经打开成为敞开式鸡笼，不时传来公鸡打鸣和母鸡下蛋后的欢叫。整个院子一片生机勃勃，使人心旷神怡。母亲去世两个多月，心中悲痛稍稍减轻，在这满院春光中，子文长长舒一口气："以后就有第二个小孩啦，家中失去了养我的母亲，但今天会再添一口人，我将要当两个孩子的爸爸了，家庭负担更会加重。家庭人不旺，多么想多生几个孩子使家庭昌盛振兴啊！"但他也知道，多一个孩子，就要多承担一份责任！

妻子的临产期，算算已经到了，上午十点来钟，她艰难地站在屋门口，脸色苍白，对子文说："快去把住在十八段的老太太叫来接生，是快了。”子文不知从哪里听来的常识：临产时别慌乱，别早进入状态，越觉得有事越不济事。于是他自作聪明地对妻子说：“到院子走动一下，来，我扶你活动。”不管她是否愿意，子文就扶着妻子绕院子走。妻子一手扶着子文，另一只手扶着杖子，已经直不起腰来，子文却还是不断地鼓励她：“走，再走几步！”看她痛苦得脸变了形，子文对她说：“我给你讲个过去的真事，我在农村当生产队长时，领着妇女刨地瓜，一人一拢——那时你还没嫁到咱村，当时三婶——三婶你认识吧，就是李涛家三婶子，她那时已临产还干着刨地瓜这样的重活，中午放工时，她还有十分钟就完成一拢地瓜，突然向我请假说：‘子文，我有事要回家。’我说你还差那么一点儿，干完再走。谁知三婶不听，拖着镐头就往家走，我喊她，她也不回头。我生气地把她剩下的几棵地瓜刨完，很不满意，心想下午她来时就批评她。谁知下午她没来，我对其他女人们说三婶不自觉，那些女人们嘻嘻哈哈地笑起来批评：‘你这家伙真官僚——你三婶还没到家，在半道就给你生了小弟弟，自己抱着跑回家啦！’你看，三婶生小孩多轻松，就像母鸡下蛋一样……”

讲到这里，妻子脸上抽搐起来，已是蹲在地下起不来了：“羊水破了……快去叫接生员，扶我进屋！”子文将她连拖带抱弄上炕，自己骑车子飞奔去十八段找林场里唯一有接生经验的老太太。谁知那老太去后山拔草了，等去后山找到她时，子文急急忙忙说：“臧大娘，我媳妇今天临产了，已经破了羊水，你赶紧上车子去我家呀。”老太太说：“你早干什么来着？年纪轻轻心还很大，非挨到这时候？”子文说：“你别训我了，快上车子。”老太太说：“现在你急了，你再急我也得回家拿上接生用的胶皮手套、消毒的、破伤风的，快先回我家。”子文慌慌张张用车子驮上老太太拿上东西直奔自己家，在大门外还没下车子，便听到屋里婴儿的哭声！进屋一看，坚强的妻子已自己生下一个女儿，并用牙齿咬断了脐带。老太太目瞪口呆：“小两口一样，都是天大胆！”

女儿极其可爱，一双眼睛不太大，但清澈明亮、神采非凡。她总深情地望着妈妈，望着爸爸，天知道这么小的小人儿眼睛怎么会这么深沉这么传情。子文深情地对妻子说：“咱们的儿子三岁，又有了这样一个极可爱的女儿，我多么幸福！我会努力拉大扯小，把两个孩子培育成才，我要做天下最好的父亲！你功劳真大，我要成为家庭顶梁柱，尽到一个丈夫和爸爸的全部责任。”是的，子文的女儿，生来清秀无比，眼睛如湖水般清澈，但天生有种与年龄不相衬的忧郁神情，子文端详她时总被她的忧虑感染。她的聪慧也是一般幼儿不能及的，还不具说话能力，但她的眼神就能表达一切。子文时常凝望她的眼睛与她谈话、交流，子文什么感觉，她也什么感觉。又是个过分早慧、早熟的孩子，在贫穷的苦难的岁月中，她的存在冲淡了母亲去世后的沉重，如同小天使一样，给子文的家庭带来了欢乐，给子文带来了满足感。

第二天，妻子对子文说：“暑假也放了，我也不能出去干别的，你趁我在家坐月子，带儿子去沈阳玩玩，看看你从没见过面的舅舅妗子，我自己在家没问题，儿子在家还淘气，你们只管走，我接着就可以下地。”子文说：“那怎么行？哪有刚生小孩不用人照顾的？耽误了接生那老太太就满林场地说我粗心大意，我能不伺候月子就去探亲？再说，去沈阳看望舅舅这件事如果叫叔叔婶子知道又要不高兴，还不知会发生什么事。”妻子说：“我一个人在家没有问题，我现在就能下地，只要邻居能给我挑下水，别的都好说；叔叔婶子那里，咱们不告诉他们，他们也不会知道。老人不理解，只好先瞒着以后再说。咱们在东北没有什么亲戚朋友，虽说沈阳的舅舅没见过，可这是你生身父母那边的亲舅舅，现在你空闲，是个机会。我知道，其实你很想去看望当大学教授的舅舅和当排球教练的妗子，你想去就去吧。”年轻的子文相信妻子的坚强，就带着儿子踏上了去沈阳的路程。

今年的夏天比往年热得多，有时气温达到三十多度。夏至以后的几场大雨，才把似火骄阳压下去，人们还没舒服几天，就又为连绵不断的降水所苦。林场各工队几乎都休假在家，每一座山沟里的山泉都变成浑浊的泥浆凶猛地奔突而下，还不时夹杂着泥沙，山林的植被遭到破坏。林业局不断接到报告，多处山体出现滑坡，运材路被堵塞，堵住了山里各个林场通往局里的道路，紧接着，电话线路被大水破坏，中断了山里山外的联系，然后很快就断了电。林业局党委机关大楼也点起多年没有用过的汽灯、瓦斯灯，林场机关和各住户家没有煤油，就用柴油，几乎每间办公室都有一盏或几盏用各种容器和棉线芯做成的灯，油灯冒着浓浓的黑烟，里面的办公人员的鼻孔都熏得黑黑的。林业局和林场所有领导昼夜聚在一起，关注事态的发展，事实上这种聚集是徒劳的，开会再多，管理再严密，老天爷可不管人间的会议决定。一个十几万人口的林业局的管理层，在大自然面前渺小无力。

中伏的第一天，子文在睡梦中被一种从没听见过的声音惊醒，不远处的山上响起轰隆轰隆的但绝对不是打雷的巨响，有时像野兽的吼叫，有时像老牛的哞哞声，在深夜令人心惊胆战不知所措。闪电频频，小女儿哇哇直哭，子文半夜起来用被单挡上窗户，妻子惊慌地护着两个孩子，一家人坐在炕上在忽明忽暗中提心吊胆。天刚刚放亮，林场大院好几天已经不响的高音喇叭突然响起，林场党委书记向林场的全体员工和家属讲话，窗外的雷鸣不时掩盖了高音喇叭的声音，子文断断续续大体听明白了书记的讲话内容：“连日大雨，形成严重的山洪暴发，山沟里的水位暴涨，山体滑坡越来越严重，大量木材顺水流失，给林业造成的损失无法估量。大家尽量不要出门，不要擅自行动，否则会有生命危险。住在低洼处的十几户人家，马上带着生活必需用品，暂时住在林场大院的副业队仓库。”最后书记强调说，“现在情况危急，千钧一发……”

子文急忙穿上衣服打着雨伞冒雨到门外，雨势开始减弱，天色逐渐透亮，不远处的河水怒吼咆哮如万马奔腾，脚下的道路已经被雨水冲毁，露出了石头，坑坑洼洼，子文凭借路熟蹚着没膝的水向学校方向走去。刚到二号桥上，他被眼前的景象吓呆了：陡然上涨的河水像脱缰的野马沿着山谷排山倒海、气势磅礴从上游冲下，河水上面竟然漂荡着像木筏般的一排排木头，这些木头有的已经被两旁山体凸出的巨石挂住，后面不断而来的木头又被阻住，接二连三地积累，木头越来越多，形成一座巨大的木头山。这些木头山阻挡洪水下泄，水位越来越高，最后“轰”的一声巨响，木头山解体猛然冲下，散开的木头像箭一样顺水而下，撞到树上树断，撞到土上土垮。在子文脚下的二号桥右侧不远处一座木头山越聚越高，桥下的水已经在伸头探脑将要漫过桥面，平日的潺潺清泉此刻像泥汤一样混浊，上面漂着杂乱的树枝杂草，夹杂着脏乎乎的白沫。子文几步奔跑越过桥面奔向学校，还没跑到学校大门口，就听身后的河里一声可怕的巨响，脚下甚至抖动了一下，他回身一望，不由得目瞪口呆：

二号桥右侧刚才积累的木头山被洪水推向桥面，顷刻间桥墩断裂，桥面右侧塌陷，被撞得支离破碎的混凝土预制块正哗啦哗啦落入水中顺流而下，瞬间无影无踪！

子文心惊胆战地进入学校，原来校长和几个老师已经早先来到，正惊魂未定地站在办公室里，校长铁青着脸站在窗前，像一个将军站在军事地图面前谋划着伟大的战役。天已经大亮，雨渐渐小了，胆大的学生三三两两沿着二号桥左边残存的桥面陆续来到学校，子文向外看看，操场上积水不是太深，学校地势较高，三面环河，排水很快。校长突然拿起一本杂志冒雨走出办公室，他行至操场当中站下，因拄着手杖，身子略微倾斜反而更显威武，他将杂志卷起放在嘴边开始喊话：

“到场的各位老师同学，共产党员、共青团员、少先队员们，数日的倾盆大雨形成了山洪暴发等自然灾害，我们学校也同样蒙受巨大灾难，国家的财产安全面临着威胁，保护和抢救国家财产是我们每一个人不可推卸的义务，现在我代表学校党支部向大家发出动员令：全体党员、共青团员、少先队员以及各位教师学生，党在看着你们，组织在看着你们，人民在看着你们，组织考验你们的时刻到来了！共产党员和共青团员要发挥模范带头作用，发扬一不怕苦二不怕死的精神，发扬特别能吃苦特别能战斗的精神，全力以赴投入战胜洪水战胜灾难的伟大战役。现在我命令，党支部的三名成员，每一个人带一个高年级班，沿着校园巡回检查，重点是检查院墙有无坍塌、排水是否畅通、教室房屋是否漏水、课桌是否受到浸泡、仓库是否漏水、物品有无损失等。现在立刻出发奔赴前线，我坐镇指挥并做好后勤保障和物资供应工作，人在学校在！大家注意安全，出发！”

校长手持纸筒向前一挥，姿势十分豪放，仿佛是一个身经百战的将军面对列队整装待发的千军万马！

子文目瞪口呆。校长日常的做派时有夸张，可是今天校长的冲天气概深深感染了子文。

党支部成员除去校长本人还有两个，这两个前线指挥员很快就完成了任务，向校长汇报：洪水的危害基本解除，我校防洪工作未雨绸缪，没有蒙受巨大损失，校园后面的墙基处有积水，已经排除并用土垫高。校长听罢汇报，长舒一口气，脸上露出难得的轻松，他说：“我给你们记功。学校不会忘记你们！”

半月之后洪水警报解除，大自然的肆虐告一段落，对人类的惩罚暂且结束，而人类的祈求、抗争毫无作用，只有任凭他发泄对人类的不满。别说是发展中国家的落后山区，即使是最发达的国家，面对这样的天灾也束手无策。

泥石流造成的损失难以计算，上万立方米成品木材随着泥石流冲入下游，有的埋入泥土，有的在半路被冲撞为碎块，极少数被人打捞上来偷偷卖掉甚至被劈成木柴化为灰烬，也有的顺流而下进入松花江或鸭绿江甚至漂流入海！

更令人痛心疾首的是水土的流失，裸露的山体怪石嶙峋，像一个活人受到酷刑被扒了皮剐了肉一样令人恐怖、触目惊心！突出的岩石棱角上胡乱地挂着洪水带来的树枝、杂草，它们在一阵异常的喧嚣之后沉默下来，回忆着昔日的茂密森林、鸟语花香、潺潺泉水，昔日的繁华成为新的神话。

第十五章

在夹皮沟林场南端的“技术沟”是这次罕见的灾难中的重灾区，这也是该林场原来最富裕的山沟，这条沟里优质木材的储藏量最大，每年出产的木材占林场生产任务的一大半，其他林产品也很丰富，松子、核桃、蘑菇木耳、人参等，每年为林业局的职工换来大笔收入。泥石流给技术沟造成毁灭性打击，从山上冲下来的石头堆积在沟口如同大坝一样，拦住通往山里的道路，迫使水位上升，又被冲垮，后来的石头又集成大坝，周而复始反复数次，这条宽一百多米的沟口变成了戈壁滩，成为令人望而却步的一片死地！再向里走大约五百米的山坡上，门扇一样大的大石头，怪兽一样分布遍地，进入这一地区，你会以为进入了诸葛武侯在一千七百年前布下的石阵，不用说我们这些普通的人，就是当年饱读兵书精通阵法的陆伯言大将军进入石头阵也要对空礼拜，发出敬畏的感叹。今天的人类不再对天对地敬畏、不再对大自然敬畏，只能对遭受的惩罚仰天长叹！

你看，在石阵腹地，就有一个人踯躅其中，他头戴防蚊纱网白帽、身着蓝上衣绿裤子，这打扮怪异的人手持一把搞头，在乱石堆里这里刨一下那里刨一下，还不断地掀起一块块大石头仔细查看，十几日以来无休无止。他在干什么？当大家走近他的时候，都不禁一愣，这不是久违了的崔高丽吗？难道他一个光棍要发扬愚公移山的精神每天挖山不止，改变现实，找回原来的青山绿水？

读者大概还记得，崔高丽是不相信银行的，子文在大房子住的时候就听人说过，他的工资和省吃俭用积攒的钱都装在罐头瓶子里，秘密埋在只有他自己一个人知道的地方，难道……

这天崔高丽去林场商店买面包，一群机关男女把他围住，团委书记王刚幸灾乐祸地对崔高丽说：“高丽，你要挖出你的钱说媳妇呀?”高丽就像没听见一样拨开人群要走，可是人们围住他定要弄个明白。他满脸通红，气呼呼地推开王刚说：“你的，胡说。我的，没钱的。”“那你在山上挖什么?”“挖野菜。”

王刚突然对周围的人说：“你们知道不？放牛的老李头在技术沟放牛捡到了好几个罐头瓶子，老李头用衣服包着鬼鬼祟祟不让人看，不知瓶子里是什么东西。”

崔高丽闻听此言大吃一惊，他拉住王刚的衣服，恶狠狠地说：“你的告诉我，老李头是哪里的？我的不认识，你的带我找老李头，钱的，咱俩分。”王刚故意趴在高丽的耳朵边神秘地说：“老李头住在山洞里，你千万不能说是我告诉你的。”高丽抄起镐头拔腿就跑，人们一阵哄笑。王刚指着高丽远去的背影说：“此人的，神经啦，神经啦。”

几天之后当人们再见到崔高丽的时候，高丽已经完全变了样，呆滞的目光、一窝干草似的胡须脏兮兮的、步履蹒跚行动迟缓、颜色光怪陆离的衣服被污垢弄得黏黏糊糊，用朝、汉两种掺杂的语言嘟嘟囔囔含糊不清说个不停，有心人仔细听听，能听懂的不连贯字眼是“钱……罐头瓶……技术沟……”他没再到原木工队上班，他还没到退休年龄，林场作为特别照顾，为他办理了退休手续。

不到半年的时光，崔高丽这个抬大木的七级采伐工就未老先衰塌了架，再后来人们有几天没见他，谁也没在意，还是山上的放牛人到林场报告，在技术沟西坡的松树上，发现崔高丽用抬木头的绳扣把自己吊死在上面，身上挂着一张纸条，上书：“把我买在技术沟里”。大家议论说：“这高丽到底没学会汉语，连埋葬的埋也写错写成买啦！”工会主席见解独特，他认为高丽也可能没写错，他把钱藏在技术沟，还要求葬在技术沟，当然应该理解为“买”在技术沟啦。

当年崔高丽随回国的志愿军来到东北，没有任何亲友，林场工会从林场后勤找了几个工人，按照高丽的要求在技术沟找个地方草草埋掉。没人知道他的真实姓名，他的劳资档案上的名字就是崔高丽，林场给他做了木牌当做墓碑，用黑色的油漆写上："崔高丽之墓"。没有人为之送葬，没人为之哭泣，没有像样的葬礼，崔高丽无声无息消失在离中朝国境线一百公里的长白山西坡，不像坟墓的坟墓连草也长不出来——坟上没有土壤，净是些石头。

林业局局长办公室秘书递给局长一份材料，是一份各林场在这场洪水灾害中流失的木材统计表，表格显示，大水带走成品木材近二万立方米，是全年生产指标的百分之五，洪水和泥石流冲垮人工林六千五百顷、次生林两千六百多顷、人参地四百多亩，损失难以估量。如果要完成本年度木材生产计划，还要追加采伐数量。

在生产调度会上，林业局总设计师反对增加采伐量，总调度室主任主张追加采伐面积，双方争执不下。最后局长拍板：增加采伐量，追加可采伐林板一千二百公顷，其中包括1958年种植的人工林八百五十公顷和次生林三百五十公顷。总设计师拍案而起："这些人工林正在生长最快的阶段，采伐人工林和次生林等于掠夺咱们子孙后代的财富，我保留自己的反对意见！"说完将门一摔走了。

子文在山上开的土地，地势比较平缓，没有被洪水冲垮，子文沿着泥石流冲下的碎石头一步一滑向山顶爬，身后的石子哗啦啦向山下滚动，石子中间残存的杂草、小树在风中摇曳，似乎是伸手向人呼救。快要到山顶的地方，地势逐渐平坦，脚下的碎石渐渐少了，泥土渐渐厚了。来到开垦的地里，土豆长势很好，用手扒开土豆秧蔓，就能扒出鸡蛋大的土豆来，可以吃上新鲜土豆啦。

进入夏天以来，子文家里的生活越来越节约，他一个人的户口供应粮仅仅是二十四斤粗粮、六斤细粮还有半斤花生油，再买上五十斤黑市粮票，需要喂乳的妻子和子文基本是全部吃粗粮，几斤细粮掺上玉米面给三岁的儿子吃。幸亏妻子的奶水好，几个月的小女儿还不至于挨饿。看着一对可爱的儿女，比比别人家的孩子的生活待遇，子文时时感到心酸，愧对妻子儿女。家里已经是好长时间没见腥荤，不用说孩子，就是从小糠菜长大的子文夫妇也很难熬。子文的工资就那么多，必须一分一毛精打细算才能过下去，稍有超支就会有亏空，子文夫妇过的是量体裁衣的日子，不想因生活再落下债务，春天母亲住院时借下的钱还不知啥时候能还上。好在夏季来了，各种山野菜和家里的菜园能解决一部分问题。

前几天工会主席对他说，今年林业局不再招收正式工人，并且取消了顶替接班的招工制度，只招收合同工人，因名额有限，待业青年又那么多，局里决定考试招工择优录取。面临这种情况，林场的待业青年要求开办一个文化补习班。工会决定本场利用学校放暑假之际办班，聘子文当补习班教师给待业青年上课。考试范围是初中和高中课程，子文上语文课，另一位教师上数学课，每节课补助八毛钱，一天教四节课还要备课批作业。工作是很累，子文心里既高兴，思想压力也很大，高兴的是自己的文化水平能得到考验和衡量，又有一些收入贴补家用；但自己一个连初中都没有上下来的人，却要给别人上高中课程，能行吗？心里七上八下真是没有底。回家与妻子一说，妻子十分担心地说："你真是天大胆，那些待业青年考不好怎么办？大家不会埋怨你吗？你手里没有金刚钻还想揽下瓷器活，你可得好好掂量，不行就干脆对工会主席说说推掉这份差事。"子文说："我想过，这批待业青年都是在'文革'后期上的中学，根本就没好好学习文化知识。什么高中生初中生，基本还是小学生，我们学校的吕老师就是'文革'时代的高中生，前些日子教师考核就他不及格，现在叫我上课我是有把握的，我决心挑战自己一把。"

放了暑假，离着给待业青年上课还有好几天，子文带上儿子坐上汽车，看望叔叔婶子。在汤河镇换车时到市场买了二斤猪肉几斤水果，到了叔叔家把肉放在厨房的菜板上，和婶子说了一会儿话。他知道婶子年龄大了，特别敏感偏执，对别人的话总是胡乱联想，他拿定主意尽到礼数，不能说太多。他每次到婶子家去都带着几本书，必要的寒暄过后，如果没有其他事情就静静地看书什么也不说，最好的办法是主动替老人干活。他在院子里劈了一阵木柴，感到口渴，去厨房喝水。当他进厨房找水时，看到儿子正站在菜板前，两手棒着一块生猪肉起劲地啃着，嘴上油腻腻的。子文疾步过去，夺下孩子手里的生肉，大声呵斥着，并将手指头伸进孩子嘴里抠："吐出来，吐出来，快吐……"

孩子很不情愿地摇着头，咽了下去。厨房门一响，婶子闻声而至，看到眼前的景象马上就明白了是怎么一回事，不由呵呵大笑，说道："你看这孩子傻不傻？偷吃生肉，像馋猫一样。子文你也是，惯得孩子没个样！”

子文心中动了一下，虽说也对孩子的行为很生气，可又有一种心酸滋味上心头：“半年啦，孩子就没见过肉腥，平时炒菜连油都放得很少，妻子正在哺乳期，平时也是清汤寡水，一个不懂事的孩子怎么不馋呢？”子文想到这里，他一边责怪着孩子，一边堆下笑脸抱歉地对婶子说：“这孩子是缺乏教育，真是淘气，以后我狠狠管教他。”

婶子说：“男孩子就是淘嘛。”说着，动手把孩子啃过的肉用刀削下来，把自己养的大黑猫唤进来吃，黑猫闻了闻走开不吃，孩子眼巴巴望着放在喂猫盘里的碎肉，露出一种嘴馋的神情。子文一把把孩子扯过，用纸给他擦着手，推出厨房。子文对婶子苦笑一下，算是向老人赔情道歉。

子文心中很酸楚，看人家吃的穿的，看看自己的妻和儿子，跟自己过着艰苦的日子，真是愧对亲人。自己无用吗？不是，在工作岗位上自己崭露头角，已引起同行和上面有关人士的关注，而且自己也的确做出了一些别人做不到的事，取得的成绩有目共睹。那怨什么？唉，是自己不勤奋么，自己懒惰了么？命也运也！每每想到这里，子文便为自己打气：“努力再努力！”

两天后回到家里，工会主席已经把待业青年的名单放在他家里。这些青年，大部分是原来的“知青户”，当年为了响应知识青年到农村去接受贫下中农再教育的号召，组成集体户待了几年。林场工人虽说是国有企业工人，可他们本就在深山老林工作，比在农村还偏僻闭塞，所以林业局各单位尤其是林场，大都在林场附近划出一块地，作为知青户的土地，盖上一片院落，办公室、宿舍、仓库、食堂应有尽有。有的知青点除了种地还养猪养牛等，林场派去人管理，就算“再教育”了。知青点存在了近十年，发展小有规模。后来随着国家形势的变化，知青陆续返城，知青点撤销，剩下的没被招工的知青回到林场的家中。林场为了使他们有饭吃，就暂时收编在由家属们组成的“农副业大队”中。这样一晃就是近十年，当年的初中毕业生都成了二十五六岁的大龄青年。由于没有正式解决工作问题，也不能成家立业，眼看那些同龄的工人都结婚生子，他们……因此，招工就是决定他们这批人的命运的转机，他们盼望已久，这次招工考试成为全局各界关注的热点。热点的当事人——大龄青年们，人人憋足了劲，拼了命也得坐上这一招工的末班车。令他们为难的是，当年他们在学校没学到什么文化知识，再加上知青点再改造的几年劳动磨炼，原来学的那点可怜的知识已忘得精光，如今，有点赶鸭子上架的意味！

这些人到仓房里拂开尘土，搬开乱七八糟的废旧物品，拖出破箱子，找出当年残缺不全的课本，有的早当废纸处理而荡然无存了，只好涎着脸向弟弟妹妹借来他们尚在使用的课本。他们翻开书，都傻了眼，这些十五六岁时学过的东西，到了二十五六岁时竟是大部分看不懂。那些简单的数学方程式和语文课本中的古文，就如同天书那样深奥！

正在这些年轻人焦急慌张无能为力之时，工会主席想到了办文化补习班，以急应这次招工考试。真是太好了。青年们似乎是找到了救星一样，盼望着补习班赶紧开学！

知青们天真地认为，补习班的教员们定然有良方妙药，能在这短短的一个月的时间里，把初中高中的课程神奇地补上，使他们都能在招工考试中过关。子文和另外的一名数学教师一下子成为这一批青年也包括他们的家人亲友心中的明星、救星！在简短的开学典礼上，五十四名青年补习生一个也不缺，他们个个人高马大，都脱下了干活的工装，穿上了平时过节或上街才穿的干净衣服，一改往日那满嘴脏话、吊儿郎当、破罐子破摔的劲头，像小学生那样对老师恭恭敬敬。他们自动组合两个人一张桌，坐在明显低矮的课桌前，静静地看着黑板，等待老师的到来。

子文在前些日子接受这项任务时也曾想过，局里这次招工考试，只是指定了考试范围和科目，但没有发补习教材或提纲。子文知道，短短一个月，语文数学两门课，每门课一天三四节，一个月下来一百来节课，怎么补习？他决定不采用中学语文课本，而是来一次初高中功课拉网大复习，以做各种试题为主，以考试促进为辅助手段，遇到共性问题再从课本讲起。他到林业局一中语文教研组找到局里的语文权威曹主任，去年听课时的龃龉已经淡然，而子文崭露头角的工作水平给语文组的各位老师留下鲜明印象。曹主任摆出大国君王接待一个小国使者一样大度的姿态，叫人将各学部的语文试卷和学校从北京海淀福建莆田的名校搜集来的试题，找了厚厚的一摞送到子文手中。子文心中高兴，又意外地感动，连声道谢，满载而归。

艰苦的授课工作开始了，学员们的文化水平参差不齐，但普遍是连基础知识也少得可怜。如此状况增加了授课难度，可也解除了子文的思想压力。自己比他们大不了几岁，站在同辈人面前为师授业，着实心中没有底，如今一上手工作才知道，给这些大小伙子授课补习，比给小学生上课难不了多少。尤其是文言文的讲授，在小学课堂上得不到发挥，小学语文仅仅有几篇寓言式文言短文和几首古诗，有时子文旁征博引，小学生们感到难以消化，而今面对这些水平极差但理解能力不差的大小伙子大姑娘，子文胸中的积累有了一吐为快的感觉。学员们都深深敬爱着自己这位像大哥一样的老师，子文成为林场年轻人的良师益友。下课后，子文并不到办公室，他与这些大男大女们，坐在学校操场的草地上谈天说地。学员们将子文围在中间，听子文讲山东农村的往事，对子文很崇拜。同样是一代人，子文还是一个农村人，也没上过多少学，哪来那么多学问呢？

下午是数学课，由别人上课，子文就给自己的学生批作业、备课。学校后院就有子文的菜园，黄瓜西红柿长得正欢，子文摘上一脸盆，到河里洗干净，端到教室前面树底下招呼学员们吃。子文觉得心情很愉快，他爱上了这群年轻人，他们单纯、坦率、诚恳，男的大都具备东北小伙的豪爽和义气，女的都具有泼辣、勇敢甚至尖刻的特点。说起来，他们原籍大都是山东人，他们的父母或上代人在非常年代来关东，由于地域水土和社会环境使然，到了他们这一代人，就与山东的年轻人泾渭分明，有明显的差别。这种差别使这群年轻人对子文除了崇拜和尊敬之外，还有一种神秘感。

子文也发现了几个知识基础较好、思想品质较为优秀的年轻人，这几个人与自己一样，在劳动中没丢失书本，没丢下追求知识追求学问的习惯，越是对这样的学员，子文越是愿意把自己的知识灌输给他们。有两个女孩子，一个叫王兰梦，一个叫薛思伊，这两个学员特别喜欢文学，子文除了为她们上课，还将自己家的文学书籍给她们看，有借有还。学员们课余三三两两去子文家串门，女的来了，总愿意抱子文的小女儿，逗逗子文的儿子；男的来了，替子文担水劈柴、收拾菜园，干起来比子文棒多了。

一个月的学习班，在紧张和愉快中很快度过，子文的朋友骤然增多，生活骤然丰富，一个暑假度过大半，学员们对学习班十分满意，一个月的突击补习，光试卷就作了十几份，然后是讲读练习，学员们充实了许多。子文和工会主席都分析过，其他林场的知青和本场水平都一样，但补习与不补习定然不一样，临阵磨枪，不快也光，这个道理，主席和子文都认同。何况，这种补习班的学习方式本来就是应对考试的，肯定会有效果。

在补习班的最后几天，子文提前结束了课程，剩余的几天专门给学员们进行考试训练。他对学员们说：“你们和在校学生的学习目的不一样，你们的考试目的与在校学生也不一样。你们的目标就是考上工人，当上工人，在自己命运的征途上打一个关键性的大胜仗！正因如此，你们应该打破常规，除了学习文化知识，还得学会考试。会考试，是一项事半功倍的技能，是走向成功的一条捷径，是取得高分的不二法门。下面，我对你们提出几项要求，你们听好了。一是你们要发扬团队精神，互帮互助取长补短，在考试时尤其要协作，协作是与考试规则背道而驰的，但协作却又是必要的、必需的，唯其如此，你帮了别人，你也必将获得别人的帮助；二是个人的技巧性，我们一个在校学生，是一个留级生，在复读的一年中，他练就了两项绝技，他能坐在自己课桌前，看到前面四五张桌子的卷子，能看到左右两邻三张桌子的试卷，能看到后边两张桌子的试卷，而且只瞄一眼就可以准确将目光锁定试卷上某题的答案位置。还有更绝的，他一边用眼瞄着别人的试卷，手在自己卷面上写着答案，盲写而答案不错位置不串行，选择、填空的小括号位置相当准确；三是操作手段的辅助物，做小抄是很传统的，但却是其他手段替代不了的，可是做小抄本身就技术含量很大，改进空间更大，有的小抄用纸片，有的小抄写在胳膊上、腿上，甚至衣服上、裙子上。我要求大家在这几天里，不妨操练。”子文也知道这样做不好，可是这些年轻人可怜巴巴的眼神，期盼就工、成家立业的心情，他是明知不可为而为之！

于是，首先是二人或三人根据需要你帮我语文，我帮你数学，递答案、传纸条，或暗示或耳语反复演练；做小抄，有折叠型、微缩型、提示型、符号型不一而足；女孩子们找出旧裙子，专心致志地在裙子里面写蝇头小字，有几个小伙子则将一张报纸放在课桌上，后退前进前瞻后顾练习目力，手中做方位练习，那不错位不串行的绝技非一日之功啊，可是人人练得热火朝天。子文心中暗暗骂自己，这算是为人师表吗？这算什么事啊？但又有什么办法呢？

学习班结束，子文感觉到最大的收获有三点：一是对自己的文化知识教学水平和学生管理能力有了一种新的认识；二是他与这五十多名青年结下了很深的友谊，也发现了他们中间有许多优秀的年轻人，这些人将来都是林场的新一代人物；三是在工作之外自己竟然挣得了一份不少的收入，这几十块钱差不多是他一个月的工资。他首先想到还债，母亲春天去世，连住院带办丧事，借下几百元钱还不知什么时候才能还上呢！他将这笔钱又添上十几元凑成一百元去李岚开的商店里，掏出钱对李岚说：“我先还你这些，钱在我手里攒不住，不能一次还上，你别嫌少。”李岚拨开他的手说：“这钱我还真嫌少了，不要。”子文愕然。李岚笑了，说：“成了大教授了，挣了钱先自己买一件像样的衣服装备一下，大知识分子用着我的钱，我高兴还来不及呢！”她一边调侃，一边从货柜拿出一袋奶粉打开包给子文冲上一杯，说，“给教授补补身子，为大家做好事解决待业青年的困难，应当慰劳。”子文很不好意思地说：“欠着你的钱总是个事儿。”李岚说：“睡不着觉了吧？欠下我的债，什么时候还我倒不急，可是人情债我是等着要还的，你什么时候还？还晚了，可是要加利息哟！”子文涨红了脸，不知说什么好。平日在学校，在众人面前善谈善讲的他，不知为何，一到李岚面前就有些慌张，面对李岚的热情和调侃总是手足无措不知如何应付。

李岚说：“教授坐下，不用急着走。听说你拉二胡什么的水平不低，你什么时候带上乐器来我们家玩玩。听姐说，姐当年也是毛泽东思想文艺宣传队的骨干成员，也登台女声独唱过，跳过当年流行的忠字舞什么的。”子文一听李岚会唱会跳是个文艺骨干，局促之情一扫而光，说：“姐，你跳一个给我看。”李岚说：“我不喜欢独舞，得有人伴舞，怎么样？”说着，走到店门口朝外边看了一下，掩上店门，一个舞步转到子文跟前，对子文伸手说，“来，小文。”

子文又惊慌起来，李岚一会儿“教授”一会儿又“小文”，子文如坐针毡，很不自在，再说他也不会跳舞，也不是跳舞的时间和场合，但他还是对李岚的舞姿很吃惊。子文早就听江霞说过，这李岚的会计业务闻名全局，但干起活来巾帼不让须眉，不管山上的地里的家里的，样样干得有招有式有模有样，谁也想不到一个容貌美丽打扮入时有知识有修养的人会有如此能耐。今天子文惊异于李岚的多才多艺，还被李岚的调侃弄得六神无主，有一丝说不清的不安。

子文起身告辞，李岚拿起一个塑料方便袋，从货柜里拿出一包奶粉，连同刚开包装的那一袋一并装好，递给子文说："咱对教授没什么贡献，这些奶粉快过期了，拿上给你和你的孩子喝。"子文坚辞不受。李岚说："你都用过了，谁还要？拿上，这包装都拆开了，不能出售了，赖上你了。"说着，塞到子文手里，把子文推出门外。

子文忐忑不安地往家走，一边想着李岚这个人，还一边盘算着，发了这点钱先买上二斤肉，全家吃一顿饺子，剩下的肉炒几顿菜改善改善生活，老婆孩子太清苦了。他还有个打算，就是想买一台半导体收音机。在这闭塞的山沟里，除了从书本中进入自己心底向往的另一种境界，对外面的世界了解太少了。他早就在镇上的商店里看好一台袖珍式半导体收音机，标价是二十一元钱。可是一想到老婆孩子的生活，想到自己还欠着一堆债务，每每把这个念头打消。李岚不让他还债，他的心又活动着想起了那台半导体。进了自家门，妻子问："你怎么买奶粉啦？"子文突然灵机一动顺口说："挣了这点外快，买点奶粉给孩子补一下嘛。"妻子接过来一看说："怎么这一袋还打开了？"子文说："我先尝了尝。"他嘴里这么说，可心里也对自己疑惑起来："为什么这么说呢？"

子文对妻子说李岚不让他急着还钱，妻子很感激，她也同意先去买肉全家吃顿饺子。自从子文从婶子家回来说了儿子吃生肉的事，妻子也很难过。儿子听爸爸说要买肉吃，高兴得手舞足蹈，子文心里的高兴却消退下去，情绪沉甸甸的。

晚上全家在睡觉前，子文一声叹息，妻子关切地问："你怎么啦？"子文说："有钱人家都买上十二寸电视机了，可咱们家连个收音机也没有，吃了晚饭除了看书就是个睡觉，真无聊。"妻子说："要不，你去买台收音机吧，这另外挣的钱，买上二斤肉，拿出给婶子的十元钱，剩下的买收音机，省得儿子总到人家家里听，叫也不回来。"子文很感激妻子的通情达理。

第十六章

知青大光身高一米九，宽脸大腮，一笑就是一副憨厚相，老大的个子没有一点威猛，连说话都面面糊糊，看来除了抓住招工机会当上一名出大力的工人混口饭吃，别的是指望不上啦！这次林业局的招工指标首次采取考试机制，大光真是急了眼。他不好意思到家里找子文，更不好意思去那么多老师的学校找，就在子文上下班的路上等。看见子文走来，急忙红着脸迎上来说："老师，你得拉我一把，这招工考试真把我治死了。"子文说："平等竞争的措施目前就是通过考试，虽然不尽合理，也没有办法。"大光苦笑着说："考什么？当林业工人，咱没本事当干部，还不能出大力抬木头吗？选拔工人怎么就不比试抬木头呢？有文化能把木头整下山来？论年龄我都二十八岁了，论资历我在知青户好几年了，可……"子文说："考试制度是有很多不合理处，但现实摆在面前，只有积极做好考试准备，尽最大努力争取吧。"子文说着要向学校走，但大光巨大的身躯并没有躲开，涨红的脸憋得有些变形，说："哥，"——已经不称呼老师了，"你知道，上学时我就没把功课学好，在知青户几年，学的那点文化早就忘光了，没有工作也很难成家，我妹妹也二十六岁了，等我成家以后她才能……我爸我妈都愁得不行，我成了全家的累赘，这次招考您千万拉我一把，我忘不了您。"说到这里，大光弯腰鞠躬。

子文说："你太着急也不行，文化知识不是一时半时就能补得上的，这样，考试时我帮你安排一个与你要好、学习也好的朋友，让他把答案用小抄传给你，你看找谁合适呢？"

大光看来已经物色好了，说：“我与王鹏是好朋友，他功课比我好，我和他商量过，他答应帮我，哥你看怎样安排？”子文说：“我想法托托招办的人，求他把王鹏的考号与你挨近吧，但你们要小心。”大光高兴地说：“谢谢您了，我忘不了您。”

望着大光远去的背影，这个被工作难倒的大小伙子，子文无奈地摇摇头。是呀，考试不过是减轻招工操作难度和责任的权宜之计，肯定不是最好的办法，起码，不是招收林业工人的最好办法。即使在科学日益发展的新时代，林业产业终究是以重体力为主，大光这种人还是需要的。可是，拿不出一套成形的比赛体力比赛劳动技能的招考方案，谁又会承担这份风险呢？“文革”年代忽视知识文化，“文革”结束又走向另一个极端。大光凭着打小抄能考上吗？尽力帮他吧。

考试这天，在中心学校的十五个考场，几百名知青参加录取率三比一的考试，他们大部分的人还换了新衣、收拾得比平日整齐，每一个考生都一改平时的拖拉状态和聚在一起就打打闹闹的习气，人人显得很严肃、很拘谨甚至忐忑不安，今天将决定他们的前途和命运。

大光早就在考场前徘徊，这种在他看来近乎神圣的气氛把他压得喘不上气来，子文用鼓励的眼光向他示意，看着他的大手里紧紧攥着各种各样的笔，另一只手捏着准考证，他的座号就在王鹏的后面，子文也庆幸自己恰好是这个考场的监考人之一。

试卷发下，考试开始，前几道题是基础题，内容相对较浅，子文在考场巡回，看到大光满脸冒汗、惊惶无措，两眼只盯着前座的王鹏，而王鹏正聚精会神答试卷，没有理会身后眼巴巴的大光。子文心中叹道：“连基础知识都不会，全指望别人怎么行？”王鹏一直在专心致志答题，并未按原先的设计去照料自己的朋友。

二十分钟过去，大光焦躁不安，将长长的胳膊从桌底伸向前，拉王鹏的衣角。王鹏很不耐烦地将一个小纸团放到大光手中，大光如获至宝，急忙打开纸团，一只手擦擦脖子上的汗水，右手急忙抄写答案。

一个小时过去，考试时间过半，子文看见大光多次拉王鹏的衣襟，王鹏明显是极不耐烦。子文心想，关键时刻王鹏集中精神为自己的前途着急，别人的打扰确实有所妨碍，且一旦暴露自己也会受到严肃处理，不耐烦是可以理解的，也不能说他不够朋友、不讲义气。这些大龄知青一个比一个更着急啊。

考试结束，子文收拾试卷向办公室走的时候，看到大光拉着王鹏朝饭馆走去。他心中盼望王鹏的帮忙能使可怜的大光渡过难关。

阅卷实行流水作业，子文只管阅第一题，然后第二个老师阅第二题，依次类推，最后一人合计分数。子文事先嘱咐大光在试卷右下角做上记号，在批阅这份试卷时子文先看第一题，注音题全错，改错字仅得一分，二十分的试题才得五分。子文违规把后头的题大致看了一遍，几乎都不得分，而且有的答案还反了意思！唉，教的曲唱不得，他学习怎么这样差呢？那王鹏……

阅卷结束，复查完毕就拆开装订线，大光的语文分数是二十一分，王鹏是八十八分！再看数学就更惨了，大光是十一分，王鹏八十九分，答案迥异。

晚上子文在日记中写道："大光找我打听他的考试分数，我一则遵守阅卷制度，二则对那惨不忍睹的结果更不忍心告诉他。我便推说，试卷还未拆封，过两天就会知道的。我还问大光，别人给的纸条还有吗？大光迟疑地说，考试完了扔掉一些，还有几张。我拿上王鹏给大光写的答案对照了一下王鹏的试卷，王鹏的答案竟然与他亲手写在小纸条上同一道题的答案相差十万八千里！根本就是驴唇不对马嘴，无疑是随手写来坑人的！好你个王鹏，竟然如此道德败坏！我气愤不过去找了王鹏，对他说：'你可以选择拒绝为他人作弊，但你没有权力坑害他人。你要知道考试规则，帮人作弊同样可以取消考试成绩，你这几张小条是我在考场捡的，怎样处理我正在考虑。'王鹏真是慌了神，张口结舌地说：'老师，哥，我再不敢啦，你放我一马，我今晚去你家看你，你不能……'我说，你是再不敢了，那大光还有'再'吗？我懒得多说，就走了。"

第二天傍晚子文下班回家的时候，大光早已在门口等着："文老师，我学习不好考得差，怨我自己，谁也不怨，别人帮忙是自愿，不帮也是应该，你不要惩罚王鹏，都是我的错，我也不应该影响别人考试，考场上是有时间限制的。老师我求你，千万别……"身高一米九的彪形大汉、可怜的大光，急得两只像芭蕉叶似的大手搓来搓去。子文叹了一口气说："大光你太善良……考不上工人，干别的照样行，你有力气，吃苦耐劳，工人当不上照样有出息的。”子文说着，把那两张小纸条从口袋里掏出递给大光，拍拍他的胳膊，不知该怎么安慰他。

其他林场没有想到在招工之前为待业青年开办文化补习班，夹皮沟林场办了文化补习班无疑是赚了大便宜，这次招工录取人数与参考人数是一比三，全局七百名考生录取二百三十名，夹皮沟林场参考人数五十四名，录取三十九名，大大高于全局平均录取比率，而且有王兰梦、薛思伊等四人进入全局前十名，成绩绝对突出。林业局教育处、局工会、劳资处都表扬了夹皮沟林场办补习班的做法。作为先进经验，成教处长甚至考虑把这一经验在全局推广。林场的工会主席对子文说，其他林场和单位的十几个工会干部纷纷埋怨他：“这样的好经验怎么不向他们透点风，他们单位考试录取率太低，回去怎么向青年们家长们和林场领导交代，你这家伙太不够意思。”工会主席还告诉子文一个更令他兴奋的事，局成教处早就要求各林场设工人夜校，我场一直没落实这项工作，现在林场党委决定给林场和单位立即办夜校开课，并且得长期坚持下去。暂定每周两个晚上四节课，一晚上语文一晚上数学，本林场语文课由子文常年任教，每节课报酬八毛，每周可以拿一元六角钱，一个月下来收入七八元，虽说不多，但一年下来差不多一百元，就是子文两个月工资啦！这就是说，子文每年可挣十四个月工资！这是全校、全林场没有人能做到的事呀！他除了利用知识取得报酬，和工人们交了朋友受到大家爱戴和尊重，对自己的学习也是一个促进，自己的社会地位得以提高，这是多么好的事情！子文很感激林场领导和工会领导对他的器重和信任。

暑假还剩十多天时间，子文心情很好，小女儿两个多月了，十分可爱，儿子很懂事很省心，妻子弄着一儿一女虽说劳累辛苦，但很愉快，母亲去世的悲伤，已逐渐淡下来。子文满怀信心地投入工作，享受家庭和谐、工作开展顺利带来的快乐！现在剩余的十余日暑假，就是挣下的享受了。暑假不上课，但他仍然早上早起，趁凉快到后山自己偷开的菜地里照料一下土豆和其他瓜菜。土豆秧早已没膝，地边的南瓜已有足球那么大，可以趁着鲜当菜吃，等秋后下来又甜又面当饭吃。学校的菜园里更是一片繁荣，子文早就用学校厕所的粪便施足了肥。他在半晌午不太热时分，领上妻子、背上女儿、带上儿子到学校菜园摘豆角，割大头菜。那豆角正是生长旺季，大半尺长的豆角令人喜爱，每天能长一大土筐，摘下来拿回家用大锅烧开水一烫，然后子文爬上梯子晾到房顶的瓦上，两天就干透了，收拾储藏留待冬天慢慢吃。晚上子文全家打开刚买的收音机，听到山沟以外的各种信息。

生活啊，清苦些不要紧，年轻吃点苦又算什么呢？要紧的是在贫穷岁月中，家里千万别出什么事，病啊灾的一来，就不得了。母亲的音容笑貌时时在子文心头萦绕，每每想到母亲，子文就不由得心中一沉，长长叹息。母亲，你如果活着，膝下有孙子孙女，你该有多开心！可是你却永远地去了，留给我们无尽的遗憾，使我们的心中留下永不能愈合的创伤。

林场汽车班的司机木海怎么也没想到自己会成为阶下囚。那天一大早，他奉命提前一个小时到林场上班，拉上去局里考试的五十多名待业青年，后车厢里挤得满满的，车厢加了高栏还横上两道铁索。木海嘴里嘟嘟囔囔地抱怨人太多，既超员又不安全，但林场排不出两台车，调度员只好再三嘱咐他“小心驾驶、注意安全”等“废话”。木海之所以不愿意拉那么多的人，其实另有原因。多日以来，他与林业公安分局交管队的一名麻脸警察较了劲。本来林业局的车辆超载司空见惯，一般情况交通警察睁一只眼闭一只眼就过去了，林业局的现状明摆着。逢到交警盘查，司机一张笑脸也就放行了，久而久之，交管队也形同虚设了。但真要较起真来，恐怕是十有八九都要受罚。木海本人除了个人的英雄主义，还经常酒后驾车，平时依仗开车技术好，老资格，不大将交警放在眼里，见到交警他是头也不抬眼也不睁，态度还很横。谁知那个麻脸的家伙就偏偏盯上了木海，每次遇到木海的车过来就命令停车检查，每次木海都受到不同程度的惩罚。按规定罚款单是不能报销的，可车队每次都对财务科说好说歹报了账，也每次警告下不为例。木海心里窝着一团火，依着他的性子，要不是对方是个警察，他早就把人家揍扁了。可谁叫他是一个司机，对方偏偏是司机的克星呢！

在知青们考试的那天中午，木海在局里碰上几位早年的朋友，便应邀去朝鲜饭馆吃狗肉，大盘的带皮的热狗肉端上桌，特殊风味的高丽咸菜香味逼人，忍不住叫上一瓶酒，木海自恃酒量大，开车技术又好，再经不住朋友相劝，多喝了几杯。谁知，下午考完试拉上一车知青回林场的时候，车行至老岭顶上，前面麻脸警察挡住去路。木海大吃一惊，只好将车停下，心想平日他没错还总找我的错，今天酒后驾车还严重超载违规，这下惩罚定然不轻！

“什么事？”木海摇下车门玻璃，连头都不探一下，一副不买账的样子。

坐在副驾驶位置上的职工教育管理员急忙从右侧下车赔着笑脸，管理员掏出烟卷往警察手中递，警察连看也不看，胳膊一摆，把管理员弄到一边，一副麻脸只是盯着木海。管理员说：“警察同志，对不起，今天是知青考试，特殊情况，这车是我到林场要的，超载无关木海的事，罚点款吧，把单子给我……”警察转到木海车门一边，厉声说道：“把驾驶证拿来。”木海说：“要罚就罚，你要什么横？什么态度？老子是林场公派奉命出车，有本事你去找我们场长去，你和一个穷开车的耍什么威风？”

“交出驾驶证！”麻脸不说别的。“听见没有？驾驶证！”

“我就是不交，你待怎么样？”木海在车里火冒三丈。

“木海，我告诉你，今天你逃脱不了对你的处罚——交出驾驶证，最后说一遍。啊，看样子你还喝醉了，胆子不小啊。”

木海笑了，说：“再说一遍我也不交，今天看看你小子有什么本事。我还就超载了，我还就喝醉了。”

麻脸大怒，伸手拉开车门，命令木海：“下来。”

“下来怎么的？”木海站在地上，嘴里吐着酒气。

“好哇，你还真的喝了不少酒，好，很好，今天有你好看。”

麻脸从腰里掏出对讲机和交管队通话。

木海一把将麻脸的对讲机夺过来，“叭”地摔在麻脸的脸上，麻脸两手捂着脸蹲在地下，看来砸得不轻。木海一声狂笑，将驾驶本掏出来，揭下自己的照片装进上衣口袋，三把两把将驾驶证撕得粉碎，往空中一扬：“老子这辈子不开车啦！哈哈！此刻起，你管不着爷们儿了。”职工教育管理员慌忙抢过来，已经晚了，他看到木海的狂态，知道大事不好，可是已经来不及了——他被木海胳膊一挥，摔出几米远，差点掉到路基下边，那边是几十米高的护坡，下去可就没命了。知青们开始从车上往下跳，有两个人先跑到管理员身边把他扶起，谁知那边木海已把那麻脸打翻在地。麻脸在地下翻滚号叫不止，憋了一肚子气的木海像一头发疯的公牛，一脚一脚往麻脸肚子上狠跺狠踢。等几个知青将木海抱住，麻脸警察已躺在地上没有了动静。职教管理员和子文都慌了神，不知所措地站在公路上，知青们也都傻眼了。木海说："大家别怕，一切都由我一人承担，死了由我偿命。这样，大家都上车，我先把你们送回林场，我也收拾一下，准备坐大牢，都上车。"管理员坚决不同意，恰好一辆汽车路过，大家认得是二道林场去局里拉材料的车，司机也认识木海，见状大吃一惊，对木海说："这下你可闯了大祸了。"木海喊道："司机打交警，老子创了纪录，为司机兄弟们出了一口恶气，痛快！痛快！"这时，那交警慢慢恢复了神志，睁开了眼。木海对二道司机说："兄弟，赶快把知青们拉走，我和管理员留下等公安局来人。要不，待会儿大家都走不了！"管理员同意，对二道司机千恩万谢，知青们都上了二道的车。

麻脸交警被送到林业局职工医院，经检查是腹腔出血，肚胀如鼓，开腹后发现肠子已断，血液和大便积满腹腔。手术后，又发生了腹腔感染，转到省城白求恩医科大附院治疗，谁知反复感染，光开腹就好几遍，最后将那麻脸折腾得死去活来，总算保住性命。

木海因故意伤害罪，被判三年徒刑，在省第四监狱服刑，由于表现良好，减刑一年半。出狱后，听说那麻脸还没恢复健康仍住在疗养院，木海高兴极了，逢人就说："我去看他。"

这天木海身穿西服，打上领带，衣冠楚楚、人模狗样地手提罐头和奶粉，满面春风地去了林业疗养院，找到了麻脸交警。老远，木海就嘻嘻哈哈大声大气地喊道："麻兄，我进法院的时候，你进了医院，我的刑期都结束了，你的治疗期还没结束，既是缘分也是天报应！天报应！今天兄弟我来看望你，感想如何？"

麻脸淡然一笑："感谢你还来看我。祝贺你刑满释放。木海啊，虽说我住院治疗的滋味不好受，日子也很难熬，可我住院是公费啊，而且我的工资照发，这工伤待遇一点也不差。你木海在监狱却是自费，劳改干活还不挣钱，老婆孩子没人管，出了监狱还得自谋职业，比我强不到哪里，你尿兴什么？”

木海说：“在监狱劳改，就是干点活，老子有的是力气，你猜怎么着？老子在监狱也是英雄好汉，同室的家伙们谁也得听我的，不服试试？干一天活，都有人给洗脚。你在医院享受着公费不假，这个大夫割一刀，那个大夫割一刀，那狗肚子谁想打开看看就打开看看，天天得挨针孔，天天得吃苦药，这三年多，千针万扎，吃药成箱成筐，想起当年干交警天天管这个管那个，乍一住院也不好受吧？”麻脸说：“不管我挨多少针扎灌多少苦药，照样拿着国家的工资，老了退休了还照样够吃够用。你小子出来得自己刨食吃！法院对你的判决我手中有一份，你这辈子已经失去开车资格，公职也没啦！你得找事情干，你个刑满释放分子，到哪里找工作？那么多人下岗、待业，谁用你这种人呢？等着吧，小子，下半生有你的好日子过。”

木海冷笑一声，说：“兄弟我身强力壮，干什么都行，但你出了院，半残废一个，连老婆都拿你不当人。再待几年，你就窝里拉窝里尿，三分像人七分像鬼，成了一个大大的寄生虫、可怜虫，一条半死不活的大蛔虫。哈哈，大蛔虫就是你这副模样！再见吧，兄弟。”“赶快滚，快滚！你个刑满释放分子！”麻脸骂道。

“哈哈！走啦。等你死的时候，老子为你送葬。”木海扬长而去。

夹皮沟林场研究决定，木海当年违规开车，是林场的指派，林场应负部分责任，破例安排木海到副业大队火锯房子干临时工，汽车是不能再开了，开着拖拉机专为火锯房子拉原木和林产品。

林场的火锯房是由二十多名林场职工家属、一群“如狼似虎”之年的“老娘们儿”组成的集体，三台火锯终日呼啸不停，震耳欲聋的工作环境使她们养成了大嗓门粗喉咙，嬉笑怒骂的声音比火锯的声响还大；粗木头细木头长木头短木头好木头烂木头的切割操作中，人人都练得钢筋铁骨力气不亚于自己的“老爷们儿”。这座锯房里唯一的男人就是木海。他为她们把木头从山上拉下来，又把她们的产品拉往林业局木材产品站。虽说木海是个蛮人，但是在这虎狼娘们儿群里就显得势单力薄，娘们儿总拿他开心、出火，当娱乐点心。木海开着大胶轮一进锯房，女人们就眼光发绿全盯着他，女队长一个手势，就有几个虎狼扑过去将他就地按倒，抓起锯末子填在裤裆里，然后逼着木海讲一段他与自己老婆昨夜干那事的过程。细节处要讲细，不细不行，粗处要讲粗，不粗不行，否则就再往裤裆填锯末，讲重复的故事不过关还得加罚。木海没有那么多故事就瞎编，却又往往骗不了经验更丰富的老娘们儿，因此木海常常被女人们治得苦苦求饶。要是再不满意，队长一使眼色，就有一个女人动手，三把两把把木海的裤子退下来进行检验，用量木头的钢卷尺量量那物件长短，用手卡卡粗细，甚至拔下几根毛来，弄得男人杀猪似的嚎叫，这群虎女狼女们则开怀大笑。如果木海不自量力抗拒，不讲故事不告饶，就被脱得一丝不挂、捆上手脚抬上锯末堆里埋起，只露头脸，下半身赤裸裸实在不好受，最后还得告饶。

这一日，老娘们儿们加了几个夜班清闲下来，实在寡淡得无处发泄。这时大胶轮从外面开进来，队长和下属们的劲头猛然爆发，只盯着队长的手势。队长那几天抬木头扭了腰刚刚从卫生所开了一盒伤湿止痛膏，就在此时灵机一动，低声吩咐如此如此。木海刚下车，四五个女人如老鹰擒小鸡一样把他抓住就地按倒，动作稔熟、麻利地解腰带褪裤子。木海一边挣扎一边喊："我坦白昨晚上的事，我和我老婆……"可是今天女人们不想听那些大同小异重复千遍的故事，还是把木海脱得一丝不挂，翻转过来使那物件暴露无遗。女队长忍着腰痛蹲下，掏出那十二贴伤湿止痛膏，从物件的根部毛密处贴起按妥，看看没有什么遗漏全贴牢了，队长拍拍手说："放开。"木海跳起来蹦高大骂，披上上衣光着下身跑进几十米远的河边柳棵地里，用手撕扯膏药，弄了半天连一贴也没揭下来，撕开的一角已是连毛齐齐拔下，硬加撕扯非带下皮肉不可。男人龇牙咧嘴，蹲在那里不起来，只是骂娘。女人们看看事情做得有些大，围住他给他穿裤子，他挣扎着不穿。女人们下手试着给他揭膏药，痛得男人惨叫不止。

女人们簇拥着他回家，还没进大门，木海的老娘们儿手操菜刀从屋内蹿出来，朝女人们破口大骂："砍了这些骚货！自己男人不行是怎么的？弄着我男人泻火！"这群女人夺门而出，木海的婆娘顺手将结实的柞木大门从里面关牢，隔着门缝对外边的男人说："你到队长家去跟她过吧。"

木海果然去了队长家不走了。队长把木海拖到炕上，便往大铁锅里填满水，锅底下加劈柴、点松明子烧开水，放进大号洗衣盆，对木海厉声喝道：“蹲进去泡！”说罢就反锁门出去。一个多小时之后，木海撕下泡透的膏药，洗净身上的锯末，正舒服地躺在队长家的热炕上，就听队长和她的丈夫从外面一边开门一边嘻嘻哈哈走进来，女人提着肉，丈夫提着酒。队长的男人向木海挤挤眼问：“被火锯房的女人强暴了？滋味咋样？”木海呵呵大笑说：“我可是没有失身，不信你就检验检验，咱硬是没有失身哪。”

队长说：“你老婆正在林场场部找厂长，不让你在火锯房干了。”木海把脖子一梗，骂道：“死老娘们儿欠揍，我还就在火锯房干，哪里也不去，她说了不算数！不就是脱裤子、贴膏药嘛，还能强暴了我？咱先喝酒。”

火锯队是林业局著名的维护女权组织，每个成员都是极端分子。林业的男性工人尤其是在山上作业的老木把们大都善饮，大都有饮后收拾自己老娘们儿的恶习。这种家庭纠纷，林场的妇女组织、工会、共青团往往束手无策，而火锯房的人一出手，问题就迎刃而解了。有个女人挨了打找火锯队队长诉苦，队长委派四个女人上门讨伐，那男人闻讯从后窗跳出直奔后沟落荒而逃，连木海都服服帖帖，自己哪里经得起？谁不怕扒裤子、填锯末、贴膏药呢？可还就有不服气的厉害人，油锯手牛二对锯房的女人们颇有微词：“脱裤子就脱，我自己主动脱，想看想摸，巴不得，我牛二可不是守身如玉的人，是不怕失身的。”

牛二的女人被牛二多次收拾不堪忍受，抱着试一试的念头向锯房队长求救，那牛二就偏偏在家等候。队长亲自出马带上五名好手直奔牛二家，牛二嬉皮笑脸，淫邪的眼光带着醉态紧盯着一个火锯手的两个巨大的乳房，嘴里不三不四并开始动手动脚。那个女人正因孩子断奶涨得难受，队长一声呼喝，数人联手齐上，牛二纵然力大如牛，怎奈几个如狼似虎？牛二被按倒在炕上嘴里兀自含糊不清地乱说，手还抓抓挠挠朝那巨乳使劲。那女人解开怀，一道白色的液体准确无误地射进牛二的口里，牛二扭来扭去咬牙闭嘴抗拒，架不住储存了三天的乳汁源源不断射向嘴里、鼻子里、眼睛里，气都喘不上来，终于撑不住劲，连声大喊：“服啦，服啦，大姐、大嫂、大姨、大娘、姥姥，我服服的了。”女人们一发难收，又扯下牛二的裤子，射了满满一裤裆的奶水，直至那女人松快了方罢手。

牛二爬起来，又变了卦："我自己的老娘们儿自己收拾碍你们啥事儿？今天不收拾还有明天。你们强奸男人，我不怕，有种你们天天来。"

队长冷笑一声大声宣布："从今天起，火锯房接纳牛二的媳妇为正式成员！"牛二闻听此言，面如土色，噤若寒蝉。

火锯房的老娘们儿！

第十七章

暑假还有一周，教师先上班，上班先开会安排新学期工作等。校长从局里开会回来，向大家传达了新学期的工作部署。首先校长发了一通牢骚：林业局今年生产状况很糟糕，经济状况不佳，局机关裁员，各行业经费压缩，尤其教育经费锐减，局直属三所中心小学的经费几乎没怎么变化，但沟里林场十四所小学却明显吃紧。校长对大家说："局里三所中心小学是局直属，学生大都是局机关和局直单位子女，学校领导也是局中层待遇，教师配备、经费、设施与基层林场学校差别太大，高出许多。到局教育处开校长会，局一中、二中、林技校、三个直属小学校长的座位都与林场小学的校长不一样，凭什么分出阶级？难道林场学校的教师和学生就低人一等？你看那些中心小学教师，大都是局里干部家属，一个个趾高气扬，看沟里林场的人眼神都带有三分蔑视——不过，"校长略略一顿话音，脸色又威严起来，"咱们沟里林场小学教师也不太争气，教师水平良莠不齐嘛！林场也从不把子女小学当回事儿，教师大都从工人中选拔，后来干脆是把上不了山、抬不了木头的工伤人员也往学校里安排。当上教师也是抬木头的工人那一套，女教师一副山沟家庭妇女模样，平日里上完课往办公室一坐，男教师谈喝酒说女人，女教师说公婆小姑子夸孩子，很少看见有人钻研业务，也难怪局领导把林场学校当做后娘养的。好在，我校个别人已经有了不甘人下的苗头，开始努力，做出了一点表现。无论是个人修养，还是业务水平，教学效果都有所提高。现在我向大家说一件叫我提气的事，今年小学考初中，全局有二十八个小学毕业班参加初中升学考试，局教育处小教部将考试成绩和录取比率列了一个排行榜——排榜的时候他们倒是没把直属小学与林场小学分开。现在我告诉大家，本学期全局的各小学平均分数、录取率的排榜第一名不是一小，不是二小，不是三小这些亲娘养的，却是出在林场学校，也就是我们学校。”校长口气又一顿，端起水杯啜了一口，“我们学校有三个毕业班，一班二班和复读班，这个被列为第一名的不是一班，也不是二班，是那个复读班。升学率也排了一个榜，第一名也是咱校复读班，没想到令人头疼的复读班还在局拔了头筹，争了脸面，也稍稍出了山沟林场小学的一口窝囊气。”

教务主任赵老师插言问道：“对于这个意想不到的成果，局教育处没提出给以什么表彰吗？起码有个评价吧！”

校长勃然大怒，一拍桌子站起来对大家说：“我生气就生在这里，而且还不好辩解。去年，子文非要当班主任，不教音乐了。我一想曹老师已经恢复健康继续教音乐也行，但考虑子文刚任教师不久，我是不放心，才把去年两个班的落榜生组成复读班交给了子文。这倒好，两项排名第一，局教育处倒有个说法，复读生嘛，多上了一年，一样的教材学了两遍，年龄也大，考试经验也多，排第一很自然嘛。还有人竟然在会上说不应该把复读班列入排榜名单，复读班占了便宜，复读班和普通班级在一起考试，胜之不武，这样排榜不公平。”

校长说完坐在座位上喘着粗气不说话了。坐在角落的吕老师是毕业班一班的班主任，当初排班时，他抢先把优等生抢到他的班里，见校长对子文取得的成绩无法褒贬，心中暗喜，他问校长：“一班的排榜在多少位？”校长突然眉开眼笑，这是校长少见的表情，太难得了（校长的绰号叫“连阴天”啊）。只听他笑着对吕老师说：“你猜猜。”吕老师说：“猜不出。”然后明显故作谦虚地说，“名次肯定不太靠前。”校长笑着问大家：“大家猜猜一班的名次，排榜第几？”大家都笑而不答，说高了说低了都不好。沉默一会儿，校长不满意地对大家说：“你们怎么一点数也没有！”然后又笑了，“咱们这些人就数吕老师最聪明，难能可贵的是他的自知之明和心中对自己班级学习情况的准确了解，他猜对了！”吕老师脸色不自然起来，小心地问：“到底排多少名？”校长说：“公布一下吧。二班，全局二十八个班级的第九名，位列前十，还是不错的名次；一班，一班嘛……第二十三名，倒数第六名。这不是不太靠前而是太不靠前啦，可是根据吕老师的教学水平，我想这已经很不错啦！散会！”校长挥了一挥手，示意老师们各干各的去。

子文回到座位，心中有些气恼：自己的班级全是留级生，功课基础差，学习不积极，年龄大一些，打架、欺负别班学生等毛病不少。除了劳动、体育两项见长，几乎一无是处。自己因人施教，因材施教，利用骨干，采取一帮一优劣搭配排桌、学生自治等一系列管理措施和教学方法，一年来，学生的进步他自己最清楚，学生自己最清楚，可如今排榜第一却反而被他人褒贬不一。如果当初自己坚持要一班或二班，就是二班吧，也肯定比复读班强！今年应该坚决要求教一个普通班级。于是他对校长说：“我教的复读班看不出怎么样，我不计较，也不逞强。这学期我还要毕业班，但不要复读班了，只要一个普通班级中最差的，或者是先把优等生调成一个班给吕老师，剩下的组成一个班给我，我敢说，明年的成绩肯定比今年更突出，这样行吗，校长？”

校长说：“咱今年不成立复读班了。咱把落榜生插入新升级的两个班内，来一个成绩模底排队，然后第一名分一班、二名二班、三名三班，接着倒过来，四名三班、五名二班、六名一班……如此类推。你们三个班主任抓纸团，抓哪班算哪班，这样就没什么话说了，再看明年排榜就有可比性了嘛！怎样？”子文十分兴奋，他第一次恭维自己的上司：“校长，你真高，实在是高！”

校长沉下脸来低声说道：“那个吕老师，新学期我打算让他教体育课。”子文不同意，对校长说：“不，请你一定叫他同时抓纸团当毕业班班主任！”校长厉声说：“这不是胡闹嘛！”子文喏喏而退。

虽说还不到土豆收获季节，可子文开荒种的土豆已经可以扒着吃了，这给子文家解决了很大困难。周日，子文上山扒上一筐土豆，每顿饭炖上一小锅，他与妻子一人一大碗，又顶菜又当饭，可以省下一张煎饼。妻子仍然没给孩子断奶，这样的日子，本来没什么给孩子吃，如果断了奶，孩子肯定是受不了。艰难的生活，清苦的饭食，奶水已越来越少了。只有子文一人的户口，每月再买黑市粮票七八十斤，仅有的几斤细粮尽量给两个孩子吃。有了土豆，省点粮食是必要的。可是几天以后，这样每顿一大碗土豆的食品结构开始出问题，天天炖土豆，也没有油水，吃着渐渐厌烦，而且吐酸水，烧心烧得越来越厉害，吐酸水吐得不愿意吃饭，消化也不好。邻居王大娘到子文家串门，看到他们家以土豆代粮的做法，她告诫子文，这样拿土豆当饭吃是不可以的。她说她有个经验，可以把土豆煮烂捣碎，把玉米面糊糊与熟土豆一块用石磨磨成浆，烙成煎饼，既好吃，也不烧心。前些年她家孩子多，生活艰难时，就是这样吃土豆的。

子文夫妇立即采纳这一建议，挖上两筐土豆煮一大锅，掺上十来斤玉米面，磨成浆，烙成煎饼一吃，果然又好吃又好消化。这个秋天，等土豆完全成熟，已经吃掉地里的三分之一，但成熟的土豆淀粉含量高，越来越顶饭。

这天，当妻子又煮上一大锅土豆准备磨浆时，她异想天开，土豆是又甜又面，不掺玉米面纯用土豆磨浆烙煎饼行不行呢？过日子的女人自行主张，用一个夜晚的时间，把土豆扒了皮，第二天磨了浆。闯关东的女人们干家务活有绝招，把特制的背带往背上一背，结头扎在腰间，孩子在后背上，两只手腾出来推水磨子，把着磨棍、背着孩子，兼干两不误。纯土豆煎饼是烙成了，比掺玉米面的煎饼还略白一些，煎饼的整体也很美观，谁知叠起来一吃，就不一样了。高含量的淀粉烙成的土豆煎饼像牛皮纸一样坚韧，撕不烂，咬不动。妻子从菜园拔上菠菜，做上菜汤一泡，好！吃起来不再那样费劲，有菜汤就有了滋味，改善了不少。收了几麻袋的土豆，这个冬天能节省不少粮食。隔几天，就吃两顿玉米面窝头改善一下，然后继续吃土豆煎饼。菠菜汤、萝卜条汤、白菜汤、酸菜汤成了子文家每顿不可缺的菜肴。一家四口人，把生活分成三个阶级：子文夫妇以土豆煎饼为主、玉米面为辅；三岁的儿子以玉米面为主，以细粮为辅；六个月的小女儿以细粮为主，以奶水为辅。女儿吃细粮也是采用特殊办法：妻子把馒头嚼成糊状，与孩子嘴对嘴喂哺。子文每每看到山东老家祖上传下来的这种哺饲方法，觉得不太卫生，不太科学，可是自己小时候连一天奶都没吃，生下来就送给养母，不就是这样哺饲存活长大的吗？

令子文感动的是，妻子将馒头咀嚼着，女儿的眼睛就亮亮地看着妈的嘴，当妈妈俯下身子时，女儿的嘴自动张开，那场景如一幅画面牢牢印在子文脑海，又幸福甜蜜，又辛酸痛楚：儿子、女儿，爸爸没有良好的生活条件，你们受苦了，但我相信，将来一定带领全家改变这一切！唉，新政策已经实行好几年了，山东老家来信说，农村开始搞承包，还要分田到户，大家干劲很大，粮食成倍增收，已不再吃糠咽菜，粗粮细粮兼用，白面馒头已不算稀罕物。可是自己闯关东当了工人教师，工资这样低，粮油供应制度一成不变，老婆孩子过着落后于老家农民的生活，这……每想到这些烦心事他心里就很乱，他理不清楚，自己闯关东错了吗？不是，现在自己是一名国企职工，当了教师，成绩也不错，工作还算顺心，也很热爱这一行工作，而自己家乡的人还是农民嘛。这样想想就说不出闯关东的后悔了，看到老婆孩子的清苦，他心里就沉甸甸的，他再一次为自己加油，努力改变！

林业局教育处为了适应新的教育形势，在本学期加大了提高教育质量的措施，措施之一是提高课堂教学质量，这一个措施落实之关键，就是提高教师课堂教学效率、授课水平。传统的办法，除了发些教材和书籍要求教师们学习教育学、心理学等理论知识，武装教师头脑以外，又频频开展观摩教学，举办一些教学研讨会等活动。在教学观摩课和研讨会议中，子文也是跃跃欲试，很想成为主讲人试一试身手，他大胆地找到了校长试探地说了自己的愿望，校长说："作主讲人的，都是教育界的老教师、名教师，而且咱们教育处的人出于种种考虑，从来不用林场学校的教师作为主讲人，从来都是用局所在地中心学校的教师做主讲人的。通常，一旦设定了哪一个学校的主讲人，全校都要行动，献计献策，集体研究，集思广益共同研制教案，修改、试讲、评价，再修改，最后报到教育处审查通过，直到认可再定案。就这样，大家有时候还是褒败不一。教育处大约不会考虑在山沟林场学校设观摩课，再说，在林场交通不便，难以通知各校都往这山沟来呀！这事不好办。你毕竟是新教师，在教育界仍得不到重视，过几年再说吧！"

子文有些失望，他十分期盼校长能正面向教育处提出这个要求，他对校长说："校长，我不明白，教育处为何就认定中心学校教师才能担当主讲人？是因为这些教师有学历，还是教学经验丰富，教学成绩突出？那些教师学历再高，考核成绩不一定有我们好，教学经验再丰富，他们也没写成文章发表，教学成绩嘛，我们的毕业班也是排榜第一名，尽管对复读班有争议，没有可比性……”

“你先别急，考一次第一，发表一次文章，教一个复读班，就把地位、形象提起来了？告诉你子文，中心学校的校长都比我这个校长高一个行政级别，比我这志愿军连长地位还高，在教育处参加校长会议，他们的坐席还排在我前面。习惯势力，习惯势力，习惯不是一天养成的，势力也不是一天能改变的。你安心点吧。”校长又是一脸冰霜，老气横秋，肝火也上来了，喘着粗气，对子文挥手示意不愿再说。子文负气地坐在自己的办公桌前，在备课本上乱写乱画，内容乱七八糟，大致是：“改变上面的习惯，扭转局面，不可能吗？”

国庆节后，学校接到通知，在第一中心小学搞观摩课，林场学校去三人听课参加研讨。子文找校长提出自己要去听课，校长说：“好好学习别人的经验长处，看出毛病该发言就发言，但一定有把握，还要控制局面，别像上一次，一肚子理被人家弄得狼狈不堪。我知道你负气而去，去干什么我也猜个差不多，你就去好了。小心，谨慎。”子文听校长如此说，算得上理解之谈，他嘟囔说：“不辱使命。”

一小的语文教师王老师作为本次活动主讲人当之无愧，他是“文革”前中等师范毕业生，有十几年的教学经验，不但在林业局，区里市里都有名望，上次教师考核名列第三。她所教本届毕业班升学成绩排榜第二，她对子文的个人考核成绩心存疑团，对子文复读班排位第一持强烈的异议。她不认识这个初上教育岗位的“小山东”，很想见见。这次叫她主讲，她做了精心设计，学校把四个语文教师集结一起弄出教案，又请教育处审查通过，前后历时半个多月，才通知各校来听课。

课堂临时设在第一小学大会议室，把会议桌搬出后，仅用三分之一的地方安排一个班的课桌，后面三分之二的地方安放五十多张凳子供听课教师之用。黑板是临时安装，上方用红纸大书横幅：“汤河林业局语文教学第三次研讨会”。

王老师讲的是小学课本第九册语文，白居易古诗“离离原上草”一篇。听课人来自各校，子文在省级教育刊物发表了颇有分量的文章，又在教师文化摸底考核中取得第一名的成绩，然后是小学升初中子文的复读班成绩取得颇有争议的第一，接二连三的不凡表现就说明一些问题，林业局教育界对“小山东”开始有所争议和关注。子文也不像第一次听课时那样拘谨，年轻气盛的他觉得他有资格有恃无恐啦！

各校来听课的教师们不失时机地精心打扮一番，在第一小学的校园里人们找上自己的熟人热情地打招呼，男男女女彼此欣赏和自我欣赏。这次行业大聚会，不像是教师考核那次，这是来听课，没有精神负担和压力。

子文还像往常一样的打扮，其实他也没有好衣服穿。他心里清楚，自己最好的衣服也是极其普通的，他干脆来个倒行逆施，穿一身在山上打桠子时发的帆布工作服，一双布棉鞋还是娘在世时亲手纳底上鞋帮手工缝制的，这反而使别人多看他几眼。子文相信，强烈的反差会有出其不意的效果。

听课的老师们提前入场坐在后排，其次是听课的学生鱼贯而入，最后主讲人上台。子文是在主讲人登台后才走进教室的，他特意从讲桌前过去，让主讲人王老师留神看他一眼，认一认这个个人考核成绩班级考试成绩总先于自己一头的人。子文故作姿态，身着粗衣布履，但却昂着头，一副气宇轩昂的派头。主讲人王老师是个略微发福的中年女人，今天的仪表风度都很得体，人长得精干利索，语调平缓，语音清晰，节奏偏快，是个当教师的好人才。

主讲人按照备课方案开始讲课：板书课题粉笔字很见功力，作者简介如数家珍，朗读课文普通话标准规范，然后进入课文分析。先分析字义、词语，然后是解释诗句，小学课本中删去了原诗的后面四句，只有前面四句。诗是古诗，分析课文、讲读是用现代白话，主讲人对文言句式的解析写在黑板上，然后把四句古诗译成白话文叫学生做了笔记，接着是学生朗诵课文、背诵词语释义、诗句解释、白话文背诵、提问，最后布置作业——背诵课文并把课文写十五遍。

王老师将上述教学环节进行完毕，下课铃也正好响了，足见这个老教师的备课水平和驾驭课堂的能力。子文心里暗暗佩服。

下课后，主讲人姿态高雅地走出教室门口，学生从最靠门口的一排有秩序地依次走出。子文抢先离座拦住几个学生问道：“你们谁能背诵这首诗后面的四句呢？”学生们疑惑地问：“后面还有四句？课本上没有，我们不知道。”

在这一堂教研课上，子文始终认真地听讲、认真体会、认真做笔记，如饥似渴地学习主讲人的讲课方法方式，主讲人点滴长处他都记在心中。主讲人驾驭课堂的能力、整洁的板书、漂亮的粉笔字、教学环节的节奏，甚至四十五分钟的时间分配都精打细算，恰到好处。课堂问答，学生状态也很到位，这是自己力所不及的。子文心中很佩服主讲人这些长处，他心想，这些长处正是自己需要改进的地方，自己应当立即在今后的课堂教学中应用、发挥、延伸、发展、提升。观摩教学对自己的确有帮助，对提高广大教师的师资水平有帮助。

可是除此之外，子文更在敏锐地捕捉主讲人的每一点疏漏。他把笔记本当中划上一道竖着的粗线，将笔记本页面分成左右两部分，左边是他记下的主讲人的优点，记下令他佩服、受到启示、有所帮助甚至令他喝彩的部分，而右边是他捕捉到的观点不同之处。

课后进入研讨、讲评。首先由教育处主办部门负责人做了主导性发言，然后要求大家发言，一定要谈出自己的体会、感悟，做到知无不言，言无不尽等等。众人开始发言，大家人云亦云，溢美之词入出一口。子文低头一边听着他人发言一边继续准备自己的发言，直到大家发言即将结束，会议组织者问："还有人发言没有？"

"有。"子文从容地站起来，他告诫自己一定沉住气。这不是第一次来听课的时候，如今自己是在场全体人员中个人文化考试第一名，又是在权威性教育刊物发过专文的，自己今天就是来树立权威的。自己的穿着极简朴，实际上是一种更高级的包装。什么含而不露，什么大智若愚，这才是一种大英雄本色。

他力求语言节奏放慢，语音略为低沉地开始发言："各位老师、领导、主讲人，听了这堂课，我的第一感觉是如同商人所讲究的成本与效益，或曰代价与效果，再或干脆称之为期望值与失望程度。教育处组织这堂课，精心设计安排、挑选、准备，组织各校人员来听课，差旅费、误课成本、改变教学计划、会议费用等等，应当取得相应的作用效果，谁知不然。"

子文略为停顿环视大家一圈，目光停留在主讲人脸上，继续讲道："依我看，观摩课听课和教研的效果应分为显著效果、一般效果、失望效果，显著效果要达到耳目一新，推陈出新；一般效果要做到对他人的启发性、提示性；而失望效果是令听课者误解，事倍功半等。今天的教研课恰恰属后者。”

众人开始交头接耳，一小老师们的表情愤怒，组织者蹙起眉头。子文此时非但不慌反而信心大增，灵感倍至，只见他目露精光，神采飞扬，昂头扬脸，虚望前方的空间，不再看着众人不同的表情，一副傲气凌人的姿态。他知道，唯其如此，别人无所置喙，想打断也难。他侃侃自如地讲道：“一，本课节选古诗四句，一共二十个字，却用了整整一节课四十五分钟，同志们算算清楚，消化一个字要两分钟，学会五言诗一句要十分钟？造成了时间上的很大浪费。二，诗就是诗，小学高年级并非一个文化识字班，更非幼儿园学前班牙牙学语机械化背古诗，需要对课文的深入理解；三，诗不是散文，诗有诗的意境，解释一个字义用白话文，解释一句用白话文，翻译通篇还是用白话文叫学生背诵，如果教学目的真是如此简单，那教学则是世界上最轻松的职业啦！果然如此，不如不学古诗，都翻译成白话文，印在课本上岂不更直接？我相信国家教育部组织专家学者统编教材，专门选取一些古诗编排进入课文，其目的就是教学生知道什么是诗，并初步了解诗的意境与其他文学体裁相比所具有的独特魅力，还用咱们这些老师进行低级翻译，岂非多此一举？”

子文停顿一下继续说道：“古诗教学到底用哪种方式呢？大家有什么更好的改革性的教学方式呢？有没有？”大家无人应对，子文以权威的口吻说，“古诗者古也，古与今有其文化差别与文字差别，其实消灭这种古与今的差别极容易，有多容易？说到底，就像戳破一层窗纸一样容易。”

子文双手扶于前面的课桌上，身子略略朝前倾斜。“讲诗讲究诗意、诗情、诗韵、诗格，还要使学生贯通，既如此，当教师的讲古诗只需用现代体诗翻译古诗，不就达到这种目的了吗？用现代诗的语言，仍用原韵、原境、原情、原格，字变而义不变，形式变而内容不变，朗朗上口一目了然，艺术感美感无限，岂不妙哉！”

“有的同志可能会说，古诗一个字有时能译成好几个字，扩大的字句怎么办？极容易，你在用现代诗翻译古诗时，将五言古诗用七言或更多的现代文字翻译，把七言古诗用两句现代诗写成，须保持原来的‘辙、韵、味、情、意’，指出比和兴的方法特点，足矣。当然，尚需遵守‘字字有出处’的翻译原则。一言以蔽之，你得有古文基础知识，更得有现代诗的写作经验和能力，否则怎敢做语文教师？又怎能作为观摩课、教研课主讲人呢？鄙人不才，现将今天的课文头四句诗译如下：‘古原上的野草葱茏茂盛，每年一度枯萎一度繁荣。任凭野火肆虐却燃烧不净，春风吹来又蓬勃发生。’这是我随口举例，并不严谨，尚可改动使之更加完美。这种现代诗歌，学生极易接受，只需几遍即可背诵，就能进入古诗的意境，理解、消化古诗的精神。

“当然，教学的最高目的在于应用，如果你在作文课中，将这首诗的后四句引导自习以加深体会，或者以另外一首古诗，在老师的引导下叫学生练习用现代诗翻译古诗，就基本达到要求了。鄙人不敢说会教学，更不敢妄言会教古诗，但为使学生能学好小学教材一共十二册上所涉及的二十七首古诗，我不自量力已全部翻译成现代诗，并将由有关教育刊物陆续刊出。该刊物对这种古诗教学的新方式很感兴趣，打算以本刊论坛形式作为今年本刊物的教育新动向的探索课题。

“最后，说说课堂效率。这一册语文教材共有四篇古诗课文，按照一般老师们的教学计划大约需要十二个课时。我建议，把课文重新组合，把这四篇合成一个古诗单元，用我的教学方式用一两节课全部教完，节省十来个课时，并保持教学质量和教学目标的实现。四首诗，共计二十四句，共160字，我想没问题吧，何必费这些事？节省下的时间，可以多学些古诗作者简历、社会背景、文学史基本常识等等……我的发言没有准备，是冲口而出，不敢汪洋恣肆，仅仅抛砖引玉而已。谢谢大家。”

子文发言结束，全场静悄悄，子文不看主讲人的表情，也不看一小校长的表情和众人的表情，昂着头走出会场。他站在学校大门口长啸一声，舒了一口气。只听身后有人说道：“木秀于林风必摧之……”子文听出是校长的声音。

不久，教育处再次安排，在中心第二小学进行数学课教研活动，由第二小学教导处副主任兼六年部教研组长亲自担任主讲。子文踊跃参加了这次活动。主讲人是本省教育系统的先进工作者，这是一个高大健美的女教师，风度翩翩，戴副金丝眼镜，增加了几分文气和雅致，却穿着一身运动装，留着一头短发，显示着干练利索，英姿勃发，充满生命的活力。她满面春风在学校大门口与她的校长及教育处领导们站在一起，矜持而不无得意地迎接各校来听课的老师们。子文随着人流来至二小校门口，首先向主讲人扬手致意，主讲人先是一怔，神情有些不自在，继而满面笑容地伸出手来与子文握手："欢迎子文老师大驾光临，希望得到您的批评指正，本人定会受益匪浅，请。"

子文微微一笑："赴贵校学习取经不胜荣幸，机会实属难得，山沟学校来的粗人，不拘礼数，本人语言直爽，难免不周，但同行相见，既是研讨，定当知无不言，言无不尽。"子文这一席外交辞令，弦外有音，他将仍如以往，以声讨杀伐为主。

那主讲人面对子文这副神态，不由神情慌乱起来。二小校长也对旁边的教育处负责人嘀咕："他怎么又来了！不能让这种教育疯子参加。他一来就乱套。"教育处主办这次活动的一位同志说："总不能单独通知不准他来吧？他虽语言尖锐，可也总有他的见地和新观点，很难驳倒他。"

主讲人登上讲台时，她看到子文坐在听课的老师座位最前排，并直视着自己，不由心中发毛，舌头开始不听使唤，接连口误。她每次失误，就不由自主地朝子文那里偷望一眼，每看到子文，便准确地与子文的目光对接，越是想避开子文的目光越是管不住自己，一泄气信心丧失殆尽，四十五分钟怎么下来的也不知道，一堂精心准备的教研课煮成了一锅粥，下午的发言会宣告取消。二小的校长和主讲人心中明白，嘴里说不出的苦，怨谁呢？对子文的怨恨能作为正当理由摆在桌面上吗？各校来听课的教师也心存疑惑，不知什么原因弄到如此地步。大家没有注意到子文与主讲人的目光交流，也不明白那主讲人是因为子文的目光关注，才败下阵来。

在回夹皮沟林场的路上，校长对子文说："林业教育从来是重视局直属学校轻视沟里林场学校，这是个历史原因，谁也解决不了，久而久之，那些中心校的普通教工都看不起沟里学校的教师，沟里的老师们总是很憋气、很压抑。子文你脱颖而出，锐不可当，可谓初生牛犊不怕虎，但是你之所为势必成为众矢之的，小心，小心。"

子文说："本人并非天生好斗，也并非存心与他人过不去，我就是要改变沟里人不如城镇人的错误观念，扭转这种不良倾向。最终目的是让上级主管部门重视山区教育，改变目前现状。我就不明白了，林场一线职工对国家的贡献和牺牲并不少，为什么他们的子女教育现状就不能改善！研讨会能否由局里转移到沟里学校来，这是我教学工作努力的方向。”

中心二小校长带主讲人来到教育处教研室，一进门就没好气地说：“应当追究破坏教研课的责任人，这样下去，我局的教研活动将无法开展下去，给我局的教育工作造成的损失不可估量，局教育处领导不能姑息纵容别有用心的人继续胡来。”

教育处研究室主任苦笑着摇摇头：“讲评会没有开成，谁也没发言，你追究什么人、什么事呢？有什么事实能证明个别人个别事的存在？你说的别有用心，是否可讲得具体一些？”

二小校长恨恨地说道：“我倒有个建议，那些对教研课屡屡说三道四、横加指责的人就是以贬低同行为快事，此风不可长嘛，一个沟里工人刚刚走上教师岗位就如此狂妄，这是对中心学校、对教育处的挑战，是可忍孰不可忍？”

研究室主任笑了：“怎么处置这种人？愿闻高见！”二小校长说：“叫这种人做主讲人试试，看看有啥了不起！谁还不会鸡蛋里挑骨头。”

主任说：“你们可以做充分的准备，从理论上，事实上，好好替中心校教师们挽回面子。但是，你们大概力不从心，甚至无能为力，那个人亦非昔日阿蒙，弄不好还适得其反。”

第十八章

11月初以后，夹皮沟林场学校接到林业局教育处通知："经教研室研究报教育处同意，决定由你校教师子文同志作为主讲人开展一次小学语文教学，时间定于11月15日，地点在局中心小学五年一班教室，由该班学生配合教研活动，见通知后由你校校长及子文老师到教育处教研室做具体安排。"

校长对子文说："引火烧身，迫在眉睫了，明天一块到教育处吧。"第二天一早，子文随校长到了教育处，研究室主任重申了通知内容之后，子文提出："做主讲人可以，也是我个人学习锻炼提高的机会，但为何要在一小讲课，而不在我校讲？"主任说："在沟里小学开展研究会存在诸多困难和不便，交通问题、生活问题，这且不说，主要考虑是方便主讲人在教研室指导下做好备课，再是一小五年级一班是个优秀班级，学生有配合做教研课的经验……"

子文打断主任的话："主任，如果您确定要我做主讲，课题由您定，我要求地点在我校，我班的学生配合，备课也是由我自己备，我自己备好课由教研室审查好了，不用集体备课浪费人力物力还兴师动众的。交通有甚不便？前些日子各林场代表到我场参观人参栽培，是由局里大客车拉去的。局里的大客车为何就不能把地区的老师们拉到我校？由我主讲为何用别人的学生？我的班级怎么就一定比一小五年级一班差？我历来不主张集体备课，然后预讲演习，成为模式以后，像表演一样的教学，那太虚伪。我做主讲人，就是真实地反映教师的备课水平、教学能力、检验学生实际学习效果、提高四十五分钟课堂教学效率、减轻学生的学习负担等几方面教学指标，唯有这样，教育主管部门才能总结经验，找出不足，提出改进意见，以达到观摩教学的初衷和目的。”

主任沉思半天说：“你先备课，把教案拿来由研究室审查以后再说。至于教学班级、地点，再做研究。你的主讲课文也是教学难点，也是一首唐诗，即第九册语文第三十一课《早发白帝城》，至于你的教案及教学设计，仍有必要先看一下，时间给你二十天。”子文心中一沉，教研室同样选择一首古诗做教研课题，肯定是二小的人参与了意见和建议。

校长站在一边听着子文与主任的争辩频频点头，临出门口才说：“不用我们的学生开教研课，我就不安排子文做主讲人。”一副老气横秋、以荣誉军人自居的神态，把年轻许多的教研室主任镇住了，主任终于同意子文的意见，教研会就在夹皮沟林场小学，并且由子文班里的学生配合。各校自行解决交通问题，办法是各林场小学的教师需在前一天到局里招待所住下，一早乘局教育处借的一台大客车到夹皮沟小学，中午就在夹皮沟林场职工食堂吃饭。校长回来对林场场长说了此事，场长十分支持，表示一定按照前些日子全局各林场场长来本场召开人参栽培技术现场会一样的规格招待这些来自各校的教育精英。这就是说，把各校来听课的教师的招待，提高到场长一级水平。

校长高兴地对子文说：“你的目标提前实现了，但不能虎头蛇尾。”

子文说：“我估计教育处的观摩教学工作难以进行了，无人再愿意做这主讲人，这才安排我们做主讲人!”

讲课的时间也已确定，连讲两个课时，讲评一个小时，中午饭后各校老师回去。这天各校来听课的教师就从方圆百里的全局范围内各林场聚集到夹皮沟小学。学校已安排除子文的教学班学生以外全部放假，串到周日上课，专门倒出大教室接待这些园丁们。虽说最寒冷的季节尚未到来，但校长身穿志愿军黄大衣，手中拄上一支新购的手杖，难得的亲切挂在脸上，他长时间站在校门口，满面春风地迎接着陆续到来的客人，那姿态如同一个强盛国家的国王接待四周小国来进贡的使者。

来听课的教师们各怀有不同心情：曾经被子文抨击过的主讲人是抱着报复心理，准备来吹毛求疵的；局中心小学各校来的其他教师抱着无所谓的态度，看看沟里小学校的主讲人到底有多大能水就这么霸道，怎么从山东农村刚来东北走上教育岗位就如此张狂；还有的教师干脆带上了工具，准备听完课上山捡点残存的山货（其实是什么都没有了，只有初冬的零星积雪）。各沟里林场学校来的教师们倒是郑重一些。他们有部分人觉得教研会终于打破以往的常规，把会场选定在沟里林场学校，选择了沟里的老师做主讲人，这种改变是他们无法想象的事情。他们一是好奇地要耳闻目睹子文的讲课，也是抱着调剂一下的心情来的，甚至幸灾乐祸希冀原先几个主讲人今天与子文是否有番热闹的较量。

上课铃响，学生提前坐好等待，三十多名教师鱼贯而入，挤在教室后边空出来的地方。子文没有提前走上讲台，而是随着校长以及自己本校二十多名老师，一群人站在教室门口，他还是穿了一身抬木头发的帆布工作服，在本校员工队伍中与烧水房的校工挨着很不起眼，但他注意到那几个主讲人的冷漠表情，看不出有多少挑战意味。

子文走上讲台，他开场说道："中国古典文学的宝库博大精深、包罗万象，而古典诗词发展、演变到现在，是这文化宝库中最浓缩的精华部分，唐诗乃是诗歌的最高峰，本课作者李白则是这一高峰的绝顶。我认为，绝顶不是可望而不可即，不是高不可攀，只要你拿到文学宝库的钥匙，或找到攀登高峰的捷径，这些就不成问题。古典诗歌既可以作为很高的学问供大学问家去研究探索，亦可作为普及读物甚至作为学前儿童教育的教材，它适用不同的文化层次。小学语文课本中有古诗学习，中学的、大学的、专业研究的都有古诗的学习与研究。我们要找出合适的层次，做到了解、熟悉、掌握、应用。

"同学们认为古诗不易懂，那好，咱们磨刀不误砍柴工，今天我用将近一节课时间磨刀，从课文作者生平、社会背景、涉及文学史的简要知识等等基本常识讲起，再讲讲有关古诗特点和格律以及古诗中的字词的理解规律。当然，小学阶段都是浅尝辄止不可能太深入，我们用一节课讲读这首古诗，分析课文、理解课文、应用知识，最重要的是要学到读懂古诗、理解古诗的办法。第二节课时，在第一节课掌握学习古诗规律的基础上，一节课学完这一册课本中的其他四首古诗，最后布置作业。"子文话音刚落，全场教师和教育处几个工作人员神情有变，特别是教研室主任，他曾叮嘱过子文，就按教学计划，讲课本上的一首古诗，怎么还自作主张要连讲呢？他凑近子文的校长跟前低声说道：“子文自作主张不按规定教学进度和计划讲课，你知道吗？”

校长的脸又阴沉下来，以不容他人置辩的语气说：“他对我打过招呼，他说他在山东老家干过几天民办教师，就是这么干的，曾经在全县推广取得良好效果。我也想，一台汽车的载重，怎比得上一辆机车拖挂一列车厢的载重量呢？而且并不违背减轻学生负担的教改原则。依我看嘛，他采用跨越式的教学进度反倒是节省了大量时间，用另一种形式减轻学生负担。”校长说毕，头往后一仰靠在椅背上不再理会主任，主任定睛一看，他竟闭上了眼睛在听子文讲课。

“李白，字太白，生于公元701年的盛唐时期，‘盛’者，是强盛，也就是国家强盛。他大约五岁左右随家搬到四川江油县居住。十五岁时，李白的文章已经很出色。同学们，十五岁仍处少年阶段，比你们才大三两岁，不简单吧？”子文一面介绍李白生平一面在黑板右上角写了两个字：李白。这时大家看见，不修边幅的子文一站在讲台上，脸微微上扬，几乎不大看自己的听众，似乎是在舞台演出一场话剧一样潇洒飘逸，而他的学生则神情专注，一脸虔诚。

“李白有文才，喜击剑，有侠气，不是书呆子；喜游山玩水，性格豪放这是他的特点。他在二十五岁之后开始游历，十年内走遍大江南北，名气很大。皇帝唐玄宗把他召到长安只是做一个御用文人，他不能发挥自己富民强国的抱负和理想，也看不惯皇帝身边那些权贵们，他这种性格，当然就受到皇帝左右那些人的排挤。他忍受不了‘摧眉折腰事权贵’的生活离开了长安。后来在安史之乱中，他投身平定叛乱，但由于统治者内部的矛盾，他站错队竟获罪被流放。公元759年，他获得赦免，从四川回来途中，经三峡时作了一首诗，即今天我们讲的课文《早发白帝城》。这首诗表现了李白遇到赦免后，轻松愉快的心情，诗的节奏轻快、流畅。下面我们先找出本课的重点词重点领会，然后我把这首诗用现代诗翻译出来。下一节课以自学为主，学完其他几首诗，并由同学们在领会词义的基础上学着用白话诗试译——顺口溜也行。”

几个原先曾做过主讲人的老师原准备在这次教研活动中对子文大加抨

击，谁料想子文的课堂设计是如此离谱，完全破除传统的教学环节，而且加大了学生的学习内容好几倍。这几个人简直无从着手，大部分人说不出所以然来，又惧怕子文的刀子嘴，干脆少说为佳。唯有二小教学主任冷笑不语。

讲台上子文神采飞扬，学生配合积极，课堂学术气氛浓烈，而听课的老师们交头接耳窃窃私语，有的教师怔怔地发蒙。

“时间是在唐肃宗乾元二年三月李白流放夜郎从四川到白帝城时，被朝廷赦免，他惊喜交加，立即乘船赶回江陵。第一句的彩云间，交代了李白离开白帝城的时间，也描写了白帝城的高，在彩云环绕的早晨，诗人告别白帝城，心情是何等高兴啊！第二句，用空间的遥远和时间的短暂对比，凸显了船行速度之快，而‘还’字的巧妙运用表现出诗人急于回家，也流露出诗人获赦还乡的欣喜……后两句描绘了沿途两岸的景色，长江三峡两岸有很多猿猴，诗人用‘啼不住’形容船速之快，不经意间轻舟已过万重山……纵观这首诗，充满了诗人遭遇政治挫折人身困窘之后爆发的感情力量，雄壮、迅疾、豪迈、欢喜，令人回味。古人曾称赞这首诗‘惊风雨而泣鬼神’……

“现在我将这首古诗用现代诗的体裁形式试译一下：早上，我告别了彩云环绕的白帝山城，只用一天时间，回到千里之外的江陵，在长江两岸，阵阵猿猴啼声尚未停住，客船已经顺江而下越过万重高山峻岭……”

两堂课下来，子文感觉基本达到自己的设计要求。

讲评开始，局教育处教研室的主持人也没做出主导性讲评意见，只说是教研教研，教与研都极其重要。在教育改革方兴未艾之际，不妨有所突破，也体现教育界学术活动的百家争鸣。

照例是几个人起来发言，无非老生常谈，对子文的革新和教育特点大概是心中无数，也无所触及。最后，第二中心小学教学主任站起来发言。她清清嗓子，拿着笔记本提出自己的意见：“今天是一堂别开生面的语文课，所谓别开生面，是叫我感到耳目一新。我的感觉不是一堂小学语文课，那干脆是一堂地方民俗语言演示课。作为小学语文教师，最起码、最要求做到的就是要用普通话讲课，不会讲普通话的语文教师，是一个不合格的语文教师，连上岗的资格恐怕都没有。本课两节课的时间，是以讲为主，主讲人非但不用标准的普通话讲课，而且地方方言十分浓重，这是对学生的误导，希望主讲人能迅速练好这个基本功，否则是误人子弟，也希望教育主管部门关注此事，对这一重大不足或者说是缺陷做出反应。”教导主任发言完毕，往子文这里看了一眼。

子文的校长站起身来示意发言，主办人许可，但校长又老气横秋地坐下了。他掏出老花镜，呷了一口开水，清了清痰，有意识地慢条斯理，以显示自己的沉着。自去年在《梁生宝买稻种》教研课上，他看到主讲人的学校领导与主办单位的领导人们坐在一起那副洋洋自得居高临下容不得他人提反对意见的态度，心中早就不平。今天他故意不与主办单位领导坐在一起以示清高。可是他也清楚，自己的专业知识及文化水平都不足以与在会人员一拼。可谁知二小方面提出的不是语文教学中其他问题，而单指出一个使用普通话的问题，他来了信心。他说：“国家提倡讲普通话，提倡仅仅是提倡而已，而非必须或者强制性。制定汉语拼音方案、推广使用普通话也几十年了，仍然是在一个漫长的提倡与推广阶段。目前国家教育部还没具体规定不准使用方言讲课。近期一连串地出现那么多革命战争题材的电影电视剧，伟人们用方言讲话，并没影响收视效果，在座的老师们难道因为电视剧上的伟人们用方言，你们就拒绝看吗？你看没看？你怎么不给文化部上书反映封杀这些演员？封杀这些优秀的电视剧？电视剧使用方言无疑还推动了对地方语言的传承工作。子文从山东刚来不久，乡音未改不忘祖宗嘛，没什么了不起的。”

二小教研室主任反唇相讥：“这是教研课，是要起到示范作用的!”

这时子文站起来发言了：“我请大家回答一个问题，请问，我的学生回答问题的正确率怎么样？对我的讲课接受和理解程度如何？有谁注意到我的学生在课堂上回答问题时，是使用的普通话呢还是用我的家乡话呢?”

会场上静了下来。

“学生的学习效果还是很不错的。”有人简洁地说。

子文笑了一笑：“我敢说，我的学生完全是用标准的普通话回答问题的，教学效果有目共睹，我说的是家乡话，可我的学生回答问题讲的是标准普通话。教学目的达到了，目标实现了，殊途同归。这就如同看电视一样的道理，影视上的伟人角色讲的是家乡话，亿万观众并没因此都用一个腔调都讲地方方言嘛。我相信那些专业演员是会讲普通话的，但他们尊重事实、尊重历史，影视效果更感人。难道不是吗？我还告诉大家，当我认为需要的时候，或许我会尝试用普通话讲课而要求我的学生用山东话回答问题。你们追求教学效果还是讲究形式主义？你用普通话用两节课时间讲十节课的内容我看看？”

校长使劲地咳嗽、大气地吐痰，清理嗓子结束之后，用像是美声唱法的嗓音说：“真是的，让我用哪只眼睛瞧你才好呢，本想说两句，我想还是不说更好一些，一个资深教育工作者只讲究形式而不注意教学效果，只知道舍本求末。这样的人才是真的应当从语文教学的讲台上下去吧？”

据说，教研室主任回到局里对处长说：“夹皮沟小学的那个主讲人还有他那个校长，纯粹就是不可理喻的雄辩家、无法战胜的牛皮理论家！但他们的学术观点又是无懈可击的。”

长白山麓西端有一处在本林业局境内最高的山峰，叫老头岭，地势险要，是三县交界处的交通要道，顶端的盘山公路全是之字形，上下坡度很大。无论是大车还是小车，行进到此处无不小心翼翼。如果是步行，可是一种严峻的考验。春寒料峭，树枝头上的苞芽迟迟不能绽开，而沟底的树叶已经伸出嫩绿的叶子，长白山区的地势明显影响着温度，同一地带，由于海拔的差异温度相差很大。几天的春雨，山顶雾气蒸腾，空气湿度很大，前方的路看不多远。沙子公路被雨水泡得软软的，山顶上车辆很少。透过蒙蒙细雨可以看见山顶上有一个行人，他一边走一边回头张望，看看后面是否有汽车经过。风雨中，他很希望有辆过路汽车捎上他，可是他一路拦了好几辆运材车，司机只是按着喇叭示意他闪到路边去，有一台拉木头的大车还加大马力溅了他一身泥水。几次失败，他对拦车失去了信心，看来只有横下心朝林场步行，赶那三十里山路。

这个步行者正是子文。他此时一边爬坡一边盘算，再有两个钟头就能走到夹皮沟，再走一个小时到吊水湖，然后是高丽房、十八段，就离林场很近了。身上早已湿透，外衣和里面的毛衣沉重地贴在身上，在疾行中倒是不觉得怎么太冷，可泥泞的盘山路忽上忽下，使他很疲劳，他从早晨到现在已经走了三十多里路啦。他是大清早从三平林场步行至林业局所在地，林业班车因连日下雨而停运，只好继续前行来到老头岭。除了劳累，早已是饥肠辘辘，坚持吧，再有三个小时总能到家的。

上坡路，逆风而行。他不由自主弯下腰向前倾着身子前行，细雨顺着脸面流下来，不时地用手撸一把。唉，星期六去三平林场看望叔叔婶子，住了一夜，谁知天气不好，只好吃苦头了。他盘算着，等中午后回到家，脱了衣服，在热炕上一坐，吃上一碗热乎乎的疙瘩汤，然后在被窝美美地睡上一觉，睡觉时两岁的女儿总爱用小手摸他的脸，把他弄醒，他一把把女儿拖进被窝亲她的小脸蛋……

"滴滴"，汽车喇叭声从背后传来，他一回头，是一辆帆布吉普车从背后爬上山来。他一看就知道这是林业局唯一的小车，能乘坐这辆小车的人不是局长书记，起码也是局里的处长科长主任一级的干部。既然连拉木头的汽车都不拉他，这干部车就更不可能拉他这满身泥点斑斑、衣服湿透的人。他心中不存念头，依然弓腰向前疾行。吉普车很快就追了上来，与他擦肩而过，谁知那车在前面几十米的地方停了下来，令他更意外的是，从车窗里伸出一只手朝他招呼，示意他快走几步。他心想："是谁这么好心肠呢？如果不认识，是主动停下做好事，那么这位好心人必定是一个爱护百姓的好干部好领导。"他几步赶到车门跟前，后面的车门从里面推开，坐在后排的人说："快上车，上车吧。"

子文一看还真的不认识，但可以肯定他们不是认错了人。他犹豫片刻，激动地向车上爬，车顶很矮，他被不轻不重碰了一下头，但突如其来的激动使他没有觉着疼。他拙笨地爬上车，又拙笨地坐在后排的右边座位上，动手把车门关了两次，开车的人仍说没关上。这时，坐在左边的人伸过手砰的一声把车门关严，车才开了。他心想："关车门还用那么大的劲儿!"

车上的感觉真好，真奇妙，车座位这么软，颤颤悠悠，车内暖暖的温度与外面简直是两个天地，比在自己家的炕上还舒服，淡淡的汽油味儿他觉得很好闻，这才是坐汽车的味道，是坐小车的感觉。更令他惊奇的是，坐上这么舒适的车已经很享受了，不知从哪里还传出美妙的音乐，优美的旋律在有限的空间回荡，是从哪里发出的声音呢？像是从司机那里，又像是在车顶上，还像是从背后。啊，当领导的可真享受啊！坐领导的车，是这样美好，风雨中尤其好，子文像在梦中，车上的音乐如同天籁。

车上连他四个人，一名司机，司机身旁的乘客，他这才认出这是林业局大名鼎鼎的劳资处处长，后排戴着眼镜的像是个机关科员。“喂，”戴眼镜的拍拍子文的肩膀，使子文从第一次乘坐这高级交通工具的陶醉中惊醒。“问你，你是不是从三平林场顶替接班当了工人的？你姓什么？”子文很认真地回答了那眼镜科员，心想：“他怎么说得这么准确，他认识我么？”眼镜对子文说：“我们处长有超常的记忆力，凡是他经手办理招工手续的人，不管多少年以后、不管分配在哪个林场，这么说吧，全局上万职工的档案或者花名册，是打哪省哪县来闯关东的，他都记在脑子里，处长就是一个活档案库。今天的事情就是证明，我真服了。”处长回过头对眼镜说：“服了就好，回去你请客吧！”子文似乎从这两个人的对话里悟出一种什么味道，就问处长：“你们为何停下车拉我？难道就是为验证你的超常记忆力吗？”没等处长回答，眼镜笑了起来：“小伙子，是这样，刚才我们处长从车窗看见你在风雨中行走，他一眼就认出了你，立刻说出了你的姓名、怎么当的工人、分配在哪个林场，我还不信，处长与我打赌，如果处长说错了他就输了，他请我喝酒；处长说对了就是我输了，我请他喝酒。这不是，把你招呼上车一问，还是处长厉害，令人佩服哇！”眼镜说着朝处长伸出大拇指。

“停车，我要下车！”子文突然大喊。

车里其他几个人几乎同时转过脸诧异地看着满脸愤怒的子文。眼镜说：“怎么不坐啦？冒着雨行走更凉快是不是？”

子文生气地说：“你们休要拿我做赌注、当筹码、寻开心，我原以为你们是有人情味，却原来是……停车，我要下车，快停下！”

“哈哈，”处长说，“山东人，真山东人，驴脾气。嗨，你坐过几次小车？在山东扛锄头的，你还……”

子文说道：“我是第一次坐小车，坐上它是比步行舒服还走得快，但我很恶心，决定不坐了，说不坐就不坐，停车！我拉车门往下跳啦！”他握着车门把手乱拧，反而拧不开。

司机急刹车，不满意地骂道：“神经病！”说着拉开车门。

子文下车后，把着车门怒气冲冲地说道：“这小车不是你们的个人财产，它属于林业局全部员工，每个职工都有一份。你们经常坐着它，我坐坐也是理所当然，用不着感激什么人，更用不着受什么侮辱换取一时的舒适。你记住，不是每一个人都愿意受你们捉弄的，我们的尊严不比你们差!”说完，他把车门用力一甩。

小雨迎面扑在脸上，凉丝丝的真痛快，在车上短短几分钟的奇妙感受，舒适的座位、美妙的音乐，那暖和、快速、神奇，统统模糊了。吉普车加速前行喷出的油烟让他恶心，他涌上一口痰，“啪”地吐出老远，然后长舒一口气顶风冒雨大踏步往前方赶。三十里路，三个钟头到家，在自己的热炕上喝上一碗疙瘩汤，然后进被窝睡一觉，睡觉时，女儿的小手会摸自己的脸，将自己弄醒，自己一把拉住女儿，亲亲她的小脸蛋儿……

夏天的早晨来得特别早，不到四点钟，后山上布谷鸟又鸣响了长白山黎明的前奏乐章。学校还在沉睡中没有醒来，后院里升起浓浓的雾霭，地面上的植物不分昼夜利用大好时光以最快的速度生长。这时，有一个人肩挑两只大桶，手持铁锹向学校后院的东北角走去，这是子文老师的身影。他脚上穿着只有下雨天才穿的胶皮靴子，戴白手套，大热天嘴上还捂着大口罩，他走到学校厕所，放下肩上的大桶，弯下腰掏起大粪来。难道他还在业余时间兼任学校的掏粪工作吗？其实，子文打算做这件事情不是一天两天啦，起先是他看见厕所大便满坑了没有人收拾，小学生的劳动课是解决不了这项任务的，甚至连工具都没处找。后来子文想到当年自己在生产队的时候经常干掏大粪的差事，那是在刚刚下学的那年，自己才十六岁，加上个头矮，干不了重活，生产队长就安排子文跟随妇女劳力掏大粪，每天只记七个工分。两个妇女抬着一副大抬筐，子文手持铁锹，三人一组负责本生产队三十户人家的厕所，他们挨家挨户巡回工作。子文将各户的大粪用铁锹挖出来装进大筐里，妇女两人抬着、子文看秤，记下斤数交到生产队，由会计换算成工分。子文干这项工作一干就是几年，技术熟练，掏得干净打扫得彻底，计量准确。这是生产队里百亩土地除了饲养室的畜粪之外最大的肥料来源，子文过完秤，妇女把粪抬到生产队的沤粪池里。生产队规定是不允许社员自己往自留地使用的，有的社员干脆在起早直接将大便拉到自留地，实际这也是不允许的。子文想不到这林业山区种田地竟然没人用这种优质肥料。学校分给老师的菜地就在学校后院，与厕所近在咫尺，为何没人使用呢？他曾经问过校工，校工也是当年从山东过来的支边工人，也曾经在山东老家种过地。他对子文说，东北土地肥沃，新开的田地不大用施肥，种植几年以后人们宁可用化肥，不用大粪，原因嘛，这就是工人与农民的区别啦。

子文找出自己家一只旧水桶，又向别人要了一只，掏粪的工具有了，他怀着一种特别的心情做这件事情。当他挖起第一铁锨大粪的时候，他就知道原先曾经干过的活现在一点都不手生，铁锨依旧得心应手，动作还是那样规范到位，就像从未间断过。他想不用装模作样了，索性和在农村一样不戴口罩，否则干起活来很憋气。

很快就装满了第一桶，子文想想，在自己的菜园地头挖了一个坑，把两桶大粪担过来倒进去，接着就是第二担、第三担，等把所有的厕所都清理完毕，整整挑了六担，装满了粪坑。他在粪便上面又盖上一层土，他想再有几天这些东西就会发酵，成为做基肥或者做追肥的上等有机肥料，比化肥强多啦。

他在清理粪桶和铁锨时，望着粪坑上面高出地面的土堆，心里有一种自豪：现在人人都讲素质，自己的行为是否体现一种精神素质呢？这可能是一种争论吧？明摆着，自己做的事情很有意义，既清理了公共卫生，还能提高农作物产量，有什么不好？做人嘛，能大能小、能上能下、能文能武有什么不好？站在讲台上滔滔不绝谈古论今，弯下腰还能掏厕所挖大粪，有什么丢人的？这一人生观念有多少人认可和接受呢？

早饭以后按时上班，当老师们从值班校工嘴里得知子文起早把厕所全部清理干净时，大部分人都好奇地议论这件事情，还有几个女教师一边说一边捂起了鼻子撇着嘴，好像子文正在办公室挖厕所一样臭不可闻。

校长如是说：“子文很不简单，出乎我的意料，这比他的知识学问、教学水平更为难得。一个人能做大事能做小事，能做大家不能做的事和不愿做的事，才是好样的。”

老师们停止了评论，但一时还难以接受校长的观点。

学校后院成为子文最为迷恋的地方，这是自己菜园里的丰收季节。当初老师们分菜地的时候，靠河沿的地边有一溜松树，树边的菜地没人愿意要，后来总务主任种上一片萝卜，子文用大粪肥料作追肥，想不到那块不起眼的菜地，竟然长出一片大萝卜。秋分之后的一个周六下午，全体老师参加劳动，把这片萝卜拔掉，按照教职员工的人数，分成相等的堆数，然后校长点谁，谁就拿一堆，自己想法弄回。这一天恰恰吕老师夫妇有事请假，大家把这两位老师的两堆萝卜用萝卜叶子盖好等他们来的时候弄回家。大家看见校长的那一堆没往家弄，后勤主任问他，校长说："等明天再说，我等明天再往家里拿。"

隔了一天是周一，一早子文来到学校，还没进办公室，就听吕老师夫妇在大声吵嚷，只听吕老师说道："你当校长的欺负人，我们没在场，你们把好的挑挑拿走了，剩下破破烂烂给我们，我们不要了。"校长说："都一样，我的也没拿，你看看哪一堆好你先拿。"

吕老师的女人说："你当校长就应该要不好的，如果是我当校长，我不要宁愿分给大家。"

校长叹口气说："好，既然你认为当校长就不能要，那我今天就听你的，我不要啦，你两个要三堆，总可以了吧?"吕老师说："这是你的事，你愿意这样做我们也没办法。这点东西你当校长的自然是看不上眼的，你自有办法。"校长生气地说："我有什么办法，你说明白些。"那女人说："不用我们说，我们要是能说，那我们不就成了校长了!"

校长气得"哼"了一声再不说话。

子文很为这件事生气，心想："有这种人存在，这校长真难当。今天这事情如果换了我，我是不能像校长那样以牺牲自己利益的方式解决问题的，就应当坚持原则，越是对这种想赚小便宜的小人越是不能让步，看他能怎地!"

第十九章

这是子文来到东北的第四个年头啦。由于妻子的努力和全家节约开支，前年母亲病逝欠下的债务基本还清。小女儿已经两岁了，长得十分可爱而且出奇地懂事，跟妈妈上山，把她放在树底下不让她乱跑，她就在树底下一个人玩，不哭也不闹。有时累了就在妈妈给她铺在树下的衣服上睡觉，被虫子咬了也不大在意，饿了就吃干粮，渴了喝瓶子里的凉开水，穷人的孩子不讲究那么多，孩子也同样活泼聪明。儿子已经五岁，天天随子文在学校玩。本来学校是不允许带孩子的，但校长知道子文的家庭状况，也就宽容对待，好在孩子不淘气，不烦人，众位老师都很喜欢他。有的女老师还在空闲时间带他玩，给他拿好吃的。放暑假以后，女儿也不用上山去挨虫子咬了，子文在家看着两个孩子，并多干一些家务活，好叫上山劳累的妻子多休息一会儿。家里的卫生状况改变很多，大人孩子们的衣服干净了，更令子文高兴的是，他种的菜园里一片生机，西红柿、黄瓜、芸豆一架架，菠菜茼蒿一畦畦。每天早上，当房后山上布谷鸟叫的时侯子文就起床，到菜园里拔上新鲜的蔬菜，炒上自己的新鲜菜，做上一锅鲜鲜的菜汤，全家人吃煎饼。饭后，妻子带上煎饼咸菜上山干活，子文便将家里收拾得有条有理，然后拿上筐子，领上两个可爱的儿女去菜园。芸豆架上的芸豆结得真多，每天能摘一大筐，两天不摘就长得又大又长，籽粒饱满，煞是喜人。子文背着芸豆，一手牵着女儿，儿子手里拿着西红柿走在前头，子文心里涌现出前所未有的轻松和欣慰。啊，日子穷点没什么，一家大小快快乐乐，孩子每天都在成长，自己的工作越来越顺利，老师们都很佩服他的才干，自己已得到大家的认可。家长们对他的评价很好，有许多家长都争取把自己的孩子送到子文班里，校长和局教育处对子文也倍加关注，林业局教育界数百名教师队伍里，子文站在了较为显眼的位置。

啊，人活着就要努力，自己也已经二十九岁，人说三十而立，自己将到而立，就应该立得正，立得直，还立高立大，要带领老婆孩子摆脱贫困，奔上好日子。儿子明年六岁该上学了，自己没上什么学，一定要把儿子培养好，自己再苦再累也要供儿子上学；此外，随着自己在林业局小有名气，实现了初步的目标，狂妄自大贬低他人的工作作风应有所收敛，谦虚大度才是成熟的标志……噢，子文，你还要努力啊。

这天，妻子从山上玉米地里回来，累得像散了架，放下工具对子文说："玉米地里的第二遍锄草荒终于结束，地里的活轻松下来，家属副业大队说，可以轮换休息几天了，我能休息一个礼拜。咱们领上两个孩子去叔婶那里看看二位老人吧！"子文说："是该去住两天了。"妻子轻轻叹了一口气说："我随你出来好几年了，第一次离家这么远，也第一次离开父母这么长时间，昨天夜里我梦见我的父母，梦里我回到家了。"

子文听到这里，心里动了一下："是啊，自己的父母都没了，山东老家除了亲友，没有什么直系了，倒是没什么大的牵挂。可是妻子父母健在，她一走就是好几年，母亲生病去世她受了不少苦累，一直过着贫穷的日子。可是妻子在山东老家里还有兄弟姊妹六七个，是个人丁兴旺热热闹闹的大家庭，她离开那么多亲人跟自己闯关东，日子过得这么艰难，遇上这么多坎坷，但她从未抱怨过一句。一个生长在山东平原的农村，而且是当妇女主任不大下地干活的女人，如今随自己来东北天天上山干着苦累的活，挣的钱却都替自己还了母亲生病拉下的债……现在，她怎么能不想念家乡、父母和兄弟姐妹呢?"

子文突然做出一个决定：领老婆孩子回山东探家去！

他把这个打算与妻子一讲，妻子起初略微一怔，继而忧心忡忡说："咱们日子过得还很紧，刚刚还完账……"子文决心已定，胸有成竹地说："没问题，我算过，今后咱们的工资使用该怎么计划还怎么计划，这次探家费用从工人夜校我的兼职收入中支出。你算算，咱们的孩子可以钻点空子不买儿童票，咱俩来回四张票，每张票二十七元，一共也就一百多元；

回来以后到九月份工人夜校又开学，到年底四个月，我每天晚上上课费是八角钱，四个月不正是这车票钱吗？回家咱也不买什么贵重礼物，你上山捡的蘑菇、木耳、松子、核桃带回家就是上好的礼物，山东老家哪有这些好东西？有钱也买不来呀！这样一算，你想回家看看老人，走亲访友，用不了多少钱的，咱们回山东，回老家去！”

妻子还是有些犹豫和矛盾：“闯了几年关东，咱娘没了，回去怎么向亲人们交代？再说，咱们尽量节省费用，可两个孩子怎么也得穿件干净衣服回去呀！要不咱们再坚持一年，等明年再回去吧？”子文说：“我知道你是恨不得马上回去，咱们决心今年回吧，别想得太多。咱娘去世两年了，再有三年才能移回去，咱们总不能再等三年以后再回去。咱们今年回去一趟，等三年以后再第二次回去，把咱娘的尸骨带回去。今天下午咱们就准备，明天咱们就去湾沟给两个孩子买衣服、购车票，去叔婶那里看看，把回山东的事说一下，就这么定了！”

妻子很激动，两个孩子听说坐火车回山东，高兴得又蹦又跳。子文夫妇先去东邻家把家中钥匙交给刘婶，请她每天来给喂鸡、喂鸭，照看菜园。

第二天一早，子文全家四人坐上局里隔一天一趟的大客到了汤河，买了两件小孩上衣，当时就换上，然后欢欢喜喜去三平林场看望叔婶。

当他们背着小的拎着大的，从局所在地汤河步行十多里地到了婶子家，将回山东的打算向婶子一说，婶子的脸难看起来：“你们不是很困难吗？不是吃饭钱都不够用吗？怎么有钱全家去山东游山玩水？”

子文刚要分辩几句，叔叔生气地向婶子说：“你怎么能这样说，他们回家看看爹娘、兄弟姐妹，怎么是游山玩水？别说子文媳妇想自己的爷娘，人家爷娘就不想女儿外甥吗？谁像你，山东老家什么人也没有了，你倒无牵无挂！”叔叔话音刚落，妻子不由泪流满面，特别是叔叔那句“人家爷娘就不想女儿外甥吗”更是触动了她的思乡之情。

婶子看看叔叔的脸色，看看妻子的泪脸，阴沉着脸不再说话。

子文一家只购了两张成人票，其实儿子也超过一米了，应当购儿童票，为了省钱，只好蒙混过关。在通化火车站检票时，子文看到检票员十分认真，还有专人注意小孩的身高，检票口的栏杆上有一道红杠杠，就是儿童购票的身高标准，一旦儿童路过这道杠杠，即叫在一旁，站在铁栏杆的一米红线标志跟前，只要够一米身高，就得补票。子文心生一计，他吩咐儿子不要跟爸爸妈妈站在一起，而是叫他越过爸妈前面几个人，插在前面，等儿子通过检票口时，检票员喊："谁的孩子？家里的大人呢？"子文就隔着几个人在后面应声说："在这呢！"一面说一面扬起手来，手里捏着几张票。检票员也不知子文说的"在这里"是说大人在这里，还是孩子的车票在这里，就放过儿子。儿子一溜烟跑到离检票口老远的站台上去了，等子文夫妇及小女儿挨到检票口，检票员问："前面的小孩买票没有？"子文说："那孩子才有多高你还要票？他连九十公分还不到呢！"检票员看看走到站台前面的孩子，已经老远，摇了摇头，不耐烦地给子文夫妇检了票，摆手示意放行。

上车后，便到了晚上十点多钟，两个孩子开始发困，子文从包里掏出早准备好的塑编袋，铺在坐席底下，又脱下自己的上衣铺上，让两个孩子并排躺在上面。列车在本站始发，座位底下还没有什么瓜子桔子皮茶叶末之类的垃圾，两个懂事的孩子在大人屁股下闹了一会儿便入睡了。等第二天到山东潍坊站时，检票口仍查得很严，子文用原办法，儿子越过五六个人插队在前头，检票员如出一辙地问："谁的孩子，大人呢？"子文扬起胳膊手举车票："在这里，在这里哪！"孩子一溜烟跑到站外广场上去了，子文到检票口时，检票员问："那小孩够不够一米？"子文反问道："你说呢？"检票员朝外望望，已看不见孩子，也只好放行。子文找到儿子，表扬了他的机智灵活，还很勇敢。妻子对子文说："你不教儿子学好。"

子文说："权宜之计，权宜之计，咱们暂时困难，占了国家便宜，咱好好工作，多为国家做点贡献，自己于心无愧可矣！咱们回东北时还是用这种办法。"

近乡情更切，他们一行四人从潍坊又搭乘公共汽车向六十里之外的故乡，那个曾经生活了二十几年的村庄驶去。

一踏上故乡的土地，子文激动起来，啊，故乡的土地，村四周一望无际的黄土地里有我劳动的足迹，都渗透着我的汗水，都饱含祖辈的辛酸！自己弱冠辍学，寒风里、烈日下，赤背光脚在这片土地上干了十年。当时，真厌倦了在这块土地上"学大寨"时代的劳苦折腾。可一旦离开了故土，去那遥远的白山黑水闯荡，胸腔中那颗心似乎是整天在悬着、吊着，而双脚一旦踏上故乡土地，则是那么踏实、亲切！捧起一抔黄土，凑在鼻子上闻闻，闻到的是一股特有的芳香啊！

令子文欣喜的是，地里的夏粮作物长势特别好，比起当年自己当生产队长时，长势好多了。子文也从亲友的来信中以及报纸电台的新闻中得知，农村已经开始包产到户，各人都精心地耕作自己的田地，庄稼怎么能长不好呢？

他们到岳母家住下，子文感触最深的是，人们吃得好多了，穿得也好了。去东北的那年，农村人仍是以地瓜干为主食，玉米面在农忙或者过节时掺在地瓜干面中做成窝窝头就算改善，而现在，地瓜干已成为猪饲料，人们吃的是白面和玉米面，有的人家已经是全吃白面啦！子文嘴上不说，心里也产生几多感慨；家乡的农民生活已远超出了自己这个令老乡羡慕的"工人"家庭了。自己在东北还用土豆代粮，孩子一个月都吃不上几斤纯白面馒头啊！

在这种感慨中，子文也在不时地掂量，自己携家带口闯关东，到底是对是错？最后的结论是：不能后悔！自己已经是工人了，根深蒂固的"工农"差别还是占了上风，工人就是工人，干上一辈子，老了还可以办理退休，有一份养老金，而农民干农活干不动了，就得靠儿女养活，摊上儿女不孝就得难看；自己还是应该认识到自己的优越，自己在东北有一份自己热爱的事业，有一个可爱的校园，有一群可爱的学生，还有一伙不错的同事。何况经过自己的努力，也算在林区教育界占住了脚跟，有了一定的地位，受到学生的爱戴和家长的信任，你还要什么呢？挣钱是少点，可比起一块参加工作的其他同伴来，已是不算少了。调工资的指标来过两次，都有他的份。自己不能后悔，还要努力，加油，闯关东就要闯出新天地，混不出人样有何面目返回故乡？

新的农村形势还是给了子文很大的震撼：昔日一块干民办教师的人，有的已经转成公办教师，与自己一样成了公家人！比他千里迢迢的追求更为理想。自己原先一块下地干活的人，有的家庭置上了拖拉机，打场用上了脱粒机，个别人承包了集体的苹果园，办起了养鸡场，开起了店铺或作坊。啊，自己的故乡开始发生巨大变化，而自己在深山老林中却没感受到这种伟大的时代变革啊！森林面积急剧减少，自然灾难日益增多，林业局的可供采伐的资源几乎没有了，好多林场已开始欠发工资，“下岗”这个新名词像一块乌云一样笼罩在每一个林业工人头上……有本事的人开始悄悄通过各种门路办理调动……唉，子文有些迷惘。

在故乡短短半月时间，走亲访友，赶集上店，该见的见了，该说的说了。乡亲们送蛋送鸡送面送苹果送蔬菜，亲热无比。邻居们有的说道：“子文，家乡生活好多了，还会越来越好，要不你们就回来算了，何必跑出那么远去谋生呢？听说那地方冷得能冻下鼻子冻掉耳朵来，听说拉屎还得拿着棍子敲，敲晚了就会把屁股冻住蹲在地上起不来了！”但另有人反驳道：“你可真是，人家子文如今是大工人，咱们还是地道的庄户人，还得和土坷垃打交道！人家子文月月能拿到咔咔响的一摞新票子，你还得指望那几颗粮食粒儿，子文才不会再回来呢！”

子文心中胡思乱想着，苦笑着，不知说什么。真的，向来有主见的子文心中乱糟糟的，晚上在岳母家成夜睡不着，自己的复杂心情多次和妻子交流，也唯有和妻子交流。妻子是理解子文的，子文是有极强家庭责任感的人，他多么想带领全家过上安定幸福的日子啊！妻子对子文说：“你莫胡思乱想，更用不着心情矛盾，你很能干，到哪里干哪一行你也是好样的，到哪里你也能干出成绩来。你是一个有出息的人，只要心里不松劲，咱们总会过上好日子！再说，咱们已经出去四年，这样灰溜溜地回来种地，你受得了吗？”

这天夜里，夫妻俩决定，提前返回东北，那里已经是他们不容置疑的安身立命之所，有他的事业、前程，有那热心的老乡同事，有青山绿水，还有自己正在丰收着的菜园……

第二天下午，子文四口来到自己村的公墓里给父亲上坟，既是来看望父亲，也是向父亲告别。子文手提竹篮，里面盛着鸡、鱼、豆腐和父亲生前最爱吃的炒芹菜，有点心、馒头、香和纸等供品。四年以来，子文远离家乡没给父亲上坟，幸亏乡亲们，总在该上坟的时节，给父亲扔上一道烧纸，压上坟头纸，清明季节给添上几锨新土。但毕竟照料不到，看到父亲坟头荒草丛生，坟土颓败，子文想到父亲孤零零一人在这里守望、等待母亲，这公墓里，他老人家多么痛苦，多么寂寞啊！子文刚走近坟墓跟前，空前的悲哀向他袭来，他几乎支持不住自己的身子，摇晃着赶紧把手里的竹篮放在地下，在坟前跪下去，不等添土，不等烧纸上供品就抑制不住大声嚎哭起来！他心中浮现出父亲当年的惨死和丧事的情景，就用高粱秸秆卷起来埋在黄土之中，自己当时只有十五岁，面对父亲的惨状，真是无能为力。唉，母亲随他去东北，仅仅一年就逝世异乡，远在千里之外的另一个土穴中孤独寂寞地长眠，自己如今还无法使两个孤单的老人相伴……子文声嘶力竭地哭喊，他怒视苍天睁大泪眼，他想斥问苍天为何如此对待忠厚善良的父母！他跪在父亲坟前痛哭着自己闯关东四年以来的种种磨难，带领全家在不幸和灾难中，与贫穷与痛苦斗争，也不知何时出头；还有他在东北新的生活环境中，挣扎、奋斗，孤军奋战，费了多少心血？三十岁还不到，自己已是头发半白……父亲，儿子明天又要回东北了，又剩下你一个人了，但我向你保证：等三年以后我一定把母亲请回来与您老人家相伴！

离暑假结束还有十多天，子文全家四口又踏上了北去的列车返回东北。

经一天一夜的行程，火车到达目的地之前，子文夫妻商议已定，下车后先不回自己的林场家中，而是直接去叔婶家一趟，如果先回自己家，改日再去叔婶家，婶子会不高兴——本来她就不赞成子文全家回山东的。他夫妻俩还决定，把乡亲们送的香椿芽和黄烟送给叔叔婶子，他们见到家乡的土特产肯定高兴。当然，子文一家倒是更愿意先回到离别了二十多天的自己家去，别的不说，一群鸡鸭还托邻居给养着呢！

到了叔叔家，子文向两位老人汇报了回故乡的大致情况，转达了岳父岳母对叔婶的问候，把带来的土特产全部拿出来说：“这是家里人特意嘱咐专给您二位的。”叔叔很高兴，拿起黄烟叶闻闻说：“不错，好东西，你岳父种的烟叶颜色好，有油性，味道香。谢谢他了。”说着就用一张白纸条将烟叶自制了一根喇叭状烟卷抽起来，口里赞道：“好烟，劲儿还很大。”

婶子看了看香椿芽，子文说：“这是岳母家自己树上长的，春天刚发芽时掰下腌制的。”婶子撇了撇嘴，笑着说道：“自己树上长得好，不用你们花钱买，省下钱了。”

叔叔问道："家里的乡亲们都还好吗?"

子文高兴地说："很好。他们向您问好，很盼望您回去看看。"

婶子说："看来我是没人挂念着也没人盼我回去的。"

妻子急忙补充说："乡亲们就是盼望你俩都回去看看。"

婶子冷笑说："子文明明说他们盼望你叔回去看看嘛，哪有我的份?真叫我回去我也不回去，我就看不上那些这山看着那山高的人，牵挂着南朝想着北国的。"

子文拿定主意，老人不问的事情再不敢随便说话。

叔叔问道："你姑身体壮实不?她家孩子多、日子累。"

子文说："姑很健康，她不但给全家人做饭，还养着一群鸡，下的鸡蛋，全家人都吃不了。现在家里人条件好了，鸡下了蛋也不指望拿到供销社换油盐了……"子文知道叔叔在新中国成立前就来闯关东了，除了父亲去世时回山东一次，至今又是十几年了，他经常叨念家中的亲人朋友。

叔叔又说："老家的日子是比原来好了。"

子文又打开话匣子说："现在老家的农民已经不再吃地瓜干做主粮了，他们几乎天天吃细粮，比咱们在东北吃的都好。我舅舅家大表弟还买了拖拉机播种机，二表弟买了客车跑县城拉客运，听说一年能挣两三万元，比工人挣得还多。"

"子文，你这孩子什么东西?你好没良心!你太气人了，你简直是来想气死我!"婶子突然生气地说道。

子文大吃一惊，只见婶子怒目横眉走到自己面前，用食指尖点着自己的脸说："你带老婆孩子回家可开了眼了是吧?家里人穿得又好，吃得又好，又富裕，还买拖拉机大客车?那你怎么不留在老家，怎么又回来了?是回来搬家呢?还是办调令回去工作呢?你来东北接了班当了工人当了教师，是上了当上了贼船了是不是?后悔了是不是?你赶紧回山东吧，不用后悔。你个没良心的东西……"婶子突然放声大哭起来。

子文夫妇窘得不知怎样应付这种局面，他对叔说："真对不起，我不是故意的，是婶子误会了……"叔叹了一口气，转过脸对婶子吼了一声："哭什么哭?是我问家里人，我挂念家乡了，怎么，还不行吗?你看你这么多事!"

好不容易等婶子安静下来，子文小心地对婶子说：“婶子，我们先来看看你们，这就回家去吧，家里有很多事叫别人照看着……”婶子说：“你们游山玩水的，家乡那么好，还挂什么家？”

子文心中像堵上了一块半头砖。

暑假开学以后，子文仍担任毕业班的班主任，并且兼任全校教师的业务辅导工作。这种安排使全校二十八名教师产生了一种微妙的心理，子文似乎就是老师的老师，再加上他兼任着工人夜校的老师，工人师傅们也都把子文当做林场的知识权威了。可是也有几个人对这种状态颇有微词。长期以来，那些从山东来关东闯荡进了林业局的“老木把”有几个识字的？因此他们崇拜知识崇拜文化人。以往的工会主席、团委书记、学校的老师们、场办文秘之类，都算做林场的文化人，这些人也慢慢以林场的文化人自居，有种文化上的心理优势。如今，这些优势不断受到冲击，权威地位开始动摇，人们的议论和赞扬对象开始大幅度转移，子文就成了中心人物，以往的那些“文人”们心里很复杂。

其中，对子文最不服气的还不是机关和学校的老师们，他们尽管有些想法，但从内心里，也确实觉得子文有过人之处，无论心中怎样不服气，嘴上也不太多说。倒是在山上抬木头的工人中有两位英雄豪杰，公开说三道四。这两位以文豪自居的才子，一个外号名之曰“王老万”，这是万事通的简称。他还有一个外号更奇怪，竟然叫作“参考消息第八版”，《参考消息》这种报纸一直是每期四版，而此人被称为“第八版”，知道的事情自然包罗万象。据说他涉及的知识领域包括自然科学与社会科学两大类，其渊博程度非同小可，此人尽管拖家带口生活不易，他本人也是生活清贫，上山带饭的质量也不如他人，抽烟从来是用报纸自制喇叭式，可是他追求知识，追求学问的精神令人佩服。他十几年以来一直自费订阅《参考消息》。每天从山上回到家中，总是把因为地处山沟而姗姗来迟的《参考消息》从第一版到第四版一字不落阅完，并能把一些他认为应该记住的内容记住，记不准确也能记个大概，上班以后在山上，他就从第一版的国际国内新闻一直讲到第四版，其中不乏他自己的夸大和延伸以及看报后所产生的观点，自然就有了第五、六、七、八版之说。“参考消息第八版”还有一项过人之处，他每天到场部乘班车上班时，遇见林场机关干部的文化人，他总以讯问的姿态对这些人进行考问，他问国际新闻、国内新闻和奇人奇事，尤其是关于中东战争的新闻动态，这些机关干部们往往不甚了了，张口结舌很狼狈。每每如此，便是“第八版”最开心、最满足、最荣光的时刻。上山之后，他一边干活，一边述说着自己难倒干部们的精彩场面，十分开心，然后他又气愤地发着牢骚：“谁知这些干部们是怎么当的，文化没有，知识没有，什么也不懂，凭什么进机关当领导，坐在办公室装人？我看这些人八成是走后门进去的，有这样的人当干部做领导，那社会主义事业还不生生地弄黄摊了?!”工人们说：“这机关干部就得叫你第八版去当。”他说：“要是我进了机关当了领导，当上场长书记，我也还是坚持天天上山抬木头，不贪污腐败，给工人每人涨三级工资。”

其实老万虽说有“第八版”之美誉，但在工人队伍中的知识分子兼土才子的地位仍逊刘老满一筹。这刘老满是满族人，开口就自称满腹经纶，人们美之名曰“老满”。这刘老满的学问非同小可，尤以古典文学见长，最突出的是他识字很多，尤以认识很多生僻字而自豪。他家有一部陈旧的《康熙字典》，还有一本《四角号码》字典，虽然已翻了十几年，书背都粘了好几回了，但他还是经常发现一些不常用的字。每逢这种发现，老满就把这个繁体的生僻字写在纸上或写在手背上，自己先照着字典弄懂读音和字义，然后在公共场合遇到林场机关的文化人，尤其林场学校的教师时，老满从不放弃“虚心”请教的机会，他满面笑容地向自己二儿子的班主任单老师问道：“单老师请留步！凑巧遇到您，再好不过，有件小事儿要请教您。”

他张开手心，手心里有一个用圆珠笔写的“谳”字，老满小心地问：“看书遇到拦路虎，请问这是个什么字呢?”单老师瞅了一阵，含含糊糊地说：“大该读献音吧，贡献的献的发音。”刘老满心中窃喜，又问道：“字义怎么讲呢?”单老师语塞，不好意思地说：“刘师傅，真惭愧！这个字我真的说不好，字义真的说不出，对不起！”刘老满笑着说：“单老师不会连如此简单的字都不认识，是您谦虚吧？要不就是您不愿意讲给我们老木把大老粗听，这么一个简单的字哪能不熟悉呢？你是老师，是教人识字的，不是吗？您肯定熟悉，您不教我就算了！”说罢，气宇轩昂地走了。

老满与大家在山上干了一阵活，坐在技桠堆上休息的时候，他对大家说："让我给大家说件事，唉！咱们各家的孩子生在这破山沟里真算是命苦，永远出息不了啦！"

大家诧异地问："怎么个事儿，这么邪乎？"老满叹了口气说道："你们看，"他又张开手心，"就这么一个简单的字，我一个大老粗都知道读什么音，怎么讲，可我问单老师，就是那个胖胖的女的，我老二的班主任，戴着一副眼镜像很有学问似的，谁知她竟不认识这个字，你不认识就不认识吧，最叫人失笑的是不懂装懂，她说这个字读献，还贡献的献的发音！她这是汉字不识读半边，糊弄咱老木把呢！简直是瞎了眼。我老刘四岁那年就知道这个字偏偏不读献，它偏偏不读半边，它偏偏读厌，是定罪的意思，可她就是不知道。她一个老师还不如一个四岁的小孩吗？她是怎么当上老师的？是走了后门儿吧？这不是活活地误人子弟嘛！咱们的孩子在林场学校念书就算完了，完了！"

消息传到场里，林场书记把校长叫到场部过问此事，校长咆哮如雷："他老满有学问，别把孩子送到我学校里来，自己在炕头上教嘛！我校在全局第一怎么着，我把他孩子赶回家！"书记说："他是少数民族，别惹麻烦！总之还得加强教师队伍的业务素质和文化素质，既然校长这样说，我们会客观看待学生家长的议论，也得正确对待他的孩子。"

校长说："我也不过生气这么一说，把他孩子赶回家是不可能的。"

校长回校说到此事，子文说："要是我，我就是要他把孩子领回家自己教！"

秋天的山林是一年中最富有的季节，山里人也因此而富有。此时，大自然给予人的恩赐算得上美不胜收，而且种类繁多。臻蘑、元蘑、榆黄蘑、猴头蘑、对子蘑，还有若干种叫不上名字的蘑菇，只要不是毒蘑菇大部分都是美味。臻蘑和元蘑、猴头蘑等都是以晒成干品为主，鲜吃以榆黄蘑为最美，不过你要是不懂，食用了鲜艳美丽的毒蘑菇可是很危险的，闻名中外的长春某电影制片厂在长白山上拍野景，就有演员吃毒蘑菇发生集体中毒事件。还有木耳更是著名的山珍，对人体最具保健价值。在这个黄金季节，只要人不偷懒，背上背筐、提上篮子在山腰可以捡到榛子，再往上走到了阔叶林带就能遇见核桃楸，树下满地都是熟透了落下的核桃，你马上放下背筐，提着小筐子赶紧捡核桃，先不要忙着装进大背筐，只是堆在地上，地上散落的核桃捡没有了，找一根结实的木棍，高高抡起来，向着堆在地上的核桃狠劲砸去，直砸得果皮四散飞溅，最后只剩下裸露的核桃。回家晒干，就是营养价值极高的山核桃了。这种核桃的仁比山东的核桃仁是小一些，但其营养成分和医药价值却高很多。继续攀登是针叶林，如果有成年的高大的红松，就会有珍贵的松塔，松塔都是聚集在红松树的顶端，只有身怀绝技能冒着生命危险的人才能爬到树顶端，还有技艺高超的人，为了减少爬树的次数，竟然能从一棵树的顶端像荡秋千一样抓着树枝奋力一跃，荡到另一棵大树顶端。这样做效率是很高，但太危险了。“人为财死鸟为食亡”，此言不谬。据说每年为此丧命的大有人在，但人们并没有被吓倒，一旦到了季节，还是争先恐后乐此不疲，很多一线工人宁可请事假也要在黄金季节打上几天松子，要知道运气好碰上一棵大松树，干上一天就可以拿到半月的工资啊。经济价值最高的还得算山上的药材，闻名中外的人参、贝母、党参、五味子、柴胡，满山遍野都可以生长，但不一定藏在哪里，这些宝贝不是人人上山就能得到的，需要运气、经验和吃苦耐劳的意志。如果真的走运，挖到一棵野山参，只要有小指头那么粗，嘿，那可发大财了。啊，关东的山，树上长的、地里生的、土里埋的都是宝贝！只要你勤奋，总会有收获。

但是，我们这个国度人口出奇的多，多得与土地、资源不成比例。过去长白山里几乎没有多少人烟，短短几十年，闯关东的人在关东大地几乎无所不在，他们既有很强的战斗力，更有极强的生育能力，人越多也就需要更多的物资。人们有的是办法把山上的好东西掠夺占为己有、毁灭殆尽，什么环境保护、生态平衡、子孙万代就顾不上了。咱这一代人活得如此贫困，还顾什么万代！有了这么多人，不重视环保和生态平衡，对大自然肆意掠夺，那么，任你广漠的空间、辽阔的大海、一望无际的森林、巍巍高山、万里江河、深深埋在地下的矿藏，统统不能放过，顾一时算一时，顾不得许多，科学家那是“危言耸听”，屁也不顶！每到秋季，男女老少凡能动的都上山各显神通。子文同样不能免俗，何况他是个困难户，他比别人更需要山货换钱，自己环保意识再强，又有何用？就你自己环保，大家都不环保……

周六下了一场雨，第二天是周日，他像其他人一样，打上裹腿，穿上一身上山的破衣服，背上自己用椴树皮编的大背筐，手提自己用树条编的小筐，手持一把长柄短刃的镰刀，完全是一个老练的捡山货的人。背上的大筐是主要工具，手提的小筐是辅助工具，背上的大筐不方便频频地背上去放下来，用手提的小筐捡满后，再装进大筐；东北的长柄镰刀不是用来收割庄稼的，而是割树条和藤萝的，镰刀头用好钢制作，锋利无比，茶杯粗的树条，镰刀一挥无不应刃而断。带着镰刀上山还有一个用途，就是防身，尤其防备脚底下或者树枝上的毒蛇。子文最怕蛇，看见那东西就心惊胆寒。镰刀还可以扫除障碍，爬山时前头经常有荆棘树枝挡路而不得过，可挥镰披荆斩棘开路。打上裹腿也同样是一种劳动保护，这样的装束可以防备荆棘杂草刮坏裤脚，又可以有效地防备草底下的毒蛇。山里的人在漫长的劳动实践中，总会用最简单最经济的办法保护自己，但是世界上总是充满很多矛盾，人类的存活需要向大自然索取，可人类的贪婪，又会把自己的生存空间破坏殆尽。

第二十章

子文沿着后沟的一条小山谷蜿蜒前进，上山的小道旁边是一道小溪，小溪里生长着一种黑色的小虾，搬开石头就能看见这些活蹦乱跳的东西。还有蝲蛄，这可是好东西，在城里，人们叫它小龙虾，在高档宾馆才能见到，可在山沟里，人们都不怎么吃它，倒是用来喂家畜家禽。他疾步前行，走上山崖半腰一条窄窄的小路的时候，忽然听到前头有女人的尖叫声。抬头望前方一看，小路上站着四五个女人，她们同时也看见了子文，女人们像遇见了救星一样朝子文招手大喊："文老师快上来，可好了，总算来了男人了!"

子文快步走上前去一看，不由毛骨悚然：窄窄的山路边右面的悬崖上方有一棵歪脖子小树，树枝横弯着搭在小路上方，雨后毒蛇最喜欢晒太阳，那小路上方横弯的树枝上竟然倒挂着七八条黑褐色的大蝮蛇，蛇鳞在阳光的照耀下闪闪发光，十分瘆人，倒垂下来像一挂门帘挡住了前行的小路。往上是悬崖、往下是陡坡，除此之外无路可行。现在这些女人们就站在离着小树不远的地方驻足不前。子文认出这几个女人大部分是自己的学生家长，平日碰面都很亲热。

女人们嚷着说："文老师你看吓死人了，我们不敢过去，你快来把这些长虫赶走！没有个男人来，还真不行!"

子文犹豫了一下，他这个半路从山东平原地区来关东的人，从小就很少见到蛇，来到东北以后，在山上遇见蛇他总是望而生畏、退避三舍，根本就不敢靠近。此时此地他没有思想准备，可也没有退路，学生的家长还认为子文也像其他男人一样，根本就不知他是怕蛇的。她们眼巴巴地看着他，指望他把蛇赶走。他现在后悔了，有一次在学校后院劳动，男学生们逮到过一条蛇，轻松自在地拿在手中玩耍，并且告诉自己怎样攥住蛇的脖子要害处就没有危险。学生的示范没有引起他的兴趣，还训斥学生要他们放掉，听说学生们到底是在后院烧着吃掉了。自己当时要是像学生一样，从学生手中接过来那条蛇抓住脖子，以后就不会再害怕啦。子文看着家长们信任的眼光，心中的男子汉豪气陡然升起："连自己的学生都不怕的东西，自己有什么理由害怕呢？世界上有许多事情本来就是一张窗户纸，你一旦敢于戳破它，才知道原来是那样简单。今天必须把窗纸戳个窟窿！凭自己的胆量和能力，自己还不如孩子们？"

他靠前一步，女人们给他闪开路，他握紧镰刀朝一条最大的蛇的脖子下方狠狠一击，那力量如果打在一头狼的头上也足以致命！功夫不负有心人，年轻气盛的子文不负众望，一击即中，那条大蛇落在几米以外的石头上，脖子下面已经血糊糊烂糊糊，几乎断开，根本没有怎么挣扎就死了。它的生命原来也是如此脆弱、不堪一击！抬头看，树上倒挂着的其他的蛇刹那间无影无踪。

子文长舒一口气，心里想："这一关已经过去了，从此我不再怕蛇了！"

女人们说："遇到事情还得男人，今天幸亏文老师来了，要不还不知啥时才能过去。谢谢你啦文老师。"

子文故作轻松地说："没什么，小事一桩，男人嘛总和女人不一样。"然后扬扬手向右前方的山上爬去，他记得去年曾经在上面捡过一大片榛蘑。

一步一步登到山腰，一大片灌木丛下，果然有一些榛蘑。这是一片较早的次生林，还夹杂着许多高大的阔叶乔木，今年雨水多，树叶茂密，浓荫蔽日，不见太阳，在林地里蘑菇和其他山货比较多。但在这样的树林里很容易迷失方向，树木一棵棵几乎一个样子，没有明显的参照形态，子文以附近的几棵大树为坐标，转来转去，手提的小筐接连装满又陆续倒进大筐，不到两个钟头，背上的大背筐已经沉甸甸的，行动很吃力。他把大背筐从肩上卸下来放到一棵大楸树底下，只提着小筐，打算再捡上两小筐倒进去就满载而归啦。

他低头顺着一个草坡一路捡着，等他捡满小筐往回走时，却怎么也找不到原来的地方，附近的几棵大楸树都长得差不多，看上去和原来的标记似是而非，走到树下却都没有大背筐的影子。他知道刚才迷了方向，很可能越走越远，这是上山人经常遇到的事，子文听别人谈起心里总也不服，怎么会这样呢？可是今天自己也迷路了。他一着急，就加快脚步在满是荆棘的山坡上上上下下窜来窜去，一会儿就浑身没有了力气。坐在石头上稍事休息的时候感觉口渴了，这才想起，带的水瓶子就在大背筐里，干粮同样在里面。他心想，这下好了，非放弃不行了，否则待会儿连渴带饿，回家都成问题，这是有先例的。他只好自认倒霉，提着小筐拖着疲惫的身子下山回家。

第二天在学校，大家都在谈论昨天上山的收获，子文没有插言，丢了背筐是要被人耻笑的，宁可吃个哑巴亏，自己还曾经笑话过别人呢。当然换了别人也是如此。下午子文没有课，他谎称身体不舒服要请假，有个老师还和他说笑话："你文老师是昨天捡山货太多累坏了吧？"子文只好苦笑默认。走出学校看看身后无人，他一闪身进了后山沟，向昨天丢背筐的地方疾奔。他极力回想和辨认昨天上山的路，期望沿着昨天来的路顺着走，就能找到丢失背筐的地方。突然听不远处树枝"刷拉刷拉"响着，无疑是有人在捡山货，子文喊了一声："哎，是谁在那边呢？"有人回答："是我，是文哥吧？"子文听出是多日没见的管纯。子文问："你捡了多少啦？"

管纯没好气地说："他妈的，我跑了一上午，倒是捡满了背筐。我把大筐放在一块大石头上提着小筐打算再捡一点，谁知一转身迷失方向了，怎么也找不见大筐了，你说这破地方邪性不邪性？不过，也是不幸之中的万幸，没找到我自己的背筐，可是在一棵大楸树底下发现了不知是谁丢的背筐，大约是像我一样倒霉的家伙丢了找不到了就放弃了吧。我把这个背筐背回家吧，反正放在这里几天，蘑菇也就全烂了。"

子文心中一动，说："你找到的背筐在哪里？我看看。"管纯用手一指一棵大树："就在那棵树底下啊。"子文还没看到背筐，只看那棵大树，不正是昨天那一棵吗？他不用再看到背筐就呵呵大笑说："管纯你这个笨蛋假货，你还上山多年的老木把，就你这水平就别上山，弄不好连你自己也丢在山上。你要是在山上迷路丢了，我坚决不来找你，太丢人啦，你干啥吃的，你还自以为找到了别人的背筐要据为己有，真是异想天开。这背筐是我的！我刚放在这里不大一会儿，我也是快要装满背着怪沉的放在这里，又转了一圈想看看有没有人参，被你看见了就成了你的了？”

管纯满面羞愧，讪讪笑着问：“我当是有人丢了的找不到不要了呢。”子文说：“你当你哥我也像你这个水平？哥有这么笨，能迷路找不到背筐吗？”管纯说：“文哥，你带着水吗？我渴坏了。”子文说：“就干这点活儿，还用带水？”管纯说：“没有就算了，文哥，你也不用损我，等哪一天你迷路下不了山，我也不来找你。”子文只是笑，心中得意地想着：“管纯，你这蠢货，你替我找到了背筐，我还不领你的情，还要损你。”

由于夹皮沟林场学校接连三年的好成绩，林场工人们和林场领导都很高兴，学校的工作多次受到社会各界的赞扬。林场决定对学校全体教师给以奖励：林场从本不宽裕的经费中拨出款项，叫老师们到东北最大的城市沈阳旅游一次，林场负责给教师买车票，教师自己负担食宿费。

子文对校长提出，他有办法解决老师们的住宿，给老师们省下一笔钱。他说他的舅舅在沈阳某体育大学任教授，现在大学也放暑假，学生宿舍肯定空闲，可以通过舅舅和学校联系，教师们到了沈阳就住学生宿舍。反正是夏天，晚上不冷一切都比较方便。校长和大家一听十分高兴，这可是省下住旅店的费用了，马上催促子文到林场打长途电话，子文与舅舅通电话说了这件事，舅舅没有犹豫，满口答应可以解决。于是，夹皮沟林场的全体教师，还有几个人带着孩子，在校长的带领下，乘火车奔向沈阳。

从通化到沈阳的列车运行时间全是晚上，老师们人人兴奋得睡不着，曾经到过沈阳的张凤武老师这时候大出风头，提前给老师们讲起了故宫、东陵、北陵、大帅府等名胜，女老师们对此不感兴趣，只是听张老师讲到太原街、钟街这些著名的商业街和购物中心，才聚精会神地听着。夏夜的车厢里很是闷热，车厢满员，人挤人更是热得难耐，很多乘客没有座位，就站在过道里或者坐在自己的行李上瞌睡。子文去厕所发现另一间车厢就是餐车，餐车上人少而且开着空调很凉快，餐椅比车厢的座位高一些也干净得多，环境比车厢里好多了。子文对赵老师说：“咱们去餐车凉快凉快怎样，把咱的座位让其他老师们躺一会儿。我看在餐车里坐着，比在车厢里好多了。”

赵老师说：“餐车当然好，坐在餐椅上，前面还有小桌子扶着，条件是好，可是你知道不？坐在餐车上不消费是不行的。咱们在那里坐不起，餐车上东西特别贵。”子文笑了：“有钱人就该享受？咱钱少就不能享受一下？你只管随我去，消费嘛，算我的。”赵老师说：“这怎么行？”

“只管随我去。”子文拉起赵老师走向餐车。

两个人刚刚找餐椅坐下，餐车服务员拿着饭菜谱笑容可掬走过来，用很好听的声音问道：“二位先生好，想用点什么？”

子文和赵老师平时只听见学生和学生家长称呼自己“老师”，却是第一次被人称为先生，感觉自己和餐车上的有钱人同样尊贵。子文接过服务员手里的菜谱夹子从头到尾仔仔细细看了一遍，看得很慢，半天翻过一页，然后再返回来从头再看。赵老师也有些心急了，说：“我来点菜。”子文瞅了赵老师一眼说：“你老实坐着，坐着很难受是不是？”赵老师莫名其妙，心想：“一贯急性子的子文今天做事怎这样慢慢腾腾的？”

服务员开始还保持着微笑耐心等待，谁知子文更有耐心，拿着菜谱翻个不停。服务员终于失去耐心，态度开始很不耐烦，再三催促说：“同志你看，餐车上这么多人等着点菜用这菜谱，可你还是没拿定主意用什么，要不你先想好了再点，我先照料其他顾客吧。”

子文说：“姑娘你看你，开始叫我们先生，这就叫同志了，降格儿使用了？我已经拿定主意要什么了，你急什么？”

服务员拿出笔，子文说：“写上，半份儿花生米。”

服务员笑了：“餐车上不卖半份的，再说本来就是很小的盘子，没多点儿，你还要半份？要就要一份，三角钱。好，记上了。还要什么？”

“本来想要两个半份的菜，可是你们非卖整份的，那就只要一份花生米吧。吃吃看看再要。”服务员不满意地说：“你看了这大半天，就要一盘花生米？你可真抠门儿。你们两个人呢，就吃这点东西？”

“餐车上有规定不准顾客只要一份吗？你拿规定文件我看看，要铁道部，至少要沈阳铁路局的红头文件。”子文很严肃地说。

服务员摇摇头。赵老师从服务员手里拿过菜谱对子文说：“我也点上两个菜，我花钱。”子文摇头制止赵老师说：“先吃完再要也不晚嘛，你听我的。你在家就没吃过菜吗？偏来火车上吃？把菜谱给她。”

服务员走了，赵老师大惑不解地看着子文。子文笑着说：“咱们是来吃菜的吗？你刚才还说来餐车上消费不起呢，你说不消费就不能在这里坐着，这不，咱也算消费呀，这不就有资格坐着了？”

服务员把花生米端来放在小桌上，子文付上三角钱。

子文招呼赵老师：“来吃菜。在这好地方吃这好东西要慢慢品，细嚼慢咽。明白？这样，我给你个速度标准，大约五分钟往嘴里填一颗花生米，就这速度，这盘花生米吃一个小时没问题吧？”赵老师恍然大悟，原来是这样。

半小时之后，服务员过来指着餐车门口说：“您两位，看门口好多人排队等吃饭，你们该吃完了，就回车厢吧？空出位置来让别人就餐好吗？”

子文从口袋掏出两角钱递给服务员：“开始称先生来着，后来称同志，现在好，称我们两位，嫌我们花钱少称呼也改变。再来咸鸭蛋半个。”服务员生气地说：“又是半个，不卖！”“别发火，什么态度。那就来一个，我刚才都看了价格，四角，对吧？”服务员气呼呼拿着钱走了，一面走一面摇头说：“就打算在餐车赖着不走，什么人！要舒服买卧铺票啊。”

在凌晨四点天蒙蒙亮的时候，一行旅游者在东北最大的城市也是最大的交通枢纽沈阳火车站下车。来自深山老林的教师们被车站精美的哥特式建筑惊呆了，大城市的宏大气魄远远超出他们的想象，老师们不顾一夜的旅途劳顿，东看西看眼睛都不够用了，这群男女老师自己嘲笑自己：“简直是刘姥姥进了大观园。”

子文带大家到达体育大学的时候天色已大亮，但还未到起床的时候，校园内仍是一片寂静，只有宽阔的运动场上有不多的人在进行晨练。子文很快领老师们找到舅舅家，他请校长和大家在楼下等待，并将自己五岁的儿子也留在楼下，他自己上楼轻轻敲门，妗子开门将他迎进去，妗子说舅舅有早起的习惯，已经去运动场跑步去了。

妗子立刻喊起还在熟睡的表弟去找舅舅，她热情地向子文问这问那，可是过了好久，大约等了一个钟头舅舅才回来。妗子怪舅舅回来得慢，舅舅说：“听说子文带着人来了，我先去联系他们的食宿问题，可现在是暑假，又不到上班时间，没办法，只好到后勤处长家找学生宿舍钥匙，然后又想到老师们的伙食怎样解决。这地方街上饭店的饭菜贵得吓人，我知道福建省排球队正在本校训练并在学校食堂搭伙，好吃还便宜，这不，我又跟伙食管理人员说好，同意子文和一起来的人在学校食堂与福建队搭伙吃饭。回家的路上经过游泳池，顺便又跟看水池的人说了一下，老师们坐了一晚上火车风尘仆仆，先游泳洗一洗，这不是弄来弄去时间就长了。”

子文一听舅舅非但安排了宿舍，连吃饭甚至游泳的事都想到啦，舅舅办事真是踏实，一点也没有教授架子。校长和老师们知道舅舅如此细心还不知怎样感激呢！

“子文，你们的人呢？”舅舅问。

“就在楼下面单元门口，你没看见那一大群人吗，我还把孩子也带来旅游，就在下面的人群里面。因为时间太早，知道大都没起床，他们没好意思一起上来。”子文说。

舅舅说：“下面单元门口哪里有人？我进来可一个也没看见。”子文说：“不会的，”急忙走到后窗拉开窗户，探下头一看，楼下果然空无一人。他对舅舅妗子疑惑地说，“他们肯定是吃饭去了，今早来的时候路过一个小饭馆，大概现在开门营业了，坐火车一晚上一定是饿了，我去找他们。”

舅舅掏出两把宿舍钥匙交给子文说：“你也不把孩子带上楼来，这样，就不留你在这里吃早饭了，先去找孩子，在饭摊上吃完饭先去游泳池洗澡，然后回宿舍休息，不急着出去。晚上带着孩子，请上你们校长一块来家吃饭。”

子文答应一声，急忙向楼下奔去，又急急地跑到住区大门外，那个饭馆门前摆着许多小饭桌，围着吃饭的像是一些进城打工的农民，哪里有校长和老师们的身影？他站在那里呆了，都去哪里了呢？他又向前行进，走了好久，又发现一个饭摊，他又急急跑过去，还是没有他们！这可麻烦了，这么大一个沈阳城找几个人可真是大海捞针！子文此时火冒三丈，自己和舅舅忙了一早上，连饭还没吃，你们竟然……他不生别人的气，他只对校长有意见，他是带队的，他说走大家都得走，这个老家伙！“这些人总不至于又回了夹皮沟林场吧？”

三伏天的太阳转眼当头晒，子文汗流浃背，他喘着粗气又茫然登上二十路车回到火车站，挨个候车室寻找，还是没有人。他愤恨地站在火车站广场，望着川流不息的人群，不知该怎么办，他只知道，如果找不到大家他就不能回到体育学院舅舅家！他都想不出理由怎样向舅舅交代！他此时此刻痛恨着大家更痛恨校长，一定是这个老东西带大家走了！在广场站了许久，心里稍微冷静一下，嗓子里冒起青烟焦渴难耐，眼看已经到了十点多钟，自己是一点办法也没有。他心中千万遍痛骂校长。自己的儿子被大家带着并不令他担忧，他担心在天黑之前如果找不到大家怎么办？

尽管子文有冲天之怒，也是束手无策。他抱着一丝希望，也许在天黑的时候，大家会来舅舅家门口找他。于是，他又乘二十路车回到体育学院门口。天色刚过午间，太阳正当头，他索性越过路口走向对面北陵公园，心想该喝点水吃点东西啦。他买上一块廉价面包、一瓶汽水，向公园的北大门走去，看见前头有一片垂柳树，树荫下有好多游人在乘凉，他东奔西跑大半天实在是累了，打算去柳荫下凉快凉快吃点喝点。当他走近树荫，看见一片人横七竖八有的坐着，有的躺着，定神一看，不是他们又是谁！

他顿时怒火中烧，几步闯到柳树荫下坐着的校长面前，手指着校长破口大骂："你个老家伙，你竟然……"他近前一步，就要把校长揪起来。

几个老师从地上跳起来拉住了子文，赵老师说道："子文你不能动粗，本来就是你的错。"子文对赵老师大吼："你怎知是我的错？我错哪里了？"赵老师说："一大清早你上舅舅家让我们在下面等着，一等一个半小时，男女老少一大群坐火车整整一夜，你倒好，在你舅舅家不渴不饿的……"

"你也是个混蛋！"子文更是火冒三丈，"我到现在就没有吃饭，满沈阳城找你们，我在舅舅面前丢尽了人，你们这是人干的事吗？你们等的时间是长了一些，可是你们就认为我在舅舅家吃早饭不管大家吗？我自己的孩子还在下面哪！"子文发泄一阵，心中略微平静一些，就把舅舅一早上为大家安排了那么多事情，还想得那么周到等过程从头到尾说了一遍。

大家一听，恍然大悟，都感到撇下子文走了是不对。子文也好舅舅也好，都是为大家一心一意办实事才弄得那么晚。大家有的向子文道歉，有的看着校长，看看他怎么说。校长铁青着脸色，满腔怒火地坐在地上喘粗气，什么也不说。

赵老师说："其实都是误会，子文为大家做事操了心还受了委屈，可是也有欠妥之处。你在舅舅家等待舅舅办事回来，应当先下楼一趟向大家说明情况，大家先安排吃饭；你还可以顺便把孩子带上楼见见你的亲戚，可你一直在楼上没下来，大家是沉不住气才要求校长领大家先走的。也没想到你舅舅做事这样周到，真是叫我们惭愧了。子文，咱们什么也不说了，你舅舅安排得这样好，咱们赶紧回去洗洗澡到宿舍休息，子文领孩子去舅舅家看看。"

大家都同意赵老师的意见，子文听赵老师说得有理，也渐渐消了气。谁知校长被子文当众羞辱，而且还当着自己下属的面，岂能甘休？他坐在地上说："谁愿去谁去，我也不沾人家那份光，我去住旅馆。"子文一听火气又向上冒，他对大家说："愿意随我去的马上就走，那福建排球队吃的是国家级运动员伙食标准，价钱又便宜，大学生宿舍不用花钱很舒服，事先林场领导说得明白，公家只报销车票，住旅馆是不报销的。如果当校长的搞特殊住旅馆报销，我找领导说理。"子文说完带头就走。赵老师无法制止老师们的行动，又不好把校长扔在公园门口，只好再三劝说校长随大家去，校长执意不肯。赵老师看看大家随子文走远，才掏出一些钱给校长留下，向大家追去。

当大家即将走到体育大学大门的时候，本来晴朗的天气突然乌云翻滚雷电交加，顷刻间一个霹雳，随之大雨倾盆而下。大家几步赶到宿舍门口，子文打开了门，大家一拥而进，可身上的单衣也已湿透了。赵老师担心地说："校长可是挨雨淋了，他是不是住进旅馆了呢？"

忽然听见门外有人冒雨走近宿舍，分明听见随着脚步地下的水呱唧呱唧响。推门进来的不是别人，竟然是自己的舅舅和妗子打着雨伞来了。大家急忙起身，舅舅对子文说："子文你说你，这大热天急着与大家先旅游，也不休息休息，我们在家等你们一天。孩子呢？"子文急忙推过孩子，妗子高兴地把浑身湿漉漉的孩子揽进怀里。舅舅又问："哪位是校长？"

赵老师刚要说话，子文抢先说："校长在沈阳也有亲戚，他去亲戚家了。"

舅舅说："本应该请大家到家坐坐吃顿饭，可是家太小，外面下大雨又不好去饭店，只好改天再说。今晚上在家做了一点饭，想把子文和孩子，还有你们校长先叫回家，表示一下我们的心意，可是不巧，校长去了亲戚家，也等改日吧！”

舅舅话音未落，就听见门外“呱唧呱唧”又有人踏水而来，门一推开，大家都愣住了，校长活像一个落汤鸡浑身滴着水走进门来。只见校长谁也不搭理，看准子文的床铺，一屁股坐在上面，床上立刻就是一摊水。舅舅奇怪地问子文：“这位是……”赵老师急忙介绍说：“这位就是校长……他在沈阳的老亲戚多年不大走动，可能没找上，又回来了……”校长没听懂赵老师的话，气哼哼地训斥赵老师：“你给我钱叫我住旅馆，可你没给我介绍信，我怎么住？”

子文“哼”了一声没有说话。这时舅舅说：“回来好，回来好啊，我们备了晚饭，请校长到家聊表敬意，答谢学校对子文的培养和教育。家里很窄不能全部去，请校长代表大家，务必赏光。现在下着大雨多有不便，等天好再请大家。”校长坐在床上勾着头谁也不理、一言不发，舅舅和妗子再三殷勤，校长说：“我被大雨浇透了，受凉感冒了哪里也不去。”舅舅一听此言，急忙回头对妗子说：“学校诊所已经下班，你赶紧回家拿上治疗感冒的药过来，明天我来先陪校长去学校诊所。你看，学校放假多有不便……子文你先带孩子随你妗子回家，改日再请校长。”

在舅舅家，舅舅向子文询问校长到底怎么了，今天一大早就不正常。子文生气不过，便将一天来发生的事原原本本述说一遍，心中还是很委屈，他对舅舅说：“你为大家办好这么多事，他还这样对待我。”没想舅舅很严厉地对子文说：“你这么大了，还当了几年的教师，你就这么一个水平？你就这么随意地处理问题？你太不成熟，处理事情失之毛躁。做人要大度，遇事沉住气。”

后来子文说起这次旅游的始末，还把自己在教育界的进步汇报给舅舅和妗子。听子文说到来的路上赖在餐车的情形，舅舅又不高兴了。他对子文说：“你在餐车展示的是你的聪明，可这仅仅是小聪明，不要为此而洋洋自得。你已经成年，而且有了自己很热爱的事业，是需要为人师表的，不但要具有文化知识，更要注意个人修养。为人大度不能刻薄，是一个最基本的做人准则。你把校长骂了，这件事你要反思，这是很严重的错误，希望你一辈子不要有第二次。”

子文悟出一个道理，自己从小在农村生活，虽然继承了养父养母的善良和热情，却没受到过正经的思想培育；多年的苦难形成了逆反心理，性格尖锐是不能成大事的，今后应当引以为戒。舅舅的教训让他受益匪浅。

旅游开始了，校长总与子文意见相左。形势的演变，使老师们的心理悄悄发生了变化，大部分人听从子文的指挥，后来干脆分成了两帮，每天早上校长带几个女老师重点是以商业购物中心为主，子文领着大部分老师，以名胜古迹为主。在第六天晚上等到很晚，校长和几个女老师也没回来，赵老师分析说，校长可能带着几个老师回去了，昨天下午校长曾经向他流露过这个意思。

子文又带着其余的老师多待了一天才回去。子文现在的感觉是，做老师的领袖并不难。

回到林场，党委通知子文马上去见林场书记。子文奇怪地对来人说："我连个党员都不是，也很少和书记见面，叫我有啥事情呢？"来人笑着说："你自己做的什么事，你还不知道吗？你成了英雄啦，连美国鬼子都害怕的人，你都敢下手，你胆子不小。"子文吃了一惊，没想到和校长发生这么点小事还弄到党委，党委会怎样处置我呢？一定是校长告了我的刁状。

在党委书记办公室里，林场派出所所长、工会主席也在座。书记很生子文的气，对子文进行了严厉的批评，最后由主席宣布了林场的决定：给子文警告处分，向校长递交检讨书并赔情道歉。一场风波总算平息。

除夕之夜，林业公安局副局长的房子被人用炸药包炸得断壁残垣遍地狼藉，罪犯极其残忍下手很狠，决心置副局长全家于死地，炸药的用量足足可以炸毁一座铁路大桥，连周围的几家房子都受到不同程度的损害。门口之外的电线杆也炸歪了，只是连着电线没有倒地，院子里晾衣服的铁丝挂着人肠子，好像是过春节灌的香肠晾在上面，那是局长夫人和女儿与生俱来的东西，幸运的局长却因被别人拉去喝酒幸免于难。

惊天大案惊动了省公安厅、林业厅公安处。在案发现场，佝偻着腰缩作一团的林业公安局副局长跟在上级派来的人后面寻找罪犯的蛛丝马迹，虽说是遇到了最大的不幸，但他照例被第一个传讯，首先要排除他的嫌疑。自己家作案的可能很快排除，接下来向他询问的重点是，最近得罪了什么人，做了什么叫他人难以接受的事情，自己认为最可能作案的人是谁。脸色蜡黄的副局长张口结舌地向上级陈述，自己并没有什么死对头，也没在办案中做出十分出格的事，即使在工作中与罪犯有些摩擦也属正常，不至于产生如此深仇大恨。

审查当事人还没结束，本案受害人、也就是副局长家的电话响了，里面传来令他心惊胆战的声音："好你个王八蛋，大年三十晚上你都在外面喝酒，让你逃脱了性命，算你命大。可你小子听着，躲过今天躲不过明天，我一生没做出几件像样的事情，只要我活一天，我就要亲手杀掉你这个畜类！"

副局长接完电话，神情怔怔的半天不说话，呆了半晌拿定主意：这个电话不能让上级知道，打电话给自己的这个人更不能暴露，要是上级知道这件案子的原委，自己也就完了。

春节过后，林业厅公安处和林业局答应林业公安局副局长的请求，打破常规，以极快的速度秘密将他调到数百里之外的另一个林业公安局，按照他本人的意愿，只当一名普通警察，不再担任任何职务。谁知没有多久，他又在执行公务的途中遭到伏击，差点丢了性命。他知道对头是决心要他的命啦，不达目的誓不罢休，最后想想还是保住性命要紧，终于他秘密地脱下警服，放弃工作放弃职务，偷偷溜回山东老家去了。

也是在春节过后，老校长向林场党委递交了退休申请书。还差两个月他就六十岁啦，身体一天不如一天，在朝鲜战场曾经被子弹打伤的腿越来越不行，一到下雨阴天就疼得厉害，家里的人都劝他别再上班，但是他实在放不下学校，他一旦退休，上级会安排一个什么样的人来担任校长职务呢？接着又是一次重感冒，引起了哮喘病发作，有好几天躺在床上起不来，老伴流着眼泪求他："你不能上班了，地球没有你照样转，可要是我没有你就太惨了，儿子不孝顺，女儿还在上高中，我没有收入，你要是出了事，我也随你去了。"老伴说的是实情，他躺在床上考虑再三，终于下了决心：退吧。自己并没有多少文化，退下来以后，上级派一个年轻的有能力有文化的人担任校长，说不定比我还棒呢！

不久林业局教育处来了一行三人，来人没去学校，径直去了林场党委，这些人说明来意，他们是专为老校长退休事宜而来，也是为考察新校长的人选而来。教育处人事科长对林场书记说，由于长期以来人们对沟里林场生活环境的偏见，加之近几年林场木材资源的枯竭导致经济效益不好，地区的教育管理人员不愿意来沟里工作，所以，经教育处长办公会研究决定，不再向夹皮沟林场学校派遣校长，要求从林场就地提拔新任校长。人选的来源有两个：一是由林场派遣一名有文化有知识思想觉悟高热爱教育事业的机关中层干部到学校主持工作，二是从本场学校的教师中提拔一名有十年以上教龄，最好是有师范学历、有突出的教学成绩的人选。

书记沉思一阵向来人说："林场机关近几年也在精简，一人兼数职，从中层干部中选任校长恐怕不合适，我个人意见还是从学校老师们中就地提拔。近几年以来，本场学校在教学管理和教学质量各方面都做出较好的成绩，这是你们主管部门也了解的。我看这样，把老校长请来，叫他谈谈情况，也可以推荐人才。"上级来人说："处里也是这个意见。"

老校长是由林场书记的吉普车接来的，校长下车后两腿还直打晃，书记亲自上前扶了一把，把他搀进办公室。他并不因自己的身体状况而失去老资格的尊严和威仪，他进门以后对上级来人没有什么神情，就径直坐在书记的座位上，然后仰面朝天大口地喘粗气，谁也不理会了。书记见状急忙向老校长介绍说："这是……"老校长脸朝上看着房顶微微点头说道："认识，林业局教育处的小李和小杨嘛。"

书记又对校长介绍了上级来人的意图，老校长说道："我的第一期望是上级派一个有学历、有工作经验、有专业知识、有管理水平的人来担当此重任，从林场管理人员中找一个仅仅职务相当的人来担任校长那无疑是误人子弟，既然我的第一期望不可能，为今之计也就只好退而求其次，矮子里拔将军，从本校教师中提拔一个校长。"

小李和小杨问道："你看学校里的老师们中有无合适人选呢？这你得说话。"校长仰面朝天闭上眼睛许久不再出声。书记拿出香烟分给小李小杨，两个年轻人表示不抽烟，递给老校长，校长慢条斯理仰着面接过，书记只好尴尬地亲自点上火，心中老大不满："摆什么老资格！一个志愿军连级干部转业，干了这么多年，不就是个小学校长吗？眼看退休了又何必弄这副模样？”小李满脸堆笑地对老校长说：“老校长，你是老前辈，有丰富的工作经验，更有培养新人提拔新人的优良的工作作风，这都是值得我们后辈学习的。教育处的意思，要我们今天务必来听听你老的意见，希望今天就有一个大概意思，我们想，你老在退休前肯定对此有所考虑，你看……”

小李的这番恭维话果然奏效，老校长从靠背椅上欠起身来正襟危坐，脸上露出难得一见的笑容。

他沉思有顷，突然又变了脸，生气地说：“说到校长人选，我心里很不愉快，也很矛盾。说到个人的意愿，根本就没有什么理想人选，可是今天的事情关乎夹皮沟林场全体职工子女的教育，这是头等大事，那是不能讲什么个人意愿的。咱们都是共产党人，讲究实事求是。这就叫我犯难。”书记说：“有难处你只管说，组织上尽量解决。”校长不满意地说：“我说的难，是我自己的事。”校长叹了一口气，“人选是有一个，可是此人需要打造、修理、锻炼。此人毛病也多得是，需要教育处和林场加强双重管理并紧密合作。这个人其实你们都认识，就是子文。唉，要说嘛，这人的业务水平、文化知识、工作能力、教育管理，样样工作都可以，是一个干事情的人，可是他的缺点又岂能忽视？”校长扳着手掌一个一个地伸出指头，“他傲气凌人、目无领导、爱出风头，最叫人难以容忍的是，他还算个知识分子吧，可他又农村的粗野作风十足，经常拿出他干生产队长那一套，你们说这……但愿他不能拿着当校长还像当生产队长一样。”书记打断校长的话：“你是同意呢，还是反对呢？”

校长对书记的打断很不满意：“叫我来不是要我推荐校长人选么？我是本着对林业子女的教育事业的大局负责，否则谁还有工夫闲扯淡呢！如若是要我凭个人印象，这人是提不起来的。我还没说完，这个人材料不错，需要造就，造就。造就好了，比上级的派遣还强，造就不好可就不好说了，总之，为今之计就是他了。有他在，学校各项工作都没问题，再说除他外谁当上校长能管得了他？能不能领导他就是一个最严峻的考验。我看就是他吧。当然，行不行还得领导你们研究考察。”

教育处两个人急于完成任务，当即与林场的书记商议说：“老校长说的这个子文我们早都认识，他近几年在我局教育界崭露头角，在业务方面有他人所不及的长处，至于校长讲到的那些缺点，教育处也有所闻，那就按照老校长的建议多多进行培养、历练。在我们临来时，处长曾经提起过这个子文，叫我俩顺便考察，有好几处林场学校的领导岗位需要充实。目前，林业局的经济状况不好，有文凭的年轻教师没人愿意往山沟里来，就得自己培养教育管理人才。这个子文可以作为教育处的培养对象，原打算如若林场这次对新的校长人选另有考虑，子文可以作为教育处的储备人才以后再说，或许调往其他林场学校当校长。书记你看怎样？”

书记听到这里，完全打消疑虑，笑着对处里的同志说：“与其将来等处里把我们的人才调走，我们何必舍近求远？那就这样定下来，林场同意由子文担任夹皮沟林场学校的校长。”

处里的人说：“我们三方基本达成了一致意见，林场还需要给教育处写一个报告，由教育处作出决定，再报给林业局人事部门备案，最后教育处下一个红头文件，我们还回来宣布任命。”

大家议论完毕，事情也定下来了，抬头看老校长，却不知在什么时候已经走了。

第二十一章

子文上任以后，第一次到林业局教育处参加校长会议就愤愤不平。

汤河林业局有三所中学、一所林业技校、三所直属小学，以上几所学校都在局所在地；再就是地处深山的储木场、林场、苗圃、经营区的十四所小学，全局总共二十一所学校。校长会议的会场在局教育处会议室召开，椭圆形会议桌四周的凳子后背上都贴了用毛笔写的纸条，标明了每个与会者的坐席。开始子文并没怎么在意，等大家到齐就座之后才看出端倪。处长坐在主席位置无可置疑，两边是中学校长和技校校长依次排列，再下面是局直属学校一、二、三小和储木场学校，再其次才是林场学校和苗圃、经营区学校的校长。围绕会议桌的一圈凳子后面是教育处几位工作人员，担任会议记录，给大家倒水。子文想起，过去，老校长每次来局里开会回去总发牢骚，原先并没有把这些事情放在心上，如今身临其境，果然如此。就因为山区教育落后，以至于地位也同样低人一等吗？

子文看着这坐席的排名感到很不舒服，坐在那里如芒刺在背。谁先来到随便找地方坐下开会就是了，这又不是召开全国的党代会或人代会。中学的、技校的校长们坐在前面也就罢了，同样是小学，为何直属学校就要坐在前面？这种形式是行政等级划分还是有了阶级划分？

子文从贴着自己姓名的纸条的座位上起身，坐在了会议桌外教育处工作人员那里的小凳子上。

处长说："子文，你坐在自己的坐席上，你也是校长了。"

"我坐在哪里并不重要，回到学校对会议精神的贯彻一定到位，处长放心好了。”

参加会议的校长们有大半人脸上露出古怪的笑容，直属小学的几位校长更是一副不屑的神情。

处长虽说点着头微笑了，但看得出他内心的不满。主管教学的副处长打圆场说：“子文第一次参加校长会不习惯，他愿意坐在这里就先坐这里吧。”

“宣布一下今年各校的经费分配。”处长戴上眼镜，照着财务科出具的资金分配计划宣读。很明显，林场的经费明显偏低，子文粗算一下，除去教职工工资，剩下的经费寥寥无几，一点可怜的差旅费还不够到局里开几次会的。子文想提出自己的看法，副处长拉了拉他的衣角，想到这是第一次开会，话没说完就坐下了。

散会后，副处长将他留下说：“你总是给人留下深刻的印象，这也是你的特点，但说不上是长处。不客气地对你说，你自以为在教师考核中和各种教研活动中出了风头，但是作为一校之长，成为领导就不是那么简单了。”

子文说：“我看着这场面很可笑，排座次是梁山伯英雄好汉的行径，位置在哪里并不说明工作水平和地位吧。”

“你很聪明，也有扎实的知识功底，但还缺常识。知道你看不起直属学校的校长们，告诉你吧，这几位校长都是局组织部考察备案的正科职干部，也是多年教龄的教师，他们的资历你有法比吗？再说他们年龄都多大了？沟里林场的校长——就说你，在山上抬木头抽调到学校，然后当了校长，教育处和林场点头就行，局组织部认识你么？你有行政干部级别吗？说到政治地位，你还差着一大截。近几年你在教学工作中取得一定成绩，甚至在某些方面超过直属学校，这我了解，也正是为这，我才与你说这些。但总体上山沟里的林场学校在各方面的工作还是差距不小，尤其是学生综合素质差距更大。你刚走上岗位，不可如此幼稚。”

子文涨红了脸说：“感谢您对我说这些，但说到教学水平、学校各项工作和学生素质，我有决心超越，改变习惯看法。”

林业局下属的山里林场地形狭窄，找一处大面积的平坦之处建一所学校更是不容易，所以，林场学校的校园往往也比较小，盖上教室和其他必要设施，操场更显狭小。可夹皮沟学校却偏偏幸运地建设在这条狭窄山沟里难得的宽阔平坦之处，不但校舍宽敞，难能可贵的是，校园当中有一片大空地，是在山区学校难得的操场。在操场里画出一个椭圆形跑道，竟然有三四百米——算是标准操场了，顺着跑道南侧划分出直道，是百米跑道。

小河从学校西南边流过来，在林场管辖范围内，这条河面上一共四座桥梁，从上游源头方向算起，排列为一号桥二号桥三号桥四号桥，一号桥在林场西面，学校西南角的小桥是二号桥。沿着学校西侧，河流向北流过不远的学校西北角，迎面是一座陡峭的山头，河流向东拐弯沿学校后面向东流去，在学校的东面，随地势变化，河流右转弯又向南流去。这种流向的变化，恰恰围绕学校转了三面，形成校园得天独厚的地势。河岸两边都是一丛丛乔木和灌木遮挡，空气湿润清新。学校的南面，就是贯通林业局东西的运材沙子公路，向西通往五十里之外的火车站木材专用货场，向东通往林业局木材主要产区集散地仙人桥储木场，继续延伸还可抵达松江河，比较起来，夹皮沟林场的交通条件在林区还算是不错的。

环绕学校三面的溪流日夜唱着欢乐的歌儿，给校园增添着生动和欢乐。坐北朝南的校园背靠河流，河流后面是悬崖峭壁，峭壁的下面与地面相交部位，生长着茂密的阔叶林，林木底部有河流阻隔。北面的这片柞树和椴树林子几乎无路可上，采伐相当困难，平日也很少有人从这里上去，前面又是校园，所以这里的生态保护极好，春夏季节郁郁葱葱，尤其是稀有的椴树，在花开季节，蜜蜂嘤嘤忙着干活儿，满树的花阵阵飘香，整个校园陶醉其间。悬崖中部以上生长着东夏常青的针叶林，以珍贵的鱼鳞松为主，树干高大挺拔，木质良好，悬崖顶部树木稀少，生长着一大片杜鹃花。

东北这些山崖上的杜鹃又名映山红，邻近的朝鲜称之为“金达莱”，它在云雾缭绕的悬崖峭壁的石头隙缝存活，远离人间。人们对其仙姿，只能仰面远观，如果人们贪恋她的美色，将她移植到菜园里、庭院中，给其施以水肥，她会拒绝人们的关爱，慢慢枯萎直至死亡，她偏偏具有不食人间烟火、不贪人间富贵的高洁品质。在杜鹃开放的时候，仰望山顶，云雾缭绕中，只见一片红霞灿烂，让人目眩神驰。

学校后面的这片悬崖组成高高的屏障，挡住冬季从西北吹来的寒风，形成局部的小气候，夏天山顶隐约传来松涛低沉的呼啸。在这片绿色的海洋中，校舍红瓦鄰鄰坐落其间，不在天上却如在仙境。

学校的大门在校园南面，校门外越过运材路是一座不算陡峭的小山包，林间小路沿坡而上，山上土层较厚而且肥沃，树木混杂，远望各种树叶的颜色五彩斑斓，树上藤萝纠缠；或者无路，唯有用随身带着的镰刀披荆斩棘逶迤前行；灌木下面植物品种繁多，春夏之交这里盛产蕨菜、山芹菜、猴子腿等纯天然野菜。次生林木不堪采伐，任其生长，自然生态保存良好，成为一个天然大花园。山西侧小河流水长年不断，滋润着山上草木丰美；小动物特多，尤其是叫不上名字的各种鸟类，在密林繁衍生息，鸣唱不止，布谷鸟的鸣叫声常让人产生无限的遐思。置身其间你会觉得空气湿漉漉的，负离子含量高，如同一个天然氧吧，一呼一吸，心旷神怡。

学校的主要校舍在沿着校园北侧的河流南岸，一溜二十几间砖瓦结构坐北朝南的房子，最西头八间房子是教室；当中间依次是校工的办公室（里外两间，外间是烧水房，里间是校工的打更房，夜晚住在里面）、校长办公室、教师大办公室；再往东还有八间教室；校园东侧以及对面的大院西侧临河岸处各有十二间房子，都是教室。

北面教室的后面临近河流之处，有两排简易房，充作学校仓库，无非放置着打扫卫生的扫帚拖把之类，其他设备，最值钱的就是那架透风漏气的脚踏风琴，最奢侈的就是学校仪仗队使用的军乐鼓号等。仓库再往后，是用木板钉的一排男女厕所，教师无单独厕所，随学生男女有别使用而已。

从厕所到后面的河岸，还有四十多米宽、东西二百多米长的空地，学校将此处分成小块，每个教师一块当做菜地。一线的上段采伐工人可以偷开小片荒，老师们没有这个条件，林场那些管事的也大都是学生家长，也就睁一眼闭一眼，反正上级怎么查，也查不到学校后院去，也不好意思对学校对老师怎样处置。

学校设施尽管简陋，在子文的眼里，无疑就是林场的最高学府，数百名当年闯关东的林业职工的子女们都在此处接受教育，职工们除了关心自己单位的工作岗位和吃穿住房条件，最关心的就是子女的培养和教育。而山区教育现状与职工们最关注的这件事恰恰是短板，林区教育比起政府办的学校，无论是教学质量还是学生的整体素质，都显然落后很多。年轻的子文走马上任，深感肩上的担子沉重，参加工作四年多，受到那么多老乡们的关怀和照料，受到林场领导们的青睐和器重，还有老校长无私的推荐，自己没有理由不把校长工作做到最好。

企业办学的教师队伍比起政府的学校各方面条件相对薄弱，恢复高考之后的师范毕业生大都不愿意在企业办学的学校，更不愿意来山区林业担任教师，少数来林业的，林业局毫不犹豫地将这些宝贝人才分配到自己子女所在的林业局直属学校，而山沟林场学校的师资水平比起林业局直属学校更是等而下之。林场学校的教师来源大部分是从工人中选拔而来，很多竟然是因为在山上抬木头发生工伤不能再上段工作，而林场机关的行政后勤管理编制有限，就安排在学校当起教书育人的灵魂工程师来。就连校长也往往不是师范学校的专业资质，很多是从林场的管理人员分派而来，比如夹皮沟林场学校的前校长是抗美援朝期间在战场上负伤，回国后转业安排到林业局工作的荣誉军人。这样的教师队伍，教学质量自然难以保证。上级也正在抓紧教师队伍的建设，但因牵涉面太大，力不从心。子文在当校长之前就为这样的局面很不服气，上任后打算以自己学校的有限力量将这项工作开展下去，他清楚地认识到，提高教师队伍的整体水平才是提高教学质量的根本，是一项事半功倍的工作。夹皮沟学校利用每周六下午进行这项工作，校长自己水平有限，但是每个人都有特点和长处，只有大家取长补短，将集体的智慧都变成个人的能力，这个集体肯定会大有提高。子文带头担当主讲人，他的讲义来自书本，他最崇尚的是国家教委主办的权威教育刊物《人民教育》，上面很多新潮流新思维都化做自己的工作方针向老师们贯彻并注重实用性可行性。短时期内教师的业务水平明显变化，学生学习成绩开始大幅度提高，同时教师工作的奖惩制度重新制定并开始实施。子文承诺："等本学期结束，如果实现咱们的工作目标，一定带老师们到北京旅游。"学校工作的快速推进，激起了教师们空前的工作热情。但全面的教育工作并非仅仅如此而已，各方面工作就像一桩巨大的工程，每个环节都马虎不得。有的老师提议，教学业务水平提高了，校容校貌不可忽视，学校的自然环境如此得天独厚，硬件设施岂能落后？该校建立十几年，木门窗斑驳脱落，学生桌凳残缺不全，有效地解决这一问题，修葺的经费是关键。

学校下通知召开新学期学生家长会，家长们很清楚学校新学期很有起色，兴致勃勃地来到学校，打破惯例几乎没有家长缺席。在家长会的后半段，子文谈到："改革开放以来，林业职工的生活明显提高，不再为吃穿发愁，变化最小的就是山区子女的教育，我们的孩子们将来要走出大山，没有文化是不行的。我们全体老师有决心把山区的教育送上快车道，争取在两年以内达到局直属学校水平，五年之内走到我省教育工作的前列，为实现这一目标，家长们的配合支持也是重要的因素。"家长们异口同声地说："学校需要我们的，没问题，学校有事情只管说。"

子文想到林场的家属副业大队，这些家属的子女几乎都是在这学校读书的。他找到主管领导说需要购买二十斤油漆维护一下学校的门窗，老师们周日义务劳动自己涂刷油漆。领导一口答应，还说直接由大队的车送到学校。

没几天，家属队的拖拉机开到学校门口，将油漆卸下，竟然连毛刷子也买了五只，从车上下来家属大队的两个人："奉场长之命，暂时来学校报到，场长说不能让老师们当油漆工为此耽误老师们的工作，我们两个人都干过油漆工的，给我们三天时间，完成任务再回去。"

子文感动地想："只要是为大家做事情，领导和群众都会拥护的。"

教室门窗刷完，看上去焕然一新，整个校园里弥漫着浓重的油漆味道，满心高兴的老师学生们却觉得这味道不难闻，油漆后的学校如同人们化妆和穿新衣服一样的效果，房屋的门窗就是人的脸面。

子文索性一鼓作气，将学校的事情汇报给主管学校的书记，书记自然高兴，子文谈到学校的桌椅破旧，书记说："咱们这是林区，没有别的，就是有木头。这件事我来办，学校的事情家属队都大力支持了，林场不能落后于家属队吧？我调动林场木工室的师傅们先来学校看看需要什么材料，让家属队再出点血，给自己的孩子们做点贡献准备木料，让木工室的人全部出动突击完成任务。你回去等着就行了。"

子文知道在工作中文字材料的重要性。两个月之后，他向林业局教育处交出上任以来的第一份工作汇报。报告最后向领导提出三项要求，一是要求教育处领导经常到夹皮沟林场学校督导各项工作，自己没管理工作经验，通过领导检查会更加完善；二是带领局直属小学领导来指导工作；三是检查本校教改情况。

教育处认为这份不是学期末也不是开学之初的报告虽说不伦不类，可比起那些催促再三也不汇报的学校好得多，况且子文刚上任，有必要扶持他，听林场的领导说子文上任之后很见起色，各方面的工作都得到认可，虽说工作方法有时武断，但这也是一种工作作风也是一种自信，总比没有信心强。处长当即指派副处长带队，领着三所直属学校的校长或者主管教学的副校长到夹皮沟学校督导工作。处长微笑着对自己的副手说："子文这家伙很鬼，我看他这是想着要钱呢！工作做好了可以考虑，你带人去看看。"

林场的书记亲自到学校坐镇，这是局教育处的人在来本场听子文讲课两年之后，又一次破例这样大张旗鼓带着这样强大的阵容莅临本校。副处长在林场书记的陪同下来到学校，一行人看到，学校的容貌焕然一新，仔细再看却没有大兴土木，而是以最低成本体现出最明显的效果：使用的油漆和人工是林场和家属大队做了支援，没有原材料和人工费用开支；教室墙壁上贴着该校学生作文竞赛的入选作品，的确很有推广价值；一间荒废的教室收拾出来当展览室，摆着各年级的作业展览，作业的质量明显高出同年级作业水平；以抽签的形式选了两个班级听了两位老师的两堂课，一节语文一节数学，主讲老师果然在课堂上颇具子文的风采与特点，充满自信。授课方式都是子文按照《人民教育》上刊登的北京海淀等学校的名校模式，模仿的痕迹看得出来，但效果确实很不错，而且新颖，颇有教育改革的劲头。检查老师们的备课笔记，尽管有程式化的瑕疵，但是课堂教学实用性很到位。副处长从来都是看重子文的能力的，对学校的工作做了肯定。

局直属小学的三位校长低声说道："小鱼也想串到大鱼串上！不就是林场的学校吗，鲤鱼真的还能跳过龙门？"

校园里，只有下课的十分钟是喧闹的，上课铃声响起，课堂里隐约听得到老师的讲课声，还有音乐课堂的风琴声和童音歌声。如果有体育课，操场上就有老师的体操口令，孩子们的欢呼。

在这所美丽的校园里，活跃着整个夹皮沟林场职工的子女们，全校六个年部都有两个平行班，一共十二个班级，四百多名学生。这是每一个职工家属的希望所在。

在这所学校工作以来，子文深深地爱上了这个工作环境，他觉得他天生就应当在这里工作，这就是他的理想所在，在这里施展他的工作热情和才华。

上任的时候，性格外向的子文没有发表就职演说，没有豪言壮语，他的第一步工作就是挨个听老师们讲课。虽说到这里已经四年了，对老师们的水平也只是大略的间接的了解，日常没有学校的安排，他不可能冒昧地到各个教室去听其他老师讲课。现在他有责任详细了解每一位老师的教学能力。子文清楚地知道，要提高山区孩子们的学习成绩和综合素质，就必须先提高教职员工们的知识水平和专业能力。如何着手开展这项工作，他应当摸清底细做到心中有数。这二十六名员工，教学一线的老师超过二十名，他打算听每个老师两节课，用两周的时间完成这一项工作，根据自己掌握的第一手情况，用一周时间做出总结然后贯彻给每一位老师，再用一周时间让老师们开展教研活动互相观摩听课并作出讲评、制定出教师培训计划，教师培训以提高专业能力为当务之急。

子文的工作计划很见起色，一个月之后，他对全部教学工作做出新的调整：按照自己听课和培训得出的结论，调整班主任和任课老师；两个平行班级的学生排队重新划分班级，让两个平行班的学生优劣状态基本平衡，再让两个班主任挑选任职的班级。少数业务差年龄大的，根据其特长充实到相应的学科。

子文认为，唯其如此，平行班级之间才能在同一起跑线上展开竞赛，班级的考试、判卷，老师交叉进行。这一措施，得到大部分教师的拥护。

这天上午，林场的副场长打发人来到学校让子文到场部。副场长开门见山：“子文，有件小事麻烦你一下，我的女儿在重新调班中换了老师，对她来说很不适应，主要是我认为新调换的这个老师水平不行，会影响孩子的学习成绩，你回去把她调到另一个班级吧。我还有事，你回去，我先走了。”说着拿起钥匙要出门的样子。

子文对副场长说：“您先别急着走，我与你一样也是在忙着别的工作，听你找我就放下事情来的。您说的这件事情不是小事情，恰恰是当前学校工作中最敏感的事情。班主任已经到位，如果开了这个头，会引起一系列反应，班主任认为学生不稳定，学生家长也会纷纷找来要求调换班级，那学校的这一次调整会全部受到影响。学生的学习成绩受影响，这不是班主任的责任，是我当校长的责任。您的这个要求我做不到。但是请您放心，我相信学生的适应能力，更相信每一个班主任能把成绩提高上去。大幅度提高学生的学习质量，这是我们学校今后的努力方向和工作目标，希望得到领导们的支持。”

副场长一脸不悦之色，一面往外走一面说：“学校有什么大事？看着办吧。我先走了。”

刚才的事情令子文有些沮丧，他知道迈出这一步虽说艰难，但对今后的工作很有意义，他不后悔刚才的举动。下一步面临着教师缺员，这两名人员的调配很可能领导们有所安排，林场学校人事安排的权力还是林场说了算。他决定先取得局教育处领导的首肯。

教育处长很支持子文的建议：通过考试，从林场职工中选拔教师。

当子文向林场分管文教卫生的鲁书记汇报这项工作打算的时候，鲁书记说，是有几个林场领导向书记打过招呼，让自己的亲友或者子女进入学校，但他坚决支持子文的做法。

几天之后，林场商店大门前贴出了一张来自学校的招考通知：由于学校教师缺员，经林业局和林场相关领导研究决定，通过考试从林场职工中选拔年轻的、有高中学历的两名人员充实到教师队伍。条件一是参加了高考没被录取但考试成绩不低于多少分数的应届高中毕业生，二是分数达到本学校制定的分数线，三是正式招工参加林业工作的我场员工。

考试这天，子文按照与书记商量好的办法提前半天来到林场派出所，有两名警察坐在一旁陪伴，子文现场写出考试试卷，前半部分是基础知识，后半部分是有关教学业务和学生管理的基本常识。忙完这些已经是中午，子文在所长办公室原地不动，警察到林场职工食堂给子文打了饭菜，趴在办公桌上匆匆吃完，仍然由警察将碗筷送回食堂。子文自始至终没有离开现场。符合报名条件的九名职工参加考试，子文刻出蜡纸亲自动手印刷十份试卷，留一份入学校档案，没有多余。

这是林场第一次通过严密的考试选拔教师，一改通常将那些抬木头发生工伤不能上山的，或是什么人的关系等安排到学校工作的办法。前几天场长曾经找过子文，林场电工的妻子不愿在后勤烧炕了，想进入学校，这次参加考试也报名了，请子文给以适当关照。场长的吩咐让子文感到头疼，才请求书记做了这样周密的安排。

考试结束，子文请警察将试卷上部装订封好。这时鲁书记来了，在书记监督下，子文开始批阅封死了上端看不见考生姓名的试卷。两名最高分的卷子由书记打开封记，挑选出来，其中没有场长关照的那个，却出乎意料地有老校长的女儿，这女孩子的答卷，卷面清晰答题准确，看来虽说老校长没有多少文化，但对培养子女还是很重视的。这没话说，自然应当录取。尽管曾经有那么些不愉快，但这是为广大林场职工子女的教育负责任的事情，当然是唯才是用，只要林场的人们切莫以为是老校长推荐自己继任了校长才给以照顾就行了。

新教师的业务培训直接由子文把关，并担任主讲人，还请自己学校原有的业务水平较高的老师讲课，新教师听课，领略课堂教学的基本环节和教学要领；向老教师学习备课，按时接受校长检查，然后试讲，最后上岗教课。新教师还要经常做主讲，接受学校考察，不断改进。如此下来，年轻教师进步很快，子文相信，在两个学年之后，他们就是称职的班主任。

子文对教师要求比较严格，批评也很严厉，但是对外很护短，不容其他人对自己部下说三道四，很维护教师队伍的尊严与社会地位。因此教师队伍很稳定，也特别尽职尽责。曾经有个别家长对自己孩子的老师在林场大院里说三道四，一旦子文知道，最有力的措施就是让这家长的孩子回家，让自己家长给孩子上课。为此，教育处和林场领导多次批评子文，子文也知道这样做无疑是错误的，依然认为是有必要的。

大清早老师们提前到校，子文站在学校门口迎接学生和老师们，来得略晚一点的稍显不自在。上课前打扫卫生时间，各班级值日生打扫完教室内外，在上第一节课的时候，子文绕学校一圈巡视。有两个教室打扫得很粗糙，子文回办公室拿出扫帚动手重新清扫，教室里的班主任急忙出来要接过扫帚，子文微笑着挡开班主任的手：“别为这点小事耽误全班学生讲课，我没有课，我来。”班主任尴尬地站在一旁，不知所措，眼看着校长认真卖力地打扫自己教室的门前。

几天之后，办公室和教室的卫生面貌大大提高。

子文又兼任学生们的音乐课，大略是按照音乐课本的要求施教。正是改革开放后文艺复兴百花齐放的时候，流行歌曲、校园歌曲、电视插曲相继盛行，学校与时俱进，除音乐课本上的内容之外，也选择适合学生演唱的健康向上的热门歌曲，从各班选拔学生组织了文艺宣传队；林场工会职教办来学校联系，应团委和青年职工们的要求，让子文到刚恢复的职工夜校教唱流行歌曲。虽说团书记对子文心存芥蒂，但是青年团员们对弟弟妹妹们哼唱的流行歌曲却是羡慕得很，很踊跃地加入学唱歌曲的行列。学校成为林场各部门最引人注目的地方。

让老师们加班加点，需要具有工作动力，子文不得不考虑老师们的待遇问题。企业办学的老师们与工人的待遇是毫无二致的，并且还有很多方面远远不如上山劳作的工人。

学校后面的菜地是老师们唯一的待遇，面临的遗留问题需要解决。这块菜地在学校后面好多年了，有些老师调走或者退休后仍然占据不退，有的已经不在人世，自己的子女没有在教师岗位上，也仍然继续占用，有两个退休老师还把地送给与学校不沾边的人，而新招收进来的老师却没有地分给他们，为此主管行政后勤的赵老师很无奈。子文指派赵老师对有菜地的挨家通知：“学校为锻炼学生的劳动能力，养成热爱劳动的良好习惯，决定将学校后面的空地全部收归学校集体种植，作为学生的劳动基地。希望大家在短时间内抓紧把地倒出来。”

近来学校各项活动的开展取得的效果林场的人们有目共睹，听说是开拓劳动基地，还是比较支持拥护。没多长日子，有菜地的人不管是不是在校职工，基本上将已经种好的地块草草收拾完毕，把地交回学校。子文与赵老师将地块重新测量，按照目前在校教师人数平均分成相应的块儿数——这一环节只有子文和赵老师知道，然后在周日休息期间，让老师们到校排号抓阄。

这样一来，每个在校老师都有了自己的地块。子文要求大家在周日突击干活儿，赵老师为大家准备了应时蔬菜种子，子文是地道的农民出身，种植技术毫不含糊，在他的指导下老师们一两天就将分到的小小地块相继种上种子。其他倒出地块而这次分不到的人们得知这一消息，也觉得已经占用了这几年，如今学校收回去给在职老师使用，心里虽不太满意，但也无法提出异议。老师们一天到晚在学校，没有机会开小片荒，何况这两年上面抓得很紧，开小片荒还是不允许的。

老师们初步认知到：新上任的校长不只是一个工作狂，人情味很有一些嘛，就应当有一个为大家撑腰的领导。

老校长在任期间的好多年，学校的后勤工作一直是赵老师担任。当年子文到学校之后很快便知道，赵老师是一个很抠门儿的人。子文刚来学校的时候教音乐，赵老师发给他的备课笔记本，竟然是用过一半的。赵老师解释说："音乐课在各科目中算是'副课'，每个学期副课老师的备课本都用不完，这几年咱们一直是主课老师每学期一本，而副课老师则是两个学期一本，当然，如果你用完了可以再领。"

当时子文又好气又好笑，心里说："果然名不虚传。"现在子文当上校长，对物品管理过分抠门的赵老师刮目相看。是啊，不当家不知柴米贵大概就是这个道理吧。

子文上任之后首先关心的就是教育经费问题，知道每年的经费在上半年还凑合，下半年往往是捉襟见肘。

放学的时候，与赵老师共同骑自行车走在一起，走到学校大门外的运材路上，路面上有一节铁丝，赵老师急忙从自行车上下来弯腰捡起铁丝。子文问道："你捡它干啥用?"赵老师说："今天没有用，但不一定哪天会有用的。"说着折回学校小仓库。子文站在路上呆呆地看着赵老师的背影，暗自叹道："这才是好当家。"看着他开开仓库门锁，一会儿又回来。赵老师说："你怎没走啊?"子文说："我在等你呢!"赵老师说："咱们回家吧。"相互之间没有溢美之词，没有表扬，但赵老师感觉到了这个比自己年轻的校长对自己的理解。

转眼，夏天到了，子文上任四个半月。学生升学考试在即，在暑假之前老师们不用学校强调，便主动开始给学生加班补习。子文明知道上级再三强调不能加重学生负担，但是原来对学生的课程教育欠账太多，家长们并不关心什么负担，关心的是孩子的分数、升学率的高低。

五年级一班的席忠首同学是个大个子，学校的劳动是一把好手，体育课上也是样样领先，但学习水平太一般。他是个追求上进的孩子，时常为学习成绩而苦恼，眼看就要参加初中升学考试了，心里很没有底。他在班里年龄偏大，如果考初中落榜会很难堪。他也知道学习成绩并非一朝一夕就能提高，他凭借着个子高的特点慢慢练就一项硬功夫，他的班主任吕老师在办公室一边说着一边表演给大家看："那席忠首坐在自己的座位上，可以看到前面三张桌子上的试卷和答案，向左一瞄可以看到左面两张桌子上的试卷，向右、向后都练就同样的目力；这并不稀奇，最绝的是他的手中长眼、眼中长手，他眼睛盯着前面老远的桌子上平放着的试卷，手里不停地往自己试卷上写着看来的答案。我曾经多次观察过，他的手和眼睛同时使用，手下的试卷不用眼睛看着写字，总是恰到好处地把答案写在试卷上应有的位置，不错位、不串行，就连选择题、判断题打错号打对号也是准确到位……"

子文对吕老师说："看来这孩子并不笨，就凭他这两下子，可以说他是心灵手巧，心地聪慧。如果把他的聪明智慧发挥到学习上，他的成绩没有理由上不去。或者是学习方法有缺陷，这需要我们去挖掘学生的长处，给他们树立信心，让这样的孩子学习不掉队。"

子文看到吕老师下一节没有课，专门与他讨论扭转后进生的问题。除了老师采取相应措施，还要鼓励后进生的信心和决心，同时让班里的尖子生介绍和传授学习方法和学习经验。但子文看得出，吕老师心不在焉。

第二十二章

一个半月之后，全局连直属小学在内十七所小学的四十一个毕业班的1300名学生进入小学升初中的考试，由局教育处统一命题，同时间考试，交叉阅卷。这是小学升初中的升学考试，考试结束后，小学教研室负责统计并排榜，用大红纸张贴在教育处门口，在校长会议上由处长宣读并口头表扬了排名前十的班级和班主任（当然，后来教育部三令五申禁止学校考试成绩排榜）。

夹皮沟小学出乎意料地取得好成绩并创历史新高：三个毕业班（包括一个去年留级生组成的班级），五年级二班全局第一名，一班第二名，三班（留级生班）第十七名。两个普通毕业班囊括了全局四十一个毕业班的前两名！留级生班也在前二十名之内，属中等偏上的名次。

让子文高兴的是，留级生班排在第十七名，与一班二班有一定差距，这就说明前年自己曾教过的留级生班位居全局第一名绝非必然，而是人为的努力，事实验证了自己的教学能力。

校长会议上的气氛很奇特，局直属中心校的几位校长交头接耳在说着别的，处长说："在说什么？不要交头接耳，注意会场纪律。"

地区中心二小校长故意看看子文坐在后面的位置说："纯粹的分数挂帅是不值得提倡的，小学教育提倡的是提高全面素质，考试名次高不一定综合素质也高；再说，沟里林场学生少，夹皮沟学校三个毕业班，每个班级不到四十名学生，我校六个毕业班，三百学生，是林场学校的三倍之多；船小好调头嘛，一对一帮教都容易得多。"

年轻气盛的子文等二小校长话音刚落，没等处长点名，自己先站起来说道：“处长，领导，二小大校长，各位，二小的毕业生是夹皮沟林场的三倍不假，但我粗算一下，教育经费的分配好像是林场学校的五倍之多，各种教学设施我还没有计算；我们是条小船，小船好调头，那么如果小船干得过航母，还花费那么多钱造航空母舰图个什么？把北京大学化整为零，把学生领回家成立私塾岂不更好？”

处长制止了子文。二小校长年龄大资历高，在会议上这么不给他面子不合适。而且，二小的校长在语言上与子文对垒是占不到上风的。要是任凭子文说下去，对人对己都不利。处长不愿意自己的部下之间心存芥蒂，他知道子文有决心扭转山沟教育落后的局面，但更有一种负气情绪，这要等再过几年，经过世事的磨炼才能日臻成熟。

会议结束，校长们陆续往外走，几个林场学校的校长等在教育处门口，他们只是拍拍子文的肩膀，没说什么。子文知道这是他们对自己无声的支持。

子文愤愤不平的是，想改变沟里教育的落后局面，林业子女出头就这么难？他决心下一步重点抓好全面的素质教育。

子文天黑才回到林场，场部大门口的传达室告诉子文，林场的书记场长在职工食堂等着他。

场长在食堂摆满饭菜的桌子前起身伸出手来对子文说：“握握手。我和书记代表林场职工祝贺学生们取得的成绩。我校在升学考试中取得优异成绩这件事情在今天上午就传到林场，广大职工都知道了，我和书记代表全体职工学生家长们招待你。原先林场对学校的工作支持关心不够，今后学校有什么困难，你只管说。”

子文说：“这点成绩是领导支持和全体教师学生们的努力取得的，场长书记应当把全部老师们都请过来。说到学校困难，我倒是想提出一点要求。”

书记说：“场长也在，你说。”子文说：“开学之初我曾经向老师们承诺，如果有一个班级的升学考试成绩争得全局前三名之内、两个班级都进入前十名，让老师们到大连旅游几天。这次并不仅仅是一个班级取得好成绩，而是全面开花。去大连旅游这件事我知道不应当提出来，但我已经向老师们承诺过……”

书记、场长对视了一阵没表态，子文说：“为减轻财政支出，林场能否只负担往返路费，教师们自己负担食宿费，这两项多少基本差不多。咱们山沟的老师很多人就是那次随老校长去过一次沈阳，大部分人都没出去过本省，也太应当开阔一下眼界了。地理课上讲到我们东北地区这个最大的港口城市的时候，学生问，老师你去过大连吗？老师无言以对，真的可怜。这也是提高老师们的素质嘛。”

场长沉思一阵说：“林场出一半经费，”又对书记说，“我看，这笔钱让家属大队出吧，他们好走账。今年家属队创收不错，再说都是学生家长，应当不成问题。校长，这可是下不为例啊！再就是不能让其他兄弟学校知道这件事，以免产生不良影响。”

子文的心思却是，要尽快让山沟林场的校长们都知道这件事情，让林场学校纷纷效仿和攀比，这样做的目的就是万一将来相关部门追查此事，自己会理直气壮地说，升学成绩不好的学校都去了，自己的学校是成绩最好的，为何不能去？旅游就成为理所当然。

新学期开学后，子文的工作中面临的最大困难是学生整体的素质教育。单纯的课本上的教学任务子文很有信心，自己当了两年班主任，两届学生在升学考试中都能证明，加强了教学管理、提高了教师知识水平、掌握了教学方法，学生的学习成绩都会有显著提高。可是子文曾经听说，自己教过的小学毕业生，在升学考试中取得好成绩，但到了初中很快又成为中等生甚至很差的学生，尤其表现在中学里举办的各种活动方面，几乎一无是处。他们很难适应新的学习环境和新的功课。这件事引起子文的深思：“沟里的学生整体素质亟待提高，这是当校长之后的职责所在，也是自己下一步的工作重点！”

在全体教师会上子文强调：“八十年代学生急剧减少，教师定员不再紧张，校舍也有闲置，学校决定，开发利用每个教师的一技之长，开发利用每一个教室的空间，让每个学生都能开发自己的聪明才智，展现自己的才艺。新学期，在课余时间，我们也像城镇的学校一样，全面开展学生素质教育。”

赵老师发言道：“整体素质教育说起来容易做起来难啊。教师的师资力量、学校的教育经费来源、学校的软件、硬件哪里来？尤其是师资力量和经费，我们无法和城镇学校比，也无法和局直属学校比。”说着，摇摇头。

子文说道：“赵老师说的的确是实际问题，今天我想引用大庆石油工人王进喜的一句话：有条件要上，没条件创造条件也要上。而且，我认为咱们还是有一定条件的。我们在座的老师，没有一位是师范毕业生，没有受过专门培养，但我们有自己的特点和长处，那些有师资的老师未必都有。拿我个人来说，在山东是老农民一个，近几年的教师考核、教学成绩考评不也超出大家意料？我倒是在想，三个臭皮匠赛过诸葛亮，只要发掘出我们每个人的特长，我们全体都付出努力，总会赶在他人前头。我们不是沽名钓誉，我们追求的是让林业工人子女的教育不能落在城镇学生和社会办学的后面！

“我们的胡老师年龄最大，本来也是支边时放下锄头当了工人又来到学校的，可是他早年练过书法，很见功力，每年春节给各家各户写春联，很受好评。虽说算不上大书法家，但我们的学生在这方面还是一张白纸，胡老师当这些学生的老师还是绰绰有余的。我们从我们的学生中找出写作业字迹工整美观的十来个组成书法学习班，有胡老师当书法老师，我相信坚持两年，我们的孩子们就会大见起色。胡老师，你一直没当班主任，课不多，完成这项任务一定没问题。”

被人信任就是最大的动力，胡老师一改往常老气横秋的姿态微笑着点头：“我还会画两笔画，水平不怎样，但小学生嘛，领着打打基础还行吧。子文，学校帮我选学生。”子文高兴地说：“书法绘画班办起来，除了您多多辛苦，我会请林业局画室的几位画家抽空来加强指导。”

“韩桂老师，您是体育教师，每天只有两节课……”

“不用说了，我组织体育队。两个组，一个田径组，一个小学生排球队。”韩桂抢着说。子文笑了：“痛快，快人快语，但是在训练中不能态度粗暴，过去的教学中学生有反映。”韩桂脸一挂，坐在座位上。子文半开玩笑半认真地说：“体育队的事就这么定了，学校想办法让林场拿钱购买三十套运动服装给学生穿，印上学校名字和号码，咱们最优越的条件是，山沟林场学校的体育教师，谁能比得上韩大侠?”

“你可真是，当着老师们和学生们的面也乱叫。”韩桂的脸有些红了。

子文继续布置：“曹老师，你管着全校的文体活动，您教音乐课，我建议由您组建学生军乐仪仗队，咱们仓库里的大鼓小鼓军号一大堆，整理一下，该修理的修理，能不花钱的不花钱。”曹老师略微迟疑，也答应了。子文想，这仪仗队的事情自己要亲自过问的。

子文看了看工作笔记又说：“咱们开展兴趣活动小组，大家看得出来，我的安排是，尽量不劳各班主任和主课教师担任兴趣班老师。凡是担任了兴趣班老师的，今后也像班主任一样享受班主任津贴，每月五元钱。大家有意见吗？这笔费用不从教育经费里面出，我想办法。此外，还打算办两个兴趣班，难度较大。”子文抬头看看大家。

“还要办什么班?”吕老师自从不再担任班主任以来，对不享受班主任津贴早就耿耿于怀，一听副课老师当上兴趣班老师就能拿到津贴，马上跃跃欲试。

子文不动声色：“还要办一个读书与写作学习班、一个学生乐队。这辅导老师的人选……”

“乐器咱不懂，我教过语文课嘛，我当读书与写作班老师吧。”吕老师自告奋勇。

子文还是沉稳地说：“上面定下来的几个班，都是由我们老师们之中最擅长的人担当老师，读书、写作兴趣班也应当是。要说读书多，大家认为谁读得多?”大家心照不宣地微笑着。

“还有写作，大家认为老师们谁最擅长？不用谦虚嘛。”子文说。

大家沉默着不说话。子文说：“今天，剩下两个班的老师还没人选，有个成语叫当仁不让，还有个成语叫毛遂自荐。我看大家不说话，这两个成语都用在我自己身上，大家看合适不?”

赵老师说：“这两个班当然是你最合适，可你是校长，还兼任两个兴趣班，这……”

“我是校长，我不当班主任，也没教副课，正好多出点力。但是说明一下，我有职务补贴，这班主任津贴待遇，我是不要的。就这么定了，散会。”

“能哭的孩子多吃奶”，子文觉得这话不无道理，在给教育处长的工作报告中他写道：本学期除抓好教学提高学生成绩外，要继续做好教师培训、提高教学能力工作，教学要求打破传统，力求创新。全面提高学生整体素质，德智体劳美全面发展，善于发现挖掘每一个学生潜力，根据学生的爱好，使每一个学生都具有一技之长。该项工作主要发挥在校老师的能力，各尽所能，除搞好教学工作，都要带好一个特长班。具体任务安排：胡老师担任学生书法绘画班的教员；体育教师担任学校体育队教练；校长组建声乐队，并辅导学生的乐器学习；张老师带领学生成立气象观察小组并做好气象记录……

教育处长会心地笑了，子文这家伙鬼点子是不少，办法很多，脑子也灵活，有开拓精神，只是毛病多了一些。

课间操的时候，全校召开动员大会，没想到学生踊跃参加积极报名，子文很高兴，不但决心搞好学生乐队，还主动担任起课外阅读班辅导员。

好啊，一个教育落后的山区小学在80年代初就走在教育界同行前面，跨度可太大了。这六个兴趣学习班，每个班再配备上一个老师做助手，基本每一个老师都没闲着。老师们不但没有怨言，而且被信任被重用的感觉油然而生。

你看，春天在操场四周栽上的杨树眼看成为小树林，树底下，每到下午放学前，学生们就三三两两地在学习自己最感兴趣的事情和最爱好的事情，这都是原来从来没有过的景象。

子文鼓励老师学生们走出课堂，甚至可以有组织地到学校前面的山上树林子学习、做作业。有两个年轻的老师先后在作文课时间把学生拉到山上实地观察，做景物描写，学生写出来的作文果然生动、真实，进步不小。

现在，林场的职工和家属们路过学校，就听见朗朗读书声、歌唱声，看得见操场上的训练热火朝天。

体育队增加了体质体能训练，早上早起跑步四十分钟，从林场的西头十八段，跑到东头的五栋房。居民们每天都听得见运材路上体育老师吹着哨子带领学生跑步时整齐的步伐声。

举办这些活动，难度最大的是学生乐队，在有些人看来几乎是不可能。首先是经费问题，子文知道学校那点钱没多少。他到林场工会主席那里讨主意，主席告诉他："当年'文革'时代，林场曾经有一支文艺宣传队，曾经置办过一些乐器。这几年主要是抓木材生产，林场忽略了文娱活动，那些东西放在仓库没人动，现在咱们可以看看是否还有用。"两个人抚开厚厚的灰尘，一件一件拿到光亮处，还好，仓库地处高处不潮湿，能用的还有两把二胡、一把板胡、一台杨琴，还有一整套竹笛装在箱子底部完好无损。子文逐一调试，果然不错，早先的产品还是很讲究质量的。

面临选拔学生乐队成员，子文没有这方面的经验，但他知道首先必须是具备音乐天赋的学生，只好在音乐课上寻找对音乐感兴趣、学习歌曲接受能力强、进展快的学生，值得注意的是不能选择高年级尤其是毕业班的学生（学习要有个过程，不能刚学了一点就毕业走了，也就中断了）。

没过半月，学校东南角的杨树林里就响起了民族乐器吱吱呀呀的声响，虽说还不好听，但这声音使从没见过这种气象的学生家长们心头燃起期待的热情，学生往日放学后上山乱跑甚至还有些男生到山上抓蛇烧着吃等等让人挂心的情景不再。情况反映到林场，领导们自然高兴。工会主席到学校对子文说："每年年底局工会在职工俱乐部文艺汇演，各林场必须派队参加，但是木材生产任务年底紧张，总是成为一种矛盾，再说林场职工除了青年团几个文艺骨干也实在难以物色人才。我和林场书记打了招呼，今年林场不再组织职工演出队，咱们派出少年演出队，说不定别开生面甚至一鸣惊人啊。"

子文的目标是参加教育行业的文艺演出，每年各学校也有到局里文艺汇演的活动，但是想到职工文艺汇演规模更大些，再说学生们使用的乐器还是工会提供的，就痛快地答应了。他笑着对主席说："到局里演出的经费和服装……"

主席笑道："知道你这家伙肯定会有附加条件的，所以临来与场长书记说好了，反正职工到局里演出也是需要经费的，场长还说，其实光是职工们的误工费都够学生用的了。"

子文高兴起来，乐器有了，演出机会有了，演出服装有了，领导支持了，这不用说在林场学校，就是局直属学校也难到如此地步。人活着就得好好工作不断进取，总会得到社会的承认的。

接着，林场木工室按照书记的安排做好气象小组用的木头支架，温度计用的百叶窗，放上林场小修组做的白铁皮降水量筒，嘿，在学校一角形成一条新的风景线!

林场小修组用废铁管子做的单杠、双杠、吊环、篮球架，这些都上了绿色的油漆焕然一新，开阔的操场有了气派，学校前面运材路上的司机时常停下笨重的大车下来驻足观看。林场里的共青团和机关举行篮球赛也来联系学校，子文都答应，只有一个条件：必须在周日，绝不可影响学生学习。

一切布置停当，按部就班实施计划。子文将这段时间的工作进度和取得的成果整理一份文件作为请示报告提交到教育处，并加了标题："为提高山区教育整体素质而努力"。标题的字写得很大，但他的目的是向上级伸手要钱。处长看到这份报告十分高兴。这么多年来林业局的山区林场学校有十几所，教育质量始终落后而且差距很大，大面积的落后成为老大难问题，有人要在这方面有所突破，当然应当大力支持。他提起笔来将子文报告里的"图书馆"改成"阅览室"，把"学校乐队"改成"小乐队"，把图书"五千册"改成"两千册"，最后把需要资金"五千元"改为"两千元"，签上字就拿到了财务科。子文接到财务科通知，脸上装出一副为难的样子，但心中暗自高兴。因为他在做这个计划的时候就知道领导不会完全按照自己的请示答复，故意漫天要价，果然，处长批给的钱，完全符合子文的预期。

子文没有马上汇报给林场，他要打个时间差，拿到双份的钱。

他马上把同样的报告改了一下，"林业局教育处"改成"林场领导"，讯速递交给了林场分管学校的鲁书记。书记也很高兴，他没有把图书馆改成阅览室，直接把"五千元"改成"一千五百元"，还说道："这笔钱就不应当向林场伸手要，你怎不向局教育处要?"子文嘿嘿一笑："教育处哪里能给？都是我们林场的孩子。"书记说："也是啊。"

子文计算这三千五百元怎样派用场，工会给了一部分旧乐器，再添置一千五百元购买新乐器，一千元购买一千册图书，五百元购买三十件学生运动服，只买上衣不买裤子，五百元给各位兴趣班的指导老师购买必需品，还剩点钱放着以备不时之需。

图书阅览室设在紧靠教师办公室东侧空闲的四间大教室里，阅览室的长条连椅是林场俱乐部弃之不用的，请林场木匠房重新刷了油漆，蛮像那么回事。书柜是林场直接从二大队拉回的，下账在林场办公用品。

图书购回之后，学校对书目进行分类编排存放，制定了借阅制度、开放时间、借阅办法等，管理井井有条。学生通过阅读大量的课外书籍，知识面宽了，了解了课本上没有的东西，尤其是山沟外面的精彩世界。

大约二十名经过选拔的学生，由体育教师带领负责日常训练。每天早上是身体素质的训练，也仅仅是由体育老师带领跑步，沿着运材沙子公路，距离逐渐加长，从学校操场出发，跑至十八段，再从这里往回跑至五栋房，然后返回学校，大约两公里的样子，解散后回家吃早饭并按时上学。体育老师的作息时间与其他老师略有不同，在下午两节课后就可以提前下班。半年后，两年一届的全局学生运动会，中学按照初中和高中分为甲乙两组；小学则按照局直属学校和山沟林场学校分为甲乙两组，局直属一、二、三小在甲组，沟里小学通算乙组，夹皮沟林场小学当然在乙组。半年的训练与没有训练大不一样，本校杀出黑马，在乙组一路领先，囊括了包括团体总分在内的几乎所有项目的第一名，比第二名的总分领先一半之多。有一学校的领队无中生有，说夹皮沟林场学校从校外借了学生参加比赛，经调查，几个体育竞赛成绩特别突出的学生，均是本校曾经参加过全局数学语文竞赛名列前茅的“德、智、体”全面发展的三好学生。

运动会的最后压轴戏，照例是教师队表演接力赛。几所中学老师选出四名、三所局直属小学老师选出四名、沟里所有老师中选出四名，共分三组。

夹皮沟林场学校提出，自己学校的老师单独选出四名作为丙组，单占一条跑道，与其他三个组一争高低。这种实力相差悬殊的请求一经提出，举座皆惊。该请求得到特别许可。令在场的二十几个学校意想不到的是，夹皮沟学校教师接力表演赛取得本组四组选手第二名的好成绩。

本校注重全面训练，教师队伍也经常组织体育活动。一般学校都是接到竞赛通知之后临阵磨枪，而体育活动恰恰不是临阵磨枪就能一蹴而就的。

胡老师早年练过书法，在林场是有名气的，春节时全林场住户差不多都求他写对联，指导山沟里小学的学生还是绰绰有余的，学生书法进步很快；但他的绘画差一些，他直接教学生画花鸟鱼虫，学生难以从基本功学起。学校女教师王莹的未婚夫就是林业局工会画室的专业工作人员，子文让王莹把她的未婚夫在暑假期间请到学校来，这位年轻的画家给未婚妻的单位办事岂能怠慢，宁可分文不取任劳任怨地为孩子们效劳，给领导打了招呼就到山沟来了。他晚上住在未来的岳母家里，可以与未婚妻相处。白天他带着孩子们外出写生，常年在局工会画室工作的画家来到山沟，到处都是美景，到处都是写生的课堂，林场每条山沟都是美好的素材，在他的指导下，学生们的一招一式无不显示出专业性。子文给局工会写了感谢信，局工会领导十分高兴，给子文电话说，这个暑假让画家安心教学，局工会作为公派任务，不扣他的工资。

这天，林场场长的办公室停着两辆轿车，从车上下来大人孩子男女一群人，场长请开车的司机把子文叫到林场，子文进了书记办公室，一看很感意外。在座的有教育处长的孙女，林场书记的女儿，林业局职工医院副院长的小儿子；大人是书记和医院的副院长两对夫妇。子文知道，林场的书记在林场工作好几年了，但家属一直在局里，孩子也在局直属学校上学，暑假来爸爸这里待几天很正常，但是教育处长的孩子、医院院长的孩子来此干吗？

院长认识子文，子文的母亲住院的时候见过几次面，还有印象的，看到子文进来立刻满面笑容，与子文热情握手，嘴里说道："来麻烦您了，给您添麻烦了。"

子文诧异地看着书记，书记说："院长原来认识子文？这就好。我来说一下，这不，孩子们放暑假了，在家无所事事，知道咱林场学校办了书法绘画学习班，又有名师指导，因此这几个孩子慕名而来，到咱这学习，加入咱们开办的学习班。你们的领导教育处长的孙女，还有院长的小女儿，还有我的孩子都托付给你了。局里领导的孩子来咱山沟里学习，这也是咱们学校的光荣。"

"孩子们的食宿问题怎么解决？"子文问道。

"不成问题，吃饭就在咱们职工食堂，我已经和食堂管理员说好。我女儿随我住，这两个孩子住在林场招待所，我已经派人收拾招待所房间了。”书记解释说。

子文想到，办这个学习班，在本局学校范围内开了先河，局里来人要求参加，倒是提高了这件事情的档次和知名度。暑假开学后，教育处召开校长会议，看看处长有什么话说，那些局直属学校校长们有什么话说。想到这些，他对书记说：“局里的领导们屈尊让孩子们来到偏远山沟，降低身份了吧？现在我在发愁，请来的画家等暑假学生开学就回到局工会工作了，怎能让人家空着手回去？”

书记说：“你有什么想法只管说。”

“给这个画家拉一车木柴。”子文不动声色地说。

“你这家伙……好吧，包在我身上，我来安排。”

由校长选拔学生，建立学校自己的小乐队，由校长培训，节目尽量自编自导自演，有着浓厚的校园色彩和沟里林场的风貌特色。

林场工会组织到局里参加汇演，学校宣传队都给以积极配合；林场共青团组织有团队活动，学生多次为工会及共青团和林场取得荣誉，也得到这些部门的大力支持和关怀，工会的手风琴还送给了学校。

浑江市教育局（非隶属关系）教育考察小组特别到该校考察山区教育特色，学校的文艺演出令来人深感意外，给以高度评价，在林业局教育处召开的座谈会上再三夸奖。学校的荣誉多了，各种奖状、证书也有了厚厚的一摞，受到一些大机关单位的启发，也在办公室的一面墙上布置了这所小学校的“荣誉墙”。年轻的校长明白这些举动有些自夸之嫌，可是在这样一个深山老林的小小学校，再张扬也很可能默默无闻。

地区教育局观摩小组也来了，省林业厅教育处也来了。这些领导对在山区教育崭露头角的夹皮沟林场学校的现状感到惊讶和难以置信，对这个“深山无人知”的小学倍加称赞。地区教育局带来了摄像师，对该校的第二课堂教育状况摄像制片，报到省教育厅，该校被省里命名为省级山区办学典型学校。省林业厅将这个学校的先进事迹报到共青团中央、文化部、教育部联合举办的“学校读书活动”，受到几个部委的联合嘉奖。学校将该奖状张挂在学校荣誉墙中央，这是这所学校的最高荣誉。荣誉墙有些张贴不开，学校就把顶头上司林场这一级单位发的奖励证书统统拿下来存在柜子里，只选择行政级别高的单位发的奖状。

夹皮沟林场学校的教师办公条件有了自己的特色。随着学校规模的萎缩，教师减少至二十余人，子文上任之初注意到有些老师没有课的时候干私活、凑堆聊天，于是决定集中办公，选择学校最大的房子，把所有老师办公桌集中排放，校长直接从校长室搬进来与老师们同室办公，便于工作、便于开会、便于考勤、便于交流工作中诸多问题，有课的上课，没课的业务学习备课批作业等。教师队伍的管理大大改进，还消除了原先个别老师的小团体小宗派作风。

教学成绩的迅速提高，让子文常常得以态度强硬地向林场领导提出改善学校设施的要求，每次去教育处总是纠缠不休，多索取一些经费，拿出一部分改善办公条件。老师的办公桌、凳，档次都比其他学校高一些；教师办公桌经过林场木匠房改造后，还请人给桌面上了树脂漆，如同镜面光亮如新，甚至把林场机关会议室当时最时髦的钢管沙发面的办公座椅强拉进学校办公室。子文的所作所为往往让林场领导很恼火，可是每每听到学生家长们对学校工作的夸奖，对子文的不满意就难于启齿了。

办公室四面墙上逐渐挂满从林场到林业局以至林业厅、国家机关的各类嘉奖。集中办公，办公桌整齐划一，显得很气派，作业本备课本的存放也很规范。总之，小小山沟学校如同五脏俱全的麻雀，比之大学校，哪点也不落后。虽说有些领导对子文的个人英雄主义略有微词，可是他的成绩没人能否认。

但事情往往是：个人的成绩与领导的不赏识或者反感相抵消。子文不是糊涂人，他知道这些利害得失，但他不想约束自己。他想，自己做出十分成绩被抵消五分又能如何？宁可只剩下五分也不做逐波随流、庸俗透顶的家伙。

第二十三章

夹皮沟林场人杰地灵，是个藏龙卧虎的地方，改革开放以来真是人才辈出。一线的上段工人虽说普遍文化知识浅薄，但绝顶聪明的人才有的是。原木一队的刘老满就是杰出的代表人物。他是个少数民族，当年闯关东来自河北承德，是真正的满族人，据他自己说还是旗人，很可能是哪个王爷贝勒的后代。这个人性情比较敏感，处处不让人，在山上抬木头他一般人不服气，最令人惊讶的是这个强悍的汉子还看过很多书，知道一些似是而非的典故。这天晚上他在家里读《红楼梦》的时候，他从第七十八回贾宝玉杜撰的芙蓉诔一文中找出几个生僻字写在手上，翻阅孩子上学用的新华字典，早上在场部上车前拦住了工会主席说道："主席，请教请教你这位老师，请您给看看这是个什么字啊?"说着伸开五指张开手心，上面用圆珠笔写着"鹰鸷反遭罦罬"几个字。工会主席傻眼了，羞愧地说："实在不认识。"刘老满装出大吃一惊的样子说："怎么可能？你是林场机关的学问人，吹拉弹唱样样精通，怎么连这几个字都不认识？不是你保守不告诉我们大老粗吧?"工会主席诚实地告诉老满："真的不认识。"

刘老满在山上干活的时候对大家宣布："哈呀，咱们这些老木把，看着那些机关干部穿得板板正正人五人六的，其实呀，都是些草包。我们工会主席很牛吧，其实就是一个半文盲，怎么当上工会主席咱们就不清楚了。唉！这穷山沟啊……"一面叹气，头摇得像货郎鼓似的，全是无奈。队长说："你弄的这些字也太难，到学校问问老师们可能知道。"

刘老满一副不屑："就那些老师？咱们是不认识怎的？张老师不就是

咱们原木队前两年抬木头扭坏了腰，不能干活儿了才成为老师的？他能认识这几个字？他能说出里面的意思来，我的姓倒过来写。”队长说：“原来在咱们队里的子文爱读书，说不定能认识。”

刘老满不置可否，不愿意说校长什么，只是说：“山沟的孩子苦啊，我的三个儿子一个女儿都在林场学校里读书，学校误人子弟啊！那些个老师，哼！”

这年冷得特别早，国庆节之后开始下小雪，学校教室里的温度很低，计划到中旬生炉子。节后赵老师做了计划用煤六十吨，计划报到林场很快就批下来，但是林场后勤车辆很紧张，先是赵老师一天天往场部跑，催着后勤安排车辆，接连几天后勤队长都说车辆紧张没办法；后来子文找到后勤队长催促，后勤队长不紧不慢地告诉子文，先给副业大队拉煤，学校还得等五天或者一周以后再说。子文说：“尽可能先给学校拉吧，孩子们上学冷，没法上课。”后勤队长说：“该不是你办公室冷吧？孩子们年龄小火力大，晚几天还能冻坏了？”

子文二话没说，返身回到学校，马上到四年级一班，让老师将后勤队长的儿子叫出来说：“教室冷不冷啊？”学生回答：“很冷，写字都有些拿不住笔。”

子文说：“你回家暖和去吧。你爸认为学校不冷。你爸啥时候安排车辆给学校拉煤，你啥时候来学校上课。”

学生迟疑地看着校长。子文说：“赶紧走吧，就是这样。”

学生只好收拾书包走了。

林场办公室，后勤队长正在场长面前告状，述说着子文将孩子撵回家的事情，脸色通红气喘吁吁。场长听完汇报也生了气：“这个子文，做出点成绩，尾巴翘上天了。”场长马上吩咐办公室主任，“你到学校将子文校长叫来，说有急事找他，立刻就来！”

子文随着办公室主任走到半路，就基本明白了场长召唤的原因。他一面跟着主任走一面盘算这件事情，他知道自己的行为是严重错误的，但他不想就此屈服。

场长办公室里，后勤队长已经离开了。场长问道：“子文你怎么回事？

凭什么将学生赶回家？别的不说了，赶紧通知孩子回学校，同时向家长赔礼道歉。”

“场长，你是愿意让全学校的孩子们挨冻是吧？如果有人让孩子们挨冻不是错误，那我就是错误的；如果让孩子们挨冻是错误的，接受领导处理时也应当有先有后是吧？我想问场长，告我状的人是怎样处分的，如果有了这个处理结果，就可以处理我了。如果没有处理先犯错误的人，而是先处理后犯错的人，这不公道吧？“

场长火儿了，一拍桌子：“你把学生赶回家还有理了？还一连串反问起我来了？后勤队长拉煤晚了几天，也仅仅是工作安排欠妥当，但你是犯错误，性质不一样。“

“我犯错误是针对他的一个孩子，他工作安排欠妥是让数百名学生遭罪，哪头重哪头轻我倒算不明白了，场长再算算清楚。要不这样，让家长们表决，谁给孩子们造成的损害更大，谁受处分。”

“你这是歪理邪说、胡搅蛮缠，好，我说不过你，但我就先处分你了！”

“场长，我想起一个小故事，我从小就看《说岳全传》，我就是想不明白，那民族英雄岳飞在前线杀敌立功收复国土，国人有目共睹，那宋朝皇帝就偏听偏信秦桧胡编乱造的那莫须有的罪名，将大英雄害了呢，皇帝分不清谁是谁非吗？我总怀疑这是小说家编造出来的故事。可是今天我相信了！中国的历史，本来就是忠与奸的斗争史，忠臣总是受排挤受迫害，奸臣总是占上风，果然如此！”子文一套谬论说罢，摔门一阵风走了，场长在后面气得干瞪眼。

第二天上午，后勤的两台车一起将学校一冬天的取暖煤拉到学校。子文被召到局教育处，挨了处长一顿狠狠的批评。在回来的路上子文并不沮丧，他觉得值得。

冬日的长白山麓气温降至零下二十度，夹皮沟林场子女学校每所教室的烟囱都冒出袅袅青烟，整个校园弥漫着松木劈柴燃烧后的松油子味。还不到上课时分，老师们都已在办公室做着上课前的准备。这时从外面进来一个夹风带雨神情激动的中年妇女。进屋后，她径直端起地下放着的洗手盆，将一盆凉水倒在起身欲迎的四年级班主任单老师身上，大家阻拦已来不及。原来，昨天下午放学前单老师将刘老满家的儿子推到教室门口的寒风中罚站半小时，导致了今天一大早如此尴尬的结果。

刘老满的老婆指着浑身是水还在发愣的单老师骂道：“你欺负我们家孩子，你瞎了眼，叫他在门外挨冻。今天也叫你凉快凉快!”一边骂着一边向单老师近前凑，看样子还要动手。四五个女教师急忙上前挡住刘老满的老婆劝说着，另有两个急忙将单老师拉进校长室烤暖气，收拾弄湿的衣服。校长没在校，教师们都知道这满婆子煞是厉害，只听她在外边骂着总算被众人劝住，没再冲进校长室。她也知道，大清早一大盆凉水倒在孩子班主任身上也够解气了，也够份儿了，一边走一边骂道：“什么破老师，欺负我们怎么的？瞎了狗眼！等着，还没完。”

老师们面面相觑，不知怎样应付这一突发事件。谁都知道，这刘老满一家人非等闲之辈，林场无人敢惹。那刘老满之前已经介绍过，他老婆在女人群中更是拔尖人物，她在林场锯房工作，时常和另几个泼女人将路过锯房门口的男人按倒在锯末堆中扒裤子“检验”，还往裤裆里填上锯末子才放行，一般男人路过锯房都目不斜视，唯恐被如狼似虎的娘们儿盯住。老满三个儿子一个女儿，大儿子当兵、老二上中学、老三和女儿上小学，三个小子的名字分别叫小满子、二满子、三满子，这也决定了老刘的绰号——老满。他这几个孩子学习不行，却淘气异常，昨天下午三满子班的一个小女孩到班主任单老师处报告说三满子用刀子割了她一大把头发，老师将三满子叫到办公室，三满子犟嘴不承认，才被老师命令到门外罚了站的。

满婆一阵风似的走了。上课时间到了，单老师回家换衣服，其他教师各自回教室上课。十点多钟，校长把换衣回校的单老师叫到校长室谈了半天。单老师从校长室出来时已是胸有成竹，轻松自若。

此后，那三满子在班级里常受到莫名其妙的表扬，无论做了好事还是坏事都是这样。而且学习成绩也莫名其妙地很优秀，作业完不成也是“优”，做错了题也不扣分，那三满子倒有些不知所措。老满夫妇疑惑之余，从三满子的作业本和考试题中看出了大问题。夫妻二人叫苦不迭，去找校长，校长满面笑容说：“三满子成长期间，以鼓励和表扬为主，循序渐进，树苗弯了扶急了要折的，您放心，老三是好孩子，像刘师傅您一样的优秀……再说您这么好的孩子怎会有差错呢？您家的孩子永远没错。”

刘老满无奈，气呼呼地走了。

老满禀性难移。这天，老满在林场拦住一个教语文的老师说：“请留步，向文化人请教一个事儿——这是什么字？”老满张开手心，中间一个用圆珠笔写好的“壬”字。教师看了半天，红着脸说道：“不认识。”刘老满露出一脸兴奋，嘴里却说：“你认识，是不告诉我吧？学问这么高的老师，连这么一个简单的字还能不认识，唉，想不到哇！”老满在山上干活时，对全队的工人通告了他难倒老师的事，心中很得意。从此，他就时常从字典上抠出生僻字写在手心上，见到老师就一问，一问必倒，老满就在各种场合抓住机会宣传学校老师们没什么文化，还不如他这个抬木头的大老粗工人云云，甚至搞得林场的场长书记工会主席等领导也半信半疑。

三满子时常在学生们中搞恶作剧。四年级的学生都十多岁了，有些女孩子已出落得很漂亮，发育早的，已经很像一个半大姑娘，家庭条件好的，更是给孩子打扮得时髦漂亮。三满子没有产生对女生的爱慕和追求，却有一种说不清的心理，那就是恨女生，尤其厌恶那些漂亮的女孩儿。他千方百计地折腾这些女孩子，比如用钢笔水沾污女生的新裙子，把钢笔水偷偷倒在女生凳子上等等。三满子的不端行为，屡屡在班里受到老师的批评，后来问题不断升级，学生的家长找到班主任，又找到校长，学校对此倍加关注，责令班主任将老满叫到学校谈话，学校要求家长配合教育。班主任领受这一任务，她索性借此开了一个全班的学生家长会，对那些优秀学生的家长予以表扬，对三满子这些表现，通过不点名方式敲打一下，使家长自觉地担负起管教孩子的责任。她之所以采用这种工作方式，是因为她不愿意单独直面老满，过去的几次接触她已领略到老满这个人很难沟通，想想头皮就发麻！

学生家长陆续到齐后，老满是最后一个赶到会场的，老师让每个家长都坐在自己孩子的座位上，老满在最后一排找到了儿子那满是刀痕刻画的莫名其妙图案和字迹的课桌。

老师说：“……上述同学的良好的思想品德，以及优秀的学习成绩和出色的行为表现，值得表扬和提倡，他们无疑是全班其他学生的榜样；但是，”老师说到这里，语气一顿，目光向全体家长扫视一周，眼神在老满身上略作停留，“但是个别学生的表现却不尽如人意，甚至行为恶劣，这样的学生全凭学校的管理，效果是不理想的，因此请各位家长针对孩子的不良行为加强家庭教育，家长和学校联手管理，使他逐步改正缺点，向那些优秀学生学习。我相信，通过学校和家长双方的努力，我们有信心把孩子教育好、培养好，使他有出息、有作为，将来成为国家的栋梁之材……”

“等等，老师，我打断您插几句话。我就不到讲台上讲了，就在这里说。”老满清了清嗓子，从凳子上站起来。“刚才老师说，把咱们的孩子培养成国家栋梁之才，我查过国家教学大纲和各种法律文件，都没有这么具体规定过，我对此说表示质疑，我认为这是这位老师的极端偏见，甚至是误人子弟。什么是栋梁?”老满环视一下张大嘴巴和眼睛的家长们以及讲台上不知所措的女教师，用手朝教室房顶一指，“那一根就是。栋梁安在房屋的要紧之处，它忍受的压力最大，它的责任最重，吃的苦最多，出的力最多，可是当它坚持再坚持，咬牙支撑到极点，终于超出了它能力的极限时，‘咔嚓’一声就断了，落得粉身碎骨的悲惨下场。可是人们面对坍塌的房屋，首先指责的就是这根栋梁不结实，真不抗压，把一座好好的房子给弄得断壁残垣，然后把它拖出来劈了，烧了炉子！对栋梁曾经的付出，谁还提起？对它的不幸，谁能给予关怀、体谅和同情？谁能给以公正的评价？这就是栋梁的悲剧！各位家长，你们愿把自己的孩子做栋梁么?谁说愿意，那就真真的愚不可及，无可救药啦！谁希望自己的孩子成为栋梁之才，举举手我看看，要不要让学校把咱的孩子培养成栋梁之才?”

家长们一时被老满的歪理邪说弄得面面相觑，不知怎样对答，没有人拥护支持，但也没人提出反驳意见，大部分听到这篇振振有词的“栋梁说”，都是一头雾水。

“怎么样？老师，这些家长没有一个人赞成把孩子弄成栋梁之才。”老满又对老师喊道。

老师等那些不知所措的家长略为镇定，立即气愤地问老满：“那么请问，你希望你的孩子培养成什么样的人才呢?”

“榆木疙瘩。”老满平静但十分肯定地答道。“大家知道，”老满又清清嗓子，环视大家一遍，“那榆木疙瘩生得古古怪怪性状各异，谁也说不清它里面的木质是什么样的情形，它状貌以丑陋、怪奇、坚硬而著称，它一旦修炼成疙瘩，木匠们就无法用它来做什么，劈开它很费事，锯开它更费力，用刨子刨不成，它横不成纹，竖不成理，坚硬无比如同顽石，真是很难奈何得了它。唯一用途是被艺术家弄来，根据其形，仔细设计，精心研究，找出最佳方案，然后，对其精雕细琢，使之成为一件精美绝伦的艺术品，陈列于展室展馆，供人把玩、观赏。这物件是风吹不着，雨淋不着，没有压力之苦，无虫蛀之痛，有的只是赞美、惊叹、羡慕。在这种环境中，它不肯腐烂、不氧化，年代越久越值钱，如果成了名品更是价值连城。一棵树苗培养成为一个榆木疙瘩，真乃一件幸事！比之长成一棵栋梁之材，其命运真乃天壤之别！如果大家执迷不悟，真要把好端端的孩子弄成栋梁之才，那可真是愚不可及！怎么样，各位……”老满演讲突然中断——老师和诸多家长不知何时已走得精光，只有讲台上站着的他自己。但他的演讲词如同长江黄河在胸中激荡奔流不息，于是他从教室后边来到了老师的讲台上，居高临下，对着空无人影的教室，趾高气扬地挥着双手，声震屋瓦地继续着他的“栋梁和榆木疙瘩说”。

天有不测风云，没过多久，老满被山上的木头砸伤，右脚粉碎性骨折，成了工伤残废。半年后取出钢板，换上义脚残缺部分。时至今日，老满空叹英雄末路美人迟暮，自知在山上抬大木头吹大牛的风光不再。出院后，头颅还是很上仰胸膛还是很前挺，却难掩饰残脚带来的遇路总不平的愤慨。林场安排他到后勤烧炕，老满不干，他不屑与那些没有文化的老弱残疾的后勤人员为伍。他听说学校的工人即将退休，他向场长要求，他可以到学校干校工，打更看门传达分报纸打上课铃烧开水打扫教师办公室一手包揽，腿脚虽不利索，抬木头的身板尚在，还有一大优势，老满对场长说：“咱老满能算得上一工人中的土秀才，学校的老师常常被我问倒，咱当力工半辈子也想到知识分子堆里混混受点影响学点文化。”场长想想也好，老满干活不赖，后勤超员也不好再安排，学校校工退休的确应当加人，老满又是少数民族，应当给以一定照顾，就按他自己的要求吧。于是，老满踌躇满志走马上任，成了校工，也就成了校长的部下。对此，教师们颇有微词。

老满上任干得不赖，比上山时干净利落了许多，络腮胡子也刮得铁青。每天早上提前把办公室几个热水瓶灌满，打扫得窗明几净，可是没几天，老师们纷纷到校长室诉苦起来：刘老满干完活不回校工房（烧水房里间），专在教师办公室逐个教师的座位乱坐，拿起教师的备课笔记、批改的学生作业本乱翻，一旦发现微些差错就大呼小叫："不得了，这还得了！当老师没文化，当老师还犯这大错误……"老满的行为弄得老师们很紧张，压力很大，他的大肆宣扬，在校园、在林场都影响极坏。

这天，校长到校工房找老满谈话，一抬头，看到校工房门侧挂着一块白板木牌，上书"夹皮沟学校校工办公室"字样，原先写着"烧水房"字样的小牌不知去向。校长进得房来，老满正翻一本书，起身迎上前来，未等校长开口便道："校长，正好要找你，怕你忙还没找。"校长正色问道："你什么事？"老满说："是向您请教。我在看《赵匡胤演义》，你是夹皮沟林场学问最高的人，你肯定知道，别人都不行——你知道赵匡胤的父亲、祖父、曾祖是做什么工作的？这书中没说。"

校长知道老满一贯无事生非，但还算给校长本人留面子，没有难为过校长，今天终于来了。校长说："老满，你问我问题，我得先落实一下，你是不知道而确实向我请教呢？还是你已知道而以为我不知道要考我一把，把我难倒呢？讲明白了目的再说话。"老满没料到校长竟反问自己，打乱了自己的设计步骤，很意外，犹豫了一下，说："就是随便问问，既不是请教，当然更不是考校长，哪能考校长呢！就是问问。"校长说："提问的目的二者必居其一，不可能有第三个目的，不说明白，那我只能告诉你，这是学校，不是历史研究所，你的岗位在烧水房，你不是我的学生，我没有义务回答你的请教，也不必请教我；如果你说明了是考我，那你还没这个资格，等什么时候你做了校长，我砸了腿脚当了校工时再说。你提的问题，也不过是校工水平的问题，不是校长水平的。我如果回答你，不管答对答错，我就连个校工也不如了，对吧？"

老满还不罢休，说："交流嘛。"校长说："我连赵匡胤本人还弄不清楚，哪知道他爹、他爷爷和老爷爷，他们愿干啥干啥，与我们也不认识。怎么，他们是你老满的亲戚朋友，还是熟人？"老满兴奋起来，他以为校长着了他的道儿，难掩喜悦地说："校长，你竟然连这也不知道，这怎么可能，你别是明明知道就是不愿意告诉我吧！你的学问……"校长打断老满的话："我真的是不知道，我的学问就是很低。我也有问题请教你。"

“这……”老满完全出乎意料，这年轻的校长以攻为守，果然比那些老师们厉害。只见校长拿出圆珠笔在手心写了一个“X”，然后正色问老满：“这念什么？”老满低头看了看，缓缓抬起头迟疑地说：“这不是个字吧？”校长说：“我没请教你什么字，我问念什么。”老满嘟囔着说：“不是汉字，我不识得。”

“呵哟，老满，”校长讥笑，“就这么浅的知识你都不懂，还算上个学问人儿吗？告诉你老满，这东西小学三年级算术就学了。3+X=5 的时候，X 就是个 2；6-X=2 的时候它就是 4。就这么简单，它念‘爱克斯’！”老满疑惑地问：“它这么个小东西怎么念三个字呢？”校长笑了：“别问我，你去问你那在全班学习倒数第一的三儿子三满子去，如果连他也不认得，那这个学校的老师和我这校长才真正是误人子弟了，我立刻辞职，教师重新待岗培训！如果你小三子认得这 X，就比你有知识、有学问、有才气！可惜，你连你家小三还不如，也就是连我校最差的学生还不如，你有什么资格到处逞能？查个字典，抠段知识，考这考那，太可笑了。你问的那点事，别说不知道，知道也不给你回答，我不想知道，我要知道，不也成了校工了吗？”

老满不服气地说：“老师们确确实实错误不少，教学不……”

校长严厉地说：“那好吧。既然您如此有学问，那从今天起，你把你家小三领到烧水房自己教上一个月，看看怎么样！老师不行，班里怎么那么多优等生有那么好的成绩？怎么就单单你儿子倒数第一？老师教课堵他的耳朵没有？说，堵没堵？”老满语塞，他连 X 都不知道，还真教不了学生。校长顺手写了一行五线谱问老满：“认识不？”老满已开始擦汗，闭上了嘴。校长虽年轻，却咄咄逼人，不但有文才，还特别能降住他，他是碰到对手了，这钉子碰大了。

校长又说：“老满啊，你自以为是，整瓶不响半瓶晃荡，不是一天两天，不是一回两回了，我始终不愿招惹你，而你始终想挑战别人。再把我弄惨了，全夹皮沟林场就盛不开你啦。知识如同海洋，做学问弄不得玄虚，依不得查字典抠小段，做学问是很艰苦的事，代价不低于抬大木头。告诉你，赵匡胤上三代人历史虽不见记载，但查看赵匡胤当皇帝后对他先人的追加封谥不就知道大概了吗？这有啥难的！”

老满听至此处，连连点头："对对对，就是就是。"

校长坐下，老满仍站在地上，校长说："老师们当然难免出现差错，我也明白，文革时代知识断层，老师们正在急起直追，暂时的缺陷，由我来负责。今天起要求你两件事：一是该干啥干啥，别再在办公室乱翻老师办公桌；二是别再自作聪明，你不但没有学问，做人的方式、工作作风都要改进，明白吗？再有违犯，你还是到林场里报到吧，这小庙养不了你大和尚。还是那句话，你不放心就把孩子从班里叫出来自己教吧！"

老满大汗淋漓："校长，看来我今天得知错改错了，我从没碰到像你一样叫我服气的人，我今后要改那些毛病，听你的，保证不再乱来。你的学问我服，你的人我也服了。"

老满毕竟是英雄主义当先的人物，从这天起老满将开水灌满，该做的都做完，除按时敲钟外，就种花栽树。他是个灵巧人，干什么活都有模有样。不但如此，一旦他服气下来，这个在夹皮沟林场自诩为英雄的人物，如同李逵见了宋江一样服帖，连自己家的事也向校长说说。原来，一贯逞能的老满也愁肠不少，三子一女，长子已婚，但因他们家是满族，林场满族姑娘少，拖了几年才找上一个大龄汉族姑娘，总算有了媳妇。真是不是哪家人不进哪家门，这长子媳妇嫁进来后，其悍性大大超过了婆婆，当兵的大儿子来家不多，一旦回来往往被这媳妇降得俯首帖耳，甚至经常犯浑为媳妇撑腰和公婆对着干。老满英名盖林场，家丑岂可外扬，这心里憋的火无处泄。女儿自小孱弱多病，一年花钱不少。二子念书尚可，可也得准备钱上高中考大学。三子学习很差，又很淘气……老满对校长说自己是个"外强中干的纸老虎"，承认自己是纸老虎，出于老满之口实属不易。

第二十四章

元旦前夕，林场各部门开始评比先进生产者、劳动模范和标兵。凡是评为林场劳动模范的自然都是林业局先进生产者，林场的标兵都是局里的劳动模范，凡是评为林业局标兵的都报到省林业厅成为省林业系统劳动模范，以此类推。这些先进人物都有指标，都是按照职工人数比例计算的。

夹皮沟林场学校今年的突出政绩，家长们有口皆碑。子文被评为林场标兵，自然就是林业局劳动模范，局模范是要入劳动档案的。林场同时成为局劳模的还有几个在山上采伐作业的工队长，子文曾经工作过的原木一队队长是历届省厅劳动模范林业局标兵，在上报材料的时候，队长对书记说："今年我的材料还让子文来写。"书记会心地笑了："就是这样安排的，但子文是学校的人，自有他的工作范围。借用吧。"队长说："这不用场里费心，我和他说。"

在各单位的评比中，学校的评优工作出了问题。学校的何老师是本校的骨干教师，她工作认真踏实能干，业务水平也比较高，一直以来就是本校的毕业班班主任。她的工作业绩也给自已带来很多荣誉，每年局里评定的三八红旗手都会有何老师，这份荣誉获得者并不多，本年度夹皮沟林场的名额也还是只有一名。可是今年的年终评比，夹皮沟林场的三八红旗手竟然不是何老师，而是在山上采伐作业的三八采伐队的队长。子文得知这一情况十分恼火，他知道局里分配下来的名额都在林场工会手里，工会再分配到各基层单位。子文马上让六年级班主任找来工会主席的儿子，子文不动声色地说："你去教室里把你的书包拿过来。"学生不一会儿就拿过来了。子文说："背上书包，回家吧。你暂时不用来上课了。"学生问："为什么？我怎么了？"

子文说："这你得问你爸爸。""我爸爸？他怎么了？你和我说明白，要不我就这么回家，要挨骂的。"学生一副无辜的样子。子文说："你爸爸不需要你在学校接受教育，你爸爸根本就看不起学校教育，看不起老师对你的培养。所以，你还是回家让你爸爸教育你培养你吧。至于怎么回事，你一回到家你爸爸就会明白，他对你说的比我清楚。走吧。"

大约半小时，林场工会干事急匆匆来到学校，一看到子文先笑了："你这家伙真……快去林场吧，书记让你赶紧去见他。"子文也跟着哈哈笑着说："知道会有人来找我的，找也是白找。"说着跟随干事往林场走去。路上，干事对子文说："主席在书记办公室发火了，你怎么能这样做？主席平常对学校的工作一贯是很支持的。"

"他还发火了？他发吧，我还不去林场了，让他来找我吧，他当领导怎么了？他支持学校的工作是为公还是为私？如果是为公，那就是他应当做的，如果是为私，就是因为他的孩子在这里上学，更应当。既然这样，你自己走吧，我不去了。"子文说着就往回走。干事一把拉住子文说："你不去，明显就是我搬弄是非了，我不好交代。快走吧。"

书记办公室里烟雾缭绕，显然工会主席和书记这两个大烟囱抽得正起劲。看到子文来了，两位领导满面怒色，子文站在门口也不进去。

"怎么？你尾巴翘上天了？当校长当出水平来了？还竟然把学生撵回家？全林业局这么多学校这么多校长，有你这么做的吗？你这不是一次两次了，是屡次犯错不改。你进来！"书记火气不小。子文进来，面朝书记，对工会主席的存在视若无睹。

书记说："不用多说，赶紧向工会主席赔礼道歉，马上把主席的孩子叫回学校上课，你有什么权力这样做？对年底评优工作有意见可以提出来妥善解决，你还……工会对学校工作历来非常支持，遇到这么点小事情你就采取这样的办法！有多大意见也不能这样做！"

"提意见管用吗？那好，把三八红旗手的名额给学校，我接着把学生接回学校，耽误的功课给补上。"

书记说："三八妇女采伐队是全局唯一的女子采伐队，在全局是挂号的先进集体，这次把名额给了三八采伐队队长，接着就通知了本人，报到局工会了，事情不可挽回了。再说，三八采伐队队长是个铁姑娘，是林业局团委、妇联树的标杆，获得这个荣誉也是当之无愧的。”

“你的意思是说，三八采伐队队长合格，何老师教的毕业班连年全局第一就不合格？”子文又施展出强词夺理的功夫来。“两个女同志都合格，都一样的优秀，可是名额只有一个嘛。你说该给谁？”书记反问道。

“如果两个人同样优秀不分高低，那就按照先来后到的原则，应当是多年荣获这个荣誉的何老师而不是从没得过这个荣誉的采伐队长。工会主席在倒行逆施，是后来先到。”子文知道自己在胡搅蛮缠，但他有把握扭转局面。

沉默的工会主席站起来指着子文对书记说：“当个校长就这样争名夺利、争荣誉，这也太强势了吧？”

子文呵呵一笑：“我争荣誉？好吧，我的工作标兵荣誉不要了还给你，换你一个三八红旗手，怎样？”

“你……”工会主席肥胖的下颌多余的肉抖动着。

“对两位领导说了吧，我当这个小小的校长没多大权力，但是让不让学生到校上课，我说了算，这是我唯一的有效措施。除非先把我的校长职务撤了，再把学生领回学校，用我的职务换学生上课吧。”

“我到局党委告你去，我还就不信了！”工会主席夺门而出。

“你回来！”书记大声喊。“这样吧，你到局工会看看，每次评优的指标，局里总会留下几个名额以备不测。女子采伐队长已经报上去了也不能撤销，你到局工会再和局领导说说情况，挖回一个指标来。”

子文说：“在挖回名额之前，学生还是不能到学校上课。否则，这事没把握。”

“行了！子文！你还要怎么地？别太过分了。”

工会干事见状，拉起子文的胳膊往学校走，一路做子文的工作。子文总算默认了。

林业局一年一度的表彰大会将在元旦召开，这是林业局每年最大的事情，总是特别隆重。局里的大客车停止营运，分别到山沟里的林场和局直属单位将这些林业精英们接到林业宾馆，会议期间集体餐宿。大家很重视会议的一日三餐，往往与去年饭菜的标准相比较。局里自然也尽可能盛情接待这些骨干们。

学校的期末考试即将开始，子文不敢怠慢，临到局里开会前对学校工作做了详细的布置和交代，然后随着林场这一群出类拔萃的人物们提前一天住进林业宾馆。经过一年的艰苦劳动，林场来的这些伙计们大约一冬天都没条件洗澡，局工会布置下任务，局里的澡堂子停止正常运营，由局工会排好顺序，昼夜不停地让来自一线的职工们轮番洗澡。这可苦了澡堂子的工人，两天以来，烧好一池子水，来自山区的家伙们，用不了几个人洗完，池子的热水就像稀粥一样浑浊不清，水面上漂着一层油还散发着松树油子的味道。澡堂子工人们每天要换好多次水，真是叫苦不迭。

林业局职工俱乐部里每天晚上放电影或者是文艺演出。虽说林业局地处深山老林，但是该局的文艺演出水平不可小觑，这有着历史原因：当年“文革”开始，省城里的文艺团体的明星们，被造反派统统揪出来，称之为反动权威，批斗结束统统下放到最艰苦的行业劳动改造，煤矿、林业，都是他们改造的好地方。长影是全国最大的最早的影视基地，“文革”前曾经拍摄过多部优秀影片，诞生了很多电影明星，都是亿万观众崇拜的偶像。“文革”期间他们都沦为反动权威，昔日辉煌不再，没啥说的，乖乖地听老木把们指挥着在山上干活。这些明星们抬木头恐怕连我们的子文也不如，好在林业局领导们是厚道的，看着这些曾经被自己无限崇拜的人物这副可怜相，动了恻隐之心，将反动权威们先后充实到工会、俱乐部、学校。“文革”结束，作为县级单位，林业局成立了林业文工团，这些权威们如鱼得水大展宏图，将文艺演出搞得红红火火，多次代表林业局到省里汇演，取得佳绩甚至拔了头筹，林业文工团是林业局引以为荣的文艺团体。

文工团的乐队十分了得：曾经长影乐团的首席小提琴、大提琴手都是大师级人物，乐队指挥曾经是省歌舞团的指挥，手风琴手是国家级著名演奏家于大师；演员阵容也很强大：长影《五朵金花》的男 A 角，歌舞团女独演员，都是台柱子，那些市里文艺团体来的都只能当配角。今天这些人为山上的老木把演出，打发这些来自林业战线的大老粗观众可真是小菜一碟轻车熟路。但他们并不怠慢，在文艺界憋屈了十多年的家伙们都使出浑身解数。

子文坐在观众席上不过瘾，离开坐席绕到舞台一侧的乐队后面，看着大师们奏乐的专注而潇洒的姿态，手心发痒。“啥时候自己能在这样的乐队演奏呢？唉，自己那点水平在这些权威们面前纯粹土包子一个，与人家这些老师们比起来，当学生都不及格，还想在这上面有一席之地！”

“别在这里，下去。”大提琴手回过头来，很不耐烦地对子文说。

子文心里一动说：“我在听你的演奏，听得出来，你的大提琴 a 弦音不准，没听出来吗？”

“你是说我的 a 弦不准？笑话！怎么不准？”

“低了，低了一点儿。”

“不可能的，”大提琴手拉了一下，琴弦发出低沉悦耳的声音，然后抬起头来问，“音不准吗？低吗？非常准。偏你能听出来！”

子文笑了：“就差一点点，你自然听不出来，如果你也能听得这么精确，那现在我就不会这样说了，也就没有问题了。好好调一调吧，最好用校音器校正一下。”

大提琴手脸色十分难看，他拿起大提琴往子文面前一推：“你来来，看看这高水平。”

子文接过大提琴，装模作样地弹弹音箱：“就这把琴……国产的，唉，林业局穷啊。你凑合着用吧。如果这是意大利进口的……”说着很遗憾地摇摇头走了。

大提琴手目瞪口呆，嘴里自言自语：“来了权威了？这是什么人呢？从哪里来的？怎没见过也没听说过啊？”

子文回到自己的坐席上，眼睛看着演员们的演出，心里在盘算着下学期应当将工作重点转移到学生素质的全面提高上，在山区学校做出榜样，得到社会认可，尤其是让家长认可，让广大的林业职工相信，自己在山区工作，但孩子受到的是现代化教育，山沟的诸多条件落后，唯独孩子的教育不落后。

会议五天，上午开会，下午分组讨论，局领导林场领导都要到各基层小组参加讨论，还要做发言记录。夹皮沟林场参加会议的代表加上工会领导和林场领导一共十五名，子文负责会议记录。教育处的副处长通知子文经过教育处研究，报局长办公会通过，夹皮沟林场唯一的转干名额给予子文，很快就上报上级人事和组织部门审核批准。这就是说从今之后子文就成为国家干部了。但是局里领导特别指出，子文担当校长以来的确很有成绩，但是数次犯错误，连局长都知道子文将学生赶回家不让上课的事情。还因为家长对老师施暴，对学生实施误导教学，这都是教育工作中不可原谅的过错。

子文嘟嘟囔囔地想分辩一下，副处长制止了他："成为国家干部，应当以干部要求管理自己，不能任性胡来。转干是件好事，但对你的要求确实提高了很多。这次转干申报，大家是有争议的，是处长力排众议，将你的成绩作为主流，你好自为之，不要辜负了上面的期望。"

会议日程最后一天，局长向各林场下达采伐任务，在新的一年里，鉴于森林面积日益减少，森林资源濒临枯竭的局面，全局任务不能再增加，但也不能减少，否则经济效益就难以维持数万人口的生活问题。林业局是特殊行业，既是行政管理部门，又是生产企业，属自负盈亏性质，没有木材就没有效益，有什么办法呢？这个木材生产计划，局里开会研究时争议很大，有人反对说这是杀鸡取卵，可是解决吃饭问题也是硬道理啊。

局长讲话结束，示意由局总工程师王大学讲话，主要是下达任务的实施措施。总工程师铁青着脸，在台上站了好几分钟没有开口，许久才说："局长刚才说木材生产任务数量有争议，主要是我持反对意见。我个人认为，加快森林资源培育才是我国林业建设的首要任务，才是永续利用的不二法门。我想对大家说的不一定符合会议精神，但我对自己的讲话内容负责。先讲点似乎跑题的，向各位介绍一下世界森林资源的分布情况，这是林业部的内参材料……"

总工王大学侃侃而谈：

"我国森林覆盖率18.21%，居世界第130位；人均森林面积0.132公顷，只相当于世界人均占有量的22.0%，是世界林业较发达国家平均水平的7.5%；人均森林蓄积9.421立方米，只有世界人均占有量的14.6%；人均年木材消耗量0.28立方米（不含进口木材消耗量），只相当于世界人均年木材消耗量的58.9%。无论是人均占有森林资源数量，还是人均消耗森林资源水平，均远低于世界平均水平，与林业较发达国家相比差距更大，我国属于森林资源贫乏的国家之一。同时，受自然条件、人为活动、历史原因以及地区经济社会发展不平衡等因素的影响，我国森林资源地理分布也极不平衡。我国占有世界5.0%的森林资源，既要满足占世界22%的人口的生产生活和国家经济建设的需要，又要维护人们的生态需求，显然不足。因此，加大营造林力度，加快森林资源培育，增加森林资源数量，是我国林业发展的首要任务，也是为我们后代子孙谋福的事业。以我们的邻居苏联为例比较一下：苏联是世界森林资源最丰富的国家，林地总面积达11亿公顷，其中森林覆盖面积7.22亿公顷，森林覆盖率达45%，占世界森林总量的25%，居世界第一。木材蓄积量达820亿立方米，占世界总储量的26%，居世界第一。人均森林面积5.2公顷，是世界人均森林面积的5.8倍。人均木材蓄积量为548立方米，是世界人均木材蓄积量的8.4倍。苏联的森林可开采量达440亿立方米，实际开采量仅为一半；年采伐量可达7亿多立方米，但目前只利用了这一潜力的23%。苏联的森林资源极为丰富，在世界上占有重要地位，可采伐数量却不在前列。

“在座的比我还清楚，森林采伐是森林采伐运输的第一阶段，即伐区生产阶段，内容包括伐区调查、伐区工艺设计、准备作业、采伐作业和采伐迹地清理。森林的采伐方式包括皆伐、渐伐、择伐、抚育采伐、定株抚育、生态疏伐，而我们林业局，当然还有其他局，都在采用皆伐！一座山头像剃头一样剃个精光！山洪暴发和山体滑坡就是因为如此不负责任地乱砍滥伐导致的，难道我们吃的苦头还不够吗……我呼吁……”

总工如鲠在喉不吐不快，会场鸦雀无声。明知总工说的都是事实，可谁能有办法扭转这个局面？谁敢自作主张停止采伐，置数万人口的吃饭问题于不顾？坐在主席台下的这一群精英人物们沉默起来，沉思起来。

春节前夕，临放寒假的时候，子文听说教育处遵照上级指示，期末考试不再排名，今后只是在升学考试中排名。这样说来，这次期末考试考得再好，也只有教育处内部知道，社会上和学生家长包括林场领导也不了然。其实子文也知道，学生成绩排名只是一种原始的促进学习的手段罢了，随着教育的发展，必然会完全取消这一制度。看来，学生的全面素质教育已经迫在眉睫刻不容缓。

大年三十下午，子文到高丽房给母亲上坟，坟地满是厚厚的积雪，天空的黑老鸹“啊啊”地叫着令人心悸。子文提着盛供品的筐子，供品上面是一捆烧纸和纸钱。子文折断一丛灌木铺在厚厚的雪地上，把纸放在灌木树枝上面点起，纸灰飞舞飘扬，像是黑色的蝴蝶。子文悲从中来，凛冽的寒风中流下的眼泪冰凉冰凉，他抽泣着哽咽着：“母亲啊，你就埋在这冰冻的土里，您冷么？你随我闯关东死在异乡，一个人在冰天雪地中孤零零的好可怜，我决定明年夏天放暑假的时候，将你迁往山东的故乡与父亲埋在一起。有他与你做伴我就放心了，我不会让你永久一个人在这个地方的。”

回到林场住区，各家都在贴春联挂灯笼，孩子们穿上了新棉衣，远处零星的鞭炮声不断响起，节日氛围已经很浓。自从母亲去世，子文就没有再贴过对联和喜钱这些喜庆的东西。刚到家还没脱下棉衣，听有人叫门，子文开门一看，李岚笑容满面地站在门外，手里提着一只箱子，说：“过春节，我家准备的年货还是蛮丰富的，给你拿上冻鱼，给孩子们吃。我来主要是告诉你，今天晚上的年夜饭，你家就别准备了，待会儿你带上全家到我们家过个热闹年，还有派出所长一家，你都熟悉。另外还有我们的林场鲁书记，也是管你们学校的领导，他的家住在汤河局里，但他主动在大年夜在机关值班，让同志们都回家过年，我就把他也请到家来了。”

子文急忙摇手说道：“大过年的不打扰了，你自己家吃个团圆饭多好，再掺上我们，我们过意不去。”李岚说：“知道你们家过节总是因为母亲去世很郁闷，还是人多热闹。你不去是坚决不可以的，你们不到，我家、派出所长一家还有书记都不开席。”话说到这分儿上，真是盛情难却，子文只好答应了。

所长一家和林场鲁书记已经坐在炕上喝茶，李岚还在厨房忙活着，李岚的爱人斟茶倒水。书记坐在主客座、所长和爱人坐在书记旁边，子文坐在书记的对面。子文虽说难却李岚的盛情邀请，但坐在书记一侧很不自在。李岚解下围裙说：“酒菜齐全了，没什么好东西招待，我们林场这些领导们精英们，只是人多图个热闹吧。”

年夜饭十分丰盛，有猴头、蕨菜、小鸡炖蘑菇、林蛙、东北地区难得一见的一盘大虾干，更让大家意外的是，竟然还有两只红烧熊掌！子文和所长都吓了一跳。李岚悄声说："这是书记带来的，书记说这熊掌并非野生，是仙人桥饲养场取熊胆后腹腔感染杀掉的，不是野生的不犯法。"子文没再说什么，但是总觉得人类太残忍了，听人说过，活取熊胆国外是不允许的。子文心存这样的念头，只是象征性动动筷子。李岚将一只盘子放在子文面前，各种菜肴夹过来，盘子里尖尖。

子文滴酒不沾，李岚端过一只茶杯说："校长以水代酒吧。"子文欣然接过杯子。书记把子文手里的茶杯拿过来放在桌子上说："这不行，大过年的怎么能不喝酒？不喝酒怎么算是过年？给子文斟酒。"子文说："我是从来就不能喝酒的，林场大部分人都知道，只是第一次和书记坐在一起，书记不了解我。"书记说："谁说我不了解你？我曾经和你叔叔在一个林场共事过，论辈分论年龄你应当叫我叔叔吧？我在林场分管文教卫生，就包括你们学校，可以说我是你的顶头上司。这双重关系，还说是不了解你？"子文说："您说得很是，论年龄和资历我从来都是把您看做长辈的，您是我的领导，我从来也是对您最尊重的。我说您不了解我，是指我不喝酒这件事。我真的不喝酒。"

鲁书记说："子文你又错了。我和你一样，也是当年闯关东从山东来到这里的，闯关东的人就没有不喝酒的。我不是没听说过，任是谁都难劝你开戒喝酒，但我是例外，今天你必须开戒喝酒。今天过年，我是你的长辈，又是你的领导，今天我就凭着长辈和领导的双重关系，亲自给你斟酒，双手高高举过头给你敬酒，你不喝我就不放下举杯的两只手！你自己掂量着办。打听打听，我在整个汤河林业局就没有劝不进的酒。"

鲁书记不顾子文的阻拦，也不顾李岚的劝阻，兀自把子文的酒杯斟得满满的，双手高高举过头："你不接过酒杯一饮而尽，我今天晚上就不放下，就这样一直举着，你的叔叔长辈、也是你的领导，给子文校长敬酒了！"

所长、李岚被书记的举动弄得不知所措，不知怎样打破这个僵局，只是无奈地看着子文，替他捏着一把汗。

子文开始也不知如何是好，稍微镇定一下就有了主意："书记打算让我赚个对长辈对领导大不敬的名声，看来事情有些复杂。我的长辈鲁叔叔，我的领导鲁书记，您做出超常规的举动让我着实难为情，如此局面，我只好对您说，我也想起了超常规的办法，能让您把举杯的手放下来，甚至让您把手里的酒杯摔在地上，并向我保证再也不让我喝酒了。您信吗？”

鲁书记呵呵大笑，对李岚夫妇和所长一家说道：“厉害，果然厉害，今天遇到高手了。但我真的不信，还是要你喝酒。你有什么手段让我把酒杯摔了，你试试看？”

子文说：“既然您是我长辈，是我领导，那么我在您面前就是晚辈，做出的事情就不过分。我告诉叔叔、领导，您如果在这大年夜不把酒杯放下，我就对你行晚辈礼节，给您跪下拜年并且不起来，直到你把酒杯放下为止。怎样？你一个党的领导干部真的需要您的下级、晚辈在大年夜下跪吗？你只要有这样的愿望，我马上。这件事如果传到外面，也能证明书记您的权威有多大。”

书记听罢此言，马上就把酒杯放下说：“服了服了。果然是石头蛋子腌咸菜油盐不进，子文啊，你是我不能劝酒的第一人。”

子文说：“书记既然对我如此宽容，我也就对您实话实说。我之所以敢这么说，是因为我知道您领导的水平，不会让我这样做。”

李岚马上打圆场说：“菜都凉了，谁也不能在我家摆老资格和官架子，谁也不能在我这里卖弄聪明，这是大年夜吃年饭，吃好喝好才是我的好朋友，才是我的好客人。”

当大家端起酒杯干第一口的时候，子文才知道，自己端着的茶杯里是浓浓的蜂蜜兑的水，味道有些辣，大约是掺了蜂王浆。抬头看李岚，女人略施眼神，子文闭上了嘴巴。

酒过三巡，李岚说道：“今天大过年的，不能只是吃饭喝酒，如此良辰美景，佳肴美酒岂能缺少娱乐？不知道校长和所长都是因为职业关系还是怎么的，平日很严肃，难得开颜一笑。但我更知道您两位也是夹皮沟林场的才子，校长拉二胡在林场无人能比，所长吹笛子更是全局闻名，若不是担当治安重任，早就被调到林业局文工团了。你二人在咱们林场奏乐可谓是高山流水的绝配，来吧。”

子文出乎意料，没想到李岚还有这样的安排，急忙说：“我和所长两手空空，奏什么乐器？”李岚说：“这有何难？暂停吃菜饮酒，我放在锅里热一下，赶紧回个人家去拿呀。今天晚上咱们可以通宵达旦嘛。谁不回家拿乐器，咱就不开饭了，等着。”

看来，只要这女人拿定主意，是谁也拗不过的。

二十分钟后，所长手持竹笛坐在炕沿上，子文拿来二胡，李岚急忙拉过凳子，铺上一只坐垫。所长对子文说：“校长知道吗？李岚可曾经是文艺骨干，曾经活跃舞台好多年啊。今天让咱两个奏乐，就是她想自己露一手，李岚姐，你是女声独唱呢，还是来一段舞蹈？我们是民乐，不适于舞蹈，还是独唱吧。”说着带头拍起巴掌，书记也连声叫好。李岚笑道：“在你们这些林业战线的精英人物面前卖卖老，唱一首老歌《九九艳阳天》吧。”一曲唱罢，子文突然想到让所长与李岚对唱，所长没有谦虚，李岚抢先说道：“和所长来一段《母子书，两地情》怎样？”所长未作思索就站起身来。子文拉起二胡开始前奏，然后所长唱道：“妈妈呀妈妈……”唱到此处所长突然笑了：“李岚，你主张唱这支歌是赚我便宜，我不是矮辈儿了么？成你儿子啦，不行，另换一首。”书记和李岚夫妇哈哈大笑，李岚拉着所长不让他乱动：“校长都拉二胡开始了，怎好半途而废？不行，必须唱完，快点。”所长做了鬼脸说：“今晚上失算了。”

所长在中学里本就是学校文艺宣传队的骨干，男高音不错，加上李岚银铃似的女高音，果然是珠联璧合。子文放下二胡拍起巴掌说：“男女对唱很难，关键是配合，专业文艺团体男女对唱需要反复排练，你两位可以说绝配。”

所长说：“我笛子独自伴奏，该你俩的了。来一段天仙配，校长我给你点的这一支歌，李岚占不到便宜啦。”所长话音未落，李岚说：“好好，就是这一支歌！”子文刚想推辞，所长竹笛吹响，李岚摆开歌唱的架势，不由子文不开口。

子文唱得很敷衍，李岚却是唱得很投入、很专注。

然后，李岚打开录音机放出交谊舞曲，李岚与书记翩翩起舞，子文敏感地发现，书记与李岚在舞蹈中紧贴身子，超出了普通舞蹈应有的距离。所长一边拍着巴掌，用胳膊肘拐了一下子文，示意子文不要盯着看。李岚的丈夫出出进进端菜沏茶忙个不停，却没有半点才艺，子文觉得这男人娶了这样一个精明剔透的女人很弱势。

夜深了，大家洗杯更盏，坐下喝茶。子文对所长说：“春节之后，化冻了，我要在院子里建两间仓房，所长帮我到林场找场长批十几块檩条，你和场长办公室挨着方便一些，我自己是不愿意到场部找场长的。”李岚说：“如果是书记分管这件事就容易了。”书记说：“那是。”

李岚又说道：“我看盖两间仓房就别惊动场长了，子文你就不用管了，到时候我全部解决，但是委屈你所长，到时一定到子文家帮工。”子文还要说推辞的话，但没有说出口来。

散席的时候，大家从李岚家里鱼贯而出，子文走在最后，在昏暗的光线中，子文看见出来送行的李岚走在书记的后面。在出门口的时候，书记带着酒意回过身来，往李岚的胸脯上摸了一把，李岚把书记的手挡了一下。子文急忙扭头朝着别的地方。

第二十五章

六月份，林业局教育处副处长带着局直属学校的教导主任等十余人到夹皮沟学校视察观摩，临来前电话告知：“还要听作文课，校长不可以担任主讲，准备语文教师花名册，抽查。”

这次所谓观摩，实际还是一次突击性检查，子文认为很可能是直属学校的校长们作祟，撺掇教育处带队来吹毛求疵的。让子文意外的是，副处长总结发言给以很大肯定，并让学校通知几名学生家长参加座谈，家长们交口称赞：“我们认为我们山沟的孩子，现在接受的是城市里的先进教育。”局直属学校的校长们采取沉默是金的态度，没有褒贬。

中午，林场书记在职工食堂小房间（啥时候弄出这个小房间呢？子文才发现）宴请，饭后，副处长叫上子文到林场书记办公室谈话。

副处长说：“教育处长退休了，我个人经林业局局长提名、组织部考察、局长办公会和党委会通过，报林业厅批准担任处长职务；另外，改革开放之后，教育工作的最大缺口是师资力量，国家教委为了提高教师工作质量和业务水平，下文件要求县级以上区域必须成立教师进修学校，我局也在规定范围，教师进修学校筹备小组已经成立，进修学校与教育处平级，但是隶属教育处领导。现在决定将你场的子文校长调进修学校筹备小组，学校成立后，担任语文教研部主任。上级文件要求，教研员必须是师范毕业生并有五年教学实践以上的，子文没有这个学历，我们破格使用。”

书记说：“处里没有和林场打招呼，有些措手不及，应当让林场研究一下吧，这学生家长怎么说……”书记搓着巴掌看着大家。

子文欠起身来对处长说："学校工作刚见起色，我的家庭也比较困难，前两年母亲去世落下的债务，全凭爱人在副业队做工年底全部扣除用来抵债，我一个人的工资拉着几个没户口的生活很拮据，再说我与这学校、老师们、学生们有很深的感情，处里也同样没有事先告诉我，没思想准备。我看，我还是留在学校吧。"

书记说："去把场长叫来，现在是场长负责制，这件事得让他知道。"

场长在隔壁，马上就过来了。新上任的处长说："处里是站在全局角度考虑这次人员调动，成立教师进修学校也是我个人刚上任就遇到的很重要的一项工作，期望林场、学生家长，还有子文本人的支持。这一人事调动是上调而非下调，应当没有阻力的。子文到进修学校的工作也主要是针对各学校老师的培训，培训内容除了提高知识水平和教学水平外，也注重学校管理，子文在工作中可以暂时侧重贵校；至于子文说到自己不愿上调的理由，还请林场多多关照他的家庭，帮他渡过难关，处里也会考虑他的实际情况给以关照，我打算联系局服务处，请他们一年内给子文在局里解决住房问题。至于学生家长，我想大家会通情达理的，学校基础打好了，起步了，别人也能干好校长的。场长、子文，你们看……"

"我为林场的职工能得到局里的器重而高兴，我没意见。"场长看着书记。

处长说："先让子文表态吧，这是关键。"

子文迟疑着，最后说："处长和林场领导们说到这分儿上，我也就从了吧。但是我每周六还回来给学生乐队上课训练，起码到明年。再是暑假马上到了，我自己还有事情打算在暑假解决，看能否在暑假后到教育处报到?"处长说："处里也是这么考虑的，辛苦一年，总得让你过暑假休息一阵，再说也不能让局里唯一的学生乐队夭折。"

子文又向场长说道："我曾经答应，在这个暑假请林场领导帮忙，每个老师拉一车木柴。老师们成年累月没有上山的机会，劳动条件也没有上段工人方便，利用暑假，批准老师们到山上捡下木柴，由工队的拖拉机拉下山来，林场安排车辆给老师们运回家。我知道林场的规定，不支持这样做，只是在今天要求林场网开一面，我想领导对广大职工不难解释。既然我已经调走，木柴我可以不要。场长你看……"子文说完，眼睛不是盯着场长而是看着处长的脸。

场长和书记不约而同哈哈大笑起来，书记手指着子文，眼睛看着处长说：“你当着你们处长的面给我为难是不是？学校老师们取得成绩，子文不是要求让老师们旅游就是让林场给老师们拉木柴，这才是子文的风格呢！其实我不为难，我也知道国家今年设立了教师节，这是国家对教育工作、对教师的肯定和重视，局里相关领导也在其他场合提过这事，要求基层单位给老师们办实事。子文提出来了，就当做教师节礼物，告诉小工队，暑假老师们到那里捡木柴堆，小工队负责把木柴用机械背下山，暑假之后教师节也快了，林场负责分别给老师们送回家。当然，子文调走了照样还有份。人调走，家还在这里嘛。处长和子文还有什么事情？”

处长连忙说：“代表老师们谢谢林场领导。我也把这件事透露给其他林场，都给老师们办实事。”

最后处长谈到新校长的人选问题，依然是从林场就地提拔。子文说：“当初我上任，是我们老校长推荐的，目前学校老师们的状况还是我最了解。”

处长说：“子文这两年做校长，教师队伍建设工作做得不错，你说说看，当然还得征求你们场长书记的意见。”

子文说：“如果就地提拔，我认为学校老师们近几年全面素质都提高很快，这个校长位置有好几个人能够胜任，最适合的，我看就选择曹华吧。他热爱教育事业，工作认真，业务能力和专业知识水平近两年也提高很快。”

场长插话说：“学生家长反映，曹老师经常有体罚学生的行为。”

子文说：“当上校长了他还敢体罚学生？他会自律的。过去他体罚学生也是恨铁不成钢，其他方面还是比较优秀的，我是看主流，不能一叶障目不见泰山嘛。”话已出口，子文后悔用词不当，对场长的意见怎能这样说？

最后子文的意见还是被采纳了，学校这几年教师队伍建设有目共睹，处长认为，夹皮沟林场学校近几年取得可喜成绩，与广大教师水平的提高是分不开的。

长白山林海的夏天气候宜人，不像山东老家那样炎热，当齐鲁大地上田野里的农夫在汗流浃背劳作的时候，长白山区的早上和傍晚还是要穿长袖衣服，东北的老师们过暑假可真是神仙般的日子。白天正长，子文原打算把仓房盖起来，可是暑假之后要到局里教育处报到，处长承诺一年内在局里给分到房子，这仓房还盖不盖，子文尚在犹豫。趁着有空闲，先到叔叔婶子的林场看望一下老人吧。妻子起早贪黑在家属副业大队上班，子文带着两个孩子乘车到六十里之外的四平林场去了。

两天之后回来的时候，走到家门口，子文惊讶地发现，院子里散乱地放着十多根原木和十多根檩条，还有一些风倒木板材。妻子很忙，再说她也办不了这些事情，是谁替自己解决了这么大的问题呢？他马上想到了李岚，因为几个月之前在她家曾经说过这件事，当时她就说不用自己操心了，一定是她。放下提兜安顿下孩子，子文去了李岚家，她正在从车上搬运商店进的货。子文一面帮着往下抬东西，问起此事，李岚轻松地说："这没什么麻烦的，不过是前年我盖这间商店的时候剩下的材料，放在院子里也就烂掉了，你盖仓房正是物尽其用啊。"

子文说："我看到檩条是新的，不会是去年剩下的吧？你……"

"那也是顺便让人从山上捎来的，没什么大不了的。"

"可是，我很快就要到教育处工作，也可能把家搬到局里去，盖上仓房还能用多少时间呢？这几天我就在盘算这件事情，还没有拿定主意，你都给我准备得一停二当了，盖还是不盖啊？你总让人心里过意不去。"李岚笑了："文化多的人，读书读多了反而不懂了吧？不管你搬不搬家，仓房都是要盖的。你住的房子不是自己私有的，是林场建设的公管房，将来搬家要无条件交回林场。可是你盖的仓房是你的私人财产，不管将来谁家接着居住，你都可以算钱的，一个仓房可以卖到数百元，规格好点的上千元，有了这笔钱就有了你的搬迁费，你说是不是？大校长只会把学校规整得头头是道，自己的家庭建设就不行了。这事业型的男人需要有个精打细算的女人，男主外、女主内才是配套的发家之道。再说，你就这么盼望搬家吗？夹皮沟林场的家长们可不愿意你走啊，我也是。"

子文的伶牙俐齿变成张口结舌。

李岚说："不用发愁，我马上要建鸡舍，我们两家同时下手，你想找谁帮忙就找好人就行了，别的不用你管，这些事情你未必比我强。你打算何时动工？你也不用到局里集镇上购买肉菜，我找车去一起捎回来，咱们再算账就行了。”子文说：“谢谢您，您总是想得这么周到，总是替别人打算，我就擎现成了。”

第二天李岚在农村的亲戚送来一口猪，还替李岚宰了。子文路过李岚商店的时候看见商店门口挂着一个小黑板，用粉笔写着：“现杀的新鲜猪肉，欢迎购买。”子文心想：这人就是能，小小食品店也经营猪肉了。那需要一定技术，说割哪里割哪里，还得手里有数，既不能太多也不能太少。

动工的前一天，一大早李岚提着一大包东西来到子文家放下，说：“给你拿来肉和菜，看看够不够，不够你说。”

子文打开包一看，是市场上难以买到的一挂猪下货，还有一些青菜、一包佐料。子文的妻子感激地说：“真是费心了，一共多少钱？”

李岚道：“猪下货是我杀一口猪卖了肉挣下的，咱两家分开了，一家一半总够用了。现在生活提高了，人们不太愿意吃那些肥猪肉，就想吃个下货什么的，市场不好买，弄一口猪杀了，挣一副下货还有余，不用花钱买，你算得什么钱啊。蔬菜都是自己院子里的，我也不卖的。你只管给帮忙的烧水就行，待会儿我来下厨做饭。”不由分说，李岚一阵风走了。子文感叹：“什么叫精打细算，这才是；什么是精明人，这才是！”

到开工建设的日子，子文自然不好麻烦在上段的一线工人师傅们，他请来的帮手是共青团书记李风其，家属副业大队副队长李长青——长青是建设行家，还有派出所长也来帮忙。子文高兴地说：“我这仓房建设质量第一流，施工人员都是高层次，这家伙，动用了这么些高端人员，一个小小的仓房含金量不低呀。”

离开学还有些日子，子文便到局里报到了，临行前子文到工作了好几年的岗位看了一下，新任校长曹华指着子文用过的办公桌说：“这张桌子就这样放着谁也不用，永远给你留着，你什么时候回来看看，这张桌子还是你的，你永远是这里的领导。”

教育处办公室有些拥挤，进修学校临时选址在局第一小学的教学楼上，筹备小组也在这里办公，组长由新上任的处长兼任。子文安排在小学教研组，该组一共三个人，学校没有指定谁担任组长。与子文对桌办公的是个女老师，子文早就认识，此人是二小的副教导主任王老师，“文革”前的师范毕业生，早先在教育处主持的教学观摩会上子文听过她的课，给她提出过很多意见，在那次全局教师考核中成绩名列第三。她当时就对子文这第一名颇有微词。这些原因使这女老师对子文耿耿于怀，不是冤家不聚头，短短两年又成为对桌办公的同事。

子文不在乎原先的芥蒂，指定办公桌之后，子文抢先找到抹布挨张桌子擦了一遍，然后用拖把拖完地，在自己的桌后坐下，想把带来的书摆上。这时候处长从外面进来看看同志们的安置情况，处长还没坐下，只见王老师满面春风地过来迎接：“哎哟，处里那么忙还过来看看，真是关心下级。”她拿过暖水瓶倒水，把自己的茶杯刷了一遍，又用热水烫了一遍，才给处长倒水，并拉过自己的凳子让处长坐下，又拿过抹布挨张桌子认真地擦起来，嘴里说：“桌子这么脏也没有人擦。”

子文诧异地想：“这王老师记性真差，我刚刚擦完这几张桌子，她不是没看见，怎么又擦起来了呢?”只见王老师重新擦完桌子，又拿起子文刚放下的拖把开始拖地。子文陡然反感起来，他明白了，这女人绝非善良之辈，她的行动本身是在显示自己贬低他人！一则让处长领略到她的勤快亲切，二则还说明子文没打扫卫生，即便打扫了也是纯粹糊弄事儿，根本不彻底，还得让她返工。啊，这个女人太阴了吧！为这点小事情也真费心机了，与这样的人今后怎么共事？

子文暗暗冷笑：“你把咱当做什么人了，从山沟里刚来局里工作你还欺生不成？你个女人就这么看不起山沟的人？不行，有开始就有继续，此风万万不可长。看我这从山沟来的人是不是像你想象的那样是个软柿子。”等到王老师把拖把刚放下，子文手持抹布嘴里嘟囔着说：“桌子这么脏也无人擦。”说着使劲擦起来。

王老师见状对子文说：“我刚擦过了，怎么就不干净！你这……”

子文笑嘻嘻地说：“其实在你之前我早就擦过一遍，你怕不干净重擦了一遍，但我仔细看看，和我原来擦得一样，没见什么更干净，所以我还是擦第三遍吧。先擦您的。”子文在王老师的桌子上擦过来擦过去，嘴里还是不住地说，“还是脏，就是脏，怎么擦也是脏。”

王老师一屁股坐下，再没有说话。处长瞅了子文一眼说：“安置好了我就回去了。”王老师也没起来相送。

望着处长的背影，子文感慨不已，办公第一天就这样，不能让一个女人把山沟基层学校来的人看扁了。谁说好男不和女斗？女人厉害着呢！

按照分工，处长兼任筹备组组长，但在处里办公。这里实际上由侯老师抓全面，筹备组五个人，郭老师管内勤，王老师主抓数学教研但是同时兼管语文教学研究；子文主抓语文教学研究，同时兼管数学，总之要加强合作才行。

与王老师一起工作真让子文开了眼界。王老师一旦有了不解的难题，她的虚荣和自尊使她从不向他人请教，在她看来向他人请教就是低人一等了，但她又不得不问的时候，采取的办法很变通。她会板着脸对子文说：“我问你一个问题，看你怎样领会，问题是这样的……怎样？你会不会啊？”说完嘴角翘着，就像老师提问学生一样的姿态和神情。如果子文痛快地作出回答，她会微微点头，意思似乎是说：“你答得还可以吧，及格。”其实她才达到了问明白的目的；假若子文一时间答不上来，那可不得了了，那顿讽刺挖苦接二连三像连珠炮似的：“哎呀，不可能吧？这么一点事情还能难得住么？真想不到你是这样的水平，想不到！啧啧。”

如果偶尔子文向她请教问题，更是了不得，她先不给予回答，那神情就像一个私塾老先生教训不争气的弟子一样：“呵，就这问题，小学四年级的程度罢了，你竟还弄不清，你是怎么学的？你要请教我，我就说给你，你给我牢牢记住好吗？听着，是这样如此这般……听清楚没有？可记住了？怎么还没记住？你可真笨……”

一旦弄明白这种人的德性，子文也毫不含糊，故伎重演。当王老师用考问的语气请教他的时候，子文说：“回答你的问题之前，我要明白您的目的：您是真被这问题难倒了要向我请教呢，还是您早已明明懂得，以为我不懂要考我一把呢？我确定了您的动机和目的，就有方向啦。您的动机目的不同，我回答的方式甚至结果也不同。您说，到底是请教还是考我？”王老师躲躲闪闪地说不出所以然，子文就等待，否则不发言。王老师说：“问你点儿事儿，你可真是费劲，知道您就回答，知之为知之，不知为不知，是知也，你还这样……”

子文还是沉吟不答，否则就着了她的道儿。

女人实在需要得到答案，只好厚着脸说：“知道这题很简单，可就是忘了，想不起来了，你看怪不怪？你说……”

子文问：“你确定是请教我而非考我？”

“就算请教吧，你说。”

子文这才将答案说出来，也没忘记对女人说：“你要牢牢记住。”

王老师棋逢对手，不敢再故弄玄虚。子文却高兴不起来：“唯小人与女子难养也！这能不累么？却又何苦！”

子文自己在局里工作，家里的妻子是很辛苦的，所以他只要周日回家，就尽可能多干一些家务活。

每个周日，子文总是在家多待一些时间，周六中午他就乘客车回家，其实到家的时间不过两三点钟，到黑天还能做很多事情。应当是在周日下午回到教育处的，但他总是在周一上午将要下班的时间才回到处里。反正整个教育处二十多号人都安家在局里，只有子文一个人住单身宿舍，他早回家半天晚回来半天，没人对他的做法提出异议。子文住在山沟里也有他人没有的长处，在局里是没有菜地的，但子文就有，所以他每逢回家总带回很多自己种的瓜菜之类分给大家。大家为此很高兴，每次子文回家早些晚些，没人和他计较。

从小，因为父母多灾多病的原因，子文练就了做家务活的一身本领，无论是洗衣做饭还是打扫卫生种地种菜养鸡养鸭样样在行。现在是冬天，没有地里的活，子文每次回家都给老婆孩子洗净一个礼拜的替换衣服，烙煎饼、蒸馒头，虽说家中清贫，但总是打扫得干干净净，这样他在外面干工作才安心。

《中国林业报》报载，全省林业生产全面完不成任务，很多林业局拖欠工人工资不能下发，给职工家庭生活造成极大困难。山上成材的像样的林子迅速减少，原始森林已经荡然无存，再生林、次生林、人工林原来几乎没人采伐，可现在只要稍微像样一点，就像剪光头一样把山坡弄得光秃秃的。原来工人家属做饭烧火用的木柴都有碗口粗甚至更粗，而现在碗口粗的木材就是成材，二十公分以下的木材卖给煤矿做立柱坑木，再细一些的做车立柱。林业局根据外地经验进行多种经营，用枝桠、锯末子制造人造板，用锯末子培植木耳蘑菇等菌类食品。人工饲养梅花鹿、马鹿，树叶子就成了好东西。资源综合利用充分利用本来是好事，但现在利用这些资源是逼得没办法的办法。眼看着拖欠工资的现象越来越严重，有的林场不等上级下来采伐任务，就私自下令无计划采伐。这本来是为大家的饭碗着想，但因为这种行为违反森林法而被处分，甚至负刑事责任。省林业厅领导包括林业部也束手无策，没有哪个英明的领导能让山上一夜之间长出大片的参天大树来。

本省林业厅和中国林业大学专家查看森林分布地图，反复考证认为，桦甸市和靖宇县交界处有一片原始森林，总经营面积达30万公顷，有林地面积27万公顷，活立木总蓄积量4324万立方米，年木材产量25万立方米。辖区内森林茂密，资源丰富，有植物1300种，野生动物50余种，是闻名中外的"关东三宝"的重要产地，被誉为天然的野生动植物园和物种基因库；密布的河流蕴藏丰富水能，东北第一水电站白山发电站巍然屹立；多种矿产储量丰富，优质矿泉水遍布，储量全国第一；百年老矿夹皮沟金矿坐落其间。

这里气候比汤河林业局好得多，山上木材品种优良，红松、柞木在本省森林分布区都是最好的，这片森林按照每年生产优质木材25万立方米，如果植树造林工作跟得上，可持续生产四十年，解决一万名职工及其家属共计五万林业人口的吃饭问题。

计划报到林业部，很快得到批复，同意投资3.6亿元组建新的黄石林业局，并马上派中国林业大学设计人员、专家教授学者亲临考察设计。新建局的干部职工完全从本省现有的十几个林业局抽调，减轻各个老牌林业局的负担。每个林业局将安排五分之一的职工组建新局。

红头文件还未到达局里，小道消息不胫而走，林业干部纷纷走门路，从省林业厅到林业局，上蹿下跳运作自己的商调事宜。尤其是干部，谁都想坐在这块大肥肉上当家做主，挖空心思日思夜想将来到新建局捞个什么差事。自己的仕途到了人生转折点，谁不着急？工人们没那么大本事，但是在本局若干年，亲戚朋友山东老乡胳膊接胳膊，用尽浑身解数扣窗挖门子找出路，他们到不了省厅，就求告本局的相关说得上话的领导，但是这些领导们也正在为自己的事情着急上火，哪顾得上一个除了抬木头一无所长的老乡！

还是省厅的领导英明无比，面对这样的混乱局面，又是一道红头文件：各林业局不能分散零星地抽调干部职工，而是每个局整体抽调一个林场或者两个林场原班人马到新建局，省厅派专人把关，按照被抽调的林场的十二个月的工资发放表逐一对照。一旦被抽调的，林场建制和领导班子不动，迁到目的地马上可以开始生产。

抽调工作立即成为全局的热点。有几个林场早就开始拖欠工资，后来干脆大幅度减少工资额，最后就陆续下岗，几乎是断炊断粮，听到组建新局抽调人员的消息，有本事的人开始奔门子走关系，一心到新建局里去，一个新的林业局成立，有多少人事安排的机会空间？可上级采取的办法是对仙人洞林场和大安林场整体突击调动，其他零星调动一律冻结。省林业厅工作组和新建局有关人员带着上级的指令，如同钦差大臣带着尚方宝剑一样具有绝对权威，来人个个精明能干富有工作经验。

被调转到新建局的人员很快传来信息，由于新建局木材资源丰富，采伐条件好，采伐机械设备新、机械化程度高，木材产量比原设计产量高出许多。而且新建局的工人住房不再是木头结构的简易住房，全是砖瓦结构外墙保温宽敞明亮的房子。工人们非但工资能按时发放，还有可观的奖金按季度拿到手中。于是汤河林业局的职工们纷纷调动自己一切可利用的关系，特别是已经整体调动过去的两个林场的职工干部，简直成了救世主一样令人敬仰和崇拜。汤河林业局对此并不反对，大批人员的流失对一个“老、小、穷”的林业局，倒是有效地减轻了负担。只要新建局接受，这边立马放人一路绿灯没有阻碍。劳资处的人不再板着脸拿架子，而是一见到商调函，马上就痛痛快快办理，服务态度好、效率高。听说全省的十几个林业局都效仿汤河林业局，新建的黄石林业局人员蜂拥而入陷于失控状态。

黄石林业局的成立、汤河林业局的人员调动，对子文自身工作没有任何影响，但是他的生活结构却因此有了巨大变化。原来，叔叔婶子家的妹妹和妹夫两个人在汤河局大安林场工作，这次必须整个林场全窝端走，这就注定妹妹和妹夫同样是必须调往黄石林业局。这些年来，叔叔和婶子一直在汤河局太平林场居住，子文家、妹妹家、叔叔家成为一个地理上的三角，不管是子文还是妹妹，在周日和节假日都会去看望老人。可是现在这个三角就要拆开，妹妹到黄石林业局有数百里山路，来回非得两天不行。如果老人有什么情况，子文还好说，妹妹他们是插翅也来不及。

一同闯关东的老乡们为此也动了脑筋，想不出两全的办法。后来还是婶子自己拿定主意：子文家庭太累，事情又多，自顾不暇，照料我们老两口恐怕是困难，还是随着女儿女婿到黄石吧，那里刚刚建局，经济效益不言而喻，肯定比汤河林业局好得多，那里的气候也好于此处。事情就这样定了下来。子文虽说有些失落，感到老人对自己不信任的成分很多，但也不好说什么，也明白婶子从来就是与女儿难以割舍的。他所担心的是，婶子为人善良、乐于助人，就是说话太刻薄，凡事太计较，与女儿女婿隔三差五见一面还可以，但是同在一起居住恐怕难能长久；再就是给自己看望老人带来诸多不便。那黄石林业局离着汤河林业局二百多公里全是盘山路，而且还没有直达车，从汤河先到靖宇县住一晚上，第二天一早乘车到一处叫那尔轰的地方，再步行十多公里才能到达叔叔和婶子搬去的地方，回程也是如此。即使在那里住一夜，来回也需要五六天。婶子脾气大，不能缺了礼数，而且也有义务经常看望老人，但是太不方便了。可老人决定要走，自己不好说什么。但愿老人此去一切顺心如意，风烛残年再经不起折腾了。

汤河林业局生产形势持续滑坡，生产木材数量逐年下降，去年竟然只完成 12 万立方米，创历史新低，看来明年连十万立方米也难以突破了。工人收入大大减少，在全国改革开放进入第六个年头以来，林业拖了整个国民经济的后腿，成立集体企业、搞多种经营进行生产自救已是刻不容缓。林业局党委办公会研究决定，本年度林业局招工指标转为大集体，林业局单设集经处，各个林场设立集经站。

待业青年们得知这一消息叫苦不迭，集体经济的职工明明低人一等，只能算是一个准工人。

不过也有例外。阎斌来到林场书记办公室，推门进入开门见山：“书记您好，我来只有一件事情，我是顶替接班的正式职工，工龄正好十年，是我场的技术能手、工队的骨干，开大拖拉已经带出几名出色的徒弟并能独当一面。但是听说上级鼓励集体经济，我现在向领导提出申请，将正式职工的位置让给别人，我按照集体工人的条件加入集体企业，当一个集体性质的职工。我看过相关的文件，集体经济更有它的灵活性、前瞻性，更富有挑战性，这正符合我的性格。您能批准吗？”

书记原本对阎斌的到来似乎视而不见，低着头听完阎斌的话，声音不大却如雷贯耳，带来无比的震撼，他抬起头注视着眼前的年轻人，好像不认识一样端详许久才说：“你开玩笑吧？如今正式工人的身份倍增，待业者垂涎都来不及，扣窗挖门子都难以做到，一听集体企业真是人人自危。你倒有这样的打算？说说明白。”

“书记您说的那是传统的、保守的陈腐观念，本人不然，社会在发展，劳动关系也会不断适应新的形势。我认为集体经济不是可怕的，正式职工也并非铁饭碗；我倒反而觉得集体经济更灵活路子更宽，国家也会更扶持，政策会更宽松，市场前景会更好。如今林业资源枯竭，林业局经济状态捉襟见肘难以为继，当领导的保持乐观是必然的，但我看已是岌岌可危，如果国家不采取倾斜，林业的发展难以想象。我请求将正式职工转为集体职工绝非空穴来风，自己当然有慎重的考虑。我想做第一个敢于吃螃蟹的人。我只请领导对我的要求早日作出答复。”

书记笑了：“普通人的观念往往保守，那么你的观念是太不普通了，集体经济也还是个新生事物，你提出的事情还没有先例，我认为和辞职差不多。这样，明天到局里开会，我请示一下有关部门和领导再答复你。你先安心工作。”

几天之后，阎斌得到的答复是：“将问题反映到劳资处，劳资处人员听了很不以为然，甚至以为是胡闹，因此没有正面答复。”

阎斌说：“此处不可留恋，与其这样，我只好另辟蹊径了。”

书记说：“你可要慎重啊，年轻人。”

数日之后，阎斌不告而别，回山东老家的省城去了。怀着对社会对人生对工作的满腔热情，怀着一身林业采伐技术到了没有森林可采伐的地方，沿着当年闯关东的来路返回了故乡。阎斌成为数载之后闯关东之路上的逆流中的先驱人物。

在夹皮沟林场，从山东来接班顶替成为林业局正式职工的年轻人，连同子文一共四名，其余都是在父辈一代闯关东而自己则是第二代，这些人身上的山东人痕迹几乎难以寻找。

不但是国有经济如此情形，很快，林场家属副业大队也面临着人多事情少收入降低的困扰，开展多种经营是唯一的出路，林场场长办公会决定、林业局集体经营管理处批复，同意在林场刚刚采伐完毕的大暖沟前山坡种植苹果和葡萄。林场在组建果园管理层人员的时候，最需要的是果树的技术人员，在东北林区种植果树是新生事物，谁心中也没有底。

林场劳资科提供了信息：前几年从山东来夹皮沟林场顶替接班的“小山东”张增龄，在山东老家务农的时候，村里曾经委托他在山东林学院果树栽培专业中专班学习过，并取得结业证书，在村里有过管理果树的经验，后来他的父亲在我们局退休他才来当上工人的。

领导让文书从大房子叫来张增龄的时候，并没说是为了什么事，谁知那张增龄进办公室的时候，手里捏着山东林学院结业证，似乎是知道来因。张增龄一脸兴奋，不等场长问话，自己先说开了：“听说我场要种植果树葡萄，我正想毛遂自荐，谁想领导先考虑到了，领导真是知人善任。”

“嗨，小伙子，你怎么像是《三国演义》上的杨修一样，考虑问题总在领导前头？叫你来，果然就是为这件事情的，你既然已经知道你下步工作，我们都是外行，先听听你的打算。”

“领导还是别说什么杨修吧，听着怪吓人的，那杨修被曹操杀了，我可……”

“说正题。”书记说。

“那好，说正题。在东北种植果树与山东最大的区别，也就是最大的难题就是选择品种，东北和山东的气候差别，决定了果树品种的差别，我们必须选择耐寒、生长期短、早熟的品种。”

场长说：“辽宁也是苹果产区，那里的气候与这里的差别肯定比与山东差别小得多，可以到锦州一带去考察看看。”

张增龄说：“书记说得很有道理，但是我还想从理论上充实一下，打算到我的母校，请教一下我的老师关于高寒山区果树的管理事宜。”

场长高兴地说："果然是专业，想得也很周到，那你先到母校考察，回程到锦州考察果树苗的品种。现在正是种植季节，快去快来。先到财务支取购买树苗费用和差旅费，还有必要的活动费用。我粗略估算，你先支取三万元，在锦州购买树苗。如果钱不够用，我派人去送并协助你托运回来。我与领导班子其他成员碰头，下一步你不只是技术管理，还要挑担子啊。"

"场长，三万元最好是现金，在路上零碎支出多，用着方便。"

"那好，一路上注意财产安全和人身安全，大约多少日子能回来？当然也要借此机会看望一下老婆孩子。"

"我尽快回来，安全……这没问题……"

张增龄肩负着林场全体副业大队人员的希望和林场领导的期待，带着三万元现金，由林场的车送到汤河车站，向着家乡的方向驶去。一个月之后，张增龄没有音信，林场的人们都以为这家伙守着老婆孩子舍不得回来，又等了十多天，还是杳无音信。林场找到张增龄的劳动档案，查到他家乡的地址发出电报，等了几天还是如石沉大海。场长感到事情有些异常，莫非带着巨款出了意外？还是到家就生病住院了？还是他根本就没有到家？种种疑问让场长沉不住气了，决定派人按照地址直奔张增龄家乡，派遣的人员一个是山东临近张增龄家乡的职工孙偕，一个是林场派出所警察刘数过。

两天后，林场的人找到张增龄家门口，抱着疑团敲开他的门，出来开门的正是张增龄本人。孙偕和刘数过大吃一惊，随之又放下心来，只要人还在就好。

"啊呀，是你二位来了！里面请。"

"你这家伙，也不给林场去个电报，大家都着急呢，就怕你路上出了意外。你只顾和老婆孩子亲亲热热了，忘了林场的事情了，有事也要给林场打个招呼，大家好心里有数不为你操心，你可好……"

张增龄淡淡地说："先喝水，坐坐休息休息再说。"

林场来人急着想知道张增龄到底为何没早点回林场，他身上还有三万元钱呢。张增龄等两个客人喝了一杯水，就说："到我的家了，走，我带两位去我的田地里看看吧。"

“看看不急，你倒是说到底怎么回事，说清楚，我们先给场长打一个长途电话啊!”

张增龄说：“到了我的地里才能告诉你们所以然。”

两人很不情愿随着他来到村子外面，到了一块田地边，看到一片刚栽上的果树苗开始发芽。张增龄说：“请两位看看，这一片果树怎样?”

两人你看我我看你，惶惑地看着果树又看看张增龄的脸。

张增龄神态自若地说：“我说这片果园是我的，你们惊讶不？如果我给林场打电话告诉你们我用公家钱买了优良品种的树苗，你们怎能来到我家亲临现场看到真实情况?”

“那你……”

“我虽然到林场已经工作十多年，但我的户口始终还在老家，这你们知道的，我的责任田也还在老家有我一份。林业局的事业眼看是每况愈下，林业资源已经枯竭，职工们面临的是下岗失业，这些情形已经初露端倪。近几年我一直想离职回来务农，陪着老婆孩子过日子，所以也没有像子文校长那样急着搬家到东北。山东老乡阎斌走后，我就决心早早离开，林场决定栽果树，我就认为是绝好机会，既能全身而退又能得到一定经济补偿——当然我知道我这样做是违反法律的，但我也知道林场是不会治我的罪的。如果说犯罪，林场的领导上上下下都在犯罪，我研究了《森林法》，林场、林业局包括林业厅都在犯法。无节制乱砍滥伐、掠夺式采伐，全部采用皆伐工艺，破坏生态平衡，扣发工人工资拖欠工资，哪一条是合法的？当然有其客观原因，又当别论。我也有自己的客观原因……”

刘数过厉声说道：“张增龄我告诉你，这完全是两码事儿。你是故意犯罪，现在我可以在当地报警，请当地公安部门逮你。”

张增龄大笑：“你就去报警好了，我就知道会有这一天，不过，你最好先请示一下书记场长，抓了我，他们的脸也没处搁了，甚至上级还要处分他们。想清楚了，你就抓我吧。”

林场来人面面相觑，还真让张增龄唬住了。

张增龄开颜一笑：“不管如何，我对林场还是有着深深的感情，对你二人远道而来我也很高兴，毕竟，你们来了我的问题就完结了，省我一趟腿。这样，我既然生在孔孟之乡，地主之谊还是要尽到的，咱回家坐下，我老婆正在做饭炒菜，我有好酒，为你们接风洗尘，你们回去给我美言几句，我早就准备了辞职报告，你们带上，报告的落款日期是我临来之前的日子，然后我打一收条，言明收到辞职补偿款若干元，日期也是早些日子。你看，这手续就合法完善了不是？何必非得你弄我、我弄你的伤了和气两败俱伤呢？”

不久，林场另一个从山东农村来接班顶替、同样具有“小山东”称谓的朱亮有也通过调动手续，回到家乡的县城，在一家卷烟厂工作。数年来，夹皮沟林场从山东来的四个年轻人走了三个，就剩子文一个人啦。

长白山的深秋季节，斜阳衰草的秋风里，枫树的叶子变得通红，老远看上去就像一支火把在熊熊燃烧，还有些树叶开始泛黄，斑斑点点似乎是一滴滴血泪让人凄凉。在这多愁的季节，子文接到二姐的来信，这是子文接连发出三封信之后盼到的来信。像上次一样，二姐的来信还是没有自己的语言，明代才子唐伯虎的曲子代替了写信的内容：

【好姐姐】如今瘦添楚腰，闷恹恹离情懊恼，落花和泪都做一样飘，知多少？花堆锦砌犹堪扫，泪染罗衫恨怎消？

【香柳娘】隔帘栊鸟声，隔帘栊鸟声，把人惊觉，梦回蝴蝶巫山杳。

我心中恨着，我心中恨着，云散楚峰高，凤去秦楼悄。

怕今宵琴瑟，怕今宵琴瑟，你在何方弄调？撇得我纱窗月晓！

【尾】别离一旦如芳草，又见梁空落燕巢，可惜妆台人自老。

子文看着看着流下了眼泪，二姐总是这样，写信没自己的话语，但是总令人心碎，子文望着高山和茫茫林海深处，仰天长叹。

他给二姐回信也没有写自己现在在东北的情况，而是将唐伯虎的曲子翻译成白话文，掺杂了自己的思想情感作为回信——

二姐，来信读完我心已碎。这一首唐伯虎早期的作品，用哀婉的笔调和细腻的思想情感倾吐了恋人对在外的情人的思念之情，读来令人掩卷三叹，凄然泪下。我将这首词曲用现代语言翻译如下，权作我的回信。

和恋人的分别，苦苦的相思，使人很快就消瘦下来，本来就苗条的腰身如今更是瘦弱不堪，楚楚可怜，弱不禁风；离别之情在心中萦回缠绕，产生无边的沮丧和烦恼，千里之遥的恋人之间的烦恼和其他烦恼不同的是：莫名的沉闷痛苦积压心中难以释怀；春天将逝，站在落花前想到心上人，禁不住潸然泪下，一滴滴、一点点，和花瓣同落地下，转眼化为泥土无影无踪，有谁知相思的泪珠有多少？谁知飘零的落花又有多少？

花瓣落在阶下，仍可招来多情的蝴蝶，也可以扫掉不见，使将要逝去的落花得到灵魂的慰藉，可是那串串相思的泪珠所浸透在衣袖上的泪痕，如同打在心上的烙印，怎能轻易消失？

日有所思夜有所梦，好容易刚刚和心上人在梦中相会，可窗帘外几声鸟叫打断了这难得的梦啊！这样的期待、这样的梦境如同那多情的楚怀王和女神在巫山相会。可梦境毕竟代替不了现实，梦醒之后那多情的巫山云雨杳然无存，多么令人神往又多么让人伤感，多么使人悲切！刻骨的相思有增无减！哦，心上人啊，我如此苦苦地想你恋你，也怨你恨你，你也在想我吗？你呀你，为何离开我去了别的地方？恨你怨你，是因为我太爱你，我太在乎你。我多盼望楚怀王和巫山女神在云雨中永远永远，不至于匆匆相会又旋即别离。

哦，心上人，你可曾知道，当年秦穆公的女儿和情人在楼上相会之后竟负心地带着情人的玉箫走了，等情人再来的时候，已是人去楼空，唯有秦楼静悄悄，到哪里去寻，到哪里去找！我更不敢想象今晚上你在什么地方和什么人弹琴弄瑟，欢歌劲舞？忘记了我的存在，把我一个人抛开，坐在窗前苦苦等待，熬到天亮彻夜难眠……

也许，情人之间的别离，时间显得特别漫长吧？我和你分别不到一天，心上就长出了小草，变化是如此之快呀！屋梁上的双燕飞走了，显得空空荡荡，更加寂寞难耐。

时光，过得这样的慢，又是这样的快，加上相思之情的折磨，更加快了我的衰老不堪，眼看青春余韵将去，怎不珍惜着爱情？可是等来的却是别离、冷落！在这种痛苦的岁月里，怎么会不加速自己的老去呢？

第二十六章

今年的长白山区迎来了丰收季节，刚进入九月初，山上的阔叶林开始泛黄，枫树如同火焰一样掺杂在墨绿的松柏树和明黄色的柞树、椴树、楸树、白桦树中间，格外显眼。各种候鸟在长白山的森林里路过或者落脚，不常见到的鸟类给森林带来不一样的鸟鸣。树底下的杂草在树冠的掩盖下，没有被早来的浓霜侵袭，还是绿绿地挣扎着，草丛下的小虫子明显少了，森林除了落叶声响几乎是寂静无声。啊，山林的丰收季节来临了。

勤快的山里人，不等山上的松子十分成熟，就开始采摘。打松子可是不简单的事情。很多松树类都结松子，只有红松树上的能吃，因为茂密的森林树木互相遮掩见光少，结籽的红松没有百年树龄就不行。百年大树最少也有三十米高，而且长在悬崖峭壁上居多，最难的是松子又偏偏长在松树梢的顶端，要采松子，先要会爬树。树干老粗老粗的，爬树的人两只胳膊是远远抱不过来的，全凭强大的臂力把着树干，脚上戴着用粗铁丝打成的脚蹬子，类似高压线工人攀爬用的东西。困难的是，爬到树杈地方，离着松子还老远老远，就要顺着枝干继续前行，枝干越来越细，还是捞不到松子，还得继续向上爬。离松子越近，也是最危险的时刻，那些松树的枝干有些是很结实，可有些里面被虫子几乎掏空了，表面看不出来，还是枝叶茂盛，这就会给人造成错觉，爬树人往往失算，一步落空身子凌空落下，没有侥幸，摔在岩石上或者落在山涧里，都是粉身碎骨！每年都有因为打松子而丧命的人，可是每年秋天来临，人们还是趋之若鹜。

打松子的利益太诱人了，如同开车酒驾出车祸还是屡禁不止一样，可人们总是凭着自己的爬树技巧和经验心存侥幸，“拼死吃河豚”一样的道理。林业工人的工资每月二百元就是最高的，而打松子一天的收入就能达到三个月工资甚至还多。每到此季节，林场三令五申，不准请假扔下木材生产任务不管去打松子，但是工人宁可旷工，扣发工资也不在乎，受处分也还是抬大木头而已。一个秋天下来，挣到一年工资，谁害怕处分？

当然了，一个林场也只有那么几个人能干这一行当。大部分人还是靠山上的其他好东西，虽说其收入远远不如打松子，可比起上班挣工资还是很可观的。

山上的特产分若干类：除了松子还有山核桃、榛子，喂猪用的橡子等；各种蘑菇，有元蘑、榆黄蘑、真蘑、对子蘑，最为珍贵的当数猴头蘑，木耳也很多；山上的药材更是种类繁多，五味子、柴胡、党参、平贝母等，如果你走运，挖到一棵野山参那就发大财了。

子文夫妇也在周日上山，妻子是综合采摘，见到什么弄什么，总是满载而归。子文不然，打松子他自然是望树兴叹，只有检点蘑菇或者挖点药材什么的。奇怪的是，他想捡蘑菇就只能看见蘑菇，打算摘木耳就只能看见木耳而看不见别的，他走过的地方，妻子在后面走过来，往往能看见子文没看见的东西。子文自己觉得很怪，上山跑的路不比妻子少，收获总是不多。也许是自己做一件事太过专注，注意力太集中吧。

秋天的季节虽然美好，却是疾病多发季节，九岁的儿子从小总在这个时候患感冒，一旦感冒总是嗓子痛，今年格外严重，小小年纪睡觉打呼噜，甚至能憋醒。到林业局职工医院检查，大夫告知：长期的扁桃体发炎导致慢性肥大，当今之计唯有手术割除才能免除后患。但大夫又说，手术摘除年龄太小，因为目前该手术大多还是原始办法，手术中和手术后都没有有效的止血办法，只好任它自己慢慢止住，有的手术还因此要输血。

大夫最后建议说：“子文老师，医学杂志介绍，国内目前最先进的摘除方法是用高频手术刀，也就是激光手术。在割除扁桃体的同时，创口烧焦不会流血，而且愈合快。我省只有在省城一家空军医院有这样的手术设备，为使孩子少受伤害，你可以考虑。”

子文听到这个消息十分高兴，尽管家庭困难经济拮据，但为了孩子花钱是值得的。他兴奋地对大夫说：“那我这就去省城，那家医院在省城什么位置?”

大夫说：“咱们局卫生处的张处长一个亲戚在这家医院工作，我领着你去找他。”

大夫脱下白色的工作大褂，与子文到局里去了。

这是子文来本省参加工作前后第二次去省城，上次是招工被人告发之后，为了挽回局面来的，转眼已经八年了，母亲都去世几年了，孩子也长得这么大了。在火车上，子文将当年来省城办事的始末过程像讲故事一样说给儿子听，讲到动情之处，子文眼睛湿润了。儿子认真地听着，不时地点点头，苦难中的孩子懂事早啊!

在火车上要吃两顿饭，子文吃从家里带的煎饼就着咸菜；儿子嗓子已经吞咽困难，从家里熬上厚厚的稀饭带上，用火车上的开水烫一烫。儿子很愿意吃，因为自家里是很少吃到纯大米稀饭的，总是掺上玉米碴子或者高粱米的。到了省城的这家部队医院，凭着卫生处长的关系，手术很顺利，也很成功。大夫嘱咐：“吃点冰棒，嗓子出血会少一些；晚上吃流食，大约后天就可以吃面条之类的东西了。”

刚才子文看见，从孩子的嗓子里取出的扁桃体半个鸡蛋那么大的一块肉，那创口也有几公分的，听大夫说愈合这样快，真是不可思议。为了防止意外感染需要住院一周，那个军医说：“如果你们是本地人，在院观察一天打上一针破伤风就可以回家，但你们是外地人，交通又不方便，来一趟很不容易，万一回家后出现异常，再来一次耽误治疗不说，花费就更大了，安全起见还是住院更有把握。”大夫说得多好，子文连连答应。林业局职工医院的大夫提供的信息太好了，回去要感谢他才是。当年母亲住院时认识了这个从山东医学院毕业支援边疆建设的大夫，没想到竟如此帮忙。天底下还是好人多啊！子文想，今后要多多帮助他人，在这个世界上活得光明磊落。

这家空军医院规定除了重症病人，其余一般病号的家人白天可以陪床，没有大夫的医嘱，晚上全部由护士负责护理，晚上九点之后要清场。子文父子也不例外。

子文反而高兴，这说明孩子的病症属于很轻的，再说让孩子离开父母单独在医院也能养成独立的习惯。但他也知道，在省城住旅馆自己是掏不起钱的，每天晚上住最便宜的也要四五十元，一周得好几百元，半年的工资就没有了。

子文对孩子说去住旅馆，但他每天晚上在医院清场以前就离开医院，沿着来时的路线乘公交车回到火车站候车室里找地方休息。已经是深秋时节，晚上只有候车室人多温度略高，可以过夜。他来到候车室看看，四处没有闲座位，只有一个貌似珠光宝气的女人座位旁有处空闲位子，座位上放着旅行包。子文近前礼貌地说道："同志你好，请问这里有人坐吗？如果没人，麻烦您将您的行李拿到座位前面，我坐坐休息一会儿好吗？"

女人抬头看看，对子文的厌恶溢于言表，女人说："有人的，你不能坐。"看得出这话明显是说谎，这还不说，同时她手里拿着一本杂志用力在自己的面前朝着子文的方向扇着风。

"大秋天的还扇风？"子文看得出女人是讨厌自己才扇风的。子文本不想找事儿，但漫长的夜晚如此无聊，寻点刺激倒好些，于是他说："有人不要紧的，我只是稍微休息一会儿，只要您的同伴来了，我马上走开给人家倒出座位……"

女人嘴里嘟囔着，很不情愿地将行李往自己身边靠近一些，空出半个座位的地方。

子文侧身坐下，自然是靠得很紧显得有些拥挤。女人不再看手里的杂志，她将纸片挡在自己靠着子文一边的脸上，表示严格分开界限，不屑与之为伍。灯光下，子文看到了杂志上面一个大标题，用的是特号大字："刘晓庆在美国"。

子文突发灵感，他对着女人说道："你怎么看这样低级的读物？上面错字连篇，还有法看吗？这是连小学生都不屑看的东西。"

女人横眉竖眼说："说谁低级？我的书哪里有错字连篇了？就你懂？"

"你当然看不出来，这是地摊杂志，上不了书店柜台。"

"你别没事儿找事儿，你找出错字来我看看，就你能。"

子文用手一指："就是标题上这个大字，刘晓庆的晓字，错了！"

女人冷笑一声："你比出版社的人还能，人家就错了？印的书就能有错字，就你对？"

子文说："你还别犟，这个晓字右上角多了一个点儿，你看看……"

“嘿，”女人的嘴一撇，“这个字本来就应当有点儿，别不懂装懂。”

子文呵呵大笑说：“这里没有字典，但你可以看看下面的文章里面，会多次提到这个影视明星的名字的，看看里面的字有没有点儿不就知道了？别装明白了你，知识是硬指标，装文化人是要露馅儿的，是要出洋相的。知识这东西来不得半点虚伪，你找找看啊。”

女人找到标题下面文章里面这位明星的名字，嘴巴张得老大。子文又微笑了：“找到了吧？”

“这怎么回事儿？怎么不一样呢？到底是哪个对哪个错？”

子文说道：“这个字错了的只有一个，没错的会有很多个。我给你说清楚，给你长点知识……”

女人还是厌恶的表情，但在听着。子文说：“上面的标题是为了夺人眼球，特制的大字，是这个文盲制版人的原因造成的差错；文章里面的小字虽然小，却是统一制造的小四号铅字，这是标准字，这是不错的。”

女人眉毛动了一下，子文看得出她听进去了，他还要扩大战果达到目的：“晓字是左右结构，左面表意，右面表音，右面从尧字旁，尧字右上角没有点；你认为这个字右上角有点儿，是因为找东西的找字，你我的我字，右上角有点儿。但我字、找字不是尧字旁，而是戈字旁，戈字旁右上角当然带点，与尧字旁根本不是一回事儿。这位女士，你的，明白？”

说到这里，子文看到女人的面部表情起了变化，厌恶没有了，不屑没有了，呆呆的不知所以，一会儿拿起自己的包裹，走了。“哈哈。”子文笑了。

第二天早上，子文很早就行动，从小小提兜里拿出煎饼，拿着小茶缸到饮水处倒点半凉不热的水就着吃了早饭，用手掌摸摸脸——出门连毛巾都没带，然后乘公交车前往医院。在医院大门口满是卖水果礼品的，子文站了一下，他看到水果摊上有香蕉，这是子文家从来没有买过的东西，全家也从没人吃过，太高级了，他从不敢问津，但他今天突然想要给住院的孩子尝尝鲜。

“多少钱一斤？”

“一元八角一斤。”

“给我称上半斤。”

“半斤？哈哈，你没买过香蕉吧？半斤？这最小的一串就有六斤！大的七八斤的也有。不买就走着，别找麻烦。”老板打着哈哈。

“就买你一个。”

“看来真是没买过，一个？我给你劈下一个还怎么卖？你当别人也与你一样劈着买？”

“小孩子吃不多……”子文说着就要离开。老板说：“孩子吃？是在这医院吗？这样，我看看有没有零散的。”说着从筐里拿出好多串，仔细检查，其中有两串上面的有几个有发黑的斑点了。老板仔细地摘下两个，递给子文：“半斤只有多不可能少，就算半斤，给一元钱吧，皮黑了里面一点也不会变质。”

子文感激地接过香蕉，付钱后快步走进医院。

来到孩子的病房，大夫正在查房，告诉他：“孩子伤口愈合很好，如果没问题，五天就可以出院。”子文太高兴了，减少两天住院就能省下不少钱，也可以早一点上班。

大夫走了，子文从洗手间出来的时候，看到儿子手里拿着香蕉带皮往嘴里吃着。

“哎，还没剥皮呢，你怎么吃起来了！”同时自己的心里紧缩了一下：“孩子生来就没有像人家的孩子一样，就没吃过什么稀罕东西。这都是自己没有把日子过好，孩子也跟着……”

香蕉皮剥下来了，递到孩子面前，他摸摸孩子的头说：“咱们再有几天就回家了。”

儿子将香蕉递到子文嘴边：“爸爸，你也尝尝，咱两个吃一个，留下这个出院的时候带回家给妈妈和妹妹尝尝。”子文苦笑着说：“这东西是留不住的，卖水果的师傅说他刚刚批发到家，一晚上就有些变黑的，这两个就是开始变黑才卖给我们的。都吃了吧。”儿子说：“那咱们一人一个。”子文脸上笑着，心里沉甸甸的不是滋味。“老婆孩子随着自己来东北受苦了，等自己有了钱，一定好好对待他们。”

处长分到局里建设的专家住宅，凡是高级职称的教师、职工医院的医生、局里的高工、会计师等够资格的搬进新房，分到房子的人特别是家属们脸上喜气洋洋的。不久，处长就要搬新房子啦，教育处的人们这天都要停下手里的工作帮着处长搬家。子文也不例外。

吃过早饭，大家来到处长的旧宅子，子文看到不管是屋里还是院子里的东西都没收拾，饭桌上吃过的饭菜还凌乱地放在桌子上。处长的家里人都没有上班，但好像都不着急。子文诧异地想："或许是今天不搬了？"

处长的太太从屋里出来，对这些帮忙的人也没表示出应有的热情，淡淡问道："都空着手，没有带着车子和其他工具怎么干活儿？张老师，局里的汽车联系好没有啊？"老张说："联系好了，待会儿就来。"

处长太太说："先把零碎东西装箱子打捆，你们谁到商店要纸箱子？也不拿来，耽误用了。真是，这处长怎么当的！让人上火生气。"

大家你看我我看你，处长夫人说："到底谁负责拿回纸箱子啊？"

王老师说并没有记得处长安排这件事。夫人面色不悦："你们谁没有搬过家？这是必须的，还用……你们谁有学生在商店里工作，快去吧。"王老师马上走了。

夫人拿出很多细细的绳子，大家开始捆扎一些物品。处长女儿是局工会的负责人之一，打扮入时妖里妖气，更没有准备搬家的样子。大家在忙个不停，处长的家人没有一个肯下手干活。处长在局里参加局长办公会，只好由大家自己干。大约十点多钟，处长女儿开始不耐烦，指导这个指导那个，谁干的也不称心，谁做的也不是地方。子文感到口渴，但处长家并没有准备开水，子文只好忍着，他偷偷地问侯老师："处长知道他们家搬家吗？"侯老师瞟了子文一眼，示意他不要多说话。

子文还是忍不住偷偷问侯老师，他知道侯老师是个君子，为人厚道，也很有学问，平时处长并不在进修学校，实际大家都听侯老师的，他是实际上的进修学校的负责人。子文又问道："当个处长都这样，局长若是搬家应当是怎样的？"

侯老师看看处长夫人没在跟前，偷偷说道："局长搬家还轮不到你我帮忙，那是咱们处长和别的处长去帮忙。"

"你这样说来，如果厅长搬家还得局长亲自去帮忙了？"

"快干你的。别说这么多。"

第二天各校接到通知：为提高学生的作业质量，进修学校决定在各校开展学生作业展览，在本周由各校预选，从学生的各科作业中选出百分之三十，然后进修学校到各校从中淘汰百分之五十，送到第一小学会议室参展。

数日后，进修学校商量，分头分片到各校选拔，副处长来到进修学校听取进展汇报，给分片人员划分负责的区域，让王老师和子文负责夹皮沟林场学校、仙人桥储木场学校，这样是为了让子文能顺便回家一趟。子文觉得副处长还是很体谅人的。

王老师吩咐子文，将从一小初选出来的样板作业背上，她自己宛然是一副领导的派头，子文觉得王老师是女同志，年龄也大，并不计较这些。可是临行前，处长突然乘着局办公室的吉普车来了，他下车后高兴地说："仙人桥储木场学校的校长刘麻子请我去有事情，我到局办公室一说，竟然把局领导的座车派给我了。王老师和子文沾沾我的光，一块坐吉普啊！"说着一脸的喜气和得意之色。

子文背着沉重的一摞学生作业本，拉开吉普车门，坐在前面，将作业本放在脚下。这时坐在后面座位上的王老师伸手拉子文一把，示意让他坐在后面，他正在疑惑怎么回事，却看到处长还站在外面没有上车。惶惑中，子文听王老师轻声说道："那不是你坐的地方，快来后面！真不识好歹。"

子文这才明白，处长想坐在前面。

子文拖出脚下的作业本绕到后面坐下，处长马上就上了前面的座位。

"原来是这样。"子文叹了一口气。

吉普车前行，子文看到王老师古怪的表情还未消失，暗自思忖："我错在哪里了？坐车代步而已，还有这些讲究。再说坐在前面和后面有什么差别呢？就是有差别，又能怎样？能说明什么？"

他想起，看电影《南征北战》的时候，看到国民党的将领们在战场上乘坐吉普车，将军们都是坐在后面，坐在前面的不过是他的卫兵或者随从，或者秘书，首长坐在后面，怎么在林业局就反过来了呢？

处长坐在吉普车前面兴高采烈，指着外面的人流说个不停，有时候还对车下面的熟人打招呼。子文开始明白："这是在深山老林，能乘坐吉普车的人可说是凤毛麟角，坐在前头是很风光的事情，这代表着荣誉和地位，还有几分优越感。”

不知怎的，最近一连串不愉快的事情，让子文觉得，调到局里工作的热情迅速降低，自己的心在往下沉、往下沉。

学生作业分头在各校巡回展出，差不多有一个月时间才结束，参展作业被选中的学生里，有个学生是侯老师的女儿。侯老师在进修学校和林业局教育界德高望重，实际上就是进修学校的真正负责人，处长的兼任，只是个行政级别作怪，因为教育处除了两个正副处长，并没有正科职干部。级别，级别，在子文看来就是阶级。侯老师女儿的作业被选中参加展出，大家并不奇怪，做父亲的治学严谨，对女儿也不会含糊的。

可是侯老师在学生作业初选的时候就违规将自己孩子的作业拿出来，挨个给子文、郭老师、王老师和临时从各校抽调帮忙的老师们看，自己拿着孩子的作业本指指点点，“作业全部是对号，纸面清晰，几乎没有瑕疵”，云云。侯老师的做法，子文很意外甚至惊讶，就凭他的孩子的作业质量，不用如此操作，照样是一流水平。“人哪，都多多少少具有虚荣心，谁也不会例外。”

还是子文背着一大捆作业本，到了学校提供的参展地方，也就是倒出的教室或者会议室，就要把课桌搬到房子的四周围成一圈，将参展作业放在四周课桌上，每一份参展作业上都用纸条注明某某学校某某班级某某同学的名字。

侯老师总会将女儿的作业放在最显著的位置，而不是按照划分的各学校所占的区域放置。郭老师看出门道，当各校学生按照班级排队鱼贯而入的时候，应当是绕着四周的桌子转一圈，听着扩音器放的配音解说词。这解说词是子文奉命执笔写出来的，到广播站配音的时候却是郭老师抢先：“广播站的某某广播员是我的学生啊，谁也不用去的。”（后来，子文到俱乐部洗澡的时候见到广播员，广播员曾经称赞：“郭老师写的稿子不错。”）

参观的师生们进入展室，郭老师就站在侯老师女儿的作业旁边，指着侯老师对参观者说：“你们先看看人家侯老师女儿的作业，简直就像是印刷品啊！”大家对侯老师表示羡慕：“有这样的女儿太争脸了。”

侯老师每每谦虚地说：“孩子还小，还小，进步不大。就是个认真嘛！”子文总是忍俊不禁。唉！侯老师是自己最敬重的人，还是免不了一个“俗”字，何况其他人呢？或许，随波逐流才是做人之道？

子文接到局办公室电话，到局大楼会议厅听报告，为彻底完成本年度采伐任务作动员。通知强调，各科室不留人，全部参加会议。子文不明白，在林业从事教育工作，与树木采伐没任何关系，这样的会议，教育处也要陪着参加，真是多此一举。

局机关各处室在会议大厅一排排坐席都按照处、室分开，坐席的前几排都是皮革座椅，座椅前面还有一排小桌子，桌子上放着盖杯，座椅后面用红纸贴着领导们的名字和职务。后面的坐席是人造革面，前面也没有小桌子，显然是没地方放茶杯的，自然座椅后面也没有写名字的纸条。这些坐席处处显示着局大楼人员的阶层。参会者鱼贯而入，领导们一进入大厅首先看自己的位置在何处，今天人多，各处室的领导全部到齐，前排局级领导座位竟然缺少两个，局办公室的会议主持人将服务处处长和副处长安排在局级领导的座位上，两位处长很荣幸地坐下。谁知当两位局领导进来后，在前排没找到自己的座椅，问主持人，主持人马上又把服务处两位处长请到第二排就座，弄得两位处长有些尴尬。为了调整座位，就耽误十多分钟时间，全体人员也只能眼巴巴看着会议主持人表演梁山好汉排座次。

服务处两位处长起身给局长们倒座位的时候，狠狠瞪了主持人一眼，怏怏地坐在自己应在的位置上。眼前的一幕，子文看着真是觉得好笑，芝麻粒儿大的官就如此计较，这样的干部在国家利益和个人利益需要作出选择的关键时候，会怎样表现呢？按照行政级别，林业局是县团级，所谓的处长充其量不过是科级干部，子文常常疑惑，科级干部为何称之为处长？“俗不可耐！”子文在心里骂道。

局长上台讲话，但是子文观察到，参会的人们十有八九在闭目养神或者是看报纸。局长在讲话中肯定了大家在工作中的成绩，但主要内容还是强调还有最后两个月，正是冬季木材滑放下山的时候，大家争取超额完成任务。局长号召在滑放工作中安全第一，但要打破惯例，滑放时采伐也不能停止。

第二个讲话作报告的还是技术处那名总工程师。会场上有人用手捂着嘴低声笑着，听到有人说："王大学又要大发谬论了。"

"各位领导，同志们，今天我的发言没经过领导审查，出了问题我自己负责任，与他人没有任何关系。

"我们的林业局是1958年大跃进的诞生物，是在大跃进的形势下放卫星建设的，它处在原来三岔子林业局与临江林业局中间，是本省十七个国营林业局中最小的一个。这个区域早在日本占领东北的时候就进行了掠夺式采伐，森林基础和资源遭到极大破坏，到大跃进建立新局的时候，生态还没恢复，先天不足。近二十年以来，树木采伐从手工业发展到机械作业，采伐速度成倍增长，但是植树造林成长极慢，采伐速度是生长速度的十五倍！现在我局提前进入资源枯竭期，成为年轻的老局、穷局，归纳起来三个字：老、小、穷！

"我们现在已经到了没有树可采伐的地步，为提高木材产量，减轻作业难度，我局从来没有过间伐、择伐等生产工艺，总是皆伐、皆伐，直伐得山头光光没有树种了，直伐得水土流失、山洪暴发、泥石流频频发生，山体面目全非，环境遭到严重破坏！但我们还在高产、高产喊个不停。上级提倡的多种经营，我们也仅是做做样子，有的开始采伐刚种上没几年只能做煤矿用的立柱树木，拔苗助长、杀鸡取卵就是我们林业局的最好写照。

"我十分明白，我的讲话内容会受到各位领导们和同志们的讥笑甚至谩骂，我在上台讲话之前，已经做好离开岗位的准备，我不得不做最后的忠告：放手吧，留给咱们的子孙一点东西吧……"

会场上的笑声没有了，空气凝重。局长示意党办主任，附耳说了些什么，主任上台一下子关掉麦克风的开关，对王大学说："外面有人找你有急事，你先过去看看。"

王大学走下讲台，党办主任宣布："散会！"

走出会议厅，子文下沉的心又沉了一截。但他牢牢记住了王大学这个人。

迎着秋风，打了一个冷战，他裹紧上衣快步回到办公室。

进修学校的筹备工作结束，学校正式成立，副处长兼任校长，下设数学教研部、语文教研部。郭老师任局直属学校小学教研部主任，子文任林场各学校教研部主任，王老师担任督导员。

按照教育厅通知要求，全省企业办学的小学部以工代干的老师，要在一年内补上中级师范课程，明年的这个时候全省统考验收，成绩达到要求的发教师证，达不到要求的在企业安排一线工作，或者哪来哪去。子文很高兴，十四个林场小学，分布在三条大的山川，每条山川都有一条汽车运材路，按照教育处要求，每一条山川大约有四五所学校，将每个授课点放在每条山川中间的学校，大约四十名教师参加上课，恰是一个班；三条山川三个授课点，子文往返穿梭轮流上课，每两天一个授课点，上三节课，轮到哪里，哪里的教师集中到授课点，子文心里清楚，小学的数学语文自己都能上课；郭老师负责的局直属学校也是三所，直属学校以工代干教师每个学校也是差不多四十多人，也恰是三个授课点。子文和郭老师的任务基本相等，但子文知道，郭老师只擅长数学教学，语文恐怕够呛。

子文对这一安排的满意之处在于，自己在沟里林场上课可以每次上完课就回到夹皮沟林场的家，教育处长早就与林场领导关照过，子文每次到授课点，有个林场安排车辆接送，送子文回到夹皮沟林场自己家里，比到局里更方便。这样，子文虽说是进修学校的人，实际上天天在沟里转，也天天能回家。

沟里林场的校长们主动承担起子文的食宿事宜，每次上课有一个学校管饭，就在授课点所在的学校校长家里吃，各位参加学习的校长们陪同。由于子文上课认真，讲课老师们愿意听，赢得各校老师们的尊重，大家称之为“老师的老师”。虽然只是个绰号，子文嘴上不让大家这样说，可心里美着呢。

子文的学历大家知道，本身就达不到师范学历，教师范课程，简直就是自我挑战。副处长力排众议推荐子文，他相信子文的实力。子文乐得用这一机会自我加压，迫使自己与众位老师们同步前进，完成学业。

好景不长，副处长找子文谈话。郭老师提出，师范课程不适于语文数学一个人教，还是应当分科才能发挥授课老师的特长。因此决定，由子文担任全局小学教师的语文课，郭老师担任全局的数学课。

子文承认，中级师范课当然应当分科目教学，但是他也知道，郭老师上语文课相当吃力，这个主意就是郭老师出的。既然处里这样安排，自己没有理由不同意。

不久，子文听到林场的校长们反映，郭老师自称是整个教师培训部主任，子文什么工作都要向他请示，都很听他的。对此子文付之一笑。这算个什么官儿，芝麻官还是七品县令，进修学校属教育处下属培训机构，算个什么级别，根本就谈不到级别。

虽是这样想，但是子文对这些事情很感到厌倦。工作倒是很称心，不但锻炼了自己的工作能力，而且眼界开阔了不少，与全局的老师们都熟悉，到哪个林场都受到老师们的拥戴，只是这工作环境很憋气，什么都讲究官职大小职务高低，尤其是那些不干什么事情却成天讲就什么级别的人。子文这才更加理解什么是庸俗。

接到上级通知，整个地区要成立教研学会，各县教育局和林业教育处给汤河林业局的名额有两个，局教育处决定从新成立的进修学校选择一名，从局直属学校选一名。上级通知规定，这是学术机构，选拔的时候，重点是在地区以上教育报刊发表过教学研究或者教育论文三篇以上、或者在省级教育报刊发表过两篇以上、或者在国家级报刊发表过一篇以上的。教育处想到子文的资历、教龄是最短的，但是曾经发表文章的数量最多，尤其是进入进修学校工作以来，表现出良好的教育人才的素质。他将小学课本上选作课文的二十七首古诗，用现代诗体翻译出来，在省级教育刊物刊载，引起较大反响，荣获教育厅本年度优秀教研成果奖。

这一件事情自然让进修学校的同行们，特别是王老师、郭老师两位资深教师很是不愉快。二人找到处长，处长说："在报刊上发表几篇有分量的论文，这是被吸收为会员的硬件，这硬件是要拿出来让人看得见摸得着的，报到省厅，是很容易通过的。诚然，你两位在我局的教育战线工作多年，可谓德高望重，可这件事，上面有文件，这没说的。"王老师说："什么也有个先来后到吧？我们在林业局教育战线干这么多年，没有功劳还有苦劳，他一个刚刚走上教育岗位的年轻人，凭什么？"

处长叹了一口气："现在上面正在提倡干部年轻化专业化，子文年轻不说，他虽不是专业，但他在教育研究和创新方面的确有独到之处，这一点大家都清楚。不用说了，我考虑过，就这样定了。"

林业局虽说近几年经济效益直线滑坡，但还是在局所在地建设了四排职工宿舍，这是这个局最早的楼房。局党委会议决定，僧多粥少的情况下，这批楼房先分给局里的知识分子。在去年子文被调到教育处的时候，处长曾经亲口答应过，子文到教育处一年内保证分到宿舍。现在机会来了，局里还规定优先分给知识分子，这还有啥说的？子文问过处长，处长说最早就把子文的名单报给机关服务处了。谁知分配方案一公布，子文傻眼了，没有自己的份儿。子文找到处长反映此事，很希望处里给出面，最好是处长亲自出面到机关服务处说说，最后争取一下。处长满口答应。

过了一些日子，没有任何动静，子文把这件事与副处长说了。自从到局里工作，子文和副处长比较合得来，副处长对子文也很照顾。副处长直接带上子文去了机关服务处，找到他的熟人、服务处分管房产分配的副处长，教育处的副处长将子文介绍给服务处副处长，说："子文老师与您同乡呢，也是山东人。教育处早就将分房申请交到你这来了，应当分到房子却没分到。你看看是怎么回事。"

服务处副处长打量了一下子文，疑惑地说："子文老师？早就报上了名单？没印象。等等，我查查。"

服务处副处长拿出花名册翻来翻去半天，才说："这花名册所有的够条件的不够条件的，申请早的申请晚的都在这里，并没有子文老师的申请表啊。不是忘记报上来了吧？"

教育处副处长说："明白了，不用查了。现在还有房子没有？"

"只有少数几户，都掌握在局长一级领导手里，别的再也没有了。看来你们这个子文老师没什么指望，除非局长……"

"好吧，给你添麻烦了，我们走了。"

事已至此，子文开始心猿意马。想想自己在局里工作，外人看起来是很荣耀，在教育界也很风光。殊不知，自己的诸多困难自己知道。为了早日还清债务，也为了走出沉闷的家庭分分神，妻子在生下女儿刚出满月就去家属大队上班了。孩子没人管，像个流浪儿一样，中午有时都吃不到饭，妻子每天很晚才拖着疲惫的身子回家，还要洗衣做饭伺候儿子，还要做家务活，等忙完这些身子一歪就算休息了，明早还得早起。心累、身子累，怎么受得了？可不这样怎么办？本想着来局里满一年就能分到房子，把妻子孩子接到局里来住，然后给妻子找个活干，把孩子放到托儿所，自己专心工作就好了。可是，没有分到房子，领导也没有兑现诺言。与其这样，在局里工作还有什么意义？

在山沟林场工作的人，把调到局里工作当做终生的追求，到了局里降级使用也是心甘情愿；山沟的女孩子，哪怕在局里找一个条件很差的男人也是喜不自禁。可子文却不一样，他再也不把调到局机关当做一种进步和荣耀。

子文不断做出各种打算和设想，请求调回林场应该是不成问题的，往上级调工作可能难一些，这是向下面调，应当是顺水推舟不用费力；就是回去不当校长只当一名普通班主任，那肯定还是全局无可争议的、最棒的、最权威的。比起之前当班主任的年代，子文已经不可同日而语。自己这一年给全局的老师上课，人们都称呼自己老师，并不只是做样子，那是心悦诚服的。再说，林场现任的校长小曹就是自己一手培养和提拔的，临来局里也是自己一力推荐小曹当了校长的，自己回去当个班主任，还不是轻车熟路？

在局里工作这一年多，人与人之间排座次、讲资格、争地位、看社会背景，没本事的人装腔作势摆官架子，就是坐在车上还要讲究位置，太恶心人了。

走人，正当其时，没什么可留恋的。人们对自己的举动，理解也罢不理解也罢都无所谓，“世人皆浊我独清”嘛，李白不能在宫中工作也是因为“安能摧眉折腰事权贵，使我不得开心颜”，古人尚且如此，何况我辈！走人。

子文向处长递交了调动工作报告，处长大吃一惊，打量子文许久说不出话来。他的第一反应是：子文没要到房子，在发牢骚。

可是子文认真地反复地说明自己的苦衷和目前诸多的困难，处长相信，这个性格特殊的年轻人是认真的，但处长也同样认真地不允许子文辞职，他说你自从来到教育处工作，工作干得不错，但是教育处也没亏待你嘛，省教研学会的荣誉有了，大家还称你为“老师的老师”，你还要怎样？

子文只好到了处长家里，前些日子帮着处长搬家，他还记得那个地方。

处长夫人是个白白胖胖的人，子文相信女人还是比较好说话的。他对处长夫人说，母亲来东北接着患病去世，落下很多债务，妻子一个人拉着孩子在山沟里存在很多困难，妻子为了还债，不得不把孩子扔下自己天天上山劳作，顾不上孩子。去年处长把自己调到教育处时，曾经答应解决在局里的住房问题，等全家来到局里想法安排妻子的工作。这样，自己勉强服从领导安排，但房子这个问题并不容易解决，自己也不想再给处长增加麻烦。说到动情之处，处长夫人也被感动了："这不行这不行，你这样的家庭状况怎么能行？我找他我找他，一定让他答应你。你放心好了，从局里往下面调工作是顺水嘛。你回去吧，等着。"子文从处长家出来，知道达到了目的，他相信处长在外面似乎一副大权在握唯我独尊的架势，但对于这个粗短胖的老伴的话的服从率达到百分百，对儿女的话的服从率达到百分之八十，对下级的话的接纳率只有百分之二十。处长夫人自然会轻而易举做好这件事。

果然，下午上班之后，处长打电话让子文去他办公室一趟。子文知道事情成了。

"我考虑好了，答应你调回林场学校工作的请求。问题是你自从来到教育处，夹皮沟林场学校由你推荐小曹当了校长，而且小曹这一年的工作也没出什么差错，你这一回去小曹怎么办？这个问题你考虑没有？"

子文笑了："我当什么大问题，原来是这个。我从来就没考虑过这个问题，很自然，我回去当老师啊，当班主任啊，我是一个称职的班主任，这您知道的。其实我回林场工作的重要原因还有一个，不愿意多说。那就是林区的山沟里，孩子们的教育太落后于地方，这一点我为林业职工们感到不公平。林业职工常年在深山老林，其工作的辛苦劳累、工作环境、生存环境，比起在城市和地方工作相差太远，而他们付出的劳动、为国家做的贡献不比城里人差，可他们的孩子们所受的教育与城里孩子们相比，差距太大。这不公平，同样生长在一片蓝天下，为什么会是这样？我们为何不思改变呢？我不但感到不公平，而且我也不服气，我回到山沟教学的最大目的和愿望就是改变这样的现状。是的，我们山沟的教学条件存在困难，但人的因素才是最重要的。我想我能做到的。"

处长严肃起来，说："你知道从基层林场调到局机关有多难吗？为了脱离山沟到局里工作要奋斗多少年？你都到这地步了还不珍惜？再说，你这样认识问题有多可笑？我问你，你把教育处当成什么地方了？”

“什么地方？”子文蒙了。

“什么地方？你是在林场当校长当得不错，作为提拔才来到教育处工作的。就是来局机关当一名普通科员也比在山沟当校长地位高，可是你倒好，回去当教师！”

子文听到这里很想笑，但他忍住了，心里想：“机关，机关，机关人员想的不是工作，天天讲究什么行政级别、地位，甚至连坐在什么位置都斤斤计较，这地方更是不能待了，就为这，也要坚决走人。”

处长见子文不再抬杠，也想到夫人的嘱托，就说：“这件事不能太急，这样吧，省里有个学术研讨会，你先去参加会议，回来我就给你妥善办理这件事情。会期三天。”

第二十七章

处长的话说到这分儿上，子文也不能再说什么，就答应到省里开会回来再说。处长办公室给子文送来会议通知，原来所谓省里开会，会址却是定在集安县，该县就在中朝边界。我们的国家 960 万平方公里，陆地国界就有 2 万公里，子文从没有到国界上看过，这次处长安排自己参加会议倒是个机会。

大清早起，子文与本局第三中心小学陈校长乘火车又转汽车赶到集安后才知道，并非什么学术会议，而是按照省教育厅统一安排，编写《吉林教育史》，林业厅教育处的任务是负责写好《林区教育》这一分册，林业厅教育处为了搜集情况，让每个林业局的教育处派人参加会议接受任务。子文随大家来到集安县政府招待所，安排食宿之后，下午自由活动，子文邀请搭档陈校长同去看看国界线。陈校长说："中朝国界线很简单，在集安县这一段就是鸭绿江的中心。"

二人来到鸭绿江边，此处江面狭窄，不过三四十米宽的样子，对面江岸上就是朝鲜的土地，沿着江岸有很多朝鲜女人在刨土豆，每人负责一垄，都在弯着腰朝前奋力干活，很少有人说话，没有自己家乡生产队里干活时候男男女女说说笑笑的轻松气氛。地头上停放着一台中国制造的大解放货车，让子文奇怪的是，解放车的车顶上盘腿坐着一个男人，这是这个劳动群体里唯一的男人。不知这个男人是拉土豆的司机还是这个群体的领导，他竟然坐在车顶上不干活。子文无端地同情着干活的女人，鄙视着坐在车顶上的男人。

第二天会议还是没正式开始，却意外地安排了旅游。原来这里曾经是古国高句丽的发祥地，保存着最多的高句丽文物古迹，包括高句丽王城、西夏王陵、新乐遗址、好大王碑、上万座古墓中有号称东方金字塔的好大王墓，这些光辉灿烂的文化遗迹成为世界所瞩目的沟洞文化。子文为此高兴起来，头一天在鸭绿江边的不快一扫而光，心想，比开会更重要的就是这件事情了，不虚此行啊。

最后一天才是会议正式召开的时间。按照会议的分配，林区教育这一分册，因为考虑到子文曾经在省级教育刊物发表文章很多，指派他完成第一章“林区教育概况”中“林业基层的山区教育”一节。子文很兴奋，自己简直是在完成一场历史使命。整个吉林省近二十个大型国营林业局，三百多个林场学校，自己无疑掌握着第一手材料，写出来绝对是真实的，文字肯定是生动的。省教育厅的来人说过，这部教育史林业分册大约五十万字，精装出版。自己想想，像一块大砖头一样的精装巨著，其中就有自己亲笔撰写的一部分，这是多么光荣啊！年轻的子文又开始欣喜若狂了。

子文动笔编写的时候觉得多年的郁积终于可以一吐为快了。他下笔万言，生动翔实地写出深山教育现状落后于地方的种种弊病。他痛心疾首、大声呼吁上级部门应当关注山沟教育的改进工作，尤其是增加山区教育投资、注重山区教师生活待遇，这是吸引人才的不二法门，唯其如此才能阻止人员流失、学生流失的现象，山沟的人才多了才能突破目前整个教育事业的瓶颈。子文留了底稿，要带回去给教育处长审查。

子文风尘仆仆从集安开会回到教育处，迎面遇到自己对桌办公的同事王老师，女人古怪地笑着看子文，嘴里说道：“第一大校长，林业局唯一的第一校长回来了。”子文疑惑地看着这女人，她扬起下巴朝着子文办公桌一扬，子文看到，自己的办公桌上放着林业局盖章的红头文件，红头大字写着林业局名称，底下的大号字是文件标题：“关于子文同志任夹皮沟林场学校第一校长的决定”。再往下看是正文，正文最后一行是：“任命原夹皮沟林场学校校长曹华为该校第二校长。”

子文拿起文件怔怔地发呆，王老师捂着嘴巴吃吃笑着。

旋即，子文拿着文件一阵风似的冲进处长办公室。

“怎么会是这样？我去省里开会之前是怎么说的？你们领导这样做，

让曹华怎么办？还第一校长，真是闻所未闻。你们当领导的就是有办法！”子文已经忘记处长比自己的年龄大得多，还是自己的顶头上司。

处长没有因为子文气急败坏而发作。他宽厚地说：“只对你说三句话，第一句：开会前咱们说过这件事，可是我问你，是你说了算还是我说了算；第二句：文件是党委下的，不是教育处下的，你不同意就去找林业局党委，一共九名党委成员你挨个找；第三句：你不把教育处的地位和自己的地位当回事，我还把教育处的地位当回事呢，回去当普通教师就是对教育处的不尊重，坚决不可以！”

“我不回林场了，我宁可还在教育处工作。我做不出这样的事情来。”

“你把红头文件当成废纸了？自己去找党委说去，你的调动申请还是我亲自送到党委的。你别以为自己按照自己的打算就是高尚，更别以为教育处的做法好像是陷你于不仁不义了！”

处长一面说一面对外面喊着：“郭老师、王老师，你们两个马上把局里的车要过来，到办公用品仓库给子文拉上一张大点的写字台，和我用的一样的那个，再拉上一个文件柜，还有现在不是兴起什么老板椅，也拉上一把，先给子文壮壮门面，从教育处回林场就应当风光。你们两个人拿上局发的文件，代表我送子文到夹皮沟林场上任。到了那里与林场场长、书记接头，这是局里的意思。”说完看了子文一眼起身走了。

夹皮沟林场学校在昨天，也就是子文还在省里开会的时候，先接到了局里的任命文件。今天子文和教育处一行三人来到学校，曹校长并不在学校，工作无法交接，教育处的来人无法宣读文件，只好来到林场的党委办公室，郭、王二位向林场书记场长传达了局里的任命通知，书记点点头表示早就接到文件，又摇摇头表示很意外，态度很暧昧。

学校里，老师们把装在解放车上的写字台、文件橱、老板椅卸下来，但曹校长没在家，他的办公桌还在原处，老师们不知把刚刚卸下来的写字台文件橱放置在什么地方，只好放在当屋地。这样的场面让子文很尴尬，他不知道见到曹校长应当说什么。

子文只好打发郭、王二位回处里去，自己神色忧郁地回到家里。意外的是学校的骨干教师、也是自己很好的朋友何老师就坐在自己家里，子文预感到这个女人的来意，虽然自己心里没鬼，可到底有些虚。这个业务能力很不错的老师嘴不饶人，子文很打怵。

子文刚要打招呼，何老师开口说道："这年头真的变了，人也学坏了。子文你这么一个充满阳光的人，在局机关混了一年也学得这么阴了。"

子文急忙解释说："何老师，我知道你是为了曹校长的事情来的，但您弄错了。这本不是我的主张，这是教育处让党委办公室弄的，他们打发我到省里参加会议之后，就这样做了。我自己也十分不满意，但……"

"不必多说，你是聪明人，大家也不糊涂。成也萧何败也萧何，是你亲手把曹老师推荐成为校长的，现在还是你把人家弄得不明不白，让人家怎么做人？还第二校长，学校是多大的单位，还有第一第二的？按说，我和你的关系比曹校长更早，更密切，但你今天的行为，我感觉到和你开始陌生了。你以为在局里工作一年好似镀上金了，回来更厉害了，但是你没听听大家是怎样说你的。人的威信就是从这些事情上降低的。你好自为之吧。"说完，不顾子文妻子的挽留，一阵风走了。

子文陷入深深的烦恼之中，工作调动之前处长的安排显然太过主观，没有顾及这样安排带来的副作用，自己预料的后果果然是这样。大家无法理解子文当初是怎样打算的，绝大部分人认为曹华今天的局面是子文一手操作。子文有口难辩，总不能逢人就说自己宁可当一个普通教师也不会去与自己的同事又是朋友的人争当这劳什子什么校长。

恰逢其时，子文听说三道林场的徐校长凭着同学关系，脱离教师队伍调到林业局工会当干事。子文急匆匆返回教育处，见到处长没说二话直接喊道："处长，我来找你还是因为曹华的事情。"

"怎么，曹华的什么事情？"

"曹华的事情很难办，我的事情就更难办。处长你还不知道，大家……"

"大家？什么大家？我就知道，局党委的红头文件就是全局最高权威，谁也不好使，大家也说了不算。'大家'没有人事任命的权力。难道曹华不服从安排？你还没上任吗？"

"当然还存在很多您没想到的难处，现在我是想对您建议，听说三道林场徐校长调走，该校校长职务空缺，如果把曹华调入三道林场当校长，事情就……"

“子文！你别乱弹琴好不好？我看你在局里工作一年多，还是什么都不明白。好像任命一个校长就这么容易，好像就该你说了算似的。三道林场校长的空缺不用你操心，也不用我操心。早在两个月之前，徐校长申请办理调动的时候，林业局某副局长在第一时间就打了招呼，三道的人选早就定下来了。你只管回去上任开展工作，在山区给我弄出个样板学校来，不要丢了教育处的脸面。关于人事安排，你少管。不过你既然这样说了，让曹华到四道岔苗圃当校长吧，苗圃学校小一些，但校长的级别还是一样的。你回去吧。”

子文听了处长的这番话，心里总算是一块石头落地。处长嘛，工作作风让自己难接受，但人还不错，有人情味。走出处长室，他耳边还在响着处长的声音：“级别，级别。”“什么级别？什么级别都不是。可总算是显示自己个人才能的一块平台，改善山区教育落后面目的一个阵地啊。”

两天之后，曹华到四道岔苗圃走马上任。子文向林场办公室要了车，除了曹华该拿走的，子文还要把教育处给自己配备的文件橱老板椅也装上，曹华再三推辞，子文动手与别人装上了车。

子文正式走马上任，从教育处回来，将近一个礼拜，学校没有校长管理。好在没有什么大的事情，没出什么大的漏洞。子文上任并不感到生疏，熟人熟地熟工作，再说离任一年来经常回来给大家上课，还与同志们建立了师生感情，感觉起来是轻车熟路。家庭也轻松多了，尤其是爱人减轻了大量的体力劳动和精神负担。子文觉得，大家都愿意往局里调动，但是自己回林场就是最好的选择。

不久，突然传来四道岔的消息，曹华出事了！公安局正在缉拿曹华。子文大吃一惊。夹皮沟林场众说纷纭，子文也似乎有了精神负担。没有准确的消息说曹华犯了什么事，为什么被通缉。子文想，还是到林场听听领导怎么说，毕竟领导是不能胡说的。

书记的描述是这样的：“曹华到四道岔上任，学校不大，师生不多，曹华认为船小好调头，有在夹皮沟学校当一年校长的经验，满怀信心。然后就开始专横跋扈起来。首先把自己大字不识几个且不讲道理的老婆调入学校当了校工。学校本来有个校工的，校长的婆娘来了，就只管着学校的小仓库——仓库里不过放着打扫卫生的几把笤帚、几个篮球、跳绳等简单物品而已。林场的场长原来也是曹华的父亲一辈的闯关东老乡，对曹华的行为也没在意。不久曹华的妻子就与学校的老师小燕发生争吵，她怀疑曹华和小燕关系暧昧。”

子文打断书记的话说：“曹华的妻子就这毛病，总是疑神疑鬼，在咱们林场的时候，他老婆就怀疑曹华和某某学生关系暧昧，其实这学生仅仅是小学五年级，还不到十二岁，就是发育早些也是个孩子，为此我都做过很多哭笑不得的工作。”

书记说：“不知出于什么原因，曹华的妻子竟然异想天开，给自己的弟弟做媒人，将小燕介绍给弟弟，并对小燕说，小燕若是想证明和曹华的关系是清白的，肯定会同意与我弟弟搞对象，如果不同意，那就是和曹华说不清楚，恋着曹华不肯嫁人。”

“这恶婆娘，亏她想得出，这是什么混蛋逻辑！”子文骂起来。

“曹华的小舅子从此开始每天到学校纠缠不休，小燕绝不动心，反而心生厌恶。这天曹华的小舅子又来学校对小燕说，与她晚上见面，让她最后表态，如果坚持不肯和他好，自己也就死了心，从此以后不再来纠缠她，如果连晚上见一面也不肯，今后每天还来，永远不完事。天真单纯的小燕为了摆脱这家伙的纠缠，竟然答应了曹华小舅子的请求，约会地点在远离苗圃职工居住地的电锯房门口的锯末子堆。晚上，小燕如约到场，曹华的小舅子竟然对小燕实施了强奸。小燕又哭又闹，挣扎着要往派出所去报案。曹华小舅子陡起杀心，用小燕的腰带将小燕活活勒死，还将锯末子堆点燃焚尸灭迹。像小山一样高的锯末子借着晚上的大风迅速燃烧，等人们前来救火将大火扑灭的时候，有人在火堆余烬里发现了可怜的小燕的尸体。当时人们还不知是谁的尸体，直到小燕父母找不到女儿，才开始怀疑，但是仍然不相信是自己的孩子。第三天曹华的小舅子在长白山脚下被抓捕，才供出真相。”

“曹华的小舅子是犯了死罪，可是这件案子与曹华本人有何牵涉？还抓捕缉拿？”子文着急地问道。毕竟同事一场，子文为自己的同事担心着。

“曹华小舅子在放火之后，打算逃跑。他跑到姐姐家，对姐姐姐夫说了实情，要求姐姐姐夫提供家中能拿出的所有的钱和粮票，帮他逃走。开始曹华劝小舅子自首，但被妻子厉声呵斥。曹华拿出钱和粮票给了小舅子。后来小舅子在森林警察局对自己的罪行全部招供，并说是姐夫窝藏了自己并提供了援助。曹华得知小舅子被抓获的消息，也逃跑了。但逃得了吗？”

子文坐在书记对面，再也说不出话来，心里悲哀莫名。“如果曹华不调往四道岔工作，还留在夹皮沟；如果不是自己调回来工作，彼此保持原来的工作状态，事情会发生吗？曹华的遭遇，与自己是否存在因果关系呢？”

林业企业地处深山，林业产业工人和家属的居住集中在局限性很大的林场，林场的婚姻状况也因为这些条件而畸形发展。一个林场在最大规模的时候不过三四百职工，包括家属及子女一千多人口，相当于中等规模的自然村落。进入八十年代，这些职工子女相继长大成人之际，林业资源的迅速枯竭使林业企业的生存难以为继，这些子女的就业成为最大的人生难题。不能就业，生活无着，何谈成家立业？子女又不能永远依靠父母管吃包住，何况父母们也面临着下岗失业的威胁。可是数千年的“男大当婚、女大当嫁”的传统观念产生的巨大推力依然使父母们有女的嫁夫、有男的娶媳。而摆在他们面前的难题是，除去在本场里物色配偶，少有其他选择！

人们常年在深山日出而作、日落而息，与山外面的世界接触与沟通相对较少，这些原籍是山东的人们当年只身闯关东，亲友大都在故乡，出去这山沟林场，都是陌生人。不用说别的，人们日常最重要的活动之一——交通都比山外落后，原来用以从山里往外运木材的简易公路，如今随着木材生产大量减少，简易公路也完成了它的历史使命，像一条死蛇躺在荆棘丛生的山腰，有些人甚至一年到头就很少出山沟。时代在发展，社会在进步，可是木材资源在减少，林场在萎缩，设施在撤除，林场工人的生存环境反而更恶化了，连原来林业局隔日一趟的大客车也取消了。山里的人啊，保持着值得赞扬值得推崇和传承的是朴实憨厚的思想境界，缺乏的是思想的解放和更新，缺乏的是与外界的接触和沟通、交流，这些不利因素，除了在较大程度上制约着家庭的发展，也困扰着年轻人的婚姻。

美丽的女儿待嫁闺中、少人问津，英俊的小伙子形单影只、顾盼自怜，较大一部分待婚青年男女不得不降低标准。林场选择范围如此之小，由不得这些青年男女挑肥拣瘦。同代人、同龄人屈指可数，个人面相、容貌、家庭条件和社会地位、经济收入状况、人品道德等指标无从谈起，即便有不如意处，唯有待漫长的岁月磨合。如此数十年下来，这种特殊的婚姻现状，在深山僻壤这块人生舞台上上演了若干特殊的畸形的婚姻悲喜剧。难免淑女嫁给性格粗野的豪爽汉子，文质彬彬的小伙娶回河东狮吼，结婚时别别扭扭，婚后不久则为吃为穿为住为工作为钱为公婆为亲戚为孩子吵吵闹闹、弄得鸡犬不宁。就连他们的父辈——同时代闯关东的山东老乡、世交朋友、生死弟兄结成的亲家关系也弄得尴尬难堪无言以对，最后不得不分道扬镳。

更有那不安分的年轻人眼看曾经两小无猜的男女伙伴隶属别人，难免心有不平，或红杏出墙或偷尝禁果，而在这巴掌大的地方一旦有桃色新闻，动辄家喻户晓人所皆知。如此不良的婚姻状态在山沟里恶性循环周而复始蔓延成灾。

一个夹皮沟林场，十几年下来，竟有六十多对年轻夫妻出自于这个不到三百户的居住群体！其中有很多个家庭的所有子女全部在本林场嫁娶，亲戚连亲戚、亲戚加亲戚，甚至一排房子就有几家亲戚比邻而居。小两口有个风吹草动，不消片刻即传遍整个林场，带来的反应就是男女双方两家——加上本场各自的姻亲，男女老幼找上门，先动口、再动手，各显手段。人多势众的占了上风、扬眉吐气，势单力薄的败下阵来、免战牌高挂、退避三舍。日积月累，冰冻三尺，有的终于忍无可忍，也就以不同形式的手段分手各奔东西。十数年间，这六十多对在本场自产自销结合的夫妻就离婚十几对，离婚率远高于城市！

可叹的是离婚之后，这些曾经成过家、立过业的孤男寡女却难以回到父母的家，好多就在林场单身宿舍度日。而且这些人的再婚更成问题，都是从小一起长大，即使与另一个离异的他或她有意，也往往碍于双方的面子无所适从。还有个别男人在不情愿地离婚之后，牢牢盯着自己曾经的女人，决不准许他人问津！有的男的在离婚之后，屡屡到女家闹事，甚至多次对女方实施性侵害！而可悲的山里人对这种犯罪行为，依然以为是人家“夫妻”之间的事而袖手旁观！这种不幸的女人有谁敢要？有个别男人甚至对已经离婚的女人发出威胁："你要是敢嫁给别人，我就把你和他……最后是我自己！"

女人想到自己的父母兄弟全家近在咫尺，哪里还敢有再嫁的念头？

这些不幸的女人和她的娘家时常为此担心，他们很清楚，这种口头威胁没变成事实之前，根本就算不上什么犯罪，可是等事实发生了，就什么也都晚啦。即使那种男人强行闯进曾经是岳母的家门闹事，报警又有何用？林场离公安部门那么远，远水不解近渴。况且一旦经司法部门处理过后，双方反而激化矛盾，新的纠纷更是变本加厉！如此一来，久而久之，又给个别不法之徒壮了胆，更加有恃无恐！

数年过去，离了婚的这些男女还是单身族，尤其女人，自己出嫁后兄弟们也先后成家，离婚后再想回到娘家已是绝无可能。娘家里有了嫂子或者弟妹，有了新的当家人，自己已然无家可归，生存环境难上加难。这些离婚族们在经过单身数年的反思和再婚的无望之后，严酷的现实使他们不得不重新考虑回归那勉强凑合的家庭。有的女人经不住男方的苦苦哀求和信誓旦旦，可一旦破镜重而不圆，再想第二次离异则怕落人笑柄；还有些人出于好心将无路可走的异路之人重新撮合起来，可悲的是，人的劣性难改，不久即故态复萌，等待他们的尤其是等待女人的是无穷无尽的苦难！可怜的女人总会想，如果再次分手，准会遭到世人的误解和讥笑。重新结合的男人有了离婚后无人和他结合的尴尬经历，总是死死控制着女的不放，甚至把曾经离婚的怨恨全发泄在无力反抗的女人身上。重新结合的女人一旦再一次陷入尴尬，也往往不愿再次离婚而认命，甘愿委曲求全。有的女人一旦重新结合，往往就要忍受无穷无尽的屈辱，无疑等于为自己判了刑。

当然，也有少数幸运的年轻人摆脱了这种婚姻状态的桎梏和困扰，为自己开拓出一片崭新的生活天地。这些幸运者不外乎几种情况：第一类是通过十几年苦读寒窗，接受高等教育，凤凰涅槃、脱胎换骨，在外地安家立业，脱了山沟籍，这一类是高考升学率较低的山沟里众位青年男女可望而不可即的佼佼者；第二类是参军入伍转业安置在外地安身立命；第三类是通过外面的亲戚朋友介绍，令人羡慕地与外地男女缔结良缘，"生得好不如嫁得好"；第四类是那些不甘自身环境的束缚和羁绊的年轻人，他们毅然走出山沟，成为亿万漂族中的一分子，以自己的努力改变了自己、改变了婚姻、改变了命运。最后这一类，是最值得关注的一类——这一类目前仅占少数，但随着人们思想认识的提高，正在大幅度增加，榜样的力量是无穷的。让人百思不得其解的是，早先闯关东的潮流朝着相反的方向涌动，“闯关东”变为“闯山东”。

在林场，子文看到自己当年同事的后代们，自己曾经教过的学生们，竟有十多对男女组成了家庭，其中不乏幸福美满的结合，可也有的使他感到意外，第一感觉往往是：“他怎么能和她结合？”“她怎么可以与他成为夫妻？”

私下和年轻人议论此事，他们纷纷反问：“就这林场范围里，你说他应该娶谁？他又能娶谁！她该嫁谁？可她又可以嫁给谁？”

“能娶上一个就不错了，那谁谁现在还光棍儿着哪；你老邻居的女儿高不成低不就，几年过去自己先灰心失望，现在待嫁闺中厌世也厌嫁，见面不敢问，婚姻是她的禁区。怎么办？”

“你当在城市呢，人海茫茫天地宽，五步之外总有芳草啊？”

面对这些反问，子文无言以对。

改革开放四十年来，人们出远门儿已进入航空、高铁动车时代，信息交流更便捷。地球在变小、视野在变宽，人们的幸福指数不断提高。相信这些身上流着当年闯关东长辈血液的后人与生俱来的不甘现状的性格，一定能走出大山、走出阴影、走出自我、走出婚姻的桎梏和羁绊，依然站在时代的前列。

山沟的女人在争取命运改变命运的奋斗中，不让须眉，纷纷走出大山，通过各种途径沿着长辈们当年的闯关东之路往回返，从闭塞的山沟进入纷嚷喧闹、光怪陆离的城市。城市里挣钱比山沟里钱多，但是精神压力也比山里大得多，生活的状态整个发生了变化，阻止了多年形成的生活惯性，失去了山沟人“喝点茶水、打打麻将”的清闲，人们慢慢学着城市人的样子，条件略有改善，也做房奴、拼名车，追逐名利累得喘不上气来，但她们仍然“衣带渐宽终不悔，为伊消得人憔悴”。

在眼花缭乱、日新月异的新的生活环境里，山里的女人一旦走出山沟进入城市，也同样发扬着吃苦耐劳、艰苦奋斗、豪情万丈的东北女人的特点，发挥着自己的能量，有的在短时间内获得成功、改变了自己、改变了家庭、改变了命运，这些少数成功人士令人刮目相看；也有的女人被新的环境搞得手足无措，被灯红酒绿、纸醉金迷的生活所迷惑，灵魂开始扭曲变形。关东女人闯山东，在山东这块热土上，上演着自己的和别人的悲喜剧。

在闯山东这股回流中，女人的积极性并不比男人差，不管是离过婚的还是婚姻美满如意的，同床异梦的还是吃着碗里的看着锅里的，她们来到山东这块热土上再创业的激情一样高涨。她们的经历比起父辈当年闯关东的经历，同样辛酸、同样悲壮、同样可歌可泣。成功的、失败的、发展的、落后的，不管何等情形，都是一部精彩的电视连续剧，在人类大迁移中，值得我们浓墨重彩地描述它、欣赏它、思考它。

第二十八章

长白山腹地的夹皮沟林场驻地，在上世纪六十年代初建场之前还是人烟罕至的原始森林。大跃进年代国家在此地建设开办了林业局，林业局选中这里建场，林业大军开进这条山沟安营扎寨，沿着山沟这条小河两岸的平坦之处盖起了家属宿舍、林场机关，然后是粮店、商店等服务设施不断完善。这里地势开阔，形成一个小盆地，土地也算肥沃，但是地方有限，职工家属房越来越多，越来越密集。起初林场机关和家属房建在山川最宽阔的地方，后来没地方了，只好开始东移。向东越过学校山川形成一个瓶颈，最窄的地方只能容一条公路穿过。沿着狭长的瓶颈继续向东走一千米的拐弯处略显开阔，于是建起四排木屋，每排可住六户人家，共住二十四户人家，林场的人们称这个地方“四栋房”。四栋房住区就像林场的一个卫星村。如果把整个林场的分布比作一个宝葫芦，林场机关四周家属房和一系列服务部门就是宝葫芦的大头，四栋房就是宝葫芦的把儿。

这种格局形成了林场的一大一小两个住区，晚来的就住在四栋房。原先人们不愿意住在这远离场部的地方，可是后来发现，四栋房北侧是一条沟岔，房子背后是一座突起的山包，可以阻挡冬天寒冷的北风，房前的小河围绕着四栋房四季流淌，沟岔里面有很多肥沃的土地，给家属们提供种菜种粮的小片荒。这样的地势形成一种小气候，人们很快就住满了这里的所有房屋。

四栋房就像是林场的特区，虽说离开了林场一段距离，比起林场更加偏僻更加闭塞，可是这里的小伙子个个高大帅气、姑娘个个漂亮健美。林场的青年们在山上干活的时候，曾经评出的林场十大美女中，四栋房这么几十户人家就占了六个，帅小伙子也在全林场前十名中占了较大比例。非但如此，在林场子女学校读书的学生中，四栋房的孩子优等生也特别多。林场的人们承认：四栋房这个地方人杰地灵风水好。

当年子文从山东漂流到关东就工之后，当上了林业局采伐工，上山工作第一天，队长给子文指定了师傅，就住在四栋房。师傅姓肖，有五子一女。肖师傅虽然多子女，但是他十分钟爱自己的孩子，尤其是对他唯一的女儿更是喜欢得不得了。肖师傅对子文也十分热情，子文随着师傅到家里过几次。后来子文被林场指派做了教师，但也经常去肖师傅家看望。子文认识肖师傅的几个孩子，那年最大的男孩已经十八岁，最小的也已经十岁，女儿是第二个孩子，十六岁。肖师傅与大家一样在四栋房住着三间房子，当中一间是锅灶，一头住着师傅老两口，另一头的大炕上住这些孩子。很快孩子大了，总是男女有别，可没有更多的房屋让孩子们分开住，心灵手巧的肖师傅就在炕梢的位置用木板搭了一个像木头盒子一样的隔断让女儿睡觉。女儿每天晚上钻进仅仅容身的木盒子里，在里面脱衣穿衣都得躺着，可是这样的居住环境并未影响这个女孩子出落得像一朵花儿。

肖师傅的女儿叫晓玫，是个漂亮少女。特别是一双眼睛，眼仁黑白分明、清澈如水；颀长的身材，亭亭玉立，虽然看起来还是个孩子，身条已经不矮啦。每次见到子文来串门，晓玫都十分热情地招待他，抢着拿出家里的瓜子水果给子文吃，还起劲地留他吃饭。子文见到师妹总把师妹的名字称作“小美”，子文认为这样称呼她，是自己的专利。后来子文当了教师，去得少了，但他经常想起这个睡在炕梢木盒子里的小师妹。随着师傅的退休，子文见到师傅的机会就更少了，晓玫也转到局里的中学上学了。听说她上学的唯一伙伴就是邻居一个叫大郎的男孩子，这孩子子文认识，是顽劣异常的少年，小小年纪就像他的父亲一样在林场臭名远扬。肖师傅不愿意自己的女儿有这样一个伙伴，可是这区区四栋房只有邻居家大郎和女儿同时升入中学，别的上中学的孩子都不来与女儿做伴。后来肖师傅知道，原来大郎时常威胁其他学生，不准别的学生靠近晓玫，如果哪个男生与晓玫说话，都会受到大郎的打骂。晓玫的父母忧心忡忡，但是看女儿的样子并没有受多大委屈，每次上学还是高兴而去高兴而归。既然如此，也就没办法啦，就这么几户人家，到哪里找合适的伙伴啊。

大郎虽说如此顽劣，可是他正处在青春期，面对如花似玉的女孩，他也会谄媚讨好，担当护花使者是他义不容辞的任务。大郎很粗野，但就是会讨晓玫喜欢。晓玫这清纯如水的女孩哪里经受得了这个，除了自己的哥哥弟弟，她从小在四栋房居住，就没见过几个男孩子，哪里看得出什么男孩子是优秀的，什么是没教养的无赖，她只感到异性的吸引很有趣。

这两个孩子在学校不思进取，尤其那大郎根本就不是学习的材料，在学校也是一门心思在晓玫身上打主意。考高中的时候，大郎没有报名，在毕业前夕就被学校劝退了。大郎对自己的学业并不在乎，他只在乎一件事，就是盯住晓玫，他知道有个美丽可爱的女人，才是人生最大的追求。他花言巧语劝晓玫说："上那高中干什么用？上学辛苦不说，反正又考不上大学，我们回到山沟，让我爸为我们承包一块山地，我们种上果树葡萄，养上鸡鸭鹅狗，种上蔬菜，就我俩在山上过日子，你就是仙女，我保证对你好，就像神仙一样。"

晓玫是个单纯而且没有辨别是非能力的孩子，终于被大郎说服，放弃了学习，两人相跟着回到林场。孩子先斩后奏自作主张已经退学了，事情无可挽回，事已至此，晓玫的父母对着唯一的女儿很无奈，话又说回来，女孩子念那么多书没有用的，还不是嫁人吗？

晓玫不但长得漂亮，还有一副好嗓子，唱起歌来就像她这长相一样甜美、清纯。辍学回到林场家里之后，林场每次开展文艺活动，子文都是文艺队负责人，他知道晓玫唱歌好听，就把晓玫招进来担当歌唱演员。现在国庆节即将来临，按照局工会统一安排各林场都要成立演出队积极准备节目，国庆节到局里参加文艺汇演。可是演出队成立没几天，这天晚上在林场职工俱乐部门口，晓玫把子文叫到没人处说："哥，我今天晚上就是来告诉你，我不能来参加排练，也不能参加演出了。往后林场再成立演出队，你也不用再叫上我。"

"为什么？"子文诧异地问。

职工俱乐部门前昏暗的灯光下，晓玫低着头很为难的样子，期期艾艾地说："就是不想参加了。"

子文说："是我师傅不同意你参加演出队？如果是这样，我去找我师傅，这老头儿……”

“不关我爸爸的事。”

“那是怎么的？你自己不愿意？”

“是大郎他不让我来。”

“他怎么能管着你的事情？”

“他这人就这样。这几天晚上，他都陪我一起来。他现在就在林场大门口等着我，他就怕我在演出队有别的男孩子和我说话。每次回去他还总盘问这盘问那。”晓玫叹一口气。

“他没权利这样做。他在林场大门口？我去和他说！”子文气愤地说。

“你别去，我来参加演出队，他连你也掂量着，凡是男的都犯着他猜疑。他盘问我的时候，也提到过你。”

“你爸知道这件事情吗？”

“哪能让他知道？别说是大郎，就连大郎的爸爸，我爸都看着不顺眼。”晓玫说。

“大郎这样强迫你，你不要听他的，你爸爸不让你和他来往，还有你的哥哥弟弟们也能保护你，你凭什么怕他？摆脱他的纠缠有什么难的？这个大郎光是打架斗殴蹲拘留所都不知多少次了，你应当远离这种人才是。”子文为师傅的女儿焦急着。

“其实，大郎虽说人粗点，可对我还是很不错的，再说他打架斗殴都是为了朋友，也是好心。他对我好，我知道的。所以我也不想让我爸爸知道这些不愉快的事情。”

子文是个急性子，愤愤地说：“这就是你不争气了。你自己这样，别人想帮助你都难。好吧，你走吧。我告诉工会一声就行了。”

黑暗中，晓玫慢慢走了。子文叹了一口气：“这么好的女孩子，偏偏在山沟里，又偏偏生在只有几十户的四栋房，大郎这样的孩子就可以轻易得逞。晓玫，对你只有哀你不幸、恨你不争，可又奈何？”子文待了片刻回到俱乐部排练室了。

不久消息传来，师傅一家因为女儿和大郎搞对象的事情闹得不可开交，子文担心的事情终于发生：因为林场交通闭塞，人口有限等局限性，在林场畸形婚姻屡有发生，自己的师妹也难幸免。

在学校门口，子文拦住正要到粮店买粮的师母，关切地问候了师傅和师母之后，话题转到晓玫的婚姻上来。师母眼睛就红了，对子文说："问题不只是发生在大郎身上，也怨女儿不争气，她自己铁了心要跟大郎。为此你师傅都气得生病了。"

"怎么会这样？晓玫不了解大郎父子的为人吗？"子文说道。

"咱们在山沟住着，我们在瓢大的地方，咱孩子从小就没见过几个男孩子，她哪分得清是是非非好的坏的？那大郎对她一点点好，她就觉得是最好的男人了。晓玫这孩子一贯听话，但这件事情上她是受了大郎的迷惑，谁的也不听。你师傅多次劝她、骂她，从小没舍得动她一指头，昨天还打了她。你师傅说了，如果她非要跟大郎，他就不认这个女儿了。唉，没办法。"

"我能不能再和妹妹说说？"子文说。

"大概没有用的。她简直就是吃了迷糊药。就因为你师傅打她骂她，昨天晚上吃完晚饭，就偷偷跑到大郎家住下，到今天也没回来。"

年底，原木一队老队长的孩子告诉子文：师傅的女儿要结婚了，师傅无心给大家报喜讯，也不想通知大家喝喜酒，但队长替师傅下了通知。在晓玫结婚的喜宴上，师傅没有露面，他真的病倒了。子文屈指算来，晓玫不过刚刚到法定结婚年龄，明摆着一桩糊涂婚姻，却还这么急。

晓玫结婚后，大郎果然承包了四栋房后面山腰里的平坦土地，到辽宁等地引进了优质果树苗、葡萄苗，种植了一片园林。晓玫不顾父母劝阻，随着大郎长期住在山上的木屋里，养上一群鸡、几只兔子，在木屋前后种上花草蔬菜过起半隐居的日子。由于父母对这桩婚事的反对，加上大郎的约束，晓玫很少下山，林场的人们几乎再见不到这个漂亮的姑娘，听不到那清纯甜美的歌声了。随着果树的大量种植、栽培、抚育、管理，大郎陆续招收十多名帮工。这大郎招收的都是林场里不愿上山干活、不愿意外出打工的女孩子，在林区种植果树还是新鲜事，这些女孩子抱着好奇的心理来打工，再说在果园打工到了夏天景致好心情也好，还有，哪个女孩子不爱看果树开花、不爱吃刚从树上摘下来的新鲜水果呢？大郎从十几个报名的女孩子之中挑了六个面目姣好的姑娘作为自己的下属。

这些被大郎选中的女孩子只知道大郎结婚找到了最美的晓玫做媳妇，

却不知道恶毒的色狼永远是贪得无厌的。他选择在这高高的山上建立人烟罕至的世外桃源，躲避了很多家长对女儿的监督，而大郎却为自己建立了可以随时偷尝禁果的伊甸园。四周是高山密林又远离居住区，离家最近的姑娘来上班，上山下山也得费大半天，姑娘们每天上班都要带上午饭，一出家门就是一天。大郎的果园和最繁华的林场大院干脆就像另一个世界。

在姑娘们来上班之前，新婚不久的大郎在山上对媳妇荒淫无度，大白天随时都会像一头野驴似的把文弱的晓玫像抓小鸡一样就地按倒肆意糟蹋一顿。晓玫有时不愿意，大郎对晓玫的哀告非但视若无睹，反而更加疯狂；晓玫偶有身体状态不允许也不能幸免。很快晓玫对男女之事产生了厌倦和恐惧，却无法抵制大郎的疯狂。

现在好了，来了这么几个女孩子，大郎对晓玫不再有浓厚的兴趣，开始挨个打着这些女孩子们的主意。大郎是老板，他可以让任何一个女孩子干轻活儿或者是最累最脏的活儿，也可以给你最高的工资或者是最低的工资甚至赶回家，这都是绝对的权威。晓玫在厌倦恐惧中对这些事情置若罔闻，自己反落得清静。

这天，大郎进入木屋对正在给大家准备午饭的晓玫恶狠狠地说："你出去一下，一个小时以内不准进屋，听清楚没有？现在是十点半，你十一点半之后再回来。回来早了不行。"

晓玫疑惑地说："你让我出去做什么？这不是我在做饭吗？我出去到哪里去呢?"

"让你出去就出去，痛快儿的。到哪儿去？到果园里干点什么都行，不愿干就找个地方待着，赶紧!"说着伸过手来使劲拉一把晓玫的胳膊往外推，晓玫不由自主出了门口。门口外面站着刚招工来的女孩子李玲玉，这李玲玉长得真像走红的甜歌星李玲玉，也是林场里大家公认的美女。晓玫明白了什么，但她已经麻木，管他呢，一个愿打一个愿挨，倒省了自己的事儿。

此后，大郎常常让晓玫出去一会儿，晓玫再没质疑，总是痛快地走向果园四周的密林深处很久才回到木屋。她已经没有多少痛苦，也没有眼泪，甚至没有叹息。怨谁呢？这桩婚事全家人当初没人同意，父母反对，弟兄们沉默不语，就连自己尊敬的大哥子文老师都反对过，至于自己的同学朋友，都惧怕恶毒的大郎，对自己的婚姻无人发表意见甚至躲着自己。

晓玫不再下山，不再到娘家去看望妈妈，不再理会自己的爸爸。是的，爸爸曾经是最疼爱自己的，自从自己决心给大郎做媳妇那天，爸爸再也没有对自己说一句话。

晓玫郁郁寡欢，变得沉默，变得木然，眼光也失去清澈纯真，心甘情愿地在高高的山腰木屋里与世隔绝，原先是大郎不让她随便下山，现在不用大郎阻拦，晓玫也不下山了。在山上狭窄的木屋里，不管是春天的山花烂漫还是夏天的鸟语花香还是秋天的果实累累还是冬天的冰雪世界，都与她无关。晓玫失去了对季节变化和冷热的感觉，对一切都没有了兴趣。对自己丈夫那些荒唐也像对待其他人家的事情一样不放在心上。直到自己有了心爱的女儿，晓玫才恢复了生机。

让晓玫不安的是，自从自己结婚，爸爸的身体状况大不如前，自己每次回家看望老人家，他除了深深的叹息，不发一言。晓玫知道爸爸本来是一个健谈的人，如今变成这样，那是受到多大的伤害啊！自己当初不听父母劝阻，一心跟定了大郎，可是自己的婚姻又弄成这样，怨谁呢？把爸爸气成这样，全是因为自己。现在她才明白，天底下哪一个父母不是一心为自己子女着想？可自己……每次回家看望父母，晓玫总想给父母一点钱来减轻自己的自责，可是大郎可以把钱给自己想占有的姑娘，唯独不愿意给岳父母，大朗至今对岳父母怀着怨恨，知道岳父母从没有看上过自己。何况，果树正在生长期，投入多收入少，更没有道理让晓玫拿回家给父母——岳父有他的退休工资呢，大郎说。

晓玫的爸爸终于卧病不起，儿子们陪同到医院检查，发现已是肝癌后期，已经扩散。

爸爸去世了，老人家的生前好友、亲戚、闯关东老乡前来吊唁并按照习俗给死者送来礼钱，子文跟着原木一队队长也参加了葬礼。自从晓玫结婚以来，子文也是第一次见到晓玫，还是那样漂亮，脸色憔悴苍白展现出一种令人心动的凄美，但是晓玫的眼睛已经失去了往昔的明亮和清纯，多了几分忧伤哀怨和无奈，话语也很少，见到子文，默默看了一眼，低着头回到父亲的棺材跟前她守灵的地方跪下，再也没抬头。

子文揣着礼钱，准备交到丧葬主持人跟前的记账桌子上，就看到大郎站在桌子前，凶狠又贪婪的眼睛盯着每个人手里的份子钱。子文只好退出屋，来到院子里找到自己的老上级原木队队长——也是师傅丧事的主管，把师母从灵堂里叫出来，悄悄把钱塞到师母兜里。

中午的时候大郎对主持人说：“收到的钱，很多是冲着我的面子和晓玫的面子来的，这部分钱将来我们是要还回去的，应当把这部分拿出来给我们。”丧事主持人看着粗壮的大郎一副凶相很无奈，与主管丧事的队长商量，队长又把晓玫的妈妈叫到院子里商量。子文的师母擦擦红红的眼睛，小声说：“闺女就等于攥在大郎的手心里，就是大郎菜板上的一块肉。不给他钱，回去别想过安稳日子。唉，别为这几个钱让闺女遭受更大的委屈。大郎说该给多少就给他多少吧。大郎最近经常到汤河参与赌博，被公安局抓了几回，罚款不少；赌友们也经常找上门来讨赌债，正缺钱呢。”丧事主持人将一沓子钞票递给大郎，大郎接过钱，不等丧事做完就走了。

子文参加工作第一个熟人就是师傅，虽说自己离开了原木队，但和队长还有师傅，始终保持着往来。现在师傅走了，晓玫几乎是见不到了，往后……

这天，子文在林场卫生所碰到了晓玫最小的弟弟，也是自己曾经的学生小亭。子文问：“你来卫生所干什么？谁有病了？”

“妈妈病了，来开点药。被姐姐气病了。”

“怎么回事？你姐不可能气着你妈吧？”

“我姐姐的小姑子去年就跟人去了广州，她是去干不正当职业去了，前些日子回来过，好像很有钱似的，胳膊大腿看得见的地方都文身了。回去这才几天，姐夫家里人接到广州公安局的电话，她在那里不但干不正当职业，还参与吸毒加入了贩毒团伙。公安局说她是初犯，可以保释，让姐夫家的人带上三万元马上动身前往广州把她保释出来。可是，姐夫家里都踢蹬光了，根本没有钱。谁知姐姐竟然在这件事上要出头，把自己结婚的首饰和当初妈妈给她的陪嫁变卖了，昨天就走了。姐姐的小姑子在家的时候还骂过姐姐好多次，姐姐却这样为她出力。妈妈又是心疼又是生气，就病了。”

子文说：“也许你姐姐是对的。坏人有时候就是在这样的情形下变好的。和你妈妈说，让老人家别再生气难过。”

子文虽然嘴上对小亭这么说，但对晓玫的做法还是感到意外，同时也心疼晓玫只身一人到南方去做一件连经常出门做事的男人都很难办到的事情。啊，一个女人，学历不是最重要的，干什么工作从事什么职业可能也不是最重要的，最重要的甚至决定一生命运的大约就是选择了什么样的男人吧？俗话说：“男怕选错行，女怕嫁错郎。”可能也是这个道理。可是在这山沟里这么闭塞的地方，女人的选择空间是这样的狭窄，晓玫居住的四栋房更是小小天地，加上她的纯真无邪的个性，导致了自己的命运啊。但愿晓玫这次去广州旅途顺利、办事顺利，更期望通过这非同寻常的行为，能改变晓玫的家庭地位，博得晓玫公婆对晓玫的维护。

子文忧心忡忡地关注着这件事情的进展。

半月之后，子文在上学校的路上拦住小亭：“你姐回来没有？事情办得怎样？”小亭对子文的关注似乎很不以为然，但还是将事情的始末大致说了一下。

在广州，晓玫很快与公安局办案人员取得联系，小姑子的确是初犯，而且有证据证明是受到胁迫才做了违法的事情。晓玫交上罚款和保释金，她小姑子得到保释，就买上两个人的火车票辗转回到东北。当姑嫂二人回到东北家里的时候，家中的情形让晓玫彻底崩溃。

“我姐将大郎的妹妹送回公婆家，接着上山回到自己果园里的家，家里酒气冲天，四个不三不四的人坐在自己床上，满桌子杯盘狼藉，酒瓶子在饭桌下横七竖八，看来吃饭已经结束，都坐在床上抽烟。看见晓玫进屋，有一个人站起来仔细地端详着晓玫，眼睛里全是淫邪，嘴角弯下来似乎是在冷笑。姐姐知道这伙人是干什么的，他们都是大郎的赌友，看架势是来讨赌债的，因为大郎坐在那里规规矩矩默不作声——这不是大郎平日的姿态。姐姐对大家略微点点头，就到厨房烧水去了。

“那个打量姐姐的家伙绰号老大，是周围一带有名的街痞子头，也是有名的赌徒，曾经蹲过两次监狱，出狱后不但没改邪归正，坐监狱反而成为他混社会的资本，就连公安局中的个别人也与他称兄道弟。这就更助长了老大的疯狂。大郎这个天不怕地不怕的人就最怕这个家伙，谁知偏偏在赌场上欠下这个人的钱。

“正在这时候，姐姐的小姑子也从家里来哥哥家了，她倒是与老大等人熟得很，又拍肩膀又是挤眉弄眼的，但是老大并不热情，一副很不耐烦的样子对姐姐的小姑子说，‘你来给你哥哥说情吗？不行的，你不行，你哥欠的钱太多，你抵不了的。你到外屋来，我跟你说。’

“待了很久，老大和姐姐的小姑子从外面进来，小姑子招手让大郎出去，又是一会儿，大郎进屋直接到厨房找姐姐，不一会儿姐姐就在厨房哭闹，大郎低声呵斥……

“老师，你知道这是怎么回事，你知道这伙人尤其是大郎，简直就是禽兽不如！那老大对姐姐的小姑子说，如果想用女人抵债，小姑子不值那么多钱，如果让我姐和他好一次就抵债一万元，抵完为止，就可以不要那笔钱了。小姑子对大郎说了，大郎竟然同意并答应做我姐的工作！你说，他是人不是人！

“这不，老大限期三天，让大郎做好这件事，如果不成，就要剁下大郎一只手。这两天姐姐就是个哭，大郎不是打就是骂，还不知道怎样收场呢。”

子文怒气冲冲地对小亭说：“去公安局告他们这一伙，简直无法无天！”

小亭说：“我们早就打算报警，可是姐姐不让，她说公安局不会单单处里老大，大郎也跑不了。老师，你别再掺和这些事了。”小亭说完，头也不回就走了。

很快，子文得知，晓玫誓死不从，还说如果再强逼她，她就自己毁容。最后，大郎不得不将已经开始结果子开始回收资金的果园抵给老大一伙儿人，这才算是还清了赌债。晓玫从此结束了在山上的隐居生活，把孩子扔在家里，打算到林场家属队打工去。子文马上想到妻子在家属大队粮油豆腐加工厂工作，经济效益在大队也算不错的。他对小亭说：“你回家找你姐姐去大队报名的时候，先到粮油加工厂找我家你嫂子。”

事情虽说不难安排，但子文知道，晓玫的收入全部交给大郎，自己花不着一分钱。晓玫不觉得痛苦，只要离开那个果园那间肮脏的小屋，不和她的丈夫昏天黑地在那间屋里，和别的人一起劳动可以暂时忘掉痛苦。

晓玫虽说离开了果园回到家里居住，并没较大地改善居住环境，也没改善心情。大郎和晓玫的家本是邻居，两家仅仅一道木栅栏间隔，但晓玫宁可烦闷地住在自己家和大郎搅和，也不愿意在妈妈这里住。晓玫一旦在妈妈那里，大郎会如影随形跟踪而至，吃在这里住在这里，倒是省自己家里的事儿了。大郎并不在乎晓玫家里人鄙视的眼神，晓玫的哥哥和大弟弟早已成家另过，很少到妈妈这里来，三弟早到婚嫁年龄，可是这小小林场没有合适的姑娘，眼看着一年年过去成为大龄青年，近来自己声称看破红尘要做出家人了，还能顾得上姐姐的苦恼？小亭年龄还小，看着大郎凶神恶煞的样子就退避三舍少说为佳，甚至看到大郎来了干脆就不回家。晓玫就更不肯到妈妈这里来。

这样的日子过了两个月，晓玫的妈妈突然中风，经过治疗，还是瘫痪了，近似于失忆，有时明白有时糊涂。晓玫叫上哥哥弟弟们商量，妈妈这样了，大家只有轮流抚养侍候，小弟小亭还小，还和妈妈住一块，就算替补，什么时候如果哥哥姐姐们有谁忙不过来，就照料一下。晓玫住得离着妈妈最近，轮到她的时候，就把妈妈接到自己家里伺候，这样更周到一些，也不耽误自己的家务，大郎自从果园没了，是什么也不干的。晓玫妈妈轮流抚养的做法大郎十分不满意，自己家里凭空添上一个瘫痪的岳母带来诸多麻烦和不便。每次轮到晓玫，两人就总吵架不休。

当轮流几次之后，大郎不耐烦了。这天晓玫收拾给妈妈准备床铺的时候，大郎正从外面喝酒醉醺醺地回来，一看给岳母收拾的床铺旁边还打了地铺，这明显是晓玫不但要把岳母老太太接过来住，还要陪着妈妈睡觉。

大郎骂了一声，从厨房拿出菜刀架在晓玫的脖子上，满嘴酒气、眼睛红红地厉声说道："操你的瘫妈，今天你要把她接过来，你就是死！别人都没接到家里伺候的，就你孝敬！"

"我去妈那边住着，你不是不让吗？不是嫌我不管家吗？你还要杀我？你杀吧。我也够了。"话没说完，晓玫突然咬紧牙关倒在地上，浑身颤抖不省人事了。大郎一时没反应过来，还认为是晓玫装样子，嘴里还是不三不四地骂着。

大郎的弟弟小郎来找哥哥有事情，进来见到这种情景，把哥哥推到一边，自己扶起嫂子，送往林场卫生院。在卫生院一阵急救处理，晓玫总算缓过气来。她挣扎着，步履踉踉跄跄往妈妈家里走，小郎跟在后面要扶着嫂子，晓玫摔打着胳膊不用小郎扶，小郎只能紧紧跟在身后。从此，晓玫不打算再回自己的家，她对闻讯赶来的哥哥弟弟们说：“以后你们忙，不用轮流了，我自己独自伺候妈妈，你们经常回来瞅瞅就行。”

这一天，晓玫刚刚伺候妈妈大便，端着便盆去院子的厕所里倒，大郎进院子拉上晓玫就往自己院子里拖，这家伙又是大醉。晓玫知道大朗醉酒后要干什么，就死命挣脱呼叫，邻居们看得清清楚楚，但看到大郎的凶相却没人靠前。大郎像抓一只小鸡一样，将晓玫夹在胳膊底下，另一只手狠狠打着胳膊下挣扎撕咬的妻子，向隔壁自己家走去。进屋后大郎将晓玫狠劲摔在床上，三把两把撕下晓玫的衣服，又撕下自己的裤子，趴在上面，大白天实施奸淫，嘴里说：“你是我老婆，你晚上不回家我就白天干，看看谁敢干涉。”晓玫欲哭无泪，咬牙切齿，心里痛苦到极点。

妈妈终于走了，晓玫用头撞着妈妈的棺材声嘶力竭，哭得像狼嚎一样，直到哑了嗓子哭不出声音，昏昏沉沉躺在妈妈灵前。

院子里陆续来了帮忙做丧事的，但远远没有肖师傅去世的时候那么多人。大家进来大都默默无语，随份子送礼钱的也不多，账桌子设在那里冷冷清清。这个院子不出两年送出两个人，大家黯然神伤，很明白两个人死在谁的手里，但又如何？这又不是持刀杀人，能把责任推在谁的身上呢？半上午的时候忽听大门外响起警笛，大家在诧异间，门外进来一群警察，不由分说直奔账桌子前的大郎。大郎没反抗，伸出双手戴上手铐随着警察上了警车。一个警察问道：“谁是大郎的家属？”“我是。怎……”晓玫上前说。

“赌博团伙，打架致人重伤……带上简单行李衣服明天送到拘留所——在这里签字。”

晓玫妈妈刚刚过完“百日”，坟上青青草芽刚刚从黑土里钻出来的时候，晓玫接到法院判决书：大郎因赌博数额巨大、群殴致人重伤，判有期徒刑五年，附带民事赔偿五万五千元。

子文闻讯当天晚上去了晓玫家，晓玫痴痴傻傻像个精神病人坐在那里没有表情，看子文进来，也只是欠身示意而已。子文说：“事情已经这样了，我来对你说说法律问题，这是我在局里开会期间，特别到林业局法律顾问处咨询的。夫妻一方因刑事犯罪，另一方提起诉讼要求离婚的，应当判决离婚，这是无条件的。关于人身伤害赔偿，这不同于家庭借款，这是大郎自己的行为，不能算作夫妻共同债务，这可以在法庭上说得通。俗话说，宁拆一座庙不拆一桩婚，可你和大郎还过得下去吗？这段婚姻给你和你的家庭带来的损害有多大啊。师傅和师母都走了，我本不想多管这些事，但是，你的痛苦生活无边无沿，让人痛心，你的哥哥弟弟们只顾自己的小家庭，我想也只有我会有这样的主张。大家都害怕大郎，我也担心这种人变本加厉往坏处发展，但你还年轻。”

晓玫说：“我早就想到这一步，只是，能这么容易就离了？离了又怎样？你也知道，咱夹皮沟林场有多少对夫妻都是像我一样就近找一个本单位的，可是这几年又陆续离婚的有多少？你也知道，这些离过婚的经过几年还是都在单身，在山沟成个家就是这样不容易。”

“不幸的婚姻宁可没有也罢，宁缺毋滥。与其痛苦维持，不如没有。”子文说。

晓玫说：“可是，我们还有个孩子啊，我舍不得和女儿分开。”

“我咨询过了，男方在服刑，孩子肯定会判决给女方。婚姻法对刑事犯罪家庭的离婚处理是有规定的。这你放心，只是你会生活得艰苦一些，但是却解脱了婚姻的桎梏。”

“苦，我不怕，在山上这些年，够苦了。只要您有把握这婚好离就行。”

“法院主管办理离婚案的法官，与我的学生家长是表亲，我通过学生家长找找法官，先谈谈情况，取得法官的理解，没问题的。”

“谢谢您，文老师。这些日子我都麻木了，不知怎样活下去了。”

第二十九章

林场的电锯房旁边是一堆像小山一样的锯末子，紧挨着是一大堆板皮子，板皮子原来都用来烧火，那些没有能力到山上弄木柴的人家才肯烧这些东西，后来随着山上木材的大量减少，像样的烧柴也越来越稀缺，这些板皮子才被人们所重视，现在干脆就成为必须领导批条子才能到电锯房弄一点，而且是很有面子的人才能得到批准。子文院子里的茅房摇摇欲坠，子文利用礼拜天借了一辆地排子车，没经领导批条子就到电锯房子弄板皮子。他想，修理厕所用不了几块，用不着麻烦领导。到了锯房子找到家属队队长一说，这个学生家长很爽快地说："这点小事情，不用批条。钉厕所才用几块。我给找几块好的，拿上就是。"说着动手从一大堆底下用力抽出好几块。子文很高兴，这几块红松板皮子材料很好，况且红松板皮子树脂含量很高，十分耐腐蚀，用钉子也好使，容易操作。子文一面向队长道谢一面装上，拉起车子起身低着头往家走。还没出电锯房几步远，迎面一个大胖子像破锣似的大嗓门喊道："谁拉板皮子？给我放下！"

子文抬头一看，是主管家属大队的林场薛平副场长，也是当年支边闯关东的老乡，与自己的家乡是邻县。但这人总是官腔官调的，对山东老乡们不好说话，子文向来看着很不舒服。前年他的女儿薛思伊高中毕业，虽没考上大学，但学习底子扎实被录取到学校工作，从此薛厂长见了面才肯抬眼皮。今天头一次来要两块板皮子，竟然碰上这个六亲不认的家伙。

"谁批准你拉板皮子的？从哪里拿的给我送回哪里去，赶紧。"薛场长气急败坏。

子文放下车子不满意地说："不过是修补一下厕所，就用这么几块，还劳你大驾专门批条子，我不嫌麻烦还怕给你添麻烦，不值当的嘛。再说，这也是经过家属队队长准许的。"

副场长指着子文说："一个家属队长有什么权力敢批条子？我没有给她这份权力，这权力只是我一个人有，谁也不好使。别废话，给我拉回去，听清了，赶紧给我拉回去。"

子文知道是拉不走的了，可是自己玩世不恭的劣根性又占了上风，索性今天和这个老乡兼领导调侃一次："您说往哪里拉？您总在说给你拉回去，给你拉回去，是拉到你家去吗？这些东西是你的私人财产吗？"

"你故意找茬是不是？我啥时候说是我个人财产了？啥时候说拉到我家去了？你个校长还专抠字眼是不是？"

子文心里想："副场长，你的职务比我高，资格比我老，听说这家伙因为是从部队转业支边来的，工资比场长一把手还多。本人我要点小聪明，让你丢点面子。"想到这里，他放下车子说道："既然不是你家的私产，我就地卸下了。"说着三把两把将板皮子掀在地上，横七竖八散乱着挡在路上，拉起车子就走。

"你给我站下！我还有别的事情，正要找你。"

"别的事情？公事还是私事？是公事，到学校或是到你办公室。私事，我和你没什么私事，这里不是说事情的地方。"子文别扭起来。

"还恰恰就是私事，就在这说。我家思伊是你们学校的老师，你当校长可以领导她的工作，但不要插手她的私事。思伊看好张大蛤蟆的儿子张僧了，那大蛤蟆是什么人你也知道，他儿子是什么样子可想而知，儿子随老子这差不了，肯定差不了。我家思伊和大蛤蟆的儿子谈对象我老两口死不同意，也不准许他俩见面。近些日子，思伊晚上总说到你家玩，现在我才听说，张僧也每天晚上到你家，是你提供了方便让他们搅在一起。今天我告诉你，以后你不能让我家思伊到你家去了，她如果去了你赶她走。"

子文说："你不同意思伊与大蛤蟆儿子搞对象，是认定张僧一定像大蛤蟆一样不堪？不能吧。再说你这是干涉婚姻自由，副场长。"

副场长老气横秋地说："后代随老子，这差不了，绝对的。"

子文意味深长地说："后代随老子也不尽然，我看你家思伊的为人处世和你怎么大不一样。”

“你什么意思？怎个不一样法？说清楚。”副厂长气急败坏，没人对他这样调侃过。

“清者自清，浊者自浊，不想解释。因为你今天表现得不像我应当尊重的林场领导，没什么好说的。”子文今天下决心要让副场长下不了台。

“我不如你？你的水平也高不了哪里去！不要太张狂了，年轻人！当了几天校长，没数了！”副场长用手指着子文说。

“副场长别激动嘛，听我说。刚才你求我别让你家思伊到我家玩了，去了让我赶她走，你不觉得这话很没有质量吗？你的女儿到哪里玩，和谁玩，允许不允许她到哪玩，这应当是我管的事情？你当爸爸的干什么吃的？你女儿到我家玩，我赶出去？这样的家风大约只有你家才有吧。您要明白，我只管你女儿的教学工作，今天你说的事情都是你的责任。不信？你到林场机关对大家说说。”

“你……没想到你这么不讲理。你这纯粹是没让你拉板皮子在报复我，还当校长呢！”副场长抬腿往场里走。

子文在后面说：“报复？下级报复上级？奇闻啊。你说我不讲理，你女儿就在不讲理的地方工作，她这是上贼船了——哎，我把板皮子拉走了。”

林场至林业局驻地的盘山道上，子文乘坐的客车艰难地前行，春风吹醒了运材道两边山岭上的万物，树上已经绽出苞芽，林子空间的地上，野草开始泛绿，人们早就吃够了冬季的“老三样”——白菜、萝卜、土豆这些蔬菜，开始从山上采集早出的山野菜尝鲜。子文今天的心情很愉快，春季开学以来，学校各方面工作进展顺利，一切都在按照自己的打算进行，学生作业展览在全局推广，就连局直属三所重点小学的校长都带着老师们到林场学校参观学习，这是林业教育史上从未有过的事情。教育厅、林业厅教育处、林业局教育处对学校开展的第二课堂很感兴趣，做了充分的肯定与赞扬，把这些活动的经验向全省林业口的教育部门推广——在林场各部门中，不曾有任何一项工作取得这样的成就。接到通知，明天召开的校长会议上，要通过本学期的工作计划。夹皮沟林场学校的工作报告，子文亲手写好，明天将在会上重点发言。三十岁的年轻校长得到大家的认可，子文在教育界的威信逐步提高。最突出的是，子文担任校长以来打破了历年局直属学校不可超越的惯例，直属学校的校长们从来都是对林场学校不屑一顾，但是如今却是经常来自己领导的学校参观学习了，自己也可以对这些校长们说三道四、指指点点了。

两年以来，自己对林场学校工作已经轻车熟路，他很自信学校工作一切就绪，即使他不在，这部机器也会按照自己的设置正常运转，他乐得出来改变一下环境。岁月是消除心灵创伤的良药，劳动的激情是给自己带来快乐的动力，尤其是这两年得心应手的工作，还有教师队伍的建设，都给自己带来了新的活力。

这次开会的准备成竹在胸，今天提前来局里报到，计划先住在局招待所休息看点书，自己包里就装着一套人民出版社刚出版的《红楼梦》。

下车以后，子文到教育处提前报到，然后去商店、书店和市场转了一圈。等来到招待所的时候已是傍晚时分，招待所的饭厅里已经有很多人在打饭。他眼睛环视一下，饭厅里大部分饭桌上坐满了人，这时候，他突然看见靠墙边一张饭桌上的一个女人在笑容可掬地向自己招手，定睛一看，这不是曾经多次帮助过自己的李岚吗？

子文在李岚旁边的空座上坐下，李岚高兴地说："今天大清早我动身的时候就听见门前树上有一对喜鹊鸣叫，果然是好运气，能与大校长在一起吃饭，真是巧得很。"

"您说话总让人爱听，这一点，正是我所缺乏的！向您学习。"

李岚笑了："我是个俗人嘛，您大校长脱俗之人，我们这些庸人让您见笑了。你是乘坐大客车来的？"

"当然，林场的便乘我们不抱奢望的。"子文说完又责怪自己不该用这样略带讥讽的口吻回答别人的好心询问。毕竟，李岚前几年还那样热心帮助过自己，尤其是在母亲生病的时候，李岚伸出了援助之手。虽说之后由于工作方面不搭边，工作处所和居住地又远一点，来往并不是那样频繁和密切，但也不能忘记了别人的帮助。子文心里清楚自己与李岚没有亲密交往的主要原因，那就是林场的人们对李岚的评价褒贬不一，这是个颇有争议的女人。

说话间，子文要去买饭，李岚说：“大家吃得差不多了，好的饭菜也可能没有了，今天遇到了你，咱们就不在这里吃吧，我请您去街上的饭店吃。这招待所饭厅里人声嘈杂，说话都听不见，不如咱们在饭店边吃边谈，好好说说话。您的房间登记好了吗?”

“还没有，直接先来饭厅了。”

“那好说，登记的服务员与我很熟的，我们先一起去登记条件好的房间，登记之后再吃饭，吃饭之后到哪里去玩呢?”

“就在房间看书吧。”子文用手按一下书包。

“真是知识分子，手不释卷啊。”

房间很快定下来，李岚让负责登记的服务员给子文登记的房间是八号，李岚接着给自己登记，要了九号房间，成为子文的临时邻居。

子文来到房间把书包放在床头桌子上环顾一下，他的感觉是，李岚抢着帮自己要的房间是这个招待所最好的房间，平日林场的书记场长们来局里开会才住这样的房间的。这里每晚上三十多块钱，虽说报销，但他从没有舍得住这样好的房间。但是既然都登记了，就住一夜，也就罢了，往后自己来开会断断不可再住了。一面想着，他又把书包里的书掏出来放在枕头边。

“今天有幸与您做邻居，知道您热爱看书做学问，我们这样的俗人也跟着沾沾文气，向文化人学习。”李岚不由分说就坐在子文的床上，嘴里问道，“您现在看什么书呢?”

“《红楼梦》。”

“校长真是多情之人，我们虽说看不太懂，但也知道书里都是谈情说爱的故事，平日看着校长一脸严肃，没想到还看这种谈情说爱的书。那个贾宝玉那样讨姑娘们喜欢，又是个多情公子哥儿，您羡慕他么?”

子文说道：“《红楼梦》这部经典之作是我们中华民族古典文学中的最高峰，是经典之中的经典。这本书诞生以来，一直有文人在研究它，甚至成为一个学派，称之为红学。这些文人们都大同小异地将贾宝玉这个十足的恶少标榜为反对封建制度、向封建婚姻制度挑战的先驱，简直是人云亦云太可笑了。在我看来，贾宝玉就是个纨绔子弟!”子文突然意识到现在不是发表见解的时候，“你看我说过头了，这仅代表我自己的意见，但确实与红学家们给贾宝玉的评价大相径庭。”说着就将书推给李岚。

李岚并没在意子文的口气，只是用意外的神情看着子文。子文想到，既然已经亮出了自己的观点，还是解释一下理由，免得李岚误会。于是，他把暖水瓶里的水倒了两杯，一杯递给李岚，自己坐在对面的凳子上说：“您想听听我对贾宝玉这个坏东西的评价么？首先他是个杀人魔王，金钏死在他的手里，他调戏金钏被王夫人发现，王夫人大发淫威，他却是‘一溜烟跑了’；柳湘莲打听尤三姐的为人，他一句话破坏了一桩美满的婚姻，葬送了尤三姐的性命。

“他对爱情朝三暮四，甚至刚刚从患病的林黛玉屋里出来，碰上丫头也不放过调戏；他厌恶老年人，就连曾经用乳汁将他喂养大的乳母李嬷嬷也是大不敬，喝了他一杯枫露茶就破口骂人……还有很多就不一一细说了。这本书可以借给你看，在字里行间我都做了批注——也可能有失偏颇，一己之见、一己之见。”

李岚笑着说道：“高，你太高了，这么多红学家都没入你的眼，你小学校长还有如此高的见地，太让我意外了。啊，这书上密密麻麻的小字，圈圈点点的记号，子文的治学态度了不得。”

子文看看墙上的表说：“你看，我只顾发表谬论歪理邪说，咱们忘记吃饭了。我想咱们还是别到饭店去吃饭了，到门口小卖店买上两个面包、榨菜，回来在房间里吃。”

李岚说：“我从来还没有想到过用面包、榨菜当饭吃，今天能和校长一起吃面包、吃榨菜？那还不如刚才在招待所饭厅里吃呢。还是按我的计划。”李岚不由分说，拉上子文的胳膊就往外走。

李岚在前面走得很快，带着子文来到一家此地最好的饭店，子文说：“随便找个地方就行，不用这么好的地方，花钱太多。”

李岚说：“今天你必须听我的，什么也别多说。”店主人热情地招呼，熟悉地喊着李岚的名字，子文看得出李岚是这里的常客。店主人说：“您还是在老地方吧，还去那个雅间。”

这家伙，就两个人还要进有大彩电的雅间！

子文犹豫地进入房间坐下，很不自在。李岚十分熟练地把桌子上摆好的餐具放在大盘子里，用暖水瓶的水烫了一下，将餐巾纸拿在子文面前，就像吩咐自己的弟弟一样对子文说："先去洗手。"说着递过来一打餐巾纸，"别用人家的公用毛巾，不卫生。"子文觉得自己的手并不脏，不用洗，可还是起身去洗了一遍。

两盘精致的菜端上来，子文又是一惊：一大盘林蛙，全是母的，听说这东西一元钱一只呢，这一盘少说二十元吧，二十元钱可是自己一个月工资的三分之一啊，足够全家生活十天的费用了，这菜太贵了。另一盘是辣子鸡加上了蕨菜，还有一盆难得一见的虾仁鸡蛋汤。

李岚对服务员说："我们不喝酒，直接上米饭。"又对子文说，"你看，我们头一次一起吃饭就这样简单，就两菜一汤，我实在是反对浪费的，不能剩下，不够的话我们再要，吃吧。"子文讷讷地说："你太奢侈了，我心里不得劲儿。"

李岚说："难得与校长在林业局碰面，若是在咱们林场，请您还未必请得到呢。听君一席话胜读十年书，刚才听到你对贾宝玉的评价，真是耳目一新，这样好的学习机会我不能放过，吃这么一顿饭划得来。我也经常到局里办事，但愿今后您什么时候到局里来开会办事，要告诉我，给我与你在一起的机会。"

"李岚姐，我来林场好几年了，还是没脱离在农村多年简约的生活习惯，你这样招待我，真让我无地自容了。再说，您对我的夸奖也过了头……"

房间靠墙角的14寸彩电正播放《上海滩》，叶丽仪荡气回肠的插曲在不大的房间里回荡，子文意外地看见，李岚听得入神，变了脸色，忧郁的眼睛里含着泪水。

子文十分惶惑，不知道这个名女人兼强女人而名声又不太好的人是怎么了，是什么事情使她如此伤感?

"对不起，有些忘情失控了。"李岚回过神来不好意思地笑了，眼睛里还含着泪水。

"就怨这电视连续剧主题曲太煽情了。"子文说。

"不是的，是你刚才对红楼梦的评价使我对你原来的印象发生了变化，原来我了解的你只是一个很不错的小学教师，认真工作有上进心，今天才知道你还是知识全面的一个学者，满腹才华且重情重义。这不，今天听到这电视剧里的歌声就有些……”

李岚看到子文已经吃完饭，自己也放下筷子站起身来，脸上恢复了常态，却还挂着泪珠，她笑着说：“你看，头一次和你一起吃饭我就弄了这一出，这是从来没有过的。咱们回招待所去吧。”

子文心神不定地随着女人来到她的房间，李岚从挎兜里拿出茶叶放在茶几上，然后熟练地洗刷房间为客人准备的茶杯，又从兜里拿出一个自带的茶杯说：“房间的茶杯什么人都用过，用开水烫烫我用，你用我自己带的这个——你可别嫌我不干净啊。”

子文急忙说：“我是不喝茶的，刚吃过饭也不渴，再说我不在乎房间里准备的茶杯别人用过，你就……”

李岚说：“我知道你对生活不在意，但是今天晚上我要与你说很多话的，我突然觉得今天晚上十分渴望与人说话，要说很多的话。这也是好多年没有的事情了，今天是个例外。你坐下。

“子文，我不叫你老师或者校长了，因为我把你当朋友了，虽说我比你大好几岁，但我在咱们林场还没有对谁这样实在过。你知道不？说话要有相应的听众才行，否则就有些对牛弹琴了；交谈要有对手才行，否则毫无兴致可言，也就没有话了。进入这个林场十多年来我一直在寻找这样一个人，但一直很失望，人海茫茫中要找一个知音谈何容易？上天不负有心人，今天我似乎找到了，所以不揣冒昧就要说说话了。你……”

“李岚姐，你是有什么事情要我帮忙吗？你说吧。”

“喝茶，今天，以我说为主，让我痛快痛快。姐先问你，你知道我是怎么从咱们山东老家来东北闯荡的？我听说过，你来东北参加工作遇到很多挫折，还差点返回去当农民，我告诉你，每一个闯关东的人都有自己跌宕起伏的故事，今天就说我自己。

“‘文革’时期我在公社的高中上学，虽然那时候学校不崇尚文化知识，但我学习很用功，那个时代是很容易取得优良的学习成绩的。我班同学中还有一个干部子女，他是随父母从大城市被下放遣返原籍的。他是班级里的头号学习尖子，一表人才，尤其是干部家庭养成的气质是农村学生无法比拟的，他的风度、语言、谈吐都让我们这些来自农村的女孩子们羡慕不已，他的篮球、赛跑成绩都是学校纪录的保持者。这些因素使他与众不同，成为同学们的偶像。

“他十分沉稳，言语不多，但我两个最要好，而且还谈上了恋爱。都怨年轻不懂事，再说那时的校园无人管理，学校也无疑成为青年男女的伊甸园，我两个就做了亚当和夏娃，我怀孕了。这可惹下大祸了，开始还隐瞒着家里人，后来瞒不住了，父母得知这个消息气疯了要打死我。就在此时，他的父母落实政策官复原职全家回省城了——等待他的无疑是无比辉煌的前途。他什么也没有说，就默默随父母走了。”

子文气愤地说：“这个混蛋陈世美，你怎么就让他走了，去省城找他，不行就把他的丑恶公之于众!”

“谢谢你为我抱不平。但是这件事不能全怪他，我自己的责任同样大，谁让偏偏这个时候他父母就官复原职了呢？这就是命中注定！再说爱一个人就爱他的全部，包括他的缺点。”

“后来呢?”

“我自己一个人到县城偷偷打了胎，我也不想在村子里待下去，我想跑到远离家乡的外地落脚。我知道我们村子里有很多人在前些年响应祖国号召到东北支援边疆建设，东北的工作不难找。没几天，我身体稍微复原就告别父母和家乡，先买上到沈阳的火车票，漫无目的地踏上闯关东的火车。一路上我茶饭不思，还时常趴在车厢的小桌子上哭泣。我的异常举止引起同座位上的男青年的注意，他给我打来开水让我喝，还把自己带着的毛巾到卫生间弄水浸泡拧干让我擦脸，慢慢我就开始和他说话了。原来他与我一个县，早在两年前就到东北参加了林业局工作，这是回来探亲捎带着说媳妇，媳妇没有合适的，自己的假期到了，就要回东北单位。”

子文打断李岚的话说：“我知道这个男青年是谁了。”

李岚淡然一笑：“这种故事很平常，小说里经常有这样的巧事，也就是我们常说的缘分。你听我讲。

“离开了家乡举目无亲，而且是第一次出门的我，在半路上就决定跟着他闯关东了。剩下的故事就真的没什么说的了，我成为一个再普通不过的家庭妇女，到林业局就工当了会计，然后结婚，生孩子，持家过日子，到‘文革’结束。在改革开放的年代我抢先一步做着第二职业，挣了点钱，算是改变了生活。但是我的心里苦呀，当一个会计并非我的心愿，最重要的是老实巴交的男人并非我所喜欢的和想要的人，和这样的人在一起也非我所希望的家庭生活。在我们整个林场又有谁能理解我呢？我的生活遭遇和来东北的原因很快就在林场传开了，人们总是对个人的隐私特别感兴趣。

“不管我工作多么努力，成绩多么突出，业务水平多么棒，给人们做了多少好事，想改变别人对我的看法都是徒劳的。在咱们这个民族，女人一旦有了污点，纵你为之付出再多，也掩盖不了那么一点点过错。子文，你也这样看我的吧？”

子文说：“不，我知道你乐于助人，一副热心肠，这全场都知道。谁家孩子病了找不到车去局职工医院，你总帮大家找车。今年春天一场鸡瘟横扫整个林场，你买了一大瓶疫苗，挨家挨户将林场所有的鸡都打了一遍，包括我家的。谁家有红白事，哪一家你没有帮忙？你的乐善好施大家有口皆碑啊，怎么还是嚼舌头，那些事情过去多年了还纠缠不清，这是些什么人嘛！这对你太不公平了。”

李岚听到这里，突然隔着茶几探过身子抓住子文的手说：“谢谢你，你说出了我心里多少年以来想说而无法说的话，知己难求，知心难找，知音难寻，我真的找到了，我今天这么幸运，啊，今夜我要失眠了。”

子文腼腆地说：“不至于的。天不早了，我明天开会还要准备发言的，您看……”

“你看我贪图说话了，真是对不住。你回房间早点休息，明天下午我们一起回林场。”

“咱们各忙各的，谁忙完了自己想法先回去。”

“好吧。晚安。”

第二天子文在教育处开会结束准备回林场的时候，看到李岚像昨天一样笑容可掬，站在教育处门口向他招手，她身后停着一辆汽车，看样子就是在等他的。

“这个女人！”子文想。

在车上，李岚对子文叹了一口气。子文好生奇怪地说：“你这个强女人有什么不如意的还叹气，如果什么事情能把你难倒，别的人就该上吊寻短见了。”

“子文，你说天底下最难的事情是什么？”

“你说。”

“大约就是儿女之事最难了吧。”

“怎么？你遇到什么难题了？”

“你知道，我的女儿在高中上学，偏偏进入早恋，怎么说也不听，不知怎么办才好。我的女儿是不是太像我，感情用事？”

子文笑了一笑：“有其母必有其女吧，你就是在高中……”

李岚伸手堵住子文的嘴说：“那是伤疤，揭开要出血的。我本不想说这件事情，但我听你的言论我很服气，才说了。”

子文说：“孩子早恋没什么不好的。学生时代早恋其实并不是洪水猛兽，不要怕。不外乎两种结果，第一种是因早恋荒废学业，这是负能量；第二种是恋人之间相互鼓励、共同提高、比翼齐飞，唯恐落后让对方瞧不起。何况，两人同在一处可以在生活上相互关心、学习上可以取长补短相互帮助，这就变为正能量了。如果家长正确引导，不是很好的事情吗？”

“哎呀，还是头一次听着有人发表这样的言论呢，绝大部分人一谈到子女早恋都是谈虎色变的，到了您这里倒成了好事情，你真不是一般人。我告诉你，我的女儿看中本校学生李淮了，那孩子运动员身材，也确实具有运动员素质，是中学篮球队中锋，还是本市百米赛跑纪录保持者。可是这孩子实在是个四肢发达头脑简单的小伙子，学习成绩在班级倒数第一，而当专业运动员却还有差距。咱的女儿就死死看好了小伙子的外表，真没办法了。眼看高中毕业了，咱女儿上个中专大专都差不多，可是那小伙子毕业就是失业，只能是个待业青年，这怎么行？”

“当不成专业运动员，当个体育教师总可以吧？”子文说。

“当个体育老师，也得有个师范文凭吧。待业青年谁要他当老师啊。”

子文灵机一动对李岚说：“我有个不成熟的主意你看行不行。我的舅舅在沈阳体育学院是个教授、田径系主任，是著名的田径国际裁判，国家的大型运动会和某些国际体育活动都邀请他担任裁判或者裁判长，我们去找找他，看看能否将李淮送进体院读书深造，成不了专业运动员，毕业后能到中学当一个体育教师也是很不错的。”

李岚高兴地说：“这你还问我行不行？当然是太行了。不管能否达到目的，我都十分感激您，如果成功，不但改变了李淮的命运，也改变了我女儿的命运。这可是件大事情，但做这件事情难度肯定很大。不过我们还是试一试，不成功再做其他打算。”

两天之后，子文和李岚还有那个身材挺拔矫健的年轻人李淮踏上去沈阳的火车。李岚带上自己家种植的人参、木耳，山上捡来的蘑菇、到山上养蜂人那里买的蜂王浆等山货特产，打成一个巨大的包裹，沉重地背在肩上。子文再次惊讶李岚这样一个身材窈窕的女子竟有这样好的体力。看那人高马大的青年李淮，两手空空连个小旅行兜也没拿。子文示意李淮，让他接过李岚背上的包裹，但他对子文的示意置若罔闻就像没看见。

子文便主动对李岚说：“优待女同志，我来背包裹。”但李岚躲闪着：“我们求你办事，还让你背东西，这是不可能的。我又不是背不动，这些东西也不是很重，你就放心吧。”子文再看李淮，那家伙将头偏向别处不看子文。

在火车站购票的时候排队长长，李岚背着包裹抢着排队，子文有些不满地对李淮说：“你不会去排队吗？你坐在那里坐得住？”李淮不耐烦地说：“我排上队有什么用？我身上没带一分钱。”说着找到候车的一个座位坐下，闭上眼睛不再看子文和任何人，像一个老僧入定。子文开始厌恶这个小伙子了。

子文原来不认识李淮，但对他的父亲李学却是闻名贯耳。李学也是大跃进年代从山东来支边进入林业系统的，是改革开放后林业局第一个富起来的人。他在林场管理人事和劳资工作，家里开着小煤窑，专门招收从偏远山区来打工的人下井挖煤，特别是从云南贵州来的人。他知道来打工的人前赴后继源源不绝，不怕没人干活，所以对劳动者十分苛刻。在招工的时候，承诺的劳动报酬也不低，但是开工资的时候总能找出工人各种过错将工钱扣得一干二净，如果工人为此不干了正好，那就一分钱也没指望。大家都知道李学的行为就是变相剥削，可是山高皇帝远，李学有钱有势的，这深山老林的劳动制度和劳动法规都是一张废纸。李学自己号称李百万，大家都称他为李不仁，就是为富不仁的意思。据说这李不仁十分吝啬，对自己的父母也一视同仁。他的老父亲日夜给他看煤窑，一天到晚二十四小时吃在煤窑住在煤窑没人替班，一个顶三个人，但一分钱也不给。

有一次，老父亲让别人替班去理发花了四角钱，被李不仁踢了两脚，因为李学家里早就买下一套理发工具的，是不允许家人到理发馆的。这传闻是真是假难做定论，反正是臭名远扬。今天，看到李淮的行为，子文深深为李岚担忧，李岚的女儿像妈妈一样相貌很好可没有妈妈的精明能干，落入这样的虎狼家庭和无赖一样的男人手里，还有好吗？

火车在黑夜里行进，李淮斜歪着身子呼呼大睡，口水不断顺着嘴巴流下，睡相很不雅。李岚将自己一件上衣盖在他的腿上，他浑然不觉。子文想就他这个睡觉的姿态，其家庭修养和个人修养也不咋的，只是看在李岚的份上不想多说。

“子文，我们这次去找你舅舅，有几成把握？困难一定很多吧？”

“这很大程度上取决于李淮的体育指标和文化课的学习成绩，其次才是关系。有关系也是要考试的，这不可或缺。李淮的文化课很让人担忧，差得太多是很难照顾的。”

李岚说：“多花点钱行不行？但也不要太为难了你舅舅，也不能太为难了你。”子文说：“有些事靠花钱也是不行的，全靠关系也是不行的。两方面都过得去，尤其是成绩。”李岚问：“你和这舅舅关系密切不？”

子文叹了一口气，喝了一口水，幽幽地说：“怎么说呢？咱们是好朋友，我多说一些。你早知道，我的娘是我的养母，不是生身母亲。这个舅舅是生身母亲的弟弟，而不是将我养大的养母的弟弟。正因为生身母亲对我的歉疚，这舅舅也同样对我特别客气，对我特别好，就连舅母也很亲切，可我的心里觉得这些客气不踏实。我来到东北参加工作之后，在东北地区他们是我唯一的亲戚，学校去沈阳旅游，舅舅在学院给老师们安排食宿，学校放假我也带孩子去串门看望他们，我觉得是很亲的，只是从来没给他添麻烦让他办什么事情。这次来是第一次求他办事，心里也是没有底。我们努力吧。”

在沈阳体院舅舅家里，子文向舅舅说明来意，舅舅沉思一会儿说：“先让我们系里的几个教练非正式地考核一下他的运动成绩再说吧。”

第三十章

在体育学院的操场上，舅舅指着李淮对自己请来的下属也是朋友们说：“这是在长白山区林业局工作的我姐姐那个孩子，这孩子在学校参加过全国中学生运动会，他毕业后如果在本地参加工作就要在林业局抬木头，把一个好好的运动员的体力用在原始森林的伐树抬木头上，真所谓汗血盐车了，在林业局埋没了这孩子的天分是很可惜的，今天投奔到我这里，我心里也没有底，只好先请大家帮忙非正式测验一下，看看体育专业成绩，麻烦几位了。”

子文听了舅舅对教练们说的话很吃惊也很感动，悄悄对李岚说：“舅舅为了把事情办成，把李淮的身份说成是我的身份了。”李岚感动地说：“我也听出来了，您舅舅如此用心，肯定会成功的。”

接连两天的非正式测验和学院的正式测验结束。傍晚，子文等人等在舅舅家，舅舅从外面进来，手里拿着几张纸，说：“成绩不理想，有几项成绩不达标，争取进入学院今年的特招生恐怕不可能。再说还没有进行文化考试，看来事情的难度不小啊。我打算找找院长想想办法。你们先在学院招待所住着，今晚上我到院长那里看看再说。”

李岚说：“您辛苦这几天了，今天晚上请你和夫人吃饭吧，您选择地方。”

舅母急忙推辞：“这就见外了，子文从山东来到这人地两生的地方工作本来就难一些，这几年他遭上这么多事情，我们离得远帮不上忙，子文对我们说全凭大家照料渡过难关。今天子文带你们来到这里，我们很愿意尽一份心意表示感谢。你们放心，我们能想到的都要做到，争取把事情办好。实在办不好，我们尽力了也就是了。你们路途劳累早休息吧，本来子文来了是在家里睡的，但不能让你们单独去住招待所，房间给你们开好了，两个房间，这是门卡。”

在学院招待所，李岚对子文舅舅夫妇很是感激：“没想到，这么高级的教授还这样实在，当然，是你子文在舅舅心目中有威信啊。”

子文不愿意很早与李淮在房间里睡觉，他坐在李岚房间的沙发上，对李岚说道：“我有种预感，舅舅今天找院长肯定能想出办法，我们不会白来。可是……”子文顿住不想再说了。

“有话快说，什么事？别为难，更不能憋在心里。”

“我想对您的准女婿做一个评价如何？”子文说。

“对他的体育成绩还是文化课成绩？”

“体育成绩、文化课成绩我不专业，都不是我能评价的。这里，我想对这孩子的人品、行为发表一下看法，说错了别介意。我这人有话留不住，不吐不快。人们都对李淮父母的为人众说纷纭，这不是我们关心的事情，但作为您将来的乘龙快婿的人品，我们应当考察并关注。女怕嫁错郎，这话是对的。”

李岚打断子文的话：“子文你是个聪明人，但太聪明了也可能过于敏感，你和他刚刚认识两天，就在路途上这么短时间，你就看出一个人的品质来了？不要妄加评论，也不要结论太早。您和您舅舅为我们办事，我会终生感激你们。李淮这孩子还是个学生，你不要对个孩子要求有多高。他的父母怎样，大家传言而已。你只管给我们办事，不管将来女儿的婚姻发展如何，我们忘不了你和你舅舅。”

子文语塞。与李岚结识以来，第一次话不投机了。

次日上午十点半多，子文等人在招待所焦急等待着舅舅带来找院长的消息，舅舅面带喜色进来说：“事情有眉目了。”

子文和李岚急忙起身，子文说：“什么情况？”

“院长说，这样的成绩按照特招名额也不行的，特招名额可以在文化课上要求低一些，但是体育成绩要更好才行，还有就是按照国家教委及国家体委的有关规定，高等院校特招体育生要有单项是国家前五名的成绩才够录取资格。院长说，只有按照交换生的办法录取。”

“交换生是怎样的？没听说过呢。”子文打断舅舅的话。

“交换生是两个学校之间交换，是在一定成绩的基础上，此校的学生到彼校上学，彼校的学生到此校上学，这种名额极少，都是为了解决个别情况或者特殊情况的学生上学。不过院长说，今年本校只有两个交换生名额，有一个体育成绩很好是全国纪录保持者和全国冠军，这是板上钉钉的事情，这是谁也不可占用的。还有一个交换名额，是本省教育厅长早就和院长打了招呼的，厅长的儿子因为有犯罪前科被拘留过，学生档案有记录，普通录取没有可能，厅长找了院长，也算是定下了。我对院长说，我的亲外甥李淮在林区抬木头，很好的体育成绩很快就糟蹋了，今年把给厅长儿子的名额先给我外甥，我去找教育厅长，厅长是我大学同学，我能做下这工作。我从院长那里出来接着到教育厅找上我这当厅长的老同学，拍着胸脯子向他下了保证，明年给他儿子从本校弄个特招名额。毕竟厅长本不愿意他儿子被交换到其他省里上学嘛，所以勉强答应下来。我这还没和院长汇报这件事，怕你们着急，先过来说说，这就去找院长。”说着就要往外走。

李淮阴沉着脸站起来问舅舅：“把我交换到哪里去？你还没说呢。”

舅舅说：“可真是，差点忘了。是交换到武汉理工学院体育系。”说完急匆匆走了。李淮站在原地没作声。

李岚高兴地说：“啊，你舅舅真是办事的人，真是想尽千方百计也给办成了。真是太让我感激了。”

三天后，子文一行回到汤河林业局，还没回到林场，李岚就在百货商店给李淮买了一条天津产的纯羊毛毯，一条丝绸被面，挑选了一套本店最贵的西服、金利来衬衫和两条领带，购买了带密码的最好的旅行箱，到中药店购买了常用的中成药一大包，什么感冒的肚子疼的头疼的不一而足。那李淮不动声色，也不劝阻，任凭李岚花费，而且连动手拿着都不肯，李岚把购买的东西装进旅行箱里自己带着。子文看着李岚的举动，心里想：“聪明一世，糊涂一时的李岚啊，被喜悦冲昏了头啊。将来，这李淮……”可是现在他不再劝阻李岚，既然给人家把事情办成了，再说不好听的干啥呢。

回到夹皮沟林场，李淮的父亲早接到长途电话来到李岚家，李岚的爱人陪着准亲家在喝酒呢。看见李岚子文等人进来，李学打着哈哈说：“我们俩人正说着呢，我说了，我两个儿子，李淮我不要了，给你们当儿子吧，我养了十九年送给你们了。”

子文十分反感地想：“女婿半个儿这说法虽说也有，可李学是别有用心啊，上大学，结婚，工作，将来生儿育女都成了别人家的任务，推得干净啊。什么玩意！大家给他起的绰号李不仁，名副其实。”

李岚热情地介绍说：“老李，我给介绍一下，这是子文，校长。这次全亏了子文和他舅舅大力帮忙，办成这件天大的事情，我们真是感激不尽啊。”

李不仁端起酒盅仰起脸喝酒，对李岚的话只当没听见。

放下酒盅，李岚又在说子文的舅舅怎样办理事情，李学说：“那都是你们之间的往来，我就不方便掺和了，我们又不认识人家。”子文不知李学说“不认识”，是指的自己还是舅舅，转身就走，出来好几天还没回家呢，回家看看也得去学校看看。

李岚赶出门外拉着子文说：“你不能走，饭还没吃一口，这么远回来怎能不吃饭？别怪他，一切看我面子嘛。”子文冷笑说：“父子简直就是一个模子出来的。与他们同桌吃饭？任他李百万多么有钱，还不配与我同食！也不配与你结亲。”说完甩开李岚的拉扯就往家走了。天还早，先到学校吧。

几天之后，子文接到教育处通知，明天教育处召开各学校勤工俭学会议，今天下午正好有局里的大客车，还得提前一天到林业局招待所住下。

大客车从局里开出来一路上经过这条山川的好几处林场，先经过夹皮沟林场最后才到达终点三道林场。夹皮沟林场的人要到局里，得等到大客车从三道林场返回路过夹皮沟林场的时候上车，然后去局里办事，这样的安排，往往是三道林场虽然更远，但却是先上车，等夹皮沟林场的人上车，有时候连座位都没有了。

子文等客车从三道林场回来，上车之后，看到李淮的父亲早从三道上了车坐在车厢后面的座位上，他正探着身子与前面座上的人说着话，他身旁的座位没人坐。等子文挤到后面，来到李学身旁坐下，才看到李学在瞬间已经身子朝一边歪着，闭着眼睛打着呼噜。

子文心想，这人睡得好快，就挨着在他身边坐下了。凿开山腰修建的山路运材专用车道被今年的大雨冲得一道道沟坎，汽车沿途颠簸得很厉害，但并不影响本地这个最早的百万富翁的酣睡。客车前行又路过两个停车点，也上了十多个人，车厢挤得满满，人们互相打着招呼，人声嘈杂，李不仁依然有节奏地打着鼻鼾，声音不粗不细很均匀，很有味道。一个小时过后，客车终于到达林业局客运处停车广场，乘客们鱼贯下车，子文一改往日的急性子端坐不动，等待座位上的伙伴醒来一同下车。有人在过道上往外走，顺便拉了李学一把，还喊着："老李，下车了，还睡觉！昨晚干什么了？"

李学依然均匀地打着呼噜没有被人拉醒。子文心里好笑，反正下车后没有急事，就故意地继续坐在座位上等待。很快，乘客们走得只剩下李学和子文两个人。年轻的乘务员是个态度粗鲁的小伙子，他走过来大声喊道："你们还下不下车？想住在上面怎么的？这车开进车库就锁门了，一晚上别下来。你，"乘务员指着没睡觉的子文说，"快叫醒他！"子文还是没动。小伙子上前拉着李学的胳膊使劲摇撼："还下不下？"

李学这才睁开眼睛似乎大梦初醒的神态，嘴里含含糊糊地说："嗯，嗯……啊哦，子文老师来了，你看我这睡得真死，不知道你也来局里了。"一边说着站起来，一看手腕上的表慌忙说道，"啊，我要耽误开会了，来不及了。"话音未落踉跄下车夺路而走，一溜烟跑得远远的头也不回。子文在后面哈哈大笑，笑得弯腰淌出眼泪。

子文的爱人太真在林场家属副业大队打工又是两年多了，家属队的工资不像正式职工那样按月支付，而是需要年终结算之后按照生产价值核算。家属大队分成六个小队，有人参种植、养猪、粮油加工、开荒种地、菌类培植、木材加工等，太真就在粮油加工担任小队长，带着几个毕业之后尚未招工的林业职工的女孩子，在林场闲置的几间房子里，进行饲料加工、做豆腐供应职工、榨油，还在山上开了一百来亩地，种的是葵花籽。子文家庭的经济收入是这样安排的：子文的工资供应全家人吃穿住用，太真每到年底一次性支付全年工资，就全部还账。经过太真这两年的努力，在山上摸爬滚打，把母亲住院落下的债务还上了三分之二，再奋斗一年就差不多了。子文庆幸自己的爱人吃苦耐劳很能干，她的小队每年在家属大队各小队中收入都是名列前茅。只是，为了还债，女儿不到一岁，太真就把她扔下，上山干活或者在加工厂做工。

太真起早贪黑上班，三岁半的女儿圆圆只好随子文在学校的操场周边自己玩耍，学校西面、北面、东面三面小河环绕，南面是运材路汽车往来频繁，孩子独自玩耍是很不安全的。让子文放心的是孩子十分听话，只要大人嘱咐了就自觉地遵守。孩子没有任何玩具，子文给她一个自己家做饭用的小铁铲子，她就在操场边缘挖土。学校的老师们都知道校长家的情况，没人觉得校长上班带着孩子有什么不妥，下课后很多女老师还愿意陪孩子玩一会儿，有的把家里自己孩子的玩具拿来送给她，四五年级的大孩子们也愿意与她玩耍。这孩子太懂事乖巧、聪明伶俐，让人喜爱。如果天气不好，就把圆圆放在办公室，给她一张凳子坐下，不让她到别的老师的办公桌上去，她就哪里都不去只是安静地坐着，给她一本书她会对着课本上的插图翻来覆去仔细看半天。多了一个孩子在办公室，大家都不觉得有什么不妥。

近几天女儿圆圆经常拉稀，子文带她到林场卫生所打过几次针不见效果，大夫说还得继续打几天。虽说是个女孩子，看着文静，可是打针从来不哭不闹，反而更让人心疼她。这天又来到卫生所，卫生所这个张大夫大约是大清早就喝了酒，醉眼惺忪、神态恍惚，说话都不清楚，看到子文带着孩子进来，颇不耐烦地说："这孩子的毛病很顽固，今天给她用特效药吧。"说着从药橱底部的一个抽屉里拿出一盒注射剂。不知为何，女儿突然一反常态大哭大闹，坚决不打针。孩子的哭声凄厉，这是从没有过的事情，子文想，可能是看到大夫的醉态吓坏了吧，就使劲把孩子抱住不让她哭闹，但孩子拼命挣扎，子文很少对这个听话的女儿发火，但这次一边哄着她，一边搂紧孩子露出屁股，看着大夫把药推进孩子的身体。打完针，孩子仍然嚎哭不止，子文略有诧异，他认为这种药大约像青霉素那样，特别疼吧？是什么药能让孩子这样痛苦呢？他不由得往桌子上放着的药盒子看了一眼，盒子上清晰地印着："氯霉素注射液"。三天后，孩子的拉稀依然不见效果，张大夫又加倍使用了几天，终于不再拉稀。子文终于松了一口气。

几天之后，子文发现孩子萎靡不振、神情倦怠，有几次还躺在操场上睡着了。把她抱进办公室里也是无精打采，摸摸头部似乎是发低烧。有个女老师过来亲切地摸着孩子的脸，突然对子文说：“你过来看看，孩子脸上怎么长了这么多小小的红斑点，怎么回事?”子文一看果然是这样，考虑可能是生水痘。可是没过几天孩子又出鼻血，用各种办法都止不住，这才觉得问题可能不小。夫妇二人带着孩子到汤河林业局职工医院诊断，经过血象化验得出的结果令人大吃一惊。大夫问：“最近孩子用过什么药物?”子文说：“因为拉稀，在林场卫生所用过氯霉素注射。”大夫的脸一下子沉了下来，半晌不说话，然后拿起化验结果说：“你等一会儿，我找院长看看。”不多时，一个护士过来找子文说：“院长让你到他办公室。”子文立刻忐忑不安，如果是一般病情，怎么会让院长亲自诊断呢?

院长问：“孩子几岁了?”子文回答三岁多了。院长叹了一口气：“这么好的孩子，偏偏得这样的病！唉。”说完摇摇头，很惋惜的样子。

子文知道了问题的严重性，急急忙忙问院长：“院长您告诉我，孩子到底怎么了?”院长挥挥手对大夫说：“到你科里去说吧。”

大夫把子文带到自己的办公室，让太真抱着孩子在走廊上等着，只让子文跟随进入办公室里，掩上房门。院长对子文说：“孩子得的是再生障碍性贫血，这与你说的前几天用过氯霉素有着直接关系。氯霉素的副作用是破坏人体造血机能，孩子得的是急性的，发展很快，这种病目前十分危险，死亡率很高。看来初次使用氯霉素并没有注意观察，也没及时跟踪血象化验，而且我估计用量也过大，才导致造血功能受到严重破坏。我们商量过，建议你们带孩子到大医院进一步诊断治疗，越早越好。你要做好两种准备，一是经济上的准备，这种病的治疗费用是很高的，二是下一步要用大量的血液，要长期输血，这比钱更难一些。”子文听了大夫一番话，呆呆地一时说不出话来。他想起来了，在林场卫生所，用氯霉素头两天效果不明显的时候，林场大夫说过，用量是加倍的。至于血象化验什么的从来就没有过，也没任何提醒。可是事到如今，什么也顾不上了，抓紧时间，赶紧到大地方看看确诊一下，说不定是误诊呢。子文现在希望的是这个职工医院的确是误诊了。自己马上要出去面对妻子和孩子，是否把实际情况告诉妻子呢？他很快就做出决定，要把实情告诉她，因为如果事情确实这样严重，下一步给孩子的治疗，一刻都不能离开孩子的妈妈，也没有必要隐瞒，能瞒得住吗？但是孩子是要隐瞒的，她还小，但又是个精灵无比的孩子，刚才大夫让母女俩出去等着，妻子和孩子就会感觉到事情不一般。一定要瞒着孩子，要鼓励她，坚定孩子战胜病魔的信心和勇气。

果然妻子已经料到事情非同寻常了，抱着孩子站在医院走廊抹眼泪，孩子两只小手正在给妈妈擦眼泪。看到母女俩这一幕情景，子文告诫自己，首先自己要稳住，不要惊慌失措，不能乱了分寸，自己是这个家庭的支柱，如果自己崩溃了，全家人也就土崩瓦解了。

他让妻子把孩子放下，让她随便玩玩，偷偷简短地给妻子把事情交代清楚，并把自己的决定告诉妻子。子文说："咱们现在就马上按照医院的意见，到通化地区医院血液科给孩子做诊断，我们把带着的钱全凑到一起也不够到地区医院治病的。为了抓紧时间，我先带着现有的钱和孩子走，估计这些钱在门诊也就够了，你回林场借钱。借钱的目标，首先是你在家属副业大队工作，本年度也干了大半年了，我们急需用钱，你去找领导说明情况，是否能把你这半年的工钱提前预支一部分，等到年底结算之后，我们多退少补；第二目标是借个人的钱，李岚过去借给我们的钱，你用这两年的工钱都还完了，现在还得借她的，别的人谁有钱呢？借到钱马上去通化，你到了通化，估计诊断也出来了，然后我们住院治疗。"妻子迟疑地说："要不我到叔叔家看看他能不能给凑上一些？"

子文说："不行。不能借老人的钱。我们没有多少钱给他们，我们也不能向老人开口。再说，咱婶子你是知道的，这人特别敏感，借不到钱，还要落不是的。"

地区医院的确诊与林业局职工医院的诊断一致。妻子也从林场拿到预支的工钱赶来了。但是地区医院告诉这对苦命的夫妇："在这城市里，你们找不到血源，医院的血库里也没有库存。我们知道你们是汤河林业局的，那里有个大型煤矿，据我们了解，在煤矿上有很多从山东来这里的盲流打工，也卖血。在这里住院的病人还有到那里去找血源的，所以我们知道这些。孩子的病情已经这样了，输血就是眼前的事情，这种病只要确诊了，在哪里治疗都是差不多的方案，就不如回到你们单位的职工医院，许多事情都方便得多。再说在大医院费用可是比职工医院高许多，我们这是善意的劝告，我们没有权力把病人推出去不管。你参考一下我们的意见。”

子文夫妇商量一下，当天晚上乘火车回到汤河林业局职工医院，接着按照急诊办理住院手续，开始了长达半年的治疗。治疗的过程是艰难的，经济支出，伺候孩子，这两口子都不在话下，最让人难熬的是孩子随着病情发展遭受的巨大痛苦。住院的治疗方案一是采用化疗和激素治疗，刺激造血功能的回复，明知希望甚微，但还是要一丝不苟地进行。同时采取中西医相结合的手段，小小的女孩子每天要服用两大碗中药汤苦不堪言，聪明懂事的女儿从来不用大人催促，端起碗一气喝完。每天还要打很多各种各样的针，针头有的粗有的细，扎针有的深有的浅，孩子咬着牙从来不哭。起初的时候三天就要输一次血，后来开始全身出血，除了鼻子经常出血，眼睛里也往外渗血，就加大输血量和缩短间隔时间，每两天输一次血。为了寻找血源，两口子分工，妻子负责在医院照料孩子，昼夜连轴转，子文负责跑煤矿，专门找卖血的盲流。这些卖血的人总是说自己好长时间没抽血了，实际上他们刚刚被采血一两天，这些人为了生计不顾惜自己的身体，只要找到他们，他们总说没问题。为了避免被认出来，他们从不在一个医院卖血，这样一来，他们供应的血往往质量很差，血色素比病人高不了多少。有几次风雪交加，大雪堵塞了道路，在紧急情况下找不到血源，子文先后数次撸起袖子给孩子输血。子文的血液输给孩子效果明显，说明自己的血液比专门卖血的人质量好很多，用自己的血给孩子输上之后，孩子的状态明显好很多，而且间隔时间也相对延长。三岁多的女儿是那样聪慧，那样可人，那样让人疼爱，每次爸爸撸起袖子让自己的血液缓缓输入女儿的身上，女儿每次都难过地流下泪水，扶着爸爸的胳膊问爸爸：“抽血疼吗?”爸爸总是爽朗地笑着：“乖女儿，抽血一点都不疼。”女儿说：“爸爸不疼，我也不疼，打针、输血都不疼。”女儿虽然这样说，但忧郁的眼神告诉爸爸，孩子的内心是十分心疼爸爸的，她虽然不知道输血对身体到底有多少危害，但知道不是好事情，看看孩子的眼神简直不忍直视。日子一天天挨着，每两天输血的支出，恰恰是子文一个月工资。林场工会不断组织募捐，学校老师们集资，朋友们慷慨解囊，这些钱不断捎过来，子文总仔细地记在一个小本子上。有时候孩子睡了，子文在病床上挨着躺一会儿的时候经常看着小本子计算着拉下的债务，啥时候能还清，按照自己的收入，按照一家四口人的最低标准最低开支，要从牙缝里挤出钱来还账，起码需要十年左右啊。唉，不想这些，如果总想这些事情还怎么活下去？闯关东，闯关东，闯的什么关东！转念一想，这能怨闯关东吗？从母亲生病到这次孩子生病，哪一次大家不是全力以赴全力帮助呢？要怨就怨命运的安排。命运注定的事情谁能逃脱呢？就是不来闯关东，当年在山东的时候，父亲母亲不也是常年生病，自己从五六岁就伺候两位老人吗？

子文夫妇放弃了工作，一直在医院看着孩子，白天孩子躺在病床上，妻子坐在床跟前看着打针、按时喂药、给孩子吃饭，孩子睡了，就趴在床边休息一会儿。到了晚上，子文寻找血源从几十里之外的煤矿回来，看看哪张病床没有病号就睡在哪张床上，管他是什么人用过的床，管他是什么病人用过的被褥，只要有空着的，就很不错了，如果病人多没有空闲的，那就只好找一张凳子坐在床跟前趴一会儿。不到两个月，三十岁的子文就头发花白，满面憔悴，只有眼中露出一股顽强和坚毅。撇家舍业中最怕寒冷季节的降临，但严酷的冬季还是到来了，给这一家人带来了更大困难。

最困难的还不是子文夫妇，而是六岁的儿子璋儿，这孩子已经上小学一年级，父母在六十里地之外的医院陪小妹妹治病，璋儿一个人留在林场的家里。子文夫妇托付好几位邻居大妈大婶们不时过来照料孩子，邻居们都很尽心尽力。每天早上有人过来把孩子叫起来，把自己家做好的早饭送来给孩子吃，然后上学。有的邻居干脆把孩子接到家里吃住。可是孩子有时放学之后总回自己家里待着，他这样经常给邻居们造成错觉，西邻居们会认为孩子去了其他邻居家了，而东邻居还以为孩子可能到西邻居家了，这样一来孩子就吃不上饭了。子文知道邻居家都很认真，只是孩子太小不太懂事，自然很为此担心。子文只身闯关东，当年是奔着叔叔婶子来的，叔叔婶子膝下没有儿子，把子文招到东北来也是觉得人老了需要跟前有年轻人。可是子文母亲住院治疗期间，叔叔婶子没有对侄子家这些事情出手相援，无论是人力上的还是经济方面，都没这份义务。子文也觉得，叔叔让自己顶替当了工人，已经是仁至义尽，不能再对老人提出其他请求，也就尽量不给叔叔婶子再添麻烦。母亲住院，子文一个人在医院照料，妻子在家照料孩子和家务；但是女儿住院除了一般的照料，还必须有一个人专门寻找血源，保证每隔一天输一次血，这项工作，比在医院照料病人更重要。这样一来就苦了儿子。

虽说叔叔婶子年龄都快六十岁了，没到医院来看望孩子，但是叔叔林场的山东老乡们有很多人前来看望，老乡们得知这些情形，主动提出让璋儿到他们家住，但是子文考虑孩子要上学，老乡们说："你在汤河局教育界已经好几年，在全局的教师中都很有威望的，遇到暂时的困难，把孩子托付给当地学校，这不成问题。"可是子文忧虑的还不是这些，他为难地对老乡说："把我的儿子弄到你家吃住和上学，这都可以做到，但是您和叔叔在一个林场工作，您的好心可能让婶子面子上过不去。再说，婶子一直给她的一个同姓氏的叔叔家照看孩子，大的看到上学又看第二个，现在看第三个，我的孩子去了实在照顾不过来。我也不愿意再给老人增加负担。"这老乡心直口快地说："你婶子给那一家子看孩子十几年，接连看大了好几个，现在她自己的孙女有病，自己的孙子没人照料，这算什么事情?"子文的脸红了："叔叔婶子让我来当了工人，他们已经功德圆满，我没话可说。她能给外人看大几个孩子，这也说明婶子是个善良的人，只是现在顾不过来。"老乡说："可这是自己的孙子孙女!"说着就起身告辞了。

进入腊月天气，每天都在零下二十度左右，子文担心的就是家里的儿子，每天看到女儿打上吊针，用上镇静药安稳一会儿的时候，就开始牵挂着儿子的饮食起居。这天正在想着这件事情，突然病房门开了，李岚带着儿子从外面进来。李岚说："你们看是谁来了。"子文夫妇急忙起身相迎："你看，前几天你刚来过，今天又麻烦你带着孩子来了，这么冷的天你还这么忙，总给你添麻烦。"儿子说："我都来了三天了，阿姨不让我过来找你们。"子文吃惊地说："怎么？来三天了，在哪里住?"李岚抚摸着孩子的头说："你们顾不上孩子，他一个人在家，晚上屋里冷，他感冒了，没及时治疗，就感染成肺炎了。大前天的时候，你们邻居老张带着他打算来这里住院，在公路上拦车没拦着，遇见了我，我就带他来住院了。为了不打扰你们照料女儿，也怕你们分心牵挂，我们就住在隔壁病房里，经过三天治疗已经退烧，再吃点药就可以出院了，今天我才带他过来看看他小妹妹，明天我就给他办理出院手续。我虽然和你们不是邻居，但回去就让孩子住在我们家，正好你儿子和我的儿子又是同桌同学，正好一块放学一块回家一块做作业。你们就安心在这里伺候女儿吧。”

子文的妻子太真听到这里，一把搂过儿子，含着眼泪对李岚说：“感谢的话就无足轻重了，这几年我们家里这么多事情，可真是幸亏有你的帮助。孩子在你们家我们当然放心不过，可是让我们怎么感激你呢？”

第三十一章

女儿的病情发展很快，输血量也不断增加。三个月下来，女儿用了大量激素，每天要挂好几支吊针。孩子因为激素的原因全身浮肿，血管也变得很细，每次打针每次输血找血管都费事再三，有时要扎很多次针都扎不上，孩子每天遭受的巨大痛苦，就是一个成年人也难以承受。最后，护士长亲自扎针也不好办了，只好用手术刀把血管横切一道口子将针管扎在里面，虚弱的孩子每次扎针都面临一次劫难。子文夫妇使劲把着孩子的胳膊和腿，孩子在大人怀里的挣扎难以言状，孩子也知道如果她大声哭或着挣扎，鼻子马上就会流血不止，输血、药物都废了。小小的孩子忍着痛苦咬着牙，大人看着心里就像针扎一样难过，觉得她大声哭闹还好些。孩子扎一次吊针或者输血要二十多分钟，这二十分钟孩子咬紧牙关忍着不哭出声来，子文心里除了痛楚，就是对上苍咬牙切齿！凭什么对一个年幼的孩子如此残忍？你把这些痛苦都降到我身上来吧！

子文眼前时常浮现出正在热播的日本电视连续剧《血疑》中的幸子和父亲的画面，两者是多么相似啊。每次给孩子输血，明知道过两天还是会坚持不住仍复如是，但又怎能忍心放弃治疗呢？好心的大夫也曾经有这样的暗示，子文夫妇知道大夫是善意不是不负责任，可是夫妻两个达成的共识却是："不到最后时刻，绝不言弃，不到山穷水尽，决不放弃。"夫妻两个相互鼓励，相互安慰，子文感到妻子在危难时刻比自己反而更坚韧，更沉着，自己也坚定了很多。每次妻子看到子文焦躁不安，就让子文出去避开，自己把着孩子扎针。

孩子鼻子流血越来越频繁，大夫说孩子的血象越来越糟糕了，血小板经过检测已经到了极限，生命很危险，随时都有内脏出血的可能。近来，孩子在病床上已经站不起来了，她不哭出声来，像大人一样在难过的时候默默流眼泪，还把头扭过去尽量不让大人看见。孩子越是这样，大人看着更难受。开始的时候，孩子的头发一把一把往下掉，这是使用激素过多的结果，大人都受不了，何况是一个孩子？每次流鼻血都带来很大损害，明明是造血能力不行了还偏偏经常失血，真是矛盾。大夫对子文说："咱们医院的中医科一位老中医有很多偏方，往往有意想不到的效果，你到中医科问问他。"经过向这位大夫请教，他说有个方子，但只是应付一般症状，你的孩子是因为血小板太低，不知道是否管用，不过这个方子对人体估计没有大害，不妨试试。老中医说："中药里有一种叫血余，就是头发灰，中医理论认为头发乃血之余。药房和药店里可能没有这种东西，自己把头发烧成灰就是。急病乱投医，试试吧。小孩子用量不能太大。"子文向老中医道谢，马上到街上的理发馆找到头发，到医院的锅炉房里把头发烧成了灰，可是没有筛子没有箩，里面还有些没有烧干净的头发渣。子文知道自己女儿像大人一样能配合治疗，比大人都省心，就拿到病房给女儿服用。没想到的是，服用这种东西十分艰难，子文用一片纸，将头发灰放在纸上，倒进孩子嘴里，头发灰呛得孩子直咳嗽，根本咽不下去，只好作罢。但孩子因为一阵剧烈咳嗽，鼻子又大量出血。子文紧紧抱着孩子，来到大夫办公室，大夫让护士用海绵条止血，把粗粗的海绵条硬塞进孩子的鼻腔，总算是暂时止住了血。子文夫妇总算松了一口气。不知为何，女儿不流鼻血了，可是听声音，总在吞咽什么，一口口咕咚咕咚有声音，就像大口喝水吞咽的声音一样。女儿神情痛苦，眼神黯淡无光，父母的心又被吊起来七上八下，但愿孩子不要遭很多的罪。半个小时以后，孩子的身子像面条一样蜷缩在妈妈怀里，一会儿又开始作呕不止。"哇"的一声，嘴里鲜血喷涌，一会儿就吐出一痰盂，看上去触目惊心！妻子太真一下子精神崩溃，坐在床上呆呆的，嘴里念叨："孩子坏了，孩子坏了，怎么办怎么办。"大夫闻讯赶来说："这是海绵条没有止住出血，只是止住了鼻腔的血，没有止住咽喉部出血，全部咽下去了。情况危急，只有马上输血抢救！"

昨天女儿刚刚输上血，打算是明天再到煤矿找人后天输血，没想到情况突变，情况紧急，只有自己再次为女儿输血。这是在女儿住院以来第三次抽血输给女儿。妻子似乎不愿意丈夫单薄的身体频频输血，但只是一瞬间的犹豫也就点头首肯了，一是没有别的办法只有这样，二是自己的血型与女儿不配型。妻子知道，丈夫昼夜操劳奔走，为寻找血源，为家庭债务，为家里的儿子等诸多事挂心。学校的工作幸亏日常理得顺，不大用操心，但眼看就要期末考试，很多事情都要操心。学校的赵老师隔几天来医院汇报一次工作，并带回子文的意见。妻子还清楚，别人给人输血之后都要静养休息，还要注意加强营养，可是自己的女儿有病，输血之后，拔下针头就要继续奔走操劳，昼夜难眠，连一处睡觉的地方都没有，哪顾得了休息顾得了营养！女儿的性命暂时保住了，但是身体的衰弱不可避免地在日益加重，眼角开始溃烂，腋窝开始发生溃疡，输血也已经越来越困难。医院的技术和医疗设备十分简陋，没办法治疗这些可怕的症状，大人的感觉似乎是垂首待毙无可奈何。他们哪怕自己承受十倍百倍的痛苦也不愿意孩子发生不测。

子文抽时间就给女儿讲童话故事，但他本来也不知道多少童话故事，街上有一家书店，他在女儿睡觉的时候，急急忙忙跑到书店，以最快的阅读速度，把童话故事浏览一遍，只要有一点故事情节，子文相信自己会把故事演绎得非常精彩。女儿总是出神地听爸爸讲故事，明亮的眼睛变得越来越忧郁，那眼神与孩子的年龄差距很大，子文几乎不敢注视这双眼睛。他经常怨恨自己，是自己无能，在自己三十年的生命历程中先是失去了父亲，又失去了亲爱的母亲，现在又眼看着爱女一步步走向死亡而自己却无能为力。看着女儿日渐憔悴不堪有些浮肿变形的脸，他经常背过身去擦干流下的泪水，再转过脸来和女儿面对面互相看着。他不敢想象如果有一天女儿发生不测，夫妇俩怎样渡过这一关。女儿如此听话如此坚强如此懂事如此乖巧，所有小女孩应有的最可爱的品质她都具备，难道就因为孩子如此可爱，也遭到天忌？要把孩子招到天上成为一个美丽的仙女？子文问天问地，得不到答案。

元旦到了，进入新的一年。女儿在医院里没有了元旦来临的概念，在这间狭窄的病房里，一家三口人度过了 170 个日日夜夜。子文告诉女儿：

“圆圆已经四岁了，是个大姑娘了。”女儿露出一丝成长的欣喜，躺在床上伸出两只手背发青的小手要抚摸爸爸的脸，子文低下头让女儿摸着，女儿的手背被针扎得伤痕累累惨不忍睹。抚摸一会儿，两手无力，就放下来攥着爸爸的手睡了。没多久又睡醒了，这次似乎不是疼醒的，她用微弱的声音对妈妈说：“有剪刀吗?”妈妈知道女儿从两岁开始就爱好剪纸艺术，心灵手巧的程度令人难以置信。开始时，子文给结婚的邻居用大红纸剪出很多大大小小的“喜”字，女儿要过剪刀从炕上拾起碎纸屑剪来剪去的，竟然歪歪扭扭剪出一朵小花。子文惊喜无限，马上用一张较大的纸，折叠成为六个角，然后用铅笔画上裁剪路线，让女儿照着画出的路线慢慢剪出，然后慢慢把六分之一的折叠纸打开，眼前就出现了女儿的手工艺品，一朵开放的牡丹花。此后子文有意识找些纸张画上裁剪路线，让她剪出各式各样的图案。这些剪纸，子文都仔细地夹在一本杂志里，并且注明日期。子文想，等女儿大了一定给她找一个著名的剪纸艺人发挥她的心灵手巧的才能。女儿如今学习剪纸艺术已经一年有余，生病这些日子没有再剪过一张纸，今天女儿提出这个要求，他自然十分高兴。病房里找不到剪子，他找熟悉的大夫借来一把做手术用的剪刀。

女儿浮肿的小手显得有些拙笨，但还是一丝不苟认真地运用手里的剪刀。不到一个钟头，接连剪出好几幅作品，自己满意地露出难得的笑容。子文想把这些作品用纸包好保存着，但女儿用手指指窗户，子文明白，孩子想展示一下自己的艺术作品。窗户上的冰雪也结成了瑰丽的图案，子文用抹布使劲擦干净一个窗格，把儿幅作品仔细地粘贴在上面，在周边冰雪窗花的映衬下，显示出一种奇特的美，简直就像仙境。当同病房的病友们看到整个过程的时候，人们都不相信这是一个身患重病的三岁半女孩用无力的手剪出来的。护士们、大夫们闻讯过来，都惊奇不已。子文拿出笔在剪纸作品空白处写道：“圆圆四岁作某某年元旦。”有个大夫是个摄影爱好者，有一架苏联产照相机，他特意从家里把相机带到医院，让太真抱着女儿站在窗前照了一张相，这是女儿的遗像。浮肿但不失为清秀的脸庞，清澈明亮而忧郁的眼神，想到这样可爱的她就要离开这个世界，妈妈潸然泪下。

女儿剪窗花的举动实在不可思议，放下剪刀不大一会儿，女儿又开始鼻出血，眼眶里出血，接着呕血不止。这次发作不同往日，来势汹汹，血流如注，子文对大夫说："病情发作如此严重，只有输我的血才能见效，再说找血源已经来不及，赶快赶快。反正不用再做化验什么的，赶快赶快啊！"大夫摇摇头，叹息着，低声对子文说道："这次大约够孩子受的，内脏大出血了，恐怕过不去这最后一关了，准备一下吧。"子文带着哭声对大夫吼叫说："我要给女儿最后一次输血，你必须这样做，否则我会后悔一辈子、埋怨自己一辈子、恨自己一辈子。"爸爸的三百毫升血液又通过用刀片割开的女儿的血管输进去。输血完毕，女儿微微睁开眼睛，声音很细地说："爸爸妈妈我冷，很冷啊。"子文伸手一摸女儿的头和脸，果然冰凉冰凉。子文问大夫："体温这么低怎么办？为什么这么低？"大夫轻轻在子文耳边说道："大量失血，身上已经没有多少血液了，你看浑身完全雪白颜色，肌肉透亮了，血液已经在内脏积满了。"说着摇头深深叹息不止。女儿的嘴又动了一下，妈妈低下头听到女儿说："妈妈，我四岁了……"说完眼神暗下来，只有眼珠正中间的瞳仁像夜晚的寒星一样闪着寒光，直视着妈妈久久没有闭上，似乎不甘心离开这个世界，不甘心离开身边的爸爸妈妈。她不知道自己为什么明明不愿离开爸爸妈妈，但还是要离开。

170个日日夜夜，女儿走了。半年的医院陪护得到的结果依然是最初的预料，这预料是准确的，为什么不是误诊呢？明明知道会有今天，但还是必须按部就班走下来，绝不可省略任何环节，还必须坚持这水深火热的半年，只有一种力量的支撑，那就是母爱和父爱。170天，夫妻二人没有换过衣服没洗过澡，没有理发，子文晚上也没有脱过衣服睡觉，内衣和棉衣里面全是虱子。170个日日夜夜，女儿吃的药能药死一头牛、扎的针足以让一个健康的人死去活来若干次，输血八十多次，能装满两大水桶，其中有四次是从身材单薄的爸爸身上流出来的。170天，最严酷的两个季节轮换，六岁儿子基本处于流浪状态，而且恰恰是在东北的高寒山区最冷的时候。170天，治疗费用是子文月工资的100倍，不吃不喝要还债十年！但这些代价比起女儿的夭折带来的心灵巨创又算得了什么！如果上天安排，让子文夫妇再付出双倍代价能换来女儿的生命，他们会义无反顾。如果上天眷顾，再来这么170天的磨难再借上这么些债务，只要能换回女儿，他们都心甘情愿啊！女儿进了太平间，太平间里是不需要供暖设施的，一旦进入，比室外的零下三十度还觉得阴森森刺骨寒冷！女儿幼小的身体放在这里，你太冷了，你本来失去了血液身上已经够冷了，死了却放在更冷的地方，人间最冷的地方！

晚饭后，林场的大解放汽车拉着一口薄薄的小棺材停在医院门口，驾驶室里还下来两个人，一个是工会主席，一个是邻居张叔叔。来人帮忙给女儿穿上带来的衣服装进棺材。张叔叔说："子文我告诉你一件事，东北这里的习惯和咱们山东老家有所不同，没成人的孩子夭折，是不能入土的，只能把棺材放在地面上，这样孩子才会早投胎。不知你打算把孩子放在哪里？"子文说："放在母亲的坟墓旁边吧，孩子太小，需要奶奶看护。等明年我把母亲的尸骨迁移到山东老家的时候，也把孩子一起带上。"

漆黑的夜，滴水成冰的夜，白茫茫大雪覆盖之夜，子文不让别人帮忙，自己扛上小棺材，张叔叔打开车后厢把棺材装上。太真已经处于恍惚状态，张叔叔把驾驶室的位置让太真坐着，太真由子文在后面推着好不容易上了车，斜靠在靠背上瘫软一团，另一个座位上坐着林场工会主席。子文和张叔叔站在车厢里，子文在医院病房里已经半年，并没穿多少衣服，但他此刻没觉得冷，还不时俯下身摸摸女儿的棺材，嘴里说："圆圆不要害怕，把你送到奶奶身边，有她陪着你更好的。在那里，没有病痛、不用扎针、不用吃药，你会比活在父母身边更舒服更快乐。你生下三四年，没有享过一天福，没有过欢乐，没有别的孩子那样吃得好穿得好，爸爸对不起你啊孩子，是爸爸做得不好……"子文一路上就像魔怔了一样叨念着。零下三十度，寒风凛冽的黑夜，漫长的盘山路上没有行人和车辆，汽车急速行驶，防滑链嘎啦嘎啦响着发出刺耳的动静。不知过了多少时间，就到了母亲的坟地附近，车停下，棺材卸下来，子文还是坚持自己扛着不用别人帮忙。女儿从小，爸爸妈妈抱着、背着、搂着，唯独没有扛在肩上。今天晚上是第一次也是唯一一次又是最后一次把女儿扛着。公路下面积雪足有一米深，子文扛着棺材一步一步把腿插进雪里，一步一步从雪里拔出来，再往前一步，再往前一步。下身完全被雪埋没了，只露着上身，没戴手套的手抓着肩上的小棺材。雪地上没有路，还不断被露出的荆棘挡住，夜黑看不清这些，顾不上这些，荆棘划破了脸，血顺着腮热乎乎淌下来，眼泪顺着腮热乎乎流下来，血和泪水交汇在脸上不等流到下巴就又变得冰凉冰凉。这些子文都顾不上，费力地跋涉、跋涉。

母亲的坟墓旁边，雪地是平坦的，雪下面是杂草还是荆棘都无从知道，先就这么放着，等春天到来雪化了，冰没了，露出地面，自己再过来，把场地好好弄一弄，让女儿舒舒服服陪伴在奶奶身边。女儿有人照料，母亲不再寂寞。子文选择了母亲东侧把棺材放下，女儿的头朝南，脚朝北。子文先对着母亲的坟地深深鞠了一躬说道："娘，儿子无能，把女儿没了，把她送到你面前，孩子还小，你给看着。等过后我就把你们迁回山东老家，时间不会太久。我会经常来看望你们。"嘴里说着，禁不住放声大哭。在林场远离人群的地方，在黑暗的夜里，哭得无所顾忌、哭得酣畅淋漓、哭得一塌糊涂。

张叔叔在汽车旁听到撕心裂肺的哭喊，也踩着子文的脚印来到坟地，太真跟在后面也是哭泣不止。张叔叔拉上子文说："事已如此，节哀顺变吧。你也折腾得够呛，我们也冻得不行，先回林场。未了之事明天再说，工会主席还在驾驶室等着，林场领导也在办公室等着，走吧。"

春天又到了，这个季节是东北最美好的季节，冬雪消融，万物复苏，一切开始有了生机，一切有了希望。山上的树木枝条开始饱满，没过几天树皮开始发绿，有的开始发出嫩芽。五一节前，山上阳坡处，山野菜在冰冻中孕育了一个冬天，储藏了丰富的营养和水分，在还有冰碴子的时候就忍耐不住寂寞伸头探脑长出来几片绿叶，鸡肠子菜、山芹菜最先上了职工家里的餐桌上，人们吃够了一冬天储存的白菜萝卜土豆之后，乍一吃到这些新鲜东西真是过瘾。树上的叶子也有很多是能当菜吃的，刺柳芽最具代表性，它的营养成分得到外国人的认可，不惜重金、不远万里来这里收购，但他们吃到的却不是新鲜的。像刺五加这些好东西，不单是美味菜蔬，更具有明显的保健作用，采摘多了吃不完可以晾晒收藏，就是上好的保健茶。林业职工家庭很多人家都会养上鸡鸭鹅，它们挤在狭小的棚子里面一个冬天，在这个季节就要解放了，它们拥有的是一片春光灿烂、鸟语花香，它们吃的不再是干枯发黄甚至腐烂的白菜叶子萝卜菜，它们在自己主人家的院子里或者来到院子外面的山脚下，刨开泥土就会吃到蛰伏了一个冬天的虫子。最高兴的是鸭子，刚刚化冻的小河里，正是枯水季节，水很浅，鸭子把扁扁的嘴巴伸进河底的石头下面，就会掏出丑陋肥胖的蝲蛄。大蝲蛄又称小龙虾，高蛋白的东西，在城里的高级餐馆都是上品，但在这山沟里没人吃这些东西，只配喂鸭巴子。鸭子吃了这东西下出来的鸭蛋满满的全是营养，蛋黄红彤彤的全是油。被寒冷赶到南方的候鸟一回来，就不再是冬天那样只听到乌鸦在山顶上绝望的“啊啊——”的凄凉，而是百鸟朝凤似的演奏着故地重逢的乐章。

子文没有心情留恋大好春光，今天是周日，也是隔一天一趟的大客车运行的日子，他对妻子说他要到汤河有事情，其实他是专门来看看母亲和女儿的坟墓。这几天他接连做梦，见到女儿头上戴着花朵十分漂亮。他心想女儿没有别人的孩子那样的欢乐童年，甚至就没穿过一件像样的衣服。看得出女儿是爱美的，可是这几年总是找出儿子不能穿的衣服改一下就让女儿穿，她从来不嫌这是男孩子的衣服，给她什么穿什么。这几天的梦让子文再次自责起来，他打算今天就去停放女儿棺材的地方去看看她。大客车很快就到了，这里并非站点，但他还是央求师傅停下车让自己下去。

穿过一片桦树林，还有一片荆棘杂草，就看见了长满青草的母亲的坟茔。当他的目光向东面看女儿的棺材的时候，他惊呆了：女儿的棺材离开原来的地方有好几米，歪歪扭扭地放在一棵椴树下面，而原来放棺材的地方竟然冒出一座新坟，看来时间很短，坟茔的土堆还很新鲜，连一棵草芽都没有长出来，坟前竖起一块用水泥做的小小墓碑。子文生气地看看墓碑，这是什么人竟然如此无礼，把女儿的棺材移到别的地方，把自己家的坟茔立在这里。可是墓碑上的名字是陌生的，并非夹皮沟林场的人，再说，也没听说过近日林场死过什么人。他想想，可能是高丽房附近的两个小山村，十有八九是村子里死了人，看到母亲的坟墓这个地方是块风水宝地，就埋在这里了。你埋在这里不要紧，但你不能将放在地上的棺材挪走只顾自己啊！这不让女儿受到惊吓吗？

子文怒火发作，寻找到一块不小的石头，奋力搬起来，举过头顶，狠劲朝着水泥做的墓碑砸去，咔嚓一声响，薄薄的墓碑一砸两段，接连又是几下，墓碑就成为垃圾一样的一堆。子文还没有解气，又找到一块木棒当作铁锹使用，叉开双腿，奋力用木棒把这座不大的坟茔豁为平地，然后把女儿的棺材放得平平整整。他坐下稍微喘息一下，按照自己的预先打算，爬到树上割下几根树条，树条刚刚发出嫩芽，正是柔软的时候，他把树条绕成一圈，用带着的铁丝扎紧放在地下，然后四处张望，寻找早开的野花。东北的这个季节，只有向阳的暖坡上才有花。子文不顾满地荆棘，在林子里四处乱窜，找来找去也只有冰溜子花和鸡肠菜小小的白花。那也好，只要是花就好，自己今天必须给女儿亲手制作一个美丽的花圈。功夫不负有心人，终于找到足够扎起一个花圈的黄的花朵和白的花朵，还有几朵叫不上名字的花竟然是红色的，十分娇艳可爱。好，这就好了。花圈放在棺材跟前，子文坐在石头上，怀念着两位亲人，想到她们的音容笑貌恍如隔世，一会儿觉得是那么遥远，一会儿又觉得似乎就在眼前。子文不是一个迷信的人，但他坚信人是有灵魂的，人在世上消亡了，灵魂依然存在。他相信还有另一个完全不同的世界存在着，亲人们到了那里，一定也是以另一种形式存在着的。大科学家爱因斯坦还有物质不灭论呢，人的躯体没了，并非什么都没了。此刻自己坐在生我者和我生者两个最亲爱的亲人面前，觉得是阴阳两界，可实在是近在咫尺触手可及啊。母亲，我求您老人家照料您的孙女，你一定会知道的，血浓于水，你一定会心疼她爱护她。我的好女儿，你在奶奶面前一定要听话，不要远离奶奶，你们永远在一起，如果真像人们说的那样，人死了还要投胎再生，那么，圆圆，你一定拉着奶奶的手不要分开。如果你们永远在那边，也好，我早晚也要去找你们。母亲是世界上最好的母亲，我给你当儿子是我的幸运，你去世早，我给你当儿子真的没当够；女儿是最好的女儿，我没有把你拉扯成人，没完成我应尽的义务，那么你也等着爸爸，爸爸到那边找到你，还当你爸爸，好好爱护你，把你培养好，完成我今生没完成的义务。

第三十二章

夹皮沟林场学校也是春光满园，子文正在和老师学生们栽树，沿着校园南面，校园外面是一条我们大家都早已熟悉的沙子运材公路，每次拉着原木的载重车驶过，灰尘飞扬，越过围墙飘进校园，只要教室的窗户一开，课桌上满是灰土。如今正是植树的好季节，带着学生到山上挖树苗，沿着校园南面栽上几排杨树，这种树生长快，枝叶茂盛，绿荫很多，是校园绿化的好品种。校园西南角南北走向的一排教室南头有一块空闲地，栽上一片小树林，不但美化了校园，还挡住了运材路上的尘土。找到一些旧的木材在树下面钉上几张简陋的连排椅子，夏天坐在这里读书，肯定是个好地方。

现在，子文一面看着学生栽树，一面和自己的忠实助手赵老师商量校办工厂的事情。子文从报纸上看到，全国各行各业都在办产业创收，很多学校都办了校办工厂，国家的政策还规定，校办企业不缴纳税费。子文看到这些消息，虽说在林业系统的学校还没听说哪家办企业，但又何必非等人家办了我们才办？如果校办企业挣钱了，首先考虑的是改善办学条件，这不是教育经费拨款的钱，谁也管不着，只要为学校、为学生做事就没有错误。就是拿出一些给老师们弄点福利待遇，也用不着和领导们纠缠不休。比如说，放了暑假带老师们出去旅游什么的，也不用担心违反什么财务规定。

“这件事情当然很好，可我们打算做什么呢？我们没有这方面的经验，最重要的是我们手里没有什么好项目。当年老校长曾经带领学生们勤工俭学，给林场家属大队到山上弄猪饲料、栽树等，几年才攒下三千元钱，老校长一分钱都没舍得给学校用，一直在银行放着。我知道你想用这笔钱做点什么，把这死钱变成活钱，可万一亏了，这……这可是前些年学生用自己的小手在山上劳动挣来的。”赵老师忧心忡忡地说。

“我看了一个信息，觉得切实可行，而且开办资金也不多。”子文从兜里掏出一张报纸，指着夹缝的广告栏里寥寥数行小字：无尘粉笔制作机，体积小，60 平方米车间就可生产；劳动效率高，只用四名人员操作，工艺简单；结束老师吃粉笔灰的历史。机器价格 1880 元，技术传授 300 元，学习两天即可掌握全部操作流程。后面是地址，河北省永年县某某地。子文说：“赵老师你想，如果我们办起无尘粉笔厂，可以解决好几个老师家属的就业。我想过了，我们林业局有林业技校一所，独立高中、完全中学、地区中心小学、林场学校，算来二十多所学校，数百个教学班，每天用上百盒粉笔。如果我们投产了，我找教育处领导下通知，先让林业局各学校使用我们自己生产的无尘粉笔，然后我们自己出去跑业务联系学校，只要价格合理，谁还用粉尘飞扬的普通粉笔呢？这件事情我都考虑了好多日子了。我们先找林场领导谈一下，只要我们不向领导们伸手要钱，我想他们会支持我们的。”

赵老师这个慢性子的人也兴奋起来：“啊，原来你都深思熟虑了，无尘粉笔，这项目好，我们大家都没想到。投资这么少就能把工厂办起来，而且还是做教学用品，对路子，没脱离我们的本行，上级也能支持。”

数日之后，从未接触企业管理和生产的子文开始了他的河北之行。自从女儿生病住院到后来的夭折，子文始终在悲愤莫名中不能解脱，出来做些事情也可以改变一下心情。

当他千里迢迢来到河北永年县这座古城的时候，按照报纸广告地址很快找到了那家传授无尘粉笔制作技术的地方。那是一个农村生产队用过的打麦场院，场院里还有当年看场院的几间敞棚屋，屋地上放着一台无尘粉笔制作机样品，体积是不大，但需要一台电机或者十二马力的柴油机做动力，机器旁边还打着地铺。负责接待的宋老师说，如果睡地铺，是免费的，如果不愿意睡地铺，他可以带大家住旅馆。子文和那几个从农村来的学员一样选择了睡地铺，他想到了语文课本上选自柳青《创业史》的那篇课文《梁生宝买稻种》，能为集体节约一分钱就必须节省。

宋老师还说，这里准备了与机器配套的电机，也可以同时交费，比到五金机电商场购买便宜。子文当下心里一凉：无尘粉笔机是一千八百多元，可购买电机不也要花钱吗？怎么就没想到这笔费用呢？

虽说地方简陋不堪，但是来学习的人还真不少，那位报纸广告的联系人宋老师手下没有工作人员，他就是机器发明人、机器制造者、厂长、工程师、财务，现在也是技术员和辅导老师，各种身份集于一身。今天还充当接待人，负责收款。他对远道而来的子文说，场地小学员多，就他自己讲课，所以每批学习人员只有十名，其余先住下，两天之后算作下一批，子文就排在两天之后。子文急忙拿出火车票给宋老师看："我是从东北来的，我是最远的，我们学校在山沟里十分贫穷，请宋老师照顾一下，先让我学吧。"子文照实说出自己的学校在深山，但没说明是林业局的林场学校，让宋老师误以为他们是深山沟的农村学校，经济更困难。果然宋老师点头应允了子文的要求。子文立马交上了购买机器的费用和三百元培训费。

子文参加学习的第一天结束，就大致了解了无尘粉笔的制作全过程，心里有了数，但同时也给了他沉重的打击，使他几乎陷于绝望。年轻的他从山东来关东以来，就在这深山沟工作，对于创办企业几乎是个零水平。他看到报纸介绍的广告，看到粉笔机的价格，看到厂房的面积，看到用多少人操作，就天真地认为凭着自己学校攒下的那点钱就能办起无尘粉笔厂。身临其境他才知道，自己的打算要变为现实谈何容易！他了解到，有了机器也仅仅是万里长征迈出的第一步，购买机器所使用的资金也仅仅是整个投资的极小一部分。首先是原材料要采购，并非是用多少才购买多少，第一次就要采购一个周期生产所用的三倍以上，要有库存，在生产的同时还有产品的生产、买卖和生产同步进行的周转期，资金还要回笼才能继续利用。无尘粉笔生产出来要烘干或者晾晒，然后要进行包装，包装要有五十支一盒的小包装，还要有四十小盒一大箱的运输包装，这两种包装需要到包装印刷厂定做加工，定做数量越大单价越便宜，定做数量越少单价越贵。包装同原料一样，需要有大量的库存，粗算一下比原料费用还多。此外还有生产管理、销售管理、财务管理、回收资金、仓库管理等若干环节，天哪，自己一个山区小学，就那么几个人，那么几个老师家属，还想办工厂？子文立即就想打退堂鼓，可是转念一想，购买机器的钱交上了肯定是不退的，培训费里面包括两天的伙食费，自己也吃了一天，再说火车票等费用也花了，打退堂鼓回去如何向林场领导交代？自己在领导那里一贯充英雄，这次恐怕难以收场。想了一夜，他拿定主意，把操作技术和生产流程学到手，回去向领导开口，让上面投资。宁可对教育处长说，自己就是专门为整个林业局教育系统开办的无尘粉笔厂，如果把粉笔厂转让给教育处，自己再把技术传授给别人不也可以吗？反正，无尘粉笔是新生事物，是对教学工作环境的很大改进。这样做，就是最好的处理方案。这样一来，他心里亮堂多了。自己只管安心学习，掌握了技术，回去一切都好办。

学习的最后这天，全国各地来的学员们都在宿舍谈论说：永年县已经离着历史名城邯郸市很近了，大家商量着在明天学习结束个人凑钱到这个赵国的都城、“邯郸学步”这一历史典故的发源地去看看赵王灵台。子文对大家撒谎说自己是山区农村小学校来的，是一个挣工分的民办老师，路费都快不够用了，得赶紧回去。他看到众位学员对他投以蔑视的眼光。

数日之后，子文回到东北下了火车，并没有马上乘坐客车回到夹皮沟林场自己的学校，而是直奔林业局教育处处长办公室。处长说：“你今天来有事情吗？前天处里下通知召开各学校校长会议，专门研究勤工俭学工作，你没来参加，也不请假，你到哪去了？”

子文灵机一动：“我知道上级号召在学校开展勤工俭学活动，正好我的一个亲戚在河北一个较大的粉笔厂工作，他是管技术的，他发明了无尘粉笔和制作的机器，还计划申请国家专利。他来信告诉我这件好事，我顾不上向领导汇报连夜赶去学习掌握生产流程和操作技术，连机器也替教育处买回来了。机器发了托运，几天就能到了。咱们处里开办粉笔厂，我免费传授制作技术。”

处长上上下下打量了子文好久，疑惑地说：“有这好事？这样的好事情你还能给我们处里？准是有什么说道吧？你思想觉悟好像没有这样高。”

子文说：“处长说哪里去了？我虽不是党员，但热爱教育事业这您是知道的吧？我的打算千真万确，要说对这件事您还有什么怀疑，那我就直说了，我替处里垫钱买了机器，还免费传授技术，当然也有我们的好处。一是您给报销差旅费，二是嘛，生产出无尘粉笔来，我们学校免费使用啊。”

“就这么简单?”处长还在打量着子文，狐疑不定。

“就这么简单。不过，买机器用的钱处里马上还给我们，原材料、包装材料从哪里采购，我也知道，免费提供信息。处长你也别总把人看扁了，处里对我们的工作历来是大力支持，我觉得应当给处里做些好事。”子文一面说着，看到处长默认的神情就放下心来，也就脸不红心不跳了。

子文嘴上在强词夺理，可心里正确评价了这次头脑发热开办校办工厂的得失成败。自己在对企业管理和经营一无所知的情况下盲目从事，虽说后来是转危为安，但是这有什么值得庆幸的呢?这几年学校管理是取得一定成绩，但也并非一人之力。知识如同海洋，自己只有一杯水，不可沾沾自喜，更不能一叶障目不见泰山。社会上的很多事情自己还要努力学习，要注重社会实践，不断充实自己。人说三十而立，自己刚过而立之年，在社会上立于不败之地，实在是不容易。努力，再进一步努力。

“好吧，差旅费现在你可以从这里核销，机器钱等把机器运来之后再说。现在和你说校长会议上布置的第二个任务，六一节马上就要到了，你们打算怎样过少年儿童节?”处长转移了话题。

子文说：“这件事我在出差的路上都打算好了。历年来六一节各校都是召开一次运动会就算过节，今年我们打算以学生运动会为主要内容，但还有其他项目逐一展开，以丰富六一儿童节的活动。我校的各种兴趣学习班开展得很好，并取得较好的效果，这次在运动会的同时，还要举办学生作业展览和书法、绘画、作文展览，在运动会开幕式上学生乐队第一次亮相。我的打算是，请教育处领导和局直属学校的领导一同到我校检查指导。”

处长高兴地说：“你的创意很好，处里应当大力支持，不过，你希望各校领导去参观，这件事不现实，因为六一儿童节每个学校都要举办活动，校长不可能不参加自己学校的活动。处里派员参加是可以的。如果举办顺利成功，过后你可以写一份报告给我送来。”

子文回到学校，开始编排运动会程序册，他突发奇想：随着计划生育工作的进展，学生逐年减少，召开运动会的规模也自然小一些，怎样让这项活动更热闹呢？想到近几年学校和林场工会、青年团这些组织关系都不错，既然开一次运动会，不如把学校的学生运动会扩大为整个林场的全运会。除了学生运动队，学校的老师们可组成教师队，林场机关人员组队，青年团组织青年队，家属大队组成家属队，这样参赛项目和参赛人员就十分可观了。这样做一举数得，可以让林场领导对学校工作更多地参与和支持，也可以让学生家长对学校各项工作更紧密地配合。

运动会的程序，子文早就打算好了，从电视上看到大型运动会的程序丰富多彩，也可以效仿着来。开幕式安排教育处领导讲话，学生乐队演出要精彩，入场式要隆重，闭幕式林场领导讲话，仪仗队要壮观。

这样的设计，子文认为有三个看点：一是六一儿童节的学生运动会扩大为整个林场的全运会，项目的争夺会更加丰富多彩，而且林场成年人的队员中就有很多学生家长，他们将在运动场上父子同场竞赛；开幕式的精彩安排会壮大声势，让山沟的学生感受到自己的学校并不比地区学校差，同样像城镇的学生一样过好自己的节日；学生乐队的汇报演出让林场所有的领导和群众感受到，山区的教育开始起步，开始腾飞，让所有林业的职工家属，不必再为自己的孩子受不到良好的教育而遗憾。

经过十多天的努力，六一节各项活动都已准备就绪，程序册也打印完毕。林场工会、青年团等各单位领导都支持这次活动，但又都不愿意参与准备工作，他们告诉子文，这一场活动筹备都委托给你，同时，活动的总指挥也由你担当了，我们对这些事情都不熟悉。子文明知道这些机关领导都是在推卸责任，但自己倒乐得去担当这些。

紧锣密鼓的紧张准备结束，六一节也到了。一大清早，学生们比规定时间还早得多就来到学校。尤其是仪仗队的学生都按照学校安排，一律穿着白色的上衣，蓝色的裤子，很多学生还按照学校的布置让自己的父母现做了新的，学生家长们都尽最大努力来满足孩子们的要求。

各路人员都按照大会程序册规定的时间到场，只有林场领导们和林业局教育处的领导们姗姗来迟。子文等得有些焦急，但他在教育处工作一年，深深知道这些领导们的工作作风，似乎来早了就显得没分量没地位。

超过预定时间大约半小时，一台中巴车停在学校大门口。在林场场长、书记的陪同下，教育处的副处长一行来到会场。出乎众人意料的是，林业局工会副主席、局团委副书记也莅临会场，在局领导后面跟随的是地区六所学校的大队辅导员或者教导主任。这个场面不用说一个山沟学校，就是林场本部的活动也难以惊动这么多上级部门同时来到会场。不用说，子文知道这是林场工会主席和团书记到局里做了汇报鼓动来的。子文赶忙让人把主席台上的一排贵宾坐席弄成两排，前排的不锈钢管座椅还是从林场会议室搬来的，后排就只好用学生上课用的凳子，地区各校的少先大队辅导员只好坐这些学生凳子了。工会副主席、教育处副处长、局团委副书记等领导彼此谦让着在自己分毫不差的位置上坐下，不苟言笑的姿态，表现出一个领导应有的形象。大约是经过长期的修养才能达到这个地步吧。

虽然大会比预计时间拖后了大半个小时，但是会议的档次规格明显提高了，领导讲话又多了两位。

领导们没想到开幕式如此热闹，仪仗队和运动员队伍在操场分排站立，运动员队伍有少年，有青年，还有中年，层次分明。更让与会领导们吃惊的是，不到四百学生的小学，学生们竟然戴着新做的红底黄字的校徽（校徽是用开办无尘粉笔厂没办成省下的钱定做的），二十六名教师戴的是白底红字的校徽。学生家长对这个六一节也给予最大支持，按照学校的布置要求，学生仪仗队队员一律身穿白衬衫蓝裤子（女生是蓝裙子），学生运动员大约一百来个，穿的是绿色的运动服（只有上衣是学校统一购买的运动服，裤子都是自己的，但也要求穿蓝色的）。看得出，这些统一服装都是最廉价的布料制作的，但是在这个落后山区学校，乍一看到这样整齐划一，也十分壮观，学生们自己也觉得神气。从孩子们过分严肃的娃娃脸上看得出，作为学校的一员，感到很自信和自豪。看看林场机关、家属大队、青年团、派出所的运动员站在那里松松垮垮，服装倒是时新的时髦的甚至价格不菲的，但明显不规整。担任裁判的、场地服务的老师们都戴着红底黑字的布条，表明着自己的角色和身份以及应在的方位。

最令人震撼的是，工会主席提前把工人俱乐部房顶上的四只高音大喇叭卸下来，安装在学校的大杨树上，俱乐部大舞台上的三只麦克风也安在主席台的桌子上，看上去这主席台很是气派。看着山区学校规模如此之小，却弄出这么大的动静，主席台上各位故作严肃的领导们开始交头接耳或者频频点头。

开幕式上，学校乐队给局里来的领导最大的震撼，这是老鸹窝里飞出金凤凰来了。在运动会比赛开始期间，子文陪同局领导和林场领导参观了学校的图书阅览室、学生的书法绘画作品、学生作业展览等学习成果，还有操场西北角林场给做的单杠、双杠、吊环等体育器材。局工会主席说道：“这就算是麻雀虽小五脏俱全嘛。”教育处副处长倒是说的内行话：“为提升山区教育质量、提高学生整体素质，起到了榜样作用。我们林业局在山沟里的林场学校一共十四所，如果近期内全部做到这样，那么我们局的教育水平将上一个新台阶。”工会副主席拍了拍副处长的肩膀：“很有成绩，你做得不错嘛。”子文听得清清楚楚，心里动了一下，没说什么。

上午十一点左右，艳阳高照，运动会各项目比赛如火如荼。一辆运材车停在校外大门口，从驾驶室下来了李岚。接着，司机师傅从驾驶室递出两只大箱子，李岚接过箱子放在地下，看样子分量不轻。李岚来到操场径直走到子文跟前笑着说：“小学校的大校长，名副其实啊。咱也给学校的工作做点贡献，咱也是学生家长嘛。前天我到镇上订下了一千支冰糕，今天让人捎回来了，今年的六一节过得热闹，天气也很热，快让人把两只箱子抬过来，分给学生。”

子文大喜，自己怎么就没想到这件事呢？他感激地说：“李岚姐，您真是个可人，真是及时雨啊。多少钱？我让赵老师给你拿上。”

李岚说：“我没有很多钱给学校做点什么事情，但让孩子们吃一支冰糕的钱，还负担得起，就几分钱一支的东西，能值多少钱？”

子文半开玩笑地说：“这怎么行啊，这是公家的事情，又不是为我个人买的。”

“别说了，我走了。”李岚说着一阵风似的走了。子文愣愣地看着李岚走出校园。

下午四点，六一节活动收尾，闭幕式上学生演出队是重头戏。一色的十来岁小学生在主席台上一字摆开，五个男生、五个女生，个头差不多、服装整齐、个个精神抖擞，没开始奏乐就已经让人赏心悦目心情舒畅。小演员们在音乐老师带领下做了精彩演出。教育处副处长也是第一次见到在他领导下的学校还有这么一支学生乐队和演出队，也兴奋起来，伸出大拇指，向子文晃了几下。最后，子文向各位领导做了汇报性发言，发言的中心思想是呼吁各级领导们重视山区教育，为改变山区教育的落后面貌实施倾斜政策。同时向领导阐明自己的观点，改变教育落后的关键在领导的重视，只要满怀信心改变这种局面，就能在较差的条件下做出较好的成绩取得良好的效果。

子文在讲话的时候，向台下望了一眼，他看到，在操场周围，站满了刚刚下班的学生家长们，家长们起劲为子文的发言热烈鼓掌，还有的向着主席台上挥手致意，子文站在台上突然鼻子发酸。他保持正常的语态不让自己的声音走调，坚持到发言结束的时候，自己的脸使劲朝上仰着，似乎是在看主席台上空的什么东西，努力不让自己的眼泪掉下来。

什么是工作的动力？作为一个教育工作者，自己的努力有了成果，受到领导的肯定、社会的认可、师生的拥戴，让家长们满意，这就是最大的动力。

子文收到从遥远的新疆来的一封信，子文知道这是生身父母的信。手里捏着信封，沉思一会儿还是打开了，这几年以来生身父母来信虽然不是很频繁，可子文并不期盼两位老人的来信。自从娘去世之后，生身父母的来信明显增多，但子文的心里并不舒服，如果不是当年新疆的老人多事来到东北看望自己，娘的病情不会那么快就发展到要命的地步。李岚对子文这种想法并不认可，她总是说可怜天下父母心，应当体会做老人的心思。再说当年老人把子文送人并非恶意，在那种特殊的年代，也是想让儿女找一个更好的出路。子文对李岚再三说明，对于生身父母把自己送人的事情他不但没有丝毫抱怨，而且还心存感激。现在不愿与他们过多来往，只是因为心里最亲的只有娘一个人。

信是亲生母亲写的，看来母亲当年读书的时候还很注意书写，也曾经下过工夫，写的字体稍大一些，显得格外苍劲有力，不像是一个老年女人的笔迹。信文如下：子文，听山东老家本族的人来信说，今年夏天你把养母的尸骨迁回家乡与你养父合葬了，这件事你做得太好了，家乡人来信中对你的这一举动大加赞赏，我们得知这一消息也很欣慰。我们把你送人，人家图的就是养老送终，你不但做到了，而且做得特别好。不用说你这样对待的是养母，就是对待亲生父母能做到这样也很了不起。好的，你没有辜负养父母对你的期望，也没有给我们丢脸，你是好样的。这次给你写信要问你一个问题：逝者已矣，可还有两个老年人在远方苟延残喘，期待见到从自己身上掉下来的一块肉。逝者闭上眼睛了无牵挂，喘气的却每每翘首以待望眼欲穿，难道你不想来新疆看看我们这三十五年没有谋面的生身父母？知道你这些年的遭遇，家境更是捉襟见肘，来疆如果经济上有困难我们可以解决。

子文回信说道："我对养父母只是尽了一份责任，既非沽名钓誉，更非是给谁挣脸面，只有这样做我才心安，没有别的。至于赴疆探亲一事，目前学校工作很忙，暂且不能考虑，何况您二位身体尚健，等以后有机会再说吧。"

这封信发出之后，对这件事情也就渐渐淡忘，放寒假之前的期末考试工作忙活好些日子，然后又是教师年终考评等一系列事情，都要事必躬亲。学生考试结束，老师考评结果上报，学校不等教育处来通知就自作主张放寒假了。子文考虑到，就是不正式放假，学生到校也需要生炉子取暖，这样反而浪费木柴和煤炭，不如学生回家，只有老师办公室这一处生炉子办公就行了。离着统一放寒假也就三两天的事，不必搞形式主义，平时大家都努力了，不在乎这一天两天的。可就在学生回家的第二天，林场收发室转交邮局的一张汇款单，汇款人就是远在新疆的生身父母，汇款人民币一百元。汇款单右侧有一行留言，只有短短八个字：路费够否不够再寄。子文手里捏着汇款单，心里明白，新疆这对老人这是对自己是否赴疆采取不由分说的态度了。既然这样，自己不去也得去了，这事情回家要商量一下，然后近期必须动身。

下午放学回到家里的时候，还没进屋就听到李岚和妻子在屋里说话。子文进屋后，李岚站起身来，手里拿着一本册子，是一本铁路运行手册。李岚笑容满面地说："双重大孝子，林场里都知道你要远赴新疆看望你的亲爸亲妈了。"

子文心里有几分不快："不就是一张汇款单送到林场收发室了吗，我还没决定去还是不去，大家就这样大惊小怪的。"

李岚说："你没决定去，怎么老人就给你寄来路费了？难道你并不打算去？那还给你寄钱？”

“我真的没打算去，秋天他们来信曾经希望我去，但我并没有表态，他们就……”

李岚说：“真是可怜天下父母心啊，他们盼儿子是望眼欲穿，当儿子的还在瞻前顾后。我在林场听说你生身父母寄来路费了，马上回家把铁路时间表都给查好了，把车票的价格都看好了。”

子文说：“这几年我家发生的事情太多，我还无暇考虑这些事情，经济上也不宽裕。你算过没有，放寒假之后离着过春节只有不足二十天，时间很紧，因为这件事绝不能让叔叔婶子知道，春节必须去给他们拜年，如果要去就必须立即动身，在春节之前赶回来。如果春节之后再去新疆，又马上要开学了，总之一个春节把寒假一截两段，怎么样也不凑巧，真让我为难。”

李岚说：“我查了列车时间表，从东北到新疆，没有直达列车，需要先去北京，从北京换乘至乌鲁木齐的车，换乘时间比较长。这样算来，到达新疆需要将近六天时间，来回路程十二天，你要在春节之前赶回来，那你在新疆父母身边的时间仅剩下不到一周。”

子文沉吟半晌，终于下了决心，就在明天动身。

李岚笑吟吟地从自己随身带着的包里掏出一包蘑菇、一包干人参和几棵保鲜人参，还有一瓶蜂王浆，对子文说：“给看望父母的人提供一点土特产，这都是我家早就有的，也不用花钱买，都是现成的。明天就走的话，你自己去弄这些东西恐怕来不及。”说着把东西放在炕上的饭桌上。子文知道，这个女人做的事情，无论如何是推不掉的，还能说什么呢？

准备行装很简单，一条塑料编织袋子的容量可以抵得上一只大号旅行包，带上李岚给拿上的土特产，其他无非是几件替换衣服；一个简陋的布包放上几本书和日记本、简单的洗漱用品和干粮，这就够了。

子文人生经历中最漫长的旅途开始了，走出吉林、穿过辽宁、进入河北和首都北京又从河北直下河南，然后就是一路向西：山西、陕西、甘肃，最后到新疆，从中国的东北角到达西北角，横穿整个中国的北部地区。一路上，从长白山西行路过了东北三省最大的城市沈阳，到达首都北京，南下到全国客流量最大的郑州火车站，经过了古都洛阳和西安及西北最大的城市兰州，沿着古老的丝绸之路穿越河西走廊，在我国最长的陇海铁路上，一路上数次跨越黄河大桥、穿过若干条长长的铁路隧道、跨过数不清的大峡谷上的高架桥，见到各种形态的地貌：雄伟壮丽的高山大川、广袤无际的平原、千沟万壑的黄土高原、苍茫辽阔的沙漠戈壁……从第一天开始在火车上看到天亮的时候是六点五十分，到第二天竟然是七点十分，第三天是将近八点，第四天八点半，天黑的时间也是以此类推越来越晚。虽说旅途如此漫长，虽说为了节省不能乘卧铺，虽说一路上只是吃自己家带的又干又硬的面饼不舍得吃菜，没有汤汤水水，虽说乘车的第三天开始腰酸背疼腿脚浮肿，但这都没什么。因为沿途的风光地貌、风土人情，包括随着地域的变化而变化的房屋建筑、植被种类，都能引起常年在深山老林见识短浅的子文的好奇和求知欲。他只要在座位上坐着，眼睛从来不离开车窗片刻，在颠簸的火车上不时地在笔记本上记下一些备忘内容。当列车进入甘肃省境内，广袤的沙漠戈壁滩让他惊叹不止。这些过去从书本上知道的东西，当你身临其境的时候还是要为大自然的雄浑壮丽而喝彩。有人在列车上喝酒打发旅途寂寞，有人在凑人数甩扑克，有人在津津有味地吃水果儿，有人在车上织毛衣打发时光，还有的干脆叫苦连天骂骂咧咧地说："这倒霉的路程怎么这么长，还不到头啊。"子文觉得，别说是六天的路程不过数千公里，就是时间再长，路途再遥远，也是不虚此行。你见到的东西越多收获也会越大，新鲜事物层出不穷，你叫的什么苦？古人曾说，行万里路读万卷书，过去行万里路要成年累月，可现在只需要数日时间，你能见到听到多少过去不了解的东西，旅行也是一种收获。

离开家的心情是愉快的，在家里总为那些不顺心的事情痛苦不堪。这次赴疆意义非同寻常，父亲他早见过了，他努力猜测着生身母亲的样子。他知道生母是个旧时代的大家闺秀，接受过高等教育又经受过若干人生挫折的传奇式女人，在新中国成立前结婚的时候，她的嫁妆里就有钢琴。只是随着时代的变迁，社会改造了她，改造成什么样子，还没见到。

像往次一样，在火车的硬座上坚持两天两夜之后，他就掏出带着的报纸铺在坐席下面躺着休息一会儿。但座位下面空间狭窄，只能仰面一动不动，也不能随便乱动，座位的铁腿子会毫不客气地制止你的行动。躺在座位下面，他想起鲁迅先生的诗句：“未敢翻身已碰头。”倒是很贴切。想到这里，他在座位下面的昏暗中兀自笑起来。有时候，座位上坐着的人往座位底下扔果皮，甚至倒茶叶根，弄得污秽不堪，子文只能在有限的范围内艰难地挪挪窝；侧过头往两边看，座位上六个人的十二条腿子，一边六条，很像是生怕自己从铺上掉下来，在两边加上了肉质的护栏。这样的旅途虽说很苦，可也能在自嘲中寻找趣味。在座位下面躺的时间长了，就腰酸背疼浑身不得劲，还要不断地爬出来到座位上坐下。在第四天的时候，自己的两条腿浮肿得厉害，鞋子也小了，穿在脚上已经是很艰难，衣服也揉搓得像一个乞丐。子文顾不上自己的狼狈相，反正是出门在外，斯文扫地又如何？火车上的人来自五湖四海，这火车上千把人有谁能认识自己，又有谁知道自己是经常在权威报刊上发表文章的？还有谁能了解自己是一个工作成绩不错的校长？任别人把自己看成什么都不重要，只要自己能坚持这几天，比起购买卧铺票就能省下八十多元钱，那是自己一个月的工资，能改善全家人的生活，让老婆孩子吃得好一些，用省下的这些钱可以买好几件衣服，回来的时候，春节就可以派上用场。自己受点苦累，省了钱就等于挣了钱，就权当自己是打工吧。

子文算计着在路上要吃十五顿饭，为了节省路费，妻子烙上了一摞面饼，好在是冬天，三五天坏不了；也只能带上咸菜，这东西不易变质。子文觉得，平日在家里不过节是吃不到纯白面饼的，这就算是很改善了。

到新疆见到了离别三十五年的生母，在母子单独相处时生母说：“子文，三十五年来你生活在别人家，我时时惦记着你，你兄弟四人，我偏偏将你这个老三送人，这么多年你吃了那么多苦头，想来很惭愧很对不起你，你恨我和你爸爸吗？”

子文又像几年之前在东北对生父说的那样：“不，我很庆幸，我很感激你老人家把我送了别人家。”

这回答完全出乎她的意料，稍有迟疑停顿之后，生母又问：“你说的是真的，还是……”

子文十分认真地说：“真的，庆幸你把我送给天底下最好的养父母，尤其是养母，她家不是书香门第，对我也没有良好的教育方法，可她给予我的是天下最有学问的父母和最良好的家庭环境也给不了的。养父母家境困窘，我吃尽了苦头，但我仍不怨也不悔，这种庆幸出于真心，没有养父母的给予就没有我的今天。我十五岁辍学回乡务农，十九岁做生产队长，自然是因为我有最好最全面的农业技术和最强健的身体；二十五岁参加工作当教师，不到三十岁当上校长且小有成就。我的两个哥哥一个弟弟在你身边长大或许有他们幸福的一面，但目前我决不甘落后于他们。您说他们在您身边长大，可他们能体会到什么是六岁的时候就早起刷锅洗碗煎汤熬药伺候病人吗？他们可曾经过三年自然灾害吃糠咽菜的生活？他们领略过逃荒要饭晚上睡在树底下被雨淋得浑身湿透冻得瑟瑟发抖吗？他们经受过每天超重体力劳动干十五个钟头的活、推着几百斤重的土车爬上几百米斜坡的大坝，一天到晚不休息吗？他们怎么知道自己亲爱的人得了重病无钱治疗，手术后还吃不饱糠菜饭食的滋味？他们经受过眼看着亲人在自己怀里垂死挣扎而束手无策的焦急和悲哀吗？最让我感到自豪的是我闯关东的经历，在积雪一米多深的高山上，零下三十五度的天气里，抬着沉重的木头，脚底下坑洼不平冰雪打滑稍微不慎就会扭坏了腰或是砸断了腿；在举目无亲的长白林海，我一个人的三十斤粮食定量、三十多元的工资拉着三个没有户口的亲人……这些他们一项都没经历过，而我全都承受下来了。这是我的苦难，更是我的财富，是任何名牌大学也学不到的。

“再说在您家我是老三，我如果在您家生活，从你们身上能得到的爱最多不过四分之一。而我在养父母家里得到的是一个伟大母亲的全部！养母她老人家死后，我时时感到她仍在牵挂我，保佑我。”

生母听完，流出了说不清含什么成分的泪水：“我明白了。”

第三十三章

在新疆，八点多钟天刚蒙蒙亮。子文起床后就像在自己家里一样，端出刚洗过脸的脸盆给院子洒水，拿起扫帚打扫院子。子文看得出，生身父母对家庭环境卫生很不讲究，院子也只是人行道上略微干净一些，院子的四周不知多长时间没有动过。这里空气干燥，一刮风就尘土飞扬。子文这次的清扫很认真很细心很到位，他一面打扫卫生一面还在想：自己昨天就来到了，按照自己动身前想象的，昨天晚上两个哥哥一个弟弟就应当来父母这里看看，为什么没有一个人来呢？听父母说他们离这里并不远。难道就因为我没在这个家里长大，所受的教育、学习诸方面被他们瞧不起吗？今天就让父亲带着，到各家看看。

刚刚打扫结束，父母从他们的房间出来，母亲说道："子文，昨天夜里本想让你早休息，但我们看到你一直开着灯没睡觉，今天还起得这样早。昨晚我到你的房间门口看见你一直在不停地写，在给你媳妇写信？"子文说："不是，我是在写日记，在火车上这好几天什么也没写，昨晚上一块写写，时间长了一点。"

"你还写日记？有这好习惯？"母亲问。

"这是我多年的习惯，从下学务农那年开始写日记，至今算来已经快二十年了，一直坚持不懈，写日记已经成为生活中的一部分，如果几天没写，就像欠下一笔债务一样很不得劲。"

父亲感叹地说："接连坐火车六天，腿脚都肿了，刚到家就按照自己的生活规律按部就班，生活作风如此严谨，这可不是普通家庭里的人能做到的，很不容易，这充分体现了你的素质。旅途劳顿，你还早起来打扫院子，这些不但你的兄弟们做不到，就连我和你母亲也做不到。”母亲说：“好了，先做早饭吧。早上起来，做点面条就行，连吃带喝，也简单好做。”子文说：“这顿早饭我来做。”母亲笑着说：“今天早上我们吃手擀面条，还是我来做吧。”子文说：“我来擀面条给你看看，学着做，你给指点。我虽做得不好，但因为养父母常年多病多灾，我很小就给他们做饭的。”

母亲拿出面粉，找好面盆、面板、擀面杖等用具。子文和面和得很硬，几乎不用面醭就可以直接擀成面饼而不粘连。子文扎上围裙干着，母亲一直在旁边关注着。看到子文擀出的面饼不是圆圆的形状，而是方方正正的形状，她很惊讶，忍不住问：“为什么你把面饼擀成方的，而不是圆的？怎么能擀成方的？”子文放下手里的擀面杖对母亲说：“当我第一次见到挂面的时候，看到机制挂面整整齐齐的一样长，又美观又好储存不占地方，我就想应当把手擀面也弄得一样长。你看，我把面饼擀成方的，再折叠起来用刀切成面条，当然是一样长了。至于怎样才能把面饼擀成方的，是在擀面杖用力往下压的时候，让面饼各部位承受的压力不同，有意识地把面饼擀成方块。面板本来就是方形的，擀出的面饼也可以并应当是方形的。”

母亲鼓掌大笑：“世上的事情，都让子文这样的人做绝了。亏你想得出来。这是一件小事情，就能体现你的工作作风、生活作风有多么严谨。”

当子文把面饼切成细细的均匀的长长的整齐的面条放在盖帘上的时候，父亲惊呼：“艺术品，艺术品，舍不得吃掉啊！可是，子文啊，做任何事情都如此精益求精、都追求完美，这并非福分，子文，你不可太……”子文叹了口气：“习惯了。”

早饭后，子文拿出替换衣服，将一路风尘仆仆的衣服都泡在大盆里。浸泡十多分钟，他拖过一张方凳放在洗衣盆跟前坐下，脱下鞋袜挽起裤腿两脚在盆里踩压，手里还拿着一份当地的报纸翻看着。母亲又一次惊讶：“子文的家务活真是非同一般，洗衣服不耽误看报纸，一举两得呀。”

子文说：“用脚洗衣服的最大好处，就是衣服洗完了，脚也洗干净了。而且洗大件，如床单、窗帘、被罩什么的，用手洗太累还不容易洗干净，用脚洗这些难题都不是问题。”母亲说：“洗大件，还是用洗衣机方便省事。”子文说：“用洗衣机浪费水，用脚洗节约资源。”

洗完衣服，按照原来的打算，子文提上早准备好的礼品由父亲带领先去看望大哥一家。他早就知道大哥十四岁参加工作，帮着父母拉扯着弟兄们，为这个多灾多难的家庭撑起半边天，在这个家里，大哥具有他人无可替代的地位。当他随着父亲敲开大哥家门的时候，一个中年女人拿着一条面袋子出来开门，一看到子文父子，略微一愣：“你们来得真不巧，我刚要出去买粮，这……”父亲生硬地说：“老大呢?”“一早出去了，我也不知道他去干什么。”子文知道，这就是大嫂了，于是上前说：“大嫂您好。”大嫂并没有闪开身子往里让客的意思。父亲厉声说道：“我们进去！你立马去找老大回来，说是闯关东的老三来了，你先不去买粮。其实他知道老三已经来新疆的，老三来的电报我给他看过。”大嫂总算闪开身子让父子两个进了门，她自己兀自走了。父亲嘴里嘟囔着，显然是对大哥大嫂不满。

父子两人来到大哥的房子里，这房子是很多地区都有的“干打垒”，就地取土夯实，这样打出来的墙壁很厚，看窗台就有半米多宽，但窗户很小，屋里的光线很暗，乍从外面进来几乎看不清东西。父亲凭着对屋里方位的熟悉，带子文来到炕沿跟前，刚刚坐下，就看到有几对眼睛一闪一闪的，仔细辨认一下，是几个孩子站在眼前，大概就是哥哥家的三个儿子了。

“叫三叔！真没礼貌。”父亲极不耐烦地呵斥。

没动静。子文从包里刚拿出糖块还没等分给孩子们，高一些的——明显是老大一把全拿走了，另外两个立时尖叫着追了出去。父亲叹了一口气说：“家门不幸，后代也不争气，一代不如一代。说起来真是丢人，前些日子我发下工资放在家里的抽屉里，第二天就不翼而飞，一分都没留下。我报警之后，农场派出所进行排查，很快出了结果，你猜是谁拿了我的工资去了？就是我的大孙子把钱拿走了——刚才和弟弟们抢东西的那个，得到这样的结果我还能说什么？只好给派出所写了撤警申请，还被派出所的熟人一顿嘲笑。”

子文哭笑不得：“以后这样的事情先不要急着报警，自己家里没有外人来，也没有发现外人进入偷盗的迹象，不过大哥教育孩子也有问题啊。”

“孩子这样就是当爸爸的没起到榜样和表率的作用。你大哥四十岁了做事总是走极端，他的行为在兵团农场也是赫赫有名。你大哥还没回来，我就给你讲讲你大哥的奇葩故事……”

前几年，改革开放的号角刚刚在这个偏远的地区吹响，地富反坏刚刚被平反，阶级斗争之弦刚刚松动，企业职工刚刚开始欠发工资或以改革之名被遣散，大哥具有敢为天下先的性格，便急不可耐地主动辞去农场拖拉机手的工作，自谋职业，要当小老板了。他包了几亩地，挖开地皮就是天然的氯碱矿，挖出来就可以作为化工原料卖掉，那年月到处都是机遇和金钱，生意好做。

挖氯碱需招工，大哥在二一四团团部门口张贴了招工告示，该招工告示在本地也算是独一份了。

招工广告

本人开办氯碱厂一座，现急需招聘下列人员：

1. 管理人员十五名。条件：必须是地主富农成分或其子女，男女不限，年龄不限，文化程度不限，婚否不限。

2. 下井挖矿的力工人员五十名。条件：必须是贫、雇农成分或其子女，雇农子女优先，男性，三十五岁以下，无文化者优先，未婚者优先。

以上人员有意者与本人联系。

1983 年 2 月 11 日

此广告一经张贴，引起社会一片嘘声，舆论哗然。后来的结局是：地主子女无人敢来应聘，贫下中农也无人敢来应聘。大哥的承包经营当然是短命的，不得不赔本把承包地转包出去了事。从那以后，大哥高不成低不就，好岗位不要他，不好的单位他看不上，大钱挣不来小钱不屑于挣，不安心工作变得很浮躁，老婆孩子跟着吃苦。上梁不正下梁歪，孩子怎么能有出息？

父亲说完，低下头半晌无言。子文心中生出几分失望来，自己有种奇怪的感觉，他想到小时候读过的苏联小说《钢铁是怎样炼成的》这本书，此刻产生了类似保尔·柯察金参加革命后到大哥阿尔青家去看望的情绪。子文从小知道自己出生在名门望族大家庭，也知道父母都是新中国成立前的大学生。在自己的想象中，父母应当不是这个样子，哥哥弟弟们也不是这副样子，应当是什么样子呢？那倒也说不清，总之感到很失落，也有一种如释重负的感觉。好像看到兄弟们和他们的家庭远不如自己想象的好，兄弟们平平庸庸，自己也放心了。为什么会产生如此自私的念头，自己真的说不清楚。啊，家庭的改变，人的改变，面前父母的改变还有兄弟们的改变，这都是为什么？大约就是无比强大的社会环境和残酷的人生才会有如此巨大的力量吧。

父亲又说："你二哥从小性情随和性格懦弱，结婚后对老婆言听计从，那也不要紧，可自从结婚以后，生了两个女儿，我们帮他们拉大了孩子，现在几乎很少见到他的面，他心里只有自己的老婆孩子了。"

子文心中涌起一阵悲哀。一个曾经是书香门第的大家庭，后代人如此平庸，自己被别人收养，而养父母都是文盲，在村里受尽欺凌，可自己反而因此发奋读书，更知道养父母的艰辛而力图报答他们。生存环境的差异，对人的成长也同样形成很大差异。

短短六天瞬间即过，子文必须登程返回关东那白山黑水间，那里没有辽阔的沙漠但有茫茫的雪原，那里没有戈壁滩但山上有冬夏常青的松树林。在那里，自己居住的木屋在冬天总是冒出松树油子味道的缕缕炊烟，木屋里有自己亲爱的家人；更重要的是那里有自己心爱的事业、心爱的学生和和谐的教师团队，有自己施展抱负的平台。没有多少留恋，没有多少依依不舍，子文以平淡的心态踏上归途。离着春节还有七天半，自己必须尽快赶回。临行前，生母拿出一个小布包，里面包着一个金戒指，生母说："你千里迢迢来看我们，这几天我真的很欣慰。原先我总以为把你送到那么一个家庭中，你能出脱个什么样子真是不敢想象，没想到你比你的哥哥弟弟都出息得多优秀得多，你就是他们的榜样。这是什么样的财富什么样的地位都换不来的。知道你现在家庭拖累经济不宽裕，还遭受了那么多的家庭不幸。这么多年来你成家立业了也没见到我分文钱，我们家经过多次抄家，家底荡然无存，残存的一点东西也在三年自然灾害年代换东西吃了。这一枚戒指我始终藏着，连你的哥哥弟弟们都不让他们知道，就是想着有一天能见到你的时候给你。另外，给你拿上一百元钱当做回去的路费。你别嫌少，也别推辞不要。就这点做父母的心意。”

子文推辞道：“我来看望你们，主要是了结彼此的一桩心愿，现在目的达到了，看到你们饱经风霜之苦但还很结实，我很欣慰。目前我是经济很不宽裕，但我对自己家庭的未来抱着很美好的期望。我相信熬过这几年，一切都会好起来。钱我不要，戒指更不要，这不是我来的初衷。如果你连这一点都不理解我，那可真的是不了解我了。我还会来看望你们的。”生母看到子文的态度不可改变，也就没再勉强。

这是子文从山东来关东的第九个年头，这九年之中林业局的变化很大，记得刚来的时候，林业局木材产量每年30万立方，逐年上升，八十年代初木材产量高达50万立方米，然后开始下降，几年下来，如今年产量不足20万立方米，木材产量的统计成为一条抛物线状态，看来木材资源枯竭现象比专家们的估计来得更快。三分之二的林业职工下岗，在岗的也难以按时发工资，领导层与广大职工的矛盾日益尖锐，有的开始上访，有的下岗工人喝醉酒骂街，社会秩序开始乱套。

夹皮沟林场的司机张守亮是林业正式职工，山东莒南县人，是父辈当年闯关东的第二代人。林场指派他给家属大队拉木材已经一年多，仍旧在林场发工资。这天他在林场后沟装上满满一车“车立柱”，但是地下有几块没装上，剩下的也不值当再来拉一趟，打算这一车全都装上。几个家属在车头左侧往车上装，张守亮转到车头右侧查看车厢的高度是否装得上。突然两三米高车顶上的一块最粗的木头滚下来，张守亮猝不及防，木头砸在腿上。张守亮一声惨叫，就倒在地上。车那边的人们急忙转过来，但见张守亮倒在地上可怕地抽搐着，面色苍白，嘴里嗷嗷叫着，裤腿下面正往外淌着血，虽说是还穿着裤子，但已经看得出这条腿可怕地朝下塌下去。大家手忙脚乱把他抬到公路上拦下一辆汽车，几个人护送到林业局职工医院，经诊断，整条腿断为三截而且是粉碎性骨折。职工医院的治疗能力有限，经过简单处置，建议到省城的专业骨科医院治疗，但问题是到外地不对口医院治疗是不能核销医疗费的。打电话问林场领导，林场又请示局领导，局领导的答复是一样的，到不对口医院治疗费用自理。张守亮自己同意在林业局职工医院住下。经过一个月的煎熬，拆下腿上的石膏，伤口愈合了，但是一条腿却有三个大包，那是骨头断处没有接好，愈合之后才弄成扭曲难看的畸形。最不能忍受的是，受伤的那只脚掌不是朝前而是朝着外面方向。此情此景，三十岁的张守亮大叫一声扑在床上放声大哭，媳妇和孩子全指着他过日子，如今成了残废，让他全家今后怎么活！张守亮使劲扑打着病床哀哀地哭着。脚掌成为畸形还怎样开车？身体都这样了他还能做什么？

林场再次给局里几个部门打报告，劳保部门、工会、安全处、卫生管理处，最后到局党委。局党委批复："据林业局有关部门调查，司机张守亮装车超载，违规驾驶，他的受伤不属于工伤范围。治疗期间按照事假处理，医疗费不予核销。"

林场领导们没有人敢于对林业局最高权力机构局党委的决定提出反对意见——已经有两位林场一把手同普通职工一样下岗了，职工们更是人人自危。

张守亮到局里询问，局里工作人员都把责任推到基层也就是林场领导身上，推来推去，张守亮不知道应该找谁了，就回家用报纸和毛笔写了"我冤枉，请领导给我做主"几个大字，直接到了省城林业厅大门口，趴在随身带着的一条破褥子上，身边放着写上毛笔字的报纸。可是整整三天无人理睬，上下班的、出出进进的人们总是绕开他的身边像躲避瘟神一样。

接连几天都是这样，张守亮完全失望了。他早就听说过进京上访的人很多，大都得到圆满解决，于是放出话，局里再不管他，他就到北京去告状。

汤河林业局局党委办公室里，召开了一个小范围会议，会议只有一个内容：林业局有人到北京告状，应当采取怎样的措施才能保证类似事情不再发生。党办主任说："还是老办法，交给基层单位夹皮沟林场，让他们派人盯着。小李，你打电话给夹皮沟林场，按我说的布置下去。"

小李说："我倒有个办法，我认识进京上访的这个张守亮的内弟刘大伟，他是我的同班同学，就在森林公安局工作，是不是让他……"

主任眼睛一亮："小李子你不早说，这就好办了。快打电话把张守亮的内弟叫来。"

森林警察刘大伟疑惑地来到党办，党办主任一脸严肃："小刘啊，当森林警察不容易嘛，要珍惜自己的工作岗位啊。森林警察不同于地方公安局的警察，是受林业局直接领导的——当然这些你是知道的。穿上这身警服就是警察，脱了警服就是抬大木头的林业工人。最近几年，林业局木材资源匮乏，经济效益不是太好，很多职工下岗分流失业——这你也是知道的。我受党委委托，今天就是跟你谈这件事。你知道，你的姐夫张……张什么亮的，要去北京告状，影响很不好。你是他的至亲，要看住他，如果有失职行为，我刚才说了，你是个森林警察，受林业局领导和管辖。别的我就不多说了，你清楚你的责任和完不成任务的后果就行了。公安局的工作你交代一下，我随后就给你们局长打电话。"党办主任一口气把话说完，点上一支烟脸朝上仰着，根本不看对面的人的表情。

刘大伟没回家，沮丧地来到姐夫家里，对姐姐姐夫说了这件事。姐夫说："好办，我与你姐姐离婚。离了婚，你就不是我的小舅子了。也不用去法庭办手续，我们协议离婚。"

刘大伟说："姐夫你不能感情用事，离婚这么大的事情其能当儿戏？孩子都这么大了，你们让他怎样面对这件事情？再说你们离婚以后各自的日子怎么过？"

张守亮苦笑一声说："离婚只是走个手续，现在有多少人没办手续就住在一起，又有多少人手续齐全但婚姻却名存实亡？我只要拿到离婚证，就可以毫无顾忌地去北京，直到得到公正处理。我和你姐还是在一起过日子，这没人管，谁也管不着。他们不是拿着你是我的亲戚说事吗？就让他拿不着。事情逼到这地步，没别的办法了。这件事你就不要过问了，免得他们在你身上做文章。你走吧，别让人看见你来了这里。明天我们就不是亲戚了。"

不久，林业局第二次下岗分流的名单下发到各基层单位，名单的第一个就是张守亮。听到这种结果，张守亮欲哭无泪，呆呆地坐在家里一连几天不出家门。当人们再次看到他的时候，几乎不认识了，不到四十岁的张守亮目光呆滞、头发花白纷乱、脸面肮脏不堪、说话语无伦次，一条古怪的腿走路踉踉跄跄，嘴里嘟嘟囔囔含混不清……

不几天，一个重大消息从林业局传到夹皮沟林场：林业局局长被人刺伤了一只眼睛，凶手已经抓到，就是一条腿已经残废了的张守亮。局长当天晚上在林业局职工医院做了紧急处理，又用专车送往北京协和医院治疗。

故事很快流传，版本越来越多。大致的过程是，张守亮在晚上提前潜伏在局长家门口一处隐蔽的地方。当局长在深夜乘专车回家的时候，像以往一样，车直接开到家门口跟前才从车上下来，局长朝着车里的司机挥挥手，司机调头走了。局长掏出家门的钥匙，摸索着开锁的时候，突然被人拦腰搂住。局长一回头，还没看清什么，就觉得右眼剧痛，随着就倒在地上。局长大声呼叫着，眼看着一个黑影子朝着大路上一瘸一拐跑了。

北京协和医院眼科高干病房里，双眼缠满绷带的局长刚刚做完眼球摘除手术。右眼球里面的液体完全流尽，由于林业局职工医院的技术设备等原因，临床处置不善，右眼组织开始溃烂无法救治，任你是全国最好的医院、任你请到一流眼科专家、任你有多少资金也是回天乏术。

第三天开始，遥远的东北至北京的路上，探望局长的人络绎不绝。这些同一个单位来的人没有一个是与他人结伴而来，都是单独一人，也有人在汽车站或者是火车上老远看到了本单位的熟人甚至是很要好的朋友，但大家似乎都有默契：谁也不上前相认，都是装作什么也没看见，另一方呢，也同样如此——大家心照不宣。到了医院也同样躲躲闪闪谁也不打照面，如果看到有同单位的人走在前面，自己绝对不抢着往前走，而是心甘情愿地落在后面甚至停滞不前，要在背人处待好长时间等到别人出来才肯进病房。到了眼科住院病房门口也不贸然进入，先从病房门口上方的小玻璃窗上踮起脚尖往里瞅瞅，如果只是局长和他的夫人在里面，就赶紧进入——听说局长夫人怕影响大家工作，把事发那天陪同来北京的几个人都打发回东北了；如果隔着小窗看到病房本单位的人已抢先一步早来到病房，那只好退避三舍躲到病房走廊尽头焦急地等待别人出来，有时候要等待很长时间。有的人买了往返票，却因为等待而耽误了回程，退票都来不及。

好容易进入病房，大部分人都是如出一辙，扑到床前带着哭腔说：

“局长，我来晚了。”然后开始擦眼泪倾诉牵挂之情，也有的愤慨不已，希望司法部门严惩凶手。有几个人执意留下陪局长住院，局长也觉得夫人一个人很累，愿意留下人作陪护。但夫人态度很坚决：“不用麻烦大家，这是外伤，身体好着呢，不耽误吃饭，我一个人就行，谁也不要住下陪护!”来人也不勉强，局长也就没再说什么。

晚上，局长夫人说：“今天一共来了十三个人，我们不能忘记这份人情，我看应该用一个小本子记一下，时间久了就混了。”

局长说：“这件事情只有你来完成了。你弄吧。”

财务科长出身的夫人仔细回忆着来人的身份、熟悉程度、交往的深浅、关系密切度，按照来人的先后顺序，详细地记下人名，又在人名后注明送来的现金或礼品，后来不知怎么想的，又按照价值多少重新安排了先后顺序。最后在这一页纸的右下角写上今天的日期。

半月之后，查房大夫对局长夫人说：“病人可以出院了。伤口愈合得很好，给开上几种眼药水，回去按时用药就没问题了。两个月之后在本地医院复查一下就行，如果有什么情况也可以来这里复查。”

局长夫人十分不高兴，对大夫说：“我们是国家公务员，先生是局长，完全的公费医疗，还是多住几天多观察观察才放心。我们离这儿太远，来一趟很不容易的。”局长对夫人说：“大夫说痊愈了，就肯定没问题了，还是出院回去吧。”

夫人见自己男人没有领会自己的意思，就拉了一下男人的衣服：“我还是要坚持住几天。”大夫笑笑，就走了。

夫人有自己的打算，多在这儿住一天，总会有前来看望的。虽说从东北来的人一天天减少，但每天总还是有几个。

局里有好多人本不想去北京看望局长，但是后来局机关秘密传说着某人某人去北京了，这些没打算去的人大吃一惊，没想到有人捷足先登了，自己怎么就没想到呢？亡羊补牢犹未晚也，去了就比不去好。局长是个重情重义之人，这是人所共知的，怎么自己就落后了呢？不要紧，多带点钱。局长夫人是财务科长，对钱的概念最明白不过。

局长却是另有一番心思，他对夫人说：“我出了这么一件事，对我今后的仕途会产生很大影响。省林业厅组织部部长来电话慰问的时候，我听得出，我很可能不在一线工作了，估计会把我调入省厅。现在我们欠下了这么多人情债，一旦调到省厅，这债务就不好还清了。你也别太贪恋来人多，人多就容易出事。再是我受党教育多年，不想失去晚节。我看还是出院早回去——把小本子给我看看。”

局长还剩下一只眼睛，现在另一只好眼睛的绷带已经除掉，戴上了一个很精致的眼罩，倒显示出一种男人特殊的魅力。在病房的灯光下，局长浏览一下账本子上的人名和数额，他暗暗赞叹夫人心细如发，是个贤内助。局长拿起圆珠笔，在账本子上每个人名后面都写上了一行小字，有的又划掉思考一番重新另写。最后，局长数数，局机关四百多人来北京的有三十六名，局下属单位来人二十多名。

局下属单位的林场很少有人到北京看望局长。但马鹿沟林场不一样，局长曾经在这里长大，而且也在这个林场工作过，这里有局长的发小，有同学，有朋友和老邻居什么的。局长出事了，知道了不去不好，有几个人在局长住院的最后几天也去了北京。其实，和局长关系最好感情最深的是林场的工会干事小冷，冷干事与局长是老邻居，一起长大，一块念书，一块玩耍，一起就工参加工作，局长逐步高升也没忘记自己的老朋友，干事什么时候到局里办事，局长都留他吃饭，一点也没看出职务高低之分，这让大家对局长重视老感情的评价很高。但是干事有个烦心事，就是自己的女儿高中毕业后一直待在家里，林业局现在招工指标很少，孩子没有参加工作的机会。前些日子曾经托局长给他解决，局长满口答应：“什么大不了的事情，好说好说，今年的招工指标第一个就是咱家的孩子。”干事就放心了。没过几天，局长出事了，干事知道很多人都去北京探望局长，但自己觉得这样做太俗气，再说自己与局长的交情不在于一时一事，就没有去。

干事太过自信了，这个自信将自己的事情耽误了。局长从北京回来一下火车没回家，马上召开了包括党委全体成员在内的紧急会议，局长拿着在医院写好方案的小本本，那上面记载着这些日子到北京看望的人员名单和对这些人员的处理方案。局长说：“前些日子发生的事，说明林业局目前的不稳定因素很严重，为了解决这个问题，全局工作要做较大调整，尤其是人事安排的调整。希望大家以安定团结为重，这件事刻不容缓，必须立即解决。”

与会人员谁也看不见局长手里的小本本上写着什么，只听局长挨个宣读人事调整名单。人们并不关心局长手里的本本，只是关心自己的升迁问题。实际上大家心里明白，局机关就是这么些工作岗位，没有空缺给大家升官，只不过是调过来调过去不被降职就不错了。不求有功但求无过，这是大部分在座人员的心理。当然，同级别调整岗位也是有好的有不好的，就如同一头猪杀掉，猪肉总是有肥的有瘦的一个道理。被平调到好岗位上的，心里自然也有数，大家心照不宣，就像去北京的路上那样，彼此都看见或者都知道，不也是心照不宣吗？大家各自抱着复杂的心态听着局长的安排，直到会议结束，仔细品味一下，被安排的人员几乎都是平调，没什么明显的升迁，而且有几个人原来在自己单位不能发挥特长，现在经过如此安排，岗位就合适得多，工作肯定得心应手得多。大家暗暗赞叹：局长真有水平，知人善任，人员管理游刃有余。

马鹿沟林场工会干事的悲剧就发生在局长手里的小本本上。这个小本本的内容诞生于北京协和医院，而不是诞生在局长办公室的抽屉里，自然没有记载下干事的女儿参加工作的招工事宜。会议开完，局长的人事安排也就完了，没有在小本本上的事情暂不过问。

第二天，曾经赴北京探望的人员分别被局长召唤到家里，局长并不在家，只有局长夫人在，桌子上放着一大摞信封，里面装着各自送给局长的现金。局长夫人没有二话，按照来人将现金发下去。来人看到这种势头没有人敢再继续唠叨，拿上自己的钱默默离开。

会议结束的第三天，省林业厅组织部门来人，又一次召开党委会议，部长宣读了人事调令：局长被调到省厅做老干部管理处处长，平级调动，只是养起来了，权力小了。但是去省厅工作毕竟是进了大机关，进了大城市，这不也是每一个林业人毕生的追求吗？

接着，部长又宣读第二个任命：原省林业厅计划处处长调汤河林业局任局长、党委书记。

新任局长作了简短发言，其中有一段话让与会人员心惊胆战。新局长说：“我们这个规划不到 10 万公顷的袖珍型森工企业，当年掠夺式采伐，每年竟然能生产 30 至 50 多万立方米木材，什么卫生伐、抚育伐、隔带伐、大面积皆伐……直伐得青山易容，绿水变色。建局还不到30年，在汤河林业局现有的7万多公顷的有林地上，再也看不见一片像模像样的林地，而且材质下降，作业越来越艰难，作业成本越来越高。为了长远，为了子孙，被逼无奈，只好把木材产量由每年的50万减少到30万、20万、10万立方米。然而，现在的汤河林业局已是今非昔比了，九千多名职工，近两万人口。麻雀虽小，五脏俱全。木材产量下降了，企业负担却一点也不能减轻。这对于一个几十年一贯制，以木材生产为主要经济支柱的森工企业来说无疑是釜底抽薪……为迅速打开新的工作局面，经林业厅党组研究决定，除了对我局今后的经营模式进行较大的改变外，机关要精简、部门要合并、人员要裁减；干部结构要做较大调整，还要打破常规不拘一格提拔年轻的、专业的、有魄力的、有作为的、高学历的人才，让他们走上领导岗位。在座的各位很大一部分人要做好思想准备，年轻化、专业化选拔干部，这是从中央到地方进行机构改革的基本方针，老同志应当带头执行。”

第三十四章

伸手不见五指的黑夜，长白山森林中万籁俱寂，杳无声息，就连夜间出来觅食的小动物也都不知躲藏到哪里去了。而这正是暴风雨来临之前的寂静。劳累一天的人们还在做着美梦，被窗外突如其来的飓风撼醒，十一级大风刮得林木树梢发出凄厉的吼叫，这种让人恐怖的声音是前所未有的，闻所未闻的，比山洪暴发和泥石流发出的声音更令人毛骨悚然。

大自然突发其威，白山自然保护区的南坡和西坡遭遇十五号台风的侵袭，一夜之间，一万多公顷原始森林像农民的麦田在狂风暴雨过后发生大面积倒伏一样，一棵棵参天大树匍匐在地。长白山的阔叶林、针叶林、针阔混交林等层次分明的森林垂直分布景观带横遭灾难无一幸免，大树横尸遍野惨不忍睹，像刚刚经过一场惨烈战斗的战场。这一天是 1986 年 8 月 28 日，是长白山自然保护区有划时代意义的重要日子。此前的长白山大森林是静谧的，安详的，是一片野生动植物的领地；而今这里突发人类无法抵御无法避免的灾难，此后的数年里，这里再无宁日……

风灾发生后，省林业厅和各林业局等部门认为，既然树木倒地不再生长，不能浪费了资源。本来木材资源接近枯竭，国家的采伐计划日益减少，经济效益急剧下降，林业工人的吃饭都成问题，何不把这些倒伏的木材捡出来作为计划外指标卖掉？林业局报告请示林业厅，林业厅认为汤河局近年亏空太大，是一个重点贫困单位，收取风倒木的申请报告很快就批复下来。新任局长立刻召集各单位领导紧急会议，把收取风倒木的地段、采伐日期、措施布置下去，各单位领导欢呼雀跃，就像从天上掉下大量的现金一样惊喜无限。这下好了，广大职工数年的饭碗保住了，林业局捉襟见肘的经济状况也得到改善了。各单位雷厉风行，马上开始行动！

林业局总工程师王大学听到这个决定后非常震惊，他找到局长激动地说：“您刚上任的时候也认识到我们林业局过去疯狂掠夺森林已经造成了什么样的后果，可现在面临利益诱惑，你又采取了很不科学的举措，厅里、局里这种做法完全违背生态学原理，主观蛮干，毫无科学性。这样一来长白山将面临第二次更大的灾难，而这灾难不是天灾而是人为的！局长啊，面对天灾我们无能为力，可是我们自己的行为是可以由自己来主宰的。您要尊重科学啊！”局长说：“你这是在危言耸听，故作惊人之语，我看你是读书读多了吧。你说说，一方面是上百万立方米木材倒在地上等待腐烂，这个数目是我们局目前五年至八年的采伐量，而且等于白捡，国家也不纳入计划，全由我们自主经营；另一方面是林业职工发不下工资造成生活困难，这你知道的。人啊，不要站着说话不腰疼。你不当家不知柴米贵。林业厅领导对我局如此照顾，这真是雪中送炭的好事，好事情一到你知识分子嘴里就变味道了，真是不可思议。这件事你就别过问了。”

“局长说的没有科学根据。”王大学还在强辩。

局长不满意这个戴深度近视眼镜的人说话如此武断甚至缺乏基本的礼貌，冷笑着说：“说说你的科学。”

王大学并不在意局长说话的口气和态度，他摘下眼镜擦擦又戴上：“好，先不说科学，举个例子，如果在一片森林中间大面积毁林开荒种庄稼好多年，要想再恢复林木生长，就必须栽上树苗慢慢生长，如果不栽树苗，还是只能长草，很难长出树林，成为林间草地。但是您也知道，长白山在古代曾经有过一次火山爆发，那场自然干扰把长白山主峰所有的原始森林和原生植被全部摧毁，埋在深厚的火山灰下。可是后来，火山灰上的森林很快得以恢复，仍然像过去一样郁郁葱葱，并且，从碳化木的鉴定可以知道，毁灭的森林的树种和现在的仍然一样。由此可见大自然有能力修复自己的创伤。也就是说，自然干扰不一定能破坏生物多样性，而很可能是一种建设力。可是，小小的人为干扰，只要把森林开垦仅仅几公顷的庄稼地，大自然就拒绝修复。可见，自然干扰和人为干扰有着本质的区别。对于自然生态系统而言，自然干扰看似破坏，实则是一种建设的力量；而人为干扰看似建设，如果不是刻意模拟自然干扰的话，就很可能是一种破坏。根据这个观点，我认为，台风把树刮倒了是自然干扰，按照森林的原生演替，几十年以后它还可以自然恢复。如果收取风倒木，把拖拉机、推土机和几千个伐木工人全开进去了，对土壤结构、幼树幼苗，对自然生态造成破坏，整个长白山的生态还能恢复吗？可以断言，这大片的林子也将退化为高山草地！如果山体裸露，连草都不长！”

局长说：“100多万立方米的木材倒在地上你不捡它很快就干了，要是发生火灾谁负责？你？我？林业部长也不行！别说是经济损失了。以往的森林火灾教训记忆犹新！你的理由吓不倒林业厅、林业部，也吓不倒我们的林业局。如果听你的，发生火灾的可能性太大，谁不害怕？再说，我们把风倒木捡来之后，会及时栽上树苗，几十年过后，又是一片森林。现在你放着等待腐烂的木材不要，工人们要骂娘的！你讲究的是所谓科学，我要为广大职工吃饭的现实利益着想。你的理论是一篇空话，提醒你一句，我本人也是林学院毕业的。”局长说完身子往后一仰，靠在座椅上闭上了眼睛。

王大学根据自己在森林长期工作的观察，认为风倒木不捡并不容易着火，风倒木捡了才容易着火。他连夜给林业部上书，陈述自己的意见：“……因为树倒了和地面接触后，每个倒木根部就是一个小水泡，起着隔离火的作用；而一旦倒木被捡光，地表水分蒸发作用加强，长出茅草，那么着火的危险性不知要提高多少倍！大树虽然倒了，但这里的森林环境并没有被破坏，下面的幼树一旦没有大树的遮挡，很快就能成长，这片森林几十年以后就会恢复原貌。”

然而，王大学一个人所面对的不仅仅是已经浩浩荡荡开进长白山腹地的采伐大军，还有林业厅组织的专家论证和高层领导的认识局限。文弱书生王大学一下子将自己置于所有人的对立面。

不过，王大学认为自己没有别的选择，他在越级上书林业部领导的报告中说——

“……如果我没有能力制止收取风倒木的行为，那么我请林业部领导把我的这份报告存在林业部档案里作为存照，以此给后代一个这样的交代：长白山保护区当年究竟发生了什么事情才变成了今天这种样子。不能让后代人指责我们这一代人说：这么一件严重破坏生态环境的事件，你们那一代知识分子都干什么去了，为什么竟没有一个人站出来坚持真理……人们的这种做法违背了大自然的法则，必然会受到更大的惩罚。

“目前的收取风倒木的举动带来的危害将是显而易见的，这样做严重地破坏了林木更新的地被和地表。集材拖拉机、推土机等生产机具破坏了幼树幼苗、地表植被和土壤结构，造成了风倒区土壤的严重侵蚀，不少地方腐殖层全部脱落，火山灰露出地面，而集材道变成条条侵蚀沟。这样做又破坏了野生生物栖息的环境，大量作业人员的生产活动使风倒区及其周边森林丧失了野生动物栖息的条件，中断了森林的自然更新。风倒木生产取走了全部木材，清林又清除了大量枝杈与朽木残桩，它们都是供幼苗幼树更新生长的生物遗产，在森林生态系统中发挥着保持土壤营养物质循环，维持林地长期生产力和幼树更新的重要作用。取走了大量的倒木，清除了木质残体，不仅中断了森林自然更新的苗床，也剥夺了众多森林鸟类、兽类和昆虫的栖息地。风倒迹地变成皆伐迹地，高强度的机械化作业使风倒区剩余的活着的树木失去其根系的稳固作用，甚至连树木种子也不能幸免。可以断言，风倒木生产的人为干扰使海拔1500米以下的森林的恢复将推迟百年以上。自然生态系统和生物是有其多样性的，人为干扰与自然干扰是不一样的。飓风、雷击、地震、冰川活动、火山爆发等等自然干扰，是普遍存在的，重复发生的。干扰生态学认为，自然干扰的表现似乎在一定时期和一定空间范围内使生物系统或基质遭到破坏，其实从维持生物多样性来说，干扰却有着重要的生物学意义。

“总之，自然保护区受害林木是否需要清理取决于自然保护区的植被类型以及受灾程度。对于受灾较为严重的以针叶树为主的自然保护区，应经国家林业局和林业科研部门的权威审批后，有组织地进行受害木清理，并严格检查验收；而对于常绿阔叶林或针阔混交林为主的自然保护区，不应对受害木进行任何形式的清理，自然干扰也是自然保护区森林生态系统的一个生态学过程，依靠生态系统的自我恢复能力并辅以人工促进自然演替，灾区可以得到恢复。

“鉴于目前林业经营的困难，如果认为受灾木应进行清理，也仅仅限于受灾倒地的树木，其他健康木以及藤条灌木应注意保护。

“在清理倒木时要保护具有明显抗灾优势的优良遗传资源，保护天然更新优先的幼苗幼树，确保不同类型保护区的特殊生态功能，考虑改善森林层次结构，清理时应确保生态系统健康恢复优先。”

王大学的报告如泥牛入海，没有下文。

是啊，这一场风灾引起的后果不可谓不严重，而风灾产生的大量倒木不可谓不诱人。在眼前局部经济利益的驱动下，长白山的南坡和西坡展开了空前的风倒木集采生产，无论是森林管理的法律法规，还是专家学者和有识之士的见解和警告，均被淹没在火锯雷鸣般的轰响和斧头咔咔的砍伐声中。

王大学心有不甘，又把材料报到《中国环境报》。《中国环境报》的编辑认为材料可信，反映的问题严重，很快用头版头条刊登了王大学的文章并加了标题《天灾不是最可怕的，人灾才是最严重的》。这篇文章一石激起千层浪，林业局、林业厅找到报社兴师问罪，新闻媒体偃旗息鼓再没有下文。

王大学依然没有停下手中的笔，他不断地奔走呼号，风倒木采伐结束，他又在《中国林业报》上发表了文章，进一步阐述自己的观点：

“……在事关我国环境与发展的大计上，以牺牲环境为代价的错误决策，本来是强势集团的利益驱动，却总能找到带有浓厚公益色彩和冠冕堂皇的名义，以便于上级的审批。长白山自然保护区的行政主管部门将这场本属于森林系统正常生态过程的风干扰，定义为风灾，发生地定义为风灾区。其实这就是狭隘的功利思维。尽管按照法律法规，进入自然保护区从事木材生产活动纯属违法行为，但是以‘救灾’名义去‘拯救风倒木区’就有了合乎情理的借口。

“在任何一个林区内所砍伐的林木，即收获的速度只能相当于它当年所能生长出来的数量，决不能在一个山坡上伐掉成片的树木，那样就会使暴露出来的土壤很快冲蚀流失。正确的方法应该是在森林中进行间伐、间栽，即只砍去一部分成熟的大树、若干病树和一些太稠密以致无法良好生长的小树。每砍伐一棵大树，应尽快在它原来所在的位置补种上小树苗。于是，森林的持续生长就变成了现实。每隔几年就可将所有的林木都收获一次，而对森林总体而言，会比以前长得更茂盛。当然，还必须注意火灾、疾病与可能啃吃幼树的食草动物。这样管理，一片森林就可以持续数千年并逐渐长得越来越好。

“有人总是说大树倒了可惜，其实对于自然界来说，大树自然倒地，老倒了、风倒了、病倒了，都是好事，一是给后来的树腾出了地方，腾出了阳光权和营养权；二是给诸多动物提供了巢穴和食物；三是它身体所有的部分都化成养料，帮助了其他生物的成长；四是它所记忆的自然基因，能得到良好的保存和传承。大树对自然界是最重要的，一片森林里有足够多的大树，这片森林才有可能健康稳定，其演替才有可能符合自然规律。”

让王大学意想不到的是，他的这些前卫的文章和理论，非但没引起重视，他本人反而被调入林业大学教书去了。工作的变动，对王大学来说，是幸运还是烦恼，就如同风倒木是否收取同样众说纷纭莫衷一是了。

之后林业局像全国其他行业一样，甚至像农村的农民承包土地一样，把山林也承包给个人，但却没有一套完善的承包机制。少数有钱人承包了山地，很多原来的同事突然变成了承包人的雇工，人际关系突然变得微妙起来。这是小事情，最主要的弊病是承包人不想在承包期限内做大量的投入，只想向山林索取财富，竟至于采取杀鸡取卵的手段。

为了打到最多的松子、榛子，深恐落后的人们，在松子和榛子没熟时，就把它全都给撸下来了，甚至把大枝给撅下来，以便采光摘尽；东北许多盛产榛子的地方，人们反而吃不到子实饱满的榛子。为了打到最多的松子，人们在松子没有成熟时，就开始上山进行残酷的扫荡。

就在长白山对木材高强度采伐造成的生态伤害尚未恢复的时候，红松种子开始涨价，林区居民开始大量进入森林偷采红松种子。林业局曾想出了将山上的红松林分片承包的办法，对红松的种子资源进行“产业化经营”，在未进行任何环境影响评价的基础上，将近数万公顷共上百万株直径大于30厘米的红松承包给几十个工人或者农民，导致红松林被周边村民严重伤害，依靠红松种子为食的鸟类和兽类忍饥挨饿或者改变食性。

长白山捡风倒木的结果，使森林恢复要推迟多少年，这是无人问责的。

1987年，中央电视台春节联欢晚会上，出现一个高大魁梧、英俊潇洒的混血年轻人，他以《冬天里的一把火》的歌唱和大幅度动作的舞姿迷倒亿万青年男女，此歌红遍大江南北，凡有人处无不存在“火、火、火”的吼喊。

这年春季，大兴安岭遇到了超常的干旱。原因是贝加尔湖暖脊东移形成了一个燥热的大气环流，加之风多物燥增大了林区的火险等级，给春季防火工作带来严峻的考验。

5月6日，黑龙江大兴安岭森林大火的警报震惊全国，熊熊的森林大火彻天彻地，人工扑打，飞机空投灭火剂，工人、农民、解放军、学生全都停工停课参加灭火行动；林业局某主要领导尚在外地旅游没有回来，林业厅长来了，林业部长来了，国务院副总理来了，外省的增援扑火队伍来了，全国各地的增援队伍、灭火器材、支援物资来了。全世界各国都在关注这场大火，联合国及若干国家纷纷伸出援助之手……可是大自然的肆虐报复是怀着满腔愤怒而来，人类的威风，在铺天盖地的烈火中是那样无能为力和那样的微不足道。中央气象台每天数次向全国人民报告森林大火的势态，火灾区很大范围内改变了气候，改变了那里的气温，人们在无奈中祈盼天降甘霖！这是新中国成立以来最严重的一次森林火灾，这是人与火的搏斗，也是人与大自然的较量，大火不但使得中国境内的700万公顷森林受到不同程度的火灾损害，还波及了苏联境内的480万公顷森林。

据事后调查这次火灾的起因是，盲目流入漠河县的几个人因在清林中使用割灌机违反操作规程和野外吸烟，在西林吉林业局的河湾、古莲林场，阿木尔林业局的兴安、依西林场引起的山火。同时塔河县境内塔河林业局盘古林业公司也发生一场山火。漠河县境内各火场扑火队员开始分段清理火灾区，至中午漠河境内天气突变，刮起8级以上西北风，使河湾、古莲两处火场死灰复燃。在古莲火场，龙卷风将火舌从地面卷上树梢，火头高达几十米、上百米，火势形成人力不可遏制之势，把扑火队伍逼回县城。下午一个火头向东北方向飞越百米宽的大林河引燃西林吉贮木场。引燃贮木场后，火头突然转向，从西林吉车站与铁路家属区上空飞过大林河向县城扑去。晚上，从正北、西南、西北3个方向扑来的火头同时汇集在漠河县城西林吉镇，镇内大树被大风连根拔起，直径两厘米粗的高压线被大风扯断，板皮、棍棒和屋顶上的铁皮瓦一齐被卷入半空，顷刻间西林吉镇被大火吞没。

没多久，大火烧到距离西林吉正东10多公里的育英镇，育英镇陷入一片火海。大火迅速向东燃烧，接着图强镇被大火吞噬，仅两个小时，图强林业局的三十多个基层单位荡燃无存。大火在向东推进时，沿嫩林铁路两侧已形成几十公里宽的火线。半夜有两个火头从西、南两个方向飞进劲涛镇，不多一会儿劲涛镇被烧成一片废墟。在5月7日夜，漠河县在火烧连营的同时，塔河县盘古山火向东推进几个小时后烧毁了塔河林业局的盘中、马林两个林场。

1987年5月12日，林业部扑火领导小组救灾办公室开始收集全国各地向大兴安岭灾区人民捐献的资金、物资并立即送往灾区。到9月15日，共收集捐献的人民币二百多万元、粮票三十多万斤、救灾物品将近四十万件。同一天，国务院副总理、国务院秘书长等领导同志前往大兴安岭火灾区慰问受灾情况、指挥扑火救灾工作。5月25日，国务院向参加大兴安岭扑火救灾的全体同志发出慰问电。5月26日，国家主席李先念致电慰问大兴安岭扑火救灾的全体同志。

在燃烧近一个月之后，大兴安岭数千公顷茂密森林化为灰烬，大自然也发泄够了、累了，在6月2日终于降下一场大雨，一场罕见的灾难才得以停止。东北的林业如同一个被重度烧伤的病人，体无完肤，陷入休克状态。

这场森林大火是新中国成立以来毁林面积最大、伤亡人员最多、损失最为惨重的一次。据统计，直接损失为过火面积一百多万公顷，其中有林面积七十多万公顷；烧毁贮木场存材85万立方米，各种设备两千多台，其中汽车、拖拉机等大型设备617台；桥涵67座，总长1340米；铁路专用线9.2公里，通讯线路483公里，输变电线路284公里；粮食325万公斤，房屋61.4万平方米，其中民房40万平方米。

这次火灾直到林区大范围降雨才全部不见明火，而后续战斗则持续了很长一段时间。这场大火直接损失达4.5亿元人民币，间接损失达80多亿元，还未包括重建费用和林木再生资源的损失以及多年后林木减产、林区人员重新安置的费用，如果算上环境恶化的因素，这些损失几乎超过二百亿元。

1987年6月23日，国务院召开常务会议，会议作出《国务院关于大兴安岭特大森林火灾事故的处理决定》，追究大兴安岭特大森林火灾事故责任。

其中，省林业厅分管消防和安全的副厅长降职使用，发生火灾的时候在外地旅游的某林业局局长直等到全国各路救援大军纷纷赶来投入救灾后才姗姗来迟，等待他的是开除党籍、免除一切职务的处分。那局长离职时振振有词："今年的火灾就是因为那个海外歌星在春节晚会上唱《冬天里的一把火》把火神引来的，这首该死的歌就是火灾的前奏曲，也应该严厉处分这些人。什么歌星，纯粹是丧门星!"

接下来的问题同去年长白山上的风倒木一样，在火烧区里残存着很多没有完全燃烧的木材，在将近二百万公顷的燃烧区里，到处都可见到没有枝丫的大树挺立在灰烬之中，大火的燃烧改变了伐树条件，采伐、造材、滑放、集材等各种工序都简单了许多。虽说对这场举世空前的森林大火还心存余悸，但在利益面前，人们依然趋之若鹜。就像在采伐风倒木时一样的理论，"那些不顾广大林业职工数月欠发工资、林业家庭经济捉襟见肘的林业科学家们"百般劝阻领导不要再在火烧区域内实施采伐，但是领导们以同样的理由主张将这些残存的宝贵财产弄下山来，解决职工们的燃眉之急。

《林业科技报》上有篇文章写道：林业科学认为这场大火并没有把大树都烧死，烧死的只是少部分，很多都是过火木，这种过火木不要砍它，它还在生长。苏联那边年年烧，但是森林依然存在，我们这边却趁机把大树砍没了，非常可悲。大兴安岭是寒温带，本来生长就非常缓慢。如果说没砍掉的话，可以永续作业、可持续利用，现在大树没了，砍掉大树栽上小树，小树长不起来，有些小树生长需要大树庇护，没有大树也长不好。

其实森林资源也像一个家庭一样，不能没有小孩，也不能没有老人，是可持续发展的东西，结构合理自然就是合理的，违背自然规律就不行。火干扰也是森林更新的自然法则之一，几百万年以来，就是通过这种火干扰给森林注入活力。如果说一场火能把森林烧掉的话，远古以来森林不知道毁灭多少万次了，但是森林依然存在，火灾远没有人为的灾难严重。

这起大火暴露出中国林区开发、建设中的一系列问题，包括指导思想、环保意识、防火措施、灭火装备以及管理体制方面的种种弊端。当然，从客观上讲国家也从中汲取了深刻的教训，不然也就不会有 20 世纪 90 年代的“天保”（天然林保护）工程，也不会下决心从林区逐年疏散人口。

火灾过后，大兴安岭林区建立了一整套恢复、更新工作体系，采取人工造林、人工促进更新、天然更新和封山育林等多种方式，全面立体地进行火烧迹地更新和生态系统恢复。“天保”工程实施后，生态建设被提到了更为重要的位置，为森林资源和生态系统的加快恢复创造了有利条件。这是后话。

第三十五章

大兴安岭大火烟尘未落，汤河林业局大小火警频传，大营房林场烧毁林木49亩之多，大家站在烧毁的木头燃烧后的林地上，面面相觑无言以对。大营房林场的杜场长没等林业局文件下发，自己就向林业局党委递交了辞职报告。

夹皮沟林场的火灾是在一个夜晚发现的。山火先从老岭北侧开始蔓延，很快火苗夹着西北风向东扑来，吊水湖、高丽房、十六段的几处山头是林区早期采伐后的次生林带，夹杂很多当年未采伐的老树，这些老树很多已经死亡干枯，树林中的落叶足有一尺多厚，落叶下面的腐殖土层都没有什么水分，同样可以燃烧。火警伊始，林场的场长、书记，以及各部门头头便昼夜坚守在现场办公，场长已经好几个夜晚没有睡觉，两眼发红，脾气暴躁，各工队全部停产参加救火，机关干部上山，家属队由林场开工资也上山扑火。各护林员日夜在山顶瞭望台观察，场长为首的灭火领导小组不断接到火情、一夕数惊，整个林场气氛悲壮，进入非常状态。

上山扑火的措施不是用水，山上本来没有水源，仅有的山泉也因近几年的山洪和泥石流屡屡发生而遭到破坏。森林面积的萎缩使气候变旱，那种潺潺流水的地貌已属过去，远水不解近渴，无法运那么多的水用来救火。森林起火，那真的就是一片火海，那万丈火焰比海里的滔天巨浪更厉害万倍。人们拿着鲜树枝靠近火苗扑打几下，手中的树枝很快就燃烧殆尽，急忙扔掉手里烧煳了的半截木棍再换一枝。树枝扑打一下，巴掌大的火焰减弱片刻复又旺盛，杯水车薪本来就无济于事，可在目前的森林大火救灾中哪里有一杯水！这时候，人类在自然的惩罚面前太微不足道！也有人拿着铁锹，在山上挖土压火，可是大地已烧焦，那树叶形成的腐殖土照样像煤末锯末一样成为燃料，铁锹烧红了，锹把也同样燃烧，枯树干枝败叶在烧，活树被烤干也辟辟剥剥地烧，烧啊烧，森林无处不是燃烧物，无处不燃烧！你看前头那棵直径一米粗三十米高的珍贵树种大白松吧，它从顶部燃烧，就如一根通天蜡烛一样可怕。即使是满载干粉灭火剂的消防飞机来到喷洒一阵烟雾，也是屁也不顶！只有祈盼上天降一阵暴雨啊！上帝无言而神通广大，不怕人类的凶残可恶，不怕你贪欲索取！

夹皮沟林场小学也接到林场通知，停课参加扑火救灾工作。三十名教师以及五、六年级四个班共二百人组成扑火队。没想到的是早已退休的老校长竟然拄着棍子也从家里来参加救火。铁锹、铲子甚至冬天烧炉子用的炉钩子也派上用场，学校的师生负责在林场附近几个山头打出几道防火带。防火带，就是在树木稀少的地方，将地上的杂草、枯枝败叶等燃烧物从地面上彻底清除干净，露出新鲜土壤，打出一条几米宽、围绕树林的长长的带状。等到大火燃烧到此处，没有了燃烧物，火势就渐渐小了，直到没有明火。防火通道的宽度是有限的，如果没有风，这种防火措施是有效的，但如果遇上大风，火苗仍然可以借着风势越过防火带燃烧到对面的树林。这种最原始、最消极、最费时的办法，就目前条件就是唯一的最有效的办法。森林大火，火焰万丈，离火焰几十米远，热浪逼人，严重缺氧，令人窒息。在一线扑火的人时常被热浪袭击而受伤，或者因缺氧失去战斗力，这些人不得不撤退下山来。

学校将教师分为两个组：男教师带高年级男生打防火带，女教师带着女学生负责往山上送面包、水，并随时将受伤和生病的学生领下山护送回家。男教师和男学生由子文带队，女教师和女学生由赵老师带领，老校长亲临前线一个山坡上担当总指挥。

林场商店和小卖店的面包和瓶装水没了，食堂的馒头凉开水没了，派到局里拉物资的人也空车回来了，由于各林场多处火灾，局所在地的食品加工厂库存空空、货源告急！战斗在一线的工人，已是一天一夜没吃上饭，带的水也几近断绝，林场高音喇叭响起场长的动员令：“各家留守的老人、孩子，你们的亲人在山上苦战，现今没有吃的喝的供应他们，但大火没得到控制，还不能撤退，请广大家属予以理解，现在我向大家提出请求，在非常时期不得不求告各位，请你们再做出进一步努力和贡献，上山给自己的亲人送饭、送水。有能力和条件的可以多带几个人的饭和水，多帮助几个人；没有条件和能力的能给自己的家人供应吃喝就很好。林场的汽车停在场大院，各位到场后，马上将你们送到现场边缘，然后再用车送回……”

第二天，夹皮沟林扬二号桥边，突然出现了一群本场的老头子、老太太，他们手持柳枝高举过顶，头戴柳条帽子，齐刷刷跪在河边，他们有的低头默祷，有的仰面上苍，有的还老泪横流，为首的一个老者，光着膀子，他跪在河边，在干硬的土地上叩头：“山神爷爷、山神爷爷您发发慈悲，降雨吧，降雨吧！小民知罪，知道得罪了您，你惩罚一下，我们知错就改，以后不该伐的树我们不伐了……可是不伐树工人们的老小吃什么呢？降雨吧，降雨吧……”

场长、书记、工会主席闻讯赶来，面对着一群老人们默默无语，这些搞封建迷信的人大多是多年的林业干部职工，甚至有林业的劳动模范、伐树能手；有的是当代闯关东来的，有的已是第二代人。领导们面对这样的场面无可奈何，也没有更好的办法劝告这群老人，更不敢“破除迷信”。他们认得出来，为首的老者，是本场退休职工，一位当年的林业系统全国先进生产者，曾以伐倒数以万棵树木为荣的英雄人物。

傍晚的太阳挂在西边的老秃岭山腰，山上的火热不减，气温仍异常高，烈火带来的高热气浪一阵阵扑来，空气令人窒息，山崖上的一片松树已经燃烧，大火在半空中肆虐，与落日余晖相映，血红一片，令人恐怖。山崖下坡热度稍减，年老体胖的老校长坐在一块突出的大石头上休息，他不放心数百名学生和数十名教师的安危，他能爬到这半山坡已尽了很大努力。再往上，挺拔陡峭的山崖上生长着一片原始生态的大红松，因其山势险峻而躲过人类凶残的屠杀，可没躲过这场大火。救火人员只能在山崖下边打出一条十多米宽的隔离带，阻挡烈火从山上下来，学校的男教师和高年级学生就加入到开辟隔离带的队伍中。人们奋力地清除隔离带上的树叶枯枝和杂草，露出湿的地皮，像是给这座突兀的大山拦腰扎上一道腰带，山上的火噼噼啪啪地响着，不时听到上面有大树被拦腰烧断，倒地后发出瘆人的声响。

下午五点钟，隔离带上方的山顶有人惊呼："山上的木头下来啦，快躲开！"开辟隔离带的师生们看见山顶上落下一块烧断的松树段，急忙闪开，可下面大石头上的老校长没有听到上面的惊呼，直径足有七十公分、长达数米、重量不下一吨的树段沿山坡急速滚下，恰巧滚压在校长身上。

附近的几个人奔过去，老校长被压在木头下，上半身露在外面，大口大口地吐着鲜血。人们将木棒插在树段底下，掀动木棒将冒着烟的木头移开，校长已不省人事。有人跌跌撞撞向山下飞奔到林场打电话，请求林业局职工医院的救护车。子文和赵老师以及其他两名男教师立刻动手用铁锹拼命将周围几棵小树砍倒，很多人都经历过类似的场面，唯一的自救措施还是从身上解下能捆绑的腰带、鞋带之类，将木棍绑成一个粗糙的担架，把老校长抬在上面，两个高个老师在担架前边，子文与赵老师身材较矮，在担架后头，用身高的差别保持担架两头的平衡。四人亦步亦趋艰难地下山。到了山下，局职工医院的救护车已经停在运木材的沙子公路上。担架下山后，人们七手八脚地将校长往车上弄，校长突然睁开了眼睛，大家立刻围上去，关切地喊道："校长，校长……"

老校长嘴角仍不时冒出鲜血。他用失神的目光看着周围的人，从他口中发出极其微弱的声音，但子文却听得清清楚楚而且简直就是如雷贯耳，只听校长说："不要管我，扑火要紧。"

校长的话使在场的人听了深感意外，人们面面相觑，这一句耳熟能详的豪言壮语经常来源于小说、电影、电视上那些在战场受伤的革命战士，文学家们为塑造英雄形象以感后人，使那些英雄们在为革命事业而献身的时刻，发出如此震撼山河的豪言壮语。今天人们在现实中亲耳听到了这样的语言，校长的形象陡然丰满、完美，子文认为这绝不是做作。

半个月之后，山上的火已经在一场大雨中彻底浇灭，老校长在医院已进入第二治疗阶段。党委、工会以及学校的代表一道去医院看望老校长，副书记和工会主席一进病房，老校长没客套寒暄，第一句就问："大火灭了没有？"副书记连声说："灭了，彻底灭了。难得的一场大雨救了森林。"老校长说："这几天气温又开始大幅度回升，还是不能放松警惕。"

是啊，早先东北的夏天总是雨水充沛，尤其是这长白林海地区，就如同南方的梅雨一样连绵不断，可近几年天气反常得很，下雨越来越少，今年竟然出奇地干旱。火热的阳光直直地射在裸露的石头上，反射的热浪一阵阵从山上扑过来，像沙漠一样干热难耐，哪里还有昔日的样子？

因性格倔强被公众誉之为“犟种”、又因曾经打赌吃屎而蜚声夹皮沟林场内外的徐师傅，下岗后沾染了酗酒的恶习，且因性格所致屡教不改，任是谁人劝阻也不见效果。当然，为之最伤心的人还是徐大嫂，最失败的也是这个苦口婆心而白费唾沫的女人。下岗后的徐师傅喝醉酒倒头便睡，家里的油瓶倒了也不扶，就连火炕的烟筒漏烟直从墙缝里向外冒也没放在心上，老娘们儿唠叨多次也不修一修。东北林区的工人住房，墙壁是用木桦垛成，外表抹上一层泥巴，只有烟筒经过的部位才砌上砖，这灶底的熊熊烈火通过锅底，爬过烟火滚滚的火炕内部，到达砖块垒砌的烟筒，将烟火排到屋外。烟筒夹在木头墙壁中间，如果漏烟不及时修补堵塞，那可不是闹着玩的。这种木屋一旦起火，人们不必救火只救人、救屋里的物品，任凭那木屋燃成灰烬才罢。一般人家即使烟囱不漏烟火也是一年一维修，以防万一。徐师傅整日在醉梦中优哉游哉，对自家烟筒漏烟不以为意。

这一天中午徐师傅在李岚开的小卖店赊了一斤散酒，用塑料袋盛着提到后沟山坡坐下，这是个独斟独饮的好地方，老伴不知道他在这里，自然无人在耳边絮絮叨叨管闲事，老徐今天烦心着哩。

老徐在中午时分醉倒在后沟山坡上晒着太阳做着美梦，他梦着自己又上班了，他背着油锯把一棵棵参天大树锯倒，又割成圆木，很快就发下六级工人的工资，哈哈，除了队长和老孙，我老徐的工资就算最高啦。

老徐的家中，老娘们儿做好午饭，就锁上门出去找老徐。女人恨恨地想着，找到老头子非把他拖回来，关也要关在家里，要他先把烟筒修好再吃午饭，今天做饭烟囱漏烟漏得吓人，再不修理可要出大事了。

她刚刚走到李岚家的小卖店跟前，突然听见后面很远的地方有人大声呼喊：“起火啦！起火啦！快救火呀！”老徐家的突然心惊肉跳，神差鬼使般地扭头往家跑去。离家老远就看见果然是自己家的上空烟火滚滚，她怀着一丝侥幸，磕磕绊绊，嘴里念叨：“不能不能。”离家越来越近，她终于知道，大烟大火正是从她的房顶冒出。老徐家的两腿一软瘫倒在地，嘴巴一张一张喊不出来，眼睁睁看着好多好多的人四面八方向她家跑着喊着。

人们不断地往两邻居家的墙上泼水、扬土，阻拦着大火蔓延，而自己家的火势凶猛没有办法灭掉，只好眼睁睁看着。

自己家的房顶塌下来了，檩子烧断了，墙烧着了也倒塌了，烟火中隐约看见屋里的炕、站橱、立柜燃起来了。“啊，天哪，我们全部的家当啊！”老徐家的眼睛直瞪瞪的，没有泪水，只是声嘶力竭：“我怎么过呀，全家怎么活呀，老天，老天！犟种，犟种，你个天杀的，你个王八犊子……”

呼隆一声闷响，自己的房子终于整个坍塌，火势渐渐弱下来，两边邻居的房子都被前来帮忙的人用水浇得湿透，像下了大雨，而老徐家只剩下一堆黑黑的焦木。老徐家的依然坐在地上眼光发直，呆呆的木木的不说话。

“徐大嫂，徐大哥回来啦。”有人喊道。

徐大嫂抬头看看自己的老爷们儿，就像是看一个陌生人似的，没有什么表情。突然她从地上爬起来，冲向自己的院子，从厕所门口剁鸡食的木头菜墩上抄起菜刀，直朝发着愣的老徐砍去！“我跟你拼了！我叫你喝，叫你……”老徐依然发着呆，好像没有反应。幸亏前来救火的人多，大家围起老徐家的，夺她手里的菜刀。这时只见老徐抢上前来，劈手将菜刀夺过去，转身、弯腰、下蹲、伸手放到菜墩上、挥刀，“咔”的一声，左撇子老徐手起刀落，活生生把自己的右手食指齐齐剁了下来，自己随之倒地乱滚，嘴里大声嚷着：“叫你喝！叫你喝！”就像一个疯子。

有人捡起菜墩上的指头，老徐从地上欠起身子一把夺过那段指头胳膊一扬，那断指飞向草丛。

初冬时节下了几场雪，森林防火期已过，森林火灾的威胁几乎没有了。国务院、林业部以及东北三省各林管局都先后制定了森林保护和火灾区的恢复措施，计划规定，争取用20年时间将林区面积恢复到原有水平。要通过恢复和保护，让火烧迹地上重新长起大片树林。要用20年时间使火烧区恢复面积超过100万公顷，森林覆被率提高到90%以上，动植物种群基本得到恢复。为落实这项计划，各林区建立了一整套恢复、更新工作体系，采取人工造林、人工促进更新、天然更新和封山育林等多种方式，全面立体地进行火烧迹地更新和生态系统恢复。这套措施计划统称为“天保”工程，生态建设被提到了更为重要的位置，为森林资源和生态系统的加快恢复创造了有利条件。

计划中规定，20年后北部火烧区野生植物恢复到1000种，野生动物250多种，其中国家一级保护动物达到10多种。随着这项计划的实施，有计划造林、优化树种，落叶松、云杉、樟子松等优良树种作为首选，这些树种生长速度快、木材质量优良，抗风、抗灾、抗病能力强，林冠下各种野生植物枝繁叶茂。森林资源总量增加速度快，森林植被、林分结构、生物多样性会得到明显改善，森林涵养水源、防风固沙、净化空气、改善气候等方面的功能都能得到较快恢复。

这些措施无疑是正确的，但是同时也说明，林业局将由木材经营为主改变为以抚育山林为主的营林局。

初冬，刘老满让赵老师给子文捎信来，说很长时间没见到校长了，很是想念，如果校长有时间，到他家看看。子文一想，可是的，自从老满退休回家转眼快三年了，自己几乎没怎么见过他。虽说只是一个校工，但也是学校的职工，又是从学校退休的，应当看看他，何况那么一大把年纪的人。听说他退休之后身体一直很不好，腰和腿都有问题，犯病时走路都很艰难。子文立马把今天的事情安排一下，与赵老师两人买上礼品到刘家。老满用木瓦木棒子建的房子和木瓦木棒子撑的门楼风貌依旧，院子寂静无声，赵老师推开虚掩的房门，就看到了一段枯树似的老满僵卧在土炕上。赵老师说："老满你看谁来了？"老满并不意外客人的到来，但神情十分激动，在炕上挣扎了几下，终于没爬起身，只是伸出两条枯枝似的胳膊和两只鸡爪似的双手乱摇乱晃。他的两个瘪嘴唇陷下去，明显是掉了牙没补上，只有两只如镶在山核桃皮里的眼珠仍如寒星，光芒直射到校长眼中。善说善道的老满此刻不说话，校长抢前捉住那两只手俯下身叫道："老满，老满，你还好吗?"老满仍不说话，眼光盯着校长缓缓地在枕上摇头，两行像鼻涕一样浑浊的泪水顺鼻翼淌下来，从校长手中抽出自己的手，又反抓着校长的手，使劲握使劲握，校长感到那双曾砍倒多少棵参天大树又将木材弄下山的双手，此刻还很有力。

赵老师提起热水瓶给校长和老满倒水，顺便问："老嫂子呢，怎么不在家?"老满听闻此话脸色突变，激动地颤抖着身子，张嘴泣不成声，许久才说道："昨天二儿媳从城里来电话，要她去看孩子，已经进城去了。"

赵老师气愤地说：“老二小两口真不像话，你病成这样还把老嫂子叫走了？你下不了炕怎么吃饭，怎么生活？”

老满长叹一声：“我老满很少服人，如今服的，就是儿媳妇们，不光是服，还怕得要命！媳妇一个比一个厉害，连我将近九十岁的老母还放不到眼中啊，我讲讲给你们听听，不怕你俩笑话了。前两天，儿媳妇领着孩子过来，孩子说要吃饺子，老伴很高兴，包好煮出来盛在碗里对儿媳说，你和孩子先吃着，我先到西院给你奶奶送一碗去。你们猜儿媳怎么说？她说，你要去给你婆婆送就去送好了，为什么还得专门对我说？叫我向你学习吗——我不学的！我没有你那样贤惠，没你那么孝敬。怎么样？二儿媳气人够不够高水平？高水平啊！”老刘喘息一下又说，“你们喝的水，这是我自己烧的水哇！”说着眼泪又流了下来，抽泣了几声，说他快两个月起不来了，前几天，在县城做教师的二儿子来电话说他的小孩感冒了，打着吊针呢，叫老伴立马到县城去伺候孙子。老伴很为难，老满卧炕，拉屎撒尿都自顾不暇，还需要按摩、端饭倒水服药，怎能走得开？他儿子又一次来电话催促，还有点火气，终于，老满催老伴去县城，他自己在家凑合几天。老伴把煎饼馒头咸菜放在炕上老满能够得着的地方，很不放心地去了县城。儿子儿媳的电话就是命令，就得绝对服从啊！今天上午老满正是大半天没喝水，老伴临行烧的一暖瓶开水早就喝光了，门口外的大道上，大儿媳在摆水果摊，忙得从来不进这个门，就别说来烧水了。老满挣扎着从炕上伸手够着地面慢慢往前探身子，好不容易爬到地下，又慢慢从屋地匍匐前行，爬到房门口，他仰在地上伸长胳膊总算将房门打开，又翻过身爬到院子。不大的普通小院，显得那样空旷，从房门到院门是那样漫长，老满喘着气，吃力地爬啊爬啊爬啊，总算爬到院门，又仰身使劲伸长胳膊开院门的门闩。于是，那曾在山上抬过大木、放过大树、干活无人能比的壮汉，开始继续爬行，他必须爬到院墙外面劈柴拌子垛那里去弄回劈柴才能烧水解决渴的问题。终于到了劈柴垛旁，老满躺在垛前喘息一会儿，正是十点左右，上学的上学、上班的上班，门口少有行人，偶尔从不远处新修的 201 国道上传来过路汽车的轰鸣声。空前的孤独、无助，形成一阵悲哀涌上老满心头，英雄末路的感觉撕咬着这个强人的心。他伸出无力的手抓起木柈往院门口方向扔出去，离着院子门口二十多米的距离，一次只扔出五六米，就这样扔出十几块之后，他停息一下，就爬到扔出去的木柈前，再往前扔，到第三次，他已将木柈扔在院门口。他伏在院门槛上喘息着，呻吟着，又从院门口往屋门口扔、爬、扔，终于把十几块木柈子扔到屋里的灶前，然后爬到水缸前往壶里装水，可两只胳膊只够到缸沿却怎么也舀不出水来。恰巧地下有一截浇菜地用过的烂胶管脏兮兮地放在水缸一边，他艰难地将管子一头伸进水缸用嘴吸出水，好歹灌在壶中，在灶前总算将这壶水烧开，泡了一张煎饼就算吃了饭了！

老满依然紧握校长的手缓缓说道："校长，我老满一生自负自信，在工队不服工队长，在林场不服场长，后来孩子们上学，我总看不起老师们，还自作聪明。自从进校当了校工，我有幸结识了您和老师们，知道了许多过去不太明了的事情。过去，我把家人孩子都纵容娇惯得不成样子，尤其是儿子们，个个不成材，这几年一个个相继成人，却都不孝顺，一个个都榨取我这点微薄的退休金，对我老伴都像支使奴才一样为他们出力拉巴孩子。这好，我病成这样，还硬把老婆子叫了去伺候感冒了的孩子，把我扔在家……"

校长和赵老师看到已近年迈、身有伤残和疾病的老满这样痛苦，除了叹息找不到什么安慰的话。清官难断家务事哪，年轻的校长怎好置喙呢？"校长，我没教育好自己的后代，今天这情形是自己自找的，后悔的话没有用。你们来看我，我很激动，今天咱们能见面，我已经很知足。"说到这里，老满突然爽朗起来，又好似显现出当年的英雄风采，眼睛也重放出锐利的神采。

校长说："老满莫悲观，你身体会好起来，儿子们还年轻不太懂事，现在他们自己都有了家庭有了孩子，慢慢会体会到做父亲的辛苦，将来会有所转变。你还得树立信心恢复你老满不服输的刚强之气，过去不服输，今天你要不服病，不服老，那才是你老满的本色！你要健康地活下去，今后我会经常来看望你的。"

子文和赵老师给老满把水烧开，又从外面取回足够的木柴，告辞了。

子文心事重重地回到家里，多日没见的李岚在自己家里坐着和妻子说话。子文说："好几天没见你，在忙什么啦？"李岚定定地看着子文说："在生气、在惭愧、在不好意思，还丢人了，辜负了您舅舅的一片热情和辛苦，不知道应该怎样对你说才好了！”子文疑惑地说：“什么事情有这么严重？从没见你这样沮丧过。快说怎么了？”

“当初你的预料是正确的，你的眼光没有错，只怪我没听你的话。我们眼前出了陈世美啦，我女儿被李淮蹬了。”李岚恨恨地说。

“啥时候的事情？”子文急切地问。

“昨天给女儿发来的信。”说着李岚从兜里掏出一个信封递给子文。子文展开信纸，看着李淮错字连篇的信：“秋萍，我经过再三考虑，我们的关系不能再继续下去了，你收到这封信就结束了。因为第一，我在南方上大学，将来毕业后不一定回到东北林区工作，那深山老林我早就厌烦透了，再也不想回去，毕业后我就留在南方。第二，我是一个大学生，你就应当是一个大学生，这样才般配。可你高中毕业只是考上了林技校，学历实在太低了。当时如果送到大学上学的不是我而是你，你今天也会做出这样的决定，我想世界上的每个人到今天这地步都会这样做，除非他是傻子。马上要放暑假，我回到东北你不要再找我，我和我们班的同学在假期到苏杭旅游，什么时候回东北不一定。为了让你心理平衡，我把你们家给我花的钱给你打个欠条随信寄去，这总行了吧？”

信的末尾写道：“今欠某某家九千元，待毕业后参加工作挣了钱就还你。”

子文气愤地说：“太丑恶了！不过并不意外，也不惋惜。就这样的人，女儿给了他们也等于进了狼窝，跳了火坑，这是显而易见的。今天发生的事情虽说气人，但也未尝不是好事。越早越好。一旦他们结婚了再闹离婚，最倒霉的还是我们。你也不用为此而后悔，你看这些人的心灵：给你们打了欠条让你们心理平衡，他们这些人就是这样的心态，还有什么好说的！”

李岚说：“今天我也看清楚了，想明白了。离开这家人倒是不可惜，可是你舅舅那里你怎么交代啊？让人家白费心了。你见到你舅舅怎样说这件事情？”子文说：“我见舅舅的机会并不多，如果再去看望他我就随便敷衍一下，这倒不用愧疚。”

第三十六章

暑假来临，子文决定将母亲和女儿的尸骨迁回老家。

暑假前，夹皮沟林场学校在全局升学考试中排名仍稳在第一名，子文拿着考试成绩来到林场向场长、书记报喜讯，场长眉开眼笑，但接着就疑惑地看着子文。子文决定不再转弯抹角，直接对场长说：“学校取得较好的考试成绩，在本学期开学之初我曾经对各位老师们承诺，如果考试成绩占据全局各校前三名，我就带老师们进京旅游，看看我们的首都。”场长说：“这笔支出是没法下账的，也不符合财务规定。取得好成绩也确实是大家出力了，学生家长们都很满意，只是这旅游的事情让我为难。”子文说：“我们这个林场，没法下账、不符合财务制度的开支并非绝无仅有，也不是不能处理，你场长财务签字一支笔我是知道的。你的为难之处请你说说看。”场长说：“我们林场生产第一线，在山上长年累月抬木头的职工累不累辛苦不辛苦？还有林场其他部门的后勤、行政机关等那么多单位都在努力工作，偏偏学校要搞旅游，这恐怕说不过去吧？”

子文说：“这样吧，您召开林场中层会议的时候，在会上提出我的要求和打算，我再自己对大家说。我想问一下参会人员，林场下设的各单位，哪个单位的各项工作也在全局范围内名列第一，如果还有第二个，那我撤回这个请求。”场长说：“你们学校的老师们每年两个假期就是两三个月，带薪休假的待遇，林场其他单位没有，全国各行各业都没有，只有当老师的才有这待遇，你还不满足？”子文笑了：“老师们的假期可不是你场长的恩赐，那是国家给的，谁也不能取消。如果是林场有这权力给两个月假期，我们也不会提出旅游的事情。你能给我们休假待遇吗？或者你能取消教师们的带薪休假待遇吗？”场长拉下脸不悦地说：“子文啊，学校搞得好，不能居功自傲，也不可强词夺理嘛！你这样说太过分了吧？”子文也很严肃地说：“要不召开全体职工大会举手表决，我保证没有一个学生家长不同意的。一句话，如果我对老师们的承诺不能兑现，下一学期的成绩可是没有保障。”

场长生气地说：“子文，你别拿着这点成绩说事，也不用以此来要挟领导。难道说，答应你们旅游了，你还敢保证下学期是第一名？”

子文靠近场长办公桌，拿起桌子上的笔对场长说：“给我找张纸，我签字承诺。”

场长叹了一口气说：“好吧，别纠缠了，我和书记商量一下吧。他管学校。”子文说：“他管学校，财务支出的签字可是你而不是他。书记这里我有把握，他会同意的，因为他管学校。要不下学期你管学校就好了。”场长一挥手示意子文出去，子文知道事情有百分之八十的把握，自己回去可以布置老师们做好出行的准备。

子文给老师们争取到旅游待遇，但自己并没有打算参加这次旅游，他要按照自己的计划行事，这件事只告诉了极少数人。

7 月 14 日清早，子文叫上邻居张叔，带上铁锨、橇杠，带上一大卷塑料薄膜袋子和编织袋子来到高丽房母亲坟边。子文怀着异样的心情，从坟墓的后面开始挖土，他觉得自己是在走向母亲的家，就要见到亲爱的母亲了。当看到棺材一角的时候，子文心跳加快，就像进入母亲的院子看到了母亲的房子一样激动。

他不由自主，像母亲生前一样，他喊：“娘，你好吗？你……”

往下，他不知该对娘说些什么，问老人家好？好什么好！人都没了，孤零零一个人冬夏春秋就被囚禁在黄土中，还好什么？这样想着，眼泪不知不觉刷刷地流下脸颊。

厚重的红松棺材还很新。撬开沉重厚实的松木天顶，久别六年的母亲将再见阳世。张叔说：“打开吧。”两人跳下挖出的坑一边一个，先用撬杠撬开棺材前头巨大的铁钉，两个人合力从后头将棺材天顶一错，子文与张叔目瞪口呆，躺在棺材里的母亲栩栩如生！眼微闭，面容慈祥可亲，头发未落，衣尚新。

啊，娘，您别怕，是我，子文来了。

资料介绍，从很多古墓中曾经出土不烂的尸体，但那是帝王和王公贵族死后，以高昂的代价用防腐措施得以保存；也见资料记载印度得道高僧有不烂的躯体，那是一生修炼的精气所致；还知道在干旱的沙漠里有很多木乃伊，那是因为沙漠的气候极为干燥没有细菌腐蚀所形成的。可是我的娘她一介平民百姓，一个最平凡的女人，竟然有这样的奇迹发生！难道，母亲一生忠厚善良的精神变为物质，也同样让自己身体具有不朽的灵气而成为不坏之体么？子文将自己的手伸到母亲身子下面想将她轻轻从棺材里托起，谁想颜色还那么鲜艳的衣服竟是那么脆弱，稍微一动则成碎末矣！

子文呆呆地站立在母亲面前不知所措。张叔说，东北气候严寒，五月份尚冻土不化，九月份即又封冻，地温凉、密封性好；林业的职工和家属死后都使用很厚的红松棺材，耐腐性强。加之你母亲死前肌肉少，脂肪耗尽、水分耗尽等原因，以致如此吧。

张叔又说："子文，要不咱们把棺材盖上，把土埋上，再等几年？"

子文俯下身来，与阔别六年的母亲相见，他轻轻抚摸着母亲的身躯，久久注视她老人家，心中叨念：感谢上苍，能让我见到一个完整的母亲。

子文短时内下了决心，不改变打算。母亲独自一人在这里太寂寞，山东故乡的父亲也已经等得太久，这种状态不能再继续。

当子文将手轻伸进母亲尸体下想将其托起时，方知身体也同衣服一样是脆弱的。慢慢地如同托着一个婴儿一样小心地将她放置在塑料膜上的小被子上，轻轻将几乎干瘪的双脚往上蜷起，使原来一米五多一点的身材，折叠蜷缩成不到一米长。子文嘴里叨念着："娘，你别害怕，我给你搬家了，把您搬到我父亲住的地方，让父亲和你团聚相互做伴。我会一年四季去看望你们。"娘躺在塑料膜上姿势不好，想再调整一下，不小心有一只手掉下来了，子文捡拾起来，掏出自己的手绢仔细地包好安放好。最后小心用塑料膜把母亲包装多层，捆扎时，子文掏出准备好的小绳子，小心捆绑，捆松了怕捆不住，捆紧了怕把母亲捆痛了。

还有女儿，自从那次把别人的坟墓扒掉，子文还来过几次，奇怪的是没有被人家报复，没有再把女儿的棺材毁坏，子文估计，那家人家可能是不负责任的儿女，把老人葬了就不再管了。现在要打开小棺材，就要看到女儿，他不知道孩子的尸骨是否像母亲一样没有腐烂，他宁愿女儿还是栩栩如生，他还能好好看看女儿的可爱神态。棺材上的漆面已经斑驳脱落，棺材板很薄，很容易打开，没有子文期望的那样，非但没有栩栩如生，而且由于是在地面上，又是在空气当中露天放着，棺材里的小骨头已经一块块的，孩子穿着的呢绒衣服倒是还很显眼，没有褪色。子文拿出给女儿准备好的新衣服铺在地上，把骨头仔细摆好，用衣服包好，又在外面加上几层塑料膜，用带子扎紧，和母亲的编织袋一起装在一床被单子里。然后把女儿原来穿的衣服仔细收好，当作女儿唯一的遗物。当然他不会让妻子知道这件事。

七月三伏天，回山东老家需要坐两天火车，在火车上万万不能产生一点气味，一旦被列车员发觉，后果不堪。子文把母亲包裹好了，装进事先专门购买的大号旅行包，洒上一点向女老师讨来的香水，防止里面溢出其他味道。然后回到林场放到学校办公室里，别人都不知道装了什么。

第二天全体老师一块去火车站赴京旅游。子文领了九岁的儿子同行，在通化转车的时候曾经为自己的特殊包裹担心过，幸运的是越发有了这样的担心和思想准备反而轻松过站，顺利前行。这件事情同事们全然不知。老师们热烈兴奋地谈论着这次到北京旅游的事情，子文一改往日的活跃，一路心事重重。火车到天津，老师们将换车去北京，子文才道出这次出行的原委，并告诉大家，去北京旅游事宜，由赵老师带队，他和孩子现在要补票，仍然南行去往山东。

由于伪装得好，火车上没发出什么味，一路顺利。7 月 16 日到山东故乡的火车站下车，转汽车到自己的村子。在村口下客车时，早已有村人接站。一人载着子文，一人载母亲遗体，一人载儿子直奔村南父亲墓地。

此前子文已经将母亲迁坟的事情告知村子里的表哥，表哥按照子文定好的日期，提前一天组织了人员开始行动。这天一大早表哥将父亲的坟墓打开，在父亲的右侧为母亲建立了长眠之穴。

子文一行来到公墓的时候，望着站满墓地的男女老少，让子文意想不到。子文问表哥："你怎么叫上这么多的人？"

表哥说："不是我让人来的，也没有人组织这件事，也没打算让大家来参加这个葬礼，我只是叫上了几个帮忙干活的，谁知这些人一传十、十传百，这不，一大早我们拿上工具来干活的时候就已经来了好多。”

子文看见站在父亲坟墓前的一群老头老太太，都是母亲的生前好友，不是大娘大爷，就是叔叔婶子。他们大都六七十岁了，久久在坟地站着，这让子文十分感动。子文对原来的近邻李大娘说：“天这么热，您老人家这么早就来了。”

李大娘张开伸不直手指的一双老手，颤颤巍巍地使劲拉住子文的手，眼睛里含着浑浊的泪水，一面打量着几年没见的子文，一面说：“我怎么能不来呢？你的娘在东北没有了，死得那么远，我们不能去看看，现在来家了，我们怎能不来见最后一面！你娘是我们村里最好最善良的人，她做了那么多好事，老天爷不长眼让她早早去了。好人无长寿啊。当年我家孩子多，我干什么事情不是让你娘替我看着啊？可她连一口水都不喝人家的，她就是这个样。唉，现在到哪里去找这样的好人。”

是的，子文还记得，李大娘每次到子文家门口那一座公用的碾子压粮食，都是把孩子往娘面前一推就干活去了，孩子一闹，娘就把那年代最宝贵的干粮给了孩子，娘越是这样，孩子们就越爱往她那儿跑。娘把有限的干粮给了人家，吃饭的时候总借故说自己不想吃饭节省一些。那个年代，一块干粮就是维持生命的关键。子文为此多少次与娘争吵，心疼娘，可娘依然如故。子文对这些总把劳累的事情推给多病多灾的娘的人很有意见，总认为这些人太不顾别人死活了，太不自觉了，太不懂事了。可是娘就是这样，总想着他人，好像她就是为别人活的。子文对娘的行为不理解，对他人的行为也不理解。今天面对坟地上黑压压的人群，子文如梦方醒，大彻大悟，理解了人生的真谛。

是啊，人人心中都有杆秤，人的分量轻与重就在人们的心里。那秤杆上的重量标志，就是你的人品人格，那秤砣就是你来到这个世界上付出了多少贡献了多少。

子文泪眼蒙眬，是的，自己在本村是独姓人家，没有宗亲，在家的时候经常感到形单影只甚至孤独，不料今天母亲改葬，竟然惊动了比大家族的丧事更多的人！这些人没有人通知，没人发动，都是自己来的。

子文将硕大的旅行箱子打开，在这三伏天气里，老人家的尸骨放在箱子里已经两天多了。虽说隔着那么多层塑料膜，但里面的气味呛得子文呼气困难不说，竟然还像氨水一样呛眼睛，围观如堵的人群急忙后退。一向办事急躁的子文此刻出奇地沉静肃穆，他轻轻地仔细地将母亲身上的包装物塑料膜一层层掀开，露出的肢体略显零乱。他旁若无人专心致志将她老人家舒展开，那气味怎样刺激着眼睛冲鼻子，他已不在意。他知道，这是今生与娘最后一次面对面相见，再一次见到娘绝非易事，应当万分珍惜这一刻，不管有多难，子文仍会以母子诀别一样的心情，将娘的尸体弄得平平整整看着舒舒服服，最后，把给娘新买的衣服仔细穿好，直到自己放心满意为止。装着女儿的包裹也打开了，里面摆得好好的。众人原不知道子文还把女儿也取回来了，甚至提前到现场把父亲的坟墓扒开给母亲弄出一块地方的人，事先都不知道。他们问子文，女儿回来了，是不是另起一座坟茔，子文说："不，就埋在父母身边，只有这样我才放心。"一位老人说："祖孙两代人埋葬在一起恐怕不符合规矩吧?"子文说："规矩是人建立的，建立规矩的人未必就是全都对的，孙女埋在爷爷奶奶身边我放心，将来我死了也同样埋在父母身边，伺候他们，对他们再一次尽孝，因为，我为父母做得太少了。人活着可以同住一室不分家，死了也同样同居一穴、团聚一起，有什么不好？死了，家人就生分了吗?"

人们又围上来帮忙，将包好的两具尸骨轻轻抬起。这时子文感觉到浑身无力，腿脚如同患了脑血栓一样无主，别人架扶着他，他呆滞的目光，看着大家一铁锹一铁锹地上土，眼看黄土一抔高高隆起，知道与母亲还有女儿已是阴阳两界永不再见了。

葬礼完毕，子文似痴似呆在坟前坐了很久，浑身像抽了筋一样。众多亲友们并没有催他离开，也很少有人说话，只是默默陪伴。子文慢慢平静下来，往事涌上心头，刚才下葬的时候忍住的眼泪，现在奔涌而出。他突然觉得父母就在眼前，他嘴里喃喃地对着父母说："娘、爹，是我太无能，在农村的十年里，我失去了父亲，那时我还小，可是成年之后，在闯关东短短几年里，就在我的手里失去了娘和女儿这两位最亲的亲人。你们活着的时候，没跟我享过一天的福，你们患病的时候，我又没能力把你们医治好，只有眼睁睁看着你们在我的怀里挣扎、死亡。我没有尽到做儿子的责任，也没尽到做父亲的责任，我是一个不合格的男人。你们走了，生活的难题还很多，还要我自己扛着，这些困难我不怕，怕的是今后对你们的愧疚和永远的思念，这是最折磨人的。娘，不管我在哪里工作，将来到哪里也不会忘记这个令我向往又让我伤心的地方。我会时时刻刻把你们放在心上，也会经常来看望你们。”

离开墓地的时候，北面公路上高高的杨树下站着一个身穿兰士林上衣的女人，看到子文在亲友的拥簇下过来了，女人迅速转过身去疾步前行。子文从女人的背影一眼认出，这不是经常思念的二姐吗？子文张了张嘴想大声喊住二姐，但他没喊出声，他知道二姐此时的心情，他不敢贸然喊住她，何况身边还有这么多人。

村长虽是与子文家没任何亲戚关系，但也来参加了母亲的改葬。他是个多年的村干部，差不多从新中国成立之后不久，就是村里的负责人。如今也是六十多岁的老人了，明明村里的后起之秀比比皆是，但是人们每每选他当村里的领导。他同大家一起从墓地往村里走的时候，对子文说道：“子文，你把你娘从关东背回来与父亲合葬，这件事你做得好啊。一百多年之前，我们村西面的丹河发大水闹灾荒，饿死很多人。我们村里一个姓李的人与老母亲艰难生活，撑到冬天家里一粒粮食都没有了，他用手推车推着老娘到陕西要饭，老娘死在了陕北。他把娘用被子包好，用手推车把自己的娘硬是从陕北推回来，与早先去世的父亲合葬在一起。这件事传遍了乡里乡村，民国的时候，这件事就被写在了县志上，县长还亲自接见了这个姓李的人，县里出钱给他的父母立了石碑。这个人也就成为远近闻名的大孝子，成为我们村里用来教育不肖子孙的榜样和典型。今天你又做了一个新的榜样，真了不起啊。”

子文说：“您说的故事才让人感动，当年从陕北推着车子来到这里，那是要好几个月的时间。可今天，做这件事情没有什么困难的，坐火车用不了两天就到了嘛。不值得乡亲们称道。”

村长说：“大家说了，你的娘不是你亲生母亲，你能对自己的养母做到这样，才是大家更敬佩的。子文，从此咱们村里对你高看一眼呐。子文，你知道你做这件事的意义有多大？如今世风日下，生活比早先好了，却有很多人不孝敬老人、不养老了。你今天的举动就是为村里的不肖子孙做出了榜样！虽然你只是个养子，但是你做的事情却比亲生的做得更好。”

子文伤感地说："正因为是养母，她拉扯我长大才更不容易，有哪个生母对子女的付出比我的养母付出更大?"说到这里，子文眼睛里又溢满了泪水。

母亲的丧事结束了，子文带着孩子到岳母家里住下，在傍晚时分发现儿子不对头，总是发低烧昏睡不醒。第二天睡得更沉，竟是不吃东西，强行拉拽起来也是迷迷糊糊神志不清的样子，第三天只好到乡镇医院住院治疗。大夫并未确定是何病症，只是检测到孩子低烧，就按照退烧措施挂上吊针，又是两天，没有退烧的效果。岳母来医院看望的时候提出："只怕你们教书的不相信就没说，事到如今只好往这方面考虑了。看来这孩子不是实病，而是虚病。"子文疑惑地说："虚病？没听说过，什么是虚病?"岳母说："就是没有真正的病症，用药是治不好的。我看八成是掉了魂了。我一说，你们就说是迷信，但是再这样下去把孩子的病耽误了。找人看看再说，这事容易，你姥姥专门会看虚病，在这一带远近闻名的。"

事到如今，子文也是将信将疑的。没有办理出院手续，就随着岳母来到岳母的母亲——这个具有传奇色彩的老太太家里。路过小卖店，岳母让子文买上一盒烟，说是香烟不管贵贱，要红色盒子的才好用。

老太太大热天身穿夹衣服，还用带子扎着裤脚，头发稀疏但显得很干练。她不开窗户还拉着黑乎乎的窗帘子，这窗帘不知多少年了，看上去从来就没有洗过，在大热天发出浓重的潮湿味道。屋里的光线很暗，幽幽暗暗的有一种神秘和不可测。室内温度不是很高，空气却沉闷不堪，可能与老太太捂得严实有关吧。

虽然光线不好，但子文还是看见老太太正屋墙上挂着一幅黝黑陈旧的不知是何方神仙的画像。画像下方有一块满是灰尘的木板，木板上供着几盒香烟，果然都是红色的包装。子文和岳母来到屋里，子文恭敬地对老人寒暄，亲切地叫"姥姥"，但老太太并没有应有的热情，甚至对自己的岳母这亲生女儿也是面无表情。子文倒不介意这个前国民党团长的遗孀态度怎样，这样的异人自有自己的个性和特点。

岳母让子文拿出烟卷，自己拆开取出一支递给老人，并示意子文划着火柴，然后将燃烧的火柴杆递给迷迷糊糊的儿子，儿子拙笨地捏着火柴杆给老人点上烟。老人使劲把烟吸进肚子里好久没有吐出来，然后闭上眼睛就像是睡着了一样，几乎听不到她的呼吸。岳母朝子文摆摆手示意不要说话。大约二十分钟时间，老人终于睁开眼睛，并长长出一口气，如同大梦初醒的样子，对岳母说："孩子掉魂了，从东北来的时候，他在车上就随着奶奶玩耍，在路途中到锦州火车站你们是不是下过车?"

子文吃了一惊，在锦州火车站自己的确下过车，就点头称是。老人说："你下车的时候带着孩子没有?"子文又点头认可。老人说："你父子下车，你娘舍不得孩子也就跟着下车了，她带孩子玩耍，但上车的时候孩子没有接着跟上来，魂魄丢在了那里。"子文听到这里心中突突跳着，问老人："掉魂了，还这么远，怎么办?"老人下巴朝岳母一指："孩子姥姥就能办，她知道的。你们走吧。"老人下了逐客令，岳母二话没说领着子文父子就走了。刚出门，身后的老人就将大门掩上了。

子文对岳母说："我去办理一些供品?"岳母说："不用的，你娘不是贪图好东西的人，她是舍不得孩子离开她，他们娘儿俩还在半路上玩耍，孩子也伤不着的，这你放心。"

回到家里就该做晚饭了，岳母没有特别做些好吃的，只是家常便饭。在从锅里盛出南瓜稀饭的时候，岳母将第一个碗端端正正放在院子里的饭桌上，碗上面搭一双筷子，口中念念有词，子文仔细听也没听清楚。叨念完毕，全家坐在院子里吃饭。忽然听到昏睡四天的孩子在里屋的炕上喊道："饿了，我饿了，我要吃饭!"子文来到屋里，孩子已经下炕，不再是那种昏昏沉沉的样子。子文把他领到饭桌上，孩子没等坐下就端起子文的饭碗拿起子文正吃着的干粮狼吞虎咽。

数日之后，在东北的妻子手里的事情做完，从东北随后而来，到家乡后提出先去母亲的坟墓看看，从墓地回岳母家后，如孩子同样的症状。这次岳母没再主张让姥姥看，自作主张又如此作法，马上好了。子文想，这是母亲舍不得贤媳慧孙吧!

啊，母亲，您老人家与父亲分开近二十年，终于又住在一起，这是多么让子文感到快慰的事情。女儿，这几年以来爸爸妈妈最牵挂的就是你，现在好了，由爷爷奶奶和你做伴，这是最好的选择，从此我们只有思念没有了牵挂，少了很多心灵的折磨。

做完娘的丧事，子文带着全家走访了亲友，欣喜地看到这几年改革开放的成果在自己家乡比东北更为显著。自己离家出走的年代，生活还十分贫困，吃的只是产量很高的地瓜干，只有来客人才会掺上一点玉米面；上次回来，人们就已经不吃地瓜干了，全吃玉米面窝头了，来人了就吃纯白面馒头了；这次回来家家都吃白面馒头不说，饭桌上的猪肉也不是稀罕物了，人们还说买肉不要肥肉专要瘦的了。

村子里那些有能耐的，放弃了手推车，放弃了马车，买上了拖拉机，现在的拖拉机也不像以前，都是多功能的，能耕地能播种能除草等等。子文想想自己这些年闯关东，死了两口最亲爱的亲人，落下一大笔债，自己的家境和生活水平都被家里这些庄稼人落在后头了。

第三十七章

暑假结束之前，子文带着妻子儿子回到东北，不几天就开学了。教师们迎来了第一个教师节，在上级要求和社会舆论的关注下，每个林场都给老师办实事解决生活中的实际问题，有的林场还给老师们买纪念品或者吃一顿饭招待老师们。子文在早上的课前会上广泛征求老师们的意见，大家议论纷纷莫衷一是，子文认为，老师们最大的难题是烧柴问题，也是一个老问题了。林场各个工队在山上采伐的人员都有机会随手捡一些木柴，唯独老师们没有上山作业的条件和机会，每家的烧柴难以解决，以至于有些老师的家庭往往减少烧柴，冬天时房子里达不到应有的温度。他认为应当要求林场给教师每人拉一车木柴样子，子文对场长说，你只管把任务交代给采伐工队，相信各位职工和队长们都会为此而尽心尽力的，哪个工队不为教师办事解除后顾之忧，就把他孩子领回家自己教去。书记听到子文这样说，对子文严厉批评，但他知道子文一向我行我素，敢说敢做，也拿他没办法。

全国各行各业改制如火如荼好几年了，很多有识之士抓住时机下海，很快成为“先富起来”的那一部分人。东北的改革形势依然像这高寒山区的气候一样温度偏低，但也有例外，那就是思想超前、与时俱进的少数人。李岚率先向林场党委递交了辞职报告书，这个精明人出手不凡，她没有像其他人一样承包一个山头，或者饲养几箱蜜蜂，或者摆个地摊什么的，她直接开始了自己认为的高端职业：贩卖黄金。不同地域消费水平的高低，拉开了区域之间的物价，她看准这是一个难得的商机。

这个女强人的经营路线是从山东半岛那个著名的黄金矿区购买黄金，然后回到东北地区卖出去。她在山东的货源不是来自金矿，而是来自这个金矿的职工个人，价钱要比市场价格低二十五甚至三十个百分点。她选择的交通工具是通化到山东货源地的直快列车，这是当年她只身闯关东来时的路。几十年来这条路线不知有几多来往，今天可以说是轻车熟路。为了人身安全和财产安全起见，她每次都选择乘坐硬卧。能否每次都准确无误地买到卧铺票，这在常人眼中还是比较困难的事情，但李岚不费吹灰之力。

她借故找到列车长办公室，进门之后找理由向车长进行咨询，年轻的女车长看到进来的女人漂亮而有气质，就热情接待。李岚向车长咨询的问题是无关紧要的，车长的解答自然也是容易的，然后李岚称赞车长穿着铁路制服胳膊上佩戴菱形的车长牌子真的是英姿飒爽、气质高雅。说着从随身带着的小兜子里掏出一根虽说分量不重但制造十分精巧的黄金项链往车长抽屉里放，笑容满面地说：“车长，认识您这么优秀的人真是我的幸运，觉得真是高攀了，我常年跑这条路，这点小意思不成敬意，免得下次坐您的车您就忘记了我。”

车长伸手虚挡一下，项链滑进抽屉里，车长没有再继续阻拦。车长说：“我是本次列车六个乘务组中的第四小组，也就是每隔六天我们从通化发车，你如果时间上不受限制，可以算计着坐我们这趟车，回程也是如此计算。”李岚高兴地说：“我们在深山老林居住，没有什么好东西，但土特产还是有的，我们自己家就栽培木耳、养着蜜蜂，每年可以上山采蘑菇挖药材、打松子、捡核桃，下次来我给你带上蜂王浆，你尝尝。”

车长说：“你可太客气了。我一看你就是个能女人，愿意和你交往成为好朋友。真的，我还没有个山区的朋友呢。”说着在一张小纸上写上自己的工作单位、联系电话等，递给李岚，“你也留个联系方式，今后就方便了。”

从此，李岚这个能人每次就能顺利乘坐免费的卧铺。一般来说，车站上买不到硬卧不能说明火车上就没有空闲的铺位，很可能有人早就买好了前方车站的票，还没上车的时候就空着，或是现在有人的铺位到前面就要下车了，还没有再卖出。总之先上卧铺等着，总有办法。虽说有时需要换地方，但是免费乘坐还能嫌麻烦吗？

看上去，李岚每次出行并不像做大买卖的，她本来身材苗条而轻盈，出行总是看起来轻装上阵的样子，因为需要的资金数万元，都是扎在腰带里贴着皮肉的地方，放下上衣，并看不出臃肿，这样做无疑是最安全的。她纤细的身材看上去只是稍加丰满而已。

腊月时节，李岚打算在春节前做最后一趟买卖。在春节之前订婚的很多，应当是有一个销售旺季。这次她带了现金七万元，并不是最多的一次，但也不少了。

冬天的下午六点钟，天已经完全黑下来，冬季的寒流好几天了，今天又到零下三十几度，车站晚间旅客格外少。她在通化车站候车室等待本次列车长派人领她进站，这是昨天电话联系好了的，还有半个小时才会有人来接她，先去方便一下再说。在她去厕所的时候，光线昏暗的女厕门口有两个男人走近前来，不知不觉间，李岚觉得腰部硬硬地被顶住，耳旁一声低喝：“别吱声，跟我们到外面有话说，一声张就没命了。”

李岚心里一惊，知道坏事了，多次出行总是为自己带这么多的钱而担心，没想到这次真的遇上了抢劫。她哆嗦着对两个男人说：“两位大哥，我不会叫喊的，听你们的安排，别伤我就行。”机智的李岚知道反抗没有用，别说这里人太少，就是人多，谁能管自己的安危呢？

在车站广场的东南端一幢大楼的背面，两个男人说：“把你的钱全部拿出来，我们盯着你好多天了，识相点。快，快。”

李岚把腰里的七万元全部掏出，然后问道：“可不可以给我留下回家的路费，我是一分钱也没有了。”说着翻开身上的兜子。一男人不耐烦地从一捆钱中抽出两张扔在地上，两个人撒腿跑得无影无踪。

李岚的第一个反应是马上报警，但转念一想觉得不妥。自己必须镇定下来，想好对策再做打算。本来打算上火车之后在卧铺上吃自带的晚饭，如今满肚子如同火烧一样，心里的惊悸仍然还没消除，什么也不想吃，打开水杯咕咚咕咚全喝下去，望了望灯光昏暗的火车站，脚步蹒跚地买上回汤河林业局方向的火车票，先回去再说。

在汤河，她没有去夹皮沟林场自己的家，半夜时分也没有车回家，只好住在林业局宾馆。独自开开房间坐在沙发上，浑身就像大病之后散了架，坐在那里发愣，躺在床上浑身酸痛，彻夜未眠的她苦思冥想，直到天亮也没合眼。好容易挨到早上七点多钟，她打电话对林场值班室的人说，请他马上告诉子文老师，有要紧事请他务必来一趟，到林业宾馆找自己，越快越好。

子文得到消息没有到学校安排工作，他知道李岚不是遇到事情就犯难的人，更不会轻易求别人帮忙，既然一大早打来电话，事情肯定非同一般。急速去林场乘坐拉材料的车来到招待所，已经是九点多钟。进入房间后看到一贯是精神饱满风度翩翩的女强人头发蓬乱，眼光呆滞无神。

“这是怎么了？发生了什么？”子文急切地问。

李岚眼圈一红，没说话，示意子文坐下：“我遇到大事了，不知该怎样办才好。”李岚把事情述说一遍，子文也听得心惊肉跳。自己经历的事情不少，但这类凶险的事情却是第一次听当事人亲口说出来。子文说：“让我想想，先别急，事情到这一步还要先放开心思，不要慌乱。你没考虑报警吗?”

“报警，怎么能报警？且不说报警之后警方能否破案，就说事情的起因是咱们贩卖黄金啊！就是破案了，没收违法所得不说，还要罚款，还不如不破案。”

说到警方，子文灵机一动突然想到一个人，禁不住微微一笑：“有个人能帮这个忙，而且我保证他会全心全意帮忙。”

“是谁？你的朋友？”李岚急切地问。

“哪是我的朋友？我哪有这么了不起的朋友？是你的朋友！公安局鲁政委啊。”

李岚的脸色微微一红：“自从鲁书记从我们林场调到森林公安局当了政委，我们几乎没来往了。前两年也是和他虚与应付，人走茶凉，有时候到局里办事见了面我也不愿再旧事重提，渐渐地，关系就冷了，现在出事了突然找他有些不好意思。”

子文不同意李岚的说法：“男人并非总是薄情的。你马上找他，会有办法的。那家伙号称我们局的智多星，今天就派上用场了，赶紧。”在子文的催促下，李岚迟疑地拿起电话拨通了公安局政委办公室。

很快，李岚住的房间的门被推开，一个气宇轩昂的中年人闪身进来，李岚和子文马上站起来说：“政委这么快就来了。”鲁政委呵呵笑着说：“一个大校长，一个大美女，两位都是夹皮沟林场的顶尖人物，我鲁某有幸应召来看望，怎能磨磨蹭蹭的？”

李岚说：“还开玩笑，出人命了。”

“怎么的？”

李岚把事情的始末说了一下，又说：“这件事情报警能行吗？我们俩是拿不定主意了。再说我做这件事情是否合法也不清楚。”鲁政委沉思一会儿说：“你贩卖黄金这件事我听说过，目前除了开金店经营首饰，黄金还是没有怎么放开正常流通，没有经营手续恐怕就有倒卖贵金属的嫌疑，现在的金店都是办理经营许可的，这些你都不具备。这件事情咱们先不做讨论了。事发通化火车站，我看你没报警是正确的。”

“应当怎么办呢？”李岚问。鲁政委说：“在招待所不方便处理这样的事情。到我办公室吧，我的车在门外。现在主要问题是看看我想找的人在不在家。”

到了公安局政委办公室，政委拨一个电话拨了好几遍才接通：“大黑子，在家呀？难得你在家。这样，我有事找你，你到我办公室来一趟。不是你犯什么事情了，是我找你帮忙。快点来。”李岚问：“您请的什么人，有这么大本事，你还得请他帮忙？”鲁政委说：“这个人是咱们地区的社会上的头头。”

子文疑惑地想：“一个堂堂公安局政委，有了事情还求社会上的人帮忙，可真是不可思议。”

半小时后，一个五短身材的人来到政委办公室。这个叫大黑子的人相貌朴实憨厚，并非子文想象中的社会人形象，不过子文想，既然是鲁政委请来的，必定有他的道理，看看情形再说。但是政委却让李岚和子文两个人到办公室里面的套间回避一下。

大黑子看到李岚和子文也很奇怪，政委让自己来是做什么呢？他向政委打了招呼就站在一边不多说话。政委说：“叫你来，就是打听一件事，你告诉我，通化火车站那一片的头头是谁，住在哪儿。这你不会不知道吧？”

大黑子神情十分为难的样子说：“我说不知道就是说谎，我不能说不知道，但我们是有规矩的，这些事情不能告诉你，何况你还是警察的领导。”

鲁政委说：“刚才你看到的女人是我的表妹，亲表妹。她出事了，需要通化那面的人帮忙。你只要告诉我他家的地址，别的都不用说。当然我会绝对给你保密。如果我把这件事公开了，咱们的关系也就公开了，那我还怎么干工作？这你放心，不用你嘱咐我也不能让人知道咱们的关系。这次你帮了我，今后你有事情我还能不帮忙吗？”

大黑子脸憋得通红，在政委一再催促下，终于说出了通化火车站区域的社会组织头目，这人叫张墨轩（好文雅的名字），从小没父亲，就娘儿俩过日子。政委心里好笑：这名字与他的身份和职业真是不能同日而语。

大黑子走了，政委说：“李岚你可以直接到通化，找到张墨轩的家，注意不管发生什么，事情进展怎样都不要急着报警，你就依靠这个人给你找到钱。如果结果很意外，你也先给我打电话说说情况再做决定。”

子文要陪李岚一同去通化，李岚拒绝了：“这个依不得人多，人多反而引起对方反感，还是我自己去更妥当。事情成与不成，到了那里看情况就知道了，这也是迫不得已的办法。不过，幸亏你提醒我找了鲁政委想出这办法，最起码我们知道了通化的社会头目，万一不成功，总算有了一个线索。凭直觉，我想十有八九会有结果，咱只要把钱拿回一半就算成功，到了这一步还指望很高是不可能的。你回学校等我消息。我走了。”

子文看着李岚远去的背影，生出很多感慨。一个女人，一个要强的女人，追求完美的女人，也是个不安分的女人，要做到最好有多难？本来李岚前几年也挣了不少钱，两口子也都是职工，生活在中上水平，可是那份不安现状的性格使她屡屡成功也让她屡遭挫折。追求完美，这不是一个女人的福气啊。

中午时分，李岚又一次来到伤心的通化火车站，然后按照大黑子提供的地址一路打听来到一片棚户区，才找到张墨轩的家。李兰不急着进他家门，而是折回窄窄的胡同口，在最近的地方找到一家小旅店先登记房间住下，然后又走回张墨轩的家。低矮的旧门楼，脏乱的院子，坐南朝北三间北屋，这就是张墨轩的家？传说，这些社会人的头头个个腰缠万贯，过日子挥金如土，怎么住在这里？李岚一边猜测着自己是否找错地方了，就到了屋门口。李岚尽量装得平静一些，站在门口问道："这是墨轩兄弟家吗？"

从屋里走出一个老太太："墨轩没在家。"

"去哪了？啥时候回来？"

"我也不知他去哪了，也不知道啥时候回来。"

"好吧，麻烦您了大妈。我改天再来找大兄弟。这是我给您老人家买的水果，放在这里了，不成敬意，您老别见笑。"李岚说完放下东西就往回走了。李岚哪里也没去，她现在没心情去哪里，也没必要去哪里。她回到小旅店进了房间，不管床铺上有多脏，穿着衣服躺在床上，身体是那么疲劳乏力，这两天以来精神一直处于高度紧张状态，目下张默轩不在家，只好安下心等待，自己也冷静一下。她默默地祷告上苍，一定保佑她把钱拿回来，拿回一半就行，要是一分钱拿不回来，这将近一年倒腾的几趟买卖就赔进去了。

从没有经历过的夜晚，李岚觉得简直炼狱一般难熬。她猜测着张墨轩今夜是否回家，到底哪天才回家，回家了见面了，能给多少？都是未知。听天由命吧，这次不管是什么结果，不管继续干下去利润有多大，再也不干这些铤而走险的事情了。

天麻麻亮，李岚再也躺不住了，她明知道这个钟点不能贸然到人家里去，但她还是轻手轻脚走到张墨轩家门口。胡同里空无一人，她站在人家门口，耳朵靠近门上，屏住呼吸，听听是否有男人的声音。待了一会儿，天已经大亮，该起床的就起床了。听了半天，并没有男人的声音。刚要转身往回走，听到院子里屋门一响，老太太在院子里唤鸡吃食。胡同里也有很多人家在陆续开门，李岚赶快回到旅店，不敢再在这里逗留。在旅店里李岚还是不放心，心里有很多假设，如果张墨轩昨天晚上回家了，今天一大早就又走了呢？不行，还是到他家门口稍远点的地方张望着，想到这里于是又折回去了。

没吃早饭的李岚等到八点半，又第二次敲门，还是张墨轩的妈妈开门。李岚亲热地说："昨天晚上大兄弟回来没有？"

老人摇摇头："没有。"

"没给您来个信说什么时候回来？"

“没。”

老太太虽说年龄不小，但说话简洁利落不肯多说一个字，表达意思却是完整准确，可能她生活在这样的家庭之中必须这样做吧。

李岚很无奈，但还是装出轻松的样子：“不要紧，没事的。我改天再来。”她仍然如同昨天一样回到旅店，哪里也不去。她鼓励自己沉住气，好事多磨，现在那张墨轩是不是真的不在家，是故意的还是无意的，为了弄清楚，尽可能圆满地处理完自己的事情，必须再坚持一两天。想到这些，心里反倒渐渐平静下来，在旅店也开始能睡觉也能吃点饭了。晚饭以后，她还是忍不住，又假装饭后散步的样子悄悄地来到张墨轩家门前，期盼着这家有男人进出。等到九点多钟，这个棚户区的小胡同里几乎没有人行走了，黑洞洞的有些瘆人，才回到旅店。

第三天，李岚八点半准时到了张墨轩的家。李岚刚进大门就看到院子里蹲着一个男人在刷牙，李岚心中一喜，马上过去说：“您是墨轩大哥吧？”

男人抬起头说：“你是……”

“啊，我是从汤河来的，叫李岚，来找你帮忙，有事求你。”

“你是怎么找到我这里的？谁告诉你来这里找我的？你怎么知道我的家？”

李岚满面堆笑说：“您的大名很多人知道的，至于是谁告诉我的，这我就不好说了，但我今天来求您，自然知道您是最能办事的人，别的人办不了才求到您的。”

“什么事直接说吧。”

李岚说：“四天之前，下午六点钟左右，您的弟兄们缺钱用，拿了我的钱，但我不是个有钱人，这些钱是我与朋友们合伙做生意的钱。我的意思是，我个人的钱让您弟兄们用就用了，可是朋友的三万元，我想求您做主。”

面无表情的张墨轩露出一丝笑容，李岚发现这个铁面孔稍微一笑倒是蛮可爱的一个男人，一个男性十足的男人。男人说：“通化火车站，是有这么回事。其实，通过这几天我对你的观察，认识到你是一个很不简单的女人。你接连三天来我家都是回到旅店里休息，没到任何地方去，更让我认可的是你没有报警的打算，一直是打算靠我给你办理这件事。就凭这些，我今天特意在家里等你。”

李岚高兴地说：“早就知道张大哥是个讲义气的人，果然名不虚传。谢谢您。”

“早就知道？为什么是早就知道？咱们打过交道吗？”张墨轩警觉起来。

李岚急忙说道：“不是不是的，不瞒您说，是您的朋友介绍我来这里找您，并介绍了您的人品，才知道您讲义气。”墨轩说：“我的朋友？这家伙是谁呢？你水很深啊。好吧，我这人就怕说好话，就像个小孩子一样怕表扬。你都说到这里了，虽然我不知道是哪位朋友告诉你我的家在这里，但我这朋友肯定与我的关系非同一般，同样也与你的关系非同一般，如此说来我们也是间接朋友关系了。就这样吧，你下午来拿钱，全都给你，一分不留，这就破例了。”

李岚心中又惊又喜，但必须客气两句：“这不行，就给你弟兄们留下一些，他们靠你吃饭，这样，我原打算给你们留下一半，只拿回我合伙人的三万元，承你宽容，我拿四万元，其他给弟兄们留下。”

张墨轩不耐烦地说：“我不喜欢别人唠叨，说什么是什么，习惯了。你走吧，下午来拿钱。”说着起身到屋里去了。李岚知道了这人的性格，不好再啰唆，起身回到旅店坐在房间开始发呆。今天圆满处理了这件事情，等于是虚惊一场，此刻坐在旅馆里，李岚并没有急着结算房费离开这里回家，而是突然放声大哭，哭得酣畅淋漓，哭得痛痛快快。一面哭一面下决心，再也不干这桩生意了。旅店老板听到房间的哭声过来惊讶地看着她，她挥手让老板走开。

下午拿到钱，当天晚上回到了林场，李岚就像大病一场，脸色苍白四肢无力，下车后一步步挨到自己家门，进屋之后，没理会丈夫的问候，便一头扎在炕上蒙头大睡。丈夫很奇怪，屈指算来，爱人去山东做黄金生意，按说还回不来的，怎么还提前了呢？凑近炕前拍拍女人打算问个明白，女人大声说道：“别烦我，让我安静一会儿！”丈夫疑惑这是怎么了？莫非出门险遭不测？可是看到女人从腰间掏出的一捆捆钞票也没少。只好等女人慢慢地回过神来再说吧。

李岚在家里闭门谢客好几天，又出现在众人的视线里，但她再也没有踏上做黄金生意的免费列车。

这天，子文往学校去的路上，路过李岚家门口的时候，听见有人叫他，扭头一看是李岚的丈夫，这个男人朝着子文招手示意，让子文到他家里来，子文不知道有什么事，就进去了。李岚没在家，李岚的男人十分客气，不但冲上茶水，还拿出了苹果橘子招待子文。子文想，这个男人不像李岚那么大方，一向是很抠门的人，今天如此殷勤，一定是有重要的事情吧。

子文坐下说："大哥，正是上班时间，您如果有事情就说吧，我在这里不能待好多时间的，学校还有不少事情等着我。"

男人说："你当校长的早去晚去都没什么，这我知道。你在咱们学校的权威是无人质疑的，晚走会儿吧。"男人起身对子文说，"我请您看看我老婆这些照片，从小到大的照片我都给她保存得很好，有黑白的也有这几年才照的彩色的。子文老师你看，我的老婆年轻时候的相貌。"

子文不得不起身过去看，靠窗的桌子玻璃板底下压着满满的照片，早先来到这个家的时候已经看过，不过没怎么上眼仔细看。现在这男人一说，才看见玻璃板底下，压着大大小小五颜六色的李岚不同年代的照片。子文估计这些李岚童年时代和少年时代的一些老照片应当是在两个人结婚之后李岚带过来的。他们没有用影集保存，而是压在玻璃板底下，可以随时都能看到。子文断定，李岚是不会这样做的，这不是这个女能人的作风，一定是男人或者李岚的孩子弄的。

正这样想着，男人说："子文老师，我一辈子最大的幸运就是找了一个好老婆，到现在这么多年了，我还经常不相信自己能找到这样的好女人。一个人在家的时候，我就端详这些照片，回忆这些年来的恩爱生活，有时候还很感动，为爱人的优秀而感动，为自己的幸运和福气而感动。不怕您笑话，多年来我经常在她睡了觉的时候我就站在床跟前对她从头看到脚，看着她每一个地方都是最美的，哎呀，真是喜欢得不行。我就在想，我一辈子要好好爱她，保护她，也要时刻提防有些不讲道德品质的男人对她想入非非，如果真有那样的男人，我会和他拼命的。子文老师，您说呢？"

子文听着这个男人的话，心里暗暗好笑，也知道这男人说这一番话的良苦用心。很可能这男人对自己和他老婆的交往在疑神疑鬼，因而以守为攻吧！他对李岚的男人说：“是的，每一个男人都希望自己的老婆一生对自己忠贞不二，两个人的爱情纯洁无瑕，可是，世界上的事情往往很难求得完美无缺。希望自己的配偶是最优秀的，同时又希望是最忠诚的最纯洁的，这样的两全其美谈何容易？如果一朵鲜花插在牛粪上，这牛粪希望自己的老婆漂亮、也有才干、能文能武、能上能下，这牛粪却是一无是处，除了臭烘烘，当肥料都没有多少肥效，真是要什么没什么，只管坐享其成吃香的喝辣的，这牛粪就是把鲜花顶在头顶上，还是会招来蝴蝶的。”说完匆匆告别往学校去了。

半夜时分，子文起来去厕所回来刚躺下，妻子说：“我刚才做了一个奇怪的梦，想说给你听听。”子文说：“你总爱做梦，说说。”妻子说：“我在梦里看见李岚家的房顶上长出一朵美丽的花，大家都围着房子站在地上朝上仰望着指指点点地看着议论纷纷，只有你竟然往那高高的房顶攀爬着，我担心你从房子上面掉下来，就使劲喊你赶快下来，可是你就像没听见似的只管往上爬，把我吓醒了。”子文躺在被窝里笑起来，说：“后来，我到底把那花儿摘下来没有啊？”妻子说：“好像还没摘到手，我就吓醒了。你说，如果这不是做梦而是真事儿，你能不能把那朵花儿摘下来？”

子文知道，这些日子与李岚交往接触比较多了，已经遭到女方的丈夫和自己的妻子的猜疑。他对妻子说：“我怎么越听越觉得你做的不是梦，好像是你创作的一个故事，一个离奇又很不着边际的故事。那些花花草草的我从没怎么留意，别人都弄个花盆养什么花，我从来就没养过。别人也没有给我献花的，如果有，我认为还不如给我一本书来得实惠，别说冒险爬到房顶那么危险的地方采一朵花，我好像没那么傻。”

第三十八章

这个省除了占有全国最大的森林面积之外，文艺演出水平在全国也是强省。本省文化多元化，光是民族就有十几个，其中，朝鲜族人民不管男女老少，几乎都能歌善舞，水平也很高。全国最早最大的电影制片厂也在这个省的省会里，省歌舞团在全国也是名列前茅。正因如此，各级政府领导对文艺活动的开展都十分重视，林业局在本省范围内当然也不例外。

国庆节前夕，林业局党委和工会决定在全局范围内举行文艺汇演，为了检查文艺工作的普及情况，这次汇演还有规定节目，那就是借鉴电视台的做法，让一户人家全体成员同台演出，这个节目的名堂叫“全家欢”。要说文娱活动的普及这不难，单独挑出一家同台演出，作为一户户林业家庭就很难做到这一点。任务下达到各个林场工会，局工会说，哪个林场完不成这个任务，找不出这样一户家庭，对不起，你林场工会主席就领着老婆孩子上台吧。

夹皮沟林场近几年自从学校成立了小学学生乐队以来在全省有了名气，林场的文娱活动也在全局颇具名声。局工会主席特别对夹皮沟林场工会主席说：“你们林场是这次活动的重点，全家欢活动也是。你必须找出这么一家人来，到局里报名的时候带着户口本，不能弄虚作假。否则，就像通知规定的一样，你带着老婆孩子上台演出吧。”

林场工会主席左思右想，比较来比较去，选中了子文一家。理由是，子文不用说本来就是林场文艺骨干，子文的儿子还是学生乐队的首席二胡演奏员，一家三口起码有两个人都不含糊，剩下子文的爱人就是上台随便应付一下也就过去了。

当工会主席来到学校通知子文一家做这方面的准备工作的时候，子文竭力推辞：“这怎么行，全局汇演，强手如林。我局文艺人才的实力了得，这大家都知道的，你让我们一家滥竽充数简直就是献丑，这还不说，让局里的观众笑话我们林场无人才。不行不行。我看咱们林场出这样的节目并不具备条件，我建议还是宁缺毋滥吧。”

主席说：“不错，局里的文艺骨干是很了得，这我知道，国家级水平、省级水平都很多，问题是这是一项群众性文艺活动，重在参与。再说，不管他大师也好，专家也好，他个人再突出，但是全家都行的又有哪个？这次报名是带着户口本的，不能借助任何社会力量。再说局里那几个国家级大师也不可能报名与平头百姓同台一争高低的，那几个人都在舞台上当评委呢。子文，帮帮忙吧，既是为林场争光，也是为家庭争光，重要的是我们实在没办法完成任务了。”

子文犹犹豫豫地说：“平常工会对学校的工作比较支持，这就只好勉为其难吧。”

工会主席十分感激地说：“如果你家在局里不能获奖，林场工会也会给你一份奖励；如果在局里获奖了，林场工会照样给你一份奖励。我们定一下节目，局工会要求家庭节目的节目单提前报过去，局工会好审查也好统筹安排。”

子文沉吟良久，对工会主席说：“我们东北地区时兴的是二人转等地方戏，京剧虽是国粹，但在东北的普及程度不如山东，是我们地区文艺活动的薄弱环节。我在小时候曾经参加乡村剧团唱过现代京剧革命样板戏，我担任唱段教唱老师，也是京胡伴奏员；我爱人在他们村也唱过样板戏《红灯记》，只是自从来到东北这些年家庭多事之秋，她思想时刻在沉闷痛苦之中无心这些事，所以大家不了解。我考虑，演唱歌曲不是我们的长项，其他项目都不乏出色人选，就来一段京剧清唱节目吧。我想这应当是个冷门，没有可比性，这样水平再差，也可以应付下来，再说全场节目也多了一个品种嘛！我这样决定的目的也是掩盖我们节目的低档水平。这作为全家欢的主要节目，第二个节目我和孩子两个人来一段民乐合奏《洪湖水》，我当年吹笛子的水平略高于拉京胡的。我吹笛子，儿子拉二胡伴奏，我的笛子我很自信，儿子的二胡伴奏当然不行，但他的年龄太小啊，一小遮百丑。观众和评委们也就原谅了。”

工会主席十分认同子文的选择，策略是对的。抓薄弱环节，发挥自己长处，都是对的。就这样定下来吧。

子文向学校老师们交代了此事，要在工会俱乐部排练室排练三天，在学校演练是影响学校正常工作的。

做通了妻子的工作，向儿子做了布置、交代了任务，全家紧锣密鼓地进行排练。

国庆节的头一天，子文全家在工会主席的带领下提前到林业局招待所住下，并到局工会报到。子文随着主席在局工会文体科看到了晚会的节目表，感到压力很大。全家欢节目在布置任务的时候，说的是每个林场和局直属单位必须有一家，但现在看到，全局二十多个单位报全家欢节目的仅有三家。沟里林场只有夹皮沟林场报名了，就是子文一家。看其他两家人让子文目瞪口呆，大大出乎意料，其他两家分别是，第一家，林业局文工团贾团长家，这贾团长在“文革”前曾经是省歌舞团男高音独唱演员，“文革”时期下放到林业局，现任林业局文工团长，他的爱人曾经是市歌舞团舞蹈演员，现在是林业局直属小学大队辅导员，也是林业局挂号的文艺骨干，这两口人都是专业文艺团体出身，而且贾团长自己本人还是本场节目的评委委员；第二家是林业局第二中学音乐教师孟连仁老师，他是省音乐家协会会员，手风琴协会理事，键盘乐器了得，这位老师在改革开放不久，就租赁学校的空闲房屋办起了少儿手风琴学习班，孟老师也是评委委员；第三家就是可怜的子文一家，全是业余水平。可是事到如今也不能打退堂鼓，只好硬着头皮上场。子文看着名单呆呆发愣，但是他不敢把这两家的情况告诉爱人和儿子，如果让他们知道产生心理压力临场发挥会更糟。子文估计，这两家的节目肯定以歌舞为主，自己选择京剧清唱就对了，无论你们家多么精彩，与京剧都没可比性。看评委怎么办吧。

子文把自己的心理压力深深埋在心中不露声色，同时他骨子里那种不畏强手的性格陡然在心中升腾。

第一家全家欢节目，是贾团长一家，他们一上场登台亮相，子文心里一把火腾地冒起来——贾团长利用职务之便，将文工团四十多人的乐队全部拉到台上为他家助演，破坏了局工会关于全家欢的报名规则。但是台下观众不明就里，只要好看就好，而且出于日常对他们的崇拜和名气，报以热烈掌声。贾团长上得台来，给观众连连鞠躬再三致意，又赢得观众一阵掌声。团长开口讲话，要求各位评委老师给他和他的家人投票，说着又是连连鞠躬如仪。乐队奏乐响起，舞台灯光也是局文工团的人操作，灯光拼命闪烁让人眼花缭乱，场景如梦如幻，极具现代色彩。团长的歌唱水平的确了得，夫妻双人舞的确水平很高，第三个节目全家三口小合唱也很精彩。子文和妻子不由得自惭形秽，信心几乎丧失殆尽。但夫妻两个谁也没出声，强装镇定地坐在后台。贾团长一家演出结束，他的女儿大声对着全场观众喊叫："叔叔阿姨，爷爷奶奶，祝你们各家美满幸福，请大家为我们鼓掌，请评委各位叔叔为我家投票。"场下观众鼓掌声、欢呼声、尖叫声如同暴风骤雨。一表人才的团长器宇轩昂，挽着爱人的胳膊走下舞台后面，望着这对丽人的背影，子文也感叹："好一对金童玉女！"

下一个节目该孟连仁老师一家上场了，首先是一对对少年男女列队而出，每人胸前挂着手风琴，一色的演出服装煞是整齐，孟老师的弟子们全部出动助阵。子文暗暗叫苦，看来就是自己家庭遵守局里订的规则，没请任何外人助演，这不是吃了大亏吗？早知如此，自己动用学校的小学生乐队还不是轻而易举的事情？这样想着又转念："如果把我们一家评为倒数第一，我倒是有理由对这两家人不按规定组织演出提出异议，看局工会领导怎么说，看评委怎么说。局工会制定的规则，评委也是局工会聘请的，看看怎样处理这件事。想到这里心中理直气壮了一些。孟连仁一家的演出怎样结束的，自己没顾得上看，好像什么也没看见就结束了，子文心中想的只是自己家演出应当沉着不要慌乱，不要自己先乱阵脚。台下台上的观众们对京剧一窍不通，但谁都知道京剧是国粹，我们就爆他个冷门。

报幕员报幕完毕，该子文全家上场了，没有时间犹豫，没时间灰心，更没有时间心慌意乱。子文家第一个节目是民族器乐合奏《洪湖水》，子文和儿子拿着乐器、妻子跟随在后，从后台出口鱼贯而出，子文看到了职工俱乐部主任、全国著名的手风琴演奏家于亚东老师、本场晚会的舞台艺术总监、林业局的艺术泰斗——也是刚刚走下舞台的孟连仁的老师，他坐在舞台出口的一侧。子文一家在舞台上站定，报幕员话音刚落，突然身后响起了用电子琴组合器奏响的歌剧《洪湖赤卫队》主旋律，一听就是于亚东老师的演奏水平。不愧是演奏大家，洪湖水的波浪，阵阵的涟漪，芦苇的摇曳，湖中莲花的婀娜多姿，水鸟的飞翔，湖面上方的蓝天白云全都用电声乐器演绎得酣畅淋漓荡气回肠，江南风光尽收眼底。子文立刻明白，于老师感到这场晚会的不公平竞争实在让他看不下去，这才拔刀相助给自己这家人以无私的援助。舞台艺术监督于老师主动为子文家助演，让全场人出乎意料。子文无暇感动，来不及意外之喜，顾不上感激，他示意儿子坐在舞台上偏后的地方为奏乐者准备的凳子上，自己操着竹笛站好，故作镇静的样子。于老师手底下最先进的雅马哈电子组合器悦耳的声音开始了乐曲的前奏，子文深呼吸一口，将竹笛横在面前。胳膊略抬，将竹笛按在嘴上——子文的竹笛配上儿子的二胡，更有全国一流的电子琴组合器演奏——等于一个小型乐队的配乐，简直就是天籁之音，把台下的观众从上两个节目的现代噪音中拉回宁静的湖水荡漾之中，犹如刚刚吃了一顿肥腻的大餐之后，又端上凉拌的可口青菜，犹如刚刚喝完一席烈酒，又端上一杯清茶那样舒适。长调的前奏尚未结束，台下已经响起热烈的掌声，有人大声叫好、喝彩。

乐曲进入第二阶段，儿子的二胡旋律与笛子的演奏旋律分开，成为二重奏，这是普通观众没有料到的难度。于老师的配器实在太美妙了，如果说子文父子的演奏是骨头，于老师的配器就是肌肉和漂亮的外表，让一个人体丰满美丽，妙不可言；如果子文父子的演奏是一朵花，于老师的伴奏就是绿枝绿叶，让一棵完美的花更加完整饱满。谢谢您，素不相识的于老师，您的学生孟老师刚才演奏的时候，你没帮忙，却给我们帮忙。患难之交啊。于老师，你雪中送炭的行为我们永远铭纪。

一个节目结束，子文全家信心大增精神百倍，接下来，一段现代京剧《红灯记》的李奶奶的老旦唱腔“学你爹心红胆壮志如钢”如同长江黄河奔流而下势不可挡，气壮山河的革命者形象呼之欲出。二黄导板行腔高亢嘹亮，进入原板如泣如诉但不乏对革命事业的无比坚定和忠诚，最后散板进入高潮，表达了革命者抱着牺牲决心和义无反顾的革命情操，对革命后来人的期待和巨大希望、对革命最后胜利的坚强信念。台下观众大部分是山东人，在东北地区多少年了，很少甚至没有听到过京剧在这里实地演出，看到这么一家三口人，都是原装的山东人本本分分地在演出京剧，就像是吃到了家乡饭喝到了家乡美酒一样过瘾和陶醉，很多老山东观众为之动容。众人是圣人，大家知道什么是实在的，什么是虚假含有水分的，于是，大家掌声经久不息。子文三口人既没要求观众投票，也没有谄媚讨好，只是虔诚地带着感恩之心，深深地弯下腰真诚地向台下观众鞠躬，向后台一侧的于亚东老师鞠躬。

子文注意到，台下第一排坐着的评委们有的频频点头，有的在交头接耳，有的在小桌子上的纸上写着什么。

三家的节目演出完了，剩下的时间是林业局文工团的节目，子文一家没有坐在观众席上，他们急匆匆洗脸卸妆，然后出来找到林场的大解放货车，本场的工会主席笑容满面地等候在车旁，主席让子文的妻小坐在驾驶室里，他和子文两个站在后面的车厢里。

隔日，子文在自己家的菜园子里收拾白菜，工会主席骑着自行车，车后架上带着一个包包，从家里找到菜地对子文说："局工会来电话通知，全家欢节目评奖结束。你们一家的节目受到好评，你猜猜，名列第几位？"

子文不太好意思地说："还用猜吗？这次我们全家上了你的当了，你说局里规定每个林场必须有一家人家参赛，但是除了咱们林场我们家，其他十几个林场就没有一家，局里那两家都是专业水平还请了助演，阵容强大。我们真是在舞台上无地自容了。"

工会主席哈哈大笑："好你个子文，你还埋怨起我来了，好吧，获得的奖品归我了？你可别后悔。"

"还获奖了？精神鼓励奖或者是参与奖吧。"子文调侃道。

主席从车后架一个大挎包里掏出一条还没拆包装的毛毯，一张荣誉证书，证书上面一行印刷字较小，子文只看到当中用毛笔写的三个大字："第一名"。子文几乎不相信眼前的东西是真的。他问主席："可不是评委弄错了吧？"

"上面不是印着林场的名字和你的名字吗？"

"那两家的水平更高得多啊。"子文还是在疑惑。

"听局工会主席说了，评委们是有所争议的。于亚东老师虽不是评委，但却是绝对的权威，他到评委会上力排众议，说那两家人请了助演，本身就违规，不应当参与评比。有的评委提出，子文家的演出，于老师也助演了。于老师说自己是在幕后，没到台前，不过就是烘托了气氛，算什么助演，人家唱京剧我老头子助演了吗？评委才没话说。于老师大力赞扬了你们家唱的京剧，要求评委们评你家为第一名。评委们本来就有争议，他一力主张，最后大家就通过了，评委们谁不尊重权威和老师的意见呢？虽说有争议，但白纸黑字的荣誉证书却是发到了你手里。其实那两家如果按照规定不请助演，演出水平已经够高的了，但他们为了追求名次请了助演，反而是画蛇添足、反遭其害了。我马上与场长打招呼，我们工会也要给奖励。”

子文说：“有争议的第一名，还是要打折扣的，不舒服。”

这一项文娱活动只不过是为了工会的委托完成一项任务而已，内心的忧伤总在困扰着子文。母亲和女儿的尸骨迁回山东故乡了结了一桩心愿，可是不能按时在父母坟前祭奠老人家，为此子文痛苦不堪，还有了一个毛病，无故长吁短叹。爱人太真也是经常为婆婆的病逝，为女儿的夭折而揪心，尤其女儿的夭折，使这个女人彻底崩溃，经常出现精神恍惚心不在焉的状态。起先，女人还以为自己住的房子有问题，后来又疑心闯关东远离家乡出现了水土不宜的问题。

想想大环境，近几年身边发生的一系列事情总像电影镜头一样闪现在眼前。大量的山林掠夺式采伐带来的种种灾难，山上一个个白森森的树桩像一只只大眼睛瞪着天空，在洪水和火灾中逃亡的野生动物，死去的崔高丽，下岗分流的师傅、朋友们，有那么多人外出打工撇家舍业，学生数量大幅度下降等一系列问题，想起来不寒而栗。

这天爱人从外面回来对子文说：“知道不？李叔叔接连去了几趟关里，说是看望老人，你知道他回去这好几次是干什么了吗?”“去做什么了?”

“李叔叔回老家办理工作调动了，十年前我们从山东来这里谋生，是老家生活困难不如这里，可是改革开放这些年，咱们山东地处沿海，在改革开放中迅速发展，工人都不够用，收入也高，有门路的人或者是在山东老家有关系的人都在纷纷往回调。李叔叔没有调到自己的故乡，而是调往临沂市去了。林场都知道了，大家议论纷纷，都羡慕李叔叔。听说很快就全家搬走了。"

子文慨叹说："闯关东的历史已经数百年之多，过去还从没听说过东北人闯山东呢，我们刚来十年，人们就开始逆向调转，成为闯山东了。闯关东之路上的逆流很可能方兴未艾，我们闯关东的这十年，成为闯关东历史上的转折点了。"

爱人说："今天我也在想，你在山东同学、朋友们那么多，而且和咱们年龄一样，他们都正是年富力强的时候，大都在岗位上，你不会想办法打听一下，咱们也试试能不能调回山东去工作啊？这件事情不但能让我们脱离深山老林这伤心的地方，也能改变我们的居住环境。我现在在山上上班倒还好些，一进咱们家门一进入咱这房子里，我就喘不过气来，压抑、痛苦、伤心，张开嘴就想痛哭一场，觉得一天都待不下去了。最重要的是，我们的孩子上小学五年级了，很快就要上初中，这山沟的教育明显不行。虽说你这个小学似乎是不错了，但是大局面还是差得太多，等孩子上初中、上高中、上大学，怎能和山东的城市比！"

子文听了妻子这一番话就笑了："你真是异想天开，跨省调动谈何容易？当年我来参加工作费了多少的周折，现在想想都后怕。再说，自从来东北工作这些年，总在忙于工作忙于家庭事务，我一直无心与老家的同学朋友联系，关系都生疏了，遇到事情怎好开口求人，你也知道我这人的性格是不愿意求人家办事情给人家添麻烦的。"爱人默不作声了，可是爱人的话却在子文心里掀起了波澜。在几天的时间里，这个念头在心中萦绕不去。

这一天两个人又把话题扯到老家山东，子文突然想起一件事情，今年夏天把母亲的尸骨迁移回老家的时候，曾经听到过村子里的人在背地里夸奖本县的县委李书记，此人最重视人民来信的处理，村民说书记每每接到署名是他本人的来信，不允许办公室人员和他的秘书私自拆信件，必须由他亲自阅读这些来自最基层人民的呼声，而且每每亲自过问并亲自处理，委托工作人员处理的事情也必须向他汇报处理结果。子文当时就有结论：当下，一个领导能让老百姓背地里夸奖可真是凤毛麟角，这干部必定是有高尚的人品、有事必躬亲的作风、有爱护人民关心人民的优秀品质，这可是太难得了。既如此，自己何不给家乡的父母官上一陈情表来陈述自己目前的工作状态、家庭的难题、历史进入新时期为家乡做点贡献的愿望，说不定……

晚上，夜深人静的时候，子文开始给家乡的父母官写信。

尊敬的李书记您好：

知道您忙，但还是不揣冒昧给您写这封信。虽说与您素昧平生，可我却应当是您的子民；虽说我远在数千里之外，我的家乡却是在您的管辖地域之内。我在十年前尚未改革开放的年代因为不甘家乡的贫困生活状态而闯关东来到白山黑水谋生，十年之间，我们的国家发生了翻天覆地的变化，我们的家乡在您的领导下更是日新月异地走在改革开放的前沿，家乡那片热土时刻在召唤着我。当我今年夏天在暑假期间回到家乡时，我为家乡这些变化而震惊也为之骄傲，同时为自己在家乡贫困的年代出走而惭愧不已。好在，在闯关东的这十年自己总算没有荒废岁月，在东北的林区教育战线取得了一些成绩，为山区教育落后面貌的改变做出一定的贡献。特别是担任校长以来多次受到市、省、国家的嘉奖，本年度自己担任校长的学校荣获全省山区教育十典型之首，荣获国家教育部、共青团中央、文化部三部委举办的校外读书活动的联合嘉奖，为学校、为整个林业系统争得荣誉。本人近几年也在教育改革中多次在省、国家等大型刊物上发表教育改革论文，具有较大影响。

如今看到家乡的发展，思乡之情无时无刻不在占据我的心情，为家乡教育事业贡献自己的微薄力量的念头与日俱增，但我知道国家的人事制度的约束，并非自己想怎样做就可以随心所欲的，最起码还需要有一个人事调动手续的过程，尤其是接收单位就是调动的第一个关口。我离开家乡多年，家乡已经陌生，对此不知道如何着手。在今年夏天我回到家乡的时候曾经在村里听到乡亲们对您的亲民作风流传着若干故事，说您对于老百姓的来访都是亲自接待，对人民来信都是亲笔回信从不让秘书处理。我想就凭着这一点，家乡面貌何愁不改？家乡的教育事业何愁得不到飞速发展？因此今天大胆直接上书给您，表示决心调回家乡、在改革大潮中贡献自己的力量的决心。您是一个百万人口的大县领导，自己这点微末小事劳您费心，盼望您在方便的时候对于一个远离家乡、急切盼望回归家乡的游子的工作过问一下。

翘首期待之至

祝您工作顺利、身心健康。

家乡的一分子　子文

这封信寄出之后子文忐忑不安，虽说家乡的人说这个书记事必躬亲，但自己离开家乡十年了，在家乡贫困的年代出走，看到家乡先进了又要回去，是不是自己有些厚脸皮呢？是有些，但回到家乡自己会百倍努力工作，给家乡出大力，做出贡献报效家乡不也能弥补自己的过错吗？再说，这封信也不过是撞侥幸碰运气罢了，一个那么大的县委书记哪顾得上自己这件事呢？

大约过了二十多天吧，就收到了一个牛皮纸大信封，信封上面赫然印着中国共产党山东省寿光市委字样。子文激动地打开信封，抽出信纸不看前头先看后面的落款，浓浓的钢笔字迹，签名龙飞凤舞："李汉三"。

啊，这个县委书记果然名不虚传。

信文写的是——

子文同志你好，读你来信，为你对家乡的热爱和在东北作出的成绩所感动，应当向你学习。你的工作调动事宜，我看没问题，碰巧的是，我的工作发生了较大变化，我已经到某市人大常委工作。我把你给我的信特别交代给教育局局长，并嘱他代我办理此事，他让你直接与他联系。

致　敬礼

子文拿着家乡父母官的亲笔来信激动不已，几乎不敢相信这是真的，当今这样的干部可真是不多见了，自己算是幸运的。他似乎有个预感：自己的调动工作一开头就遇到一个好领导，都说万事开头难，这个开头如此顺利，说不定事情就会有希望的。他怀着期待，等着家乡的教育局长的安排。还想着，如果有可能，自己再回家乡一趟也是值得的。

命运的安排往往出人意料，你本来打算进入这一个房间，可是往往进入了另一个房间。这天子文家来了两位不速之客，当客人站在子文的办公室里的时候，子文一时都没认出来人是谁。那个高个子客人站在子文面前久久不说自己是谁让子文猜，子文上下打量许久，终于从客人的个头上认出站在自己面前的就是自己本村的小学同学李元华，只不过这个同学在初中上学的时候，由于个子特别高就被某大军区篮球队选拔参军了，事过二十多年，大个子同学已经转业地方，在市供销社当了某公司业务经理，同学们在这二十多年中从一个少年越过青年阶段都成为中年人了。这次来东北，是他特意回到老家农村打听到子文的地址来的。

“元华，你们这次突然来东北，真是出乎意料，是特别来的还是路过的?”

“我们特意来的，而且找的就是你。好几年了，从老家农村知道，你来东北了，还在林业局当了学校校长，你混得不错。这次来就是发挥你的特长，给家乡出点力气做点贡献，也更是帮帮我们公司的忙。你在林业局这么多年了，给我们搞点木材，这肯定很容易的。”

“老同学，你搞木材可找错人了，虽说我在林业局干工作，但却是和木材不搭边。调运木材是一件很复杂的事情，政策性强、操作环节多，尺寸、木材等级、质量、规格、车皮等等，我是一窍不通。听说在林业局的木材公司没熟人根本不行。这方面我没任何人事关系。”

元华听了子文的一席话，呵呵大笑起来：“人情关系的资源你大大的有，你当大校长，就是最好的人际关系资源。”

子文疑惑地说：“这几年，在林业局的教育系统，我倒是能多少说上话，其余，我和谁能挂上关系?”

元华说：“关系是建立起来的，不是天生的。重在建立。你的教师队伍中可能没有关系搞到木材，教师队伍的人数也毕竟有限。但你的学生众多，同样你的学生家长就很多，这些学生家长里面藏龙卧虎。翻翻学生档案了解一下学生家长的工作岗位那是一目了然。怎么样？你脱离农村来林业局这么多年还这么不开窍。”

子文说："利用学生家长，这不太好吧？教师，是要讲究职业道德的，怎能让学生家长给自己办事情呢？"

"咱们这么多年没见，你竟然成为一个书呆子。什么是利用学生家长？我们并不是白白让人家为我们办事，互惠互利嘛，我们会对这些帮忙的人有回报的。只要你给我们接上关系，剩下的事情就不用你操心了，当然，好处还是忘不了有你的。"

子文就像听天书一样，听到商业战线上的同学给自己上了一课，简直是耳目一新。但也有一些不愉快，老同学当兵出身，干商业干得有些铜臭气了。

子文说："啊，是这样。那我根本就不用查什么学生档案，家长的情况都在我心里装着呢。每年召开学生家长会，我都认真地参加，每年还定期做家访活动，经常和学生家长交流，都很熟。只是，我从不让人家为咱办什么事情。你们这么老远来了，不能空手回去。我试试看吧，心里没底。"

子文列出一个家长名单，让学生分别捎口信让家长来学校一趟，这几个家长毫不犹豫按时来到学校，家长们不知为什么被校长召到学校里来，是不是孩子惹祸了，所以一到学校就问子文有什么事情，心情很迫切的样子。

子文引见了山东来的同学，说明来意。家长们一听不关乎孩子的事情反而松了一口气似的，连声说："没问题，没问题。子文校长从没让我们办什么事，这次开口了，头拱地也要把事情做好。打算要多少？"

子文看着元华，元华朝子文点点头，对学生家长们说："这次来能给发五个车皮最好，实在没有五个，发三个也行，我们和几个家具制作公司订好了三个车皮的合同。"

学生家长说："既然是子文校长的同学，又是头一次来，就给发五个，从大客户挤出几个车皮应当没问题。子文校长，你说呢？"

子文连声说道："劳你们费心了，太感谢了，太感谢了。"

一个学生家长说："校长，你没弄过木材，不知道这些事情。其实这五个车皮也都是计划外的。是这样，每年春节之后，国家林业局都选择地点召开本年度木材订货会，我们都向全国各地用户发通知，参加订货会。

在订货会上林业经营部门与用户签订供销合同，回来后统筹安排，按照合同订单安排发运计划，包括货源、车皮等事宜都按合同进行操作。贵单位并没参加订货会，你们这次来找了子文校长，我们才打算从用户中的计划外指标里抠出这些，明年我们会给你们下通知参加订货会，这样事情就好办了。”

同学办好木材调运手续，回到山东，临行前给子文留下几条香烟，嘱咐子文：“关键是在装车皮的时候，你必须到现场，把香烟分给装车的工人师傅，因为相同等级的木头，质量相差也很大。分给他们烟卷，他们从木材里挑选出好的木头；一个车皮可以装上五十立方米，也可以多装上三立方米两立方米的，误差是允许的。数量多，成本就低、利润就高。记住，县官不如现管，上层领导的关系至关重要，一线职工手里的权力同样不可忽视。”

通过自己这次参与同学的木材调运业务，子文深深感到，自己虽说都当上校长好几年了，但是混迹社会还涉世未深呢，虽然很厌恶商业战线上这些尔虞我诈、利益当先、不择手段，只是为了家乡，就勉为其难吧。

还是自己热爱的教育事业才最适合自己。

按照预定日期，子文带上香烟提前来到储木场，铁路专用线在一堆堆小山一样的木材之间穿插交错，高大的吊装机械抓起一捆木头就像一捆火柴杆儿轻巧自如。装车队队长也是自己的学生家长，他一改往日对用户的傲慢，笑容满面地对子文说道：“按照计划今天先装两车，其余三车在月末。就这么两车木头，还用你校长亲自来这里，我在这里你只管放心，不管是木材数量还是质量，都交给我，保证让你满意。工人们还没到场，大部分还没吃早饭，很快就回来的。要不，你先回去？”

子文从兜里掏出两条香烟递给队长：“这点咱们家乡山东生产的烟卷，给工人师傅们抽。”

队长说：“子文校长的事情还用这一套？你还不放心我们？好吧，烟卷我留下，你只管回学校。”

子文走到储木场大门，门外有个饭摊，子文买上五斤油条又折回储木场把油条放在木头上与队长说：“工人师傅一定有很多人起早没吃饭，看谁饿了就吃这个，凑合着吃点。”

队长很高兴地说：“你就是周到。子文校长，你看那边单独有一块直径特别大的木头。”子文一看，在木头堆外面，孤零零放着一截直径足有一米多、四米长的木头段，再一看，木头当中是空的，由于木头太粗，空心周围还有三十公分厚，粗略估计，足有两个立方米。因为是空筒子，按照规定，只能算等外废木材，所以扔在一边。

队长说：“子文这样关心体贴工人师傅们，这样，待会儿装车结束之前，将这块等外材装在车顶上，这个不算数量，是搭上的。子文你通知山东老家的亲友，将这块木头拉走。这是我送给你的。放在这里早晚被工人们用电锯割成木柴弄回家烧掉，但是到了咱们山东，这就是上好的木材，看清楚了，这是块水曲柳。”

子文急忙说：“这怎么行。还是不装吧。”

队长笑了说：“你别客气，告诉你，这样的好事机会不多，一年也遇不到几回，要不是我拦着，早就被人弄走了。听我的，这点小事情，你也别担心工人们有什么看法，我就告诉他们把这东西给你了，别人也不能说什么。”

子文嘴上说不要，但心里还是很高兴，自己也不打算让亲友到人家公司拉这块木头，倒是想着第一次为家乡出力办事，让家乡同学的单位赚上这个便宜，让家乡的人知道，子文在关东有地位、有面子、有能耐。他没有把这件事告诉老家的亲友，他压根儿就没想占国家便宜，只想让同学的单位捞到好处，让家乡人高兴。

因为子文的关系，出于对老家单位的信任，林业局木材经营公司与同学所在的公司原来签订的供销合同规定，“货到付款”。这在林业局是没有先例的事情，宝贵的木材，别说是货到付款，需求单位提前预付木材款都不一定按时给发运。但子文发的木材，在合同上是约定木材发至目的地之后三日内付款。但是这两个车皮木材发出半月多了，木材早就应当到达目的地了，林业局木材经营处仍然没收到货款。经营处找到子文，让子文催款。子文连发两封电报，在第二次发报时，口气有所不满。

同学所在的公司回来的电报内容是：“因发来的木材质量不合格，货款拒付，请贵局来人协商处理。”

子文感到诧异，明明是自己亲临现场了，装车队队长承诺让工人师傅们认真地有意识地挑选同一个等级中最好的，怎么会质量不合格！子文又直接将电报发给同学元华质问他的违约行为，并再三强调，木材是最好的，质量超合格。

元华接着回电："第一车木材之中混装进一块最大的木材足有三个立方米，是空桶子，等外材。"

子文看着这封电报才恍然大悟：原来如此。没说明白，自己好心做了坏事。

想来这件事情也怨自己太大意，应当打长途电话说明，这块木材是等外材不假，但这是出于情面给搭上的，应当由子文的亲戚朋友所得。

子文当即发电报："请核对随车装货清单木材多少块、核对装车立方数。空桶子木材是这里送给我个人的，我又送给贵公司的，并不在发货数量之内。你们务必马上支付货款。"

果然是这样，同学的公司第二天就把货款打了过来，子文松了一口气：教学管理自己并没怎么感到为难，照样有条有理。商业上的事情第一次接触，还这么多道道。看来俗话说得对，隔行如隔山，一点都不假。学无止境，人活着就应当永远在学习中生活、在学习中工作、在学习中做人。

下个月，其余三个车皮顺利发出，货款顺利发回。子文的学校工作也在本学期圆满结束，该放寒假了。

第三十九章

元华的公司一把手带着一个业务员在元旦前两天赶过来，对子文说明来意：“我是你同学的上司，公司一把手，在公司我说了算。我姓彭，名鼎子，一言九鼎的鼎；大家都称彭总，这样称呼我，人们常常想起那位元帅——说笑了。这次亲自来，一是感谢子文老师对家乡帮忙完成的一项生意，取得较好的效益，公司给子文带来一定的报酬；二是我这一把手亲自来林业局见见贵局木材经营处的领导，商谈一下明年大量木材的发运事宜。上次我的助手来洽谈都发过去五个车皮，这次我一把手亲自来洽谈，我看看你们领导怎么说，怎么说也不会少于十车二十车的吧？”

子文心里有几分不快：本来是我同学首先过来开辟的这一进货渠道，这次怎么就不让同学来而是换人了？子文听说，这样的事情在商业上是颇为讲究的，同行之间个人都有自己的进货渠道或者业务关系，不能相互拆台，更不能挖墙脚。他作为公司领导怎么还能与部下竞争呢？还口气这样大，狂妄了吧。自己一口一个一把手，就怕怀疑他的权力和地位。

想到这里子文说：“我为自己家乡出点力是应当的，帮助我同学完成公司业务也是情愿的，没打算要什么报酬，我有自己的工作和收入，不是靠着发木材吃饭。这个报酬就免了吧。您要见木材经营处一把手其实不必，我可以叫上木材经营的主管人员一起商谈。”

“这你就不明白了。”彭鼎子笑着说，“谈判是分级别的，国家元首出访，对方国家的元首必须接见会谈；总理出访，对方总理接见或者会谈，以下是部长级什么的。我来了，应当是你们林业局局长接待我与我会谈，但我这人不太讲究，又是平易近人的人，所以，见一下木材经营处一把手还是必要的。”

子文听说过，木材经营处的处长是个难说话的角色，但还是硬着头皮找这个谢处长，没想到谢处长对子文很买账，一口答应见面，还说：“子文老师我们早就已经认识了。”

“是吗，什么时候在哪里认识的呢？”

“前不久，国庆节，林业局职工俱乐部。你们全家上台演出，给我留下深刻印象。我专门打听你了，知道你在林业教育改革独有建树。你不知道吧，在没有来局机关工作之前，我也在林场学校教过书的。所以，对教育界我还是很有感情的。”啊，也是老师出身，这就好了，有着共同的经历，也就会有共同的语言，事情就会好办得多。

见面的地点在林业局的招待所，现在刚刚改名叫做林业宾馆了，改名后也重新装修上了档次，还把大饭厅间隔起来成为雅座，特别拿出两个最大的房间当做贵宾厅，这两个贵宾厅直接由林业局局长办公室安排，今天处长就是和局长办公室打了招呼，晚餐安排在这里。

宾主入座，子文给大家互相做了介绍。子文先介绍了远方来的客人：“这是我家乡来的彭总。”

“彭德怀的彭，一言九鼎的鼎。”彭总对子文的介绍感到欠缺，来了一个自我补充。

子文又指着谢处长向客人介绍：“这位是林业局的谢处长，林业局的经济支柱，林业局的精英人才。”子文话音刚落，彭总问：“处长？是国家行政级别中的处级干部吗？改革开放以来，官衔满天飞，有些乱套。有的三个人的公司就称为总经理，有些称呼为处长还达不到科级。我领导的这个公司，那是国家供销总社条条领导下的系列，真正的副科级单位，职工一百多号人。”

谢处长笑着说：“我什么级别也不是，就是在林业局卖木头，在基层的普通工作人员。”

子文现在对老家来的客人产生很大的反感，心里想：“你是来购买木材的，木材是国家统筹物资，可以说，是看在面子上从计划中挤出一些卖给你，你是来求人办事的，讲究什么级别！真正是社会上说的，官不大、僚不小。”

酒菜上来了，谢处长作为东道主刚要致欢迎致辞，彭总说道：“先不用致辞，趁着还没喝酒，头脑还算清醒，我想开门见山，先把此行的目的说给谢处长听听。好吧？”

谢处长连连点头：“可以可以，您先说。”

“我领导那么大一个公司，是不轻易出来的，这次亲临贵局，就是要能做到当场拍板的效果，因为我说了就算数的。也就是说，直接请谢处长表个态，我都远道来了，你打算在新的一年给我发过去多少个车皮？”说完，眼睛看着谢处长等待处长表态。

谢处长稍微停顿一下，眼睛看着子文，数秒钟之后缓缓说：“上次子文老师的同学来的时候，我们公司曾经交代了我们的经营方式，你公司要经营这里的木材，需要参加我们木材行业统一举办的年度木材订货会，签订了供销合同才能按照合同履行权利和义务的。现在元旦还没过，等春节后的三月份，一定给你们下通知，让你们也参加明年的木材订货会，签订了合同就一切都好办了。”

彭总不悦地说：“今年春天我们并没有参加订货会，不也发过去四五个车皮的木材吗？听说，你们手里每年计划外货源还是有的，我不能白白来一趟吧？”

谢处长说：“这样，在没有签订明年的供销合同之前，计划外木材的发运，彭总不用找我们联系，更不用您亲自来这里，在没有合同的状态下，如果需要木材，你还是找子文校长，他的面子我们还是要给的，子文校长是我们林业局的功臣，提出要求我们尽量满足。计划外木材，无合同单位我们一般是不销售的。有事你找子文校长就可以。服务员，过来，今天我们是东道主，饭费记在经营处账上，待会儿我签字。”

彭总脸色涨得通红，还没说话，子文抢着说：“彭总，你需要木材，你让我的同学元华给我打电话就行。别的渠道，等以后再说。现在，菜上齐了，我们开始吧。”

服务员提过一箱东北矿泉水酿制的啤酒，谢处长对服务员说：“怎没拿来起瓶盖儿的酒起子？拿去。”

彭总觉得面子上过不去，面带不悦，拿起酒瓶说：“这还用酒起子？

看我的。”

彭总用牙齿使劲咬住瓶盖，一上一下地使劲，但是瓶盖压得太牢固，彭总脸憋得通红，又一使劲，两手持酒瓶往下一带，随之“啊”的一声喊叫，子文看见，彭总嘴唇血流如注，紧接着顺着下巴淌在彭总雪白的衬衫上——啤酒瓶盖锋利的薄铁片将彭总的嘴唇豁上一道大口子。

彭总一把抓起桌子上一摞餐巾纸一下子全捂在嘴上，但接着血从指缝里像几条红色的蚯蚓往衣襟上爬下来。

“快上局职工医院！出了大门往南一拐就到。去急诊室！”谢处长大喊。

接下来的一周之内，彭总只能在医院用吸管进流食，拆线后出院，接着就要回山东了。这几天子文来过几趟看望这位尊贵的客人，告诉彭总：“谢处长因为您的受伤感到遗憾，很不好意思的，已经答应全国订货会签订合同之前，还给发运两个车皮。至于木材品种，通过我征求彭总的意见。你要回山东，谢处长就不过来送行了。”

彭总临行，对子文说：“看来，你在这里教书，混得还行。林业局的人对你还是很重视，今后发木材就靠你了。我看，凭我们自己来几个人都顶不住你一个人。调回家乡吧，跟着我干。”说着又从包里拿出刚来的时候要送的报酬。

子文双手推回彭总的手，说：“谢谢彭总的好意，但我已经与我家乡的县委书记联系，准备调到县城教书，一旦调回家乡教学，就不能再为你们的公司调运木材了，再说我的家乡观念很重，为家乡做点事情都是应该的，还谈什么报酬啊。这不过是帮忙，我也不打算长期干这个行业，我还是喜欢自己现在的职业，教学。”

彭总的嘴角稍微咧了一下，但从表情还是看出对子文的话不屑一顾，说道：“还教书？教书匠先生，吃粉笔末子还没吃够？你还去你老家那个县城？看上去，子文老师也是个聪明人，可是做事不行。这样，你还是调往我所在的市吧，这是地级市，比你老家的县城还高一个级别呢，那才算是个城市，县城还算个城市？这样，调到我们分公司去，就专门管调运木材。如果你同意这样，我公司接受你的请调没问题啊。”

子文对彭总的语言十分反感，但也不乏动心之处，是啊，彭总说的这个市自己是熟悉的，的确比自己的县城城市规模大。小时候自己去过多次，曾经对城市的繁华产生过多少向往。只要自己能干，城市会更具有发展的可能。再说，故乡的县城里的教育局，至今没人来联系自己，调去工作的希望还很渺茫。他想了想，对彭总说："你的话我可以考虑，很感谢您对我的器重。我可以调到您单位工作，何况还有我的同学在您公司。但我有个请求，发运木材的报酬我不会要的，以前的没要，今后的也不会要，条件是我的工作调动由您公司全面操作，我也不在这上面花钱，因为我这些年家庭遇到很多事情，很拮据，自己没有能力办理工作调动这样大的事情。如果让您费心把我调到贵公司，一旦安顿好了，全家户口落实、孩子上学、家属就工之后，我仍然回到林业局常年驻守这里，作为贵公司业务员专管发运木材。我想我做这件工作，一切不用公司为此而劳神。"

彭总听了子文这一番话兴奋起来，说："就这么办，回去我就以公司名义派人到人事局办理，我会给我们上级主管部门供销社打报告，由上级出面给人事局做工作。其实关键在接收单位，调动工作只要有了接收单位，职能部门不会有太大难度。"

彭总人虽俗气，认准的事办起来还算认真。

他回到单位的确是亲自动笔起草给上级部门供销社写了报告："……该同志在林业系统的教育口很有名气和地位，在学生家长中很有威信，他突出的工作成绩，取得学生和学生家长的爱戴，他的学生家长中有很多在林业局各行各业很有权力很能办事情的人，如果把这个同志调到我们单位，我们的木材业务在那边各个环节都为我们开绿灯，是难得的业务关系资源。上个年度给我公司发运木材的事实就很说明这一点，我亲自到那里也深深感受到这一点。即使我公司派几个业务员，在那里请客送礼拉关系，都顶不上他一个烟酒不沾从不搞拉拉扯扯那一套的人。我相信，如今供销企业面临滑坡的形势下，多种经营刻不容缓。这个人如果调到我公司，业务量将会成倍增长，经济效益也是显而易见的。请上级领导出面做通人事局方面的工作。"

事情果然如彭总所说的那样，调动工作进展顺利。那面不断传来信息，向子文传达调动事宜的工作进度，同时也是催促子文积极调运木材。子文对这件事守口如瓶，经验告诉他，任何事情在办理成功之前，都不是真正意义上的成功，不能把话说早了让自己被动。现在他开始对自己的学校留恋起来，对自己的教育事业留恋起来。但是，这几年，木材资源枯竭、林业滑坡经营不善、职工不断下岗分流，最要命的是母亲和女儿的惨死，时时困扰心头。妻子经常伤感，不时地掉眼泪，也时时驱动自己赶紧离开这个既留恋又伤心的地方。

元旦过后，子文找理由向领导请假，踏上了办理工作调动的旅途。

上午时分，子文从长白山脚下的汤河车站乘火车到通化，下车后第一项任务就是买上开往青岛那趟车的车票。开车时间是晚上，但他还必须上午赶到通化购买这趟车的票，否则就买不到座排号，只好一路站着，一站就是二十四个小时可不是闹着玩的，再说到了山东下车之后，就会马不停蹄地为工作调动的事情奔走。为了养精蓄锐，在火车上这一天一夜就应当是自己的休息时间。买到车票离着开车还有七个钟点，带着行李不方便到处去，候车处又是那样脏乱嘈杂，只好在车站广场找一家旅馆作短暂休息。候车室外一个中年女人马上过来热情地兜揽生意，介绍她那家旅馆又卫生又便宜服务也周到，她特别强调保证是单间而且很安静，保证让你舒适愉快满意云云。子文无心挑剔，区区几个小时有个地方稍作休息，自己带着茶杯茶叶喝点水，看一会儿自己带着的书很快就过去了。

随着老女人拐弯抹角，在车站广场东南角的小巷子里，一栋低矮的门头房第二层就是小旅馆，幽暗的房间果然是单间，房间里面破旧的木床、看不出颜色的被褥、斑驳脱落的墙壁，一股怪味道扑鼻而来，此一时彼一时，也只好将就了。没有服务台，也无需登记，把十五元钱直接交给老女人就完事。子文让她给自己送过一壶开水说要喝茶，她说要现烧还得等一会儿。老女人走后子文掩上房门，脱下大衣使自己轻松一下，大早上从汤河坐车到现在有些劳累。

房门敲响，子文想是送开水来了，起身打开房门，一个小狐狸一样的女子闪身进来，他还以为是另有旅馆服务员送开水来了，但是她没有提着水壶。他诧异地说："你找谁?""找您呀，欢迎不?"女子的年龄无法判断，染着红头发，戴着巨大的廉价的耳环，眼睛化妆很拙劣，假睫毛也不合适，最要命的是低档的口红涂抹得像是血盆，嘴唇上黏黏糊糊看着很脏不说，还因为涂抹太多沾到惨白的牙齿上，就像牙龈出血似的让人看着不舒服。子文最烦的就是这种太过分的口红，让他凑近都感到恶心。在这个季节里子文早就穿大衣了，她也是穿着长衣服，上面缀满了装饰物——这里一个没有用却是亮得耀眼的扣子，那里多余长出一个像木耳一样的东西。其实这件衣服还真是马路边地摊上出售的廉价商品，唯有一个部位太节约布料，那就是胸口，这么冷的天就这里不冷。这女人露出多肉的并不具观赏性的胸部，子文心下突然反应过来，这是野鸡来了。他倒是奇怪，这个小小旅店没住几个旅客，这女子怎就知道住上人了？

“你来干什么，我并不认识你，找错门了赶紧走吧。”

“哎，你这大哥，我没走错门，我找的就是你呀。”子文满脸不悦：“你喊谁大哥？就你？称呼我大爷我都嫌你年龄小，让你喊我爷爷你倒是有点大。快走，我要休息！”子文拉开门示意让她出去。

“我就是来陪你休息的，你还嫌我年龄小？年龄越小不是越好吗？”女人说着坐到子文的床沿上，一股低劣的香水味道迎面扑来。

子文严厉地说：“我不用你陪，你也不用想做成这笔肮脏的生意；我没有那本事，我连拉巴巴都费劲，更干不成别的。”

女人站到子文的面前说：“世上只有不行的女人，没有不行的男人，男人不行是女人没有调教好罢了，就是七老八十垂死挣扎的我也让他焕发青春，不信你就……”子文往后退了一步，拿起床上的枕头挡在胸前像一面盾牌，说：“还是赶紧走吧，要不我报警啦！年纪轻轻干点别的不好吗？”

这番话终于奏效，女子气哼哼地说：“没遇到你这样的！”房门一甩，走了。

子文长叹一口气，对她有三分同情、三分叹息、三分鄙视——哀其不幸、怒其不争。

西伯利亚强劲的寒流又一次跨过国界，越过大兴安岭，侵入长白山脉腹地。汤河林业局周边的气温迅速降低至零下二十五度以下，连续的低温天气，使行人急剧减少，火车冒着黑烟和蒸汽在汤河这个三级小站停下，下车的乘客寥寥无几，他们下车后迅速拉紧衣领戴上厚厚的皮帽子，三三两两出了车站分头向街里走了。

穿着单薄、身材更加单薄的子文嘴里哈着白气，急匆匆向林业局方向走去，脚底下的冰一步一滑，可他的行进速度倒是很快。他计算着，林业局通往沟里的隔日班车就要发车了。

在林业局的客运处，班车还没上几个人，天气实在太冷，没有要紧事，沟里的也不来办事。子文没坐在座位上，直接坐在汽车发动机的盖子上，这个位置坐上去比在座席上暖和许多。汽车开出不大一会儿，子文就开始发困，他的旅途太累了，元月一日去山东，半夜在潍坊下车，在票房子蹲半宿。天刚刚亮就打听市人事局驻地，刚上班时分，人事局的人事调配科第一个接待了子文这一风尘仆仆的东北客人，因为有了接收单位，由于供销社和同学李元华在调动手续前期的办理具备了调动成功的条件，调令很快办好，子文看看墙上的挂钟，也仅仅是上午十点钟。他没想到如此顺利，如释重负的轻松刚上心头，他灵机一动：马上赶往车站，今天就能坐上返回东北的火车！而且赶到汤河正是双日，恰好有回夹皮沟林场的客车，当天就回到林场啦！何不往前赶一天？于是，在下车不到八个小时，饭也没吃一口，怀揣着在车站买的面饼，又踏上去关东的归程。在火车上又连续乘坐二十多个钟点，四日回到汤河。屈指算来，自己这次汤河至潍坊往返路程不足四天，效率不谓不高。在硬座车厢咣咣当当五六十个小时，确实够子文呛的，好在年轻。

好了，提前一天总算不虚此行，又回来进行下一轮工作。通往沟里的客车后轮带着防滑链，就如一个腿脚利索的人，戴上沉重的脚镣一样，严重地影响着行车速度。又有什么办法？围绕在山腰的公路，本来就很窄，冬天的积雪被汽车轮子碾压成冰，还压上两道深深的冰沟道，更增加了行车难度，或者说增加了行车的危险性，公路凿山修成，一边是被切开的山体，另一面是深不见底的悬崖，只要开车出了冰沟道，无论是偏向哪面，都有生命危险。

行至老岭半山腰，一个陡弯挡住前方的视线，客车行进速度明显放慢，前方突然开过一辆拉满木材的大型运材车，眼见得错车是十分困难和危险的。路窄、道滑、冰沟、危险，多方因素同时存在，在此种情形下，唯一的办法是：一方先向后退，退到后方一段特意加宽的错车地点停下，等对方将车开过，错车点上的车再慢慢地小心翼翼地开进冰沟道。从汤河到达林场，一路上要有好几次这样的错车，着急都没有用。性急的乘客开始发牢骚，口里不三不四地谩骂起来，其实在骂谁，自己也不知道，骂天气太冷结冰影响开车速度？骂司机行进太慢？骂车辆机械性能不好？

乘客们的情绪没有影响子文，他的思绪似乎与行车快慢无关，比计划提前一天回来，使他感到时间很富足。乘客们诅咒着这严寒的天气、诅咒着这狭窄的公路、诅咒着行车的速度，他几乎没有听见。往常他可不是这样沉默，可今天他对客车外面的环境突然有了一种奇异的感觉。车窗两旁的山谷上白雪皑皑，而昨天在山东却没看见一片雪花；公路右侧的河水虽说已经冰封，但是凭窗望去宛如一条玉带伸向前方；山坡上的针叶林在雪地的映衬下，更显得苍翠挺拔郁郁葱葱。啊，长白山的严冬有自己独特的魅力和美丽。虽说冷些，但是如果心情好了，这壮丽的景色实在难得，让行者流连忘返。在山东看到公路两旁的绿化树畏畏缩缩，枝叶落得精光，哪有如此壮观！

突然涌上心头的留恋，使子文伤感起来。在汤河工作十年，这条山路一年要路过几十次，从没有今天的感受。难道真是失去的才觉得珍惜吗？

车窗上的霜花遮住他的视线，他用没戴手套的手使劲擦出巴掌大的地方，他将鼻尖对着透亮而冰凉的玻璃，贪婪地张望着。

客车终于爬上了老岭，这地方是个三岔口，正前方是通往苗圃、仙人洞、二道花园的运材路，向右拐，才是通往自己林场的路。这个三岔口的东北角，是一处略微平坦的开阔地，但是因为此地是在半路上，一般汽车不会停留，附近很少有人来到这里，这里的林木很少破坏，路边的蒿草足有一人多高，下了公路进入山林十分幽静。

可是，三年以来，子文每逢经过此处，痛苦就涌上心头无可遏止。路的右侧离公路五十米的松树林下，埋着自己亲爱的女儿！每回路过这里，自己那颗尚未结疤、还在滴血的心就紧缩一团。他每次总隐约地听见，不到四岁的女儿在凄惨地呼喊着爸爸，她小小年纪独自在这荒无人烟的山上密林之中，在这冰天雪地里，我的女儿，你孤独吗，害怕吗，你冷吗，你还像生前一样经受着病痛的折磨吗？你想爸爸、你想妈妈吗？你还是那么大呢还是又长高了？你恨爸爸不？爸爸把你放在这没有人烟之地……

每经此地，子文总把脸贴近车窗妄图能看到什么，可是在夏天林木草丛挡住视线，什么也看不见；而今冬天白雪皑皑，厚厚积雪把大地盖得严严实实，又能看见什么？

今天，爸爸怀里揣着调令，往后就很少从这里路过啦。亲爱的女儿，爸爸会时常想念你的。

客车很快开始下坡，速度也提高了一些。子文的泪水沿着消瘦的脸颊，不知不觉流着，他无意掩盖自己的失态和痛苦，任凭自己的思绪撕咬着自己的心。他不躲避，每次都正面接受这样的折磨，唯其如此他才能释放内心积攒的隐痛啊。

子文不得不承认，自己舍弃自己心爱的工作岗位去山东工作，与女儿的夭折有着很大的关系。

客车在右转弯下坡后，不多时到了夹皮沟，过吊水壶，往前是高丽房，子文尚未平静下来的情绪又是一阵涌动，亲爱的母亲长眠高丽房也已经九年啦，虽说后来迁到山东与父亲合葬了，但每次来到这里心中还是隐隐作痛。

啊！子文，你来关东仅仅十年，竟然把最亲爱的两口人埋葬在白山黑水，如今，你却要离开这块地方，到山东谋生！

母亲是在子文来东北的第二年暑假，告别家乡，放弃自从进入这家人家就居住于斯的老屋，离别已经离世多年的老伴的坟墓，第一次乘坐火车，第一次走出自己的家乡，随儿子来到遥远的关东，第二年就患肺癌去世了，给全家落下一大笔债务。事过几年，女儿又患绝症永远地走了。

子文，你在这林业局工作十年，提了干、转了正、当了校长，还有一连串的理事一类的头衔，可是这些随着时间的推移就会渐渐淡去。而失去亲人的创伤，何时才能消除？啊，尽管你遵守母亲临终时许下的诺言，把老人家的尸体背回山东老家，与二十年前在故乡英年早逝的父亲的坟墓合在一起，可是母亲第一个坟墓那个空穴依然存在，子文依然时常来母亲的空冢祭奠老人家，他相信人的灵魂是不会远离亲人的。

东北十年，工作的成功与家庭的灾难相伴并行，酸甜苦辣齐集心中，留恋、遗憾搅拌在一起，折磨着青年人的心。子文，现在你就要调到老家山东工作，是应当要忘却这些苦难，可你怎能忘却、又怎会忘却？

顺利调往山东的喜悦，没有在心中存留，而重重阴影不断压在心上，如同乌云密布，压得子文呼吸都困难。放弃汤河林业局的教育工作，到山东的城市开创新的天地，等在前面的路是平坦的还是崎岖的？就如现在行进中的冰沟道路，两旁风光壮丽，脚下充满危险？

客车顾不上可怜的子文忧心忡忡，艰难地行进，到了十八段。子文慢慢解脱了许多。这里是他参加林业工作后的第一站。在这里他知道什么是采伐，怎样把生长数百年的大树在顷刻间消灭！工作是无奈的，可是在这里他的工队的工人是那样善良可亲、淳朴忠厚，在他离开工队的多少年里，只要自己有事，求到师傅们，他们都没有二话。

尊敬的队长、师傅们，我不会忘记你们每一个人……

第四十章

客车刹车时顺着冰沟向前擦划一下，已经在林场大门口停下。

子文知道不过下午三点来钟，他决定先见见场长。场长正在办公室，看见子文，急忙站起身来格外热情地说：“文老师你不是去山东了吗？怎还没有走呢？”

子文说：“已经回来啦，快不快？”

场长惊讶地说：“真的？可真够快的。事情办得怎样？顺利吗？”

“很顺利，限十五日内报到。只是安排的单位不好，和林业局目前的状态差不多。回来做工作移交和搬家准备工作。”子文说。

场长起身给子文倒上一杯水，说道：“子文老师要走，我心里很矛盾，林场的孩子们需要你，可是又不能妨碍你的前程和你家庭的特殊情况，眼见得林业每况愈下，林场学校日益萎缩，人人自危，既然如此，趁着年轻能走就走，说不定什么时候我们到山东去找你哪。”说着他突然向门外大喊，“峰起，你过来。”

隔壁的林政管理员应声过来，和子文略作寒暄，子文心想，自己要调走的事，大家都知道了，突然客气起来，觉得不好意思。

场长对林政员说道：“文老师就要调离林场到山东工作，咱这穷林场没什么好礼物送给文老师的，只有点木头，拿到山东也还算好东西。这样，你辛苦一下，文老师迁家时间很短，你马上替文老师写一份一立方米木材审批手续，我签字，盖上公章，客车再有半小时从三道回来，你必须今晚上动身去省林业厅，争取明天一早赶到省城，林业厅一上班，第一个为咱把木材准运手续办好，当即返回。一句话，晚上乘车、白天办事，后天早上我在办公室等你把手续拿回来。我等着安排工队，上山选最好的木头。”林政员立即转身而去。

场长的安排，使子文听得很意外也很感动，几乎没有反应过来。他平日经常顶撞领导，让领导难堪，这次自己的工作调动还怕领导借此为难自己，没想到如今对自己却如此关爱，想得还这样周到。他激动地对场长说：“你为我审批木材？你这样做叫我很不安，我就要调走了，不好意思增加林场的负担，让你费心，也给大家添麻烦，再说，林场如今也很困难……”

场长说：“子文老师不必客气，你为林场出了力，为林场的教育事业做了突出贡献，家长们很感激，这一点大家有目共睹，你要调走的消息一传出，家长们很惋惜。咱们穷乡僻壤没有什么好东西给你，林场给你批点木头，也是应该的。”

子文不知说什么才好，刹那间对林场的留恋增加许多。

子文在家还有短短几天时间，可是要做的事情是那样多。除去必要的交接工作，还要到叔叔那里说说，安排一下老人的事情。

子文不知道，叔叔家里出了一件让人十分意外的事情，妹妹和妹夫离婚了。

两位老人已经从汤河林业局搬来两年多了，当年黄石林业局成立的时候，妹妹和妹夫的林场从汤河局整体调到这里来，叔叔和婶子的去向曾经费心思选择过，叔叔知道子文一家在东北这几年家中屡遭磨难，生活坎坷，所以选择了家庭经济状况比较好的妹妹淑云这里来住。子文工作忙，家里事情多，只有在节假日才能到这里看望老人。他知道婶子对自己是不满意的，可是目前的情况能有什么办法呢？每次进入婶子家门，心里总觉得忐忑不安。这次调动工作之前曾经给叔叔写信说明过这件事，叔叔回信中未置可否，只是简单地说：从东北往山东办理调动可不是一件简单的事情，没有相当的关系，没有相当的财力是很难办成的。别的没多说。子文心里清楚，叔叔让自己从山东来顶替接班当了工人，如今自己要调到山东工作，肯定是有想法。但想想林业如今的状态，想想这些年在东北接连发生的不幸，尤其是眼看儿子上小学五年级，明后年就要上中学，东北的教育的的确确落后一些，不能耽误孩子的学业。

其实，叔叔婶子两个老人离开工作了一辈子的汤河局来黄石局随女儿居住并不如意。女婿王河是个不错的人，搬到黄石林业局来的时候就向领导提出，自己的房子必须与岳父岳母分到一起好相互照应，领导知道王河的岳父也是林业系统的老人，应当受到照顾，就按照王河的请求，把老少两代人的房子分成前后邻居。王河先把老人的房子装修完了，才又装修自己家的，然后就把老人的家迁到这里来。

这天王河抱着自己家里的彩色电视机——这是林场家属中第一台也是唯一的一台彩色电视机，来到后院对老人说："你们还是用的黑白电视机，我已经买了彩色的，但我们两个每天都要上班，没时间看，把我们两家的电视换过来，你们在家看电视的时间多。"两位老人很高兴，为女婿的体贴懂事感到欣慰。

但是也有人对王河这一举动另有说法，这个林场是个新建单位，场长也是原来与王河一同调过来的，他对王河说："你把岳父母安排在身边照顾，受到大家的称赞，但是有人说，你更应当把你自己的母亲也从汤河迁来住在一起，你的母亲三十来岁守寡拉扯你们弟兄长大很不容易，现在她年事已高还孤身一人在汤河黑松沟，你应当两面都要照顾到。"

场长的话正说在王河心里，他本来也有这个打算，场长这样一说，他决定马上就做这件事情。回家和淑云商量："这边两个老人咱们都妥善安置了，我打算最近回汤河再把我妈接过来，她就一个人，都七十多岁了，我们就不再向林场申请住房了，咱们就两个人，房子这么大，把我妈接过来就与咱们住在一起。"

淑云闻听此言，心里老大不愉快说："我的父母来这里还是自己单独过日子，为什么你的母亲搬到这里就要住在一起呢?"

王河说："这不一样的，你父母是两个人在一起，还相互有个伴，而我母亲是一个人。原来在汤河她是一个人过，那时我们住的房子太窄小，实在住不开，现在我们在这里房子大，最主要的是，母亲往后年龄越来越大需要我们照料她。你父母是有退休工资的，我妈她是家属，全凭我爸爸微薄的抚恤金，生活差些，随我们住，我俩的工资养着她让她安度晚年。"

淑云说："要把你妈迁过来就申请房子单住，要不就维持现状，过几年再说。”

王河没有听淑云的话，就从汤河把妈妈接过来了。就在妈妈到家的当天晚上，淑云就到后院父母那里去住，不打算再回来。王河到岳父母家好说歹说总算把淑云劝回来，并保证不用淑云伺候老人。

虽是这样说的，但王河担任这个新建林场的财务科长，每个月要到百里之外的黄石局财务处报账，往返至少三天。每逢王河到局里办公，淑云就回到后院去住，王河只得事先把妈妈几天的饭和其他需要都准备好，然后很不放心地到局里去办公，一旦完事就急忙赶回来。这次，王河又像以往一样，把家里一切家务都做完，甚至还给家养的狗准备了能吃好几天的狗食。他托付淑云：“你每天傍晚过来一趟，天太冷了，先把妈妈的炕烧热，再把狗食端回屋里的厨房里免得晚上冻成冰，狗就没法啃得动。就这两件事，然后你再回到那边吃饭睡觉。”

可是当王河在局里办公结束、在冰天雪地中赶回家里的时候，一进屋觉得寒气逼人，就看到妈妈坐在炕上围着好几条被褥，臃肿得像一堆棉花包，老太太浑身发抖，看到儿子回来老泪横流。王河惊讶地问妈妈：“怎么会这样？屋里没生火吗？”妈妈咧着没有牙的嘴哭了：“生火，我生什么火？木劈柴都在院子外面那么远，天寒地冻满地上冰雪我弄不回来，要是被冰雪滑倒了，老骨头也就完了，弄不回木柴，烧什么？”

“我临走都嘱咐了淑云，让她每天过来一趟，她没过来？”王河说。

老太太摇摇头。

王河憋着一肚子气马上到外面拿回劈柴，点燃了火炕、火墙，给妈妈做饭。把饭端上炕桌，问妈妈：“屋里没烧火，这几天你怎么吃饭的？”妈妈手指着炕沿下面不说话。

王河顺着妈妈的手指往下一看，在地下放着喂狗的盆子，里面还有不少狗食。一向性情温和的王河火冒三丈：好你个淑云，不给老人生火做饭就很过分了，还竟然把狗食盆子拿到老人面前。这简直就是侮辱老人！

其实，老人在这件事情上是把情节扩大化了。狗住在院子里，每次喂它吃饭之后都要把盆子端进厨房里，否则一会儿就冻得石头一样坚硬，下一顿就没法再用。淑云这两天没来给老人做饭是真的，但是老人一肚子怨气，儿子问的时候就顺势这么做了，这无疑是火上浇油，让很孝顺的儿子无法接受，成为感情破裂的导火索。性格绵软的王河火冒三丈，对淑云产生了极大反感，妈妈从年轻守寡拉着孩子们含辛茹苦，老人也是个很要强的女人，有事尽量不给孩子们添麻烦，可是现在年事已高，需要依靠儿子的照料了。同样是老人，把岳父母安置好了，再安置一下自己的妈妈有什么不应当的呢？结婚这么多年来，没有发生过什么大的冲突，可是妻子不赡养老人的行为无法迁就。

王河提出离婚请求的时候，淑云才感到事态严重。两个人吵个不停。王河这个厚道人一旦认准了要做的事情也毫不含糊，他竟然借了朋友的录音机装在呢绒兜里挂在墙上，两个人再次为离婚的事情吵架的时候，王河有意识地诱导淑云："我问你，你的父母我是否尽到了义务？安置得怎么样？"淑云说："你做得很好，但这都是应当做到的。"王河说："那么你为什么不让我赡养我的妈妈？我与你离婚就是因为我主动赡养你的父母而你拒绝赡养我的母亲，你还把喂狗的盆子端在我妈面前侮辱老人。"淑云在两个人赌气的时候急不择言，反口相讥："你妈是胡说八道，就这样无事生非的老人，吃狗食也吃瞎了。"然后二人又说了很多不好听的话。这些话正是王河需要的，这一次吵架全部录音。有心的王河把没有防备的淑云全部绕了进去，然后以此为据起诉了淑云，淑云一赌气也就同意解除这桩婚姻，两个人离婚了。

这些过程，在汤河忙得不可开交的子文一无所知。

从汤河林业局到黄石林业局直线路程不算太长，但是这条路线在山沟里面环绕穿行，并且没有直达客车，200 公里的路程要整整一天时间才能到达。冬天的山路全是冰雪覆盖，一冬天的积雪被汽车轮胎碾压成冰，深深的车辙让客车行进十分困难，客车的轮胎上捆绑着粗粗的防滑链，就像一个人腿脚戴着沉重的脚镣，严重地影响着行进的速度。长白山区，这样的冰沟公路每年要持续半年之久，山北坡冰沟时间持续还要长一些。子文在路上想，东北的山路就是不方便，在自己老家山东 200 公里只要两个多小时，当天办完事情当天回，可是在这里还要第二天才能回来。

天黑时分，子文到了叔叔婶子家。

叔叔和婶子还有妹妹一家三口人正在吃饭，叔叔让子文坐下吃饭。子文看到妹妹也在吃饭就问道："怎么，妹夫出差了？"子文知道妹妹和妹夫住在叔叔前面，妹妹家推开后窗，就是叔叔的院子，就能看到两个老人在家里的情景，这在当初搬家到这里的时候都是打算好了的，全凭妹夫为老人着想方便照料，林场分房的时候就提出了这样的安排要求。一般来说，如果妹妹来这边吃饭都是和妹夫一同过来的，除非是妹夫到外地出差不在家。

子文的问话，没人回答，屋里一阵沉默。子文感到情况不寻常，也就没急着把工作调动的事情先说出来。

饭后，子文为了解开自己的疑团，就对叔叔说："我到前边去看看妹夫王河去。"

婶子厉声说道："什么妹夫！别去！"

于是妹妹淑云把事情原委告诉了子文。子文也就把自己调动工作回山东的事情先告诉了妹妹。

第二天吃早饭的时候，婶子问子文："你要调往山东了？"子文吞吞吐吐地说："是的，办完调动手续了。不过，办理调动没花钱，没求人，是同学单位为了让我给他们发运木材，单位出面给办理的。"婶子生气地说："我不管你怎样办的，花钱不花钱我不管。不是我愿意说你，当初把你从山东农村办到东北来参加了工作，成为一个工人，当然你自己的工作也出色，还成了国家干部。可没想到你现在翅膀硬了还要远走高飞，离我们而去。昨天晚上淑云把事情告诉我，我一晚上没睡觉，本想拦住你不让你走，但你叔叔说从东北跨省调动不容易，既然办好了，就让你走吧。但我们当初的打算是为了什么？你是怎么对待这件事情，你说说看。"

子文说："我听您老人家的。我忘不了当年你拉扯我，成就了我，这个恩情我全家永远不能忘记。我是知恩图报的人，不是忘恩负义的人，您是知道的，就是对养母我也是竭尽全力报恩的。但是这些年以来，我的家庭出现这么多事情，尤其是我母亲和女儿先后死去，给我心里留下深深的创伤永远难以弥合，你侄媳妇现在已经是神经兮兮。我们还年轻，不想让您侄媳妇成为病人。孩子已经到了将要升入中学的年龄，我们不得不考虑孩子的前程，这山沟的教育和山东的城市没法相比，您的孙子也是块读书的材料，我不想耽误他的前途。再说，林业局目前的状况您也知道，我们随时面临下岗分流失业，您和叔叔退休了，这倒好一些，可我们还不知明天是怎样的情景。”

婶子打断子文的话说：“好好，你先顾及自己的老婆孩子，我们两把老骨头你就不用管了。”子文说：“我还没把话说完，至于怎样对待你们二位老人，我也有打算。我的打算是，我到了山东之后，如果单位分给我房子，我一定把您二老接过去先让您住，我全家租房子住；如果单位分不到房子，我也会租赁一处较大的房子，我们住在一起。如今我们先去安顿下来再说。我也会经常回东北看望你们的。”

婶子冷冷一笑说：“我这年龄了，不好糊弄的。我不是看不见，这里老张头的儿子也调回山东了，把父母扔在这里好几年，啥时候来看望过老人？说给老人寄钱，也从没有见过一分钱，走出几千里，谁还能管得住谁？你走就走吧，不用管很多。说多了没有用处的。我昨天晚上想好了，你也不用说得多么好听，别说你不会把我们搬到山东去住，就是真的想那么做，我们还不一定愿意去呢！这样，在你把我搬到山东之前，每个月给我们寄钱，什么时候我们去了，再停止寄钱。”

“好的，那样也好，本来我就觉得应当这样。婶子，您说，我每月给您多少钱呢？”

“你现在每月工资是多少钱？”

“八十七元半。”子文如实回答。

“你老婆孩子三口人，加上我算是四口人，八十多元工资每人平均二十来元，那你就每个月给我寄来二十元钱吧。你要嫌费事，一个季度寄六十元，省事儿。”

子文很痛快地答应了。

但婶子还是有些不相信侄子能每个月把自己四分之一的工资按时寄过来，就说：“你写一个承诺吧。如果你不按照自己说的去做，我就会拿着你的承诺找到山东你的单位领导那里。”

子文马上答应并按照婶子说的给婶子写下承诺书。

他写的是：“1. 从某年某月某日起，我保证按照每个月二十元、每季度六十元按时给叔叔婶子通过邮局寄来；2. 我保证最多每两年赴东北看望两位老人一次；3. 如果老人有通知要我来东北，保证五日内赶到；4. 何时老人愿意迁到山东来，我保证当年度把老人搬来。”

婶子只是提出第一条，而子文自己主动把自己的打算全部用白纸黑字写给婶子，然后郑重其事地签名，按了手印。承诺书写完，子文没觉得加上了一重负担，反而轻松多了。他决心一丝不苟地完成婶子的要求，兑现自己的承诺。当年叔叔为了让自己顺利接班参加工作，他宁可提前从工作岗位退下来，他怕侄子年龄已经不小，参加工作超龄就不好办理了。叔叔为自己是做出了牺牲的，虽说参加工作之后自己遇上诸多家庭变故，但叔叔的初衷是好的。虽说婶子这些年很让自己为难，作为一个普通家庭妇女，这些都可以理解。

中午，婶子做好午饭，子文动手做好了叔叔买回来的菜，等妹妹淑云从学校下班回来。没想到淑云没按照平时的下班时间回来，直等到将近一点，妹妹终于回来了，婶子着急地问："今天下班怎么这样晚？还是下班到哪里去了？"妹妹说："我们学校出事了，昨天晚上学校仓库被盗，把学生的几十件运动服装拿走了。学校报案了，派出所民警到学校挨个老师谈话汇集情况，弄到这个点也没弄出个眉目。"

婶子应声道："不用公安局费事，我就知道是谁作案的。"

妹妹惊讶地问："你怎么会知道？是谁？"

婶子认真地说："还用问？肯定是王河呀！别人谁能干出这样丢人的事情？"

"你别胡说好不好？"一向很少说话的叔叔听着婶子这样说话很是恼火，"你这话只能在家里说说罢了，你敢到外面去说？你敢到警察那里举报吗？你有什么证据说王河偷盗了？你乱说话信口开河是要负法律责任的！"

这个家，是婶子当家，叔叔很少管闲事，但当过多年林场场长的叔叔自有自己的性格和工作作风、生活作风。一旦发怒，婶子马上退避三舍。叔叔发火了，婶子低声嘟囔两句不做声了。子文叹了一口气。

回到汤河，时间已经很紧迫。最重要的是学校接到浑江市教育局的公函，他们组织了一批山村学校的校长，来本校考察。

虽说不是隶属关系，但一个市级教育部门来一处小小山沟林场学校，岂能轻视？汤河林业局教育处比林场更早一天接到市教育局的公函，并且准备派员来林场亲自指导应付教育局的考察。教育处也知道子文调走的事情，但处长给子文打了电话：“站好最后一班岗，把市教育局的检查应付下来再说。”子文痛快地答应处长，保证达到最好的效果，站好最后一班岗自己责无旁贷。

子文马上投入准备工作，他安排每一位老师都进入状态，每个人都要完美地做好自己分内工作，最后对老师们布置工作，老师们的自觉性空前高涨，配合也特别默契。对教育局的综合汇报材料必须亲自动手写出来，他心中也记住一个日子，十多天之后的一月十四日必须动身，十八日必须到山东那个城市的单位报到。时间进入倒计时，工作也进入倒计时。突然面临的工作不但不能推脱责任，而且一定要把自己的工作做好，画上最圆满的句号。

教育局第二次来函，通告了来本校考察的具体日期：一月十四日！糟糕，恰恰是自己动身之日，这么巧！

子文心情焦急，他把动身日期和具体时间精确到每天的每小时和每分钟：十四日在汤河上火车时间是下午一点半，从林场去汤河需要一小时，也就是说，从林场动身的时间必须是在十二点半之前或者更提前一些。市教育局如果在上午结束考察，自己不吃午饭直接上车去汤河火车站，或许来得及。要是上午考察不能结束，就麻烦了。自己把材料准备越充分，做到一目了然，考察就越快。要尽量简化程序，节省时间。若想达到这一目的，就要把所有工作做在前面。

努力吧。自己的迁家准备，只能依靠晚上进行了。

林场得知这一情况，场长说：“为子文老师的迁家开绿灯，解除他的后顾之忧。”

场长也开列了一份时间表：

一月六号，小工队负责给子文选择一立方米最好的木材并运到林场电锯房里；晚上家属队电锯房停止一切生产任务加夜班专为子文加工木材，把木材割成板方材。

七日，子文写出预借搬迁费申请，三口人迁家费用申请写成八口人，按照八口人预支费用，财务科办理，把费用开出来直接送到学校，至于怎样出这笔钱，林场还没有先例，先把钱支出来，以后慢慢想办法走账。

十三日，木工组全部出动，带上一立方米风倒木板材，带上钉子、铁丝、工具，为子文的家当包括行李被褥都打包装箱；这些师傅们已经得到林场的指示，不能在子文家里吃饭，生活用品都打了包装，没法再招待这些辛苦一天的人们，让大家谅解。大家也认为应当就是这样的。林场还说，当天晚上，子文一家可以在林场招待所住一夜。

十四日，林场的大解放开到子文家门前，子文原先所在的原木工队只有一部分人上山，其余全部给子文家装车。子文不用操这份心，只管到学校迎接检查。场长的安排也是紧锣密鼓。

八日这天，原来在本林场工作多年、如今在林业局任人事劳资处的处长来林场办事听到子文调动工作的事情，他对场长说自去年林业局为申报国家二级企业，全局给职工浮动了一级工资，这一级工资是可以到林业厅劳资处转成正式工资带走的，反正子文今后也不在本单位开工资了，让他新的岗位按照增长后的工资发放吧。场长自然一拍即合，马上办理手续，处长派员连夜去省城林业厅办理。这件事子文都不知道，等办理完毕，场长才告诉他，子文感动地对场长说："子文何德何能，诸位领导如此特殊照顾，子文却没有机会报答了。"

场长说："贡献不在一时一事，你为林场的职工子女教育做出贡献，林场为你做点事不必介意，林场的广大职工也是赞成的。"

白天按照时间表一丝不苟地做着必须要做的事，只有利用晚上时间向林场的其他朋友、林业局的朋友依依道别。子文天天忙得不可开交。

从黄石林业局叔叔那里回来，就在十二日晚上，工会主席突然来子文家，拿出一笔钱对子文说："这是林场部分机关人员凑了一笔钱，哦，我还给你记下一份名单。"子文急忙说："这怎么行？林业职工发工资都不及时，家庭都不富裕，如此厚谊，我又如何敢当？你快给大家退回去，大家的情谊，我永志不忘。"

主席说："开始工会也是对职工们说不可以这样做，但是他们说，我们不是以职工的名义捐献，而是以学生家长的名义为老师送行，工会没权力拒绝家长对老师的敬意。这样，我们只好就给收起来。你不能辜负大家，要退，你挨家去退退试试？拿着吧，别客气。"

妻子对林场的老乡们、领导的安排时常感到不安，她难过地对子文叹息说：“多好的单位、多好的邻居、多好的生活环境，要走了心里也很矛盾。欠下这么多人请，咱是调走了，怎么报答人家呢？现在我都有些后悔调走了。”

子文的房子还是林场公管房，附属设施才由个人处理，包括仓房、菜地、木柴、房内土暖气、部分家具等。早在几天以前，子文夫妇把能处理的财产列了一个名单，统统分给邻居和朋友，大家说应该折价处理，都说子文老师这几年很困难，至今还欠着债务没还清，能卖的就卖了吧。但子文夫妇觉得大家对自己多年的帮助照料，还卖什么？妻子说：“这点东西留给大家做个念想吧，我们有机会，会经常来看大家，来的时候还有个奔头。”

十三日晚上，子文的继任校长赵老师来到子文家坐了一会儿，看了看所有行装，被木工组用木板打好包装，在子文送他出门时，在黑暗中他悄悄塞给子文一个信封说：“这是李岚托我交给你的，是五百元钱，她要我转告你，如果不收下，她今生不再与你存在任何友情。我看你要收下才好，否则她会责怪我，我也无法向她交差……”

子文急忙说：“这如何使得！我母亲住院、女儿住院，都是她垫的钱，至今还欠她的，怎又接受她的馈赠？”

新任校长笑了：“那你自己去给她吧，我的任务完成啦。李岚说明天她一早到局里开会，中午在招待所为你全家送行。”说着把钱往子文手里一塞，在黑暗中匆匆而去。

子文在夜色中站了一会儿，叹息一声，才回到屋里。

夫妻二人再度检查明天动身事项，分头去邻居家睡觉，没有去林场招待所。

第二天，就是一月十四日，是动身的一天，也是浑江市教育局来考察的一天。

一大早，子文提前到校，他要在离校前多看一眼自己工作过的地方，多看看与自己朝夕相处的老师们、学生们。

当他进入学校大门时，他被意外的情景惊得目瞪口呆：全校学生整整齐齐，列队站在校园的操场！清晨的寒冷，把学生冻得满脸发红，嘴里哈着热气，一边等待，一边跺着发麻的脚，看见子文来到，学生一起喊道：

“校长您好，我们永远爱你！”

坚强的子文，饱经人间冷暖的子文，家庭的诸多灾难和不幸、人世道路多少坎坷，你都挺过来了，此刻，面对寒冷中等待的全体学生，怎能控制自己的感情！十年前自己闯关东离开村里学校的那一幕与今天是多么惊人的相似！自己热爱教育事业，真心地喜欢学校喜欢学生，才赢得学生们的如此爱戴。

空前的激情冲击着这个刚满三十五岁的年轻人，他热泪盈眶，心痛地说：“谁叫你们这样做的？天这样冷，冻坏了怎么办？是谁组织的？”

“我们自己。校长，我们祝你旅途顺利，不要忘记我们。”少先队大队长领先说道。

“大家快进图书阅览室，那里房子大，外面太冷。”

图书室阅览大厅里站满了学生，子文哽咽了，但他不愿意在学生们面前失态，他低下头从衣兜里掏出一个小小日记本，举手扬了一下说：“我忘不了你们，我会记住你们每一个人。大家的花名册，我都记在这本日记本上。我会保存它，等我再来看大家时，你们也别忘了我。”

“校长！”有几个学生扑上来，拉他的手，有个日常调皮曾经受到子文严厉批评的大个子学生，抱住子文，放声大哭：“校长，你走了，谁能像你那样管我？”

子文终于撑不住，眼泪也流下来，一霎时，图书室一片哭声。

学校上班时间到了，陆续进校的老师们都涌进图书室，看到如此情形也深感意外，新任校长来到面前，子文渐渐平静下来，向自己曾经的下属们最后一次下令：“把学生领进教室，向学生做好思想教育，按点上课，不要这样。”

九点半，林场书记来到学校说，局里来电话，市教育局的人就要到了，我们是否对市教育局来人夹道欢迎，最好是把学校的仪仗队派上用场，显得学校更规范，对来人更隆重。子文不同意书记的意见，他说：“市里的来人，是考察学校的实际工作，看教学质量，看学生基本素质，看我校的特色教育，主要是校园读课外书的示范教育。如果单考虑形式，反而显得工作不扎实。赵校长，您说呢？”

看到书记沉默不语，子文又说：“当年周亚夫治军，汉文帝到细柳军营视察，被士兵拦在营房之外，没有将军命令不得入内，结果汉文帝不但不责怪周亚夫，反而对周亚夫的部队纪律大加赞赏，对士兵的认真大加赞赏。我看照常上课更好些。”

书记只好默许。

不一会儿，浑江市教育局考察小组一行在林业局教育处副处长的陪同下，乘着小汽车鱼贯而入，操场上第一次停下几辆轿车显得很气派。细心敏感的子文看见，从小车上下来的人中，有一个人的眼光专门在瞄准每个教室的窗户，子文随着眼光看去，没有一个学生在窗口张望这些小车和从车上下来的城里人。子文默默点头，心里很满意自己的学生们在课堂上专心致志的学习态度和心无旁骛的心理素质。

大家坐定，林场书记和市里的领队首先相互介绍各方人员，然后来人提出今天的考察项目和设想。

还是书记的思路是正确的，来人对学校的教学经验、学校管理、教学研究等主要工作不感兴趣，倒是对学校新添置的硬件设施看得很仔细，指出很多不规范的地方。子文汇报说，这都是在没有经费的状态下，因陋就简自力更生，全凭林场家属队、林场工会等单位，主要是林场领导和局教育处领导大力支持做到这步的。

子文摸清来人的脉络，自己也迅速调整应对方案，首先由学校文艺演出队进行歌舞表演，表演内容还是欢迎上级检查的；这个节目使来人眉开眼笑，那个胖胖的副局长还拍拍子文的肩膀表示鼓励和表扬。接着拿出学生的书法作品展示，来人中有人马上扛起笨重的摄像机进行拍摄，还要走一幅获奖作品。然后，学校运动队表演了四乘四百米接力赛。子文提出请求：“既然领导同志们来了，我们还是希望给我们留下一点宝贵的意见并给予教学方面的指导，还是听一堂课吧。”来人看看表，也就同意了，指派来人中的两位同志进入教室听课，看来这两位大约是教育局教研室负责教学业务的领导或者权威的老师。两位听课的老师提出抽查五年级语文课，而且是随堂听课不用单独安排，来人的要求正中子文的下怀。令客人吃惊的是，这里的五年级学生对古诗词的阅读能力很出色，大大出乎客人的意料，客人选出课文上一首学过的唐诗让学生用白话翻译，这名学生竟然在课堂上用现代诗歌的形式朗诵给客人听。客人问这个学生："这是你自己做的现代诗歌?"学生双手端着自己的作业本过来递给这位老师，红着脸说："是我自己做的，但我刚才背诵的是老师改过的。"

客人接过作业本，看到学生的原作，老师用红笔修改了几个字，也是因为押韵方面的错误，整体上还是不错的。

这时候，客人们在办公室听见隔壁的琴声，向子文问道："你们还有专门的音乐教室？这是你们的音乐老师在练习？弹得不错嘛。"

子文灵机一动回答说："真不巧，音乐教师休假去外地探亲了。现在在弹琴的是学校的杂勤工，专管给学校烧水、打扫办公室、打上下课铃的。"子文这样说并非矫情欺人。原来，学校的校工刘老满因工伤不能从事采伐，分来学校。他家庭困难，经常在秋天上山打松明子卖钱，而叫自己身体单薄的儿子替他在学校做校工，子文从不计较。这孩子虽说是替工，也还认真，时间长了也把他当做学校的人看待。这孩子勤奋好学，干完活就看书，还迷恋乐器，学生没有音乐课的时候，他总喜欢到音乐室练习脚踏风琴，一年下来，弄得有腔有调。

教育局来人听子文这样一说大吃一惊："刚才观看你们的学生演出队的表演和学校乐队的演奏，觉得不可思议，没想到贵校的杂勤工有如此水准，这还了得。"

子文避而不答，表示默认。

考察小组的领队作了总结发言，说的什么，子文没有听见，林业局教育处的人在认真做记录。子文焦急地不断地看表。

最后，来人提议，把学校办公室墙上的各种荣誉录像并合影留念。看看时间，子文心如火焚，该往火车站去了，只好潦草应付下来。

工会主席和团书记来了，告诉子文，林场已经把他爱人和孩子送去汤河；林场的大解放拉着行装家当，由老邻居张叔押车也去了车站；场长的专车已经停在学校门外待发，要子文别着急，时间来得及。子文又是一阵激动，没再说感激的话，要说的太多了。

教育局来人这才知道，今天视察的学校校长已经调到山东工作，这是坚持到最后一刻。领队对林业局教育处的付处长说："我们现在终于明白，这所学校为什么走在城市学校的前头啦。谢谢贵校的宝贵经验，贵校的工作精神让我们感动。”子文对领导的赞赏没有说话，心里有几分沉重：调到家乡，自己还能回到心爱的教育岗位上吗？

当子文一行走到学校门口，学生们从教室蜂拥而至，他们知道上面来了很多领导，不能像早上那样激动，只是静静站在通道两旁，注视自己的校长，与年龄不相称的严肃表情，使人更加伤感。教育局的来人和教育处领导、林场书记也默默走在后面，子文努力地仰着脸，不让泪水流下。场长的专车缓缓跟在后面，子文向站在冰雪地上的学生挥挥手，匆匆走了。直到离开学校老远，听到学生在后面喊着：“校长一路平安！”

子文看看表，知道没有吃饭的时间了，上了车。市教育局的人，由林场的书记陪着去职工食堂小房间吃饭。

车子走到自己家门口的时候，他摇下车窗探出头来，朝着居住了十年的房屋，无限留恋地看了最后一眼，啊，别了，我曾经住过十年的家。

林场门口，午饭的时刻，站满了学生家长和邻居们，子文下车向着送行的人群深深弯腰鞠了一躬，哽咽地欲说无言，又弯腰上车，坐在后排，再也抬不起头来。三十五岁的汉子，坐在车里任泪水无声流在胸前。

夹皮沟林场，你要我怎能忘记？怎不怀念？怎不留恋？

十八段到了，这里曾经是子文参加工作后的第一个岗位，在这里他和师傅们在深深积雪里整整一个冬季，与自己敬爱的队长、师傅们建立了深情厚谊，这些老工人们也给予自己那么多照料和帮助。抬头仰望十八段南面的山顶，自己采伐树木的山头上，种下的松树已经成为新的树林子，这些树已经有十年了，郁郁葱葱很茂盛。这片树林子里有好多棵自己亲手栽下的树，再见了，松树林。

前方的雪地上站着一个人，车到跟前，子文看到，这人戴着狗皮安全帽，身穿着森工工作大衣，脚蹬乌拉棉鞋，狗皮帽子上全是冰霜。这是一个标准的上段采伐工人的打扮。那个人站在路当中并不躲避过来的车辆，而是使劲地摇着双手，示意停车。车停下，子文才看清楚，原来是自己当年的老队长。他不是退休好几年了吗？子文才记起，这个以采伐大树数量多而闻名的省劳动模范是退休好几年了，但听说他从去年开始又组织本场几个劳模开始义务上山栽树，他们树立目标：在还能干得动的岁月里，当年伐树多少棵，现在要栽两倍的棵数！但是如今数九寒冬还能栽树吗？子文下车，队长迎上来说：“听孩子们说子文今天要走，刚才在山坡上看到林场的大解放过去，上面装满家当用品，我知道可能是子文今天动身了，这又看到场长的车过来，我猜差不多就是子文过来了。”子文摘下手套紧紧拉住队长的手说：“谢谢这些年您对我的帮助和培养，我到山东工作，也会常回来看望大家的。”队长说：“这些日子我的孩子们也在办理手续调往山东，他们走他们的，但我不走，我的身子骨还硬朗，天天上山习惯了，在家待不住。等年龄大了顾不上自己的时候再去累赘他们。我今天上山主要是拣出当年我们在这座山上扔掉的树枝丫，当年当烧柴都不屑要它，现在不能再像当年那样烧掉那么多木材，现在想想都心疼。把枝丫拖下山来当柴烧，主要是明年在这里栽树，还能多栽几棵。”

子文看看表，真的没时间再和队长说话，匆匆告辞。但自己听了队长的话产生了一些自责，老队长这么大年纪了，在林业局是老资格了，还是坚守在这里并立志栽树，把青山绿水找回来，把森林找回来。自己正当盛年却萌生退志，巴巴地调到关里老家去。自己在东北的十年是吃了很多苦头，那是命运的安排，但是这块热土、这山、这水、这人，没有亏待自己。自己本不具备招工条件，是林业局的宽容成就了自己，成全了自己，从一个农民成为一个林业职工、教师、国家干部，一个小有成就的教育工作者和很多荣誉，还把家人都办理了农转非户口。单位没有亏待自己，这白山黑水没有亏待自己，自己走了心中有愧，但到哪里也要好好工作，只有报效祖国为社会尽心尽力才能减少愧疚。

高丽房到了，敬爱的母亲曾经在这里长眠，这是个被风水先生看好的地段，只是后来为了让母亲能与早先在山东老家去世的父亲合葬一处，才把母亲的尸骨迁往山东的。母亲，你随我来东北吃了那么多的苦，没有享一天的福，我怎能再把您一个人留在这天寒地冻的地方呢。

吊水湖到了，桦树甸子到了，这些标志性的地段，在这十年闯关东当中路过不知多少次，从来没有今天这样亲切，从没有如此留恋，子文想，今后还会不断回来的，来看望第二故乡的人，这山，这水，这份情。

汤河林业局招待所到了，他知道自己的朋友李岚在这里准备了告别午餐，但因为教育局的视察工作，已经没有吃午饭的时间了。他心里在叨念着：“对不起了，辜负了你的心意。”到山东以后在第一时间要给她写信，向她赔礼道歉，报答这份多年情谊的机会总会有的。

火车站简陋的候车室门口，教育处长手里捏着早已买好的车票，提着一个兜子，递给子文：“教育处垫上钱买的，权当是指派你出最后一次公差，回到山东把车票寄回教育处报销入账；兜里是一些在路上吃的，一路保重。”

相互握着的手只是使劲地摇着，相对默默无语。子文使劲低着头不让处长看见自己眼中含着的泪水，对自己以往的工作作风深感不足而产生一丝愧疚；处长也是一言不发，在想这个刺头校长经常无理纠缠，向教育处要这要那，让处里经常难于应付，经常让处长为难，可他的各项工作无人能比，是个实干家，此时的处长怅然若失，完全忘记了子文的毛病，心中充满留恋和遗憾。

两个人都感觉到，彼此的双手都冰凉冰凉。

后记

永远让我朝拜的圣地——长白林海

我离开长白林海到山东这个城市工作已三十年。由青年步入中晚，年轻的激扬奔放逐渐消沉离索，唯长白林海情怀在心中的积淀与日俱增。身处喧嚣的城市中，林海的山便成为我心中的一片净土，林区的水就是洗涤我心灵尘垢的圣水，在城市人的虚情假意和装腔作势的环境里，林业人的深情厚谊在梦牵魂绕中潜移默化着我，昭示着我，使我自己保持着一颗尚算纯朴、正直、善良之心。我在林区仅仅工作、生活了十年，但那是我人生的顶峰，成长的关键，认识社会增长才干的摇篮，没有那十年也就没有今天的我。在离开林区的这三十多年里，长白林海那山、那水、那人、那情，驱动我的身心，使我一回回踏上北去的列车，先后十三次重访自己心灵中的这块圣地。如今年过花甲的我还在工作岗位发挥一星半点的余热，但是在去往关东长白林海这块圣地的路途上依然不时有我垂老的身影。何时停下脚步打消去往“闯关东”之路的念头或许尚待岁月无定期的延伸。

啊，我心中的永远的圣地——长白林海。

在林区短短十年中，我写了四卷、六册、计 800 页、近四十万字的日记，这几卷日记我视若珍宝，经常翻阅，常看常新。里面记载着东北十年的工作历程，由采伐工成为教师、校长、省教研学会会员的过程；贫困的生活中，遭受着接踵而至的家庭不幸与灾难，和湾林领导与朋友的热心援手……离开湾林的日子里，我又写了二十万字的《湾林回忆录》，与《湾林日记》合订，印制，设计封面，请名人题字，到印刷厂装订成精美的两卷本分赠亲友和东北的朋友，并编为我已写成的五部、十二卷文集的第二部。

在湾林的十年，七十年代的黑白照片五十余帧，八十年代的彩照六十余帧，搬迁时一帧不少带到山东珍藏，后来十数次返湾重访时又自己拍下了千余帧照片，不管是人还是景，不管单照还是集体，都分门别类编辑为“山水”、“亲情”、“生活”三集，这些照片背面都作了简述和说明。这些照片，就是这些年与湾林缘分的写照。把背面的文字说明连接起来，便是一篇湾林发展史。我将这三集摄影放诸案头，就如同一部永远读不完的史书，翻阅这些年代不同的照片，遥远的、近前的、熟悉的、陌生的、永恒的、变化的、已逝的、新生的，如观看美好的电影，如欣赏精彩的电视剧，如饮美酒琼浆，如食山珍海味，美不胜收，享用不尽。

在30年前刚离开湾林时，在通讯尚不发达的年代，湾林朋友书信频频、飞鸿不断、久集成捆，将信页取出展平按收取年代顺序汇集成“两地书”一卷，撰前言、编目录、设计封面、配上插图和重要来函者的照片，请名家题字后，装订成册。这些手迹真品，浸润着友情的温馨，饱含着异地的思念，记载着被年代遗忘的轶事；这些来函者，年长的已然故去，年幼的已长大成人，都在各自的生存位置以各自的生存方式繁衍，连我曾经的学生们也已中年，成为各个行业的精英人才；在岁月的变迁中唯有这些信页仍整齐如新，很权威地放在书橱中，伴我度过沧桑岁月，不断提示我莫忘往昔，莫忘故地，莫忘故友……

我来山东工作之地乃全国最大的闻名遐迩的“菜篮子”和盛产高质量海产品的莱州湾，然而在重大节日和客来之日，我家待客菜肴既非这沿海之地盛产的海鲜，亦非“无污染”之各种反季菜蔬，而是应客人要求要端出东北的蘑菇木耳山野菜。他们认定这是真正的“纯天然”。喝着东北人参鹿茸、天麻、五味子等多种名贵药物泡的酒，每每使客人大饱口福，亲戚友人传为美谈，于是来客多多蹭饭频频；我去东北带回的，朋友捎的送的邮的，市场购的买的，在我厨中屡见不鲜，我在待客的餐桌上则津津乐道来自东北的这些好东西；饭后妻子端上来的松子、核桃、榛子，他们用牙咬得“啪啪”山响，我则海阔天空，描述着这些珍品的产地，那山、那水、那林……听得食客们如醉如迷，这些平日爱跟我较劲的家伙们，张嘴听着但不再与我抬杠。

在山东这座城市里，我居住在最具现代城市气息的二十层居室中，引人注目的就是上世纪八十年代潮流的东北家具——用“刺柳芽”贴面的大衣柜，用“高丽明子”、“花曲柳”等各种颜色木头组成图案的炕琴（已放置地上成为“地琴”），集烫烙、镶嵌、粘贴、雕刻、绘制各种工艺于一体的写字台……这些连如今的东北人都弃之不用的物件，我每每炫耀门庭，用拳头在家具上擂得“咚咚”山响，说：“什么是实木家具，这才是！把那些家具店里上千元上万元的拿来碰碰，看看什么是实木！”于是在场者赞叹不已，羡慕不已！

风烛残年的岁月里，夫妻之间本没有多少情趣话题，自己在社会上算是个爱说话的人，但是到了家中往往看书多、坐在电视或者电脑前的时间多，老两口之间已经在漫长的生活中练成了默契和准确的心灵感应功能，动嘴的机会很少，唯有一个话题，那就是提到当年在湾沟的年代某件事某个人，老夫妇就如同长江黄河堤坝决口一样滔滔不绝；有时从梦中醒来，推醒身旁的老伴兴奋地说我刚才在梦中回到湾沟了，见到谁谁谁，说了什么话做了什么事云云。于是老伴立时从睡意蒙眬里完全进入兴奋状态，迅速进入话题，往往到天亮起床才罢。

我虽然已经66岁，还在这个城市的某个集团公司做顾问，没有离开工作岗位。我自己做好打算，脱离岗位之后，不随儿子的安排到北京居住，而是选择夏天在湾沟、冬天在潍坊居住的两栖生存方式。长白山的开发举世关注，各种现代化设施陆续到位，湾沟近在咫尺，地理位置交通条件生态环境将有大幅度提升，将来的湾沟不再是深山老林，而是最具现代化的王牌旅游胜地！

离开湾林的近三十年里我生活在东北情调中，思维在林区生活的记忆中，湾林的回忆使我这个已成为城市人的灵魂时常得以净化，也是我人格升华的动力，是我奋斗拼搏的能量，使我在这些年的律师生涯中，傲王侯、轻权贵、不惧恶，以东北人的万丈豪情屡屡使贪官、恶势、豪强、坏人在法庭上狼狈不堪，弱势、小民伸张正义、扬眉吐气。

在城市奋斗拼搏的厌倦疲惫中，最有效的放松办法就是踏上列车北去湾沟住些时日，回来时如脱胎换骨，又精神抖擞地投入生活。湾林在我心目中，是耶路撒冷，是麦加，是布达拉，让我终生朝拜和向往；湾沟，是我人生的“旋涡”，一处美丽的“泥沼”，是一处“魔鬼三角区”，令我终生难以自拔，难以摆脱。啊，永远的湾沟！